La catedral y el niño

A*

Eduardo Blanco Amor
La catedral y el niño

Prólogo de Andrés Trapiello

Libros del Asteroide

Primera edición en Libros del Asteroide, 2018

Queda rigurosamente prohibida, sin la autorización
escrita de los titulares del *copyright*, bajo
las sanciones establecidas en las leyes, la reproducción
total o parcial de esta obra por cualquier medio
o procedimiento, incluidos la reprografía
y el tratamiento informático, y la distribución
de ejemplares mediante alquiler o préstamos públicos.

© Editorial Galaxia, S.A.

© del prólogo, Andrés Trapiello, 2018
© de esta edición, Libros del Asteroide S.L.U.

Fotografía de cubierta: *Javiota*, de la serie *Marineiros* (1936) / © José Suárez
Fotografía del autor: © Editorial Galaxia, S.A.

Publicado por Libros del Asteroide S.L.U.
Avió Plus Ultra, 23
08017 Barcelona
España
www.librosdelasteroide.com

ISBN: 978-84-17007-36-2
Depósito legal: B.3.350-2018
Impreso por Reinbook, serveis gràfics, S.L.
Impreso en España - Printed in Spain
Diseño de colección: Enric Jardí
Diseño de cubierta: Duró

Este libro ha sido impreso con un papel ahuesado,
neutro y satinado de ochenta gramos, procedente de bosques
correctamente gestionados y con celulosa 100 % libre de cloro, y ha sido
compaginado con la tipografía Sabon en cuerpo 11.

Índice

PRÓLOGO DE ANDRÉS TRAPIELLO   IX

LA CATEDRAL Y EL NIÑO

Primera parte:
La catedral   5

Segunda parte:
Interludio   259

Tercera parte:
La muerte, el amor, la vida   325

Prólogo

Una ciudad sin argumento

Hace unos años, en uno de los puestos más cochambrosos del Rastro (atendido por un viejo expresidiario que respondía entre nosotros al nombre de «El Pederasta»), aparecieron unas cuantas postales y cartas dirigidas al escritor y editor Fernando Baeza, hijo de Ricardo Baeza. Entre ellas una de Eduardo Blanco Amor, que compró Juan Manuel Bonet. Es una postal de los años sesenta y en ella el escritor gallego se queja del ambiente que ha encontrado en España, a donde había regresado de Buenos Aires en 1966. Todo se le hace pequeño aquí, le cuenta a su amigo, y le anuncia que, tras arreglar unos asuntos, se sacudirá el polvo de las sandalias y saldrá de España, harto de la vida mezquina que se tropieza a todas horas. Se refiere sin duda, entre otros que desconozco, a los sinsabores que le trajo su novela *Los miedos*, presentada a un premio Nadal que le dejó de finalista en 1961. El escritor José María Castroviejo, carlista, también gallego, colaborador de Cunqueiro y autor él mismo de un libro precioso, *El pálido visitante*, la denunció ante las autoridades por pornográfica, y eso le ocasionó a Blanco Amor problemas con la censura (y el azar, un tanto sarcástico, quiso que los libros de uno y otro, antes de conocer esta historia, estuvieran juntos en mi biblioteca). Estos problemas a los que me refiero, los había tenido otras veces antes Blanco Amor, pero para entonces, cerca ya de sus setenta años, se ve que estaba cansado. Tenía razones para estarlo, si repasamos su vida.

Había nacido en Orense, en el año 1897 (se quitaba tres; le hacía ilusión decir que él había «nacido con el siglo»). Su padre, barbero, abandonó por otra mujer a él, a sus dos hermanos y a su madre, florista en el mercado, cuando Eduardo tenía siete años. Al protagonista de *La catedral y el niño* también le abandona el suyo (y lo saca como un tarambana). Esta novela, como otras de las llamadas novelas de formación, es la historia de un abandono y el relato de la supervivencia. «Mi niñez fue triste, muy triste, en un pueblo triste: Orense.»

Como tantos gallegos (y para no entrar en quintas), muy joven aún, en 1916, emigró a Buenos Aires, donde se fue abriendo camino poco a poco hasta desembocar en el mundo del periodismo, que ya conocía de antes.

Regresó a España en 1929, hasta el 31, como corresponsal de *La Nación*, que lo volvió a enviar a Madrid en 1933, esta vez para dos años, hasta pocos meses antes del estallido de la guerra civil, en 1936. Si el primer viaje le permitió conocer y colaborar con los próceres galleguistas, empezando por su paisano Vicente Risco, y siguiendo por Otero Pedrayo y Castelao, del que llegará a escribir un ensayo y en cuya revista *Nós* empezó a colaborar entonces, la segunda estancia le permitió trabar amistades fundamentales en su vida, como la que mantuvo con García Lorca, a quien animó a escribir los seis poemas gallegos, dedicados a un muchacho gallego de La Barraca, que prologó, y de cuya edición se ocupó el propio Blanco Amor.

La guerra le sorprendió en Buenos Aires, y se puso de inmediato a las órdenes de las autoridades consulares republicanas, que lo emplearon en diversos trabajos de agitación y propaganda. Pese a ello, y a diferencia de otros gallegos que llegarían al poco tiempo, Blanco Amor, o su amigo el pintor Luis Seoane, emigrante y tan netamente republicano como él, siguieron teniendo más la consideración de emigrantes que la de exiliados.

En cierta ocasión se definió como un «emigrante de tercera y autodidacta». Pero no había duda: «Yo me siento rojo *hasta las cachas*», dirá en 1977.

En el tiempo del exilio Blanco Amor se sumó al grupo de exiliados gallegos de Carlos Maside y Rafael Dieste. La labor editorial que hicieron allí fue extraordinaria, las colecciones poéticas (Dorna, A Terra) y las revistas que trataban de mantener unida a la emigración (dirigió *Céltiga* y *Galicia*, esta con cubiertas espectaculares de Seoane) son un hito en el trabajo misionero que ejercieron entre el elemento emigrado (Buenos Aires: 400.000 gallegos, más que ninguna ciudad gallega), al modo del que Dieste había realizado con las Misiones Pedagógicas. Todas estas publicaciones tienen un aire secreto, de otro mundo, tranquilo y silencioso, como suele ser habitual en los gallegos.

Cuando Blanco Amor regresó a España en 1966 tenía casi setenta años. Ya había tenido lugar el episodio de *Los miedos*. No sé de dónde se ha sacado la gente (en internet lo repiten muchos) que le dieron el Premio Nacional de Literatura por esa novela. No. La postal del Rastro no es la que escribe un hombre al que agasajan y respetan, sino la de alguien que ha llegado a la vejez y se encuentra solo, sin tener dónde ir.

Blanco Amor sobrevivió esos años del tardofranquismo como pudo, modestamente, llevando una vida descolorida, viviendo de sus colaboraciones periodísticas y una pensión mísera que se había traído de Argentina que lo tuvo al borde de la desnutrición (lo remedió la Fundación Barrié de la Maza en 1976 con otra vitalicia y decorosa), aunque algunas de sus obras, como *La parranda*, habían tenido un gran éxito (Gonzalo Suárez la llevaría al cine en 1977). El propio Blanco Amor, y muchos estudiosos, hicieron responsables de aquella vida difícil al Régimen, lo que seguramente era cierto, pero también lo es que el Régimen no hizo mucho más por escritores «suyos» como Cunqueiro, Torrente Ballester, Otero Pedrayo, Eugenio Montes o el gran Vicente Risco. Las vidas de todos ellos eran poco más o menos igual de grises y de arrastradas y número de libros vendidos allá se andaban los de unos y otros, los ganadores y los perdedores de la guerra. Ha dicho uno otras veces que los escritores que ganaron la guerra perdieron los manuales de literatura. Eso rige para el resto de España. En Galicia en esos años en asuntos literarios no ganó nadie.

La muerte de Franco prendió en Blanco Amor la ilusión de la regeneración civil y aún se le pudo ver en algún mitin, acompañado de Rafael Alberti (otro de los amigos bonaerenses), denunciando el caciquismo. Empezó a publicar artículos en *El País*. Los recuerdo. Tenían todos unas gotas de humor galaico, pero eran también los de un hombre, como los de Cunqueiro, que va de retirada. Murieron casi a la vez, con un año de diferencia. En el primero de aquellos artículos Blanco Amor denunciaba precisamente el caciquismo gallego de siempre, encastado con el falangismo que había sufrido España aquellos últimos cuarenta años.

Murió de un ataque cardiaco en 1979, a la edad de ochentaidós años, y la necrológica de su propio periódico está llena de errores biográficos y bibliográficos y confusiones de bulto, lo que nos indica que era un hombre del que incluso en vida suya se sabía poco (y del que acaso se tenía también poco interés en saber más). Las necrológicas de otros periódicos, buscadas ahora en internet, no son más fiables. En ninguna de esas notas biográficas, como tampoco en Wikipedia, aparece su condición homosexual («sexos intermedios», dijo alguna vez, con su sentido del humor), pero ese dato acaso ayude a comprender la hiperestesia y orfandad del protagonista de *La catedral y el niño*, criado y educado entre mujeres, cercanas a Proust o, entre nosotros, a Juan Gil-Albert. Digamos, por último, que Blanco Amor escribió en gallego y en castellano, dependiendo no sé de qué (él tampoco lo aclaró mucho). Algunas de sus obras las tradujo él mismo del gallego al castellano, como *A esmorga* (*La parranda*).

Vayamos ya a la novela. En un artículo que rememoraba unas largas vacaciones en Montevideo, «mis días más entrañables y "logrados"», añadía: «escribí allí casi toda mi poesía, cinco libros, en las dos lenguas que maltrato. Y allí también fue mi estreno en la novela: *La catedral y el niño*, ahora aquí reeditada, con sus casi cuatrocientas páginas para que la cantidad supliese a la calidad».

Era el tono de su autor. Años antes, en el prólogo a la tercera edición, primera española, de 1977 (la primera fue, en Buenos Aires, en 1948; hoy una rareza bibliográfica), escribió: «Lo que voy a poner aquí no es para que se me perdone el haber escrito semejante mamotreto».

Cualquiera podrá descubrir en ese «las lenguas que maltrato» y en eso de que «la cantidad supliese a la calidad» y en lo de «mamotreto» un par de rasgos de la personalidad de Blanco Amor como persona y como escritor. Desde luego el humor, o si se quiere decir en gallego, la retranca. Pero también la orfandad de alguien que no está seguro de nada, de alguien que se ve a sí mismo de paso incluso en las lenguas que habla y en las novelas que escribe. Alguien que sale a escena pidiendo la benevolencia de los lectores.

En el prólogo aludido cuenta la génesis de esta novela. Le ofrecen a su autor en Buenos Aires un banquete a finales de los años cuarenta. Asisten a él casi mil personas, entre ellas muchos de la emigración y otros del exilio, entre estos los Alberti, los Casona, el doctor del Río Hortega, Margarita Xirgu, Seoane y Dieste, y acaso «el querido gran poeta y amigo Juan Gil-Albert». No lo recuerda bien. Al responder en su discurso a Alejandro Casona, maestro de ceremonias, Blanco Amor rememora escenas y recuerdos de su niñez provinciana en la siempre soñada y añorada Orense («siempre tuve la maleta debajo de la cama, para el regreso»). Encandila a los oyentes.

Al día siguiente del banquete Casona le anima a que pase a novela todo aquello.

Blanco Amor no había escrito nunca una novela, tenía cincuenta años y no sabía cómo hacerla. Sabía contar historias

(Blanco Amor, como tantos gallegos, Cunqueiro, Torrente, Carlos Casares, tuvo el don de saber contar de viva voz), pero jamás las había escrito. Casona le anima: «Ayer lo dijiste: una catedral como juguete indestructible y enigmático».

Empezó a escribirla y lo hizo durante tres años, en Uruguay. Se fueron sucediendo las estampas, amontonándose los recuerdos. Habla Blanco Amor de «documento». La novela tiene mucho de ello. Y para evitar falsas atribuciones, asegura que no es autobiográfica exactamente, que él narrando es el niño, el padre, la madre, las tías. Ya. Cambió, desde luego, el ambiente: la familia de la novela, aunque venida a menos, es linajuda, al contrario que la suya. Es una de las cosas que le deben muchos a Proust (Gil-Albert, por ejemplo): redimirse de su pasado por otro hecho a medida de sus ensoñaciones aristocráticas.

La catedral y el niño es una novela, decíamos, de formación, lo que los profesores llaman con palabra alemana *Bildungsroman*, y además de Proust, Blanco Amor parece tener presente a Mann (*Los Buddenbrook*) y a Eça de Queiroz (*Los Maia*).

Transcurre en su ciudad nativa, Orense, que él en esta novela y otras transformó en Auria (como Vetusta en Clarín, aunque Blanco Amor confesó que al escribir *La catedral y el niño* no había leído aún *La Regenta*).

No deja de tener su punto de ironía (gallega, por supuesto) que una de las ciudades más sombrías, provincianas y melancólicas (y bonitas también) de toda Galicia (lo cual es apuntar muy alto) sea una cuyo nombre hace referencia al oro. Y, dentro de lo que cabe, esta novela de Blanco Amor es dorada toda ella, porque es una novela barroca, y el barroco tiende a lo litúrgico, las candilejas doradas, los bordados, la orfebrería y todo eso. Aunque en esto del barroco de Blanco Amor hay que soltar mucho hilo a la cometa.

«El barroquismo es la forma congénita de la expresión gallega», dirá, y sostiene que los gallegos son barrocos «*a nativitate*» y todo cuanto hacen, desde la torre Berenguela de Santiago a feriar una res, les sale barroco. Es verdad. Pero el barroco gallego es especial.

Lo gallego es siempre especial, se va fuera de los cánones. El barroco gallego, al estar tallado en granito, sigue siendo un poco románico. El granito es una piedra humilde, que se deja tallar mal y se presta poco al detalle y la filigrana. En el granito los parecidos son todos a ojo de buen cubero y a cierta distancia no sabe uno si lo que lleva Nuestra Señora en la mano, en la fachada de la iglesia, es una rana o una azucena. El barroco romano, por el contrario, en duro mármol blanco, nos muestra detalles sutiles, incluso comprometedores (en el rostro de Santa Teresa de Bernini, por ejemplo). Por si fuera poco, en Galicia llueve mucho, y si a algo se le dan muchas facilidades allí es al musgo y al verdín. Las estatuas, las fachadas, los cruceros, todo lo que se deje a la intemperie del puerto de Manzaneda en adelante se llena de musgo y de verdín a los cinco minutos, contribuyendo con ello a que el barroco gallego tenga que ver definitivamente más con el románico que con cualquier otro estilo, incluido el propio barroco.

En literatura sucede algo parecido. Blanco Amor, en el susodicho prólogo, teoriza sobre el barroco de su novela y sus «apelmazamientos, ringorrangos y arrequives». No tiene demasiado interés, son teorizaciones de autodidacta, justificaciones una vez más. Lo cierto es que el escultor de granito tiene más de cantero que de artista. Blanco Amor se llama a sí mismo artesano.

Acaso hayas oído hablar de un escritor llamado Valle-Inclán. Me dirijo al lector de este prólogo, que no tiene por qué conocerlo. Valle-Inclán sí era un escritor barroco, él sí era un escritor más que litúrgico, arzobispal, aunque fuera solo de misas negras, aparecidos, santas compañas y demás. Se ha dicho que después de Valle-Inclán todos los novelistas gallegos le debieron un poco: Cela, Torrente Ballester, Dieste, Blanco Amor, Fole, Cunqueiro, Castroviejo... No estoy de acuerdo, en unos casos sí y en otros no, pero estos distingos literarios no llevan a ninguna parte.

La catedral y el niño es barroca, desde luego, pero no se parece en nada a Valle. En la novela de Blanco Amor los personajes hablan como los orensanos de principios del siglo XX (esa de transcribir el habla de entonces fue una preocupación suya). En las novelas de Valle-Inclán los personajes hablan todos como Valle-Inclán, lo mismo el gañán que el señor del pazo. Y en todo caso Blanco Amor, al que se le ve siempre con una preocupación estilística, si algo quiere es que se le note cuanto menos el estilo. No renuncia a él, pero no se recrea en ese atavismo galaico.

Ourense, la Auria de Blanco Amor, en los tiempos en que transcurre la novela, era una ciudad de quince mil habitantes: una catedral, una Audiencia, mucho clero, militares, el agro metido por todos los rincones, fuerzas vivas, gentes de orden y un puñado de liberales para dar colorido. Está todo visto y contado por un niño. El niño, más o menos enmadrado, como el Marcel de la *Recherche*, es sensible a las puestas en escena, vestuarios y decorados. Es también un niño, como el de Proust, puntilloso, y la presencia de la catedral, a dos pasos de su casa, le resulta imponente, amenazante, misteriosa, como insoslayable era para Marcel la vida social. En Ourense y en los burgos levíticos españoles el *faubourg* era la catedral. La catedral es también aquí algo simbólico (su autor, monaguillo y del coro de la catedral, es anticlerical como se puede ser anticlerical en Galicia, donde el que más o el que menos tiene un tío cura).

Aparecen al principio historias como tantas, costumbrismo. Tíos, tías, historias de criadas, pazos y, claro, ruinas y calaveras (reales y en sentido figurado). Unos doscientos personajes. Todo tiene un ritmo. Parece que no sucede nada. Al principio creemos que son solo palabras, palabras raras, precisas, antiguas. Frases castizas, populares, vivísimas. Todas con su música especial. No nos damos cuenta y ya estamos prendidos del anzuelo. Como el bordón de una gaita, y viene luego la melodía: los hechos precisos, todo lo que el niño no se ha atrevido a contar de su vida, lo contará por Blanco Amor en esta novela.

Se ha dicho que la patria de un hombre es la infancia (Rilke). Gaya sostenía que lo mejor del hombre es su madurez. Acaso se pudiera hacer una síntesis diciendo que lo mejor de cualquier vida es su niñez, revivida por el hombre maduro. Y es lo que hizo Blanco Amor aquí, un niño injertado en hombre maduro, o al revés, recuerda una ciudad que no tenía argumento, y él se lo dio. Cuando nos vamos de Orense, de Auria, la ciudad vuelve a ser, como reconoce uno de los personajes de esta novela, una ciudad sin argumento. El argumento es siempre la novela, el contar. Como Sherezade. Y la ciudad también, si está en un libro como este.

ANDRÉS TRAPIELLO
Madrid, 10 de enero de 2018

La catedral y el niño

... discreto lector, no te des a entender que lo que en el presente libro se contiene sea todo verdad; que lo más es fingido y compuesto de nuestro pobre saber y bajo entendimiento...

Juan de Timoneda

... y esta no es una historia, sino una cierta mezcla de cosas que pudieron ser...

Lope de Vega

Primera parte
La catedral

1

La catedral, como casi todas, estaba en medio de la ciudad, y era, también como las demás, un inmenso navío entre pequeñas embarcaciones movedizas, un gran señor entre vasallos oscuros, un príncipe de la Iglesia entre la turba polvorienta de los fieles arrodillados...

Su cuerpo subía propagándose en el aire, sin una duda, tan seguro en su vertical soberbia, con los contrafuertes tan adheridos a su tronco de granito, como si en vez de apoyarse en ellos fuesen excrecencias rezumadas de su inmenso poder.

No era una catedral cuajada en el gesto primario de una expresión unánime, naciendo y muriendo en el suelo del mundo, después de haberse consentido apenas una aérea evasión de bóvedas y arcos de medio punto, destinados a probar la energía ascensional de la idea divina para humillarse de nuevo sobre la osamenta del planeta.

Ni era divagatoria y silogística, afirmando la fe por lo absurdo con una dialéctica de ojivas, empeñada en alcanzar a Dios mediante el rítmico escalonamiento de unas razones de piedra.

No era, tampoco, al menos de un modo unilateral, retórica y conceptista, perdida de sí misma y de su sino, en las metáforas de los arcos quebrados, de las columnas centrífugas o de las pirámides sosteniendo esferas: símbolos de una demostración espiritual que niega leyes a la materia, con los vértices delirantes de las balaustradas, ménsulas, cartelas, florones, bestiarios... cayendo en cataratas o volando en pesadillas por muros, torretas, cornisas y fachadas.

Esta catedral, en la mayor suma de sus accidentes, era unos pardos muros sin edad, apenas sensibilizados por algún rosetón abierto en ellos como un incurable lanzazo milagroso en el costado de un paladín. Sobre el crucero flotaba un cimborrio casi musical de afiladas cresterías góticas, que guardaba tan poca consecuencia con la intención y con las manos que habían erigido la mayor parte del resto de la fábrica que, sin duda alguna, había caído del cielo para suavizar tanta rudeza. En el paramento que daba a los trasaltares de la girola, las altas ventanas traían, a través de la recia espesura de sus arcos declinantes, hasta las luces callejeras, un vaho de sombra azul que desbordaba allí, entre el tierno verdor de los líquenes, o lanzaban hacia adentro —según las horas celestes— una oblicua claridad multicolor que caía sobre los alegres altares barrocos o sobre las graves tumbas de los obispos: ventanas que, de pronto, se tornaban increíbles, con sus repentinas guirnaldas de agitados vencejos, sus incendios crepusculares, ya la ciudad en sombra, y sus hierbajos manchados del orín de las rejillas de alambre, protectoras del vitral, que al ser inflamados por el sol revelaban una primorosa floración cobriza.

Y en lo alto de todo, los desvanes inmensos, descansando sobre la nervadura de las bóvedas, volando a sesenta varas del suelo, y los pasadizos negros y secretos con la presencia abrupta de los lechuzones que ponían sobre el rostro del furtivo visitante el aleteo invisible de una muerte soplada.

Del tejado de las naves veíase arrancar la torre grande, esbelta, a pesar de su fortaleza imponente, con la diadema de las campanas: palomar sonoro desde donde se flechaba hacia el confín, junto con la llamada de Dios, el vuelo de las leyendas.

Pero, a pesar de todo, el templo ablandaba en el rodapié de su sombra formidable algunas ternuras que los chicos de todas las generaciones habían descubierto y utilizado para su goce, trocándolo en su mano juguete de piedra: el atrio de la Fuente Nueva con los sometidos lóbulos de sus balaustres por los que se podía gatear hasta alcanzar su ancha baranda, la reja también escalable, y el riesgo de alguna pequeña rampa por la que poder deslizarse: aquellos matarrincones con que los señores canónigos fabriqueros, haciendo salientes de las entrantes, prevenían las urgencias irreverentes de los borrachos, que salían de la taberna del Hervella para desaguar allí sus vinos, en las partes sombrizas, sin hacer el menor caso de la advertencia que gritaba desde la pared, con letras de chafarrinón y bronco eufemismo ibérico: «Prohibido hacer aguas».

Por la otra fachada, como cosquilleando los muros intratables del lado norte, que era el más antiguo de la estructura trabajada durante más de cinco siglos, abríase un atrio barroco, en voladizo sobre dos rúas, con todos sus paramentos escalables, bastando apenas apoyar el pie en las hernias de la cantería, que no dejaban sosegar ni un palmo de la piedra. Y sobre todo había allí el incomparable secreto de la reja, que conocíamos unos cuantos iniciados del barrio. Se trataba de una barra floja que podía hacérsela girar, moviéndola sobre sus apoyos, hasta que coincidía con la curva de la próxima, también deformada, dejando espacio suficiente para que pudiéramos colarnos hasta la estupenda solana del atrio y gozarla como amos absolutos, ¡y de noche!, los chicos para contar aventuras llenas de miedos imaginarios, los grandes para fumar y todos para jugar un *marro* espectral, casi en las sombras, o para estorbar el paseo de las gentes que iban por la calle de la Paz o la de las Tiendas, con graznidos, falsetes, risotadas o alusiones a los motes de los transeúntes: «¡Cotrolía!» «¡Doña Vendolla!» «¡Don Silbante!» «¡Nicolasín!»...

Las casas del pueblo llegaban en arremolinamiento borrascoso a chocar contra aquel acantilado, eran un agolpamiento de tejados que venían desde los verdes del paisaje a escachar su penacho de ola contra el quieto arrecife. Las campanas, de voz atolondrada, de voz triste, de voz letal, regían la vida del burgo y eran su alto calendario de normas y sucesos. En el buen tiempo se desplazaban en aturdidos giros transparentes, como círculos de aves fundiéndose en la luz solar. En el lluvioso, sonaban opacas, distantes y próximas a la vez, con un glogueo sumergido en la blanda modorra de los orballos.

En medio de las cambiantes arquitecturas y huidizas voces de la vida civil, era la catedral la soberbia terca y permanente de una conciencia inmortal y sus campanas las voces admonitorias que arrojaban, hora tras hora, sus paladas de muerte sobre el gárrulo bracear de los humanos que se agitaban allá abajo, aparentemente desentendidos, por sus sendas de hormiguero.

El burgo esperaba las órdenes del templo para amanecer, para trabajar, para comer, para amar, para dormir. Antes de que el día fuese una rosada sospecha en los más apartados horizontes, ya la campana mayor, con el toque de misa de alba, abarcaba en la cúpula de sonido negro todo el presumible contorno, como acotando los límites del día; y a fin de que la aurora, que llegaba desperezando sus vapores por los altos del Montealegre, pudiese hacer pie, filtrándose por los toldos boscosos del valle, la «prima», campana de voz impúber, agitada en presurosa síncopa, limpiaba con su claro pañuelo las legañas de las ventanas y ordenaba el primer desfile de las golondrinas.

En medio de los inestables rostros de la vida civil, la basílica era el punto referencial de una quietud que no se dejaba subyugar por la mutación de lo natural, que en aquel sitio del mundo todo lo contamina y modifica con el *tempo* de sus cambios: incluso las almas y las cosas de la quietud. No obstante, como sobre un gigante dormido, los dedos del aire traicionaban esta pasividad e iban poniendo suavemente en los costados de la mole el gualdrapeado de los líquenes que, con su coloración, la hacían participar del cambio de las témporas. La sobria emanación vegetal laminábase contra los planos y curvas del granito, llenando sus poros de sutil materia cromática. Y así la catedral era plomiza en los inviernos, hasta participar en la presencia vaporosa de las nubes bajas; en la primavera los musgos la acuchillaban de ángulos verdes, como terciopelos ajironados; en el verano la decoraban unos grises de acero brillante, atemperados por lampos de un rosado carnal, y en el otoño era como una acumulación de bloques de oro, asaeteados por los combates flamígeros de unos crepúsculos de tan belicosa, arcangélica acometividad, como no he vuelto nunca a gozar ni a sufrir...

2

La sombra de la catedral era para mí como una presencia no admitida de la imbatibilidad del destino. Su vecindad me acercaba a una plástica intuición de lo eterno, tan potente y veraz, que la vida del pueblo, la de las gentes extrañas, la de las gentes mías, se me aparecía como sin sentido final, vacua en sus requerimientos de prioridad y de perpetuidad y, por veces, grotesca en la obstinación orgullosa de tan deleznable materia y de tan inconsistente afirmación frente a aquella perpetua y segura presencia.

Desde el comienzo de esta intuición, nada lúcida en aquellos años, se entabló entre el templo y mi ser más insospechado y seguro una brutal dialéctica sin palabras, hecha de rudas y borrosas mociones instintivas; una callada lucha en la que aspirábamos, sin saberlo, a un dominio recíproco, o a una no confesada anulación mutua. Sabía yo, también sin saberlo, desde los hondones de una razón no formulada, que si me dejaba abatir por aquella potencia sin escrúpulos no tardaría en ser transfundido en ella, absorbido por tan fuerte presencia espiritual, sin más posible evasión del alma ni aun de los sentidos que los que ella me consintiese.

Este bilateral merodeo daba de sí muchos testimonios.

Si yo pretendía pasar de largo frente a sus pórticos cuajados de profetas desvaídos y acusadores, o si cruzaba sus naves con pie ligero, temeroso de resonancias, bajo la inmóvil amenaza de los santos ecuestres, frente a la dulce insinuación de los santos peregrinos o ante la pétrea mirada de las vírgenes de esguince danzarín y preñado talle, luego sentía en mi nuca, a lo largo de la espalda, fuera y dentro de mis carnes, no sé qué extraños palpos de fría precisión que inmovilizaban con su contacto mis vitales resortes, espaciándome la marcha y acelerándome el resuello. Y si alguna vez cedía a los mudos halagos o amenazas y me quedaba sentado en la basa de un haz de columnas, perdido en aquellas agitadas soledades, cruzadas por el combate policromo de las vidrieras o invadidas por las blandas mareas del órgano, no tardaba en penetrarme una lenta saturación de tan exquisito cansancio, una soñera tan perversa y agónica, que mi imaginación se recreaba, flotando en la linde de lo irreal, en la patente veracidad de aquellas leyendas de santos eremitas que permanecieron cien años envueltos en el canto del ruiseñor.

Desde muchas generaciones las gentes de mi familia habían nacido, vivido y muerto en una casa de tres pisos, situada frente a lo que debió de haber sido la fachada principal del templo. Nos separaba de él la calle de las Tiendas, cuya anchura podían cubrir tres hombres cogidos de la mano. La galería de nuestro tercer piso alcanzaba apenas a la altura del arranque del gran pórtico exterior que daba primitivo acceso a la nave principal; pues el templo estaba armado sobre los desniveles de la ciudad construida al caer de una montaña, y por el lado que enfrentaba a nuestra casa se interrumpía bruscamente sobre un muro coronado de un balaustre, que tenía en su parte inferior, donde habían sido las antiguas bodegas y criptas, unos tabucos abiertos a ras de la calle, en bóvedas de medio cañón, ocupados por unos hojalateros, inquilinos del Cabildo, que llenaban la fimbria de las cercenadas bóvedas con el cabrilleo de los enseres de su trato. Realmente el templo había sido como guillotinado allí por la fantasía municipal, que le amputara, dos siglos atrás, una magna escalinata, la cual, partiendo del pórtico, bajaba a través de lo que luego fue nuestra manzana, hasta una calle que seguía llamándose de la Gloria, aunque estaba, en aquellos hogaños, toda ella ocupada por fragantes tabernas.

    Yo abrí los ojos a la tierna solicitación de las cosas de este mundo mirándome en aquel impasible bastión que afirmaba la terquedad de su misterio frente al dócil temblor y a la amante claridad de todas las otras imágenes y que ya, desde aquellos días primarios, me dio muestras de su poder secreto, de su implacable irreductibilidad. Entre otras, figura el que de allí me viniese la primera mención cabal del miedo: del miedo puro, sin causa precisa, de ese miedo que otros encuentran en la oscuridad de las casas, en los bosques, en el mar, en los resplandecientes cuchillos o en los ojos de las gentes. Los rincones de nuestra vieja casa, aun los más intransitables recovecos de ella, desalojaban de inmediato sus terrores en cuanto nos acercábamos con un quinqué o raspábamos una cerilla. Es verdad que a nuestro fallado, bajo el ángulo del tejaván, era temible entrar de noche y asistir al chirriante susto de las ratas, tropezar con los baúles-mundo y los maniquíes de mimbre, que se movían al encontronazo como si tuvieran vida, o sentir el abanicazo de un murciélago en el rostro como el propio aliento del terror. ¿Pero qué era todo ello comparado con el simple roer del viento en los ángulos de las torres en las noches de ululante noroeste, o ver al monstruo moverse, con el despacioso encabritamiento que le permitía su mole, bajo los arponazos de una intermitente luna, acometiéndole por entre nubes opacas y veloces, de bordes incandescentes...?

    La ventana de mi cuarto daba, frente por frente, con la columna del parteluz del gran arco doble que, como ya queda dicho, había sido en otro tiempo el pórtico de entrada. Coronando el capitel de esta columna, un pequeño David toca allí, desde hace seis siglos, su arpa de piedra. Su yerto perfil, su lobulada diadema, su rígida barba, y su mano triste sobre el cordaje, componían una de las más poderosas imágenes del bronco acertijo contra el que rebotaban las preguntas sin palabras de mi niñez. Cuando algunos días al año nos levantábamos al amanecer para asistir al Encuentro de Jesús, el Viernes Santo; para irnos a la aldea en verano, o para algunas misas de cabo de año, el David sedente, con los plegados rígidos de su pétreo sayo matizados de verdín, aparecía encuadrado en mi ventana, envuelto en el débil resplandor mañanero, con una delicada presencia de cristal lacustre. Por las tardes, a la hora de la siesta, cuando su escueto perfil se recortaba contra el estruendo encendido de los grandes vitrales blancos, que cerraban los arcos a ambos lados, su corona ardía como tallada en diamantes, y sus pies lanceolados caían con abandono del capitel, danzando finamente en el aire, mientras su mano de oro resbalaba por el cordaje como siguiendo el canto del órgano lejanísimo que filtraba las antífonas canonicales a través de los encajes de la piedra.

Un día entre los muchos de este diluido drama primario, vi, con repentina aclaración, que tal vez sería posible resolver dualismo tan caprichoso: en vez de sentir el templo como una incansable enemistad, como una agresiva fuerza mágica, trataría de hacerme amigo suyo para dejar de ser su esclavo. Escucharía con párvulo corazón sus bisbiseos maravillosos, y yo le contaría mis secretos que, ya liberado de su temor, no serían tantos; me acercaría a su dura inmensidad con el alma abierta en todos sus pétalos, con su tierna caricia no estrenada, confiándola al ejemplo de su energía, infiltrándola de la perennidad de su símbolo. Y así fue como comencé a devorar la lenta y amarga desazón que había de rodar por mi sangre ya toda la vida, desacordando su ritmo con el de casi todas las cosas entre las que me tocó vivir.

3

Auria, mi ciudad natal fundada hacía dos mil años como una necesidad militar del Imperio Romano, y habitada y enriquecida luego, como punto termal, por funcionarios y señores coloniales, pasaba hogaño por ser un pueblo enteramente sometido a la Iglesia, por un «pueblo levítico», como decían los progresistas locales, sin saber cabalmente lo que decían, como suele ocurrirles casi siempre a los progresistas que adoptan las grandes palabras no en vista de su significado sino de una aproximación vagamente sonora al objeto que quieren declarar. Pero no era verdad. Auria, al menos en el mayor número de sus gentes, no era «levítica», ni «nea», ni «ultramontana», ni nada que cupiese cabalmente en los tonantes epítetos del liberalismo.

La catedral figuraba como la más hermosa anécdota de su pasado —junto con el puente de Trajano—, como un bello anacronismo enfáticamente ignorado más allá del orgullo que causaba en los aurienses su presencia corpórea, material; aunque, en verdad, el más calladamente admirado por el pueblo y el más incansablemente interrogado por los eruditos, en cuyo ilustre grupo se mezclaban los de condición reaccionaria y los de proveniencia liberal y atea. Pero los embates, que eran en aquellos años muy ardidos, de las «ideas avanzadas», no enfilaban casi nunca hacia aquella imbatible pasividad las saetas de sus proposiciones y sarcasmos, salvo que de allí partiese la iniciativa. El contacto polémico entre Dios y los hombres tenía lugar en las trincheras de vanguardia que eran las parroquias. Por su parte los predicadores del Cabildo, salvo raras excepciones, por cierto muy mal vistas, jamás descendían hasta el chapoteo de la actualidad política o social, y se mantenían dentro de una retórica orgullosa, más allá de lo fugitivo y secular, ocupados, con fruición antigua, en escudriñar las materias teologales, en esclarecer para el vulgo de la creencia el sentido místico de ciertas festividades de indiscriminable nombre, como la Asunción, la Pentecostés o la Candelaria, en elevadísimos sermones que la grey jamás entendía; lo que prolongaba, junto con aquellas egregias invenciones de la Iglesia triunfante, el prestigio de sus exégetas y comentadores.

Los ballesteros de la creencia, la arriesgada cetrería de la Iglesia militante y purgante, estaba en las parroquias, en aquellas barbacanas situadas en la periferia del núcleo central de la fe, para contender con armas parecidas a las de sus merodeadores. Por ello los creyentes más significativos de Auria las frecuentaban, las enriquecían, las alhajaban en infatigable emulación, con lo cual las iglesias parroquiales se complicaban de cuerpo y alma en las tornadizas veleidades del burgo y apenas conservaban de su dignidad fundamental las arquitecturas básicas en las fachadas bellísimas, auténticas, imperturbables, frente al ignaro celo beato que iba aplebeyando sus interiores con los emplastos y cromos adquiridos en los bazares litúrgicos, que ya comenzaba a propagar los destrozos irreparables de su ojivalismo industrial de cartón-piedra.

Las parroquias eran la beatería del mismo modo que la catedral era la religiosidad. La gente rica acudía a ellas, en feria de vanidades, como si fueran doradas taquillas donde comprar una localidad para el cielo; y el pueblo las frecuentaba por comodidad, por sentido local de barrio, para asistir al lucimiento de la misa de tropa —que luego de un conflicto, que duró varios años, se dispuso su celebración alternada en todas ellas— o para oír los sermones de algún orador forastero que llegaba a predicar un novenario precedido de buena fama de listo y liberal.

Mas cuando algún hombre o alguna mujer llevaban en el alma, como una escaldadura, uno de esos problemas de conciencia o de conducta que rebasan con su tumulto la organización de las ideas y sentimientos, entonces era a la catedral a donde iban a buscar, en su tibia penumbra materna, la paz, el sosiego, la redención por las calladas lágrimas, y no en el esplendor solemne de las grandes naves, sino en los rincones penumbrosos de las capillas: en el Santo Cristo, en Nuestra Señora de los Ángeles, en el Jesús de los Desamparados...

Pero Auria no era un pueblo religioso, al menos en el sentido en que el inocente jacobinismo indígena lo denominaba cubil del fanatismo, y a la catedral, en el verso de un poeta excomulgado, monstruo hidrópico, obedeciendo también a razones de inextricable sentido. No, las cosas eran allí mucho más modestas y vulgares.

Sin embargo, las gentes rezadoras y principales tenían gran poder y mostrábanse duras de entraña, secas de meollo y de famosa intolerancia. Y como, por poseer el dinero, eran las que regían la política y la influencia, Auria daba de sí unos diputados a Cortes que, además de ser una verdadera miseria mental y moral, alteraban, ante los extraños, la imagen de la ciudad. Pero Auria no era nada de eso; nada cubil, empezando ya por su ser en naturaleza y paisaje. Tendíase en la caída de un alto castro barbado de pinos, a lo largo de un río lento, ancho, patriarcal, que corría por entre viñedos buscando los valles del Ribeiro con su alegría frutal y su pachorra dionisíaca. Una literata la había llamado, con trabajada frase decimonónica, «bacante tendida entre viñas»; y las alabanzas antiguas, las de los itinerarios clásicos, las de los poetas medievales y de los escritores más hacia nuestros días, se referían a ella con elogios para su condición de abundancia y gozo en la producción y en el uso de las cosas que halagan el sentido. Las leyendas de glotones y el recuento de célebres comerotas contaba por mucho en las tradiciones de la ciudad. Y en otro orden de cosas, todos los años recibía la Inclusa buena copia de críos nacidos de tapujos de la lujuria o de secretos amores; y, por su parte, los productos legítimos de los matrimonios eran célebres por su abundancia; todo lo cual prueba que las actividades de los aurienses distaban mucho de ir, tanto en lo normal como en lo clandestino de las costumbres, por las duras vías del ascetismo y del renunciamiento.

No; a pesar de la aparente fisonomía que le prestaba la «sociedad» beatona, Auria no era un pueblo religioso. Dentro de la monotonía de su vida, la religión era un aspecto, un matiz, que, según los espíritus, venía a desembocar en una rutina, en una diversión o en una escapatoria, y muy excepcionalmente en una pura ascensión hacia Dios por la escala de la superación y desprecio del mundo. Quiero decir, en suma, que si bien la catedral regía, con la lengua de sus campanas, la norma de la ciudad, no condicionaba sus modos profundos de vida, quedándose sus admoniciones más bien flotando sobre la superficie de lo habitual, de lo consentido o de lo rutinario.

La casta de los canónigos era respetada, sin saberse a punto fijo el porqué, tal vez por su altivo alejamiento de los asuntos seculares, salvo muy pocas excepciones; y en cuanto al obispo, remoto, inaccesible, en el gran cubo berroqueño de su palacio, antigua mole ceñuda, sin estilo, casi sin ventanas al exterior, se le consideraba como un adorno local, con sus mitras ceremoniales, sus largas colas de brillantes sedas los días de solemnidad basilical, su pectoral de oro y su anillo de amatista que los niños besábamos, por antigua costumbre, cuando bajaba del charolado landó, tirado por mulas relucientes, negrísimas, para entrar en la catedral o en las parroquias con motivo de las funciones patronales. A veces se le encontraba paseando al sol por la carretera de Los Gozos o de Ervedelo, acompañado del presbítero familiar; pero allí, fuera del casco pétreo del burgo, transfundido en un blando paisaje de álamos y praderías, Su Ilustrísima perdía mucha de su significación y casi toda su imponencia, al trocarse en una especie de cura carnavalero, baldeando el manteo escarlata y con los ringorrangos de las verdes perillas colgándole por la parte posterior de su teja de felpa.

4

También aquel domingo de Pascua me desperté con el rumor de fregoteo que llegaba desde la cocina, común a todas las mañanas de domingo, destinadas al ensañado pulimento de potes, sartenes y peroles. Tal ruido de zafarrancho casero venía siempre acompañado del olor de la fritanga de los churros correspondientes al chocolate dominical. A las ocho, también como los otros domingos, oí el campanilleo con que la asistenta de la Filipina, célebre planchadora de brillo, se anunciaba desde el zaguán, tres pisos más abajo.

—¡Sube! —chirrió, como otras veces, la Joaquina, antiquísima criada nuestra, después de haber trotado con su pasico óseo el descanso de frente a mi cuarto y de haber tirado por el cordel que abría, desde arriba, el picaporte, mediante una rara complicación de alambres y fallebas.

La asistenta de la Filipina subió haciendo crujir el maderamen de la escalera, se detuvo en el segundo piso y llamó con los nudillos a una puerta, gritando:

—Doña Pepita, doña Lolita, doña Asunción... ¡Ahí les quedan las faldas, y que ustedes lo pasen bien! —y se fue, galopando, por los peldaños.

—¡*A modo, cabalo grande!** —alborotó Joaquina, desde la baranda, en su insobornable prosa regional.

Frente a la puerta del piso de las tías quedaban, sobre las tablas relucientes, fregadas con arena y carqueja a horas de un amanecer que nadie supo jamás a qué horas ocurría, las tres enaguas, de pie, apoyadas en sí mismas, rizadas, encañonadas, escaroladas, como tres damiselas cercenadas por la cintura.

Todos estos signos, junto con los finales tañidos de la «prima», mi campana predilecta, que volteaba durante una hora seguida, anunciaban la presencia de mamá en mi cuarto. Ya estaba yo despierto hacía un rato largo; ya había echado una mirada al David, cuyo aire de ausente y dulcísimo pasmo era mucho más abobado y candoroso las mañanas de fiesta, con su diadema ablandada de palomas (¿de dónde venían, los días de fiesta, aquellas palomas de alas perladas y cuellos de metal?), su boca lánguida y sus manos en paz sobre el cordaje.

También había oído ya el tintineo que armaban los hojalateros colgando sus ristras de candiles, alcuzas y embudos en los arcos de sus tenderetes, y el herrado tamborileo de los borriquillos aldeanos, que llegaban, con su trote fiestero, a las primeras luzadas del día, trayendo frutos de la tierra para el mercado del domingo. Igualmente habían ido pasando el Bocas, llevando en vilo su vozarrón, como una inmensa viga, pregonando *El Eco,* diario local; Rosa la Fortuna, con su noble contralto, que me traía hasta debajo de la lengua la mención golosa de la cochura reciente de sus empanadas, y el Zúmballo, viejo gigante tuerto, de larga capa cobriza en toda estación, que matizaba las mañanas de Auria con el cabrilleo marinero de sus pescados lanzados en pregón desde las esquinas, unidos al nombre de sus vendedoras, en la plaza de la Barrera:

—¡Hoy, congrio gordo...! ¡Lo tiene la Eudoxia! ¡Sardinas vivas! ¡A real, a real! ¡Las vende la Canóniga...!

* ¡Con cuidado, caballote!

Era muy grato ir atrapando así la vida, continuada día a día, mediante aquella fragmentada integración de ruidos y voces familiares. Y era curioso que ocurriendo siempre todo ello de modo tan semejante tuviese siempre el mismo aire intacto y sorprendido.

Dentro de este orden de sucesos, totalmente previstos y sorprendentes, figuraba el que yo me hiciese el dormido cada vez que mamá entraba en mi cuarto para despertarme —solo ocurría los domingos— anunciada por el aura olorosa del soconusco, espeso, monástico, y por la punzante alusión aceitosa de los churros.

Mamá, como otras veces, se sentó al borde de mi cama. La miré por entre los párpados contraídos. Estaba realmente hermosa con su *matiné* de seda azul, su cara de Santa María la Mayor —la misma boca gordezuela, la misma garganta ligeramente convexa, idénticos ojos opacos y negrísimos— y la frente tersa, como labrada en una materia dura, que aparecía encortinada por los bandos del pelo castaño claro, recogidos sobre la nuca en un moño de trenzas. Además era muy fácil imaginársela, en tocado «de salir» o de visitas, que era como más me gustaba. Bastaba con figurarse aquellas ricas matas meladas, alzándose en airosas cocas, a los lados de la raya blanquísima, centradas en medias viseras sobre la frente, dejando al aire las sienes con la azul geografía de las venas y las orejas de lóbulos acarminados, pequeñitas, minuciosas, transparentes, pendiendo de ellas los lagrimones del coral o los agitados calabacines de oro portugués.

Espiándola por entre las pestañas, vi sus manos de abadesa joven partir delicadamente el churro y hundirlo en el chocolate, mientras sentía yo en los recantos de la boca una fluxión tibia y abundante como la propia materialización de la gula. Y cuando, posada la bandeja en la mesilla, una de sus manos se apoyaba en mi hombro para despertarme con una leve sacudida, yo, repitiendo la gracia de otras veces, me incorporaba bruscamente con los ojos espantados y la boca muy abierta, como un pájaro hambriento. Reíamos los dos, también como siempre, y después del beso y de los buenos días, tomaba de sus manos el chocolate, tendido en tan espesa capa sobre el churro que nivelaba sus estrías, equivocando adrede el mordisco, cuando el pedazo iba disminuyendo, para sentir entre mis dientes el fingido susto de aquellas amorosas pinzas de tibio y blando marfil.

Sin embargo, todo lo hacía ahora con un gesto ausente, como volviendo, sin atención, por antiguos caminos del ademán, en procura de hallazgos que ya no se repetían. Su alegría no era la de antes y sus carcajadas infantiles se interrumpían de pronto como asustadas de su propio sonido. En repentina introversión sus ojos dejaban de mirar, detenidos en un punto, y se la sentía como cayéndose hacia dentro de sí, en una lenta zambullida, de la que regresaba con sobresalto cuando se sentía observada.

Aquel domingo de Pascua su aspecto semejaba aún más preocupado que en los últimos tiempos. Coincidía con otros desdobles de su carácter que databan de aquellos días amargos en que los disgustos con mi padre entraban en alguno de sus períodos críticos, agitados, luego de unos plazos llenos de ceños, de crispados silencios o de súbitas descargas de llanto.

Pero salvo las recaídas melancólicas, propias de una especie de duelo virtual que mamá guardaba desde que, hacía seis meses, el consejo de familia había impuesto la separación de cuerpos, no veía yo razón alguna que justificase la reaparición de aquella activa amargura y de aquel estado ansioso, como en la proximidad de algún daño desconocido y esperado, que tan bien le conocíamos, y que solía coincidir con alguno de los disparates de mi padre: un lío de juego, de faldas o de política; una hipoteca absurda o una venta irresponsable.

La separación había sido llevaba a cabo, después de un largo tiempo de disgustos y de interminables disputas, la misma noche que la acordó el consejo de familia, dejándonos a todos una sensación no solo de alivio sino de catástrofe frustrada. El debate final, al que acudieron parientes de ambas ramas —asesorada la de mamá por don Camilo, antiguo procurador de mi abuela, y representando a la de mi padre el deán de la Trinidad, que había sido confesor, amigo y compañero de cazatas de mi abuelo paterno—, había empezado a las diez de la noche y terminó hacia las dos de la mañana, hora insólita para Auria, que solo hallaba de pie a la gente en graves males, agonías o velatorios. Mi padre se había paseado horas enteras por la saleta del primer piso, con andar alobado, silencioso y frecuentes carraspeos del tabaco y del ron. Yo me había quedado allí, disimulado entre cortinas, aprovechando el hallarse todo desordenado, y había oído, por la puerta entreabierta, los remusmús que llegaban de la sala grande, llena de personajes con aire solemne, y que de cuando en cuando tornábanse en voces airadas, donde entraban las criadas Joaquina y Blandina, la nueva, llevando bandejas con vasos de agua y esponjados de azucarillo, copas de oporto y jícaras de café. Me había extrañado mucho que mi padre estuviese allí, solo, en la contigua saleta del Sagrado Corazón, dando aquellos paseos de sombra, con unas pantuflas de orillo que no le conocía —quizás no fuesen suyas— y que le afelinaban el andar, haciéndoselo elástico, traicionero, como atigrado, denunciado apenas por el crujido de las tablas y el tintineo de los prismas de la araña de cristal francés. Las criadas, que me descubrieron agazapado en un cortinón, me empujaron a la cama, con un aire presuroso y cómplice. Tardé mucho en dormirme, furioso al descubrir que mis hermanos mayores, María Lucila y Eduardo, no estuviesen en sus cuartos, por lo que deduje que les habían permitido asistir al consejo de familia; cosa que, al otro día, comprobé no ser cierta, pues los mandaran a cenar y a dormir a casa de los primos Salgado.

Al día siguiente también, Joaquina me enteró, con sus acostumbradas medias palabras, que mi padre se había ido a la aldea por una cuestión de rentas. Pero yo sabía que no era verdad, que se había ido para siempre. Sabía igualmente, por conversaciones fragmentarias, pescadas de un lado y de otro, que por su condición de manirroto y soberbio ya un anterior consejo le había privado de la administración de los bienes personales de mamá y que, a fin de que pudiésemos continuar viviendo con cierto decoro, intervendrían en la administración de los mismos mi tío abuelo, Manolo Torralba, y Modesto, hermano de mi padre, lo cual distaba mucho de ser una garantía, pero...

Quiero decir con todo ello que la pesadilla de los tumultos, riñas y discrepancias que habían ensombrecido tanto tiempo aquella casa no figuraban ya entre nuestros motivos de temor desde hacía medio año, al menos en la forma terrible e impensada en que solían sobrevenir, a veces en medio de la noche, como los reventones de una tormenta.

Mamá había aceptado aquella solución con un silencio difícil de interpretar, y se dedicó a nosotros con un celo aún más ardiente y dramático.

No podía, pues, explicarme aquel aspecto, más que de tristeza, de susto, que mamá tenía aquella mañana de domingo de Pascua. Pero nuestra amistad era entrañable y no podíamos mantener mucho tiempo nuestras mutuas reservas. Conservaba ella, como trasfondo de su carácter grave, una zona infantil que su existencia prematuramente empujada a las más brutas responsabilidades había dejado intacta. Allí coincidíamos para nuestra inteligencia en todos aquellos asuntos que requerían una valiente franqueza basada en dos sentimientos innatos que eran en nosotros de fuerte raíz: el de justicia y el de sinceridad. Así que tenía yo la absoluta certeza de que todo me sería revelado antes de que abandonase mi cuarto.

Tomé un buche de leche, me limpié los «bigotes» en la fresca servilleta de alemanesco y me arrebujé de nuevo con los pies engurruñados en la tibia franela del camisón. Mamá se levantó del borde de la cama, cerró bien la puerta y, poniendo en orden la colcha, exclamó, hablándome con aquel acento entero, seguro, como cuando se dirigía a los mayores:

—Bichín, estuvo tu padre a verme...

De un brinco me senté en la almohada.

—¿Cuándo?

—Anoche. Me mandó un propio al anochecer y hemos hablado un momento, en el callejón de San Martín.

—¿Te vieron?

—Creo que no; todavía no habían pasado los faroleros.

Me quedé un rato pensativo debatiéndome, como siempre que de ellos se trataba, entre los distingos de aquel lúcido amor y de aquel rencor más deseado que admitido.

—Hiciste mal en ir.

—¿Por qué? —dijo mamá sin volver los ojos.

—Porque ese hombre es malo.

—*Ese hombre* es tu padre... Y no creas que me halagas al no llamarle como debes.

Hizo una pausa para recuperar el dominio de su voz curiosamente destimbrada hacia la voz blanca, como de enferma.

—Además no es malo —añadió—. La gente no es buena ni mala, es como es. Tu padre... En fin, dejemos a tu padre... Un loco, un aturdido; pero malo... malo...

La voz se le fatigaba de tanto acometer, una vez y otra, las idas y vueltas de aquel problema tan repensado, tan insoluble, hastío casi, a no tener causas tan perennemente vivas.

Recogió los enseres y los colocó muy ordenadamente en la bandeja tratando luego de aquietarse con el ceremonial minucioso de un superfluo arreglo del cuarto, que culminó en la amanerada disposición de los pliegues de la cortina que recuadraba la ventana... Luego se quedó mirando extrañamente hacia el David, sumergido en la claridad matinal. Yo me asusté. Aquella posible relación entre «ellos» me apretó el pecho con angustia increíble, como si algo de mi intimidad más exclusiva fuese a ser doblemente violado. Sentía confusamente que si aquellos dos elementos de mi mundo entraban en contacto, ¡qué iba a ser de mí! Me levanté y con violento ademán corrí la cortina. La habitación quedó en una penumbra verdosa y los ojos de mamá empañaron aquel súbito brillo inquisitivo que la había llevado hasta la frontera de mi celado universo.

—¿Qué haces? —preguntó, extrañada ante aquella precaución para ella inútil, pues la ventana no daba entrada a la curiosidad de nadie.

—Pueden oírnos —dije, consciente de la endeblez de mi disculpa. Y, a fin de que no insistiese sobre el punto, añadí rápidamente—: ¿Y para qué estuvo a verte?

—Dice que debes irte con él —exclamó, como aliviándose de un peso.

—¿Quién, yo? ¡Yo no me voy con él! Mi padre es malo —repliqué sin demasiada convicción.

—Te repito que no es verdad; demasiado lo sabes. Además le quieres.

—Claro que le quiero —dije con la voz contenida, después de una pausa, como dejando escapar una dolorosa confidencia, mientras pasaba por la frente de ella una rápida sombra de ceños. Y añadí—: ¡Y tú también le quieres!

Ella suspiró y miró hacia otro lado.

—Tenemos que quererlo, aunque solo sea por lo desdichado que es.

—No, mamá; no *tenemos* que quererle; le queremos porque sí... ¿Qué hace de malo? Si gasta dinero, gasta el suyo —mamá me miró con un gesto indescifrable—. Quiero decir que gasta el nuestro, que también es el suyo. ¿Y es por eso menos cariñoso y menos guapo? Déjalo que gaste, ¡que lo gaste todo! Cuando yo sea grande ganaré para ti.

Se levantó de mi lado sorprendida, asustada, como regida por una fuerte mano invisible, y se sentó en una butaca baja.

—¿Qué desatinos dices, Bichín? ¿Quién te viene a ti con esos cuentos? ¿Qué es eso de que tu padre gasta o no gasta?

—Todavía sé más; sé que no le quieren porque no va a la iglesia, y porque es de la sociedad de los que no creen en Dios, como el padre de los Cordal; y además te han dicho que le ven entrar algunas noches en casa de la Manoliña Mende...

—¡Calla, Bichín! —gritó con la voz rota y hundiendo la frente en las manos.

Salté de la cama, me arrodillé a su lado y la abracé por la cintura. Sentí los sollozos en mi sien pegada a su vientre. Luego le aparté las manos y me encaramé a su regazo, sintiendo la húmeda lámina de su pelo contra mi mejilla. No había podido nunca acostumbrarme al llanto de mi madre. Me producía una remezón interna, como una repentina fiebre en todas las vísceras. Además, el miedo que tenía a verla llorar me hacía presentir con toda exactitud el punto mismo en que su emoción se convertiría en lágrimas y hacía todo lo posible para que esto no sucediese. Pero aquel día sería poco el decir que no tuve esto en cuenta; más bien había provocado con secreta intención aquel insufrible llanto, sin saber con qué objeto, pero era así.

—¿Por qué lloras, mamá? Ahora ya no tienes por qué llorar... Por mí no tengas cuidado; nadie me llevará de aquí... Daré gritos, morderé las manos del que se atreva. Además, ¿quién puede separarme de ti? ¿Quién puede mandar que me separen de ti? ¿El tío Manolo? ¿Don Camilo? ¿Las tías? ¿Los que le han dicho a papá que se fuese? Conmigo no podrán...

—¡Qué sabes tú de esas cosas, hijo mío!

—Ya tengo ocho años, mamá —exclamé con un tono un poco resentido.

—Sí, hijo, sí; ya sé que tienes ocho años —dijo después de una pausa. Por primera vez aludía a mi edad como si se refiriese a una dolencia irremediable—. Lo mejor será que no hablemos más de esto. Dios dirá —concluyó, levantándose—. No comentes con nadie esta conversación y mucho menos con tus tías. Ya sabes que son capaces de armar una tempestad en un vaso de agua, como si a ellas les fuese o les viniese algo en el asunto. Lávate, que voy a buscarte la ropa. Iremos a la misa de diez.

No dijo más y salió del cuarto con aquel andar deslizado, de menudos pasos y graciosa cadencia, que la hacía tan adorable, tan increíble, tan ser y no ser.

5

Un día de aquellos la tía Pepita entró en mi cuarto de estudio, con sus ínfulas de sirena, para anunciarme, entre los intolerables canutos de su voz, que iríamos inmediatamente a la aldea a visitar al tío Modesto. Era este un hidalgo rural, hermano de mi padre, diez años más viejo que él, mujeriego, glotón y cazantín, con fama de hombre de honor y estricto caballero, aunque, eso sí, con códigos privados y, por veces, de interpretación difícil. Vivía, lo más del año, en su casona patrimonial, en el planalto de Gustey, abarraganado con una criada que contaba con heredarlo, pues tenía edad para ser hija suya.

Pasaba el tío Modesto temporadas en su casa de la ciudad, pero apenas venía a la nuestra, como no fuese por los onomásticos o por las fiestas de Corpus y Navidad. Últimamente, aun este género de visitas había ido raleando. Un día que me llevaba mi padre de paseo por la carretera de la Lonia, le encontramos y oí que le decía en un aparte: «La mosca muerta de tu mujer me impone más que un león suelto. Y como la quiero bien y tú eres un badulaque, no sé de qué hablar. Por eso no voy a veros».

Y, efectivamente, cuando venía a vernos los días obligados, no era nada expresivo. Devoraba en silencio la pitanza de fiesta y se iba al casino, después de haber apenas refunfuñado unos cuantos sarcasmos sobre las gentes del pueblo y de haber deslizado alguna que otra indecencia sobre las de sotana, que no podía ver ni en pintura, pues era también incrédulo y masón.

No podía yo explicarme, pues, el motivo de la insólita expedición que me proponía mi inverosímil madrina y tía.

Parapetada en su silencio, me arrastró de una mano hasta mi dormitorio, abrió la cómoda, sacó de allí mi ropa, y sin volver la cabeza, echó a andar, diciendo:

—Te vestirás en mi cuarto. Baja ya.

«¿Qué pasará?», me decía entre mí. «Porque si aquel brutote estuviese gravemente enfermo, serían las personas mayores las que irían. ¿Qué tendré que pintar en el pazo del tío Modesto?»

Mientras yo me vestía en su gabinete, la tía, frente al espejo de la consola, se apretaba el corsé recogiendo el aliento en los altos del pecho. Dos veces le marró el intento de llegar al punto que se proponía, por lo cual, yéndose a la alcoba y sujetando un asa del cordón a una bola de la cama y llamándome a mí para que tirase de la otra, logró completar la operación, luego de haber aludido, entre dientes, a una reaparición de los flatos que le dilataban el talle.

—Tía, ¿para qué vamos allá?

—Menos pregunta Dios y perdona —contestó recortando las hablas.

Mi tía era muy letrada y redicha, y tenía una maña singular para no responder nunca a derechas; por esa razón no me molestaba en interrogarla más de una vez. Poseer un secreto, y gozarse en la ajena acechanza del mismo, constituía uno de sus deleites más pueriles y molestos. Hubiera sido muy fácil insistir en preguntarle el porqué de tan extravagante y repentino viaje, pero de antemano sabía la inutilidad de la averiguación, por lo que me reduje a no añadir palabra y a observarla mientras se vestía. Sin duda alguna no había tomado tal decisión sin la venia de mi madre; así que yo tardaría tanto en saber el motivo de la visita al tío Modesto como en verme un minuto a solas con ella.

Se puso un cubrecorsés de elástico listado en dos matices de rosa y luego, encima de la enagua, una saya bajera de satén de mucho ruedo y sobre ella una falda de paño en corte de capa, color canela claro, y por encima de las salientes del busto instaló las caudas de un tapante con catarata de entredoses color crudo y cuello alto, rígido, sostenido con ballenas. Y sobre todo aquel atuendo, una casaca, color solferino, con mangas de jamón, larga hasta las corvas, en cuya superficie gastábanse los ojos siguiendo los complicadísimos arabescos de la pasamanería.

Me hizo poner el pie sobre una banqueta y me repasó las punteras de charol con guturales vahos, terminando el pulido con una franela de cerote. Cuando la vi en aquella posición, inclinada y sumisa como esclava, tuve a flor de labio, saliéndoseme el ansia que me rebullía dentro, de aclarar tan absurdo misterio. Pero cuando ya estaba a punto de lanzarme, la tía, molesta sin duda por mi largo silencio, que ella sabía muy bien que no era resignación, exclamó, con su cháchara prolija y llena de distingos romanticones:

—Así me gustan los niños que se confían a los designios expertos de las personas mayores —y me miró con el rabo del ojo, mientras se embadurnaba de crema la nariz. Se empolvó luego con un gran borlón que esparció por el aire el familiar olor a visita que tenían para mí los polvos de arroz y se colocó, con infinitas precauciones, sobre sus altas cocas y añadidos, un canotier de paja de Indias con turbante de gasa y un velillo amaranto salpicado de lunares que le cubría el rostro hasta bajo el mentón. Mientras seguía acumulando arreos sobre las cúspides y socavones de su cuerpo, que ya empezaba a maltratar la grasa, sentenció, acanutada y refilotera:

—Ayer, durante la visita con que nos honró doña Blasa, dijiste algunas inconveniencias.

—¡Yo no dije nada! —corté de mal modo.

—¡No me repliques, sobrino! ¿Dijiste o no «esgarro», «excusado» y «juanete»? ¿No se te ha explicado hasta la saciedad que se dice flema, inodoro y protuberancia, respectivamente? —y a continuación lanzó una tosecilla disimuladora de dos golpes, como hacía siempre al rematar una frase que ella creía de gran efecto.

Me puso agua de Florida en el tupé y me repasó las uñas con una manecilla de hueso. Coincidiendo con los últimos toques, sobrevino la criada Joaquina, con su arrugadísima cara de antepasado, enmarcada en su eterno pañuelo negro, para decirnos que el Barrigas, cochero alquilón de las familias de Auria que no arrastraban tren por su cuenta, estaba abajo esperándonos.

Pregunté por mamá y me dijeron que había ido a la misa, disculpa sin sentido alguno, pues era notorio —y buenos disgustos le causaba— que mi madre no transigía con ir a la iglesia más que los domingos y fiestas de guardar. Quise iniciar una protesta, pero como, desde hacía algún tiempo, sucedían en aquella casa las cosas más raras, preferí entregarme a la fatalidad de los acontecimientos.

Nos encaramamos en el fiacre, que era de cesto con toldilla y cortinas de lona a franjas; el Barrigas sacudió unos trallazos sobre los pencos enmohecidos y se despegaron, por un instante, de las amatas, las moscas burreras, panzonas y obstinadas, mientras los caballejos empezaban a tamborilear sobre las lajas del empedrado.

Unos minutos después rodábamos por la carretera soleada y polvorienta. Del borde de las cunetas surgían los inmensos ramilletes de los cerezos en flor, con sus troncos de plata y la nube blanquísima de los pétalos con la entraña ligeramente acarminada.

Nos cruzamos con el coadjutor de Santa Eufemia del Norte, don Domingo, el *Pies*, montado en un burro y con un espolique que llevaba los hisopos y cruces del Viático, y nos persignamos en silencio. Luego pasó el sargento de la Guardia Civil, del puesto del Bellao, a la cabeza de cuatro números, llevando en medio una cuerda de presos esposados, entre los que iban dos mujeres, jóvenes aún, pero estragadísimas de aspecto.

Empezaba a picar el sol. Cuando los jamelgos iniciaron, con unos resoplidos insospechables en tan escueta anatomía, la ascensión de la cuesta de Cudeiro, mi curiosidad comenzó a estorbarme físicamente. Era como un escozor que me llevaba remegido en la badana del asiento bajo la mirada lateral de mi tía, que seguía todos mis movimientos con muda autoridad. Alcanzábamos ya los altos del repecho final donde la carretera forma una alta curva abalconada hacia el valle. Sobre un otero, el bronco pazo sillar de los Arteixo presentaba armas con el espadón desenvainado de su heráldico ciprés, frente al pórtico de losas enteras, en arco, como la baraja abierta en manos de un jugador, y con la clave ilustrada por el vuelo de plumajes y lambrequines de una enorme piedra de armas, también labrada en granito. En la solana, hacia el poniente, asomaban, puestos a madurar sobre los anchos balaustres, los calabazos cohombros como enormes farolones vegetales, brillando al sol la turgencia de sus lacas, azules, rosadas y verdegrises. Los pencos clavaban la herradura en los morrillos del último tramo de la cuesta y soplaban su disnea cada vez que el Barrigas aventaba un denuesto o descargaba un trallazo. Iba quedando abajo el valle de Auria, con su lineal precisión y su gozoso color de cuadro primitivo. En los medios del cielo planeaban los gavilanes con quietud eucarística. A los lados del camino las parras en espaldera se empelusaban con el bozo blancuzco de sus primeros gromos o se extendían las *leiras* del maíz, en las que la brisa armaba un rumoroso navajeo de facas vegetales. A lo lejos, las cimas de Montealegre con su dolmen crucificado, y en la otra banda del valle el lomazo de Santa Ladaíña, pelado, ascético, con su solitaria ermita ventosa y su media docena de pinos cimeros, como la peina de un pavo real. Y más allá la sierra del Rodicio, sombría, violenta, como una rueda suplicial surgiendo entre una boira color cardenillo.

La tía exhibió una tosecica, con aflautada voz ajena, anunciando simbólicamente que iba a hablar, para lo cual se alivió de sofocos metiendo un dedo entre el cuello y la tira de terciopelo castaño en la que lagrimeaba un dije con turquesas. Pero no habló. Yo devoraba mi pañuelo y sentía ganas de ponerme a gritar. Bizqueó de nuevo hacia mí, sin volver la cabeza, apretando una sonrisa de increíble deleite. Luego suspiró haciendo subir la chorrera de encajes casi hasta el papo, y puso la mano en alero sobre la frente, con su conocido ademán de estar mirando algo atentamente. Yo me remegí como si me diesen alfilerazos en las nalgas, y la tía buscó los registros acontraltados para amonestarme, con sermoneo novelero:

—Sobrino, jamás serás nada si no aprendes a contemplar los panoramas de la Naturaleza —tosió luego, media docena de tonos más arriba, y tornó a poner la mano como visera, mirando a lo lejos, fruncida de labios y espetada de riñones, como una fofa materia vaciada en el molde del corsé.

En el comienzo del altiplano de Gustey, Barrigas pidió licencia y se fue a echar un vaso del tinto al mesón de la Társila, del que salía un olor apetitosísimo a peces de río fritos con aceite y pimentón, y volvió, a poco, chupándose los bigotes, con un caldero en la mano lleno de agua, que arrojó sobre la melancólica anatomía de las bestias.

En el instante en que nos quedamos solos iba yo a romper las bridas a mi desesperación con un grito enloquecido, capaz de perforar todas las capas del disimulo de mi tía, a la que plantearía, sin darle respiro, en escuetos términos, el asunto: o me decía a lo que íbamos o me echaba a correr por la carretera abajo, de vuelta a la ciudad. Comenzaría por llamarla Pepa, a secas —nada la enfurecía más—, y luego le diría de un tirón todo el resto. Para mi conciencia más íntima aquello sonaba a claudicación. En esto, como en otras muchas cosas, yo sabía muy bien lo que convenía hacer, pero casi siempre hacía lo contrario. ¿Acaso no podía quedarme callado y esperar los acontecimientos, incluso gozándome en el gusto de su propia sorpresa? No, no podía. Y en aquel caso preciso, mi desdén por aquella tarasca y por sus ratimagos, lejos de ser una incitación a la prudencia, eran un estímulo para mi propensión hacia lo catastrófico. Por otra parte, también sabía yo que tal visita tenía, sin duda, un sentido mucho más válido que el capricho de aquella infeliz, que ni siquiera era mala, sino que entre su naturaleza y sus actos mediaba toda la complicada liturgia social, hecha de inverosímiles disimulos, y los repertorios de gestos de la vida provinciana, que no obedecían a otro sentido que a su propia condición ceremonial. Para quebrar las capas de su involuntaria farsantería había que saltar sobre su descuido y pisar allí con rápido alboroto a fin de no darle tiempo a volver por su gobierno. Y ya me disponía a la escandalera, consciente de su ridícula pantomima.

En el punto mismo de ordenar, en una rápida cavilación, la frase inicial del ataque, un golpe de sol apartó, como por magia, las veladuras que encubrían la ciudad y prendiose, allá abajo, entre el apeñuscamiento de las casas, a la cruz de la torre grande, que quedó luciendo en el aire como un pectoral de topacios colgado al pecho del cielo. Y con la imagen, me llegó el sonido solemne, lento, grave, de la campana mayor, anunciando el momento de alzar a Dios en la misa capitular. Apreté los labios y los puños atento a la admonición de mi ruda maestra, que me enviaba por los aires la lección de su impasible fortaleza, y me quedé repentinamente sereno, satisfecho, ablandado en una dulce languidez y abandono, en una misteriosa y cómoda aquiescencia, sin razones, a lo que tendría que ser.

Y sobre el tamborileo de las herraduras me puse a tararear, por lo bajo, una canción de la escuela, mientras la tía descabezaba un sueñecito, apoyada en el amontonamiento de libélulas talladas en el marfil del puño de la antuca, y con un hilillo de baba destilándose por un recanto de la boca.

6

Resaltando de las tracerías de la puerta de hierro enteriza hasta lo alto del soportal, se veían las letras del Ave María en anagrama. Y en lo alto del arco rebajado, pomposas en su barroquismo de cantería, las del nombre del lugar: Quintal de doña Zoa, que era el nombre de mi bisabuela paterna. Un inmenso nogal, con argollas incrustadas en el tronco, para las caballerías de los visitantes y renteros, sombreaba el paraje; y, tallada en el muro que rodeaba toda la heredad, a la derecha de la entrada, había una fuente con dos delfines, de colas entrelazadas y bocas de sapo, que dejaban caer el agua en el pilón que servía de abrevadero.

Me fue permitido tirar de la cadena del llamador y oí cómo la campanita daba sus avisos cristalinos, allá en la corraliza de la casona. Prodújose luego un chirrido de alambrados artilugios y la cancela se abrió silenciosamente, sobre sus goznes engrasados, obedeciendo a una mano distante.

Recorrimos el camino central, bajo la parra en túnel, bordeado de alcachofas y plantas de fresones; entramos en el pazo, sin haber visto a nadie, y ascendimos por la ancha escalera de piedra, que arrancaba del zaguán amplísimo, como un patio de armas. En el rellano, donde la escalinata bifurcaba en dos brazos su ancho señorío, se me aclaró gozosamente el misterio al ver a mi padre, esbelto, hermoso, con un batín de veludo color malva, y un tanto enmascarado con sus bigoteras de cañamazo sosteniéndole las sedosas y doradas guías del bigote. Se me iba dibujando lentamente, mientras ascendíamos, en las retinas todavía alampadas por la luz exterior, y fui descubriendo sus finas manos hidalgas, su boca roja y adolescente, sus ojos de audaz cabrilleo verde y el tupé airosamente encrespado sobre la frente impulsiva. La tía se llegó a él, alzó en silencio su velo de tul y mi padre la besó en la mejilla y le dijo «gracias». Me pareció que ella se ponía demasiado pálida. Luego me cogió por los brazos y sentándose, sin soltarme, en el arcón que allí había, me atrajo hasta tenerme entre sus rodillas, sin dejar de llenarme los ojos con aquel chisporroteo de los suyos, y como bañándome de gozo en el resplandor de su sonrisa. De pronto me sacudió por las caderas y me dijo con un temblor casi ávido en la voz:

—¡Qué hay, caballerete! —yo aspiré su olor característico a piel sana, a cosmético y agua de lavándula y, sin contestar, le quité la bigotera, forzando el elástico sujeto a la oreja, y le besé en los labios, sintiendo a través de su pulpa los dientes firmes y parejos. Nos separamos un instante tomados de los brazos y volvimos a besarnos de nuevo. La Pepita, que detestaba lo que ella llamaba «esos transportes», zanqueó por la escalera arriba torciendo el morro y murmurando con blanduchería cubana, imitada de la tía Asunción: «¡Qué relajo!». Mi padre me llevó luego abrazado contra su pecho y yo le oía el corazón con sus dos golpes precisos, netos, seguros.

El tío Modesto tomaba «las once» —lo que solía ocurrir después de las doce, por la misma razón que la comida del mediodía se hacía allí pasadas las dos— abatido sobre un pernil de lechón fiambre y frente a un vasote de vino, de grueso cristal. Apenas me lanzó una mirada esquinera, contestando a mi saludo con un gruñido. En una de las ventanas que daban a un patio de labor, colgaban tres conejos despanzurrados, chorreando sangre, y un racimo de tórtolas con un aire inocente de señoritas estranguladas. Sobre el alféizar, que tenía de ancho todo el grosor del muro, un búho enorme, estúpidamente herido por vanidad de cazador, estaba echado sobre el lomo, crispadas las garras hacia el vacío, intentando un vuelo inútil con un ala desarticulada por la munición, caída a lo largo de las cales del muro, como un gran abanico barcino. Cuando se cerró la puerta tras nosotros, el avechucho renovó su protesta con chistidos furiosos, que tenían un no sé qué de helado, de maldiciente, de amenazador. Yo lo miré con miedo y me vi tan envuelto en la acusación de sus ojos bellísimos que tuve que volver la cabeza.

Mi padre se sentó y me mantuvo sobre sus rodillas, sin parar de sonreír, dejando ver sus dientes de fuerte y fina perfección animal, y sus encías altas y rojas. De pronto exclamó, con un acento entre tierno y burlón, como siempre que aludía a cosas del sentimiento:

—Vamos a ver, Bichín, ¿quieres o no quieres a tu padre?

El rubor me subió de golpe a la cara, escandalizado de que tal pregunta pudiera hacerse en presencia del tío Modesto, quien permaneció un rato sin alzar la cabeza de la presa, pero inmóvil, como esperando oír mi respuesta, para continuar luego con su crujir de mandíbulas y el ruido de los dientes raspando la ternilla del pernil, ya sobre el hueso. Mi padre comprendió el sentido de mi azoramiento por una rápida mirada mía hacia el hidalgo, y exclamó:

—No hagas caso de ese. Cuando traga tiene inútiles todos los otros sentidos.

El tío metió entre pecho y espalda, de una sola vez, el contenido del vasote, que era más de un cuartillo, y dijo, envolviendo las palabras en un saludable regüeldo:

—Saldrá tan canallita como tú... Tiene tus mismos ojos de vaina y los emplea de frente... como ese bicho —y se levantó para darle a morder el yesquero al gran duque, que chistaba, furioso, en el vano de la fenestra.

—¡No seas animal, Modesto, que asustas al pequeño!

Yo me ablandé de mimos, defendiéndome de aquel ambiente

cruel, aplastando mi mejilla contra el pecho de mi padre. Sentí su maxilar apoyado en mi cráneo con firmeza protectora. Y casi en un soplo le dije, continuando nuestra conversación:

—Claro que te quiero mucho, papá.

—¿Más que a tu madre? —dijo con voz violenta de intención y opaca de timbre, como si quisiera no ser oído.

—Igual —contesté sin una duda.

—No puede ser. Se quiere más o menos.

—O se quiere diferente, zoquete —interpuso el tío Modesto dando una chupada al cigarro. Yo le agradecí en el alma la oportuna intervención, maravillado que tal distingo pudiera haber salido de aquella roma cabeza castrense. Luego, andando el tiempo, vine a saber que otras muchas finuras se celaban tras aquel adusto talante y aquella fachenda brutal.

—Eso es, papá; te quiero igual, pero de otra manera —añadí con algo de miedo y tratando de sonreír, pues sabía yo que el carácter obstinado y simplista de mi padre no iba a mitigar sus demandas ante artificios más o menos sutiles.

—¡A ver, a ver, explica eso bien, que para algo te llaman «sietelenguas»!

—Demasiado me entiendes... Dejemos ya eso y dime para qué me han traído. ¿Me voy a quedar aquí?

—¿Tanto te pesaría quedarte con tu padre? ¿Ves cómo no le quieres?

—¡Déjate de decirle mariconadas al chico, y que se vaya a destripar nidos por ahí! —gritó el tío, con malhumor.

—¿Y a ti qué hostia te importa? ¿Por qué no te largas?

—Por mí que os zurzan a los dos —añadió congestionado.

Y al mismo tiempo abrió de un puñetazo la ventana y cogiendo al búho por en medio del cuerpo, sin preocuparse de sus aleteos y arañazos, gritó hacia el salido:

—¡Bricio, Bricio! ¿Dónde anda ese acémila? —se oyó abajo la voz de un zagal dando excusas—. ¡Tira eso a los perros! ¡Pero vivo, eh! Si lo matas antes, te breo a vergajazos... —y se oyó el golpe sordo del avechucho cayendo contra las losas. Luego salió del despacho cerrando la puerta de un golpe.

Mi padre, insensible a todo aquel horror, me miró flamante durante un rato, y luego, apartando los ojos de mí, dijo casi penosamente:

—Luis, tienes que escoger entre tu madre y yo.

¡Luis...! ¡Luis...! ¡Qué cosa horrible oír pronunciar mi nombre! No recordaba habérselo oído nunca a mi padre. Demorado en la punzante sensación de mi nombre en aquellos labios, como una apelación a nuevas y tremendas responsabilidades, no alcancé a entender, así de pronto, el significado de las palabras, como si se me hubiesen quedado un instante detenidas en el umbral del sentido. Las escuché luego en mi interior como un rebote de alarmantes ecos.

—¿Qué dices, papá? —grité desasiéndome de sus brazos y quedándome de pie frente a él, clavándole los ojos.

—Que te vengas aquí a vivir conmigo, o que te quedes de una vez y para siempre con tu madre. Yo no te reparto con nadie.

—¿Pero cómo quieres que deje a mamá sola?

—Tiene a tus hermanastros.

Me pareció una grosería indigna de mi padre oírle llamar a mis hermanos con aquella palabrota: ¡hermanastros! Adoraba yo a María Lucila y a Eduardo; y aun cuando su comportamiento, a raíz de las desavenencias de mis padres, había sido un tanto desapegado, no dejaba de quererles.

La situación estaba llegando a una tirantez tan insoportable que solo pensé en irme y cuanto antes mejor. Y así, dirigiéndome hacia la puerta, exclamé:

—Quiero marcharme...

Se levantó de un salto y me cogió por un brazo.

—¿Qué es eso de *quiero*, mocoso? Tú harás lo que se te mande —dijo gritando, al borde de aquel terrible encolerizamiento que yo conocía tan bien y que era tan peligroso provocar. No obstante, insistí, dando un tirón:

—Yo me voy.

—¿A dónde, imbécil? —y me atenaceó más fuertemente el brazo.

Por vez primera sentía de aquel modo la mano de mi padre sobre mi cuerpo, aquellos duros y finos dedos mandones, animados por una antigua sangre de señor. Era una sensación de noble placer, a pesar del dolor físico, el sentirme dominado por una tan resuelta energía. Di todavía un tirón para acentuar el extraño y secreto goce y sentí las uñas de mi padre penetrando en mi piel a través de la sarga de la blusa, mientras le miraba a las pupilas de ancha franja verde, contraídas y brillantes. Permanecimos un momento en aquella dolorosa averiguación del alma a través de los ojos desafiantes. Su mano se fue suavizando poco a poco, y alzó la otra apoyándola en mi hombro izquierdo. Se acuclilló hasta mi altura, sin dejar de mirarme, mientras su rostro empezaba a ablandarse, hacia la sonrisa. Yo permanecí enfurruñado y duro de cejas.

—Creí que eras una *anduriña*,* criado como fuiste entre faldas, y ahora me resultas un *miñato*...**

—Soy hijo de mi padre.

—¿Quién te enseñó eso?

—Me lo dicen en casa, cuando hago algo mal.

—¡Fino enseño te da tu madre!

—Mamá nunca te nombra. Me lo dicen las tías...

—Buen atajo de brujas y gorronas.

—Mamá te quiere también...

—Calla, monigote —exclamó apartándose bruscamente de mí. Sacó la petaca y el librillo de hojas del bolsillo del pantalón sesgado sobre el muslo, a la paisana; lio la picadura con parsimonia que el temblor de sus dedos hacía difícil; batió luego el pedernal, alborotando un racimo de chispas, dio una chupada honda y exhaló el humazo azul por boca y narices.

* Golondrina.
** Gavilán.

—¡Ludivina! Trae una botella de tostado y unas lonchas de jamón —gritó, entreabriendo una puerta.

El vano de la ventana que daba a poniente se recortaba en el cielo luminosísimo, de un rojo blancuzco, como candente; zumbaban las moscas y se oía a lo lejos el quejido musical de los carros de bueyes, con su eje de abedul sin ensebar. Mi padre se quitó el batín y recogió las mangas de la camisa hasta el codo, dejando al aire los antebrazos espinosos de pelos duros y claros. Se asomó a la ventana, miró hacia abajo y gritó:

—¡Sujeta esa becerra, bárbaro! ¿No ves que se está crismando? Búscale el tábano ahí, en la entrepierna...

Y, volviéndose de pronto hacia mí, continuó casi en el mismo tono:

—Tu madre no me entiende, ¿sabes...? Uno tiene sus cosas... Ya comprenderás estos fandangos cuando seas mayor. ¡No me entiende! Yo quiero que, si hago alguna burrada, me griten. No quiero caras de mártires ni llantos por los rincones. Uno tiene sus cosas, ¡qué caray! Pero lo cierto es que yo nunca le falté. Todo hubiera podido evitarse si no se metieran a hozar en lo que no les importa toda esa patulea de cuervos y brujas... Bueno, pero el caso es que yo nunca le falté. Porque una cosa es hacer burradas y otra faltar...

—Tú le pegaste —dije sin levantar la voz, como pesándome.

Mi padre se quedó blanco como la cal del muro. Detuvo en seco los agitados paseos con que acompañaba su monólogo y se vino hacia mí con andar pausado y perniabierto, como de borracho. Al pasar por el rectángulo soleado de la ventana la luz resbaló por los canutillos de la pana del pantalón, con un rápido temblor metálico. Se detuvo frente a mí alzando y bajando la cabeza y dijo luego, con tono entre humillado y dolorido:

—¡También tú sabes eso, hijo mío! ¡También te han dicho eso! —sacó las manos del bolsillo y gritó, apretando los puños—: ¡Criminales, brutos, criminales!

La criada Ludivina se detuvo en el umbral con el asombro titilando en sus iris de agua, transmitiendo su temblor a los enseres de la bandeja que traía. Mi padre le dijo secamente:
—Deja eso ahí y dile a Pepita que venga.
Salió despavorida la sierva y yo me fui hacia mi padre abrazándole por la cintura.
—¡No, papá, no! ¿Qué vas a decirle a la tía?
—¡Brutos, criminales! —repetía con mi cabeza apretada entre sus manos.
—¡No le digas nada, papá!
—¡Criminales, sucios...! ¡Echar así estiércol en el corazón de una criatura...!
Me levantó con un movimiento brusco y me apretó la cara contra la suya. Mi cuerpo bamboleó sobre su hondo respirar y entre nuestras mejillas resbaló algo tibio y cáustico. ¡Mi padre estaba llorando! Me acometió un ahogo repentino, como si una esfera de plomo se me hubiese atascado en la garganta. Metí a la fuerza una bocanada de aire y de un tirón la devolví, con un sollozo que era casi un grito:
—¡Papá, papá! —rodeé su cuello con mis brazos como si quisiera meterme en su carne, y hubiese deseado que en aquel momento la sangre tendida asomase abruptamente por algún sitio de mi cuerpo. Yo no tenía lágrimas para decirle hasta qué punto lo adoraba y cómo me parecía razonable, aunque no pudiese explicárselo, todo lo que sucedía, por el solo hecho de que él fuese el causante.
Mi padre se volvió hacia la ventana y me hizo recostar la cabeza sobre su hombro, para que no le viese limpiarse los ojos. En este desdichado momento apareció Pepita, enfundada en una bata de céfiro lila y con un pañizuelo de guipur atado flojamente sobre las aéreas cocas. Se detuvo en la puerta, tosió en la ajena tesitura, como siempre que se disponía a afrontar el diálogo, y exclamó, varios tonos más abajo:
—¿Me requerías, cuñado? No vine antes porque esperaba a

que terminase el idilio —añadió con ironía cursilona. Mi padre dijo, sin volverse:

—¡Vete a la mierda!

—¡Jesús! —cacareó la tía, con subido gallo de síncope.

—Tú y el aquelarre de tus hermanas y parientes... ¡Todos a la mierda!

—¡Cuñado! —alborotó con desgarrones en la voz—. ¡Olvidas los respetos que me debes...! Jamás de los jamases hubiese creído que una pasión de ánimo...

Su voz se rompió como un flautín de caña, y se apoyó luego con la mano muy alta en la jamba de la puerta, como preludiando un desvanecimiento.

—Papá —le dije al oído—, le va a dar algo a la tía —se volvió y le dijo secamente:

—Si te desmayas sales por esa ventana a dormir la cursilería en el corral, con los cerdos —la tía recompuso de un golpe sus flaccideces, se encuadró teatralmente en la puerta y declamó, con prosa de novelorio y voz entera:

—¡He sido ofendida en mis fibras más íntimas! ¡Que avisen al Barrigas! Ni un momento más aquí...

Y con la misma dio la vuelta en redondo y se fue por el corredor muy tiesa, a largos y acompasados trancos, ligeramente genuflexos, pinzando con dos dedos de la mano derecha los delanteros de la bata y con el dorso de la izquierda apoyado en la frente.

Mi padre me puso en el suelo, me alisó el pelo con la mano y dijo calmosamente:

—¡Vamos a comer, Bichín!

7

Siguieron tres días de tupida llovizna abrileña en los que no se pudo salir de la casona. Relucían los prados a lo lejos, en las caudas de las colinas, como láminas de cristal verdiamarillo iluminadas por debajo. Descendía por las *corredoiras*, roto en hilos de azogue, desbordado, el regato de las Zarras, y después de hundirse en los blandos céspedes de un soto de castaños, en los bajos del pazo, juntábase en un caz de más formal andadura, tapado casi por los helechos espesísimos, por las matas de malvela y las varas de la digital con sus altos sistros de campánulas purpúreas y barbadas y sus hojas anchas como lenguas lanosas y frías. En la linde del paredón, donde acababa la huerta y empezaba la dehesa, salía al paso del riacho un molino de rodicio vertical que alegraba aquellas sumergidas horas con el ritmo bailarín de su tarabilla, antigua inventora de coplas y de danzas.

La llovizna de espesos vapores daba a todo un aire fantasmal y pesimista. Y cuando el sol metía su lanzón repentino, para iluminar una escenografía de boscajes, parecía anunciar la irrupción de algún genio desaforado, harto ya de tanta modorra y dispuesto a terminar con aquel adormilado pespunteo de agujas grises sobre las encantadas luces del mundo.

Fueron unos días para mí muy fatigosos y tristes. Al final de ellos sentía los huesos del pecho como resortes apretados contra el corazón, como si el costillar del lado izquierdo tuviese sus curvas hacia adentro.

El tío Modesto extraía, de pronto, de entre los filos y mazazos de su habitual ordinariez, unas delicadezas tan impropias en él que más bien semejaban cazurrerías encubiertas, como es de uso entre las gentes rústicas que disimulan así sus burlerías. Pero su reiteración y la elección de su oportunidad descubrían la naturaleza de tales atenciones, denotando una gran ternura de alma, hundida, negada, quizás defendida por aquel exterior puntiagudo, como la carlanca de púas defiende el pescuezo del buen perro guardián.

No permitía que su barragana interviniese en mis cuidados, y apenas la vi un par de veces, mirándome desde lejos, entre maravillada y rencorosa.

Las perentorias reclamaciones a la servidumbre, no solo sobre mis comidas principales sino sobre cosas de la gula y merendolas de entre hora, eran tan ásperas como si la cochura de un roscón o la temperatura de un vaso de leche fuesen asuntos de los que dependiese la vida de un ejército. Y allí eran los vozarrones de mando:

—¡Eh, tú, Ludivina! ¡Dónde rayos has visto que se le den a los chicos filloas sin miel...? ¡Gerardo, o centellas! ¿Vas a ir o no a los trasmallos de la presa a ver si hay truchas? Dos comidas sin que este pequeño tenga un miserable pez que llevarse a la boca...

Estas reclamaciones eran a condición de que yo tácitamente no las oyese. Si tenía que dirigirse a mí, las cosas cambiaban.

—¡No sé quién carallo te educa a ti! ¡Échale los dedos al pollo, canijo, que se te queda lo mejor pegado al hueso...! ¡Suena para abajo esos mocos, hom! ¡Fuerte, fuerte!

—¡Pero tío, si hago ruido!

—¡Anda, concho! ¿Y cómo vas a sacar ese endrollo de moquerío que tienes ahí, namás que acariciando las ventas con ese lenzuelo de dama? No os enseñan más que mariconadas. Ven aquí... Sopla... —y me cogía la nariz con su horrible pañolón, oliendo a tabaco y a sudor.

—¡Sopla encanijado, sopla! Ahí está. ¿Vistes?

Lanzaba luego una risotada y me apartaba de sí con un empellón, como si quisiera demostrarme que nada tenía que ver conmigo y que el sonar a un chico era la cosa más natural del mundo, que se hacía con cualquiera.

Cuando estábamos en estas solía aparecer mi padre con su paso alobado y, sin decir oste ni moste, como quien se apodera de un objeto, me sacaba de allí de un tirón y me llevaba a otro cuarto, sometiéndome a uno de aquellos interrogatorios llenos de matices y distingos, interminables, torturantes, sobre el irme o el quedarme, sobre el elegir entre mi madre y él, que me dejaban aturdido.

Era terrible su táctica. A fuerza de idas y vueltas del razonamiento quería persuadirme de que mi alejamiento de mamá sería asunto de mi libre decisión y que por parte de ella ya estaba descontada una tranquila conformidad. Y como esto no era cierto, quería que lo fuese acumulando palabras, argucias e interpretaciones caprichosas sobre la irreductibilidad simple de los hechos. Y así era en todo: una gran decisión, una escueta violencia ejecutiva para llevar a cabo actos que casi siempre descansaban sobre bases arenosas, movedizas, que él intentaba consolidar artificiosamente sometiéndolas a su terquedad, a su capricho, a fuerza de transformarlas con palabras, identificándolas con la imagen de su deseo, o desechando las contradicciones, como si no las viese.

Cercado por la contumacia de aquella tremenda voluntad, empeñada en saturar más que en mandar, acudí al subterfugio de colarme por la porosidad de sus propias malicias, declarándole que necesitaba pensar en todo lo hallado, pero lejos de allí, en mi casa y en mi cuarto. Unos pocos días serían suficientes. Realmente había un fondo de verdad en tal promesa. No todo lo que mi padre hablaba iba a humo de pajas para mi atención.

Uno de sus argumentos sobresalía, con su limpio patetismo, sobre los demás. Razonaba que, si le dejábamos solo, ya nada le contendría en aquel librarse al azar de las cosas y sería peor para todos. Y peor para él, pensaba yo viéndole tan inseguro, tan desasistido, refugiándose en mi parva entidad, como en un final reducto, para no caer del todo en la desintegración social y en el caos íntimo.

Y así, después de unas repentinas llamaradas del carácter, con numerosos «no me da la gana», «no faltaría más» y «se hará lo que yo mande», el primer día en que el sol dio cuenta de aquella ceniza final de la rezagada invernía, partía yo de regreso para mi casa, montado en la Cuca, la yegua predilecta del tío Modesto, con el zagal Gerardo de espolique.

8

El avispero de las tías estaba siniestramente alborotado. Después del réspice de mi padre, Pepita adoptó una actitud de silencioso encono. Su flato habitual vino a aguzarse en tremolados gases que la tenían sacudida horas enteras, sin decir palabra, aderezándose tisanas de tila y manzanilla, y bizmándose las sienes con rodajas de patata o con lunarones de hule negro, untados en diaquilón.

La tía Pepita era un extraño ser que, en la mocedad, había disfrutado de una belleza de rostro, un tanto provocativa, y de una abundante disposición de las carnes que gustaba a los varones. Mas, a pesar de su apariencia maciza, había denotado, desde joven, cierta flojera de salud, de no muy claro origen, que daba, además, de sí, temporadas de ocena de muy fastidiosa conllevancia. Esto la fue haciendo recelosa e insegura de sus reales valores como hembra, que veía diezmados por aquellas penosas y emanantes molestias que, aun cuando temporarias, la alejaban de toda relación consecuente, capaz de llegar a términos definitivos por los caminos del estado civil. Con todo ello, se había ido recociendo en su cálida morenez, privada de hombre, aunque bien pudo haberlos tenido; pero su austera honestidad provincial y su intransigente moral religiosa la habían hecho soslayar aquellos internos repelones de la carne hacia los derivativos del culto, de los novelones, de los fugaces noviazgos de balcón o de las calcinantes ensoñaciones solitarias a cuenta de las intrigas de alcoba que escuchaba, como quien no quiere la cosa, pero, en el fondo, ardiendo de curiosidad, de labios de las cinteras, corredoras y modistas que todo lo sabían y que, en cierto modo, la tenían por involuntaria confidente e indirecta consejera para sus tratos y discretísimas tercerías.

—¿Y usted, que haría en tal caso, doña Pepita?

—Una es quien es y haría lo que haría. Pero tratándose de esa perdidona, ¿qué importa uno más?

—¡Dios bendiga ese discernimiento!

—Expedí una opinión, no di un consejo...

Todas estas idas y vueltas del carácter, las contradicciones entre los fuegos del temperamento y lo frígido de las apariencias; las ansias frustradas, las ternuras sin destino, las pobladas soledades y las sofocadas pasiones del ánimo, habíanla llevado a aquellos términos de flatulencia y nerviosidad; y no pudiendo desenfrenar aquella carne por los cauces normales, la puerilizaba en una artificiosa inmadurez, con lo cual vino a quedarse, entre abobada del cuerpo y aniñada del alma, en esa zona donde lo cursi se realiza como una falsa imagen de la vida que el cursi va creándose para no sucumbir ante los bárbaros embates y los rudos mandatos del mundo y del deseo.

La tía Asunción, repatriada de Cuba algunos años antes, viuda de un coronel monstruoso que la había desposado a los catorce, acentuaba en los días de perplejidad y conflicto —pues en los otros parecía no existir— su jarabosa memez tropical, inflada de inocuas ironías, y se los pasaba cambiándose sus vestidos de cotorrona, colgándose cadenas, prendiéndose dijes y sacudiendo, en el balcón, los uniformes de su marido, para acentuar, con toda aquella simbología, su presunta superioridad sobre nosotros.

En cuanto a la tía Lola, con su ladino aire monjil, sus trotecillos perdigueros y sus jorobitas naufragadas entre los encajes de sus espumosos canesús, en cuanto hallaba razón para ofenderse, que para ella era tanto como vivir, se pasaba las horas, azogada y ardilla, corriendo de aquí para allá, abriendo y cerrando armarios y baúles como en la proximidad de un urgentísimo viaje. Las puertas y ventanas del segundo piso, que era el que mamá les cedía, se veían batidas minuto a minuto por descargas injustificadas de maderas y cristales. Y entre el fragor de toda aquella actividad, la voz de Asunción la emprendía de pronto con unas desgañitadas habaneras, sacudiendo a palmetazos las galas del extinto espadón:

> *De Yocotango a La Habana*
> *una mandinga vi yo*
> *y como era tan bonita*
> *con mandinga me fui yo.*

La cantata se interrumpía por el tajo de una carcajada, sin origen alguno razonable, y esta para dar paso a alguna incongruencia que intentaba ser irónica, dicha en pamemoso lenguaje colonial: «¡Laj cosa pasan po que tienen que pasá! ¡Ay... y cuantaj calaveraj va habé n'er día der Gran Juisio, unas peladaj y otraj con pelo...! Ya lo desía mi finadito: No é oro todo lo que reluse... ¡A mí con esas! ¡Ja, ja, ja!»

> *Guanabacoa la bella*
> *con tus murallas de guano*
> *hoy se despide un cubano*
> *porque el hambre le atropella...*

Y paf, paf, paf, la palmeta cayendo sobre las mangas historiadas del remoto usía, patrióticamente hecho cisco en la guerra estúpida, por mambises y cimarrones o por los pestilentes alientos de la manigua. Y así todo el día, de la mañana a la noche, aquel cotarro...

9

Mamá, sentada en una butaca baja, de yute, con cenefa de madroños entrelazados, no levantaba los ojos de su labor ni parecía darse cuenta de aquel estruendo. Estaba bordando unas matas de pensamientos, en labor de realce, para una rinconera de la sala. Sus dedos, ligeros y exactos como picos de pájaros, manejaban, con disciplinada paciencia, aquellas increíbles agujas tan delgadas como las mismas hebras de la seda. Yo la miraba de vez en cuando por encima del borde de mi atlas, haciendo esfuerzos para mantenerme callado dominando el tumulto de mi corazón, cuyo palpitar acelerado apenas me dejaba trazar el contorno diminuto de las islas del archipiélago malayo, reflotadas por los lápices de colores a la turbia superficie del papel cebolla.

El problema que me había planteado mi padre arrojaba sobre mí una insufrible carga de vida. Luego supe que mamá había accedido a aquella entrevista nuestra sin querer entremeterse ni en sus causas ni en sus resultados. Pepita, dando pábulo a sus figuraciones noveleras y cogiendo por los pelos la ocasión que se le presentaba de ver nuevamente a papá, se ofreció a llevarme, sin decirme el objeto, pues temía, y con razón, que, de saberlo, yo me negase a ir. Mis sentimientos hacia él participaban del temor y del deseo, como la atracción abismal, pero me resultaba más llevadero no acercarme hasta el borde mismo del peligro para no tener que afrontar comprobación tan rigurosa, por lo cual evitaba el verle; me parecía que con ello traicionaba de algún modo a mi madre. Por su parte, ella me había interrogado toda la tarde del día de mi regreso, buscando en la escualidez de mis respuestas la minuciosidad de matices que le permitiesen reconstruir las conversaciones sostenidas con mi padre, como si quisiese oírlo hablar por mis labios.

—Pero ¿qué fue exactamente lo que le dijiste?
—Eso, mamá: que me quería quedar contigo.
—¿Y él cómo lo tomó?
—Pues como siempre toma las cosas.
—Eso es no decir nada. ¡Quién sabe cómo él toma las cosas! Y cuando te lo propuso, ¿lo hizo rogando, ordenando...?
—Me lo dijo, sencillamente.
—Claro... Pero yo te pregunto por el tono, por los gestos. ¿Habló con violencia o trató de persuadirte con razones? ¿Te habló mal de mí? ¿Te lo dijo a la vista de Modesto o estabais solos?

La pugna era terrible y se repitió en días sucesivos. Ella sabía que yo no iba a decirle nada que añadiese nuevos sinsabores a los muchos que sofocaba en su aparente serenidad. Pero aquel día estaba decidida a arrancarme una confidencia completa. Detuvo un momento el picoteo atamborilado sobre el raso extendido para enhebrar una aguja, y dijo, con los dientes cerrados, sin soltar el cabo de la hebra:

—Preferiría que resolvieses de una vez y sin consejo de nadie con cuál de los dos quieres vivir. Tal vez a su lado... No te diría todo esto si no supiese que eres capaz de obrar por tu cuenta. Piénsalo y decídete, pero pronto...

Su voz era suave, matizada, de tono bajo y timbre penetrante. Cuando hablaba un rato largo, yo sentía por todas partes la presencia táctil de su voz, como si me envolviese, como si me entrase por todos los poros; flotaba y me mecía en ella como en un tibio líquido. Era una voz sufrida, suavemente martirizada, sin desniveles, como desangrándose. Era como el resplandor de su más honda vida, de aquel vivir reservado, tan ajeno al placer como al resentimiento. Se diría que el sufrir sin eco ni reacción visible era su manera normal de existir; nunca pude imaginármela entregada al goce de los sentidos o a la carcajada abierta, ni tampoco al grito airado o a la irrupción brusca en el alma de los demás, ni aun en esos momentos en que un gesto extremo puede decidir el rumbo de las cosas y resolver su indecisión. Pero aquella imparcialidad era mucho más coercitiva que el más desgañitado repertorio de los ademanes habituales con que las gentes glosan y dramatizan hacia afuera sus anhelos y dolores. No era frialdad ni disimulo, sino un dominio de su temperamento, de su fuerte temperamento, llevado a cabo a fuerza de abandono, de orgullo y de soledad. Huérfana a los diez años y casada en primeras nupcias apenas salida del colegio de monjas, tuvo que soportar las enfermedades y la dureza de carácter de un hombre de mucha más edad que ella que la había llevado al matrimonio por un trato familiar —en realidad, por un enjuague del tío Manolo, su tutor, un repugnante avaro que no veía más que los intereses inmediatos—, como quien adquiere un objeto caro y magnífico para su disfrute exclusivo. Ella misma solía decir que no había tenido vestidos intermedios entre su uniforme de colegiala y su traje de novia, y que antes de cumplidos los quince años llevaba en su cariño la última muñeca y en sus entrañas el primer hijo. No había habido amor alguno en aquellas monstruosas coyundas, y su carne sana y generosa respondió, simplemente, con la maternidad al deseo de aquel tísico que la abrazaba entre ahogos y sudores. Pesaba también sobre ella la predilección de su padre, que la adoraba y que la mejoró notablemente en la herencia, hasta el extremo de que sus hermanas luego de las trifulcas y canalladas del albacea, que era el mismo tío Manolo, quedaron punto menos que en la miseria.

Mamá tenía un respeto casi mítico por la figura de mi abuelo. Este había sido un liberal intransigente y un librepensador activo, odiado y perseguido por toda la clerecía y la beatería, aunque nunca pudieron meterle el diente, pues había sido un gran señor del corazón y de la inteligencia y el pueblo le había rodeado con un gran afecto. Mamá leía sus publicaciones y folletos a escondidas. De tales lecturas le venía su originalidad desconcertante al juzgar hechos del pueblo a contrapelo de todas las opiniones, y de ahí también le vinieron los matices y aparentes deformaciones de su religiosidad, que en nada se parecía al farisaico automatismo de los denodados rezadores de Auria, capaces de las más aparentes contriciones y de los más feroces procederes en la conducta. Por todo ello, el abuelo había ido a parar al cementerio civil, o como decía mi madre, «había tenido el honor de inaugurarlo», mientras todo el resto de la familia ocultaba este enterramiento como una irreparable desgracia. De todo esto tenía yo noticia gracias a mis rebuscas por armarios y desvanes, y a mi costumbre de escuchar, entre cortinas y tras las puertas, los coloquios de los mayores. Un día casi mato a mamá de susto, pues no se me ocurrió otra cosa que copiar con crepé las barbas del abuelo y presentarme ante ella, con un levitón, recogido por detrás con imperdibles, y arreado con todas las insignias de la masonería que había encontrado en una vieja cómoda. La tía Lola, con una intención que no comprendí en aquel entonces, me ayudó, con risitas de liebre, a disfrazarme, copiando los detalles del gran retrato de la sala, que el funesto tío Manolo había hecho retocar suprimiéndole, precisamente, todas aquellas bandas, mandiles y joyas de la jerarquía.

A pesar de estas tempranas frecuentaciones al mundo de las ideas libres y de este juvenil contacto con aquella incitación al propio gobierno de su vida, mamá se había mantenido, al menos en lo externo, fiel a los usos y costumbres, aunque dentro de una femineidad menos rígida y rutinaria que la de sus contemporáneas, y que, tal vez por ello, resultaba más grácil y más íntima a la vez que la de aquellas tarascas, perdidas en las cháchuras de receta y en los ademanes tradicionales que formaban el ceremonial de las antiguas costumbres, vacío ya de su gracia y oportunidad originales.

Su recato —que, en el fondo, era desdén por su medio—, su alejamiento de aquel mundo de insulsa frivolidad, y su sometimiento resignado a las contradicciones dolorosas que constituían la exterior urdimbre de su vida, fueron tal vez los atractivos que, por contraste, acicatearon a mi padre: hombre de primera juventud muy corrida, señorito guapo, rico y acometedor, arriscado jugantín, con mucho de Don Juan provinciano, y con el prestigio de sus años de estudiantón en Compostela, organizador de «tunas», osado garitero y raptor, y el de sus correrías en los Madriles, y luego, al caerle la herencia, por el extranjero finisecular, de donde había traído descripciones fulgentes de Cortes y Exposiciones Universales, de mujeres despampanantes y de excitantes usos, y un modestísimo poliglotismo, apenas de portería hotelera, pero que le daba mucho lustre en Auria.

No fue sin arduos empeños y constancia que logró atraer primero la atención y despertar luego el amor de mamá. Como siempre ocurre con esta clase de «irredentos», empezó por sentir curiosidad hacia él, a medida que le iban llegando, minuciosamente referidos y conscientemente exagerados, los cuentos y recuentos de sus desatinos, querellas y despilfarros. Completó esta primaria inclinación de la curiosidad, y tal vez de la conmiseración, la oposición cerrada de sus hermanas, familiares, amigos y consejeros, que era como añadir combustible a los levísimos fuegos de la pasión naciente.

Tenía mamá veinticuatro años y él poco más cuando se casaron calladamente, casi sin noviazgo visible, en la capilla del pazo familiar de los Torralba, en el planalto de Gustey; lo que fue comentadísimo, pues en todo lo que se recordaba de ceremonias de esta clase, en Auria, no se había sabido nunca de una desposada que fuese a contraer nupcias en la casa de su prometido. Con todo, las críticas no fueron más allá de esta pequeña circunstancia ceremonial, la dignidad de aquella mujer, su serenidad magnífica y su honestidad perfecta ungían de tranquila razón todo cuanto tocaba y realizaba, y lo más que se dijo, que resultaba inocuo comparado con la capacidad de maledicencia del burgo, fue que «el loco Torralba se casaba para apuntalar sus finanzas alicaídas y continuar su vida de disipación con los dineros de la mujer», lo que resultó una triste profecía. Pero lejos de hacerlo con la premeditación que se le atribuyó en aquel entonces, lo llevó a cabo con la más inconsciente naturalidad. Para mi padre el dispendiar todo lo que tenía a su alcance, sin pararse en escrúpulos legales o morales, era la cosa más lógica de este mundo y no le ocasionaba ni vacilaciones ni remordimientos; todo lo más se enfurecía cuando los medios le faltaban, y trataba de conseguirlos fuese como fuese. Para él el gastar era una función tan automática como la de respirar; y cuando no tenía qué, caía luego en la gesticulación incoherente y desatinada del que se ahoga. El mundo se le convertía en clavo ardiendo y echaba mano de lo que le hacía falta, completamente ajeno a sus consecuencias, con un aire urgente de agónico. Ello no significaba, como ya dije, ni cálculo en su matrimonio ni desamor hacia su mujer, y cuando alguien le hacía observaciones sobre el particular se quedaba estupefacto, como si le hablasen un idioma incomprensible y ligeramente burlón. Mi padre era uno de esos hombres que pasan por la vida con las franquicias de aquellos a quienes se consiente, como un valor convenido, que hagan las cosas «a su modo». Consentir en que alguien haga las cosas a su modo, es decir, en forma que resulten inocentes «cosas de Fulano», es tanto como otorgarle carta blanca para que obre como un imbécil, como un bruto o como un malvado, sin que puedan los demás decir seriamente que lo es, y sin dejar de sus bellaquerías o de sus sevicias un rastro de responsabilidad por donde irle al alcance. Cuando mi padre jugaba a una sota, en una chirlata villega, el hermoso casal barroco de las tierras del Viana, la gente murmuraba, sonriendo: «cosas de Luis María», como lo dijo cuando, todavía estudiantón, había corrido media Europa tras las enaguas, no muy limpias, de una diva tronada que conociera en una función de ópera, en las fiestas del Apóstol, la que, a su vez, mantenía a un barítono afónico, a quien mi padre dejó tendido, según se murmuró, en una calle de Budapest. Las cosas de mi padre eran, pues, «cosas a su modo», «cosas de Fulano»; es decir, cosas de la impunidad, del crimen implícito, consentido, casi legal.

A mamá también la quería a su modo, es decir, sin renunciar a sus cosas, casi obligándola a comprenderlas, ya que no a compartirlas. De este cariño no participaba nada que se pareciese, no ya a un sacrificio, sino a la más leve incomodidad. En cuanto algo o alguien le imponía obligaciones que significasen la más leve cortapisa a la simplicidad caprichosa de su temperamento, no tenía, aunque lo desease, fuerza suficiente de carácter para soportarlo. Pero su misma arbitrariedad, aquel libérrimo ademán frente al aprisionamiento de una vida que nosotros vivíamos y sufríamos del lado contrario, encuadrada en el ritmo de lo previsto, de lo formal, de lo aburrido, me hacía amarle y admirarle aunque sin plenitud, sin total entrega, con un contradictorio sentimiento de superioridad y amparo, como si él, tan fuerte y en apariencia tan libre, necesitase, no obstante, de mi protección, cuidado y fortaleza. Su gesto flotante, como desasido, sobre las rutinas más respetables, me hacían temer por él como si fuese a despeñarse a cada paso. Su energía abrupta y discontinua y la gracia imprevista de sus desenfados y mandonerías, tenían algo de la ráfaga de viento o del vuelco de la ola, capaces, con igual indiferencia, de acariciar y destruir. Para quererle había que tratar de no transgredir tales límites y que detenerse en aquel punto de roce en que su personalidad y la de los otros conjugaban el equilibrio de sus atracciones y repulsas. Más allá de esto estaban el conflicto y el choque. Pero él era, exactamente, todo lo contrario. Lo que no coincidiese con la dirección de sus impulsos, lo arrollaba o lo ignoraba, según fuese la resistencia del obstáculo.

Nada tenía de común aquel amor tan real, pero tan construido y vigilado, con el total enajenamiento del que me unía con mi madre, renunciante a toda disparidad, transfundiéndome en ella, como desnaciéndome. Empero, cuando en mi cariño hacia él no regía aquella especie de conciencia del sentido de los límites, aquel tenso cuidado y salvaguarda de mí mismo, me sentía atraído, como hacia una fulminación temida y deseada, como queriendo probar mi poder de persistencia a través del impacto mismo de aquella impulsión irresistible, desintegradora. En mis secretas relaciones de amor y miedo con el templo, había algo de aquel dramático cariño hacia mis padres, del cual el templo era como una oscura alegoría.

10

Mamá calló largo rato y yo me mantuve con la cabeza entre mis papelorios escolares, aunque sin hacer nada. En el piso de las tías continuaba el batir desmandado de ventanas y puertas, y el canturreo de la criolla aquerenciada; y resultaba fácil imaginarse el trotecillo fantasmal de la gibosa y la melancólica postración de Pepita, hundida en los cojines de su canapé, devolviendo, en regüeldos aflautados, los vapores de las tisanas de azahar y sumidades de culantrillo.

Apareció Joaquina, con la desolación labrada en las masillas del rostro, para decirnos que las tías, tras haberse negado a desayunar, habían mandado luego a comprar, para el mediodía, comida de la fonda de la Javiera; viandas plebeyas que estaban comiendo a deshora sobre los muebles o con los platos apoyados en las rodillas, como los mendigos de portal o como en las casas donde hay duelos o enfermos, que nadie piensa en poner mesa, aludiendo a la situación con gimoteos, dichos y refranes hirientes, tales como «más vale pan en mi casa que ave en la ajena», «fui a tu casa y me enojé, vine a la mía y me acomodé» y mencionando su triste posición de «pobres recogidas», cuando, en realidad, eran las dueñas y hacían siempre lo que se les antojaba, sin consultar con nadie.

La Joaquina, que conocía muy bien el paño, hizo partícipe a mamá de sus sospechas acerca de aquel misérrimo refrigerio tabernario, como de jornalero, en el que se demoraban hacía ya media hora larga, alternándolo con idas y vueltas, ingiriéndolo tan despacio que ya daba asco de frío, y asomándose entre bocado y bocado a la ventana de la calle de las Tiendas, como si esperasen a alguien ante quien exhibir la bazofia humillante.

Dicho y hecho. Apenas la vieja sierva había acabado de referirse a esto, cuando se oyó la esquila del picaporte agitada por el tirón del cordel desde la perilla del zaguán. Joaquina salió al corredor para abrir y se encontró con que ya la Lola, desde el segundo piso, interceptaba la soguilla, chirriando, sin venir a cuento, con alboroto de corneja:

—¡Métete en tus cosas, fisgona, estantigua! ¿Acaso es visita vuestra? ¿O es que ya se nos prohíbe también recibir visitas en esta casa?

Volvió Joaquina, esta vez con un espanto real abriéndole las enmohecidas fauces, para anunciarnos que acababan de entrar nada menos que las Fuchicas. Mamá frunció el ceño con severidad. Eran las Fuchicas dos hermanas beatísimas, sin edad reconocible, con manto negro en toda época, que vivían de la dulcería privada y de corretear secretamente prendas y alhajas de las viejas familias de Auria venidas a menos. Estas prendas iban a engrosar los ajuares y galas domésticas de los soberbios tenderos maragatos que formaran una asoladora emigración interior hacia los mediados del siglo anterior, invadiendo las provincias limítrofes, y que habían acabado por constituir la nueva «aristocracia» con dineros cazados en las trampas de las escrituras de hipoteca, en los pellejos de aceite, o en los productos del país, acaparados por ellos para la exportación.

Estas Fuchicas, a quienes los rapaces llamaban «castellanas rabudas», pertenecían al escasísimo maragaterío pobre y habían llegado a la sombra de un hermano, cabo de carabineros, destinado a Auria, hacía más de treinta años. Murió el tal hermano y ellas quedaron allí, tal como vinieran, aferradas a su dura prosodia y a sus hábitos de pueblo estepario y cigüeñero, sin que la ternura y el humor del medio adoptivo las hubiese calado en lo más mínimo. Eran, cada una por su estilo, físicamente pavorosas, tanto la flaca con su abrujado perfil de cuento de niños, su pelo ralo y polvoriento asomando bajo el peluquín, colocado en los altos de la cabeza con una flojedad de toca, y sus largos miembros lentos de araña; como la gorda, con su abacial belfo pendiente y violeta, como un pedazo de hígado puesto al sereno, su gran seno fofo y sus ojos bociudos y saltones. Eran las correveidile de la ciudad, y el extremoso ensañamiento con que declaraban sus chismorrerías participaba de la exageración caricaturesca de sus facciones. La flaca daba sus nuevas con un ríspido asco hacia la humanidad condenada, perdida, sin remedio posible, y la gorda con una compunción aconsejadora y resabiadísima, más peligrosa en sus ungüentos verbales que la otra con sus bíblicos aspavientos. Tan a lo serio tomaban su misión que cuando alguien se les anticipaba en el conocimiento y difusión de una intriga —por ejemplo, la Vendolla, famosa alcahueta, o Andrea, la partera de las madres que no querían serlo— caían enfermas: la flaca con fiebres y la gorda con disnea. Y, además, como represalia, tomaban la defensa de los ofendidos por el rumor. Y esto, que parece tan inverosímil como sus caras, es tan verdad como su horrible contraste en un mundo soñado de meigas y adefesios. Su celo insomne las tenía noches enteras colgadas e inmóviles, como murciélagos, bajo el alero de su tabuco, en el más alto saledizo de una casa de pajabarro, de paredes abarrigadas y ruinosas, allá en la plazuela de los Cueros, espiando, entre postigos, la vida de los nuevos vecinos o adivinando, al pasar por los círculos de luz mugrienta de los farolones de petróleo, la silueta de los hombres que venían del lado de la Herrería, de las casas de perdición, irreconocibles para quien no fuese ellas, bajo las capas o tras el alzado cuello y espeso guateado de las zamarras; y era fama que habían comprado en el chamaril de la Filleira un viejo catalejo de la Marina, capaz de meter las ventanas más distantes en su acuoso redondel y que lo empleaban de noche y por la mañana temprano, encaramadas en lo alto de la guardilla, a riesgo de partirse el alma de un resbalón. La verdad es que sabían tales cosas que, sin el catalejo, habría que atribuírselas a pacto con el diablo. También se comprobó que se disfrazaban de pordioseras campesinas para seguir, de lejos y cada una por su lado, a las muchachas artesanas que salían de la ciudad, llevando un atadijo como para un recado, y se desviaban luego por las carreteras y *corredoiras* de extramuros a fin de encontrarse con novios de su clase, o con señoritos, al amparo de los pinares soledosos. Cuando el idilio resultaba entre iguales, las Fuchicas desinteresábanse de él, porque se amenguaba la posibilidad del escándalo; que una costurera se metiese en un maizal con un ebanista era una simple indecencia, de la que no valía la pena ocuparse, si no era a condición de que la artesana fuese dueña de una de aquellas bellezas estupendas que frecuentemente se daban en las clases populares de Auria y que tentaban la codicia de los buscadores de picos pardos, o que su familia tuviese acrisolada fama de honesta e intransigente en materia de honra. Tratándose de una muchacha así, en condiciones de interesar al señorío, las Fuchicas la anulaban para siempre con un somero y firme golpe de aguijón, pues ponían un celo particular en impedir el contacto y mezcla de las clases.

Por todo ello, la gente popular las odiaba desde siempre, pero con más saña aún desde que mediante su testimonio, en la Audiencia, mandaron a presidio al hermano de Alcira, la guardesa del tren, seducida por un alfeñique lúbrico, hijo de unos maragatos, fuertes aceiteros de la localidad, que solía cabalgar en una alta yegua gris por los alrededores de la ciudad procurándose aventuras. En una de ellas había sucumbido Alcira, con su blanca y dulce belleza de náyade. Era huérfana y le habían mantenido la guardería mientras su hermano cumplía el servicio del rey. Cuando este volvió de la milicia la encontró de cinco meses. Fue a ver al seductor, quien lo hizo echar de la puerta. Cuando ya había nacido el niño, un día lo paró allí, cerca de la chabola donde vivían, para pedirle ayuda. El otro, que venía cabalgando en su airosa yegua, lo apartó de un pechazo, sin querer detenerse a pedir razones con el fuerte bigardo, el cual, no obstante, detuvo al animal con su recio puño de serranchín. El orgulloso zascandil, mal aconsejado por la soberbia, le cruzó la cara con la fusta, pero apenas lo había hecho, cuando se vio arrancado de la silla por un fuerte tirón que dio con él en tierra; y allí, llevado por la saña antigua y por la ofensa irreparable en la honra de su hermana, el muchacho, después de destrozarle la cara a puñadas, le rompió la columna vertebral pisoteándolo, una y otra vez, hasta dejarlo por muerto, con sus zuecos claveteados. Salió de la tunda, pero quedó para siempre hecho una piltrafa, con las piernas colgando, tullido en un carricoche, y el muchacho fue a presidio porque las Fuchicas se presentaron como únicos testigos de vista, pues andaban por allí espiando, al olor de una murmuración que decía que la guardesa tenía tratos con otros señoritos y que ahora lo hacía por dinero: especie infame, sin el menor fundamento, pues la pobre, a quien mi madre, por cierto, protegió con dádivas y vestidos para ella y el niño, hizo una vida decentísima criando a su hijo y no consintiendo, por nada del mundo, que los abuelos aceiteros, al final enternecidos, pues no tenían otro nieto ni esperanza de él, le viesen, ni admitiendo de ellos socorro alguno, lo que fue un gran castigo.

Las Fuchicas eran avisadas siempre que alguna de sus amigas, clientes o protectoras necesitaba tomar alguna resolución innoble. Su destreza para justificar las mayores monstruosidades era famosa y temible. Consistía su táctica en desvalorizar previamente a las personas que iban a ser víctimas de la agresión o de la infamia, en forma tal que sus dictámenes contribuían a aligerar la íntima responsabilidad del que se resolvía a hacer la canallada. Así como hay zurcidoras de voluntads ellas oficiaban de liberadoras de conciencias.

Tales eran las visitantes de mis tías que, con tanta razón, alarmaron a la criada Joaquina. Mamá oyó sus alborotados escrúpulos con grave silencio, y desviando la conversación le ordenó que se metiese en sus cosas y le pidió pormenores sobre unas lampreas que nos había mandado de regalo un rentero de la Arnoya. Los exquisitos peces, lo mejor que aquellos ríos producen, exigían un ceremonial culinario que estuviese a la altura de la rareza de su pesca, por lo cual mamá —y, en realidad, para evitar las hablillas espantadas de la sierva— terminó por irse ella misma a la cocina a dar los últimos toques. Al salir cruzó conmigo una mirada de inteligencia que yo interpreté en el sentido de que nuestro coloquio quedaba momentáneamente interrumpido, pero de ningún modo terminado.

11

No podía quedarme solo. La soledad me atenazaba como un mal físico, como si me lastimase. El problema que desde semanas atrás me venía fatigando, surgía cada vez más apremiante bajo la especie de una creciente desazón que no se mitigaba si no era yendo en busca de la gente o caminando sin ton ni son, poseído de una verdadera necesidad ambulatoria, cosa muy difícil pues en aquellos tiempos yo debía justificar todas mis salidas. Tenía otro medio de hallar el indispensable reposo o, al menos, de cambiar la forma de la angustia, que era el meterme en la catedral; mas esto era, en realidad, sustituir un desasosiego con otro: el conminatorio de aquellos días por el perpetuo y solapado que el templo me causaba.

Calculé que faltaría media hora hasta la de comer y me fui a mi cuarto a coger la gorra dispuesto a salir sin permiso. Estaba mi habitación casi en penumbra, pues en aquel momento del estruendoso mediodía de mayo la casa quedaba sumergida en la zona de sombra, por lo que el David se recortaba en el marco de mi ventanal, delicado, cristalino, en medio del alboroto de millares de vidrios heridos por el sol, que llenaban los dos grandes arcos rebajados, apoyando su vuelo en la columna del parteluz, que David coronaba con su hierático concierto. Esta vez no me vino de él ningún eco de mi estado de ánimo y me pareció más bien inexpresivo y ausente, con sus pies como derretidos, escurriéndose, y su perfil de judío adormilado, como dejándome librado a mis propias fuerzas. Empero, mirándolo con más fijeza, me pareció que los plegados de su túnica tenían en aquel instante un aspecto abandonado y una levedad que contradecía la materia pétrea; la frente semejaba más caída sobre el instrumento y la mano se ofrecía en melancólica laxitud, como asiéndose al cordaje para no caer a lo largo del cuerpo. Lo miré largamente, sin pestañear, como solía cuando esperaba de él algo extraordinario. Al poco rato de iniciada esta contemplación sostenida sentí que se me aflojaban las piernas y que mi cuerpo pesaba extrañamente sobre los brazos apoyados en el alféizar. Los canelones de la fimbria acababan de moverse y su barba tembló también un instante entre los dedos del viento. De pronto todo su cuerpo entró en una blanda ondulación, como cosa soñada o sumergida. Mis manos se agarrotaron al marco de la ventana. El doble vano del gran pórtico acristalado se movía también, con un corrimiento de mojados moarés, sobre los vitrales encendidos, cuyas figuras opacas, apenas entrevistas como plomizas sombras, organizaban una procesión alucinante. Los altísimos muros sillares que cubrían la perspectiva del cielo, se contaminaron también de aquel portentoso cataclismo, que trocaba la mole del templo en algo súbitamente transitorio, levitante y licuoso, en un ingrávido mundo de prodigio. Me encaramé a la cama para sacar del todo la cabeza y abarcar los límites de los inmensos lienzos y sus crestados confines celestes, buscando un apoyo para no dejarme llevar hacia el horror de lo imposible, mecido en aquel fantástico vaivén. Cuando pude mirar hacia arriba, en procura de la referencia inmóvil del cielo, buscando de sujetar aquel mundo desorbitado, negador de su propia materia, vi las nubes pasar, en grandes y rápidos islotes, resbalando por las claras luces de mayo y veteando el mundo con sus fugitivos jaspes movedizos.

12

Traspuse el patín desierto y furiosamente asoleado, y entré en el templo por la puerta del Perdón. Crucé la nave del Rosario, esquivando la amenaza del san Jorge, con su lanza suspendida sobre el dragón del aire, arbitrariamente adosado a una pared por un juego de grapas que mantenía al gran caballo de madera con su jinete en un galope áptero de naturaleza increíble.

No sabía bien a lo que iba. Muchas veces entraba en la catedral así, sin designio cierto. La inmensidad de su estructura, su silencio, el color y el olor de su atmósfera, sin duda influían en mi estado moral y físico, nunca supe si para bien o para mal. A veces era como si aquel silencio me redujese a mí mismo, cuajada de pronto la interna dispersión en un punto de interior solidez; y otras, en cambio, me sentía como desleído en sus penumbras, como sorbido por un grato y moroso vampirismo que me postraba en una tibia inmovilidad de desmayado.

Entré en la capilla del Santísimo Cristo, que a tal hora se amodorraba en una sombra espesa llegada de los rincones, con olor a pábilo y a siglos, tan sólida que parecía sentirse, al andar, su resistencia como una mano blanda, inmensa, posada contra los huesos del pecho. La ranciedad del aceite votivo chisporroteaba en los lampadarios de plata y cristal, que eran como rojizos faros en aquella negrura. Los altos vitrales, en su embudo de roca, traían desde la calle, a través del espesor del muro, una luz de fondo lacustre, transparentada de santos y profetas, y esta era la única mención del día fulgente que estrellaba afuera sus solazos contra las lajas de las rúas. Anduve unos pasos con las manos extendidas y tropecé, sin verla, con la mesa de las cuestaciones, entapetada de veludo, y mis dedos dieron justamente en el pequeño crucifijo de marfil, que apreté un momento, con gesto involuntario, sintiendo el cuerpecillo amuñecado como un frío contacto de cosa muerta. Comprendí que no iba bien, puesto que la mesa de las limosnas se hallaba a uno de los lados, y rectifiqué la dirección apoyando la mirada en la curva del barandal de bronce del nuevo comulgatorio, que recogía en un punto de su convexidad pulida las pequeñas luces dispersas. Al llegar al barandal lo sentí oblicuo, como algo tropezado en el duermevela, y me coloqué bien para arrodillarme frente a Él, que estaba allí, a cinco varas de altura, tras el pesado cortinón de peluche, que no se podía descorrer si no era por manos autorizadas y en fechas severamente marcadas por el ritual. Me resultaba siempre un espectáculo de magia aquel lento advenir de las cosas que iban amaneciéndome en el fondo de los ojos, anunciadas por sus brillos y relieves para irse completando en hondura y volumen, lentamente. A los pocos instantes se hicieron presentes, como si vinieran flotando por un túnel de oscuro escarlata, los símbolos de la Pasión, bordados en haz de abundante oro sobre la gruesa felpa de la cortina; fueron después amaneciendo los bulbos, florones y bruñidos de los seis enormes candelabros de plata dispuestos a ambos lados del sagrario, y las tablas de los evangelios, con marcos de oro vivísimo, a los extremos del altar. Con lentitudes de pincel despacioso, iba la luz desencantando aquel alto mundo de capiteles y crujías, ornadas con el rudo universo animal, floral y frutal del convencionalismo gótico. Entre yo y la bóveda, ya visible por una rasante luz cristalina, como nacida de las piedras, empezaba a interponerse un nubarrón de espesa y no obstante, vaporosa calidad; era el baldaquino, con su inestable delirio de formas barrocas, que empezaba a dibujarse contra el dovelaje de las piedras antiguas, enarcadas en poderosa y limpia curva eterna. Un dinámico apeñuscamiento de visiones superpuestas fue concretándose luego en la entraña del sólido nubarrón, poblado de serafines rampantes, de espiriformes cornucopias, desbordado de pomas y racimos, con sus cartelas de crispado contorno; los torsos anatómicos frustrados, de repente, en miembros de ramajes fugitivos, los florecimientos policromos en la sublevada geometría de los acantos y las columnas en fofa torsión visceral; todo ello crepitando en silenciosa alharaca de incendio frío, dignificado el conjunto por los colores asordados y los oros tristes, polvorientos, crepusculares.

Sosteníase el ingente nubón airosamente en el cielo de la capilla, descargando su peso sobre los hombros de cuatro arcángeles gigantescos, largos de diez varas, oblicuamente tendidos a través del espacio, sonrientes sus inmensas caras de niños, como para desmentir el esfuerzo, vestidos con rutilante armadura romana, yelmos de plumas esculpidas y rígida loriga hasta la mitad de los potentes muslos desnudos, que apoyaban sus pies, como barcas, en las distantes pechinas... Todo ello labrado en un tumulto de troncos de castaño que habían perdido la más remota relación con la materia originaria, transmutada en resplandor y vuelo.

En los testeros laterales los retablos renacentistas del Descendimiento y de las Mujeres de Jerusalén sosegaban, con un patetismo más noble e indirecto, el «tempo» apasionado de aquel rapto de la madera.

Cuando todo estuvo ordenado en sus justos términos y luces adecuadas, sentí que me volvía la tentación, casi incontenible, de otras veces y quise huir, también como otras veces, pero aquel día no pude. Sabía yo, por los monaguillos y por los niños de coro, dónde estaba el hilo de la roldana que dejaba el cuerpo de Dios al descubierto. En muchas ocasiones había visto la tremenda imagen por las fiestas y novenario de la Santa Cruz o en la fiesta mayor de Auria, que era la del Corpus Christi. La prodigalidad de las luces, el apeñuscamiento de los fieles y la obligada distancia no eran condiciones suficientes a mitigar la doble sensación de atracción y terror que metía siempre en mi alma aquella figura desolada que destacaba, apenas sin contorno, del fondo de los viejos brocados. Era como si en aquella presencia, tan inerte y activa a la vez, se concretase todo el inmenso poder del templo. La tentación de verlo, frente a frente, de cerca y a solas, había llegado, por veces, a serme tan irresistible que me levantaba bruscamente, como perseguido, y cruzaba el templo, en desalada carrera, buscando la salida con un ansia de liberación corporal frente a un peligro prodigioso e inminente. No era la prohibición estricta de descubrir la imagen lo que me contenía, sino la secreta responsabilidad de abrir las esclusas de no sabía qué aniquilantes misterios.

Pero ese día mi estado moral, la perturbación de mi voluntad, puesta por mis padres en aquel brutal trance electivo, me hacían ajeno a mí mismo, insensible a fuerza de sentirme vivir y deseoso de afrontar la aventura, como si sus revulsivas consecuencias fuesen los elementos que yo necesitaba para volver a mí o para aniquilarme en un tan alto portento que necesitaba la complicidad de Dios.

Me defendí unos instantes barboteando oraciones informes, donde se amontonaban fragmentos entremezclados como si quisiera buscarles nuevo sentido a las que lo habían perdido ya a fuerza de repetirlas en sus ritmos apacibles, rutinarios.

De pronto salí de mi postración, como alucinado; subí por la pequeña escala lateral, disimulada en las ensambladuras del retablo, busqué a tientas la manivela de la roldana, que chirrió extrañamente, y descorrí la cortina de un tirón.

Consciente de la violación volví, con la cabeza baja, sin mirarlo y me arrodillé de nuevo en el comulgatorio. Allí estaba, frente a mí, tan cerca como solo lo habían tenido los oficiantes, desplegado como una inmensa voz que venía de todas partes, como un vivo resplandor hiriente que me envolvía. Sí, estaba allí con su brutal severidad, su costillar escueto, sus descarnadas tibias de osario, sus larguísimos brazos de embalsamado. Las manos y los pies desdibujábanse hacia lo oscuro en una especie de borrosidad carcomida, y el pelo de muerto le caía, lacio y lateral, sobre la mitad del rostro hundido en la clavícula, hasta mezclarse con la barba larguísima, también de pelo natural.

De la cintura, increíblemente consumida, pendía, en vez del sudario, un faldellín de terciopelo carmesí, con franja de amatistas y brillantes que, por contraste, hacía resaltar, aún más patética, aquella tremenda muerte esculpida. La media cara visible, a través de la lacia pelambrera, mostraba una demacración de mejillas hundidas y pómulos gangrenosos y salientes, y el párpado recogía, en su grieta, un hilo de luz distante elaborándolo en reflejo de lágrima sobre la revuelta pupila.

Allí estaba, frente a mí, el Santísimo Cristo de Auria, con su enigma inviolable para la razón del arqueólogo y con su oscura potencia para el alma porosa del fiel. Su origen lo sitúa fuera de todo raciocinio de épocas y escuelas, y mucho más que la grandiosidad imperial de los Cristos bizantinos o que las sedentes moles coronadas de los románicos, este gigantón, ulcerado y escuálido, desplaza de su ruda invalidez un agresivo dominio que hace abatir la frente, sudar la espalda y temblar las rodillas. A través de su evasión de la forma vital, a pesar de ser todo muerte y trasmuerte, conserva un recuerdo tan patente de la materia sufridora, que resulta pura y vibrante mención y riguroso lenguaje del más hondo dolor transmisible. En su forma tan lejana y veraz, es y no es; su apariencia es ya trascendencia, vive por la grandeza de su no vivir; y, sin embargo, su insensible despojo alude, con muda e hiriente lengua, a un sufrimiento temporal que alcanza, como un dardo, a la responsabilidad del contemplador, que se transforma en ejecutor, para sentirse luego descendido, desde aquella altísima impavidez condenatoria, a su propia conciencia contrita donde ha de buscar, a solas, el entrevisto perdón.

El Santísimo Cristo de Auria no incita al contento estético ni halaga el alma con la armonía del canon imaginero; penetra en los instintos primarios, alanceándolos por las hondas vías del terror oscuro; nos lleva a la esencia por la presencia, ya que Él mismo está en el punto de deslinde entre lo que es representada realidad y una arrolladora energía que puede enajenarnos, lanzándonos a la imitación o al arrobamiento; y el contemplador puede seguirle en la peligrosa invitación hacia el vuelo o quedarse, humillado de labios y corazón, en la viscosidad tristísima de sus pústulas y desgarrones. Es Dios y Hombre como no logró serlo jamás ninguna imagen; no encanta, ni siquiera ordena: anonada.

Yo traté de calmar mi agitación todavía sin querer verlo, apoyando la frente en el frío barandal. Comprendía que aquel no era momento para el juego pueril y arriesgado a que me entregara, desde lejos, en otras ocasiones, y que consistía en probar cuánto tiempo resistiría mirándole fijamente. La idea de intentar a solas aquella pugna de miradas me iba dominando y quise huir una vez más, pero no pude. Además, ¿para qué? Aguantaría allí, tundido y solo, todo aquel rigor, que era como un torrente implacable, a la espera de una amistad hecha de resistencia, que resolvería para siempre aquel dramático forcejeo, grotesco de desproporción, que existía entre el templo y yo, centrándome en el vaivén del impulso y de la contención, entre mi amor y mi espanto, para gobernar aquel poder, más que simbolizado, vivo, en el escuálido despojo de un cuerpo de madera. Quería, mudo, fuerte y esperanzado, ponerme a merced de aquella pulsión arrolladora, de aquella fuerza casi irónica, de tan segura en su poder, de aquella energía que me venía de Él para alejarme de Él.

Lo miré un instante y bajé de nuevo los ojos. Un rombo de luz verde, suavemente disparado desde un vitral, vino resbalando por una escala de luz pulverizada a posarse en el costado de la herida y lo tornó cristalino. Yo estaba rezando arrodillado, con la piel roída contra el escalón de piedra, e insertaba en la confusión de las oraciones los términos de mis propios pesares. Después de un largo rato en que me sentí más calmo y liberado, me atreví a alzar de nuevo los ojos hasta Él, como temiendo encontrarme con alguna pavorosa novedad, y lo vi indiferente, lejano, con nuevos goterones de luz amarilla y azul, resbalando sobre las lacerías de su frente y hundidos en su pelo, como extrañas luciérnagas. Me pareció que la humildad de mi oración era menos humillante que otras veces. Dulcísima flojedad me fue enfriando los miembros y sentí como si me faltaran las rodillas, bajo las que pareció ablandarse el diente del granito. Lo miré con más insistencia y advertí que era graciosa, casi tierna y mujeril, aquella clara tregua del cabello estirado por la corona de espinas a los lados de la raya, en contraste con la pelambrera borrosa de las barbas y guedejas. La inclinación de su frente —aquel insoportable resentimiento de su cabeza inclinada— me pareció que ahora se sosegaba en un amable gesto humano, como de aburrimiento y soñera... Si no me pesaran tanto los brazos de buena gana le desclavaría para acostarle dulcemente a dormir en el mullido sofá de las salas capitulares. ¡Pero era tan grande! Quizás no pesase nada, tal como estaba ahora todo transparentado de luces, como si fuese la luz misma. Era increíble, pero todo empezaba a animarse con aquel creciente resplandor que no venía de ningún lado y que iba agrandándose como un fanal sin contornos. Debió de haber sido en este momento cuando las Mujeres de Jerusalén se pusieron a respirar y a sonreír y cuando la Santa Bárbara de La columna espantó, con su palma, un rayo de luz blanquísima que se le venía sobre la torre. Todos los candelabros temblaron como un humo de plata y san Martín de Tours entró por el aire, jinete de un caballo blanco, con la cara de mi padre. La fragata del exvoto, que estaba colgada en la capilla del Carmen, entró, también en ingrávida navegación, con todas sus velas desplegadas. Mamá cosía ropas de niño en el cuadro de santa Ana. ¡Qué fácil era todo! Los brillantes y amatistas se desprendieron del sayuelo del Señor y volaban como fúlgidos moscones. Estaba seguro de que no era posible a tales horas y, sin embargo, allí estaban, con los trémolos de sus más puras voces, los órganos, pero tocando habaneras... San Miguel tiene rostro de niña y relucientes pies de bailarín. San Pedro Abad es inocente y pequeñito, con su barba rizada y su seguidor gorrinillo de juguete. San Jerónimo, con cara de no saber por qué, se rompe el pecho a pedradas en un sombrizo de rocas, y el pobre Cristobalón quiere desprenderse de la pared para pasar el río, y no puede.

Ya sé que estás ahí, pero no quiero mirarte. Todo puedo ordenarlo, combinarlo y moverlo a mi antojo, pero Tú estarás siempre ahí, seguro y lleno de certeza, en tu provocadora calma. ¡No te necesito ya! Tal vez te has desclavado y vienes a estrangularme con tus grandes manos leprosas, pero no te miraré. ¡Termina de una vez! Estoy seguro de que has levantado la cara, has echado atrás el pelo y me estás observando con dos terribles ojos de luz. Pero no necesito mirarte; dentro de mí veo todo lo que quiero... Las Purísimas de bulto sufren todas de sus párpados enfermos. He aquí que las palomas comen en las manos, con hoyuelos, de la Dolorosa. San Antonio canta y el Niño Dios baila en su hombro, muerto de risa...

Ya te miro, así, con los ojos bien abiertos, todo el tiempo que quiero. ¿Ves? Así... No me das miedo. No puedo levantarme, no podré ya jamás moverme, ya lo sé, pero te miro. Te miro y te culpo de todo y te digo que te odio. ¿Dónde está tu poder, dónde tu ira? ¡Mírame, levanta la cabeza! ¿Ves como no puedes? Pero yo puedo ir y volver y volar con solo desearlo. Aquí estoy junto a Ti, toco tu piel áspera, siento mis dedos entre tus guedejas que tienen frío y olor de tierra. ¡Si te pusieran cara de niño...! Desde ahora gritaré, mandaré, iré por lo oscuro sin que los pisos se me hundan... ¿Pero quién me acostó en esta losa? ¿Y estas agujas que me atraviesan las piernas...? ¡Mamá, no, mamá! ¡No te pongas la cara del David, sería intolerable...! La cruz da vueltas y te veo como una mancha circular, veloz, vertiginosa. San Martín me alza hasta su altura y me besa en los labios; lleva la cara de mi padre, pero su boca es fría, como de retrato, y sabe a barniz...

13

Me curaban los reventones de los labios con toques de miel rosada y me daban a beber pequeños sorbos de agua y vinagre; también a causa de la calentura me ponían sobre la frente interminables paños de agua fría. En Auria, donde todo era sabido a los pocos momentos de ocurrir, y a veces antes, se dijo que me habían dejado solo en la catedral a la hora del cierre de mediodía y que me desvanecí de miedo, luego de haber golpeado las grandes puertas y de haber gritado enloquecido por las naves. Una criada del procurador Pastrana, que vivía callejón por medio, frente a la parte posterior de la capilla de las ánimas, afirmaba haber oído voces aterradoras a la hora de la siesta; cosa que no podía ser verdad, aunque alguien las hubiese dado, pues las paredes tenían allí un espesor de más de cinco varas de piedra sillar y las lucernas se hallaban a más de veinte del suelo. Llevada por su afán de mimar la primicia, la criada reprodujo, durante semanas, ante todo el que la quiso oír, aquellos tremebundos brados, que resultaban, más que gritos de un chico, aullidos de una bestia adulta y feroz.

En realidad, tales habladurías tenían por único fin el poder motejar, una vez más, de locas a mis tías —pues se dijo que Pepita las había olvidado allá adentro— y de extravagantes a mis padres, que no hacían ningún caso de mí. Esta última explicación era la de las gentes de calidad y la utilizaban para poder añadir como final remoquete: «tales padres tales hijos».

—Esa loca dejó allí al chico y salió pensando en las musarañas o cotorreando con cualquier galán. Y cuando se vio solo y encerrado, habrá gritado como un demonio; luego le dio el ramo de locura, que siempre les acomete a los Torralba, y se fue a tirarle de la cortina al Cristo. ¡Y claro, el Señor le castigó privándole del sentido!

—No me negará usted que eso es un sacrilegio, don Juan Manuel, en cualquier tierra de garbanzos.

—De ninguna manera, doña Herminia. No hay sacrilegio sin conciencia de su comisión.

—¡Buena doctrina es esa! Así anda el mundo lleno de malicia y de irresponsabilidad, con sus buenos ribetes de ateísmo. Un chico, sin malos ejemplos, no haría tal desatino, caballero.

—No tiene usted razón, señora. Los Torralba son farfantones y violentos, pero de ningún modo herejes. Y a Carmela no puede usted aludirla como origen de malos ejemplos. ¡Esa santa!

—No tan santa, no tan santa... No voy a negar que es una mujer honesta a carta cabal, pero en punto a materias de la fe, vamos a dejarlo ahí... Luis María y Modesto son un par de tarambanas, capaces de cualquier irresponsabilidad, a cuenta también de su teoría de usted, o sea de ampararse en el desconocimiento del alcance del mal que pueden causar con sus badulacadas. ¡Y que el chico es raro, se ve a las leguas!

—Ese pequeño es una chispa y dará que hablar si no se malogra; y si no al tiempo...

—Esa criatura, si Dios no baja las manos por él, será otro jacobino, patente o disimulado, como muchos que hay en este pueblo desdichadísimo, sobre el que un día caerán los fuegos de Sodoma y Gomorra.

—¡No querrá ser eso una alusión personal, mi señora doña Herminia!

—Peor es *menearlo,* mi señor don Juan Manuel.

Tal conversación dará la muestra de lo que se habló en Auria, y la escuché, todavía una semana después, en casa de mis primos, los Salgado. Este menudo suceso, como todo otro acaecimiento, por insignificante que fuese, bastó para agitar durante meses, hasta que otro más reciente vino a sustituirlo, el quieto ambiente del burgo, que esperaba siempre estas pedradas en la charca para sentir conmovida su superficie.

Yo creo que lo que en realidad me sucedió fue que me sentí invadido por un sueño dulcísimo y que me quedé tendido sobre el escalón del comulgatorio, hasta que me encontró allí, cuando ya la alarma de mi desaparición había cundido desde mi casa al vecindario, el canónigo fabriquero del Cabildo, don José de Portocarrero, cuando, acompañado del pincerna, hacía su habitual recorrida de prima tarde, antes del coro.

Don José era un hombre corpulento, un poco congestivo, de grandes manos labriegas y cabeza hirsuta y potente. Sus cejas, negras y abigotadas, prestaban a su rostro un aire de primitiva violencia, pero, por debajo de aquellos peludos alerillos, asomaban unos ojos agrisados, brillantes, optimistas, llenos de dulzura infantil a la par que de penetración madurísima. Era visita de casa. A mí me quería mucho y cada vez que le atosigaba con los infinitos «porqués» que a mí mismo me planteaba el templo, me palmeaba las mejillas llamándome «sietelenguas» y me mandaba a jugar con los otros chicos, prometiendo decírmelo todo «cuando fuese grande».

Las muchas veces que me encontraba perdido y temblón en aquellas soledades, solía decirme: «¡Qué andarás tú tramando por aquí, perillán! ¿De dónde te viene esa manía de andar por la catedral cuando no hay nadie?». Luego me pellizcaba los carrillos y me mandaba para casa, no sin antes advertirme, una y otra vez, casi con las mismas palabras: «El templo es para el culto y no para venir a él cuando no hay nadie ni ocurre nada, a pensar tonterías. Si sigues así serás un hombre triste y raro. ¡Hala, líscate para la calle!».

Gracias a la afición que nos tenía don José de Portocarrero había sido yo perdonado las dos veces anteriores que me encontró el pincerna o *tornacás* —echaperros—, como le llamaba el pueblo, en la capilla del Cristo, a solas y en actitud que fue calificada de sospechosa, y que la intervención de don José ante el Cabildo rebajó a pueril y atolondrada. Desempeñaba por aquel entonces el oficio de pincerna, pertiguero o *tornacás* un aldeano cetrino y malhumorado de mediana edad, a quien llamábamos Nerón, por mote, a causa de su mala catadura. Los días de gran función intervenía en los ritos vestido con una amplísima pénula de enormes mangas caídas, igual al color del revestimiento del oficiante. Llevaba en la mano una alta pértiga de plata e iba tocado con un peluquín blanquísimo, terminado en un bucle semicircular a la altura del cogote y de las sienes. Como el Nerón era de estatura muy cumplida quedábale la hopa casi a media pantorrilla, viéndosele por los bajos del brillante ruedo de brocado los pantalones de tela dura, y por las mangas caídas, las de su aldeana camisa de estopa. El pincerna, además de sus funciones auxiliares en el ritual —donde venía a ser una especie de lacayo del maestro de ceremonias— desempeñaba otras de limpieza y policía, ayudando por las mañanas a las mujeres que barrían el templo y trajinando el resto del día de aquí para allá, metiéndose en aquella inmensidad de capillas, escaleras, recantos, bóvedas y escondrijos sin preciso nombre, ora despabilando una vela corrida, ora armándole trampas a los ratones; reponiendo aceites, sopesando «cepillos», despertando beatas y expulsando perros. Todo ello acompañado por el tintineo del llavero colosal y por los abruptos ruidos de pasadores enmohecidos y de fallebas chillonas que despertaban ecos impropios, repetidos por las altas naves.

En los brazos de este indiferente cristobalón litúrgico me desperté, pues fue él quien me cargó cuando allí me encontraron, de los que me deslicé apenas vuelto en mí, intentando echar a correr, lo que impidió el canónigo fabriquero cogiéndome duramente de un brazo.

—No puede ser, Luis, no puede ser; esta vez tengo que llevarte y dar cuenta de todo —me había dicho con palabra pesarosa pero enérgica. Y, efectivamente, me llevaron hasta las salas capitulares, donde estaban vistiéndose los canónigos para el oficio diario del coro. En dos palabras musitadas aparte, don Emilio Velasco, magistral del Cabildo, fue impuesto de todo, y este a su vez llamó al penitenciario, y después de un breve conciliábulo de cabezas juntas, durante el cual ambos me miraron con asco y extrañeza, se vinieron hacia mí. Era don Emilio un castellano viejo, seco, de alta estatura, color ahuesado y duro el mirar de sus ojos brillantes, pequeños y negrísimos como de alimaña. La última vez que me llevaran allí, por algo mucho más venial, me había tenido apretado entre sus rodillas, estrujándome a preguntas malévolas que nada tenían que ver con el suceso y que se referían a los hábitos y sucesos de mi familia. Temía yo que aquella escena se repitiese seguida de las risillas y zumbas con que los otros canónigos, sobre todo los de la región, recibían las complicadas preguntas que me encaminaba el solemne castellano, con terrible seriedad, y el salaz desgaire con que yo las barajaba y respondía.

Posó don Emilio en mí sus ojos de tejón y comenzó con su complicada monserga:

—¡Contesta, infeliz! Esa satánica curiosidad que vienes denotando, ¿es propia o es inducida?

Yo le miré mohíno, sintiendo en mi cabeza la turbidez de la pasada crisis y en el estómago los retortijones del hambre. Y antes de que pudiese soltarle el afilado disparate que me hormigueaba ya en la punta de la lengua, intervino el canónigo Eucodeia, un navarro titán, fanático, conocido por la acritud de su carácter, por sus pésimos sermones y por su fuerza de toro, diciendo, al mismo tiempo que me pinzaba una oreja con tal presión como si el lóbulo fuese a hacerse papilla entre sus dedos:

—No se moleste usted con preguntas sublimes, don Emilio. A estos críos chiflados, productos de casas irregulares e histéricas, lo que hay es que darles una somanta de vez en cuando que los deje baldados, así se les bajarán los humos. Si me lo dejaran a mí por mi cuenta...

Don José terció, repentino, cogiéndome de un hombro y poniendo una cara de tan grave altivez y de tan indiscutible y desdeñoso señorío como yo no hubiera esperado nunca de su natural llanote y campesino. Ante el gesto de mi protector, la mentecata solemnidad del formalista y la barbarie del gigante quedaron por igual desarmadas.

—¡Dejen ustedes al niño! Ya me cargan estas farsas... Yo sé por qué hace lo que hace. También yo fui chico y no estoy seguro de no haber andado en lances parecidos. Son algo más que meros caprichos y travesuras; nadie es responsable del alma que recibe al nacer... Y quédese esto aquí y dejémonos de parodias inquisitoriales, que los chicos son después grandes y no está la Iglesia tan sobrada de amigos como para andar sembrando malos recuerdos en los espíritus. Peor que las tonterías que hace este perillán sería que no aportase por aquí.

Y con la misma, sin soltarme ni decir más palabras, cruzamos el claustro gótico, y, poniéndome en la puerta de la calle del Tecelán, me dio suelta como a un gorrión hacia el lucerío de la rúa, diciéndome mientras me alejaba:

—Si te vuelvo a ver por aquí a horas indebidas seré yo el que te dé la zurra que te ofreció ese bárbaro de Eucodeia. ¡Hala para casa, pillabán! —yo me alejé con las orejas ardiendo, la frente baja y las manos en los bolsillos. Me tambaleaba de hambre y sentía la cabeza como vacía.

Entró mamá trayéndome un cocimiento de tilo y malvavisco, que yo me negué redondamente a tomar. Dejó la taza en la mesa de noche, pues ella sabía bien cuándo era inútil insistir y cuan poco obedecían a simples caprichos mis decisiones. En realidad yo me sentía bien, y todo lo que tenía era hambre. Además, don Pepito Nogueira, el médico, había dicho que no se le volviese a llamar por aquellas cosas, que yo no tenía nada y que nada podía hacer contra la innata configuración de mis nervios y humores. Prescribió el jarabe de ruibarbo de siempre y una vaga pócima de bromuro, que tampoco tomé, naturalmente.

Por la expresión de mamá comprendí que andaba cargada con algo que le resultaba embarazoso declarar. Nos conocíamos tan bien que, con toda naturalidad y como si estuviésemos convenidos de antemano, le dije:

—Habla, mamá.

—Tu padre lo supo todo... ¡Todo! Despachó en seguida a un propio a preguntar por ti. Sin duda anduvo en ello la lengua de las Fuchicas, que le mandaron recado por las primeras lecheras que regresaron a la aldea. Continúa allí, en aquel nido de milanos, con el bruto de Modesto. Insiste en que, en cuanto mejores, te vayas con él. Tú dirás.

—Yo digo que no —exclamé sin la menor duda y sintiendo mi angustia repentinamente mitigada.

—Es tu padre, Bichín.

—Y tú, mi madre, Carmela —siempre que yo quería desinflar una situación demasiado tensa, le llamaba por su nombre de pila, ocurrencia que le hacía fingir un cómico enfado ante lo que semejaba ser una vulneración del respeto. Mas esta vez no tomó en cuenta la maniobra y continuó, con aquella sencilla gravedad que tanto me conmovía y desarmaba:

—Yo tengo otros hijos y él no te tiene más que a ti.

—Pero tus otros *hijos* no están contigo, sino internados en sus colegios por decisión de tu *marido*. Y no es justo, ya que por mí te privan de los otros, que ahora te dejen también sin mí. Todo esto es —añadí con una de aquellas penetrantes salidas que me habían dado fama de resabido y sietelenguas y que yo soltaba sin reflexión ni esfuerzo alguno por inconsciente imitación del lenguaje de los mayores— que te quiere privar de todos porque no puede privarse de ti.

—¡Bichín!

—¡Mamá!

—¿Qué disparates dices, hijo...?

—No sé, mamá, ya sabes que nunca sé lo que digo, pero que no puedo dejar de decirlo. Lo cierto es que yo no te dejo sola; peor que sola, con esas brujas...

—¡Bichín!

—Mamá, ya sabes que estoy en lo cierto, son unas brujas.

—Son tus tías.

—Sí, y tus hermanas. Pero tú eres mi mamá —añadí cambiando de tono y con la voz repentinamente trémula—, mi mamá querida, mi mamá bonita, con esa cara que quieres poner de mala y no puedes, porque eres una santa, una santa guapa como ninguna de ningún altar, con esas manos que me como a besos y ese cuello que me como a mordiscos, con ese olor de mamá coqueta...

—¡Quieto, loco...!

—... con esta naricita que te voy a arrancar de un pellizco, con este moño de vieja revieja, que te deshago y te pongo de lado...

—¡Sal de ahí, Bichín!...

—... porque tú eres mi Carmeliña bonita, la más bonita de Auria, mi mamá guapa, mi mamá buena...

Pero esta vez la loca acometida de piropos, besucones y mordiscuelos, que tanto nos hacía reír otras, terminó con un abrazo y un sollozo. Pegado a ella, con su cuello entre mis brazos, mostrándome mucho menor que mis años, continué unos instantes queriendo resistir, para caer al final en un convulsionado llanto.

—¡Mamá, yo no te dejo, no...! —no estorbó ella aquel desahogo con palabras inútiles. Me tuvo reclinado contra su seno todo el tiempo que duró, acariciándome la cabeza con aquella leve y firme presión de su mano, que era un milagro de paz y de suavísimo dominio. Volvió luego al motivo de nuestra conversación, con la limpia serenidad de su voz, imperturbable y dramática al mismo tiempo, aquella contenida, mágica y caliente voz, empapada en una tenue veladura:

—Haz lo que te parezca, hijo mío, pero ya sabes que tu padre es hombre violento y de resoluciones inesperadas. Sin embargo le mandaré a decir que eres tú quien decides quedarte conmigo. ¿Estás conforme?

—Sí, mamá —dije sin despegarme de ella y sin mirarla.

—Descansa ahora un poco... ¿Quieres comer algo?

—Sí, mamá... ¡Si me hicieras arroz con leche, con mucha canela...!

—Te lo haré, con poca canela. A ver, mírame... ¡Me llamas guapa y no quieres mirarme! ¡Cómo tienes esos labios, hijo! ¿Para qué haces esas cosas? ¿Qué va a ser de ti con esa alma desmandada? ¡A veces, me das miedo! Eres tan hijo mío que, a veces, me parece que solo te tengo a ti...

—Ya me iré corrigiendo, mamá. ¿No ves que todo son chiquilladas?

Me dio unos toques con el hisopillo de la miel rosada en las ampollas eruptivas, me anudó de nuevo la jareta del camisón y, después de acostarme, me dio un beso en la sien y salió. Durante unos instantes oí el frufrú de su saya bajera, que era el rumor que precedía sus llegadas y que no la dejaba irse del todo hasta unos instantes después de su partida.

Yo me arrebujé en las ropas, gratas en aquel atardecer de mayo destemplado, y volví a sumirme en el blando y misterioso cansancio de los días pasados, pero esta vez con una grata sensación de levedad en la cabeza y de notable aflojamiento de aquellas bridas interiores que me venían sujetando la respiración.

15

La tía Pepita, sin pedírselo nadie, casi un mes después de su inicial encocoramiento, nos acordó un armisticio, con motivo de mi primera comunión, fijada para el día de Corpus. Una mañana se nos apareció totalmente vestida como para una visita de gran cumplido, luego de haberse hecho anunciar, muy seriamente, por Blandina, la criada nueva; todo ello para bajar de un piso a otro, pues mamá mandó a decirle que la entrevista tendría lugar en la sala del primero, destinado a recepción.

Mamá, que frente a la aparatosidad de sus hermanas reaccionaba cazurramente, la recibió en pie, vestida de seda azul cobalto, con cuello y mangas de encajes, y puesto el antiguo aderezo de grandes topacios que lucía en las solemnidades. Pepita entró cinco minutos después de la hora convenida, como era de refinadísimo uso en las normas de Auria, y luego de saludar a mamá con una inclinación de cabeza ligeramente oblicua, echando el mentón hacia un hombro, la invitó a que tomase asiento con una indicación apenas esbozada del cerrado abanico que llevaba colgado al cuello pendiente de una larguísima cadena de *doublet*. Se sentó a su vez, adoptando un aire de superior complacencia, como en una visita benéfica, y, aventando las calandrias de su voz, exclamó, frunciendo mucho los labios y espiando al detalle el atuendo de mamá:

—Es muy de mi agrado, hermana, empiezo por confiarte, verte recuperar las buenas maneras de la familia, lamentablemente descuidadas de un tiempo a esta parte. Lola aseguró hasta hoy, durante la semana que hemos discutido la oportunidad de este *pourparler,* que me recibirías en bata y en el cuarto de costura.

—Ya sabéis cuánto me desvivo por agradaros —contestó mamá en un tono cuya intención hubiese advertido otra que no fuese aquella pánfila.

—No te vayas a creer que no nos hacemos cargo de tu dilemática situación.

—Más vale así.

—Conque... ya ves.

—Bueno, bueno...

—Vaya, vaya...

La tía encanutó la voz hasta el pináculo de la escala para mondar el pecho. Yo conocía muy bien aquel gorgorito, aquella preludial carraspera que era la preparación para acometer las cuestiones importantes o que eran de difícil expresión para su complicada farsantería. Luego bajó al tono sochantre en que se le lograba el matiz enternecido.

—Vengo a referirme a mi dilecto ahijado y predilecto sobrino.

—A Luisito, quieres decir.

—Duples significado tiene para mí —añadió con prosa refilotera.

—Favor que me haces —repuso mamá con sorna.

—Supongo que habrás pensado —continuó, luego de haber carraspeado otra vez en falsete, sacando una chispa de flemilla en el pañuelo— en que se aproxima el día de su primera comunión.

—No pienso en otra cosa desde hace un mes.

—Ya sabemos que viene a prepararle don José de Portocarrero, que, por cierto, no se dignó entrar en nuestro piso ni una sola vez.

—Esta casa no tiene más que una puerta y la gente que entra por ella nos visita a todos.

—No fue esa tu opinión cuando vinieron a vernos las señoritas de Mombuey. (Era el nombre de las Fuchicas).

—Me refería a la gente...

Pepita tascó el freno, se pasó el pañizuelo de gasa por la nariz alisando los polvos y volvió a lo suyo.

—No deja de ser un honor que un canónigo de la Santa Iglesia Catedral nos favorezca con atención tan señalada en tan señalada ocasión. Pero salvó tu mejor opinión y lamentando que no nos hubieras consultado sobre este punto, nosotras creemos que hubiera, o hubiese, sido preferible don Isaac, el nuevo cura de Santa Eufemia del Norte, que ha ganado celebridad repentina por su severidad —continuó, acumulando cacofonías.

—¡Quita de ahí, con ese cura casposo y maloliente! —dijo mamá perdiendo estilo.

—¡Carmela! —alborotó la tía levantando a medias las posaderas, como para irse, y mirando en línea recta por encima de su interlocutora, que era su mirar de ofendida. Mamá, que se había olvidado un momento de la farsa, apresurose a remediar el exabrupto.

—No me vas a comparar un coadjutor, teniente de parroquial, pues falta por ver si queda de párroco, con «un dignidad del Cabildo»...

—No es mi objeción al respective de la jerarquía, aunque un fabriquero es apenas un poco más que un beneficiado —arguyó la redicha—. Lo que queremos decir es que hubiésemos preferido un poco más de entereza con el catecúmeno. Don José le quiere demasiado como para iniciarle con austeridad, en los arduos misterios y sacras obligaciones. La otra tarde, sin ir más lejos, como en esta casa se oye todo —no era verdad, no se oía nada, si no se ponía un gran cuidado, a través de aquellas paredes de fortaleza—, oímos, por pura casualidad, asomadas como estábamos a la ventana, que ambos se reían a carcajadas, lo cual ya nos pareció una irreverencia en el terreno secular y ¡figúrate lo que habremos deducido en el místico! Y aquí, para *ínter nos*, te diré, de hermana a hermana, que el tal don José tiene fama, entre las clases elegidas de Auria, de ser, no solo un simple, sino un poco bárbaro, es decir, bastante animal...

—Pepita, por si no te das cuenta —la atajó mamá—, creo de mi deber advertirte que estás diciendo algo muy parecido a una herejía.

—¡Dulce Nombre, no me hice cargo! —espeluznó, santiguándose.

—En fin, no diré tanto como una herejía, pero es una ligereza peligrosa juzgar con tales palabras el carácter de «un» dignidad, y justamente cuando se halla en plena tarea de iniciación eucarística, que él entiende y practica según su leal saber y entender —añadió mamá, remachando el clavo y ganando tantos, por si había después algo a que oponerse.

—Espero, Carmela, que no harás hincapié ni mucho menos darás pábulo entre tus amistades a este pasajero trastorno de mi ideación.

—Ni por pienso...

—¿Me interpretas?

—Como tú misma.

—Gracias mil.

Se enfrascaron luego en los pormenores de mi traje y discutieron, con enfadosa prolijidad, si tomaría la comunión de manos de Su Ilustrísima, en la misa grande de la catedral, o del abad de los Dominicos en la iglesia nueva: un horrendo armatoste de piedra y mármoles recientes, costeado por los maragatos y que era la iglesia preferida por la buena sociedad de Auria.

Al mediar la tarde, Joaquina trajo sendos pocillos de chocolate con torrijas y vasos de agua con esponjados de azucarillo. El aroma incitante llegó hasta el cortinón donde yo estaba escondido, espiando la entrevista, y me fui a merodear por la cocina donde la vieja criada me dio un tazón de lo mismo. Media hora después mamá y Pepita se despedían en el rellano, como para una separación de años y leguas, cuando iban a verse dos horas más tarde en el comedor común; pues en aquellas históricas capitulaciones quedó resuelto que las tías diesen por terminada la ráfaga de enojos y dejasen de mandar a comprar la comida a la fonda, lo que Pepita agradeció en nombre de los flatos y gastritis de las dos hermanas.

Pero esta paz iba a durar poco. La vida de Auria, tan sosegada en la superficie, parecía estar siempre almacenando en sus honduras una oculta presión que luego surgía, con brío inusitado, por cualquier grieta de la diaria rutina, como la descarga de una solfatara de la maloliente entraña del suelo. Esta vez la sarracina alcanzó con una salpicadura a nuestra casa, como si fueran pocas las calamidades que sobre ella se cernían. Pero si toda la verdad ha de decirse, y aunque la cosa quedó a medias sumergida en la incertidumbre, mi madre tuvo parte de la culpa por su manera especial de entender sus protecciones y caridades.

Analizando ahora su práctica e inteligencia de estos asuntos, me siento tentado a pensar que tales extravagancias, que a veces lindaban con el disparate, venían a ser una forma de nivelación de la forzada pasividad a que su clase social la sometía y la energía apasionada de su personalidad, relegada a la morigeración y al disimulo por su medio; un desquite, en suma. No había en el burgo persona criticada que ella no defendiese ni muchacha despreciada y caída con quien no hablase. Cuando Pilar de las Mulas, una artesana bellísima, encajera de bastidor e hija de un alquilador de bestias, fuera rechazada por la comisión de reconocimiento de un baile de máscaras del gremio de ebanistas —lo que equivalía a una pública y perpetua fulminación social— a causa de unos rumores, desgraciadamente veraces, que terminaron en el más ostentoso y desafiante embarazo, mamá detuvo a la infeliz, nada menos que en el atrio de la catedral, a la salida de la misa de doce, cuando ya la barriga le llegaba a la boca, y habló con ella largo rato, prácticamente mientras duró el desfile, ante la estupefacción de todo Auria.

Doña María Palmes de Lema, una marquesa retaca y culona, famosa por su locuacidad y sus conocimientos de geografía política, la llamó a un breve aparte, en pasando.

—¿Te has vuelto loca, Carmela? ¿O te propones ponernos a todas en ridículo?

—No sé a qué te refieres, Maruja...

—¿Para qué hablas con esa desdichada?

—¿Te parece poco que sea desdichada?

La de Lema la miró desde la furiosa tembladera de sus impertinentes y se alejó dignísima.

Sin duda era un matiz de su inclinación antisocial el interesarse por las solteras «en desgracia». Muchas veces he visto entrar en mi casa a las tristes preñadas; venían a ella en los días últimos de su gravidez, demacradas y temerosas, no tanto por la próxima maternidad, que su carne sana llevaba con secreta alegría, sino por las tundas de los padres y hermanos que creían ponerse a cubierto, con aquellas bestialidades, de la deshonra que se les había entrado por las puertas. Venían a ella las primerizas, más aniñadas aún por la carga de su vientre impropio, con los ojos miedosos, melancólicos, como dulces animales asustados, con sus sienes hundidas y sus bocas renunciantes, con sus mejillas maltratadas por un llanto sucio y con sus manos repentinas sobre el vientre, al menor ruido, en gesto de defender la entrañable carga, aprendido en el temor de los amagados puntapiés de los brutos familiares. Mi madre las aconsejaba en misteriosos cuchicheos y, a veces, era llamada doña Florinda, la partera de la aristocracia de Auria, que acudía con notoria desgana y solo por respeto a mamá, y se encerraban las tres en conciliábulo.

Cuando andaba en una de estas, ardía Troya con los zipizapes que armaban las tías, con sus habituales represalias de no subir a comer, sus espeluznos silenciosos al verla pasar, el zafarrancho de puertas y ventanas batidas y el vario simbolismo de un urgente viaje que jamás llegaban a emprender. Un día en que viniera a ver a mamá la pobre Antonia la Cebola, hija menor del barrendero municipal que había *caído* por segunda vez, se pusieron especialmente molestas.

—¡Anda, jaleo —gritaba la cubiche—, que si eto no é la Inclusa, venga Dio y lo vea! ¡Toavía hemo de vérlaj poniendo er güevo en la propia ecalera...!

En esta ocasión la gibosa trotó veinte veces todos los peldaños de la casa, diciendo con ritmos histéricos: «¡No puede ser, no puede ser, no puede ser...!». Y cuando, al fin, se recogió a su cuarto, disparó su ponzoña hacia nosotros, envuelta en un graznido, por la ventana que daba al patio:

—Un día vendrán los hombres confundidos, a deshora, a llamar a esta puerta.

Mamá palideció de golpe y la Cebola, levantándose como aguijonada, bajó las escaleras como si las rodase. Casi en seguida se oyó abajo el chasquido de una terrible bofetada seguida de un grito, de un cuerpo que cae en tierra y de una loza que se escachifolla. Era muy fácil reconstruir la escena: el trompazo de la fuerte bigarda dio en tierra con la jorobeta, en una de sus crisis; la criolla huyó con su chillido de rata y la Pepita dejó caer la taza de tisana con que, en tales momentos, trataba de ahogar sus gaseosos sinsabores.

Pero mamá no cejaba. Y cuanta más resistencia hallaba esta particular forma de hacer el bien, más insistía, exagerándola en su publicidad y detalles. Mi padre jamás se metió en nada de esto, pues no solo tenía por norma pasar altivamente por encima de todo cuanto fuesen cuestiones del mujerío, sino que, en el fondo, tal conducta lo halagaba y venía a pelo con su enemiga hacia la sociedad de Auria, regida por beatas, por funcionarios del reino, por curas ignaros y por traficantes venidos a más.

Este otro escándalo a que me refiero había sido mayúsculo y, como casi siempre que tronaba gordo en Auria, había tenido que ver con la Iglesia, tan audaz en su intolerancia y en su soberbia, que esta vez ni se detuvo, sin ningún género de prueba, en señalar, entre los responsables, a mi madre, que llevaba dos de los apellidos más tradicionales y respetados de la región.

Exacerbó aún más aquel brío punitivo de la Curia la circunstancia de que tal suceso vino a quebrar una carnestolenda litúrgica que organizaba para repatriar los restos del obispo Valerio: un santo auriense, lleno de humildad y desaparecido en la pobreza, que había dispuesto, al morir en una lejana diócesis, ser enterrado humildemente en su ciudad natal y en el cementerio común; disposición que empezó por violar el Cabildo, que se aferró al caso para hacer un despliegue de fuerzas, con motivo de la llegada de los despojos del justo, y ordenando que fuese sepultado en la catedral.

Los hechos ocurrieron así: popularmente se conocía a la Pelana, propietaria de la casa de lenocinio más lujosa de Auria, heredada por su primitiva dueña, como a una mujer de gran bondad, que no solo repartía con las pupilas mucho de sus tristes ganancias, sino que hacía infinitas caridades. Nadie se acercaba a su puerta sin ser socorrido. Mientras los ruines tenderos alimentaban su fariseísmo dándoles a los pobres una moneda de dos céntimos cada sábado, luego de haberlos hecho esperar, en exhibición, un par de horas, la Pelana les daba un tazón de olla caliente, con buen compango; un vaso de vino y un par de reales; casi siempre ella misma les servía al abrigo del gran zaguán de azulejos, al que llegaban, desde el interior de la casa de pecado, las palabrotas y olores a pachulíes de las pupilas. Y muchas veces forzaba la dádiva en metálico, cuando la situación «de sus pobres», que conocía con todo detalle, así lo requería. Se decía de ella, entre otras cosas, que había pagado los primeros estudios del hijo de la Silvana, una ciega que tocaba el acordeón y cantaba por las calles con bellísima voz, a la que le había salido aquel hijo que era un asombro de inteligencia, y que estaba terminando su carrera en Compostela, después de haber retirado a su madre de la mendicidad, protegido por un abogado de nota, que le tomó de pasante.

También era fama de que hacía llegar, bajo cuerda y dentro del más juramentado sigilo, su ayuda a algunas viejecitas de Auria, pertenecientes a familias principales, que habían ido quedando solas y desvalidas, contando para ello con recaderas tan prudentes y sagaces como la Veedora y Paca la Coja, que mantenían en la penumbra el origen de aquellas dádivas, insinuando, si acaso, que venían del obispo.

Por todo ello y por lo que el pueblo añade de legendario a las cosas de la rara bondad de los pudientes, la Pelana era muy querida. Además, dentro de su nefando trato, ella hacía una vida ya alejada de lo más directamente reprobable, y quienes la conocían de cerca decían que lo único que la retenía en el ludibrio de aquella existencia era su afán de no dejar en la miseria a muchos de sus protegidos. Había sido hermosísima y conservaba a través de los años una lozanía de carnes y una gracia popular, extrañamente mixturada con los finos ademanes aprendidos del señorío y con la palidez de su rostro y manos macerados de afeites, de trasnochadas y de años de enclaustramiento, pues no salía jamás si no era, según se decía, al amanecer, muy arrebujada y desconocida, para asistir a algunas misas en capillas extrañas y desiertas.

En los últimos tiempos su palidez se había extremado en pocas semanas, hasta adquirir un tinte amarillento, como pajizo, y sus ojos se habían ido hundiendo tras unas ojeras papudas y salientes, como de borracha. El rumor de que una grave enfermedad la minaba se hizo certidumbre cuando la criada del médico Corona dijo, en el lavadero público de las Burgas, que «la Pelana tenía un cáncer abajo».

Fue breve el proceso del terrible mal, y cuando las cosas se inclinaron a lo decisivo se hizo trasladar, desde los esplendores y comodidades de la casa de pecado, a una chabola de madera en las afueras, cerca de las Lagunas, donde una prima suya, vieja y algo idiota, tenía un pequeño parador para servir cerdas y un zaquizamí donde despachaba gaseosas y paquetes de picadura de tabaco a los jornaleros. Los días finales de la Pelana fueron de gran edificación, y los alrededores de la humildísima casucha viéronse día y noche poblados de gentes humildes que iban a ofrecerse, a llevar remedios caseros y a rezar hincadas en tierra, a veces en número tal que llegaron a preocupar al clero y a las autoridades. Dispuso de sus bienes, que no eran muchos —casi todo lo había dado en vida—, con gran equidad, entre su parentela que apenas conocía, pues había salido siendo una niña de su aldea para vivir en la abominación a donde la arrojara un portugués ambulante, serrachín de bosques, que la trajera a la ciudad después de haberla perdido. Entre tales disposiciones figuraba el cierre definitivo de la casa.

Cuando pidió confesión empezó a esbozarse el conflicto, pues ninguno de los curas de las parroquias de Auria quiso ir hasta el «castizo», donde agonizaba la pecadora, a suministrarle el pan redentor, insistiendo en que la llevasen al hospital, que era un caserón siniestro, lleno de hedores y de crueldades, resistido hasta por los pobres de solemnidad. Esta actitud causó gran irritación en la gente del pueblo y hasta en alguna de la clase media y de las profesiones liberales. Cuando estaba casi en las boqueadas del tránsito y los rezadores empezaban a amotinarse, apareció un clérigo medio loco, don Lucio Abelleira, que vivía entregado a unos raros estudios e invenciones para el aprovechamiento de la fuerza de las olas del mar y que subsistía gracias a las misas de manda y testamento, y de una pequeña y misteriosa ayuda que recibía de una sociedad inglesa. Don Lucio salió de la chabola, después de dos horas largas de confesión, y cruzó por entre el gentío con lágrimas en los ojos, murmurando como para sí: «Una santa... una santa...». El mismo padre Abelleira volvió al día siguiente trayendo el hábito de san Francisco con que la Pelana pidió ser amortajada y ya no se movió de allí hasta que la infeliz expiró, siendo su última voluntad que le vistiesen el sayal en vida, luego de pedir que le cortasen su preciosísima mata de pelo que había sido el orgullo de sus tiempos de vanidad. Fue también don Lucio, que estuvo sin pegar ojo cuatro noches, el único sacerdote que acompañó el entierro hasta el cementerio, cantando en voz alta, casi desafiante, salmos y responsos, durante todo el largo trayecto, tras los despojos que iban en un caja humildísima cubierta de percalina negra, por la que transparentaban las tablas de pino nuevo. El ataúd fue llevado a hombros por mujeres, cosa nunca vista en Auria, y seguido por gran muchedumbre. Las que lo llevaban eran cuatro gigantas silenciosas llamadas las Catalinas; unas aldeanas que venían al rayar el alba, desde su lejano lugar de la Valenzá, a ganarse un jornal picando pernal, de sol a sol, para las obras de la carretera nueva.

Al llegar el imponente cortejo a la puerta del camposanto, que estaba en los altos de la ciudad, el conflicto adquirió su gravedad definitiva; El capellán del cementerio, cruzado de brazos, ocupaba la entrada, asistido del Paulino y el Elías, los dos sepultureros, armados de relucientes palas, y se negó en redondo a dar cristiana sepultura a aquellos restos. Las Catalinas posaron el ataúd en tierra y la muchedumbre, casi toda de mujeres, se replegó con un rumor de pasmo y de ira. Los hombres habían acordado no meterse en aquello, pero vigilaban en gran número, algo alejados, pues todo había sido combinado a fin de que el entierro coincidiese con la tregua del mediodía. Mientras don

Lucio parlamentaba con el obstinado cura, hubo una rápida consulta entre las menestralas. Las Catalinas, en su calidad de aldeanas, manteníanse aparte de las pobleras, a los lados del ataúd, sin meter baza en sus deliberaciones, grandiosas, llenas de poder, con las chambras delgadas empapadas de sudor sobre los agresivos senos, casi visibles, y trasluciendo también sus espaldas musculosas, dignísimas en su grave fortaleza, como figuras de un grupo escultórico.

Después de la breve consulta destacáronse hacia el cura dos mujeres muy respetadas del pueblo, en realidad dos cimas dentro del prestigio de la menestralía: Balbina la cascarillera, una viuda que sacaba adelante a cinco hijos cascando cacao para la chocolatería de Rey, y la María del Sordo, pulquérrima costurera de blanco, muy solicitada y querida por las familias de Auria, que quedara soltera a causa de una quemadura que había sufrido de niña que le había dejado la boca contraída cómicamente, como para un beso lateral, y un párpado derretido y lagrimeante, siendo, por contraste, el otro lado de la cara hermoso, y resplandeciendo en él un ojo de incomparable belleza.

Hablaron brevemente con el capellán, que era un tal don Blas, brutazo, con los mofletes acarbonados por la recia barba. Por los gestos se vio que insistía en su malhumorada negativa. La multitud empezó a remegerse y los hombres fueron apretando su cerco vigilante, mientras algunas mujeres y chicos se bajaban a recoger piedras.

Balbina y María del Sordo se volvieron y hablaron con las más cercanas, mientras las otras se arremolinaban en torno queriendo oír. En el tramo despejado entre la gente y la puerta del cementerio, estaba el ataúd, al final de una pequeña cuesta, de forma que resultaba muy visible para todos, custodiado por el recio grupo de las Catalinas, que allí se estaban al rayo del sol, quietas, con las manos en la cintura, como talladas en piedra y, al parecer, sin enterarse de nada. Continuaron unos momentos más las idas y venidas entre el cura terco y los corros de las mujeres agraviadas. En una de esas se vio a las Catalinas entablar entre ellas un breve coloquio, por encima del féretro, sin descomponer el ademán, y que fue más de miradas que de dichos. Y de pronto se adelantaron, arremangándose, hacia el cura y los enterradores, a los que, sin decir palabra, acometieron con tan certeras y hombrunas puñadas que los dos custodios de la pala rodaron por tierra, mientras el cura huía, alzando el balandrán a mujerengas, dejando ver las botas de elástico y las medias rayadas. Mas casi en este mismo momento se vieron aparecer a retaguardia, por el final de la calle de Crebacús, los charolados tricornios de los guardias civiles que habían sido avisados y que llegaban, en el sorprendente número de cuatro parejas, con el asesinato ya escrito en las jetas fatales y el mosquetón bajo el brazo, venteantes del crimen gubernativo. Los hombres se interpusieron en amenazante barrera y el tenientillo, que era de Academia, se adelantó a inquirir, con el espadín desenvainado, imponiendo contención a los números, por lo cual el sargento, que era de cuchara, lo miró con asco.

Se acordó que se dejase donde estaba el féretro, a cargo de una pareja de la benemérita, y retirarse todos, tal como lo exigía el señor gobernador, a fin de reducir, en sus comienzos, lo que había calificado de «intolerable amenaza de motín», y destacar una delegación que fuese a discutir con él el asunto del entierro en sagrado.

Cuando la delegación de mujeres volvió, a eso de las tres de la tarde, provista del permiso de su excelencia, aunque sin haber conseguido el de la autoridad eclesiástica, se enteró, con gran indignación, que la Guardia Civil —sin duda obedeciendo órdenes emanadas del gobernador mismo—, luego de despejar de curiosos aquellos contornos, había hecho enterrar a la Pelana en el cementerio civil o de disidentes, inaugurado veinte años antes y del que continuaba siendo habitante único mi abuelo materno, don Juan María de Razamonde, sabio y filántropo de infinitos méritos, gran caballero y esclarecido masón, quien junto con el obispo Valerio, en el otro polo de la concepción filosófica aunque no de las prácticas humanas, había sido el más admirado y amado varón de las últimas décadas de Auria.

El pueblo, lejos de resignarse, se echó a la calle y hubo juntanzas y corrillos en cada barrio durante toda la tarde, que valió por un día de huelga, pues nadie fue al trabajo. Hacia el anochecer las cosas tomaron peor cariz y unos cuantos mozalbetes del gremio de fundidores, que era el más levantisco, apalearon a los faroleros, no dejándoles encender las luces en los arrabales, y apedrearon las galerías del palacio episcopal hasta no dejar vidrio sano. Durante la pedrea se oyeron varios disparos, afirmando algunos que habían sido hechos por los guardias civiles parapetados en las cocheras eclesiásticas de la rúa del Obispo Carrascosa, y otros que habían salido del palacio mismo. A prima noche una comisión de mujeres recorrió las principales casas de la gente liberal de Auria demandando consejo. A su paso por la plazuela de los Cueros, las Fuchicas las atajaron blandiendo un crucifijo y llamándolas «zorras, bandoleras y condenadas», por lo que hubo una breve zalagarda de arañazos y repelones donde las Fuchicas llevaron la parte peor.

Según afirmaron luego las mismas Fuchicas, jurando por sus cruces, donde las «tías aquellas» habían recibido el plan preciso, que luego habían de poner en práctica, fue en nuestra casa, en la que, efectivamente, estuvieron a ver a mi madre; reunión que no pude espiar, pues se encerraron con llave en la saleta y hablaron cerca del balcón, en voz muy baja. En los días que siguieron no pude arrancarle a mamá otra respuesta que una sonrisa, al parecer de satisfacción, como quien recuerda una peligrosa travesura.

A eso de la medianoche unas cuantas mujeres, encabezadas por las Catalinas y dirigidas todas ellas por una que se arrebujaba en un manto lujoso y que picaba menudo al andar, subían hacia los cementerios, que estaban separados por un muro, dando un rodeo por el callejón de la Granja, al amparo de las altas paredes que lo flanqueaban, y como fundidas en la espesa llovizna que caía a tales horas. Se las vio llegar al de disidentes, y a las Catalinas, con fuerza y decisión viriles, escalar las tapias y tender unas sogas. Desde adentro mandaron una escala de mano y fueron pasando casi todas, hasta unas doce, quedando fuera tres o cuatro para ventear si alguien llegaba. No hubo modo de encender las cerillas, que se empapaban en la raspa húmeda de las cajas, y fue preciso buscar a tientas la tierra recién removida; y aunque el cementerio, en previsión de los pocos herejes que Auria había de dar de sí, era pequeñísimo, de unas cincuenta varas de largo por veinte de ancho, el asunto fue trabajoso. Cuando una de las Catalinas dio con el sitio, al hundírsele, con susto, un pie en la tierra esponjosa, cayeron en la cuenta de que no habían traído instrumentos con que librar al féretro de los terrones. Pero ya emprendida la hazaña y metidas en la aventura hasta aquel punto en que el miedo se trueca en furioso valor, las mujeres se abatieron sobre la fúnebre gleba y arrodillándose, animándose unas a otras con bisbiseadas expresiones, empezaron a sacar la tierra con las manos. Afortunadamente, hecha aprisa y de mala gana, la sepultura era de poca hondura, y muy pronto las uñas dieron en la tela del mísero sarcófago. El contacto con el macabro objeto dioles todavía más ánimo y en pocos instantes la caja era levantada a pulso, atada con las cuerdas y sacada de allí por encima de las tapias.

En las primeras horas del día siguiente una noticia pavorosa corrió por toda la ciudad. El ataúd, conteniendo los restos de la Pelana, había sido hallado por el pincerna de la catedral en su primera ronda, antes de la misa de alba, en el mausoleo que esperaba, abierto, los restos del santo obispo Valerio. Sobre el lugar donde iría la lápida de cierre, veíase una tapa de madera con el siguiente epitafio, trazado en letras de negro chapapote, aunque con diestro pincel:

†
R. I. P.
María del Rocío Rz. Cañedo
Natural de Sta. Cruz de la Merteira
Murió reconciliada con Dios
El 3 de mayo de 19..
A los 40 años de edad.
¡Rogad por ella!

17

Cuando apenas faltaba una semana para el día del Corpus Christi, en el que solía realizarse la primera comunión de los niños de Auria, sobrevino, toda aspada de sustos, la criada Joaquina en el cuarto de costura donde mamá y la tía Pepita, nuevamente reconciliadas, pero aún mirándose de lado a causa de las murmuraciones del fragoroso entierro, asistían a la prueba de mi traje de ceremonia, que era de marinero, de sarga azul con anchos pantalones de campana. La presencia de Lisardo el Tijera de Oro, que en aquel momento estaba arrodillado a mis pies, manejando febrilmente el jaboncillo en las vueltas de la prenda, contuvo a la sierva en la descarga del aspaviento que traía preparado en los ojos llenos de noticias, y en el iniciado volatín de las manos. Ante el sastre se fracasó de gestos e hizo una seña a la Pepita, indicándole que alguien la esperaba abajo. A los pocos instantes fuese el Tijera de Oro, protestando de aquel defecto, que atribuía a un error de reentrado de la pantalonera, *esa chambona,* y que sería corregido *ipso facto.* La Pepita, que nunca obraba a derechas, salió con el pretexto de acompañarlo y como si no se hubiese percatado de la seña. No bien quedamos a solas, Joaquina se cubrió la cara con las manos moteadas de vejez, como negándose a mirar hacia alguna horrenda aparición.

—¿Qué pasa, Joaquina? —interrogó secamente mamá, a quien nunca agradaron aquellos extremos gesticulantes de la vieja.

—*Están abaixo as Fuchicas** —balbuceó por entre los dedos, en su insobornable prosa regional. Mamá hizo un gesto contrariado, pero lejos de participar, al menos en apariencia, de los repulgos de la bondadosa estantigua, la calmó con palabras entre severas y afectuosas.

—¡Vamos, Joaquina, que ya tienes años para no hacer chiquilladas! ¿Qué te va ni qué te viene en que vengan las señoritas de Mombuey, a quienes no sé por qué tienes que llamarlas Fuchicas?

—*Nunca eiquí viñeron sen traer calamidades, como a sombra do moucho... ¡Meigas! ¡Linguas pezoñosas!***

—¡Silencio, Joaquina! Mejor harías en ir a ver lo que hace Blandina con las confituras... Llega hasta aquí el tufo del almíbar quemado... ¡Vete ya! Ya sabes que no me gustan habladurías.

—*¿E logo vostede, alma de cántaro, non sabe que andan por aí apoñéndolle o conto da Pelana, dicindo que foi nesta casa onde se deron os cinco pesos para emborrachar a Xeló, o sereno, e que deixase entrar as mulleres na Catedral? ¡E aínda as defende...!****

—Terminemos, Joaquina. Vete, hazme el favor...

Joaquina se alejó refunfuñando. Casi inmediatamente apareció Pepita y se paró en seco, en los medios, con la vista recta y fija hacia donde no había nadie.

—¿Qué mosca te picó? —preguntó mamá, tratando de reducir, con esta frase familiar, la expresión de turbulento mensaje que Pepita anticipaba con aquella entrada teatral.

* Están abajo Las Fuchicas.
** Nunca vinieron aquí sin traer calamidades, como la sombra del mochuelo. ¡Brujas! ¡Lenguas ponzoñosas!
*** ¿Y cómo usted, alma de cántaro, no sabe que andan por ahí culpándola del asunto ese de la Pelana, diciendo que fue en esta casa donde se dieron los cinco duros para emborrachar a Xeló, el sereno, y que dejase entrar a las mujeres en la catedral? ¡Y todavía las defiende...!

—¡La mosca de la evidencia! Lo que eran vagos rumores son hoy certidumbre —continuó, sin moverse y sin mirar. Y añadió luego, con voz destrozada—: ¡Caerá sobre esta casa el anatema!

—Mira, Pepita, habla como todo el mundo y déjate de pamplinas. ¿Qué nueva infamia te han traído esas embrollonas? —repuso mamá con mal humor.

—No las llames así; esta vez son mensajeras indirectas de más altos poderes.

—¿Quieres dejarte de novelerías, estúpida? —gritó mamá, seriamente indignada—. ¿Qué altos poderes ni qué niño muerto van a elegir tales recaderas?

La Pepita, con los ojos alzados hasta casi ocultarlos en el párpado superior, declamó, manteniéndose con dificultad en el medio tono:

—¡No le darán comunión a tu hijo en la catedral! Las Fuchicas traen la noticia de muy buena fuente. Y habrá que meter muy serios empeños para que lo reciban en cualquier alejada parroquia. ¡He ahí tus genialidades! *¡Dies irae, dies illa!* ¡Esto es el fin...!

—¿Que no va a ser recibido mi hijo en la catedral? ¿Ignoran esos miserables quién soy yo? —exclamó mi madre, erguida, con una altiva gravedad que yo no le había visto nunca—. ¿No saben que desde hace cuatro siglos nuestra gente tiene asiento en el coro? No faltaría más sino que media docena de clérigos maragatos y vizcaínos vinieran aquí a plantar países. ¡Dile a tus emisarias, de parte de Carmen de Razamonde, que nos veremos las caras esos y yo! No faltaría más...

—Es inútil, el asunto viene de la jerarquía...

—¡Aunque venga del Padre Santo! ¡Joaquina! —exclamó, lanzándose hacia la puerta.

—¿Qué vas a hacer, desventurada?

—¡Desventurada serás tú! —gritó mamá, volviéndose de pronto—. Y no vuelvas a arriesgar palabras como esa si no quieres quedarte sin postizos —añadió con uno de aquellos prontos villanescos que tan salada hacían su indignación—.

Pepita salió, hendiendo el aire con el perfil como una majestuosa proa.

Apareció Joaquina enjugándose las manos en el mandil y preguntando con sus iris blancuzcos perdidos en las huesudas cuencas.

—Anda en seguida a casa de don José de Portocarrero y dile a qué hora puede recibirme, hoy mismo; que se trata de asunto urgente. Y vete al parador del Roxo; si está allí todavía el peatón de Gustey, dile que venga en seguida a verme, que tiene que llevarle un mensaje a mi marido.

Esta última parte de la orden dejó a Joaquina asombrada y se quedó un instante, como esperando una rectificación.

—¿Qué aguardas, momia? —Joaquina volvió en sí y, haciendo crujir las bisagras de sus antiguas articulaciones, partió con su ágil trotecito de anciana diligente.

No bien salió la criada pregunté a mamá el porqué de recado tan increíble. Yo siempre supuse que, aun cuando nos quemásemos vivos, mi padre sería la última persona del mundo a quien demandaría auxilio aquella orgullosa mujer.

—No seas metomentodo, Bichín; déjame disponer, déjame hacer. Hay que cortar esas intrigas por lo sano y con mano dura, desde el mismo momento en que nacen, sin fijarse en los medios. Después... Dios dirá.

—Por algo don José me dijo, el último día que estuvo aquí, que consideraba acabada mi preparación y que, además, le resultaría muy difícil seguir frecuentando esta casa... —exclamé, como pensando.

—Pues seguirá viniendo, te lo aseguro. ¡No faltaría más! ¡Claro que vendrá! —concluyó mi madre, frenética.

Las gestiones fueron firmes y minuciosas. Mi madre ferió ruegos y amenazas. Anduvieron en ello, por la parte persuasiva, don Camilo, el procurador, anciano respetabilísimo que había sido amigo de mi abuelo, y por la parte compulsiva mi padre y el tío Modesto, que bajaron inmediatamente de la aldea con ese fin. Parece ser que el tío, no bien llegado, se encontró con el canónigo Eucodeia, al atardecer, en la oscura rúa de San Pedro; y, cogiéndolo de un brazo, le amenazó, de buenas a primeras, «con romperle la crisma, o mejor dicho, el cráneo, que la crisma era demasiada cosa para un canónigo».

No tanto la amenaza personal cuanto la brutal frase, por su carácter genérico, cayó pésimamente en el Cabildo y estuvieron en un tris de perderse las negociaciones del viejo procurador, que lo era también de la Curia eclesiástica. Modesto fue instado por él a que quitase las manos de aquello y dejase que mi padre, como hombre de más mundo y de humor más gobernado, se entendiese con las gentes de sotana, asesorado por el mismo respetable picapleitos.

Y, efectivamente, en la primera reunión que tuvo con tres de ellos, don Emilio Velasco, Eucodeia y don Pío el deán, mi padre, poniendo punto final a la entrevista, cuando apenas los otros habían terminado de disponer las baterías de su amanerada dialéctica, les dijo que, «o arreglaban el asunto del chico sin tantos ringorrangos del palabrerío o que no habría procesión de Corpus, que de eso se encargaba él». Y para final añadió, encasquetándose la bimba: «Que ya hacía tiempo que les tenía ganas a muchos farsantes e hipócritas y que al primero que volviese a mentar a su mujer, para envolverla en líos de la canalla, le daría dos bastonazos en medio de la calle, así fuese el propio *sursum corda* coronado». Y, con la misma, salió del despacho de don Camilo, picando furiosamente el yesquero. ¡Buena manera de apagar faroles!

No resultó fácil abatir el terco orgullo de aquellos hidalgos y burgueses ensotanados que formaban el Cabildo, más avivado aún por las expresiones despectivas de mamá hacia la casta canonical, de las que no hacía el menor secreto.

Después del día de Vísperas, aturdido de campanas, transitadísimo de aldeanos y forasteros, con su vistoso «folión» nocturno en la Alameda del Concejo, el limpio cielo negro del verano triunfal surcado de globos de papel, las repentinas corolas de los cohetes de lucería, abriéndose al final de su alto tallo de chispas, las ruedas de fuego y los «castillos» de bengala y la caprichosa iluminación «a la veneciana», encargada a los mañosos portugueses de Braga, llegó, envuelto en suntuoso junio, el de la gran fiesta, oliendo a lilas y a hinojo. El ambiente festival era una cosa que se veía, se oía, se respiraba, como una atmosférica presencia que entrase por todos los sentidos hiriéndolos dulcemente, inmersos en aquellas imágenes, que daban de sí su alegría intacta, inacabable, como perpetuas fuentes del placer. Era el día de las cosas sin tasa, de ponerse encima todo lo mejor y lo más nuevo que se tenía, de gastar dinero sin pensar en el mañana, de hundirse, hasta el dolor, en los manjares y golosinas. Los inconvenientes de esta furia vital —indigestiones, chichones, lamparones— que restaban como saldo del glorioso día, no ocasionaban disgustos, riñas ni remordimientos, y eran algo así como nobles heridas recibidas en la batalla del goce, consentido por el celo ritual y el frenesí de aquel día en que lo sagrado y lo profano se entretejían dándose mutua incitación y relieve.

Me despertaron las alegres «dianas y alboradas» que subían de la calle, ejecutadas por las bandas de música del Municipio, del Regimiento y las venidas de otros pueblos, y por las gaitas, que enternecían, con su saudoso trémolo campesino, las pétreas estructuras de la ciudad.

Muy temprano, me vistieron con el hermoso traje que el Tijera de Oro había dejado hecho una pintura. Desde las primeras horas estaba la casa llena de un cálido olor a alta repostería, destacándose de entre la suma de las cochuras el aroma de las tartas de almendra, lo que convertía mi ayuno, que había de prolongarse hasta muy cerca de las dos, en un suplicio intolerable. Criadas y asistentas zumbaban, afanosas y excitadas, en la cocina como abejas en un panal.

Entre los primeros que llegaron a verme estuvo Ramona la Campanera, envuelta en su tufo de aguardiente mañanero, que subió un instante, entre dos toques, a felicitarme, y Matilde, la pobre tullida que pedía limosna en la gradería de entrada a la catedral. Transigí con el beso de Ramona, a condición de que me prometiese, una vez más, llevarme un día al altísimo campanario. Hizo la extraña mujer grandes carantoñas y extremos a propósito de mi traje, moviendo todos los músculos de su cara pecosa, aplastada y hombruna, metiéndose a cada paso los dedos entre el pañuelo de la cabeza y el pelo de estopa que se le desvedijaba por todas partes. Danzó a mi alrededor, pequeñarra y movediza, asombrándose de cada detalle, y salió con la misma agitación, después de haber dejado unos churros, que nadie comería, envueltos en un papel rezumante de aceite.

La pobre Matilde no se atrevió a besarme en la cara y me besó en una mano. Luego me regaló una medalla de plata muy borrosa, con un San José, aún caliente del contacto de su pecho. Me llamó *caravel* y me apretó, desde el suelo, contra sus andrajos limpísimos, estrechándome por la cintura. Cuando iba a emprender su penoso descenso, arrastrándose apoyada en las manos, que era su manera de andar, la llamé por su nombre y la besé en la mejilla. Con la emoción le dio una especie de hipo y salió asperjando bendiciones.

—Así me gusta —gallipaveó la Pepita—, que ofrezcan esas tempranas pruebas de humildad.

—Yo no lo hago por humildad.

—¡No me repliques...! No olvides el estado de gracia. A ver, levanta esa pierna —puse el pie sobre el borde de una silla y me pasó los dedos en pellizco, por la raya del pantalón. Sentí de nuevo el infinito placer de verme con pantalones largos y de poder hundir las manos en los bolsillos tibios y hondísimos.

En esto apareció mamá, que andaba desde muy temprano patroneando la complicada cocina del día, y que en lo atañedero al indumento dejaba que Pepita ejerciese sus derechos de madrina, aunque bajo su estricta vigilancia para que no se le fuese la mano en los primores. Encontró que la blusa «no estaba bien asentada de plancha», lo que ocasionó un diálogo no por breve menos apasionado, tras el cual me quitó la prenda y se la llevó. La tía me recogió un poco más los tirantes, pues no se me veían bien las chinelas, y sentí una vez más la tibieza del género en toda la pierna y aquel picor de las asperezas de la sarga en las pantorrillas, tan delicioso como el golpe rítmico de las botamangas, al andar, en el empeine y en el contrafuerte del calzado.

Se alejó unos pasos para ver el efecto de las hebillas de plata sobre el charol y amohinó un gesto de cejas peraltadas y balanceada cabeza, que en seguida sustituyó por otro de concentrada atención que vino a posarse en mi pelo. Seguidamente sentí el golpeteo sordo de la barra del cosmético asentándome otra vez la base del tupé y el arranque de las patillas, rizadas con tenazas calientes.

Entró de nuevo mamá, con la blusa marinera cogida por los hombros, oliendo a plancha. Pero el momento más emocionante, tanto que casi se me caen las lágrimas, fue cuando mamá, arrodillada, a mi lado derecho, me fijó con unos hilvanes en la manga el brazalete de seda en el que había bordado una Eucaristía con la paloma del Espíritu Santo en realce, y que terminaba con dos bridas colgantes, fileteadas por galones y flecos de oro.

Después de otra corta discusión, también vehementísima, sobre si debía llevar o no puesta la gorra, se resolvió que sí, pues tendría ambas manos ocupadas con el devocionario y el cirio de la ofrenda. En caso de apuro, Pepita, que defendía la tesis de la gorra, me prestaría ayuda, pues quedó definitivamente resuelto que sería ella quien me llevase a la catedral, ya que mamá tenía pocas ganas de aguantar miradas impertinentes y, por añadidura, las visitas familiares y de cumplido que luego había que hacer.

Puse los pies en la calle tan liviano como si en vez de andar volase sobre el crí-crí de mis chinelas de charol, hechas con suavidades de guante por Juanito el Pepino, zapatero litúrgico de obispos y dignidades. Los hojalateros, que holgaban, domingueros y lavadísimos frente a sus tabucos, me miraron y me sonrieron como a cosa propia. La señora Florentina, la del pan, que tenía allí contiguo el tenderete, ahuecó su cara de hogaza, dejando ver los dientes, como gastados por una línea, y quiso, a toda fuerza, meterme una rosca en el bolsillo; cosa que la tía impidió con un gesto imperial y una seca impertinencia aludiendo a que «en casa sobraba el pan». Al vernos llegar, las Fuchicas revolotearon en su alero y, en volandas también, bajaron de su chiribitil recibiéndonos en el portal de la casa, fantásticamente enchorizadas en unas túnicas de percal gris, muy ceñidas al cuerpo y llenas de pegujones de masa y de lamparones grasosos a causa de la repostería casera que ejercían, excedidas de encargos en tales solemnidades. La flaca me besó con repelente succión de vampiro y la gorda con la unción de su belfo húmedo, como lardoso.

La tía me pasó ligeramente el borlón de los polvos de arroz por la cara, lo que siempre me hacía escupir, y nos fuimos en seguida, mientras las Fuchicas nos gritaban desde la puerta, sin duda para darse pisto ante el vecindario, que volviésemos por allí a la salida, que me tendrían preparado un buen cartucho de merengues y «pitisús». Al pasar frente a la taberna del Narizán apareció el tío Modesto, avisado de nuestra proximidad por el Pencas, zagal de la diligencia de Verín y medio espolique suyo. Surgió de la fresca penumbra vinosa con un vaso del blanco entre sus dedos de catador, y yo pensé que estaría vendiendo algún pico de la cosecha vieja, pues no era hombre de tascas. Me tocó la mejilla con dos dedos olientes a mosto y exclamó, sin mirar a la tía:

—¡Bien amariconado te llevan! ¡Lo que es hoy, el beaterío de tu casa no se privó de nada! Pasa por el Casino, que está allí el barbián de tu padre —me puso un par de duros en el bolsillo del pito y pegó la vuelta, después de haberme echado una mirada indescifrable, que también podía ser de ternura, aunque muy lejana y contenida.

Cuando habíamos dado unos pasos la tía musitó, con voz destrozadísima:

—Me relevarás del sinsabor de conducirte hasta la presencia de tu padre —y se abanicó con una prisa desproporcionada a la temperatura ambiente.

—Iré yo solo, y tú me aguardas enfrente, en el comercio de los Madamitas. Vuelvo en seguida —dije esto con tanta seguridad que no replicó palabra.

Doblamos por la plaza del Recreo y enfilamos por la calle del Seminario Conciliar de San Fernando, llena de señorío que salía de asistir, en Santa Eufemia del Centro, a la misa de diez. Pronto me vi naufragado en los «¡Ay, qué monísimo!» «¡Qué traje caprichoso, Pepita!» «¡No sé a quién sale este chico tan guapo!», y otras pamemas de las señoras que encontrábamos, cuyas manos, enguantadas de cabrilla de colores, oliendo rabiosamente a *peau d'Espagne*, me producían repugnancia y fastidio al rozarme las mejillas. La tía se deshojaba en excusas farsantonas sobre mi elegancia, al mismo tiempo que colocaba su ponzoña.

—Todo fue improvisado, ¡haceos cuenta...! No hay humor para nada con tantos disgustos... Una cosa sobre otra. Claro que el pequeño no tiene la culpa, pero...

Desde el asunto de mis padres se evitaba, con zorrería provinciana, el aludirlos en mi presencia y ninguna de aquellas bambolleras, que no servían ni para descalzar a mi madre, me dio recuerdos para ella, como era de elemental cortesía en Auria. Su serena belleza, su cuna limpísima y la valentía de su carácter, que desde muy joven le atrajeran el afecto y la admiración respetuosa de los hombres, eran prendas que jamás le habían perdonado aquellas cursis que aprovechaban toda ocasión para tratar de meterle el diente.

En cuanto llegamos frente al Casino la tía me dejó, y con mucho garbo, pues salerosa sí lo era, se fue hacia el comercio de los Madamitas, recogiéndose la falda y dejando ver la blanquísima escarola almidonada de las bajeras, que acompasaban su paso con un acartonado crujido.

Crucé la calle de esquina a esquina, orgulloso de que me dejase ir solo, con el pantalón largo y el cirio rizado, que blandía como el bastón de un mariscal. Mi padre, que estaba sentado, con otros, en los sillones de mimbre de la acera, se levantó al verme llegar y salió a mi encuentro muy ruborizado. Me cogió por los brazos y sin decirme nada me alzó en vilo y me besó en los labios. Me posó luego y me sacudió los polvos de arroz con su pañuelo de batista, mascullando algunas palabrotas, naturalmente sobre las tías. Estaba magnífico con su traje a cuadros diminutos, en gris y blanco, de chaqueta más bien corta, entallada, con ribetes de trencilla negra, el estrecho pantalón con los bolsillos al bies y su alto chaleco de solapas, cruzado de bolsillo a bolsillo por una cadena de oro con saboneta y guardapelo. Se sentó quitándose la bimba gris, y el sol le encendió los vivos oros del tupé. Me retuvo entre sus muslos, mirándome un largo rato, y luego me dijo:

—¡Estás guapote, jovencito! Tienes a quien salir, no hay duda...

—Claro, a ti —exclamó un veterinario, llamado Pejerto, famoso por sus impertinencias.

—Hablas como tus pacientes —repuso mi padre, que no perdía una—. ¿Acaso los hijos son solo del papá?

Se callaron todos, allí donde las lenguas adiestradísimas no dejaban nada indemne, y yo agradecí aquel tácito homenaje a la belleza de mi madre. Era criterio formado en toda aquella venenosa camarilla que mis padres estaban enamorados, aunque no se entendían, pues, tal como teorizaba don Jesusito Cavestañ, un magistrado de la Audiencia dado a la filosofía, «el amor va por un lado y el discernimiento por otro, cuando la casualidad los junta, uno acaba matando al otro».

Fuéronse acercando aquellos caballeros y celebraron, sin ambages, mi apostura y vestimenta. Uno verdoso, delgado y altísimo, a quien llamaban don Narciso el Tarántula, con chalina a lunares y sombrero de haldas, que tenía fama de algo arqueólogo y gran ateo, dijo, con una voz resonante de bajo profundo, que parecía no pertenecerle:

—No sé cómo consientes estas pamemas, Luis María. Se empieza por estos simulacros y perifollos de juerga mística y se acaba en el oscurantismo. ¡Estás criando a un retrógrado!

—Son cosas de las mujeres, Narciso. Algo hay que dejarles de los hijos. Cuando sea grande ya pondré mano en ello —repuso mi padre.

—De tales transigencias sufre luego el país.

—¡No fastidies, tú! ¿Qué concho tiene que ver el país con que mi hijo vaya un día a la catedral a tragar una oblea amasada por las Fuchicas y bendecida por Su Ilustrísima, don Antolín? De lo que sufre el país es de que vosotros andéis manoseándolo a diario con la soba de tantos escrúpulos y teorías.

—Es cuestión de principios, Luis María —insistió el Tarántula—, y de severidad para sostenerlos con lo privado de la conducta. Siete hijos tengo y ninguno pasó por las horcas caudinas del agua lustral. ¡No faltaría más!

Y con la misma se inclinó para mirar, con curiosidad mezclada de desdén, la Eucaristía bordada en mi brazalete. Luego, alejándose hasta el borde de la acera y, al parecer, sin que tuviese relación una cosa con la otra, sacó el labio inferior y sopló sobre las losas un lavativazo de escupe amarillo a causa de la hedionda tagarnina que andaba fumando.

Todos ellos me dieron pesetas y me palmearon la cara, llamándome buen mozo, presumido y otras lisonjas. Alejo, el adamado y viejo conserje, con su papo de rey, su melena de fígaro y su sonrisa de alcahueta, llegó de los adentros del casón recreativo envuelto en el permanente olor a colillas nocheras, pues el salón de la timba, que estaba barriendo, daba allí, contiguo. Traía en una mano la escoba de palma, y en la otra una copita de vino tostado, en una bandeja, en la que también lucían unas galletitas. Apenas mi padre, después de haberme puesto su pañuelo como babero, me acercaba la copa a los labios, cuando se oyó un alarido que salía de tras las piezas de cotí, puestas en columnata a ambos lados de la puerta del comercio de los Madamitas. Era la voz de mi tía lanzada en filos de diverso grosor, todos ellos dramáticos.

—¡Bichín, el estado de gracia! —rocié la acera con el buche delicioso, apenas paladeado, y me quedé confundido. Mi padre miró severamente hacia la tienda frontera, y, limpiándome los labios, pidió un vaso de agua.

—¿Y ahora, papá?

—¿Ahora, qué?

—No sé si podré comulgar. No tragué nada.

El Tarántula, desde su butaca de mimbre, expidió su opinión mientras jugaba con la trenza orejera de la que pendían unos lentes de oro con los pequeños cristales en forma de media haba.

—¡No habrán de faltarle días ni hostias, pequeño reaccionario!

Tuve ganas de darle un puntapié en la canilla a aquel sujeto turbio y acre.

—¿Y a usted qué le importa? —dije, sustituyendo una agresión por otra y mirándole de muy mal modo.

—¿Qué es eso, Bichín? —dijo mi padre con seriedad.
—¿Viste? Lo dicho. Aún no asamos y ya pringamos —abundó Pepe del Alma, el droguero, que también era de la cáscara amarga.
—Este pequeño, por mucho que hagas, ya tiene en el alma el virus ultramontano —agregó don Narciso con voz sepulcral.
—Así empezó mi primo Pampín —terció el otro— y ahí lo tienes en Mindanao, vestido de fantasma y convirtiendo leprosos. ¡Un plan de vida!
—¡No seas lambón tú también, Pepe! ¡A ti te caen peor que a estos esas melopeas que leéis en *El Motín* y que atufan a cosa prestada y trasnochada!
—Cada uno habla según su cultura —terció Barrante, un empleado de Correos marcado de viruelas y escéptico conocido—, y el que claudique, allá él.
—No irá eso por mí —repuso mi padre—. Yo soy de los de al pan pan y al vino vino. Mi anticlericalismo es de hechos y no de retóricas cafeteras.
—Al que le pica, ajos come —agregó, indirecto, el Tarántula, ofendiendo con la paremiología, que es recurso de taimados.
—Eso de los ajos me lo aclararás luego —replicó papá con la voz llena de amenazas.
—Me va a ser imposible improvisarte un olfato.
—¡Caballeros! —terció un señor de edad, que estaba allí, al margen, leyendo un periódico—. Por ese camino llegarán ustedes a las vías de hecho.
—¡Qué de hecho —alborotó mi padre—, de *deshecho*, dirá usted! Hay caras que ofenden solo con su presencia.
Como la discusión iba subiendo de tono y, además, Pepita ya había asomado diversas veces con el pañizuelo de encajes moscardoneando sobre frente y mejillas, lo cual era en ella una muestra de gran impaciencia, papá me despidió con otro beso, diciéndome, con una rara firmeza, «hasta luego». La tía salió del comercio de los Madamitas y me miró espantada como si

me faltase un pedazo. Yo iba pensando en que mi padre, de ordinario tan desprendido, no me había regalado nada, ni dinero siquiera, en un día tan señalado para mí. Anduvimos unos pasos y cuando llegamos a un lugar donde no era posible que nos viesen los de la acera del Casino, la tía, parándome con un tirón del brazo, inquirió con inesperado y dramático laconismo:
—¿Tragaste?
—No.
—¿Estás seguro?
—Segurísimo.
—Vamos, pues.

19

Llegamos cuando ya estaban en los *kiries*. Cruzamos las naves del Rosario, a donde llegaban las oleadas del incienso y el espeso pleamar de la música. Teníamos que alcanzar el sitio, entre el presbiterio y el coro, reservado, en aquella ocasión, para los niños comulgantes. El órgano grande cubría casi todo un lienzo del muro derecho, sobre el coro, con las escalas de sus tubos de plomo que iban desde lo grueso de los cañones hasta lo delgado de los flautines; con sus ángeles trompetarios surgiendo, en atrevidos vuelos, del imponente artilugio; con los salientes abanicos de sus cornetas fusiformes, con sus cabezas de querubines de carrillos hinchados, soplando como eolos de mapa; todo ello envuelto en flámulas, agitado de palmas, accidentado por los incesantes mundos de la fauna y la flora, como si fuese la intención de los lejanos artistas que labraron aquella selva de tallas, el representar plásticamente el énfasis, igualmente barroco, de aquel apasionado mundo de sonidos. Bajaba la música en potentes caudas desde el alto arrecife de madera y metal o, de pronto, se aminoraba su fragor en levísimos trémolos para dejar desnudo en el aire el aleteo de un solo acorde y aun de una nota única, como un ave sobre el mar. La capilla de tiples, salmistas, tenores, barítonos y sochantres, reforzada, como en todas las grandes ocasiones, por elementos del ilustre Orfeón Auriense y por una orquesta adicional de oboes, clarinetes, flautas y el delicado mundo de las cuerdas, era, de tanto en tanto, envuelta, arrollada, aniquilada por el vendaval del órgano grande, centro, excipiente y norma de aquella tromba musical.

Saltando sobre las pantorrillas de los fieles arrodillados, farfullando excusas y dando algunos pisotones y codazos, conseguí llegar hasta la reja del altar mayor, frente a la cual se apiñaban los chicos solos, en hileras, del lado derecho; del izquierdo estaban las niñas, como una agitada espuma blanca, con sus largos velos de tul. Las familias principales, revueltas con los fieles de toda condición, se colocaban donde podían en el amplísimo espacio de los brazos del crucero, colmados de gentes. (Esto era lo que hacía que las familias de Auria abominasen de la basílica, pues en las parroquias se les asignaban lugares especiales). Dentro del presbiterio habían instalado un comulgatorio provisional, que luego alcanzaríamos nosotros penetrando en tandas por la puerta del Evangelio y las niñas por la de la Epístola. El retablo del altar mayor se elevaba unas veinticinco o treinta varas del suelo, hasta alcanzar los últimos ventanales, formado por casetones con imágenes enteras historiando la Vida, Pasión y Muerte del Señor, desde la Anunciación hasta la Ascensión. Entre los cuarteles iconográficos, en los paramentos, jambas y dinteles de la formidable obra, se desarrollaba un universo de agujas, pináculos, flechas y estalactitas trabajado en oros, azules y rojos del ojival flameante, sin que un solo espacio de los entrepaños estuviese libre de los encajes de la madera. En la base del aéreo retablo estaba, separado de forma que se podía circular en torno, como en los altares antiguos, la mesa litúrgica, que era de planchas macizas de plata de un estilo posterior, de Churriguera, teniendo encima seis altísimos candeleros del mismo metal y, en medio de ellos, un Cristo de la escuela sureña, violento y crispado, como queriendo arrancarse de la cruz. Del lado de la Epístola, bajo dosel escarlata con franjas de oro, en un estrado de tres peldaños, el señor obispo, revestido de pontifical, con alba de finos bordados, capa pluvial de metálicos brillos y báculo de plata y oro, asistido por dos canónigos que oficiaban de diáconos, seguía la misa cantada levantándose y sentándose, yendo de la silla al altar y de allí a la silla, según los complicados ritos de tales funciones. En lo alto de la airosa farola gótica, sobre el crucero, los ventanales debatían su esgrima de colores. Todo el espacio vibraba, y los sentidos no tenían tiempo de gustar, con la debida calma, tanta y tan primorosa grandeza.

Su Ilustrísima intervenía en el sagrado oficio contestando al tumulto del coro con una voz solitaria, atenorada y casta. Después de cada *pax vobis*, la voz del prelado sucumbía bajo los *et cum spiritu tuo*, que bajaban de la capilla coral como cataratas. Era el obispo de Auria, por aquel entonces, un leonés carilargo, alto y soberbio de mirada, de unos sesenta años muy enhiestos, a quien llamaban el Torero por su garbosa andadura y por la manera, entre militar y chulapa, de llevar terciado el manteo. En el púlpito era hombre seco y duro, y sus escasos sermones tenían un acento tremebundo, que no casaba bien con las miríficas materias que solían servirle de tema y que nadie entendía. Jamás se refería, de cerca ni de lejos, a ninguna viviente contingencia de la política o de las costumbres, pudiendo sus discursos haber sido pronunciados, con idéntica propiedad, en cualesquiera de los vastos siglos de la historia de Nuestra Santa Madre Iglesia. En cambio tenía fama de ser, en privado, suave conversador y hombre de razones sutiles, un poco inclinado a la ironía.

Discurría la misa, magna y pausada, como si fuese a durar eternidades. Mezclábanse en el aire a los aromas litúrgicos, los perfumes de las damas y el olor a cuero, a sudor y a ganado de los labriegos que habían llegado en romería numerosa. Los diáconos andaban entre el altar y el coro en misteriosos paseos, precedidos del pincerna y de seis monaguillos, con túnica roja, roquetes blancos y algunos con casullas diminutas, graciosísimas, portando humeantes turíbulos. Diáconos y oficiantes saludábanse con amaneradas reverencias, se reunían en hieráticos consejos y esbozaban abrazos, tocándose hombros y caderas, con rígidos brazos de marionetas. De vez en cuando el señor obispo dejaba la silla curul y se acercaba al altar, hacía unos gestos, mascullaba unas palabras y volvía bajo el dosel, donde sus asistentes le quitaban y le ponían la mitra y le entregaban o le desposeían del báculo, mientras la música se despeñaba sobre la multitud en torrentes sonoros llenos de *kiries, glorias, benedictus y neumas* del aleluya, en la parte catequística del divino oficio, intensificando, cada vez con mayor ímpetu, su ciclón musical que no ofrecía más treguas que los solos que entonaba, con su hermosísima voz popular, Gonzalo el ebanista, primer tenor del Orfeón, o por la seráfica alegría de la de los niños sopranos y las fulminaciones del sochantre del Cabildo, un beneficiado aragonés, que blandía su terrible bajo profundo, como una mítica clava, para cantar los salmos, versículos y doxologías, como si todos ellos contuviesen amenazas sobre la inminente extinción del género humano.

Al comenzar la Consagración oyose un rumor de ropas remegidas y de pisadas presurosas y todo el mundo se arrodilló como pudo, quedando el templo en silencio expectante. El fragor de la música fue descendiendo y quedó apenas un hilillo en el órgano, como una cristalina vena de agua, que se prolongó durante el sublime momento de la Elevación, para abrir de nuevo sus poderosas compuertas en el *amén* del final del Canon, organizando ya las anchas riadas del *Paternóster* y del *Agnus Dei* que volverían a sepultarnos bajo el turbión de voces e instrumentos.

Después del *ad pacem*, el obispo se inclinó hacia los diáconos como para besarlos y luego estos formaron una pequeña procesión con el pincerna, el maestro de ceremonias y los niños turiferarios, que vinieron a buscarlos desde el coro; luego volvieron todos allá para darles a besar los portapaces y relicarios, llevados ostentosamente, cogidos con estolas, a los canónigos y dignidades, y volvieron al presbiterio donde los besaron igualmente el gobernador, el alcalde y otros «fuerzas vivas», que ocupaban allí un sofá de talla, nada cómodo, y que sudaban tinta dentro de sus cumplidos levitones, en forma tal que, por dos veces, creí que el coronel del Regimiento iba a tomar el portante y marcharse, tanta era su impaciencia y tanto su apoplético desasosiego. El maestro de ceremonias, un andaluz repulido, joven, de finos labios rojos y diminuto pie, ordenaba, apenas insinuándolos, aquellos movimientos, con un bastoncillo de plata, deslizándose ágilmente sobre sus chinelas, con alicatados saltitos de bailarín de ópera.

Apenas acabara de consumir el celebrante, bajo la tronada del *Dominus,* cantada a todo poder, cuando los Padres Escolapios, que eran quienes aportaban mayor número de niños, empezaron a agitarse y a dar voces de alerta, saliéndose tanto de su anterior ensimismamiento como si de pronto hubiesen desembocado en un campo de batalla.

Eran más de las doce y media y yo me sentía tan alanceado por el hambre, que se me iba a la cabeza. Los otros chicos, pasada la primera hora de asombro litúrgico, habían empezado a moverse y a parlotear en voz baja. En el grupo de los Salesianos, debió de ocurrir algún acto de indisciplina, pues se vio al Padre Papuxas, a quien apodaban así por su exagerado prognatismo, avanzar rápidamente hasta el centro de sus discípulos y darle un par de repelones a Pepito el Malo, y luego sacar de una oreja, como si llevase un animal repugnante colgado de los dedos, a uno de la clase de pobres, a quien llamaban el Peliquín, que había sido sorprendido royendo una onza de chocolate que, sin duda, le había sido obsequiada «para después».

Como estaba convenido, fuimos avisados por un triple campanillazo. Yo entré con la quinta tanda, que constaba de unos veinte muchachos. Al pasar, me encontré con los ojos de la tía Pepita, abiertos, casi desorbitados, en el rostro palidísimo, veteado por el corrimiento de la espesa capa de *crème Simon.* Le dirigí una sonrisa tranquilizadora y entré en el amplio recinto ceremonial, cuyo pavimento estaba recubierto por una alfombra roja, donde se apagaban los pasos.

Nos arrodillamos todos a la vez, procurando reproducir fielmente el gesto de unción que nos habían enseñado, y repasé mentalmente la oración del caso. Yo pensaba que aquel templo sonoro, lleno de cristiandad y fulgente de luces, nada tenía que ver con la inmensa oquedad, con el impresionante bosque pétreo, con la soledad abrumadora, bárbaramente activa, de mis frecuentaciones...

El obispo avanzó hacia el comulgatorio sosteniendo el copón con ambas manos, moviendo los labios y con los ojos en el suelo. Desde cerca me pareció mucho más viejo y más humano. Le asistía el reverendo Padre Eusebio, Superior de los Escolapios, llevando una bandeja y una palmatoria. Los niños, acompañados por la capilla y el órgano, cantaban el

Venid, venid, Jesús mío
por la vez, por la vez primera...

Muchas madres lloraban, tratando de disimular su emoción abanicándose, esparciendo por el aire el inoportuno aroma de los polvos de arroz. Yo estaba arrodillado cerca del marquesito de Altamirano, y teníamos en medio a Pepe el Peste, de la clase de pobres de los Hermanos Maristas, pues se había dispuesto, como prueba de cristiana humildad igualatoria, que comulgásemos señoritos y artesanos alternados, en las mismas filas. A medida que se acercaba Su Ilustrísima, murmurando latines y cogiendo delicadamente las Formas con rapidez y seguridad, sentí como un ligero desvanecimiento, sin duda causado por el hambre. El Peste le miró a los ojos con una tranquila desvergüenza y sacó toda la lenguaza para recibir la partícula, bajando luego la cabeza con artificiosa compunción y espiando con el rabo del ojo la escena que seguía, cuyo azorado protagonista era yo. Me asestó el Padre Eusebio la bandeja bajo la barbilla y me arrimó tanto la vela que tuve miedo por mi tupé. Su Ilustrísima trazó frente a mis labios, con la hostia, el signo de la cruz y la posó en mi lengua seca. Le temblaba ligeramente la mano y vi que tenía el vello de la muñeca chorreando sudor. Bajé la cabeza gozando de una extraña y delicada emoción, mientras acariciaba la insípida partícula contra el paladar cuidando de no herirla con los dientes. La fui luego abarquillando cuidadosamente con la lengua y la tragué entera.

Mamá, que esperaba mi regreso en la ventana, bajó a recibirme en el descanso del primer piso. Tenía los ojos tristes y brillantes y las manos indecisas, como doloridas, todo lo cual denotaba en ella ansiedad y disgusto. Me acompañó hasta mi cuarto y se quedó para ayudarme a que me quitase el traje y a ponerme un delantal. Le pedí que me dejase puestos los pantalones largos hasta la hora de la siesta, con el firme compromiso de no arrugarlos.

No pareció muy interesada por los detalles de la ceremonia, que escuchó con una sonrisa ausente. Todo denotaba que había ocurrido algo. Cuando mamá caía en aquella resignada preocupación era que algo referente a mi padre andaba de por medio.

Apareció Blandina, la criada nueva, una brava chiquillona de catorce años, que nos habían mandado de la aldea, para avisarnos que estaba en el recibidor «un hombre de afuera», de parte de Obdulia, la ecónoma y barragana del tío Modesto. Nos encontramos allí con un jornalero que puso en manos de mamá una canasta de ciruelas Claudias, olientes y doradas, y un inmenso haz de lirios blancos. Dio una peseta al muchacho y ordenó a las criadas que se quedase a comer con ellas en la cocina, como era de uso cuando venía algún trabajador o rentero de nuestras tierras.

Mientras mamá disponía parte de los lirios en dos floreros, que eran unas grandes manos de opalina sujetando sendas cornucopias, en el chinero del comedor, me fui a la cocina a sonsacar a la vieja sirvienta, sobre la que yo ejercía una tiranía cariñosa pero resuelta, y a merodear sus cacerolas, pues no podía más con el hambre.

La abordé con las manos metidas en los hondos bolsillos del pantalón, lo que acentuaba mi aplomo y autoridad. De acuerdo con su táctica habitual empezó por no darse por informada de que yo había entrado. Estaba decorando con lengüetas de bizcocho unas natillas. Decidí atacar el asunto de frente.

—Quina, ¿qué le ocurre a mamá?

—¡*Vaia, meu homiño!* —dijo, como siempre, ajena en el primer instante a la pregunta que se le dirigía si esta implicaba algún compromiso en su respuesta—. *Gracias ao Señor que te vexo. Nin siquera viñeches a darme un bico nin a mostrarme o vestido novo.**

Me di cuenta de mi injustísimo descuido y traté de disfrazarlo.

—Después hablaremos de eso, dame ahora algo de comer que me caigo, y dime, de paso, qué es lo que tiene mamá —y la miré de lado esperando el efecto. Ella siguió trajinando en sus fuentes y peroles, inalterable.

—*¡Que ten, que ten...! Todos temos algo nesta vida, meu neno. ¡Así Deus me dea, que a ninguén lle faltan alifafes! Toma este vasiño de leite para ires matando o rato, senón non terás logo apetite de comer.***

Joaquina sumaba a la raposería natural de aquellas aldeanas el sutil tacto adquirido en su relación con los caracteres arbitrarios y tumultuosos de mi familia, a la que venía sirviendo desde

* ¡Vaya, mi hombrecito! Gracias al Señor que te veo. Ni siquiera has venido a darme un beso y a enseñarme el traje nuevo.

** ¡Qué tiene, qué tiene...! Todos tenemos algo en esta vida, niño mío. Así Dios me salve, que a nadie le faltan alifafes. Toma este vasito de leche para que vayas matando el hambre, que si te doy más luego no tendrás apetito.

casi medio siglo atrás. De antemano sabía yo que tendría que repetirle la pregunta media docena de veces y que sería contestada utilizando la más parabólica jerga, y eso siempre que no trajese ulteriores consecuencias y nuevos embrollos. Pero tampoco, en modo alguno, arriesgaría ninguna franca negativa a contestar. Mientras se iba ablandando de recelos, abandonando, con lentitud y ensañada casuística, su prosear salmódico, hasta ofrecer un claro, por el que yo me tiraría a fondo con energía de amo, continué estimulando el progreso de sus respuestas, mientras mitigaba mi hambre, apenas entretenida con la leche, arrebañando los perrajos de natillas del fondo de un cazo de cobre con los restos de los bizcochos, cortados para la minuciosa decoración.

Estaba la cocina toda abarrotada de marmitas, fuentes, ollas y cazuelas que expedían olores entreverados y magnos. La criada nueva abrió el horno y golpeó con la yema del dedo un roscón buscando el sonido parcheado de su punto. Las dos asistentas, que venían durante el día para los trabajos más pesados, andaban, por allí, calafateando aquella inmensa cocina que ofrecía siempre la pulcritud de un laboratorio intacto.

—*Desque un vai vello* —continuó Joaquina sin preguntarle yo nada— *ninguén lle fai caso, meu homino. Pero xa sabía eu que virías a verme.**

Salió una de las mandaderas enarbolando el roscón y dejando en el aire un rastro de maravillas olfatorias. Joaquina se limpió la boca sumida con un recanto del mandil blanquísimo.

—*Dáme acá un bico, agora que vés santo* —le acerqué la mejilla, sin dejar de remoler el bizcocho, y me besó repetidas veces, con sus labios fríos y duros. Luego continuó en voz de rezo—. *Eu non che son das que ando con andrómenas, como as culipavas das túas tías, pero querer quérote como quixen á túa nai,*

---

* Desde que uno se hace viejo nadie le hace caso, mi hombrecito. Pero ya sabía yo que vendrías a verme.

como vos quixen e vos quero a todos... como a luz destes ollos que case xa non te ven* —agregó temblándole la barbilla y a punto de llorar.

—No te pongas así, Joaquina, no hay para qué ponerse así... ¿Qué pasa?

—*Pasa que vos teño lei, que lle teño a lei a esta casa, agora tan disgraciada...***

—¿Por qué tan desgraciada?

—*¡Ai, meu homiño, ogallá que nunca ti medraras para non teres que saber as cousas desta vida!****

Las lágrimas brotaron de sus ojos opacos y blancuzcos desflecándose por las arrugas de sus mejillas. Desde algún tiempo atrás la firmeza, que pareciera inquebrantable, de aquella reliquia se iba desmoronando como si verdaderamente la socavase el llanto que ahora asomaba a sus párpados con el menor motivo.

—¡Vamos, Quina, que no quiero verte llorar en un día como hoy! A ver...: ¿qué ibas a contarme?

Limpió los ojos con la punta del delantal, suspiró, compuso el rostro hasta donde le fue posible y mandó a la asistenta restante a no sé qué menester, con el evidente propósito de alejarla; luego alzó por el lado derecho sus siete sayas y refajos hasta dejar al descubierto la policroma faltriquera, hecha de piezas sobrantes de la costura, que llevaba sujeta con una baraza a la cintura, y dijo, mientras cacheaba entre rosarios, dedales, alfileteros y demás enseres que allí se amontonaban:

* Dame aquí un beso ahora que vienes hecho un santo. Yo no soy de las que ando con pamplinas, como las culipavas de tus tías, pero como quererte te quiero bien, como quise a tu madre, como os quise y os quiero a todos... tanto como a la luz de estos ojos, que a casi no te ven.

** Pasa que os tengo ley, que le tengo ley a esta casa, ahora tan desgraciada...

*** ¡Ay, mi hombrecito, ojalá que nunca hubieras crecido, para no tener que saber las cosas de esta vida!

—*Meu homiño, a vella Quina goréntase moito de verte tan cumprido de corpo, tan lanzal e xuizoso, neste día que recibiches ao Señor. Tamén eu che teño un regalo. ¡Veleí tes!**

Y sacando la mano de la faltriquera la abrió dejando ver en su cuenco una grandiosa y resplandeciente onza pelucona de oro.

—¡No, no, Joaquina! —exclamé retrocediendo, casi asustado—. ¿Para qué quiero yo eso?

—*Gárdaa para a cadea do reloxo, cando sexas grande. E non digas nada a ninguén, meu ben* —yo cogí la enorme moneda con extraño temor. Joaquina calló y fuese a destapar una tartera de barro donde probó una de sus ilustres salsas. Luego se sentó a medias en el ángulo de una artesa baja y continuó—: *Estas onzas, e moitas máis, tróuxoas mei pai de Cádiz, onde estivo, aínda solteiro, na guerra dos gabachos, con don Belintón. Contábase que llas sacaron aos franceses, que as roubaban nos mosteiros* —sonrió con una mueca de huesos, y añadió, como para sus adentros—: *¡E algunhas aínda quedan... para cando eu case! E eso que os meus parentes ventaban por elas como cans perdigueiros, os condanados... hi... hi.***

En labios de la vieja Joaquina, que permanecía contumazmente aldeana en indumento, mentalidad y verba, a través de tantos años de ciudad, el romance fundamental adquiría de inmediato una pátina de leyenda. El tema era lo de menos para su innato don de narradora, maestra en graduar los efectos y en situar la ac-

---

* Mi hombrecito, la vieja Quina se goza mucho de verte tan cumplido de cuerpo, tan bien hecho y tan juicioso, en este día en que recibiste al Señor. También yo tengo para ti un regalo. ¡Ahí lo tienes!

** Guárdala para la cadena del reloj, cuando seas grande y no digas nada a nadie, mi bien... Estas onzas, y muchas más, las trajo mi padre de Cádiz donde estuvo, cuando soltero, en la guerra de los gabachos, con don Belintón (Wellington). Contábase que se las quitaron a los franceses, que las robaban en los monasterios... ¡Y algunas todavía me quedan... para cuando me case! Y eso que mis parientes venteaban por ellas como perros perdigueros, los condenados... ¡Ji, ji...!

ción, aun la más real y próxima, en un trasmundo de lejanías. Me dio mucha desazón el no poder seguirla, desandando los caminos de aquella limpia onza Carolina, que parecía acabada de acuñar y que apenas lograba yo abarcar con mi mano en el bolsillo, mas no podía perder tiempo, si había de enterarme de lo que sucediera en mi ausencia.

—Ya me contarás todo eso, Quina —insistí—. Pero dime ahora qué le ocurrió a mamá. No estaba disgustada cuando yo me fui...

—*Pregúntalle a ela, meu homiño, que eu xa sabes que estou xorda e case non vexo** —atajó con sorna aldeana.

—No empieces, Joaquina, que ya sabes que yo nunca cuento nada de lo que me dices.

Volvió pronto Blandina con un botellón de vino blanco, viejo, y se puso a rociar un estofado. Las carnes de la zagalona, rojiza de cabello y clara de piel, se sacudían con el asperjado del mosto; sacó luego una jarra del alzadero y la llenó extrayendo el agua de un tinajón de arcilla, de los que había dos en el cantarero, avellocinados con una pelusa de rocío. Luego la vi sacar un vaso fino de una alacena para ponerlo en un plato, por lo que deduje que acababa de llegar un invitado, trajeado de cumplido en aquel riguroso día de junio, y llegaba aspeado de sed. Cuando me disponía a insistir, apareció mamá, vestida ya para la mesa, con una blusa de batista de cuello bajo y canesú rizado y una falda de alpaca con anchas lorzas contrapeadas del mismo género y ahuecada, en ruedo de campana, por la enagua de almidón. Ceñía su cintura, esbeltísima, un gran cinturón de charol, azul marino, cerrado por una hebilla de similor terminada en ángulo agudo sobre el vientre. Su pelo, en entera coca aviserada, le cubría la mitad de la frente espaciosa y dejaba al aire sus lindísimas orejas, decoradas por rosetas de turquesas

---

* Pregúntaselo a ella, mi hombrecito, que demasiado sabes que estoy sorda y casi no veo.

menudas, sujetas a tornillo. Al cuello llevaba una cadena de oro de tres vueltas de la que pendía un dije-reloj francés, con tapa de esmalte, recogido en onda el conjunto y fijado, con pasador también de turquesas, sobre el seno izquierdo.

—¿Qué haces aquí todavía? —exclamó con algún desabrimiento—. Ya sabes que no me gustan los hombres en la cocina. ¡Mira cómo has puesto el delantal! —efectivamente, tenía un lagrimón de natilla sobre el pecho, que me raspó con un cuchillo. Luego me tomó por un brazo y me sacó de allí. Joaquina ni volvió la cabeza, como ignorando la escena.

Me hizo lavar las manos en el lavabo de su gabinete, y me arregló el pelo sujetándome el tupé con un toque de pomada y ahuecándome las rizadas patillas mediante unos tirones de peine.

—Me parece que será mejor que no te pongas la blusa para ir al comedor —dijo, con el mismo tono desapacible.

—¿Qué te pasa, mamá?

—No me pasa nada. ¿Por qué ha de estar siempre pasándole algo a una? ¡Mira que eres testarudo! ¿Te crees que no me di cuenta de a lo que fuiste a la cocina?

La miré en silencio con un triste reproche en los ojos. Me acercó su cara luego, y en un transporte de efusión, exclamó riendo:

—¡Ay, qué hijo tan pamplinero tengo, Virgen Santa! ¿Viste? Ya te despeinaste otra vez.

—Fuiste tú, mamá —protesté llorando, sin saber por qué.

—Tienes razón, hijo. Vamos, ponte la blusa que ya están todos, y Modesto estará al caer.

Me ayudó a ponerme la blusa, me repasó el cabello y luego se quedó inesperadamente inmóvil, con la mejilla pegada a la mía.

—¿Quiénes vienen, Carmeliña? —pregunté para interrumpir aquel agobiante silencio. Y sin separar la cara me contestó, con tierna enumeración infantil, acompañando los nombres con un vaivén del cuerpo, como si me meciese:

—La tía Pepita, la tía Lolita y la tía Asunción, que por cierto están furiosas las dos porque no entraste a saludarlas...

—Pero, ¿en qué quedamos? ¿No me tienen prohibido entrar antes del arreglo, y nunca se encuentran arregladas hasta después de las once...?

—... el tío Modesto, don José de Portacarrero, don Camilo el procurador, y para de contar.

En uno de aquellos prontos míos, que no hacía nada para evitar, precisamente por una especie de oscura intuición de que eran imprudencias, pero imprudencias llenas de sentido, exclamé:

—¿Y papá? ¿Por qué no viene papá un día como hoy? Un año vino desde París, otro desde Lisboa, aun estando enfadado contigo; tú misma me lo has dicho. Y hoy que, además del día de Corpus, es el de mi primera comunión, no está aquí, aun estando en el pueblo...

—Lo esperé hasta ahora mismo —dijo mamá con voz rencorosa, poniéndose en pie—. Para tenerlo a él me privo de mis hijos, alejados por su mala voluntad... Creo que desde hoy ya las cosas no tendrán remedio.

Se oyó la campanilla de la escalera, agitada en su fleje por un enérgico tirón, y quedó luego repicando un rato con temblores intermitentes, cada vez más débiles.

—Ahí está Modesto. Vamos.

21

La comida transcurrió en una atmósfera de reticencia y de incomodidad. La imposición de mi padre, referente a que mis hermanos viviesen en internados, añadía a su arbitraria severidad de siempre, su resaltante injusticia en aquel día de tan entrañable significación para todos los hogares de Auria. Portocarrero, que era hombre animoso, liberal, pero, a fin de cuentas, tan canónigo como los otros, estaba, contra su costumbre, silencioso y con aspecto de mejor-hubiera-sido-no-haber-aceptado; aunque desde su juventud —había sido protegido de mi abuela paterna— era comensal fijo en las fiestas señaladas, lo mismo que don Camilo, que también habíamos *heredado* de mi abuelo materno.

Sin duda alguna aquella casa no era la misma. La agresiva chifladura de mis tías, cada vez más desmandada; la existencia amenazadora de aquellos Torralba que nunca se podría sospechar por dónde iban a salir; los chismes, ciertos o no, que circulaban sobre todos nosotros; la separación de mis padres, cada vez más irreparable, no en su aspecto formal sino como conflicto en sí, en sus desavenencias profundas al margen de las fantasmonadas del consejo de familia que ellos hubieran desconocido —¡buenos eran ambos!— de haberlo deseado realmente, todo contribuía, junto con los gastos verdaderamente ruinosos de mi padre, a desmembrarla y hundirla cada vez más.

El simpático dignidad estaba, pues, muy ocupado en sostener, aunque más no fuese, un apacible rostro farsantón de visita de cumplido, lo que resultaba muy molesto de advertir, pues todos sabíamos que no era así en confianza. Claro que también estaba don Camilo para hacer el gasto de la conversación, pero el noble anciano, hasta hacía muy poco tan vistoso y campanudo con sus explosiones oratorias y con su barba blanca separada en dos ramas, había empezado a momificarse antes de la muerte, y lo único para lo que parecía vivir era para las comidas prolijamente condimentadas y para los vinos hidalgamente apellidados.

Asunción y Lola, vestidísimas como para un sarao, manteníanse reservadas y con aire de ofendidas en lo alto de sus corsés, como si llevasen el busto en una canastilla o como si estuviesen asomadas al balcón de sí mismas. Pepa estaba algo más sociable, aunque la encontraba yo metida en una amable artificiosidad, un tanto nerviosa y excesiva, que me dio mucho que cavilar, acentuando esta sospecha el haber sorprendido a mamá, varias veces, mirándola con una extraña fijeza, como amenazante, lo que Pepita acusaba poniéndose encendida bajo la corteza de los afeites.

El tío Modesto, que no bien sentado a la mesa se bebió, seguidas, tres copas de vino blanco, apenas abría la boca para otra cosa que no fuese engullir, eso sí, con evidente satisfacción, grandes trozos de empanada de anguilas de río, que desaparecían en sus fauces como en un baúl, lamentándose, mientras seguía trasegando vino blanco en las grandes copas de agua, «de aquel indecente calor de Auria que privaba a todo dios de su natural apetito».

Cuando Joaquina entró con su guisado de lampreas, presentado en cazuela de barro, Modesto metió las narices en el recipiente, diciéndole:

—¡Detente ahí, estafermo! ¡A ver en qué han venido a parar en tus manos estos portentos de nuestros ríos! —y aspiró largamente.

Cancelando luego toda etiqueta sacó un trozo con la cuchara de palo con que había de ponerse en los platos a fin de que el exquisito pez no se deshiciese. Lo partió en dos con el tenedor, y sopeteando pan de Cea en la salsa masticó, mirando al techo con deleite. Luego extrajo un duro del bolsillo del chaleco y se lo dio.

—Toma para un trago, venerable Joaquina; cierto es que el zorro pierde el pelo y no las mañas. Sigues poniendo el mejor guiso de lamprea de todo este obispado y provincia. ¡El mejor, Quina, el mejor! —exclamaba sin dejar de masticar ruidosamente—. El mejor incluyendo el convento de Ervedelo donde hay un lego cocinero, ¡Dios lo bendiga!, que tendría que ser cardenal si las cosas de la jerarquía anduviesen como debieran andar. Y mejor que el cocinero de Su Ilustrísima, a cuyo episcopal pesebre va a parar lo mejor que da el río Miño. ¡Perdón, señoras y caballeros, pero para mí la lamprea es la verdadera misa mayor de este día!

Y poniendo los ojos en blanco, mientras embaulaba otro pedazo, exclamó: «¡*Dominus non son dignus!*». Portocarrero lo fulminó con una mirada, y murmuró algo entre dientes.

—¡Vamos, señores, a ellas! —continuó con rara locuacidad, él, que siempre hablaba punto menos que con monosílabos—. Sírvenos tú, Carmela; esas manos de bienaventurada no harán más que mejorar este maná con salsa.

Las tías estaban aterradas; Portocarrero se desentendió de la cháchara e inició una conversación con don Camilo que no le hizo el menor caso y no separaba los ojos de la cazuela, mientras mamá hacía los platos, enfrascándose, entre tanto, en el regusto del vino Priorato blanco, finísimo.

Cuando todos se sirvieron dos veces y el tío cuatro, instó a Joaquina a que hiciese su plato allí mismo, «pues la otra aldeana no lo había menester, mientras no fuese reduciendo la barbarie de su paladar», y la emprendió luego con el resto, que era una apreciable cantidad, arrebañando con la cuchara de palo la pringue espesa que todavía quedaba en el fondo. Otro tanto hizo con el cabrito lechal, asado a horno; y aún pidió «de aquellas perdices escabechadas que eran gloria de los Razamonde, digna de figurar en sus blasones y ejecutorias».

A los postres, cerró contra el roscón, grande como una rueda, y se zampó la mitad, mojando sopones en el vino tostado, que se sirvió en la copa del común. Luego la emprendió contra una colina de requesón, que doró, como haciéndola crepuscular, con abundante miel; todo ello sin dejar de picotear en las confituras y frutas escarchadas y en las riquísimas yemas de las monjas de clausura de Redondela, que en Auria, por una revelación especial del secreto, solamente hacían las Fuchicas.

Cuando trajeron el ron con el café, apuró de un trago la infusión y llenó el pocillo de la fuerte bebida. A estas alturas estábamos todos volados, menos mi madre, a quien la documentada voracidad del tío —uno de los más enterados paladares de la región— divertía grandemente, aparte del implícito homenaje a su cocina, pues Modesto, según él decía, no se dejaba convidar allí donde no daban más que «jigotes y bazofias con pomposos nombres de extranjis». Pero lo cierto es que no había manera de empalmar una conversación, preocupados todos por aquel apetito mitológico, por aquel hambre de semidiós, que arremetía contra los manjares como si fuesen enemigos, en callado soliloquio de mandíbulas crujientes y gruñidos deleitosos. Portocarrero echaba sondas a lo que se iba convirtiendo en irremediable sumersión alcohólica de don Camilo, y trataba en vano de anudar la hebra sobre los propósitos del nuevo diputado liberal. Lola y Asunción se habían puesto a cotillear en voz baja, agitadas e incómodas, y mamá seguía jugando al ratón y al gato mareando a Pepita con sus imprudentes miradas, que a la otra, a lo que se veía, le resultaba difícil soportar, y cuyo significado no se me alcanzaba. Cuando Modesto acababa de dejar limpia, como de lengua de perro, una fuente de natillas que los demás no habían querido catar, de ahítos que estaban, Asunción creyó del caso, mientras boquilleaba con ligeros sorbitos su anisete, lanzar una de sus jarabosas indirectas, envuelta en los dengues prosódicos de la zalamería tropical, que no pegaba ni con cola al propósito.

—Pué sepa usted —exclamó dirigiéndose, como más inofensivo, a don Camilo, que la miraba con ojos agónicos— que aya, en Cuba, la gente e mu frugá... po el caló sofocante, casi como aquí hoy. Poque yo digo que hoy hase una caló tremenda...

Pasado un rato y cuando el tío se metía en la boca puñados de almendras de pico, de tres a la vez, insistió la cubiche, glosando la aparición de la caja de puros:

—¡Ay, mi Cubita linda, con loj hombrej fino que hay aya!

—y se abanicó histéricamente mientras Lola rechinaba con una risilla.

El tío le dirigió un ojo inyectado y burlón, y dejando apenas espacio entre carrillos y paladar para que pasasen las palabras por entre el bolo de los dulces, que le llenaba la boca de banda a banda, dijo, aludiendo al agitado abanico de la isleña:

—¡Deja ya tranquilo ese pay-pay, tú, que me estás poniendo nervioso!

La aludida cerró de golpe el abanico y la gibosa se hundió en su canasta de ballenas, como la tortuga en su carapacho. Pepita, viendo que el ambiente se nublaba, creyose, como más experta en lides sociales, en el caso de interponer sus buenos oficios y lo hizo, tratando de dar con su voz media, lo que no consiguió; por lo cual, entre desgarrones del tono, y al tiempo que Modesto introducía en las fauces un ovillo de huevo hilado y una cucharada de guindas en aguardiente, logró decir:

—Estoy segurísima, mi dilecto pariente, que de nutrirme yo en la venturosa medida en que tú lo efectúas, no tardaría en verme presa de la gastralgia —y como el tío le echase encima los ojos relampagueantes ella desvió la monserga hacia el canónigo, que estaba encendiendo una breva con deleite de buen fumador; espetándole, sin venir a cuento—: En cuanto a mí, sé decir, mi señor don José, que si por mí fuese, no iría más allá de ensaladitas y sopicaldos.

—¡Así andas, baldada del cuerpo y tísica del alma! —intervino brutalmente el tío—. Las solteronas —agregó— vivís requemándoos por los adentros, y debíais de pensar en reponer lo que se os arde.

Don Camilo, que reaccionara un tanto con el par de tazas de café que había ingurgitado, se mesó las barbas hacia los lados despejando la sonrisa. La tía quiso salir del paso con un golpe maestro de su tacto diplomático y lanzó una carcajada que le salió más falsa que una mula. La isleña aquerenciada asomó una cara consternadísima por el plinto del corsé, y la jorobeta, desentendida del diálogo, se aplicaba a los manjares; pues también ella, en todo silenciosa y contumaz, comía con la lenta e implacable seguridad de una lima. Mas ni esto, que siempre constituía un motivo de respeto y admiración por parte de mi tío, la libró de sus trabucazos.

—¿Ves? Esta me gusta; traga de lo lindo, a lo zorro, como los buenos, y no como yo que todo se me va humo de pajas. Claro está que lleva trabajo el llenar esas cavidades del hueso, entre las que tienen más lugar, para dilatarse, las entrañas de la cocción...

La chepuda sacó su aguijón y sin perder la serenidad ni levantar los ojos del plato, donde perseguía con el dedo unas laminillas de hojaldre, contestó —Te diferencias de los otros animales en que ellos, por lo menos, callan cuando comen.

—¡Bravo, gibosa! Así me gusta que salgas al ruedo...

—No hables que pierdes bocado, tragaldabas...

La cursi advino rápida con el sahumerio de su tacto social.

—Supongo que interpretarán ustedes estas expresiones como inequívocas pruebas del trato familiar que ustedes nos inspiran. De otro modo sería...

—Ahórrate la pelotilla, concuñada, que este par de vainas me conoce mejor que tú... Son antiguos plepas de Auria, como cada quisque... ¿Acaso te crees que si fuesen tenderos castellanos o cabilderos vizcaínos estaría yo de buen humor entre ellos?

—La urbanidad no reconoce clases ni fronteras —aventuró la tía, en el terreno de los principios generales.

—¡No seas burra, Pepita, y guarda esos relumbrones para cuando vuelva Pepín Pérez a arrastrarle el ala! ¡Que volverá, no lo dudes! Vuestros amores coinciden con los eclipses totales; pero ahí están, qué demonio, eternos.

—¡Modesto! —intervino mamá severamente—, ya podías guardarte esas chanzas para la golfería del casino, que aquí no hacen gracia a nadie.

—¡Cállate, falsaria, que estás muerta de risa por dentro, como estos dos pájaros pintos!

—¡Tengo dicho! —agregó mamá con acento cortante.

Modesto, que la quería y la respetaba como a nadie, la miró con aire de fiel mastín apaleado y se dedicó a vaciar, en silencio, un frutero lleno de grandes higos regados.

—¡Es mucho Modesto este! —comentó Portocarrero sonriente y con un dejo melancólico en la voz que traía, quizá, a su mente el pasado, como un eco de agitadas mocedades, gozadas y sufridas en común, en épocas de fuerte y fino romanticismo, cuando el burgo vivía su auténtico ritmo aristocrático y popular, la armonía de sus familias próceres y de sus antiguos gremios.

Yo estaba muy triste y desanimado, como siempre que me tocaba soportar ambientes regidos por la violencia y el sarcasmo.

Oyose el repique para los oficios litúrgicos de la tarde, y don José de Portocarrero aludió a que estaba próxima su hora de coro. El tío Modesto encendió otro puro de la media docena que traía en el bolsillo de pecho y largó dos bocanadas de humo azul hacia la lámpara colgante. Casi inmediatamente se levantó y, sin tenderle la mano a nadie, se despidió con el gesto, dándole una ligera palmada en el hombro a mamá y a mí un pellizco en la mejilla. Y salió diciendo que iba al casino. En seguida nos levantamos todos como si el contradictorio nexo de la reunión hubiera sido el incómodo huésped que acababa de irse. A mí me mandaron a dormir la siesta.

Cuando al poco rato salí de mi cuarto, para ir a un lugar, oí que mamá y Pepita dialogaban apasionadamente, aunque en voz bajísima, en la penumbra del corredor. Me detuve ocultándome, y vi como mi madre le entregaba un envoltorio de papeles. Solo pude oír las frases finales del raro coloquio, que fueron dichas con voz irritada y casi alta:

—La culpa es de tu imprudencia al haberlos leído. Esos cuadernos contienen mis anotaciones íntimas, donde se mezclan la fantasía con la lejana realidad.

—¡Ya te daré a ti fantasías, hipócrita, canalla! ¿Por qué tienes que mezclar en esas chifladuras el nombre de mi marido? No por ti, que eres capaz de cualquier cosa, sino por mi propio decoro, no quiero creer que haya nada de verdad en tales desvergüenzas de loca. Pero si llegase a saber...

La tía no contestó. La oí alejarse por el pasillo y bajar la escalera hacia su piso. Y oí también que mamá entraba en su gabinete, corriendo violentamente un cortinón cuyas anillas de madera tabletearon con sonido óseo.

Entré en mi cuarto, aburrido. El bravo sol de junio se cuajaba, como un gran lingote, en el hondo socavón de la calle de las Tiendas. La ciudad agalbanábase en el ahíto pasmo de la siesta fiestera, después de los azacaneos y tareas del trajín matinal, recostada en el sopor de las comerotas. Me arrodillé en la cama, sobre las almohadas, para alcanzar bien el alféizar. La catedral era como un inmenso monstruo durmiente, como si ella misma estuviese haciendo la digestión laboriosa de las muchedumbres que aquella mañana habían entrado en su vientre. El David prolongaba su nariz colgante en un moco de sombras y las manos apenas se sostenían contra el instrumento, ablandadas en una flojera de fatiga.

Como si fuese la única voz sobreviviente de la ciudad, pasó Lisardo, el ciego, pregonando *El Noticiero de Vigo*. Sonaron los tres broncos badajazos de la campana mayor señalando un momento culminante del oficio capitular, y unos vencejos chillaron al desprenderse del cornisón de una arcatura. El tedio estival anunciábase en aquella tarde de junio, hundida la ciudad en la apabullante quietud de la institucional siesta provinciana. Con la cabeza apoyada en los brazos y sin abandonar la incómoda posición, me quedé un momento dormido mientras los dedos del aire abrían grietas de frescor entre mis cabellos.

El resto del día volvió a ser de gran actividad. A las cuatro y media ya estaba de nuevo arreglado para la procesión y las visitas de cumplido y de familia. Antes debía ir con las tías a la catedral para asistir a la ceremonia de la expulsión de los diablillos, que tenía lugar los días de la Santa Cruz y del Corpus Christi, pues mamá, que era quien de antiguo había prometido llevarme, insistió en no salir, y Pepita había emprendido, inmediatamente después de comer, la restauración de su tocado, lo que significaba dos horas, por lo menos, de tenacillas, emplastos, fricciones, coloretes, vinagrillos y pomadas.

Yo sentía una gran ansiedad por ver a los desdichados posesos, cuya descripción me había hecho tantísimas veces, llena de arcaicos terrores, la criada Joaquina. Ella misma había tenido una hermana tan infestada por el genio del mal que tuvieron que llevarla varias veces a la Romería de los Gozos y otras tantas a la de los Milagros, antes de haberse visto libre en la que hizo al Cristo de Auria de aquella bestial intromisión, pasándosele en tales esfuerzos la flor de los años y quedando luego tan estragada que murió pronto de las resultas, pero al menos murió en la gracia de Dios.

No bien entramos en la catedral ya oímos unos gritos, como bramidos de animales, que fueron precisándose a medida que nos acercábamos a la capilla del Cristo, hasta que se concretaron en palabrotas y juramentos que lanzaban aquellos infelices. Estaban a la entrada de la capilla. Eran cuatro mujeres y dos hombres, todos aldeanos; pues era cosa sabida que los de la ciudad gozábamos del privilegio de que no nos entrasen los «diablillos». De ellas, estaban calladas una chiquilla albina, muy pálida, ojiabierta y asustadísima y una vieja, que, sentada sobre los talones, con la mandíbula apoyada en la palma de una mano, miraba hacia adelante, sonriente, con una indiferencia burlona. Los demás se revolvían en terribles contorsiones, echando espuma por la boca, blasfemando de manera que resultaba insoportable el oírlos, contenidos, a duras penas, por los esfuerzos de sus acompañantes. Todas las injurias estaban dirigidas hacia el altar donde Él, imponente y soberbio entre las gemas y los candelabros de ricos metales, encendidos todos aquel día, que era el de su máxima exhibición anual, apenas lanzaba sobre la escena el mínimo resplandor de su ojo revirado, visible de lejos en blancuzca grieta, bajo el párpado caído, con aquel abandono de su gran dolor ignorado, despreciado, como insensible.

Acompañado de dos sacerdotes, salió de la sacristía particular de la misma capilla don Jacobito, el cura de la misa de Lina, menudo, con su nimbo de blanquísimos cabellos y sus manos puras, nerviosas y descarnadas. Revestido de estola y alba el exorcista, con sus ojos de aniñado azul mirando mansamente, se acercó a los miserables, asistido de los otros dos, uno de los cuales llevaba un crucifijo y un acetre e hisopo para el agua bendita y el otro un incensario y una vela. Acudieron atropelladamente los fieles desde todos los lados del templo para asistir a la escena, arrodillándose al llegar y rezando con gran unción. Los acompañantes de los endiablados encendieron los grandes cirios de las ofrendas, gruesos como brazos y del altor de los enfermos, según era el canon popular. Los pobres posesos, «empanados» en sus flojas túnicas de tarlatán de colores chillones, que dejaban transparentar los trajes labriegos, retrocedieron ante la presencia de los sacerdotes y, encandilados por las luces, apretáronse contra sus parientes, como bestezuelas tímidas; solamente la muchacha de ojos pasmados y pelo de lino continuó inmóvil, arrodillada, pero ya con el terror desvanecido, como desarmado, en sus claros y dulces iris.

La vieja pasó, repentina, de su actitud pasiva a una yacente convulsión que se le había ensañado con las caderas y que la agitaba de un modo ruin, obsceno. Al quedar sin el pañuelo, con los refregones que daba contra el piso, apareció al descubierto la cabeza monda, de la que pendían, como trapos sucios, aislados mechones de pelo gris.

Don Jacobito se puso grave y murmuró unas oraciones, arrodillado entre los fieles; los posesos trataban de interrumpirle con palabras horribles, proferidas a gritos. Luego el oficiante se levantó y con una voz tan clara, alta y potente, que parecía imposible saliese de tan anciana humanidad, dijo:

> Yo te ordeno, quien quiera que tú seas, espíritu inmundo y compañeros, que por el Misterio de la Pasión, etc., me declares en alguna forma tu nombre y el día y hora de tu salida y que en todo me obedezcas, como a ministro de Dios, aunque indigno, y no dañes en nada a esas criaturas de Dios, ni a los circunstantes ni a sus bienes...

Continuó con estos o parecidos términos y exclamó luego alzando más la voz, cuya escala parecía inagotable de brío y claridad:

> ¡Escucha y tiembla, oh, tú, Satanás, debelador de la fe, enemigo del género humano, autor de la muerte, raptor de la vida, violador de la justicia, padre de los males, atizador de los vicios, seductor de los hombres, traidor de los pueblos, despertador de la envidia, origen de la avaricia, causa de la discordia...!

Y continuó exaltándose, enrojecido, enarbolando su limpia voz, como una espada desnuda:

> ¡Sal de ahí, oh, engañador, y haz lugar, oh, crudelísimo, oh, impiísimo, a Cristo que te expolió, que desbarató tu imperio, que te amordazó y redujo a cautividad...! ¡Vete al destierro que es tu sede y a tu habitación que es la serpiente...! ¡Humíllate, ríndete! ¡Puedes burlarte de los hombres, mas no de Dios, que todo lo sabe y que manda en el Universo!

Don Jacobito, como si tuviese ante sí, visibles, a los poderes infernales, continuó largo rato con la violencia de sus apóstrofes.

Aquellos infelices, después de haberse debatido en contorsiones lastimosas, en los brazos de sus deudos que los amordazaban con pañuelos, casi ahogándolos, para interceptar las palabrotas, sudando y llorando a lágrima viva, fueron poco a poco calmándose, rindiéndose, hasta caer por tierra pálidos, exánimes, derrengados, realmente como luchadores vencidos después de denodada contienda, menos la chiquilla, que permaneció arrodillada, incólume, como ausente.

Don Jacobito se limpió la frente, y luego, empuñando el hisopo y volviendo a las oraciones masculladas, arrojó sobre el grupo la salpicada cruz del santo rocío. La muchacha de cabellos albinos recibió la aspersión en pleno rostro, sonrió como si toda su cara fuese de luz y cayó desvanecida.

Desde la altura llegaba, triunfal, el *Tantum Ergo*, coreado, en las naves, por millares de fieles. Iba a dar comienzo la procesión y allá nos fuimos, procurando yo acomodar la dignidad que a mis pasos debía conferir el pantalón largo, al trote canino de mis tías, hecho aún más sincopado y diligente por la excitación de su piadoso celo.

Nos asomamos a todas las bocacalles que nos fue posible, durante un par de horas, para poder ver pasar íntegra la grandiosa procesión media docena de veces. Las rúas hallábanse alfombradas de hinojo en todo el trayecto. Todos los balcones y ventanas lucían hermosos reposteros, colchas de ricos géneros o colgaduras con la bandera nacional. Tanto esplendor justificaba nuestras carreras, en las que terminé por perder la cadencia de mi paso. El principal altar de los varios que había en el trayecto, en que se entronizaba momentáneamente al Santísimo, para cantarle los motetes, estaba en la plaza de los Cueros, frente a la casa de las Fuchicas, y allá nos encaramamos, a su alto alero, para poder abarcarlo todo en una visión de conjunto. Resultaba realmente sobrecogedor contemplar aquel inmarcesible poder de la Iglesia manifestado con tanto arte y suntuosidad, sobreviviendo a la ramplonería contemporánea y al mal gusto de la mayoría del clero. La escasez de imágenes de bulto en el sacro desfile le confería una tal pureza y una fuerza de abstracción teologal tan poderosa como si fuese la propia presencia del Dogma, apenas corporizada y, no obstante, tan arrolladora y eterna. Abrían la marcha, como una concesión a arcaicas y potentes paganías, los gigantes y cabezudos bailando la danza rural de la región, que les dictaban los trinos alegres de las gaitas del Cabildo, dirigidas, con su instrumento parlanchín y dulcísimo, por el famoso gaitero de Penalta: arrogante mozo, como un dios aldeano, de cara abierta y apicarado mirar, que desmentía el cortesano atuendo de su ropón de brocado, con los salerosos remeneos del cuerpo, transmitidos a los flecos del instrumento y con el clavel reventón, que llevaba dando gritos encarnados en lo alto de una oreja.

Venía luego un grupo de niños, con roquetes rojos, dando guardia a un estandarte bordado en oro sobre damasco blanco con una escena de la Santísima Trinidad, de buen pincel antiguo. El estandarte, montado sobre astil de plata, era conducido por el señor gobernador civil, que vestía levita y calzaba guantes blanquísimos, de cabritilla. Las borlas las llevaban el presidente de la Audiencia y el de la Diputación provincial, igualmente enguantados, igualmente enlevitados. Tres ordenanzas de sus respectivos organismos iban un poco atrás llevándoles, muy serios, las chisteras, apoyadas suavemente en el antebrazo.

Seguía luego el grupo de San Tarcisio, de la Adoración Nocturna, en el que formaban los niños de las mejores familias de Auria, graciosísimos, todos de chaqué, como diminutos caballeros, un poco nerviosos bajo aquel solazo, metidos en el incómodo indumento, y un turno de las escuelas de pobres, compuesto por chicos vestidos de nuevo —gracias a la munificencia de la marquesa de Valdevelle— cuyos trajes eran de marinero, con muchas dobleces horizontales, a causa de la posición en los estantes, por lo cual los chicos tenían aire de náufragos vestidos de urgencia en una maestranza. Llevaban todos gorras de plato caídas a la espalda, sujetas al cuello por un barboquejo de elástico.

En medio de los niños pobres iba la fulgente cruz procesional de Arfe, la más preciada joya del tesoro basilical, rodeada más de cerca por ocho franciscanos descalzos, con blandones de cera oscura, todos de igual edad, del mismo luengo y color de barba que parecían disfrazados. Al pasar por las bocacalles, el sol oblicuo arrancaba destellos a la cuantiosa pedrería que un indiano, del pasado siglo, quién sabe en expiación de qué delitos de Ultramar, había hecho incrustar en la imponente alhaja, que pesaba tres arrobas, y cuyos portadores tenían que turnarse de tanto en tanto. A continuación se aparecían las corporaciones, gremios y cofradías con sus pendones y enseñas. En medio de ellos iba el Orfeón Auriense con las flámulas, banderas, estandartes y gallardetes de sus triunfos innumerables, colgados de placas, medallones y palmas de oro. Estaba anunciado que cantaría, frente a uno de los altares, la secuencia *Lauda Sion*, del doctor Angélica, en una nueva armonización del maestro Trépedas, barbero y compositor, eminente hijo del pueblo. En la parte central de la procesión, entre un piquete de guardias civiles, vestidos de gran gala, con sus fracs cortos, ribeteados de blanco, lo mismo que sus tricornios de castor gris, con su pantalón de blanca malla, calzados con altas botas de charol y portando los fusiles a la funerala, iba Su Ilustrísima el obispo de Auria, revestido de pontifical, con prendas de antiguo y ostentoso bordado, bajo el palio, llevado al compás de sus seis pértigas de plata por las dignidades del Cabildo. El prelado avanzaba a pasos lentos portando entre sus manos, envueltas en amplia estola, el viril, como un pequeño sol de oro y brillantes, que ostentaba, en el centro de su entraña flamígera, la cándida y tierna redondez opaca de Dios en la Eucaristía. Iban a ambos lados los diáconos recogiéndole las puntas de la capa pluvial para desembarazarle la marcha y otros asistentes llevando el báculo y la mitra. Detrás de este grupo seguían los curas parroquiales, igualmente revestidos, y luego la banda municipal y la del regimiento de Ceriñola, que tocaban alternadas, y un cornetín de órdenes del mismo regimiento que hacía sonar el toque de atención, imponiendo silencio, cada vez que la custodia llegaba a uno de los altares. Remataba el magno desfile, en su parte más significativa, la Corporación Municipal, en pleno, con sus vistosos maceros vestidos con ropas copiadas del tiempo del emperador y sus alguacilillos con atuendo de la época de los últimos Felipes. A ambos lados, toda la procesión iba flanqueada por una triple fila de hombres, mujeres y niños de toda condición, con cirios encendidos, y más atrás, en muchedumbre apeñuscada, los aldeanos, deslumbrados por tanta grandeza, llevando consigo a los *ofrecidos:* niños encanijados, enfermos con horrendas lacerías, mujeres de impresionante palidez y paralíticos llevados a pulso; y, cerrando el desfile, el ya calmo grupo de los poseídos. Aún más atrás de todos, ya como desprendidos del conjunto, dos camilleros de tropa y el cuerpo de barrenderos municipales, formado por diez números, con sus caras joviales, vinosas y afantochadas, tras los grandes bigotes, su insólito uniforme limpio y escobas nuevas, de verdísimo escambrón, sobre el hombro.

Durante todo el trayecto y a todo lo largo de la procesión, incluso sobre los barrenderos, cayeron desde los balcones millones y millones de pétalos de rosas, sin tregua alguna en su multicolor y olorosa nevada.

El final de aquella tarde fue horrible. Yo estaba cansado y soñoliento, no obstante lo cual, apenas llegamos a casa, la madrina me peinó y me condujo, sin dejarme tomar aliento, a las visitas de familia y de cumplido. Por las calles nos encontramos con otros niños también de primera comunión, que hacían las mismas visitas. Las madres espiaban mi traje y mis lucientes chinelas con un gesto entre despectivo y maravillado. La tía saludaba a diestro y siniestro, sin hablar, con cabezazos equinos, muy pronunciados, y ladeando ligeramente la antuca que llevaba abierta sobre el hombro derecho y que, a veces, pinzaba, tomando la punta de las varillas, con los dedos de la mano izquierda; gestos todos ellos de consentida coquetería y de extrema distinción entre las señoritas de Auria. También ella, de vez en cuando, lanzaba un vistazo disimulado a la ropa de los otros chicos. Cuando pasaron los nietos de Cuevas, que era el jamonero más rico de la localidad, la tía musitó complacida, haciendo girar la sombrilla:

—No sé si está bien que provoque tu naciente vanidad masculina, pero llevas el traje más caprichoso de este año. ¡Que ello estimule tu gratitud hacia tu tía y madrina! —y acercó a los labios, para interceptar un regüeldillo que le bullía en los adentros como resultado de la comilona, el pañizuelo de encajes que llevaba siempre trabado en los dedos con un aire de infantina seronda.

Estuvimos en casa del fiscal, cuyas hermanas, unas viejas chochas llenas de apresuramientos sin motivo, se agitaron febrilmente en cuanto entramos, haciendo tintinear sus collares y dijes, para traernos corriendo tarta de almendras y espeso licor de café. El ama de llaves —otros decían la antigua manceba— de don Camilo el procurador, tomada de inoportuna piedad, me hizo rezar dos padrenuestros en una saleta donde habían entronizado, aquella misma mañana, el Sagrado Corazón de Jesús, en lamentable versión de la imaginería salesiana. Luego me regaló un pesado cartucho de rosquillas de Allariz, que quedó en mandarme por una criada. Solo en casa de Consuelo, prima carnal de mi madre, me sentí realmente bien. Era una casa de gente franca y alegre donde parecían estar siempre de buen humor, y cada vez que íbamos nos recibían con una cordialidad sorprendidísima, como si acabásemos de resucitar.

—¡Ah, vosotros por aquí! ¡Juan Carlos, Amparo, Concha, bajad, que están aquí los primos! ¡Parece mentira! ¡Dichosos los ojos que os ven! —y habíamos estado allí la semana pasada. Eran muy ricos, tanto por parte de ella, que había heredado de su madre el señorío de Boiro, como por el marido, Pepe Salgado, hombre distinguido, muy dulce de hablas y modales de origen auriense —se decía que humilde— pero nacido en una provincia de la República Argentina, llamada de Entre Ríos, donde su padre le había dejado tantas tierras que cabía en ellas buena parte de nuestra provincia; cosa tenida por exageración y tomada a chacota en el casino, pero que era verdad. Se refería que en cierta ocasión, discutiendo el caso, Salgado se puso rufo y tomando una vara de medir, pues ocurría la disputa en la tienda de los Madamitas, le dijo al Tarántula, que era el de las dudas:

—Tome usted esto. Le pago el viaje a América, y si las mide usted en todo lo que le resta de vida, le cedo la mitad.

Lo cual olía a broma fúnebre, pues el Tarántula, por su aspecto de tísico, no parecía conservar alientos para medir su propia calle, que tenía cincuenta pasos de largo.

Había allí muchos forasteros e indianos bebiendo de lo lindo, y luego se improvisó una especie de baile donde Consuelo tocó al piano valses, polcas y rigodones. Al salir de allí, ya casi anocheciendo, pasamos por la plaza de la Sal, en el barrio popular, donde había un *troupoloutrou* de gaitas y tamboriles y se danzaba con furioso denuedo, a lo suelto, entre una polvareda tan cálida como si fuese el resplandor de una hoguera. Allí Chaparro el chocolatero, Valcarce el pintor, Ramón el Chino y otros puntos de baile bordaban, con fina precisión e infatigable violencia, muiñeiras, ribeiranas y cachoupinos, sobre las lajas de la plazuela, en torno a cántaras del espeso vino local, que, entre una danza y otra, circulaban por todos los labios. La tía pasó de largo frunciendo la nariz, ajena al arrebato con que el pueblo, obediente a su honda entraña pagana, céltica, traducía los laberínticos significados de la jornada litúrgica. En cambio me consintió detenerme unos instantes en la plaza del Corregidor, donde otra muchedumbre, no menos sensual y herética, hervía de actividad y de excitación celebrando una *follateira:* misteriosa fiesta de Auria, reminiscencia, quizás, de cultos báquicos del latino colonizador. Mas apenas pude entrever, entre el gentío apiñado, una especie de templete, de tablas, cubierto de verde pinocha y de ramas de laurel y vid, donde un viejo y una vieja, al son de cantigas y panderos, batían leche en rojas ollas de barro, con miradas y gestos de evidente concupiscencia, todo ello en medio del más ruidoso desenfreno y algaraza de la plebe, que bailaba al compás de rústicos instrumentos y se agrupaba, cantando y pataleando, a la puerta de las tabernas, con la taza del vino en la mano y bajo las guirnaldas de los versícromos farolitos de papel, que acababan de encender.

Insistí con la tía para que me permitiese acercarme un poco más al templete de los viejucos, mas solo conseguí que exclamase, con brevedad espartana, señalando el cotarro con el regatón de la sombrilla:

—¿Ahí? ¡Jamás! —y adelantando un papo de emperatriz me cogió la mano y me remolcó de un tirón. Al emprender la marcha, ya entrada la noche, me pareció ver entre las cabezas de la multitud unos ojos fijamente posados en mí, bajo una visera de charol muy hundida en la frente.

—Madrina, si corres tanto me caeré. Mejor sería que nos fuésemos a casa. No puedo más.

—Comprendo que estás al sumo de tus fuerzas —dijo acortando el paso y acumulando palabras inútiles, como siempre—, pero nos faltan los Cardoso, nobles amigos, e iremos a verlos como visita final. Y eso que nos dejamos otras ocho o diez entre las más principales. ¡Estoy corrida! Mañana se hablará en todo Auria de mis omisiones.

—Iremos mañana.

—No puede ser, habrá que esperar a la octava de Corpus.

Nos encaminamos a la abominable casa de los Cardoso, en la calle de Santo Domingo, cuyo jefe era un apoplético magistrado de la Audiencia, hijo de un abad de aldea y de una criada, casado con una ricachona adusta y solemne, y famoso por sus tragaderas y por su estupidez judicial. Asistía a los juicios orales sesteando, con los ojos semicerrados durante las pruebas, y las manos cruzadas sobre el vientre por debajo de la toga. Corrían acerca de él innumerables chascarrillos, siendo el más famoso una pregunta, en una vista por lesiones en riña tumultuaria: «Dígame el testigo: en el momento en que ocurrían los autos, ¿la víctima estaba en el balcón o viceversa?».

Tenían los Cardoso cuatro hijos varones, entre los veinticinco y los cuarenta, y dos hijas entre esas edades, todos ellos feos, atezados, silenciosos y morrudos; todos con los ojos abesugados y todos de luto riguroso por un hermano de la señora que había muerto, cinco años atrás, de un envenenamiento de setas. Cuando llegamos estaban a punto de pasar, unánimes, al comedor; pues la madre era muy regimentera, y lo hacían corporativa y puntualmente, como en desfile, a las nueve y media en punto. Eran gentes de rosario después de la cena, tras el cual las mujeres iban a recocerse a sus alcobas y los hombres salían de tapadillo, en noches rigurosamente señaladas para ello, alternándose y simulando los unos que no sabían la salida de los otros. Iban a verse con sus querindangas baratas en sórdidos tabucos instalados en las casas de pajabarro de los arrabales, por la Puerta de Aire, en la antigua judería. Como había oído yo tantas críticas sobre aquellos enlutados, que pasaban, no obstante, por las gentes más honestas del burgo, me fastidiaba su asnal solemnidad y nunca pude verlos, sobre todo cuando estaban juntos, sin sentir unas endiabladas ganas de soltar la risa.

Al pasar, habíamos preguntado al portero del resonante caserón si llegaríamos a tiempo, y nos dijo que nos apresurásemos, pues apenas faltaban unos minutos para el toque de la cena. Efectivamente, allí estaban, todos de negro, esperándonos en un salón tapizado de damasco púrpura, los padres en el estrado y los hijos en semicírculo, como los maniquíes de una familia real ante el pintor áulico; ellos con americana abotonada hasta el cuello, morenos y barbados, y ellas con blusas de mangas enterizas, abullonadas, y con aderezos de cabuchones y abalorios. Cuando entramos, anunciados en alta voz por un sirviente, los vimos moverse vagamente contra las figuras del tapiz del testero, a la luz de las velas de una araña de cristal francés. La tía saludó a todos, extremando su reverencia caballuna, y luego se dirigió a la dueña de la casa y le dijo, besándole en ambas mejillas:

—Perdonaréis, Gertrudis, se nos hizo tarde. Os traigo al niño un par de minutos para que lo veáis. ¡Una no puede partirse en dos! —añadió, con retrasada conclusión. La mayestática Cardoso, como si la cháchara de mi tía no fuese con ella, nos indicó un confidente con un gesto, que prolongó luego en un ademán semicircular que tenía por objeto indicar los asientos a los otros, y se dejaron caer todos a la vez. La hirsuta dama recobró la voz.

—No te preocupes, Pepita; ya sabes que siempre se te recibe en esta casa con particular afecto... aunque ello no pueda hacerse ahora extensible a toda tu familia... desgraciadamente.

—Mucho me honras; ya sabes que me hago cargo de la rigidez de vuestros principios.

—Hay ropa tendida —dijo vulgarmente, por un lado de la boca, la mayor de las hijas. La ropa tendida era yo, claro está. Luego vino un silencio.

La tía empalmó, desviada:

—Hace un instante, si no me equivoco, se oyó la retreta del cuartel de San Francisco. Debéis de estar a punto de pasar al comedor...

Hubo otro silencio durante el cual los hombres consultaron, con simultáneo gesto, sus pesados relojes de bolsillo; luego miraron todos hacia el hermano mayor, uno que tenía la color más aceitunada y la barba más negra (y que venía a ser el querido de Elena la Sucia: una antigua hospitalera que lavaba ropa y a la que Cardoso pasaba cincuenta reales al mes para pagar el cuarto), y este, a su vez, miró hacia el reloj de la chimenea, mirada en que le acompañaron también los otros. El jefe de la casa surgió de su mutismo segundón para preguntar a mi tía, con una franqueza popular que contrastaba con la burda solemnidad de los otros:

—¿Y cómo anda tu hermana Carmela? ¡Buena chica! Y guapa..., guapísima —toda la familia se volvió hacia él; y el vinculero, que, por lo visto, era el encargado de resumir los gestos de todos, le asestó una dura mirada. Era este otro indicio más de que las familias de Auria habían condenado a mi madre, a «la separada», a «la liberalota», al silencio, que era la condena a muerte social que dictaban aquellos farsantes. El viejo Cardoso, más que viejo envejecido por los placeres de la mesa, que eran en aquel hogar cotidianas orgías, conservaba, aunque ya muy espesa, su viva sangre aldeana que se oponía, en cuanto le daban las fuerzas, al proceso de solemnización emprendido por su mujer y sus hijos y que, al menos en él, no había logrado dar frutos definitivos. Y fue así como, ajeno a las mudas fulminaciones, continuó:

—No puedo creer que Carmela Razamonde haya tenido arte ni parte en el lío ese del entierro, y así lo afirmé en el Tribunal y lo juraría sobre las brasas...

—¡Padre! —cortó, desmandándose del vinculero, Armida, la hija menor, con abierta iracundia.

Casi al mismo tiempo el reloj de la chimenea dio la hora tocando una delicada mazurca. Se pusieron todos de pie, como movidos por un muelle, menos el padre, que tardó un rato en desenclavijar las articulaciones, levantándose con ayes, puestas las manos sobre la riñonera. Con igual simultaneidad apareció en la puerta un criado de librea, con un candelabro en una mano y un apagavelas en otra. Yo no había abierto la boca. Me despedí casi sin alterar aquel silencio y la madrina gallipaveó durante unos instantes las cortesías del adiós, que fueron contestadas por todos con impacientes gruñidos, y salimos de aquella casa infernal habitada por condenados a los trabajos forzados de la simulación y del bandullo.

Ya en la calle la tía miró hacia arriba y exclamó:

—¡Ya me parecía a mí, este bochorno...! El cielo muéstrase opaco y amenazador —no bien lo había dicho, un trueno retumbó propagándose en ecos por las rúas. En el cruce de las calles se levantaron remolinos de polvo y papelorios. Apretamos el paso en la oscuridad, con tiempo apenas suficiente para alcanzar los soportales de la Plaza Mayor, cuyo espacio central recibía ya, con rumor atamborilado, el golpeteo de las gotas tempestuosas. Salían en aquel instante, retrasados por la insubordinación de las fiestas, de los bajos de Ayuntamiento, los faroleros, abultados por sus grandes corozas de paja para la lluvia que les daban un aire de mascarones ebrios. Llegaron chorreando, solo con cruzar, y aplicaron a los farolones del soportal la estopa chisporreante, metiéndose luego por la sombra de las callejas dejando tras sí el tufo del petróleo.

La tía habíase puesto nerviosísima, pues acababa de pasar bajo el reverbero recién encendido Pepín Pérez, el cronista social de *El Eco de Auria,* distinguido poeta local y pianista del teatro, que se le declaraba un par de veces por año, desde hacía doce o catorce, en estrofas de diverso metro, aunque del mismo inmitigable fervor. Aquella acechanza, pues se puso a pasar y repasar, indicaba que tal vez no estaba lejano el plazo de las reiteraciones. La igualmente obstinada negativa de ella originábase no tanto en el tipo, que no le era del todo indiferente, sino en el misérrimo sueldo que Pepín percibía por la suma de sus habilidades, ni aun arrimándole la mesada de un puesto de bóbilis bóbilis, que desempeñaba en la Diputación Provincial, pues tenía que mantener a una hermana, con la cual vivía, la que a su vez se ayudaba haciendo ramilletes de flores de cera.

Pepín pasó de nuevo, como queriendo decir algo, lo que extremó la nerviosidad de la tía, que se hubiera lanzado al arroyo si en aquel momento la tronada no estuviese desatacándose de sus más entusiastas chaparrones. De pronto, volviendo sobre sus pasos, muy aprisa, como quien coge impulso para no desanimar una decisión arduamente tomada, Pepín Pérez se detuvo frente a nosotros y quitándose el bombín, dijo, con acento emocionado:

—¿Quisiera usted honrarme aceptando mi paraguas?

La tía, sobreponiéndose a su turbación y tratando de aplacar la insurrección de su laringe, que la acometía muy excedida en trances como aquel, contestó:

—Sentiríame inclinada a hacerlo por el inocente —el inocente era yo—, pero no me atrevo, ante el temor de las interpretaciones.

—Pepita... Yo en realidad... Lo cierto es que no somos de hoy... Porque una cosa es... Y otra, como vulgarmente se dice....

—Siendo así...

Nos adelantamos hacia el borde del escalón que separaba el soportal de la calle. Pepín, que lo había alcanzado antes, hacía esfuerzos desesperados para abrir el paraguas, que era de los de nueva invención, de resorte. Forcejeó durante unos instantes contra el rebelde artilugio. Entretanto, la lluvia pareció ceder un poco.

—No se moleste, Pérez, ya escampa. Lo mismo reconocida. ¡Vamos, Bichín!

—Disimule, Pepita... ¡Estos implementos modernos! —la tía le alargó lánguidamente la mano. No bien pusimos el pie en la calle, iniciando una carrera, cuando se oyó detrás de nosotros un ruido, como un golpe dado con fuerza sobre el bordón de un contrabajo: era el paraguas de muelle de Pepín que acababa de abrirse con la velocidad de una exhalación de tela.

Nuestra casa hallábase a doscientas varas de allí y nos largamos en su procura a grandes zancadas. Estaba como boca de lobo, pues aún no habían pasado los faroleros. Ya próximos a nuestro zaguán advertimos que estaba enfrente un coche, en dirección contraria a la que íbamos. Los relámpagos nos permitieron identificar un faetón de la empresa del Mangana, con tiro de fuertes caballos, cuyos atalajes mojados brillaban con las descargas eléctricas. La tía iba un poco adelante, pegada a los muros, procurando salvar, en lo posible, su sombrero, que era una atmosférica mole de gasas y flores de raso, y sus botitas de tafilete castaño claro, y yo la seguía tratando de cobijarme en la estrecha franja que protegían los aleros y de pasar indemne bajo los chorros de las altas gárgolas que se estrellaban contra las losas de granito, en medio de la calle, salpicándolo todo.

Evidentemente, aquel coche estaba parado frente a nuestra casa, aunque siempre era muy difícil, tan juntos estaban los portales, distinguir si un vehículo allí detenido sería para nosotros o para nuestros vecinos. Cuando llegamos, las linternas del coche, que estaban tapadas, fueron liberadas de su obstáculo y nos dio la luz en los ojos encandilándonos, pues hacía unos minutos que andábamos en la oscuridad. Apenas mi madrina había dado los primeros pasos en el oscuro zaguán, protestando de que se hubiesen olvidado de encender el farolón de entrada, y cuando yo iba a alcanzar el umbral, después de haber mirado recelosamente hacia el faetón, alguien salió de tras la puerta de mi casa y me tomó en vilo por las corvas y la espalda apretándome contra un macferland que olía a goma húmeda. El raptor entró en el coche y la portezuela se cerró tras nosotros con fuerte golpe. En medio de la pestilencia de la goma percibí un fresco olor a agua de lavándula. Sobre mi cara se abatía el capuchón del impermeable, estirado en el frente por la visera rígida de una gorra. Oí la voz de mi padre que decía:

—¡Tira ligero, Pencas! —las herraduras resbalaron un momento sobre las lajas y el ganado salió al trote largo. Tras nosotros se oyó la voz despavorida de la tía:

—¡Auxilio, favor! ¡Bichín, Carmela...!

Mi padre me mantuvo en el regazo, apretado contra sí. Yo no me movía. Oía su corazón con golpes lentos y fuertes. Cuando, unos minutos después, el coche pasaba del empedrado de las calles al barro de la carretera, me incorporé sobre sus rodillas y, adivinándole el rostro en la sombra, le dije:

—¿Qué has hecho, papá?

—No sé, hijo mío; las gentes de nuestra casta nunca sabemos bien lo que hacemos. Por lo pronto quererte mucho... Procura ahora dormirte, que tenemos para largo.

Me arrebujé en sus brazos, y luego me cubrió con una manta de viaje. Yo me dejé llevar inánime, callado, sin otra sensación que la de un dulce sosiego, tras las emociones y el cansancio de la jornada, oyendo como las llantas mordían, a través del barro, los morrillos de pedernal de la carretera y pensando en el extraño remate que había tenido el día de mi primera comunión y de la fiesta mayor de mi pueblo.

25

Tardé varias semanas en saber que el origen de aquel verdadero secuestro no fue, como yo había creído, un «pronto» de los muchos que le acometían a mi padre; por lo visto tuvo origen en un rumor que llegara a sus oídos según el cual el consejo de familia, atizado por el odioso tío Manolo, pensaba sustraerme a la potestad de mis padres, considerada como inconveniente para dirigir mi educación, y enviarme de pupilo a un colegio. La vida de colegial interno se me había siempre representado como una maldición, y si algún motivo concreto tenía yo de resentimiento hacia mi padre, era el de haber impuesto aquella brutal condición que mantenía alejados de nosotros, y en lugares distantes entre sí, a mis hermanos: a María Lucila en las carmelitas de La Coruña y a Eduardo en los jesuitas de La Guardia. Precisamente estaban por llegar en aquellos días, pues aquel año el Corpus había caído muy temprano y los cogió en medio de los exámenes. Por otra parte, su llegada era también uno de los motivos que habían apresurado a papá a tomar tal determinación. Nada le incomodaba más que nuestro cariño, mejor dicho, mi cariño; pues ellos, fuertemente ligados entre sí por el rencor y por el sentimiento de despojo de aquel padrastro fanfarrón y manirroto, que entrara a saco también en la herencia de su padre, me admitían en su sociedad con una frialdad condescendiente, y, ni qué decir tiene, este desvío se iba acentuando a medida que pasaba el tiempo de lo que ellos llamaban, con justa razón, «su castigo».

Tres meses duró mi secuestro en el pazo de Amoeiro, casón de la familia de los Castrelo, antigua residencia señorial y, en aquel entonces, centro de ricas tareas de labranza y ganadería y de mimosas vegas de vino en Santa Cruz de Arrabaldo y en el Ribero de Avia. Su dueño era, en aquellos días, el vinculero de la familia, Ulpiano Castrelo, pariente lejano y gran amigo de mi padre, cuyas correrías admiraba, anclado en su sedentarismo rural y en los cuidados de su casa y sus dos hijos, aumentados por una viudez temprana. El pazo era una inmensa residencia sillar con patio almenado, balconadas y chimeneas monumentales, que alzaba su orgullosa silueta de castillo al borde del planalto de Amoeiro, abarcando el curso del río Miño, entre el hondo valle central de Auria y las tierras más abiertas del Ribero, con sus verdes múltiples y jugosos.

Mi padre se quedó un par de semanas y vivía pendiente de mí con ternura tan extremosa que comprendí sería pasajera. Más sosegadamente que en otras ocasiones pude, en aquellas circunstancias, advertir el asombroso contraste que había entre la habitual simplicidad de su carácter y los exquisitos matices que entraban en su trato conmigo. Cada propio que iba a Auria venía cargado de cosas para mi regalo. Mi cuarto, una inmensa habitación, que daba a la solana, estaba al poco tiempo casi intransitable de juguetes y chucherías. Como un día yo me quejase de la oscuridad que lo invadía todo, en cuanto el atardecer metía sus sombras en los distantes ángulos, hizo poner en ellos cuatro velones de ocho torcidas, con lo cual la habitación adquiría un terrible aspecto funerario y se llenaba de un olor aceitoso que se pegaba en la garganta. Un criado se quedaba allí, de imaginaria, con orden de apagarlos cuando yo lo pidiese o cuando me quedaba dormido, dejando encendida una lamparilla en la mesa de noche. Mandó taponar con sacos una aspillera del balcón en la que roncaba el viento nocturno, y jamás se iba del borde de mi cama hasta que Ulpiano Castrelo no le mandaba media docena de avisos para echar la partida de tresillo con el párroco de Trasalba, que venía cada noche a caballo, impulsado por el terco vicio. Cuando mi padre se entretenía demasiado tiempo y tardaba en bajar, a pesar de los recados, se oía el vozarrón del rico labrador:

—¡Así que acabes de darle la teta a ese, bajas, que ya está aquí el curazo!

Si soplaba viento o había truenos me llevaba a su cama, inventando un miedo que yo no tenía. Una noche de mucho norte y gran luna, cuando la nostalgia de mi madre y de mi casa empezaba a trabajarme, me encontró, al volver de la partida, a eso de las dos de la mañana, sentado en uno de los escaños de piedra que flanqueaban el interior del ventanal, todo empapado en luz blanquísima. No sabiendo qué decirle, disculpé mi insomnio con el canto de los gallos. Salió sin decir palabra y unos instantes después se oyeron un par de escopetazos en el corral y el escándalo subsiguiente de las aves. Castrelo asomó por la gran balconada, en calzoncillos, gritando hacia nuestras ventanas:

—¿Qué haces, badulaque?

—Estos avechuchos que no dejan dormir al pequeño.

—Estás loco con el crío... ¡Pues tienes que hacer si piensas acabar con todo ese cacareo! —se volvió a meter y asomó de nuevo, en seguida—: ¡Oye, tú, si me matas el hurón te cuesta cien duros la juerga! —y cerró de golpe las contras. Por la ventana de arriba asomaron sus cabezotas mellizas los hijos de la casa, riéndose sofocadamente. De inmediato se oyeron dos garrotazos, dados sin lástima en ambos cráneos y una cascada voz de mujer que les reñía; todo ello sin dejarse de oír las risadas de aquellos dos pigmeos, malos como diablos, duros y amarillos como tallados en boj.

Los hijos de Castrelo, que empezaran su vida acabando con la de su madre, eran dos cabezudos callados y mirones, perversos y solapados. Andarían por los diez años de edad, pero no los aparentaban sino por la expresión, que tenía una extraña madurez, como si fueran hijos de viejos. Estaban a cargo de una hermana de su padre que, por haberse visto obligada a exclaustrarse de un convento, donde había profesado veinte años atrás, para hacerse cargo de aquella leonera, estaba siempre de un humor sombrío y andaba por la casa fugitiva, casi impalpable, como una sombra. La educación de las bestezuelas la llevaba a cabo majando en ellos como en un centeno verde, pero sin resultados, a lo que se veía. Tras su mansa resignación aldeana y su suavidad monjil, azorraba un carácter de mil demonios y una tremenda impasibilidad para el dolor, que tal vez le venía de su vida en asilos y hospitales, aunque los chicos eran igual. Cuantas más varas de fresno zumbasen contra sus piernas y espaldas o cuantos más palitroques se quebrasen contra su invulnerable cabeza, más se reían ellos; aunque a veces, como si por azar les hubiese tocado un incógnito punto sensible, acusaban el dolor con un breve gesto y gritándole: «¡*Monxa, monxa!*», se zafaban del potro y convertían todo cuanto tuviesen a mano en arma arrojadiza. A mí no me podían ver y, con esa predisposición de la gente rústica a confundir las buenas maneras con el afeminamiento, me llamaban «Sarita» y «*Xan-por-entre-elas*». Pero todo dicho tras los dientes y como si no fuese por mí. En una ocasión me hicieron caer en una trampa para zorros, con la consiguiente desolladura del tobillo, y otras veces me soltaban perros mastines o carneros topones que me hacían huir aterrado. También hacían descender, atadas con cordeles, sobre la ventana de mi dormitorio unas espantosas calaveras talladas en sandías huecas, con una vela dentro, que se me aparecían allí, de noche, flotando en el vano, tras los cristales, como el péndulo de un reloj. Especulaban con mi discreción, pues sabían muy bien que si Castrelo llegaba a enterarse los baldaría de una tunda.

    Mi padre, que no podía prescindir de la vida del agro, pero que, a la larga, aguantaba poco en él, se fue, como ya dije, pasadas dos semanas. Bajó a Auria «por unos días» para entender en sus pleitos y trapatiestas y para frecuentar chirlatas de toda condición, aunque de idéntico resultado; pues a él, «como a todo jugador de raza» —eran sus palabras—, le parecía «indecoroso salir de la timba con el dinero ajeno ni aun con el propio».

A los pocos días de su marcha yo estaba desesperado, sin noticias de mi madre y soportando aquella sociedad enemiga y bestial; perdido, además, en medio de una naturaleza temblorosa, huidiza, modelada por los cambiantes de la luz, donde todo variaba a cada momento bajo aquellos cielos amplísimos, de un colorido inagotable, llenos de proezas de las nubes, que hacían, y deshacían, sin tregua, inestables universos de formas y tonos. En aquella imponente plataforma telúrica, donde aún se rezagaban algunos gestos de la invernía, me di cuenta, por vez primera, hasta qué punto estaba yo apresado entre los bloques de piedra de mi ciudad, en su trabazón segura, antigua, protectora; y hasta dónde me era ajena, casi hostil, la agobiante suntuosidad natural que rodeaba aquel islote de enfática estructura, pues no había casa alguna hasta las de la primera aldea tributaria, que se agarraba, allá arriba, a los costurones del suelo, como un pardo nido. La nostalgia se me iba haciendo insoportable y apenas alcanzaba a mitigarla encaramándome, al atardecer, a un alto peñasco de la crestería que daba borde final a la meseta, siguiendo con la vista la línea azogada del río hasta el contorno, más adivinado que visto, de la ciudad, casi siempre esfumado en la distancia, bajo la bruma. Y lo que acentuaba de modo más preciso mi tristeza era un pequeño codo, muy curvo, de la carretera que iba de Vigo a Auria, que era lo único que se veía de ella en el rodapié del altísimo repecho; blanquísimo tramo alegre, entre el severo verdor de un pinar.

Una mañana de domingo en que había asistido a la misa en la ermita de la aldea, hice el gran descubrimiento que tanto habría de ayudarme a conllevar mi cautiverio: una alta roca desde la que se dominaba un enorme horizonte. A la salida, Peregrina

—tal era el nombre de la Castrelo—, que no me prestaba nunca la menor atención, se adelantó con los mellizos y yo aproveché el descuido para encaramarme a mi nueva atalaya. La perspectiva resultaba totalmente distinta. La ciudad se veía nítida, recortada en la distancia como en la fresca hondura de un cuadro acabado de pintar; la masa rojiza de sus tejados, los cubos grises de las casas viejas y la blancura de las canterías de las de más reciente fábrica. Y en los medios del burgo, airosa y precisa, la torre de la catedral recortada contra el Montealegre, que ahora resultaba tan mía, tan dócil, así de pequeñita y de naufragada en distancias y luces, que me parecía cosa fácil poder cogerla con dos dedos y ponerla en la palma de la mano, como un juguete.

Con aquel descubrimiento, que me trocaba el paisaje casi en hogar, quedé un poco más sosegado. Por deducción podía situar mi casa. En rápida asociación de ideas invadiéronme mis preocupaciones familiares y también mi secreta relación con la iglesia, que en aquellos instantes parecía inadmisible. A la distancia del tiempo y del espacio sentí con toda claridad cuánto había en aquella ligazón, de costumbre, de cotidiano pacto, de no sé qué sedimentación hecha de imágenes reiteradas e ininteligibles, de experiencias oscuras, de infinitos y mudos diálogos, entre tan fuerte inercia y la tierna y lenta construcción de mi vida, de mi conciencia de ser; todo condicionado por la lógica presencia del templo y por la ilógica consecuencia que desplazaba de sí, envolviéndome, arrastrándome, enajenándome con poderes situados más allá de lo visible, de lo comprobable, que me hacían vivir todo lo demás, aun las cosas más inmediatas, en su dolor y en su goce, más veraces, como provisionales modos del existir.

El tedio de aquellos días fue sacudido por una repentina diligencia que cogió a toda la aldea y en cuyo torbellino entró también la rica casa labradora. Se acercaba la romería del santo patrón de la parroquia y una contagiosa actividad se propagó por todas partes. Se allanaron los baches y desniveles del camino de carro que subía desde la carretera abrazado al pecho del monte; se rellenaron los socavones hechos por el agua en las torrenteras y se quemaron las marañas de zarzamoras que coronaban los muros de las heredades que daban al camino. Las jambas y dinteles de puertas y ventanas lucieron enjalbegado nuevo. La naturaleza, muy fría en tales alturas, pareció también contagiarse de aquella urgencia, y de la noche a la mañana, ganando el tiempo de rezago y al amparo de unos días de abundantísimo sol, encendieron sus minúsculas tulipas los tojos y retamas, con lo cual los montes cambiaron su parda tristeza por flotantes túnicas de oro; los rocíos nocturnos dejaban cubierto el campo, a la mañana, de temblona pedrería; volaban los pájaros dejando tras sí musicales estelas y el paisaje montañés fragmentaba la cuna de su esplendor en minuciosas anécdotas de corola y trino. Cerca de los regatos y de las pozas, disimuladas bajo el verdín, las flores del lino movían sus iris diminutos de asustado azul; en los secanos mecían los centenos una suave marea de verdes plateados y las mazorcas del maíz empezaron a babear, por el ápice, una pelambrera achocolatada. En los pinares acordábase, en más afinados tonos, el viento que llegaba, alzado en remolinos, desde las hondas y suaves bocarriberas y se afelpaba, al abrirse en la libertad del altiplano, hasta trocarse en una brisa que era, en el rostro, como una tibia mano enguantada. Los cerezos tardíos erguíanse como enormes ramos de cristal blanquísimo, y los manzanos urdían, bajo un vellón blanquecino, la lenta redondez del fruto. Volaban gallardamente las urracas, y las codornices contaban en su buche el metal reiterado de sus siete monedas sonoras. En el tibio y lento mediodía oíase el trabajo de las colmenas, apostadas contra la pared del huerto, bordoneando sobre la aguda quejumbre de los carros lejanos y el escándalo de la calandria, aleteando, inmóvil, toda cénit, clave musical de la cúpula del cielo.

Un día de aquellas agitadas vísperas apareció mi padre. Lo vi galguear por la *corredoira* con elástico paso de muchacho. Traía la gorra de visera en la mano y le brillaba el tupé sobre la frente osada. Unos pasos más atrás le seguía, echando los bofes, uno de aquellos golfantes de Auria, entre paje, rufián y espolique, a los que eran tan aficionados los señoritos, y que siempre tenían gorroneando a su vera para que les sirviesen en sus recados y tapadillos. Venía el tal cargado bajo una montaña de paquetes. Sobre un hombro destacaba un gran caballo de ruedas, de flotantes crines y heráldica cabeza de ajedrez. Los vi subir desde la solana. Mi padre me saludó desde allá abajo con un largo silbido metiéndose los dedos en la boca.

El faquín dejó sus paquetes sobre la gran mesa del recibimiento y se enjugó el sudor. Yo fui desenvolviéndolo todo, con calmoso saboreo, gozando, más que con los juguetes, al tomar contacto con la ciudad a través de los familiares nombres de cada comercio que leía impresos en los papeles de los envoltorios. Venían allí regalos para todos, golosinas de lujo para las comilonas patronales; vestidos y juguetes, destacando entre estos últimos una escopeta «de verdad» que disparaba balines y diminutos cartuchos de munición.

Pedí instrucciones para cargarla, y una vez introducido uno de los cartuchos de pólvora sola, para la práctica, busqué una presunta víctima. En aquel instante vi que asomaban sus cabezas iguales los mellizos, que estaban avizorando por la ventana alta que daba al despacho y apreté el gatillo, luego de encañonarlos rápidamente.

—¡Fuego! —grité. Se oyó la detonación y se vio el fogonazo, como una escobilla de chispas. Los Castrelo se asustaron tanto que dieron consigo en el piso, desde el alto bargueño a donde se habían encaramado para espiar la paquetería que vieran llegar con ojos ansiosos y resentidos.

Mi padre me reprendió severamente diciéndome que eran bromas de muy mala pata y que las armas las carga uno y las dispara el diablo, etc. Mandó luego que le bajasen viandas y un jarro de vino al cochero, que se había quedado en la carretera esperando órdenes, pues al comienzo le vi poco inclinado a quedarse. Media hora después ordenó que desenganchase y que acomodase el ganado en la cuadra del mesón.

Nos fuimos luego a pasear por el hortal y, sin que yo se lo demandase, me contó las consecuencias inmediatas de mi escapatoria, como la llamó tan frescamente, con una de aquellas naturales tergiversaciones que le eran propias. Pepita, tal como era su deber, se había enfermado y se pasó días y días tirada en su canapé, sacudida por las flatulencias, envuelta en un *peignoir* de tonos celestes, acompañada de visitas íntimas, a cuya conversación respondía con un rictus dolorido de la boca muda y enarcando las cejas, como los enfermos muy postrados. Las otras, luego de unos días de conciliábulos con las Fuchicas, se pasaran las horas en nuestro piso, rodeando a mamá de pegajosas atenciones y recibiendo a las visitas con chistidos y hablares entre dientes, como si dentro hubiese un moribundo. Mi madre había recibido el golpe con su habitual entereza de ánimo que tanto se parecía a la frialdad y a la indiferencia, limitándose a contestar a los condolientes:

—No se lo llevó ninguna tribu de gitanos. Se lo llevó su padre, que tiene tanto derecho a disfrutarlo como yo —con lo cual quedaban desarmadas, en su iniciación, las hipócritas compasiones. Lo que no me aclaró mi padre, y que luego supe yo, fue que Barrigas, el cochero, apresado al día siguiente por la Guardia Civil, atizada por mi tío Manolo, lo había contado todo; y tampoco me dijo que mi madre había tenido un largo desvanecimiento, durante el cual el médico dictaminó que «había allí un corazón muy flojo». Papá terminó su informe diciéndome, como pasando sobre ascuas, que a su regreso «ella lo había hecho llamar» y que tuvieron una entrevista a solas, en las afueras del pueblo, en el mesón de La Cristalina; mamá no había querido sentarse ni mucho menos participar en la merienda que él tenía preparada.

—Tan orgullosa como siempre... Tú ya la conoces, Bichín, con aquellos aires de reina ofendida. ¡Una calamidad! Me preguntó si habías sufrido mucho, ¡figúrate! Las madres siempre creen que sus hijos sufren si ellas no andan de por medio, como si a uno no le doliese su propia sangre... Preguntó también si estabas contento para que yo le contestase que no, pero le dije que estabas como unas pascuas, saltando todo el día, como un corzo, por entre esas matas y riscos. ¡Que se fastidie!

—¿Eso le dijiste, papá?

—A las mujeres hay que domarlas y nada mejor para ello que demostrarles que no son tan indispensables como se figuran... En fin, para detener la acción judicial, ya iniciada por el consejo de familia —¡buen atajo de cuervos y mojigatas!—, don Camilo el procurador, ese papanatas reblandecido, cuya respetabilidad le viene de no haber hecho nada en su vida por el temor a equivocarse, propuso que pasases en la aldea el tiempo suficiente como para dar lugar a que volvieran tus hermanastros y, luego de una breve vacación, regresaran a sus colegios... Por esta vez el juicio salomónico del babieca no anduvo muy descaminado, pues no me da la gana que coincidas en casa de tu madre con esos... ¡Ahí sí que no transijo!

Durante una pausa en la que se fumó un pitillo en tres o cuatro chupadas interminables y se dedicó a deshacer con las uñas unos botones de rosa, le sugerí, cautelosamente, sin poner en la petición demasiado empeño, que me dejase pasar unos días con ellos, a lo que se negó con la más seca respuesta. Por lo que dijo en aquella ocasión, supuse que lo que pretendía era borrar en mí, hasta donde fuese posible, todos los afectos que no fuesen el suyo. Se aferraba a mí como si yo fuese el único asidero en el vértigo de su vida, vivida sin continuidad ni proyecto, en alocada sucesión de improvisaciones, sin conciencia clara de tal desorden y, consecuentemente, sin deseo alguno de oponerse a él. (Esto creía yo entonces, pero el tiempo me haría ver que toda aquella dramática afición que me mostraba no iba más allá de un simple empeño de jugador donde yo era la carta momentánea.)

27

La víspera de la fiesta, al atardecer, me confesé con el coadjutor de Trasalba, que estaba allí para ayudar a nuestro párroco. Era un cura ordinario y sucio, con dientes amarillos y dedos quemados de fumador. Musité el «Yo, pecador, me confieso», con la lentitud meditativa que me había enseñado don José de Portocarrero, y me metió prisa diciéndome «que había esperando otros muchos, que tenían que descargar más que yo». Luego me interrogó atropelladamente, siguiendo, en cierto modo, los mandamientos, y cada vez que quería detenerme en alguna explicación, pasaba adelante sin hacerme el menor caso. Me levanté muy mohíno y proponiéndome no hacer la comunión al día siguiente, luego de confesión tan incompleta. Consulté con mi padre y me dio plena razón, como hacía siempre con mis decisiones en el orden de lo extrafamiliar.

Por la noche, en torno al pequeño atrio, que era a la vez cementerio, instaláronse los puestos de agua limonada, fritangas, bebidas y rosquillas. A eso de las nueve empezó el folión. Durante horas y horas rayaron el cielo los cohetes de aquella y otras parroquias distantes. Bajo la espectral luz del acetileno temblaban las diminutas florestas de azúcar en el interior de las botellas de anís escarchado, y las sombras del gentío se trenzaban en movibles arabescos contra el suelo. El gaitero y la charanga tocaban alternadamente y las parejas danzaban a lo suelto, casi entre los sepulcros, ofreciendo una mágica perspectiva de brazos alzados y rítmicos y de enormes siluetas lanzadas por la luz contra la fachada de la iglesia. Resonaba el eco de los tambores en los valles y, de cuando en cuando, el coral de los burros de los romeros despeñaba, desde aquellas alturas, su cómico turbión de rebuznos hacia las riberas. El cielo era hondo y negrísimo y las estrellas pulían su metal contra los altos terciopelos. El obstinado ritmo de la danza no lograba complicar la grave calma del paisaje, en cuyo centro el folión era como una luminosa intromisión movediza. Por los caminos que subían del valle adivinábanse hileras de romeros tardíos, revelados por las hileras rojizas de los faroles de aceite tachonando la cuesta. En los bordes de aquella agitación los sapos golpeaban su sistro y los mochuelos mecían el aire con el birimbao de su rumor disconforme.

Yo no podía dejar de pensar en mi madre. El aturdimiento circundante no hacía más que llevarme a su lado con una insistencia imaginativa que trastrocaba aquella alegría en una punzante tristeza. Después de cenar no podía más con mi desazón. Los invitados de Castrelo, que eran muchísimos, metían gran algazara en la que mi padre intervenía, con notable capacidad de adaptación, hablando a los labriegos con una ordinariez de dichos y ademanes que yo jamás le había visto ni en las peores circunstancias, y bebiendo el mismo mosto espeso por los mismos jarros de barro amarillo. Aprovechando un descuido, pude escaparme fácilmente y marcharme a uno de los lugares de mi predilección, que era la solana posterior del pazo, sobre el hortal ajardinado.

La noche era maravillosa vista desde allí en la plenitud de su silencio, más acentuado aún por la música lejana y por la serenidad de la alta curva celeste, sesgada por la fugaz trayectoria de algún desviado cohete de lucería. Allí me estaba sufriendo y pensando a mis anchas, cuando apareció mi padre, quien, después de reprenderme por aquella extravagante inclinación a la soledad, me llevó de nuevo hacia el folión entre el gentío agitado en medio de una nube de polvo que inflamaba en frío la cruda luz de los gasógenos. Entramos por entre dos puestos, donde hervían las grandes calderas del pulpo, y saludó a unos y a otros, interviniendo en las conversaciones de los indianos y de los labradores ricos con su cautivante simpatía y su veloz sentido de la adaptación. El habla regional, que tenía en labios de aquellos paisanos un dejo timorato, brusco o raposo, adquiría en los de mi padre una resolución, un mando y una nobleza de antiguo texto, y era magnífica de oír. Por vez primera comprendí aquella noche que no era una *fabla* sierva, de labriegos y menestrales, sino un cadencioso y noble lenguaje de señores.

Andaban también por allí los bigardos del huésped, serios y mirones, tomados de la mano, cacheando en los puestos. Parábanse de cuando en cuando y devoraban las ordinarias golosinas con veloz fruición de mandíbulas y ojos adormilados por el gusto. Un poco antes de la media noche parte del folión bajó desde la aldea a la explanada exterior, frente al pazo, siguiendo a la banda que venía a dar la serenata al señor, según era uso, mientras en el atrio quedaban los gaiteros y los cerros en torno a las cantigas y panderetas. Castrelo entraba y salía febrilmente, llevando convidados de toda índole. La mesa del recibimiento, en el piso bajo, iluminada por quinqués, desaparecía cubierta de botellas, dulces y ricas viandas y reposterías. Los renteros y mayordomos cogían tímidamente las finísimas copas de cristal inglés, como si fuese a estallar en su mano parda y dura, y chasqueaban la lengua a cada trago, y los curas de las parroquias vecinas, en gran número, de balandrán y solideo, junto a los hidalgos, indianos y aurienses, armaban la parranda, ya medio chispeados, levantando repentinas carcajadas sobre los bisbiseos de cuentos verdes y coprolalias, mientras manejaban, con magistral levedad, pesados garrafones de licores de la tierra o botellas de remota edad, llegadas de todos los cantones de la España vinícola, y aun de Francia y del hermano Portugal. Los guardias civiles dejaban ver el charol de los tricornios, con su brillante agorería, desde la parte de afuera de una ventana apaisada, donde tenían el retén, moviendo en el espacio, como en un lienzo de sombras chinescas, las cabezas mostachudas, y empinando el codo con seriedad ordenancista. Algunas señoritas y señoras venidas de la ciudad, que rehuían la mezcolanza, eran atendidas en el despacho por la monja y las criadas, y mordisqueaban piñonates y cecinas con minucioso diente, mientras libaban apelmazados anisetes y moscateles, adobando el cotilleo con risitas de conejo, esguinces de figurín y contoneos de sus talles de palmera, con las cabezas separadas del cuerpo por las golillas de pluma rizada, que entonces constituían el *dernier cri*.

    Empezó a subir del valle, como un inmenso telón, una espesa niebla, y las sombras de los romeros se agigantaron fantásticamente en el espacio. Algunos aldeanos peneques cantaban y batían furiosamente, en los panderos, «alalás» y «ruadas», cercando, con su vozarrón, el tiple de las zagalas que se encaramaba por el aire como una serpentina musical.

    Mi padre me llevó por todas partes y me presentó a todo el mundo, pues era muy conocido por su fama de cazador y de juerguista, y por su atolondrada esplendidez. Cuando subíamos, la cuarta o quinta vez, del pazo a la aldea, empezó a pesarme la esclavina de lanilla que me habían puesto por el relente, y me quité también el sombrero de paja, que me apretaba con el barboquejo debajo del mentón y me hacían sentir los latidos de las sienes. No bien salimos de la oscuridad empecé a ver las mechas del carburo prolongadas en anchos nimbos lechosos, a sentir el redoble de los tamboriles como si me sonasen dentro del cráneo y los chillidos de la gaita como puntazos en los oídos. Cuando mi padre intentó hacerme beber otra copa de moscatel, en la casa parroquial, sentí que la sola mención del vino me daba bascas y me secaba la boca. Se rio de lo lindo y me alzó por debajo de los brazos, mostrando mi estado a todos aquellos señores, mientras yo me tapaba los ojos con los puños, pataleando en el aire. Se despidió apresuradamente y me llevó, muy apretado contra sí, de nuevo a la casona, besándome, diciéndome chanzas y llamándome borrachín, mientras yo sentía el vaivén de su elástico paso, como una grandiosa oscilación aérea que abarcaba las cimas del valle de banda a banda.

Al otro día de la fiesta, en una de sus inoportunas y rápidas decisiones, sin hacer caso de mis ruegos, volviose a la ciudad, aplastando de recomendaciones a Castrelo y a la fraila exclaustrada acerca de mi cuidado.

Casi nunca pasaba una quincena sin que mi padre viniese a verme. Hablaba poco de mamá y me ofrecía dejarme volver en cuanto llegasen los primeros fríos otoñizos.

A mediados de septiembre, yo no podía más y estaba haciendo mis planes para escaparme, fuese como fuese, tal vez siguiendo las lentas reatas de mulas que pasaban por la carretera, camino de Auria, cuando una de aquellas mañanas amanecí enfermo con calentura e inflamación de labios y garganta. Temiendo que se tratase del garrotillo, mi padre fue llamado por un propio, que salió en la bestia más ligera de las cuadras de Castrelo; vino en el día, acompañado por don Pepito Nogueira, que era el médico de nuestra casa, como para que cayese de su lado la responsabilidad si la había.

Don Pepito me examinó con detención sin aventurar dictamen, y aconsejó que sería conveniente llevarme a la ciudad; insinuación que yo recibí protestando como si no me gustase la idea, pero aferrándome a ella, exagerando los síntomas en lo que me era posible. Nadie mejor que yo sabía cuán infundados eran los temores del garrotillo, pues el malestar tenía su origen en que los cabezudos me habían dado a comer uvas, de las que estaban del lado de la carretera, protegidas con polvo «hinchamorros», de las depredaciones de golosos y viandantes, circunstancia que, tanto ellos como yo, tuvimos buen cuidado en silenciar. Ante la reserva dubitativa del médico, mi padre se llenó de ceños y se puso a pasear mordisqueando una guía del bigote, mientras don Pepito ordenaba unos gargarismos con semilla de adormidera y unos pediluvios, bien fuertes, de mostaza en agua tan caliente como pudiese resistir.

Cuando me estaban metiendo los pies en el barreño, mi padre dio fin a sus paseos, parándose en seco y exclamando:

—¡Vámonos ahora mismo, don Pepito!

No respondió, azorado, el médico y se mostró ofendido el Castrelo por aquella urgencia desconfiada, «como si en su casa no se pudiesen cuidar enfermos». Los mellizos asomaron su cara de lechuzos, mirándome con ojos asustados y culpables, mientras mi padre empezó a liar ropas y juguetes con una prisa atolondrada.

Luego gritó, asomándose:

—¡Tú, Caparranas! Baja en un salto al mesón y que enganchen, que nos vamos— don Pepito, sacando fuerza de flaqueza, dijo con un hilo de voz:

—Yo no respondo de nada, si es que emprendemos un viaje de cuatro horas, de noche y con esta criatura en estado febril.

—¿Y si es garrotillo lo que tiene?

—De momento y mientras los síntomas no se aclaren, nada se puede hacer más de lo hecho. Parece una inflamación trivial, pero hay que aguardar y no perder la cabeza.

—¡Y quedarse aquí, repudriéndose los hígados!

—También me los repudro yo, que tengo mis enfermos abandonados.

—Eso irán ganando los infelices —y salió de la habitación a grandes pasos mientras don Pepito se quedó moviendo la cabeza y mirándome con una sonrisa que me pareció de comprometedora inteligencia.

Al ver tan preocupado a mi padre estuve tentado de decir toda la verdad; pero ardía yo, no de fiebre sino de deseo de ver a mi madre y de alcanzar a pasarme unos días con mis hermanos antes de que volviesen a «su castigo».

Partimos mediando la mañana siguiente. Me bajó en brazos hasta la carretera. Nos acompañaron en el descenso, hasta la aldea, Castrelo, la monja y los lechuzos, que me miraban en silencio, despavoridos, en la firme creencia de que habían cometido un crimen. Los criados, que me habían tomado ley por la suavidad de mi trato, nos vieron partir, salmodiando bendiciones y ojalases con enternecida mirada. Yo, que estaba muchísimo mejor, mimaba la farsa con un gesto blanducho y desvalido. Salió el fiacre al galope por la tibia mañana otoñal y mi padre le dio una puñada al cochero en los riñones:

—¿Te crees que llevas un fardo, animal? ¡Pon esos cueros al trote!

El Barrigas sofrenó a los parejeros y quedamos un rato envueltos en una nube de polvo. Bajamos al paso toda la pendiente de Amoeiro y al llegar al valle los caballos fueron puestos de nuevo al trote largo. Por entre los negrillos y cerezos que bordeaban el camino, veíanse los viñedos con las cepas bajas, recostadas en larguísimas espalderas de alambres, sostenidas en poyos de blanco granito. En las entradas a las casas grandes de labor, daban comienzo los largos túneles de parrales, con sus racimos de *naparo*, moscatel, albilla y mozafresca. El verdor de las hojas se empenachaba aquí y allá con resolanas de hojas otoñizas, como rescoldos de una llamarada. Por los caminos y *congostras* que salían a la carretera iban hacia los lagares lentos carros de bueyes, trocados en cestos inmensos, con las tiras de verga entretejidas en los *estadullos*. Zagalonas de pierna desnuda y morena cruzaban en acompasadas filas, con los canastos llenos de racimos, en equilibrio sobre la cabeza, oscilantes de cintura, encendidas por el sol y por la incitación secreta de aquellos agros, abiertos al aliento dionisíaco de la más viva tradición pagana, acompañadas de muchachos llevando a la espalda, sobre mullidas de paja arrollada, sujetas por una correa a la frente, los grandes cestos de pámpanos, arregañados de risa los blancos dientes destacándose en la boca apayasada por el morado zumo, rijosos de mirada y gesto, como faunos adolescentes.

   Mi padre me dejó seguir con el médico y él se bajó en la fonda de doña Generosa, donde paraba cada vez que su hermano Modesto se iba a la aldea y dejaba cerrada la casa patrimonial, arreando con él a la servidumbre. Le hizo prometer que cada dos horas le llegarían, allí o al casino, noticias sobre mi estado.

   En cuanto desapareció en el zaguán yo dejé de lado el paripé de enfermo y le confesé toda la verdad a don Pepito, quien carraspeó, se puso muy colorado y finalmente se limpió la calva con un pañuelo. Me miró luego con mucha fijeza y me hizo sacar la lengua, para afirmar después, mirando hacia otro lado, que «desde el primer momento había sabido a qué atenerse».

   Al entrar el fiacre por la calle de las Tiendas, en el silencio de la siesta, oyose redoblado el ruido de las herraduras y el campanilleo de las colleras. Apenas puse pie en la rúa, asomáronse las tías, apiñadas en retablo, en una ventana del segundo piso, y Joaquina, que oteaba por otra del tercero, aspó el braceo de las alarmas y desapareció, arrepiada de urgentes avisos.

   Mamá, que nos esperaba en el descansillo del primero, echó sobre don Pepito una mirada de ansiedad mientras me ponía una mano en la frente. La encontré muy demacrada y se conducía con una agitación que no le era propia. El médico aseguró que no había pasado de un conato de calentura gástrica. No quiso subir y se marchó, prometiendo que volvería de allí a un par de horas. Cruzamos una mirada y una sonrisa, que mamá atrapó al vuelo y tradujo de inmediato; lo comprendí en su cambio de expresión, a pesar de lo cual, en cuanto surgió el tropel espeluznado de las tías, recuperamos ambos, con aire de complicidad, nuestro aspecto compungido.

   Destacose del aquelarre la Pepita; mirome un instante, dio un paso atrás y exclamó con voz aleonada:

   —¡Este ángel viene en las últimas! —y se puso a sollozar en seco.

Al verla en tal aflicción sentí de veras no estar tan enfermo como ella se figuraba. Un poco atrás Joaquina se anudaba tranquilamente el pañuelo de la cabeza y se pasó luego los pulgares por las comisuras de la boca, con aire de sorna. ¡Qué no sabría aquella vieja! Lola no bajó del todo el tramo, y la criolla aquerenciada sentenció, acuclillándose a mi lado y volviéndome los párpados:

—Ete crío lo que etá e soleao y na má... No hai sino dale agua de coco y ponelo a la sombra.

Mamá, con buenas maneras, y yo con labios apucherados, dimos fin a aquel burdo paso, en el que nadie sentía lo que estaba haciendo, y subimos a nuestro piso. En cuanto entramos, como si ya hubiese mediado una declaración, me preguntó:

—¿De veras no es nada, Bichín?

—De veras, mamá.

—¿Y por qué llamaron con esa urgencia a don Pepito? ¡Qué congoja, Dios mío!

—Los salvajes de los hijos de Castrelo me dieron uvas con «hinchamorros». Me vino un poco de fiebre y lo demás lo puse yo. Quería verte, mamá, y quería venir antes de que se fuesen María Lucila y Eduardo.

Mamá permaneció un rato mirándome, con un gesto que no lograba hacer severo.

—¡Ni siquiera me has dado un beso, Carmeliña...! —le dije con acento dolido.

—Estaba pensando si lo mereces. Cada vez que me haces cosas parecidas a las de tu padre, tiemblo —me besó tiernamente y entramos en el comedor. Me dio un salto el corazón al ver a mis dos hermanos, que repasaban unos libros sobre la mesa.

—¿Pero estabais en casa? —fue lo único que acerté a decir, extrañado de que no se hubiesen acercado a recibirme.

Eduardo, después de permanecer un rato con la cabeza inclinada sobre el libro, como si no me hubiese visto entrar, exclamó, sin levantarse:

—¡Ah!, ¿pero no estabas malísimo?

Lo dijo de tal modo que, dispuesto como me hallaba a lanzarme a besarlos, no me moví del sitio. María Lucila se concretó a mirarme como si fuese un extraño. Cerró tranquilamente el libro y añadió, burlona:

—¡Nos tenías sin aliento, chico!

Sentí un sollozo que me ahogaba, pero lo contuve y me limité a contestar:

—Parece que esperabais que me muriera...

Mamá intervino con acento airado.

—¿Qué es eso? ¿Es esa manera de recibir a vuestro hermano? Acercaos y dadle un beso.

Los otros, después de cambiar una mirada, con un aire que tanto podía ser de burla como de lástima, se levantaron sonriendo uno para el otro y meciendo la cabeza. Cuando estuvieron cerca de mí, grité, retrocediendo:

—¡No me hace falta...!

Salí precipitadamente del comedor y me encerré en mi habitación a llorar cuanto me dio la gana, sin hacer el menor caso de todos cuantos vinieron a dar golpes, amagando con echar la puerta abajo, ni siquiera a las súplicas de mi madre. Tanto me daba una cosa como la otra. Lo que yo quería era morir allí mismo, en aquel mismo momento. Y no salí hasta que el cerrajero forzó la puerta, varias horas después.

Todo cuanto hizo mi madre en las semanas siguientes para mitigar aquella desavenencia fue por completo inútil. Por mi parte sabía muy bien que algo se había roto entre mis hermanos y yo quizá para siempre. No me perdonaban ninguna ironía. Me llamaban «hijo de papaíto», «delfín»... Un día les preguntó mamá por qué no me llevaban a casa de unos parientes de su padre y le respondieron que aquella «era *su* familia». Escondían todas sus cosas, recibían sus visitas aparte y se alejaban de mí como de un apestado. Se veía a las claras que seguían un plan perfectamente discutido. Mamá tuvo uno de aquellos prolongados desvanecimientos que tanto alarmaban al médico, y desmejoró tan a ojos vistas que terminaron por asustarse e hicieron algunas concesiones para un arreglo momentáneo de la situación; mas yo no quise entrar en el juego, pues sentía que en mi interior se iba acrecentando un desprecio, que era casi odio, hacia aquellos hermanos a quienes había querido tan tiernamente. Con todas estas cosas, yo, que no era nada valiente de apetito, di en no querer comer y me quedé en los huesos. Mi padre, enterado de todo este desbarajuste, le envió a mamá un billete perentorio donde le decía que «o aquella sucia canalla, de la rama de los tísicos Maceiras, volvía inmediatamente con sus frailes y monjas o que me sacaría nuevamente de allí, por encima del consejo de familia y de la cara de Dios, y que me pondría donde nadie pudiera manosearme».

Con este desorden todo andaba en mi casa a la deriva. Mamá terminó por caer en uno de sus períodos de abatimiento e indiferencia que me alarmaban más que sus enfermedades. Las tías hallaban en ello ocasión para sus desenfrenos y mandonerías. Se agitaban como demonios y tenían a mis hermanos todo el día pegados a sus faldas. Las comidas eran lúgubres y efectuábanse en tres tandas. Joaquina andaba con los pergaminos del rostro ablandados de lágrimas, amenazando, entre dientes, con marcharse a su aldea, «para siempre jamás», que era su argumento de las grandes ocasiones, su forma más compulsiva de hacerse valer y que utilizaba desde cincuenta años atrás en que venía honrando nuestra casa con su fidelidad y abnegación. Las Fuchicas iban y venían como devanaderas negras y Pepita se pasaba las semanas tomando infusiones y pergeñando páginas en su «diario», pues tenía la inspiración trágica y solo en circunstancias así lo acometía. De vez en cuando aparecía en mi cuarto, donde yo estudiaba horas y horas no sé si para emborracharme con los libros o para recuperar el tiempo perdido; me echaba la frente hacia atrás y, mirándome un rato a los ojos, exclamaba: «¡Infeliz hijo mío!». Un día en que yo estaba en la saleta de costura con mamá, irrumpió para decirnos, con repentino acuerdo y muy mala voz:

—Carmela, esto llegó al paroxismo; o tus hijos se avienen o partiré de esta casa, aunque tenga que casarme con Pepín.

Mamá, que no estaba de humor para aguantar caricaturas, aunque fuesen involuntarias, contestó:

—Tal día haga un año, Pepita. Con Pepín o con el moro Muza, no te vendría mal una solución así que te privase de pensar en quimeras.

—Mi salud no gana nada en una casa donde, por una razón o por otra, se vive con el alma en un hilo.

—Mira, Pepita, haz todo lo que se te antoje menos venir a

atosigarme. Ya vas teniendo años como para exigir de ti misma un poco más de juicio.
—¿Y aún te atreves a añadir tus dicterios?
—¿Pero qué quieres que haga, estúpida? —gritó mamá en un arrebato—. ¿Golpeáis todos en mí, como en un hierro frío, y encima me echáis la culpa de vuestros golpes? Ya no soporto más ni quiero veros ni oíros...
—Siendo ello así —terqueó la flatosa, con voz repentinamente abatida—, nada me queda que reponer. De hoy más, las que hemos sido hermanas ejemplares...
—¿Quieres dejarme en paz y salir de aquí, Pepa?
—¡Adiós, inocente hijo mío! —añadió, ajena al enfado de mi madre y abatiéndose sobre mí, que la separé de un empujón—. No creo que vuelvas a tener ocasión de ver más a tu tía y madrina. En esta casa...

Mamá arrojó la labor en el cestillo y cogiéndola de un brazo la puso en el corredor:
—¡Largo de ahí, fachosa, cursi...!
Al volver se dejó caer en la butaca, palidísima, respirando con dificultad.
—¿Qué tienes, mamá? —exclamé asustado.
—Nada, nada, hijo; nada... Déjame así un poquito, descansando... Así...

Nunca la había visto tan asaltada por las cosas, tan indefensa frente a los hechos. «Todo es por mi culpa», pensaba yo, entretanto. Después de unos instantes su respiración volvió a ser casi normal. Me atrajo hacia sí y me hizo reclinar la cabeza sobre su hombro, como solía, y terminó por hacerme sentar en su regazo. Estuvimos un largo rato sin decirnos nada; yo pensando en mí, reprochándome, odiándome, y ella tratando de llenar de aire el pecho, suspirando a cada momento. Mis cavilaciones, que eran ingobernables, que eran casi sentimientos sin palabras ni imágenes, terminaron girando en un solo plano, como formando una masa borrosa; oía algo así como las voces de muchas personas irreconocibles, hablando al mismo tiempo... Empezó a germinar en mí una resolución...

La angustia me agobiaba en cada hora del día y continuaba su persecución en el trasmundo del sueño. Era como una solapada fuerza que se apoderaba de mí hasta sustituirme, hasta hacerme otro. Nada de la anterior depresión, ni de aquel descaecer del ánimo; ahora era una energía que pedía a gritos interiores el mando de mí mismo para destruirme desde adentro. Me llegaba en impulsos repentinos durante los cuales perdía el gobierno de mi ser. En el regazo de mi madre sentí uno de aquellos brotes de exasperada energía inmóvil. Mis ojos se habían quedado como sin luz, mirando hacia un punto todavía inconcreto en la resolución, donde estaba la salida de aquel poderoso cerco de miserias, obsesionante. Y, en súbita ocurrencia, me vi manejando a mi antojo todas las posibilidades, concretadas en una, en mi ida irremediable. Todo lo circundante se desvió ante aquella fácil cancelación donde lo inmediato ingresaba en un mundo de gestos inútiles.

De pronto advertí, con sensación casi molesta, que me había ido acomodando en el regazo de mamá y que mis piernas colgaban ridículamente de sus rodillas; por vez primera sentí su carne ajena, casi hostil. Ella advirtió mi rigidez y aflojó los brazos. Me puse en pie y la miré de modo tal que la extrañeza hizo subir el rubor a su frente.

—¿Qué te pasa, hijo?

—Nada; que ya voy siendo demasiado grande para estar en tus rodillas.

—Los hijos nunca son demasiado grandes —esperó un rato mi respuesta y yo me encaminé hacia la ventana. Luego añadió—: Te encuentro muy nervioso, Bichín. Acuéstate un rato, voy a hacerte una taza de tila.

Y salió con paso rápido, como liberándose de una situación cuya rareza no se le alcanzaba más que en la forma de una sensación penosa. Yo me quedé pensando en que mi relación con aquella mujer, mi fijación a ella, entraba en una nueva fase. Era como si algo la arrancase de mí para no arrastrarla en mi liberación. Me fui a mi cuarto y me tumbé en la cama. Un fino sol de cobre iluminaba la estampa industrial de san Luis, tan bonito que resultaba inhumano. Debajo de ella, sobre una alta cómoda portuguesa, una Purísima aquietaba, bajo el fanal, la dispersión barroca de sus ropajes de talla, rodeada por la minuciosa exactitud de un arco de conchillas. Mi abuela, con un gran polisón y bucles en cascadas sobre el escote, sujetaba con una mano lánguida el ave convencional del abanico, y el abuelo, en otro daguerrotipo, de levitón entreabierto, con chaleco floreado, corto y sotabarba de almirante, miraba hacia el vacío. Tales menciones aburridas y su lamentable reiteración me parecían en aquel momento más intolerables que nunca y contra ellas se rebelaba mi tenso afán de huida. Yo quería no tener nada que ver con todo aquello, romper el círculo de los seres y de las cosas, no ser de nada ni de nadie, poder desplazarme en una dirección solitaria y vertiginosa que me librase, para siempre, de aquel cerco de fantasmas.

Fue luego cediendo la tensión y empecé otra vez a sentirme oprimido y triste. Comenzaba a actuar el otro lado de aquella aniquilante alternancia que había llegado a ser mi vida. Me enderecé de pronto y abrí de un golpe las hojas de la ventana. El chasquido de un cristal al romperse contra el muro y la lluvia de los fragmentos estrellándose, un instante después, contra las losas de la calle, me alivió, dándome una sensación de mando sobre la brutal energía de las cosas. Los hojalateros asomaron, sacando la cabeza de sus tenderetes, y el guardia municipal, desde la esquina, enderezó hacia mi ventana el palitroque con gesto interrogante. Yo los miré, sin respuesta alguna, y me acodé en el alféizar. Frente a mí el David se enorgullecía en la impasibilidad de su pétrea vida, orgulloso, invencible de indiferencia. Sus derretidos escarpines colgaban del escabel, entrecruzados en fina tontaina gótica, y sus manos atrapaban delicadamente los pianísimos del real instrumento. ¡Cómo envidiaba yo su vida aplacada en un solo gesto poderoso, en su inmovilidad que no era quietud, en su sólida permanencia sin muerte! Vino a quebrar aquella paz relativa la irrupción de mi madrina, que se apareció enfundada en un casabé de pañete cremoso con sombrero de fieltro de recogidas alas, casi de amazona, cubierto de velo espesísimo que le tapaba el rostro. La tía se desplomó sobre la butaca y se levantó el velillo, sollozando en seco (en realidad yo nunca la había visto llorar de veras), y limpiándose con prolijidad las lágrimas que no tenía.

—¿Qué te pasa, madrina?
—¿Qué me pasa? ¿No lo has visto? ¡Que me arrojan!
—Ya sabes que no es verdad...
—Penetra en el sentido de la afirmación. No he dicho que me arrojen los seres, sino los aconteceres —aclaró, con retruécano de folletín.
—Nadie tiene la culpa, tía.
—¿Nadie? —se alzó majestuosa y expidió, a gran voz—: ¿Nadie? ¿Y el Destino? ¿No es nadie el Destino? —y al mismo tiempo que decía estas cosas increíbles, dejó caer al suelo el cabás de viaje que llevaba en la mano, en el que cabrían malamente media docena de medias, para derrumbarse de nuevo llorando con los hombros. Yo no sabía qué hacer. Me acerqué a ella y le dije con la voz más dulce que me fue posible:
—¡Vamos, tía, no es como para ponerse así!

Gimoteaba, sacudida por el histérico, sin poder exprimir una sola lágrima verdadera de todo aquel tumulto de la carne. Sin duda este fracaso debía de mortificarla mucho, y quién sabe qué retumbante frase o qué desgarrada tesitura de los tonos andaría buscando en los adentros para abrirse a sí misma el dique del llanto. ¿Cómo haría yo para ayudarla a llorar? Ciertamente le tenía a aquella infeliz un afecto que lindaba en la compasión, y jamás había dudado del hondo cariño con que ella me agobiaba. Pero entre la realidad de tales sentimientos y su expresión, se interponía siempre aquel repertorio de gestos convenidos, tras los cuales, sin duda, se ocultaba un alma ingenua y vehemente, aunque yo nunca supe encontrar el punto de juntura y deslinde entre lo accesorio de su sensiblería y lo real de su sentimentalidad.

Le cogí una mano y repitiendo maquinalmente una frase que le había oído a ella misma muchas veces y de cuyo sentido no me percataba muy bien, exclamé:

—La verdad, madrina, es que eres una incomprendida.

No había terminado de decir esto cuando empezó a anegarse en llantos torrenciales, como una nube que se rompe.

—¡Sí, hijo, sí; eso es! La voz de Dios habla por tus labios inocentes... Eso es, una eterna incomprendida... ¡Eterna víctima propiciatoria! —gimoteaba estas vejeces de los libros, utilizando todos los registros de su voz, tan pronto en el estridente gallipavo como en las profundidades más hombrunas, hasta que, al fin, sus frases terminaron por asomar entre las cataratas del más auténtico lloro, como truenos entre hilos de lluvia. Mi aflicción consistió luego en hallar la forma de taponar aquella brecha que no daba tregua alguna en aguas, voces y ademanes, acompañando sus exclamaciones con gestos tan denodados e imprecatorios que solo el asombro me impedía soltar la carcajada. Alzaba con los dedos de una mano los delanteros de la saya para desembarazar los pasos largos, teatrales, mientras declamaba los «¡oh, desdicha!», «¡de hoy más!», «¡esto es el fin!», o cruzándose de brazos frente al miriñaque y al levitón de los abuelos exclamaba: «¿Para qué me disteis el ser?». Resultaba patente que estaba utilizando la ocasión de sus lágrimas verdaderas para agotar la expresión de todas sus reivindicaciones. En medio de lo más rugidor y tremolado de la escena, se interrumpió, con voz de aparte, y dijo, en el tono más natural:

—Alcánzame un moquero, que este ya lo mojé todo... —abrí la cómoda y le di uno de mis pañuelos que ella enroscó, por una punta, en un dedo, dejando flotante el resto, y se entregó de nuevo al frenesí con más ímpetu que antes. Entonces me aburrí y le dije:

—Bueno, madrina, basta ya. ¡A ver si te crees que eres tú la única que sufre en esta casa! La pobre mamá no tiene siquiera esa facilidad tuya para alborotarse por nada y decir tonterías a gritos...

—¿Quieres dar a entender que finjo? —añadió con voz normal.

—¿Quién habla de eso? Digo que la cosa no es para tanto, en todas las familias hay disgustos —añadí perdiendo definitivamente la paciencia que, menester es confesarlo, con ella me duraba muy poco.

—Una cosa son disgustos y otra la más negra deshonra.

Me puse resueltamente furioso y exclamé, acercándome a ella, amenazante:

—Aquí no hay deshonra ninguna, ¿sabes? El que mis padres no se lleven bien y el que alguien haya envenenado a mis hermanos contra mí, nada quiere decir... Lo que ocurre es que tú estás loca y te has enamorado de mi padre...

—¡Bichín! —gritó, corriendo hacia mí y tapándome la boca.

—... sí, sí —añadí zafándome—; lo sé todo, lo oí todo. Eso sí que es deshonra...

Se puso muy colorada y recuperó sin transición alguna todo el gobierno de sí, menos dejar el artificio de su prosa, que le era connatural.

—Esto no puede quedar así. ¿Quién te hizo partícipe de la infame calumnia? ¡Me voy de esta casa, pero antes me oirá tu madre!

—Deja a mi madre en paz —contesté también más tranquilo—. Yo tengo las hojas que habrás echado de menos en tu cartapacio. Yo las tengo y no te las daré.

—¿Dónde las ocultas, criminal?

En el momento en que iba a lanzarse sobre mí, se abrió la puerta con una lentitud que parecía calculada y apareció Joaquina, con su cara de visión y sus anónimos lutos, trayendo en la mano una taza de tila, cuyo azúcar revolvía calmosamente con la cucharilla. Pepita recogió el cabás y salió como una exhalación.

—*¿A onde vai esa tola?**

—¡Conque tú no lo sepas! —dije con voz todavía temblona y ya pesaroso de haberme desprendido del terrible secreto que había descubierto al azar, buscando una pluma en el bufete de mi madrina y leyendo unas hojas sueltas de su «diario». En ellas, al relatar la visita al pazo del tío Modesto y su encuentro con mi padre, me habían llamado la atención algunas frases que luego me resultaron clarísimas al relacionarlas con el aparte que había sostenido con mamá el día de mi primera comunión. Joaquina terminó de revolver la tisana y dejó caer:

—*¡Ay, Señor, que casa deixada da man de Dios!***

—Calla tú también, con tus brujerías. Deja eso ahí y vete.

—*¡Ai, meu homiño* —salmodió la sierva, sin hacer el menor caso de mi réspice—; *nesta casa entrou o inimigo, Dios me lo Santo Padre perdone!* —añadió, santiguando el piadoso trabalenguas. Y luego con hondo acento—: *¡El Señor me perdone, mais penso que era mellor morrer!****

—Claro que sí; mejor, mucho mejor —dije, glosando con voz reconcentrada la jaculatoria de la vieja—. ¡Todo se andará!

Joaquina se volvió con increíble rapidez; quedose un instante considerándome, con el ceño fruncido; avanzó hacia mí, con los brazos abiertos y su rígido andar de peana, y me apretó con fuerza la cara entre sus manos de palo, buscándome los ojos con sus iris de borde blancuzco.

—*A ver, di comigo***** —exigió, con un rigor desusado.

* ¿A dónde va esa loca?
** ¡Ay, señor, qué casa dejada de la mano de Dios!
*** ¡Ay, mi hombrecito, en esta casa entró el enemigo, Dios me lo Santo Padre perdone! ¡El Señor me perdone, pero creo que sería mejor morir!
**** A ver, di conmigo.

—¡Déjame!
—*Di comigo:* «y líbranos Señor de las malas obras y deseos».
—... «y líbranos Señor de las malas obras y deseos». ¡Ya está, suéltame!
—*Non, deste modo non. Telo que dicir con humildade.** «Y líbranos Señor de las malas obras y deseos».
—¡Déjame, Joaquina, o llamo a mamá!
—*Non te solto aínda que chames a quen chames. Di comigo, pero sen xenio nin soberbias:*** «Y líbranos Señor de las malas obras y deseos».

Tardé un momento en poder calmar mi rabia y encontrar una voz pasablemente humilde, y repetí la frase penetrando, de pronto, todo el sentido de aquella oración, tantas veces recitada como un encadenamiento rutinario de sonidos. Me soltó y me pasó la mano por la cara como para borrarme de ella la pesada impronta de sus huesos. Joaquina siguió rezando entre dientes, sin mirarme, mientras trajinaba, aquí y allá, temblorosa, dando unos toques de arreglo superfluo al cuarto en orden. Yo tomé el brebaje, sacudido por presentimientos informes. Joaquina recogió los enseres en la bandeja y salió diciendo:

—*¡Qué pirdición, Señor, qué pirdición!*

«Así es, qué perdición», pensaba yo también. «Pero no hay otro remedio».

---

* No, de esa manera, no. Tienes que decirlo con humildad.
** No te suelto aunque llames a quien llames. Di conmigo pero sin mal genio ni soberbia.

El pretexto fue que tenía que ir a casa de Antoñito Cordal para hablar de algo relacionado con la escuela. Tras algunas recomendaciones no tuve inconveniente para salir. Evité, a último momento, ver a mamá, pues tendría que besarla. Cuando le pedí permiso, después de comer, me había encontrado silencioso y preocupado. Tales observaciones carecían ya de sentido, pues en tal estado me había mantenido, sin dar explicaciones, los últimos tiempos.

   Salí corriendo asustado por mi presencia de ánimo, y como si, en el fondo, esperase algo que, a última hora, pudiese evitar... Di la vuelta por los soportales de la plaza del Trigo, tanto para guarecerme de la lluvia como para librarme de una posible vigilancia desde los balcones de mi casa. ¿Acaso *aquello* podía ser tan fácil? Los zapateros de banquilla que, bajo el soportal, remendaban el calzado del pobreterío, me insultaron al pasar, como siempre hacían con los señoritos, llamándome «faldero» y «zapatos de puta», pero esta vez, lejos de contestarles por sus apodos, los oí como desde una tremenda lejanía. Entré en la catedral por la puerta del Reloj. Las naves estaban llenas de apagados ecos que venían por una atmósfera color estaño. Oíanse, apartadas, las voces de los niños del coro llevando el rosario, con cascabelera melopea que, entre rezo y canto, se esparcía por las bóvedas, contestadas por el arenoso bisbiseo de los fieles.

Di la vuelta por el deambulatorio, aprovechando sus curvas para esconderme. Vi que avanzaba un canónigo y me metí en una capilla. Salí cuando se alejó el dignidad, y me detuve tras un haz de columnas, espiando quién había en la nave del Rosario, pues si algún conocido me veía me haría echar de allí, como otras veces. Estaba el mismo beaterío farisaico de siempre: Pepe de Rentas, con sus cárdenas manos que, hasta al rezar, mantenían crispación de garras; don Abimael de la Escosura, arquitecto eclesiástico, prodigioso de falsedad; Casanueva el ferretero, rechoncho y seboso, con mandíbulas de chacal y entornados ojos de hartura; don Antonio el Silbante —nunca supe su verdadero nombre—, señorito indigente y un poco cínico que vivía casi de caridad, muy de cuello planchado y bastón, con las ropas muy percudidas, pero limpias, tomado de la triste manía de anciano galanteador; Encarnación Piñeiro, solterona de rostro nobilísimo, ya un poco canosa, con fama de culta, que abría las ventanas, fuese la hora que fuese, para tocar la Marcha Real al paso del Viático de la parroquia de Santa Eufemia, que arrancaba por su calle... Desflecábase más atrás el resto del concurso conocido, perdiéndose en la borrosidad de las beatas anónimas con manto y de las mujerucas del pueblo con pañuelos floridos, anudados bajo la barba, sentadas sobre los talones; y más atrás todavía algunos mendigos: la Bruja, bisoja, pálida y menuda; un ciego forastero tañedor de violín y decidor de malicias, con lazarillo apicarado; Matilde con sus harapos pulquérrimos y su inocente aire de santa perdida en este mundo... Entre los primeros, casi pegado a la reja del altar, estaba don José de Portocarrero, con su esclavina canonical y su seriedad de creyente profundo grabada en el gesto de atención con que iba desgranando las monótonas letanías, y casi a su lado Manolo, mi tío abuelo, corpulento, adusto, con su ensortijado pelo blanquísimo, su color cetrina y su cara de sefardita señoril, aspaventado en un gesto de ofertorio, con los brazos abiertos y el rosario colgado en la mano derecha; y dos pasos más atrás, arrodillada sobre un ostentoso reclinatorio de madera y peluche morado, con las iniciales de ambos labradas bajo una cruz, su mujer, una de la familia de los Mantera, que lo había pervertido, contaminándolo de su avaricia y haciéndolo mentiroso, beato y ladrón.

Apretando los dientes y los puños, como si temiese que la determinación que allí me llevaba pudiera escapárseme por algún lado del alma o de la piel, me encaminé resueltamente hacia la capilla del Cristo. Entré con andar firme, ajeno al temor de otras veces. Ante mi decisión todo cobraba un lugar secundario: la imponencia del sitio, el mirar espión de las imágenes, la lobreguez de las capillas, la altura mareante de las bóvedas.

Me arrodillé sin la forzada humillación de otras veces. Los vitrales, embazados por la boira, tamizaban la luz que llegaba al interior como un gas pesado, acuchillado de colores raídos. Venía de las naves del Rosario la voz alada de los niños de coro que jugueteaba en el aire, puerilizando el rezo.

Mi oración empezó a barbotar, continua y humilde, como una limpia fuente campesina, acompañándose con los hilos de la lluvia otoñiza que caía lenta, como aceitosa, resbalando por los vitrales. Tampoco alteraba mi firmeza la adivinada presencia de Él, al otro lado del cortinón, con su melena polvorienta, sus brazos aspados y su ojo revuelto. En realidad, mi oración no estaba dirigida a Él, a su debatida presencia corpórea, que ahora me parecía tan insignificante como el náutico exvoto, pendiente de la fimbria como un juguete, o como el infantil Cristobalón que allá fuera, en la pared de la Epístola, exhibía su tierno gigantismo. Mis palabras balbucidas, ni siquiera enhebradas por los conductos habituales de la oración, saltaban hacia otros destinos, apenas apoyando su dramática persuasión en los pretextos de las imágenes; lanzadas a un ultramundo donde yo sabía que eran esperadas y que serían justamente entendidas.

¿Para qué más demoras? ¿Por qué, añadir nuevas treguas, acogido a la tensión dolorosa de aquel ambiente? ¿Qué era lo que justificaba aquel hipócrita abrir plazos para lo que había ya resuelto como irremediable? Me sentí retemplado por una mayor energía. Interrumpí mi oración, besé las losas y salí de la capilla. El aire abierto de las grandes naves me enfrió en las mejillas el surco de las lágrimas. En aquel momento se disolvía la concurrencia del rosario. Para no ser visto tendría que salir por la puerta de los Profetas y entrar de nuevo por la del Reloj. Pero rechacé tal idea. Salir a la calle, aunque solo fuese por unos instantes, sería enlazarse otra vez con las imágenes de la vida y caer, otra vez, en los tejemanejes de las dudas, en los especiosos distingos, en los espejismos de la esperanza. Si perdía pie desde aquel filo agudísimo por donde caminaba, si me desprendía un momento de aquel desasimiento de las cosas, que el templo me otorgaba aquel día más fuertemente que nunca, si me apartaba un segundo de aquella justificación de toda osadía, estaba perdido. Me quedé, pues, oculto, tras el altar de san Pedro Blanco, cerca del Pórtico del Paraíso, esperando que la puerta, que allí contiguo había, se escurriese de fieles. Luego, sin aguardar a que desfilasen los mendigos, crucé al descubierto y entré por la puerta baja y negra que llevaba al campanario de la torre mayor.

Un vaho de humedad y de espeso aire encerrado me hizo sentir el sudor de la frente. Solo eran visibles, y muy escasamente, los peldaños iniciales de la escalera interminable, acolchonados de polvo, de mugre y de telarañas caídas desde la bovedilla. Había que zanquear cuarenta peldaños adivinando el piso, hasta la luz circular de la primera tronera, apoyando las manos en las paredes viscosas. Las aristas de los escalones, gastadas en su parte media por un tránsito de siglos, me obligaban a ir pegado al muro, sintiendo, de tanto en tanto, en los párpados y en la nariz, el tacto asqueroso de las babas de araña.

Otra vez había subido ya, a raíz de mi primera comunión, y como regalo de ella, muy de mañana, con Ramona la campanera, para echar a volar «la prima». Pero aquello había sido otra cosa.

Estaban en el aire todas las alegrías de julio que se colaban, en forma de chorros de oro, por todos los resquicios hasta aquella lobreguez. Y Ramoniña Cadavid, menuda, patizamba y ágil a sus sesenta años, con las greñas caprinas de veteado azafrán asomándole por los bordes del pañuelo, con sus rápidas hablas y sus graciosas salidas de peneque, había encendido, al comienzo de la subida, un cabucho de cera, manejándose divinamente en aquellas negruras, que conocía palmo a palmo, tratándolas con alegre vivacidad de comadreja. Al poner pie en el primer escalón, me había dicho: «Cógete a mi saya, prendiña, y no te sueltes si no quieres ir a parar a los profundos infiernos». Luego emprendió su liviana ascensión de bruja, cantando sobre el compás del tranco:

Por detrás de la cárcel
no se puede pasar,
porque dicen los presos
arrincónamela,
arrincónamela
y échamela a un rincón,
si es casada la quiero,
si es soltera, mejor...

Al llegar a la tercera tronera, apagó el cabucho y, después de escupir sobre la ciudad, sacó de la faltriquera un frasco de aguardiente, y luego de un buen trago se había estremecido, murmurando: «¡Ay qué asco, no sé cómo pueden beber esto los hombres!», para continuar su ascendente deslizarse, sobre el ritmo de la copla soez:

Ai, que pindillís
ai, que pindillós,
andan os borrachos
polos calexós...

Cada veinte peldaños la escalera hacía un ángulo recto y había que llevar los primeros tramos muy bien contados, para no dar contra la pared. Después de cuatro recodos aparecía la segunda tronera, con su escasa luz, limitada a su redondel, traída a través del espesor del muro. Era una ventana en forma de bocina, a la altura de las bohardillas de las casas de Auria. Ascendiendo otro poco, la luz de la tercera ya daba por encima de los tejavanes de los más altos edificios y encañonaba un pedazo de cielo, y así hasta las más elevadas en las que se abatía la zona penumbrosa.

El tramo caótico de los bichos, de los orines seculares, del vaho catacumbal y de los ángulos confusos trocábase luego, en la zona clara, que era la más extensa, en la gracia de una escalera de caracol que ascendía perforando el espacio, sin apoyar el borde de sus abanicos en los muros, sostenida por un eje y festoneada por ménsulas y canecillos donde se plastificaba —pájaro, bestia, querube— toda la alegre mueca medieval.

La escalera rendía su última corola en un rellano final, donde sus curvas, mediante una dispersión de las nervaturas, se cambiaban en erectos balaustres. Ocho ventanas abiertas en el muro traían el alivio de la plena luz y daban salida a una balconada que sacaba su calado pecho, mecida en el aire, a cien varas del suelo. Los contrafuertes, cimborrios, cúpulas y demás cuerpos del templo quedaban allá abajo con sus aristas y lomos pétreos y herbosos. Hacia el oriente era visible la traza de la cruz formada por el templo. La Fuente Nueva mitigaba las anécdotas de su cantería, transformada en un limpio medallón colgado en el pecho de la plazuela, y los cantos rodados, que empedraban la plaza de la Constitución, perdían su juanetuda rudeza para convertirse en tapiz de lucientes escamas. La orgullosa Alameda del Concejo venía a ser una diminuta lámina de cuento infantil, y las gentes que transitaban por la calle de las Tiendas, por la del Tecelán o por la plazuela del Recreo, habían perdido la alternancia pedestre para figurar unos someros puntos que resbalaban por las lajas con andar reptante.

Desde aquel rellano partía aún la escalerilla de veinte peldaños, saliendo del muro interior, que daba a una trapa, tras la cual estaba el piso del campanario propiamente dicho. Subía yo aquella tarde evocando, con toda nitidez, mis recuerdos que databan de varios meses. ¡Qué diferente era todo! Cuando Ramona me había llevado le dije, un poco amedrentado por la descomunal presencia de las campanas vistas de cerca, que prefería quedarme en aquella especie de entrepiso. Tardé también bastante en hacerme al fragor de las mismas, que en su cercanía resultaba intolerable. Allí había estado durante todos los toques matinales, que eran cuantiosos por la festividad del día del Apóstol. A eso de las diez, echó ella una mirada al reloj del Ayuntamiento y se encaramó por la escalerilla, dejando ver, por bajo de la saya, sus tres refajos de colores y sus medias amarillas. Casi en seguida, se oyó el badajazo de la campana mayor, inmenso cuenco de metal en cuyo interior cabían seis hombres y cuyo sonido alcanzaba a varias leguas y se oía en el burgo como un disparo de artillería; mas allí, tan cerca, era, inicialmente, como un blando contacto que empapaba de su temblor a las piedras de la torre, e instantes después se iba fortaleciendo en una tremenda intensidad sonora que producía castañeteos en los dientes y cosquillas en la nariz. Después de las tres campanadas, que correspondían al momento del alzar, en la Exposición, vinieron los toques complicados y difíciles de los oficios, que se ajustaban a una estricta norma tradicional y en los que intervenían, a veces, las ocho campanas.

Este día, que era la víspera de san Martín, había un repique general a la hora del Coro. Me asomé a la escotilla y vi que Ramona se había quitado el pañuelo, la pelerina de estambre y la chambra rameada, para quedar en justillo. Una luz extraña fulgía en sus vivos ojos grises. Tenía entre los dientes una rama de menta de su aéreo jardín, cultivado sobre un cornisón de la torre, en latas de petróleo, bacinillas y ollas viejas. En sus manos coincidían, como las varillas de dos abanicos, las sogas, sujetas al orificio de la extremidad de los badajos. Acompasándose con la cabeza produjo el tema del repique, con las campanas de más delgada voz, a las que luego fueron agregándose las otras, hasta sonar todas en un compás de doble tiempo, sobre un ritmo de marcha solemne. Estaba la mujeruca en el centro del gran campanario, ennoblecida, como transfigurada por el rítmico goce, perdida en aquel fragor, con un pie apoyado sobre un cordel que, enganchado en la pared, movía el badajo de la campana mayor, agitada en medio de aquel estruendo, conmoviéndolo todo con ajustados tirones de los brazos desnudos y llevando el contrapunto con el pie de la soga, que era como el bajo continuo de aquella estupenda tocata a cargo de miles de arrobas de metal.

Descendí de nuevo sin que me viese. Yo había ido allí a algo muy concreto y tenía que dar cima a mi propósito o convencerme de que era incapaz de acometerlo. Atravesé una especie de sotabanco, donde pasaba la campanera sus horas vacías entre los toques, y me encaminé resueltamente hacia la balconada. Al asomarme, me detuve un momento sintiendo las piernas pesadas, como dormidas. Haciendo un gran esfuerzo me escurrí, arrastrándome por entre las pilastras de los balaustres exteriores, y enlazando con los pies uno de ellos me quedé, asomado sobre el vacío, al borde de la cornisa resbaladiza de musgos y de la humedad del chubasco reciente. Caía vertical mi mirada, sin un obstáculo, hasta las losas del atrio. Era suficiente con soltar los pies y dejarse ir suavemente, resbalando por el plano musgoso ligeramente inclinado. Mi cabeza estaba lúcida como nunca y mi pensamiento discernía con claridad y prontitud milagrosas. Pensé, sin ningún sobresalto, que ya no me era posible retroceder, pues aun suponiendo que reuniera fuerzas para volver atrás, encogiendo las piernas, sin duda alguna me sería imposible, sin que los pies se me desprendiesen al menor movimiento falso, lograr la torsión suficiente del tronco para reincorporarme, alcanzando con las manos la pilastra. Siempre he pensado, después, que lo que frenó mi decisión en aquel momento, en que me hubiese dejado ir insensiblemente al otro lado de la vida, fue el detenerme a esperar que el atrio quedase libre de algunos fieles que entraban para asistir a la Exposición. Un instante hubo en que las campanas callaron y el atrio quedó desierto. Toda la ciudad parecía desierta, sin un rumor, vacía de toda posibilidad de ruidos, como atrapada en una repentina forma mineral. Y yo también, y el templo, y el aire y la luz que nos contenían. Pero allá abajo sobrevino un revuelo de gentes, como si yo hubiese ya caído. También se agrupaban en torno a un muchacho. Era un niño del coro, al que sacaron a empellones de la catedral, claramente visible entre el grupo negruzco, por la túnica color cinabrio y la blanca sobrepelliz. Un sacerdote lo empujaba y sacudía brutalmente, y las mujeres le daban puntapiés y golpes con los sillotes plegadizos. Ante un gesto de huida del acólito el cura lo arrojó al suelo de un bofetón. Oí el alarido del niño al caer contra las losas y vi el gesto airado de las beatas que le amenazaban de nuevo con los sillotes en alto. Todo ello ofrecía el aspecto de una representación de títeres, curiosa en su aplastada perspectiva y en su terrible lentitud. Sin duda lo que ocurría allí en unos instantes tenía para mí una duración de siglos. En medio de mi extraña situación pensaba con una rapidez espeluznante. Cogí de aquel maremágnum una idea al vuelo. ¿Por qué no había elegido otro sitio? ¿No era lo mismo abrirse la cabeza contra el filo de un tejaván que quedarse tendido en las losas del atrio? No, no era lo mismo. Allí abajo, en el paso obligado de los fieles, deshecho, en el sagrado del templo como en la piedra de un sacrificio, tendido como una acusación... No, no era igual. Por otra parte, esta había sido la forma inicial a que se ajustaba la imagen de mi aniquilamiento, que era, al mismo tiempo, la vindicación con que yo iba a cobrarme de la crueldad egoísta de los míos. Y una cosa era que me hallasen, luego de buscarme unas horas o unos días, para encontrarme al final, afantochado, grotesco, entre los hilos de las tejas, y otra la dignidad de aquel final casi heroico, allí en las lajas, repentino, convicto, acusador, rodeado del pasmo y de la consternación de todo el pueblo que averiguaría, que clamaría contra mi gente, sobre todo contra aquellos hermanos que me ajusticiaban con un desdén tan inmerecido y cuyo remordimiento ya nadie podría borrar ni mitigar, signados para siempre por los otros y por su mismo silencio, acorralados, vencidos por la imagen de aquel niño exangüe en las losas, como en la piedra de los sacrificios...

Mientras estas cavilaciones me venían, como relámpagos mentales, en planos superpuestos y clarísimos, continuaba allá abajo representándose la dolorosa e interminable farsa del acólito. Dos mujeres entraron a la carrera en el templo; el ensotanado mantenía al chico tendido boca abajo en el suelo, torciéndole un pulso. Empecé a sentir mareos. Las nieblas instantáneas, tan frecuentes en aquella estación, vinieron en sueltos jirones desde la próxima cuenca del Barbaña. Por entre sus esmeriles alcancé a ver todavía cómo las mujerucas regresaban del interior del templo, trayendo algo, que resultó ser un cordel. Alzaron al muchacho y le ataron las manos. En este momento oí la melopea de Ramona, que debía de andar trajinando en el sotabanco. Mi situación empezó a parecerme ridícula. Hice un esfuerzo desesperado; y, contra lo que había supuesto, logré replegarme y alcanzar con la mano derecha una saliente de la moldura baja del balaustre. Enclavijados los dedos en aquel accidente de la piedra, conseguí hacer retroceder el cuerpo hacia atrás, hasta abrazarme a la pilastra, liberando los pies mediante una contracción del tronco y quedé sentado en la cornisa inclinada, con la frente llena de sudor. En el momento en que oí la voz de Ramona más cerca, al intentar levantarme rápidamente, resbalé en el musgo y caí con los pies hacia el vacío, con tiempo apenas para asirme a un relieve de la moldura, con una rápida crispación de las uñas, que no podía durar sino brevísimos instantes.

En efecto, empezaron a relajárseme los brazos y sentí que mi cuerpo se escurría por los líquenes resbaladizos; hice todavía un esfuerzo más aventurado, como si diera un salto sobre el vientre, al mismo tiempo que gritaba:

—¡Ramona!

Apareció la campanera instantáneamente, mirando hacia ambos lados, entre la balconada y el cuerpo de la torre.

—¡Ramona, aquí...!

Al verme en tal posición por entre las pilastras, hizo un rápido gesto y se clavó los dientes en el codillo de un dedo. Luego, con pasos cautelosos y tranquilizándome, con el ademán de quien va a recobrar un animal espantado, y los ojos terriblemente fijos en los míos, fuese llegando. Pasó la mitad de su menudo tronco por entre los balaustres, abatió sobre mis ropas su mano derecha, con la firmeza de una zarpa, sujetándose con la izquierda, y de un lento tirón, arrastrándome hacia arriba sobre los empapados líquenes, me fue llegando hacia sí. Cuando estuvimos en el pasadizo me alzó en los brazos y me llevó adentro, acostándome en una yacija. Al dejarme caer, medio desvanecido, en el crujiente jergón de espatas de maíz, sentí sobre la cara un tufo de aguardiente. Se quedó en pie, a mi lado, y le acometió una especie de tembladera como si no pudiese gobernar la cabeza ni las manos, por lo que terminó sentándose en el camastro, santiguándose varias veces, mientras decía: «¡Asús, Dios mío, asús!».

—No es nada, Ramoniña, no fue nada —pude decir, sollozando.

—¡Cállate! —ordenó, con acento tremendo. Luego se levantó y se fue hacia una alacena, hecha con tablas de cajón, y sacó de allí un acetre viejo del culto con una rama de olivo empapada de agua bendita y me asperjó, con intención de hacer cruces, cuyas rectas salpicaduras le desviaba el temblor, mientras murmuraba:

Si buscas milagros, mira:
Muerte y error desterrados,
miseria y demonios huidos,
leprosos y enfermos sanos;
el peligro «s'arretira»,
los pobres van remediados...
El mar sosiega sus iras,
redímeme encarcelados,
miembros y bienes perdidos
recobran mozos y ancianos...

    Y sin dejar de murmurar el responso, volvió otra vez a la alacena y trajo un pequeño san Antonio de bulto, al que le faltaba uno de los ojos vidriados, y me lo puso sobre el pecho. Luego, de la misma alacena, sacó una caneca de aguardiente y me hizo beber dos largos tragos, que me hicieron lagrimear pero que me libraron, casi inmediatamente, de aquel interior escalofrío y de las ganas de vomitar que me tenían tan desasosegado. Quedamos un momento así, y luego, incorporándome, exclamé:

—Me marcho.

—Espera; falta el último toque y bajas conmigo.

Me recosté otra vez en la yacija. Tras una pausa le rogué:

—¡No dirás nada a mamá, Ramona!

—¿Y qué quieres que le diga? —respondió con una mirada entre indiferente y maliciosa—. ¿Que te caíste? ¿No se te ve en el delantal que lo has puesto perdido de verdín? ¿Qué otra cosa quieres que le diga, más que la verdad?

    No cabía duda de que Ramona había penetrado, como yo mismo, mis intenciones. Conocía mi casa y sus disgustos; conocía mi genio disparatado y, sobre todo, conocía la tradición de aquel lugar desde el cual algunos, a lo largo de los años, habían dado el salto infinito, por lo que estaba prohibido el acceso de visitantes a aquella balconada que los liberales de Auria habían bautizado, con fúnebre ironía: «la mística Tarpeya».

Hallábase otra vez la ciudad agitadísima, con brotes de motín, contra el canónigo penitenciario don Ignacio Eucodeia. Los desmanes de la gente de sotana siempre terminaban produciendo estas turbulencias. El pueblo replicaba a ellos con mucha más vivacidad e impulso más unánime que a las expoliaciones de patronos y ricos, que eran los otros factores capaces de desatar la iracundia colectiva.

Era don Ignacio un navarro del valle de Roncal, alto, fuerte, de pupilas claras, mejillas enjutas y peluda voz de coronel, conocido, en privado, por su manía respecto a la limpieza y en público por su belicosa intransigencia en materia confesional; en ambos casos comprometía un amor propio por igual desproporcionado. Las penitencias que imponía a los escasísimos fieles que acudían a su tribunal eran punto menos que sentencias del Santo Oficio. Practicaba a rajatabla todos los aspectos negativos del sacerdocio, pues era, entre otras cosas, duro, orgulloso, dogmático e implacablemente obstinado, y ninguno de los positivos, pues carecía de aquellos claroscuros del carácter y de la doctrina aplicada, donde se cobija, misericordiosa, la cristiana comprensión; estaba totalmente falto de afición humana, de piadosa ternura y de toda otra forma de caridad. Parecía andar siempre, como un gendarme de Dios, al acecho del pecado, desprovisto de las reservas piadosas para el perdón. Era tan denodado fanático como misérrimo cristiano. Hacía casi tres lustros que estaba en Auria y no tenía tratos con nadie. Vivía en la fonda de doña Hermelinda y era muy temido por ella, en quien se personificaban las más acendradas virtudes de la pulcritud casera, y por las sirvientas, a causa de su rigidez en lo que atañía al orden y policía de la vivienda. Cada vez que don Ignacio Eucodeia entraba en la casa no tenía otra labor de más prisa que ir pasando ensañadamente, ya desde el arranque de la escalera, los dedos sobre el pasamanos, y, después, sobre toda superficie de muebles; y cuando su refinadísimo tacto hallaba la menor partícula de polvo, dentro o fuera de su aposento, sacudía toda la casa con su aristoso vozarrón, mientras acariciaba la presa entre pulgar e índice:

—¡Doña Hermelinda, venga *ustez* aquí!

Acudía la dueña azoradísima, que por ser soltera y reviejada era pronta de rubores, recogiéndose la punta de su albo mandil almidonado, que era un espejo; y el dignidad, grandioso, apocalíptico, sin decirle palabra, mostrábale la menguada pizca de pelusa, asaeteándola con sus ojos azules, fulminantes bajo el alero de las grandes cejas de cáñamo. Luego, sin despegar los labios y como si hubiese ganado una batalla, se metía en su habitación, donde todo estaba muerto de tan limpio, dando un portazo.

En el púlpito era de una tal violencia, caso verdaderamente excepcional entre los oradores del Cabildo, que Su Ilustrísima estaba ya harto de llamarle la atención. El último día de una infraoctava de Pascua, que le tocaba el turno, el señor obispo, deduciendo por el estado de la política que Eucodeia iba a desbarrar de lo lindo, le mandó recado por un familiar, la víspera, diciéndole sutilmente que lamentaba mucho su ronquera y que anduviese con ojo, pues había una verdadera peste de trancazo. El Penitenciario, que no estaba nada ronco, no pescó la vaya episcopal y se dirigió a palacio para desmontar el equívoco, donde le dijeron que Su Ilustrísima acababa de partir, a todo andar de sus mulas, a pasar el día en la quinta diocesana. Y el sermón de la infraoctava lo pronunció el joven canónigo, don Abilio Montero, que, según decían las devotas, era tan repulido de la verba que semejaba un milagroso violín.

Tal era el hombre contra el cual volvíase airado todo el burgo, o, mejor dicho, la mayor parte de la masa popular de Auria y muchas de las personas ilustradas. *El Vértigo*, semanario pagado, escrito y leído por los «ácratas» de la localidad, publicó con sus pelos y señales «el incalificable atropello del ultramontano inquisidor y forastero». La crónica venía a toda plana y concebida en estos términos: «Un inocente acólito, de los que explota el Cabildo para hacer de ellos tristes ex hombres, congéneres, en lo espiritual, de los *castrati* vaticanos, cedió a la infantil tentación de apoderarse de unas monedas de cobre, que a fin de cuentas es dinero del pueblo, de los cepillos de la Iglesia mayor. Tal vez cedía el pobre menestral a la necesidad, ¡tan de sus años!, de comprar golosinas; las golosinas que desprecian los niños pudientes y que el actual sistema político-social niega a nuestras criaturas desvalidas. El funesto neo, ya conocido por otras andanzas de este jaez, obedeciendo sin duda a los atavismos inquisitoriales que le llevaron al curato, convirtiéndose a sí mismo (¿con qué derecho?, nos preguntamos), en brazo armado de la justicia secular, no solo maltrató con el vejamen de las palabras más inconsultas a este hijo del pueblo, sino que le tundió con bárbara saña y le expuso más tarde al ludibrio de las turbas, las cuales, más ilustradas y sensibles que el Torquemada pamplonés que le cayó en desgracia a nuestra culta población, le libraron de las ataduras». Terminaba *El Vértigo* su inflamada crónica entregando el caso a la consideración de los diputados liberales «que están en el Congreso para defender ante el mundo el crédito de la Nación» y estableciendo un mañoso encadenamiento de responsabilidades que iban «desde el oprobioso régimen imperante» hasta «la dorada madriguera del dictador romano», pasando por el alcalde, el gobernador y el inspector de

Policía, hasta llegar a doña Paula, la de los Madamitas, que le había atizado un buen par de sillazos al rapaz.

Aun desposeídos los hechos de la elevada retórica con que los relataba, en su progresista estilo, *El Vértigo*, no eran menos indecorosos, injustificados y brutales. Pedrito, el Cabezadebarco, como le llamábamos a causa de su interminable cráneo de raquítico, niño de coro y aparente hijo de un remendón de portal, extraía las monedas de los cepillos valiéndose de un artilugio de su invención; esa era la verdad. También lo era que el pobre ratero ni siquiera había elegido las abundantes alcancías o *petos* circulantes de las suntuosas misas dominicales. No; el infeliz Pedrito Cabezadebarco, merodeaba por las capillas oscuras donde la pobretería depositaba el testimonio de su fe y de su esperanza acuñado en cobres, de a perra chica y de a perra grande; y los hurtaba, no para comprar golosinas (y es extraño que *El Vértigo* no hubiese caído en explotar esta veta sentimental) sino para llevar a su casa unos reales añadidos a las magras propinas de la ayuda de misas, junto a los veinte reales de la mesada que le daban por desgañitar latines y rosarios, pues tal era el sueldo que el altivo Cabildo pagaba a aquellas criaturas. Su audacia habíale llevado también, según luego se supo, a apoderarse de algunos restos de velas para que su padre hiciese la pez y el cerote con que preparar los cabos del cosido y bruñir las viras, pues trabajaba para los carabineros del cercano cuartel, que eran muy extremados en este punto y que le hacían gastar mucha lustrosa materia.

Nerón, el pincerna, que vivía en perpetua desesperación a causa de las implacables bromas de que le hacían objeto los acólitos, y que iban desde pegarle rabos de papel hasta esconderle grillos vivos entre los bucles del peluquín, por lo cual se las tenía siempre juradas a «aquellos insurrectos», venía montando, desde tiempo atrás, una cuidadosa guardia, atizada por la comprobación inicial de que el cepillo de Nuestra Señora de las Nieves, que, desde tiempo inmemorial, venía dando unos treinta reales por semana y el de san Antonio de Padua casi ciento, habían descendido bruscamente a un residuo de insignificantes céntimos, sin que ninguna de las naturales fluctuaciones de la devoción lo justificase; pues en los últimos años no había habido santos nuevos que desviasen el caudal con la actualidad de una repentina moda piadosa.

Acurrucado en los antealtares o disimulado tras las grandes imágenes de los retablos, esperó el Nerón varios días la llegada del ratero sacrílego. Nada le detuvo, ni la agotadora paciencia que suponía, por ejemplo, el colocarse tras la imagen de san Pascual Bailón, imitando con el cuerpo sus coreográficos quiebros barrocos, desplazando una cadera violentamente y con un brazo alzado en la misma dirección y altura en la que el santo enarbolaba el viril. Otras veces se escondió en el propio camarín de la santa, parapetado tras las abundantes sedas del manto, pues era imagen de vestir; pero allí se encontró con el inconveniente de que las telas, al removerse, despedían un viejo polvo cáustico que hacía toser y estornudar.

Mediando la semana, apareciose Pedrito Cabezadebarco, armado con las industrias y ganchos del impío despojo, precisamente en la capilla de San Pascual Bailón. Cuando más enfrascado estaba en la tarea, vio, por un instante, que la imagen trastabillaba y cuando estaba en un tris de atribuir el asunto a milagro, sobrevino el pincerna bajando como un alud por las gradas del altar, entre el estruendo de los candeleros derribados y floreros rotos, abatiéndose sobre el pobrete que no acertó más que a caer de rodillas, gritando: «¡No, no!»

Luego de unos repelones previos, el Nerón se llevó su trofeo a través de las naves, donde quedaban los rezagos del beaterío farfullando rosarios de complemento, con gran alarde de pisadas de sus zapatones claveteados, diciendo en voz alta: «¡Ladrón, grandísimo ladrón!», hasta entrar en las salas capitulares donde le tumbó, de una pescozada, a los pies del Penitenciario Eucodeia, que ya estaba, desde hacía unos días, avisado de la vigilancia.

—¿Conque eras tú el elegido de Lucifer? —exclamó el pavoroso cura, arrojando el breviario sobre la poltrona y cogiendo por el cuello al miserable—. ¡Pues ahora veréis! —gritó, implicándonos a todos en el vengativo plural—. Se hará un escarmiento digno de este pueblo de incrédulos y ladrones...

El niño, que ya se veía en las últimas, empezó a dar gritos en demanda de perdón, con lo cual lo único que consiguió fue atraer a las beatas que se aspavientaron de seguida, en la puerta, con revuelo de mantos y faldas, pidiendo información. Tras lo cual, luego de un breve cuchicheo entre ellas, propagándose, repulgosas, la noticia, se santiguaron velozmente con la misma mano donde llevaban colgados los sillotes plegadizos, que seguían grotescamente el vuelo de las figuradas cruces sobre pechos y rostros.

El escarmiento había consistido no solo en la paliza que allí mismo le dieron unos y otras, sino en llevarlo, a empujones, hasta el patín, donde le asegundaron la tunda que yo vi desde la torre, y en atarlo luego a la parte exterior de la de entrada, expuesto al paso de las gentes, con el pincerna a su lado, como vivo cartelón del escarnio, quien quedó encargado de informar que estaba allí el rapaz aquel, «por ladrón y sacrílego».

En pocos minutos, la noticia se extendió por la ciudad. Don José de Portocarrero, que estaba allí cerca, haciendo su tertulia en el comercio de los Madamitas, vino en un instante y apareció congestionado, con la teja echada hacia la nuca y terciado el manteo; cruzó por entre el corro de los papanatas, que no acababan de salir de su pasmo y, en presencia del bárbaro desatino, exclamó a voz en cuello:

—¿Quién hizo esta enormidad? ¿Quién fue el bestia que ordenó esta enormidad? —y en tanto que el pincerna nombraba de mala gana a Eucodeia, el fabriquero empezó a desligar al supliciado, diciendo: «¡Válgame el Señor, qué bruto; válgame el Señor...!» Quiso el Nerón intervenir, hablando «de órdenes superiores», y don José lo hizo rodar con un limpio bofetón de sus manos labriegas.

Estando en estas apareciéronse los hermanos de Pedrito, por parte de madre, unos mozallones tiznados, que podían tener dieciocho o veinte años, obreros de la fundición, acompañados del director de *El Vértigo* y de Tarántula, el ateo. Este se adelantó, haciendo farolear la capa y brillar los lentes; subió un par de peldaños de la escalinata, para alcanzar nivel sobre la gente, que se había juntado en mayor número, al olor de la escandalera, y empezó a discursear: «Pueblo: ¡Oído al parche! Nos hallamos en presencia de un nuevo atropello ultramontano. El fanatismo, del que dijo Pascal que es el asno que bebe sangre...».
— ¡Salga usted de ahí! —intervino, indignadísimo, don José, cogiéndole de un brazo y bajándolo de un envión.
—Estoy ejerciendo mis derechos de ciudadano.
—Pues vaya usted a ejercerlos al Montealegre, ¡so... idiota!
—Esto es un burdo atropello. ¿Estamos en el medioevo? ¡Pueblo! —tornó a declamar subiéndose a las gradas. Don José volvió a cogerlo del brazo y de un tirón lo arrojó contra los primeros curiosos, que al separarse dejaron caer al Tarántula en tierra, con gran algazara de todos. El director de *El Vértigo,* que estaba al quite, le ayudó a levantarse y gritó hacia el canónigo:
— ¡Ya nos veremos en la próxima edición!
—Me limpio con ella... ¡Dios me perdone!
A todo esto, los hermanos de Pedrito lo habían desligado cortando la soga, llena de nudos, con una faca, y don José se los llevó a los tres hacia el atrio, a tiempo que casi era de noche. Ordenó al pincerna que abriese *ipso facto* la puerta chica del templo y entraron en las salas capitulares.
— ¡Ven acá, hijo mío! —dijo atrayendo al rapaz hacia un lavabo. Por las mejillas de Cabezadebarco corrían a hilo sangrientas lágrimas, escociéndole en los arañazos de las brujas. Lo inclinó sobre la jofaina de plata de las dignidades, y mientras lo lavaba con sus propias manos, le decía a los otros:
—Cuidado con sacar las cosas de quicio; no hay que dar pie para que esa gentuza la emprenda con la Iglesia. Entre nosotros

también hay brutos... ¡Vaya si los hay, y de órdago! Pero la Iglesia nada tiene que responder por sus malos servidores...
—¿Lo dice usted por el Eucodeia? —preguntó tímidamente uno de los tiznados.
—Claro que lo digo, y no os privéis de repetirlo. Es un animal —agregó interrumpiendo un instante el lavatorio—, un verdadero animal. Iré mañana a palacio. ¡O ese o yo!
Abrió un armario y dio a Pedrito un paño inmaculado, con festones de puntilla de hilo.
—¡Límpiate, hijo, límpiate!
—Lo voy a manchar de sangre —gimoteó el muchacho, indeciso.
—Mejor, y se lo dejaremos aquí para que lo vean todos. ¡Cuidado con guardarlo, tú! —dijo hacia el *tornacás*. Y, desabotonando la sotana, metió dos dedos en el bolsillo del chaleco y sacó de allí un reluciente duro; se lo dio al muchacho y despidió a todos con el gesto. Cuando se habían ido, mirose largamente en el gran espejo del testero; después se encaminó a la contigua sacristía, que estaba ya completamente a oscuras, encendió un par de velas y, arrodillándose en el suelo, frente al pequeño crucifijo de la consola, se puso a rezar con la cara escondida entre las manos. El pincerna no se atrevió a decirle que estaba muy excedida la hora reglamentaria para tener abierto el templo. Y, no sabiendo qué hacer, salió a la nave lateral y encaramándose en el borde del enterramiento de un obispo terminó sentándose encima de la mole yacente liando un cigarrillo.

Por lo que a mí respecta, he aquí lo que sucedió durante el resto de aquel día:

Cuando llegué a mi casa me disculpé como pude del verdín que manchaba todo el delantero de mi delantal, y de las desolladuras en manos y rodillas. La discusión que se había armado sobre el suceso del acólito diluyó un tanto aquella manera mía de presentarme. Fingía yo un gran aplomo, pero, en mi interior, estaba todavía aterrado por mi rapto de locura.

Subí a mi cuarto, a mudarme la ropa y a poner un poco de agua fenicada en los raspones. Vino conmigo Joaquina a encenderme el quinqué. Estaban abiertas las ventanas. El David se revelaba, entre las sombras, por los pequeños toques de resplandor que le llegaban desde las ventanas y galerías de las casas fronteras, donde empezaban a encenderse las luces.

Luego, en la cena, se comentó nuevamente el escándalo. Por debajo de nuestros balcones pasaban las turbas pidiendo la cabeza de Eucodeia. Una de las pandillas se puso a apedrear la catedral. Salimos al balcón y aquellos revoltosos aplaudieron a mamá dando vivas al nombre de mi abuelo. Mi madre les hizo un gesto de que siguieran camino y la obedecieron en el acto.

La tía Pepita, en la discusión, decidiose sin vacilar por el partido del Cabezadebarco y sus defensores, en razón de que «una travesura no era un delito y mucho menos un sacrilegio». Mamá opinó que la cosa en sí no estaba bien, pues no es lícito ni simpático defender al que roba, sea lo que sea. Pero la culpa no era del muchacho, sino del «tenerlo unos todo y otros nada». Lo que sí le resultaba inadmisible y odioso era el entrometimiento del canónigo y de las beatonas en todo ello. «Estoy segura —afirmó— que de haber pasado yo por allí en aquel momento les quito al rapaz de las manos, aunque hubiera tenido que arañarme con todas ellas».

—¡Tú sí, sí...! —murmuró la jorobeta, que, en el fondo, era del bando inquisitorial—; buena rebelde eres; no sé cuándo se te irán esos humos.

—No soy rebelde, soy madre. Si tú lo fueras, ya verías lo que es el que te traigan a casa a un hijo destrozado.

Las palabras de esta réplica me dejaron sin sangre.

—¡Come, Bichín! ¿Qué te pasa? Estás alelado desde que llegaste... ¡Por dónde habrás andado...!

—¿Te parece poco que haya presenciado espectáculo tan cruento...? —arguyó Pepita—. De mí sé decir que no hubiese podido aguantarlo.

Opinó luego la tía Asunción metiendo en baza, como era su costumbre, y haciendo con ellas parangón, las refinadísimas costumbres cubanas en oposición a la barbarie española. Mi hermano Eduardo, sin levantar la cabeza del plato, con aquella dura seriedad que nunca le abandonaba, murmuró:

—¿Leísteis el periódico de ayer? Han linchado a tres negros en Camagüey. Después los quemaron, cuando todavía agonizaban. ¡Refinadas costumbres, verdaderamente...!

—Por algo sería —insistió la cubiche.

—Sí, por un tiquismiquis electoral entre el coronel Pérez y el comandante Vázquez.

Mis hermanos, luego de algunas breves intervenciones, abandonaron el debate y se sonreían, mirándose con aquel aire de molesta superioridad, que, a veces, parecía complicidad; como si estuviesen solos y a cien leguas de lo que allí se decía. Era algo insufrible aquel silencio lleno de reservas y de desdén burlón. Terminaron por imponer a los demás su actitud recelosa y la conversación fue decayendo hasta quedarnos todos callados. Blandina entraba y salía trayendo y llevándose fuentes y platos. Mamá, deseando cortar por algún lado la fatigosa pausa, dijo:

—Esta chica... Nunca me acostumbraré a su silencio. Parece un fantasma... Un fantasma bien alimentado.

Sonrió de su misma frase y yo la acompañé con una risita timorata, ayudándola en la intención; todo lo cual rebotó contra la mirada de mis hermanos, a quienes la gracia de los demás ofendía como una injuria, lo que no les impedía reírse como locos cada vez que alguno de ellos soltaba una simpleza. Mamá hizo un nuevo intento para empalmar la conversación volviendo sobre el pretexto sensacionalista.

—¿Así que estabas allí cuando lo castigaron? —dijo hacia mí.

—No estaba allí, pero lo he visto igual.

—Adivina adivinanza —dijo María Lucila con voz provocadora—. Tú siempre tan redicho, niño. ¿Por qué no cuentas las cosas como manda Dios?

—¿Quieres explicarnos, hermoso —agregó Eduardo, como si escupiera las palabras—, cómo es ese logogrifo de estar y no estar?

Seguían, con estas desproporcionadas réplicas, su conducta de siempre. Se estaban callados hasta que hablaba yo; entonces, dijese lo que dijese, lanzaban sobre mí sus alfilerazos.

—Estaba arriba, en el campanario, asomado al último barandal.

Me miraron todos fijamente y me puse colorado.

—¿Y qué hacías tú en semejante lugar? —preguntó mamá, con acento muy extrañado, aunque sin alarma.

Continué comiendo sin contestar, sofocadísimo por habérseme escapado semejante contestación. La Pepita, queriendo echarme un capote, aflautó, con aire indiferente:

—Un deseo de soledad le acomete a cualquiera.
—Sí —dijo Eduardo, atornillando las palabras con un dedo en la sien—, esos deseos abundan mucho en esta casa.
—¡Guárdate tus observaciones sobre esta casa! —repuso mamá.
—¿No le viste llegar con las manos ensangrentadas y hecho una basura? —intervino María Lucila—. Vete a saber qué anduvo haciendo este chiflado.
—Este cree que todos comulgamos con ruedas de molino. ¿Sabéis dónde hay que meterse y asomarse para ver lo que pasa en el atrio, desde aquella altura? —terció de nuevo Eduardo, con un incontenible odio en la voz—. A este lo que hay que hacerle es...
—¡Basta! En ese tono solo hablo yo aquí —dijo mamá.
—Menos mal que ahora solo eres tú a hablar fuerte —repuso Eduardo.
—Sí, mímalo más, es lo que le hace falta —remachó María Lucila.
—A mí no me hacen falta mimos, ¿sabes?
—Te mimas tú solo, claro está —añadió mi hermano, con acento burlón—. ¿O te mima tu papaíto del alma? —y dirigiéndose a mamá, continuó—: ¿Has visto cómo también sé hablar con dulzura?
—¡Imbécil! —exclamé, lanzándole una mirada de asco.
—¿Pero qué es esto, hijos? —interpuso mamá con voz severa.
Las tías, con la exagerada consternación que siempre despertaban en ellas los acontecimientos de la casa, empezaron a desprenderse los imperdibles con que sujetaban las servilletas en los altos del pecho, prestas a bajar a su piso.
—Esto es —dijo con su terrible serenidad María Lucila— que harías muy bien en admitir que no debemos sentarnos a la mesa con ese. ¡Que se vaya con su padre de una vez...!
—Esta es mi casa, tanto como vuestra.
—¡Cállate..., mariquitas! A ver si te tiro un plato a la cabeza, —amenazó Eduardo.

—¿A quién? ¿A mí? —dije saltando de la silla. Y, antes de que nadie pudiese impedirlo, cogí de la fuente del asado el cuchillo de trinchar y me abalancé sobre él. Mamá me dio un fuerte golpe en la muñeca y el arma rodó bajo el chinero.
—Pero, ¿qué es eso, desdichados? —gritó con voz quebrada, levantándose.
—Esto es el derrumbe final —rugió Pepita, abanicándose con un plato.
Mis hermanos, que también se habían puesto en pie, cruzaron una mirada y salieron del comedor, seguidos de Asunción y Lola, que sin duda estaban de su parte. Mamá se sentó de nuevo, ahogándose, demudada. Pepita se fue hacia ella y le puso una mano en la frente.

No podía concentrarme en los libros, era inútil. Al día siguiente, cuando supuse que iban a llamarme a comer, me lancé a la calle, sin pedir permiso. Necesitaba aire libre; aquella casa me iba oprimiendo como un metal que se enfriase en torno mío. Cuando bajaba me detuve un instante, por casualidad, frente a la entrada del piso de las tías, a levantarme los calcetines. La puerta se abrió, como empujada por un vendaval, pues siempre había alguna de ellas curioseando por la mirilla cuando se oían pasos en la escalera.
—¿Qué hase tú ayí? ¿Te mandan que epíes? —inquirió la coronela.
—¡Me mandan un rayo que te parta! —le contesté, con palabras aprendidas de la golfería.
—¡Si vuelvej por aquí te crijmo, ñame, safao!
—Volveré con mi padre, para que os eche a todos —grité desde el último descansillo.
Y cruzando las calles, abatidas por la cellisca, me fui en procura del Casino.
Estaba mi padre comiendo unas costilletas con patatas fritas y huevos, cerca de la estufa, en una mesa de tresillo, cubierta con un mantel, sentado sobre el ángulo de un sofá esquinero. Em-

pezaban a armarse las primeras partidas de los juegos de baza y oíase el tintineo de las cucharillas en los gruesos vasos de vidrio, donde se servía el café. Entre bocado y bocado mi padre ojeaba, penosamente en aquella penumbra, apenas disipada por la luz del cielo entoldado que venía del jardín, una revista francesa donde había láminas con señoras en corsé, grandes sombreros de plumas y medias negras, que aparecían meciéndose en altos columpios, con los senos casi al aire y sosteniendo sombrillas muy pequeñas. Me acerqué a él bordeando los ruedos de luz artificial que daban sobre los billares y las primeras mesas de juego y le tapé los ojos con las manos.

—¡Coño! ¿Qué haces tú aquí?

No me había visto llegar, enfrascado como estaba en la lectura. Me quedé a su lado, de pie, muy serio, y durante este ínterin me interrogó con la mirada.

—Vengo a hablar contigo. Quiero irme de casa.

Se limpió la boca con la servilleta y me besó en los labios.

—Empecemos por el principio —dijo escondiendo la revista—. ¿Comiste? ¿No? Pues que te hagan algo aquí. ¡A ver, tú, Alejo, una tortilla para este! Siéntate. No, ahí no, aquí a mi lado. Suelta ahora. ¿Qué pasa?

Le puse al tanto de la inaguantable hostilidad de mis hermanos y de la escena ocurrida la noche anterior.

—Tienen a quien salir esos jesuitas. Aún ayer me los encontré en la calle, tan arrimaditos como andan siempre, y me saludaron con gran primor. Por cierto, les di cinco duros para chucherías.

—En casa no dijeron nada.

—El canalla debe ser él, por algo progresa tanto en las matemáticas. Dicen en su colegio que es un talento. ¡Gente de cifra, puaf...! Ella parece más tierna.

—No la conoces bien.

—Luis María —gritó desde lejos Ramón Paradela, ingeniero de las obras del canal—, ¿haces pie para un mus violento? Hay aquí unos de la aldea que piden castigo...

—No puedo, tengo visita.

El otro miró, frunciendo los párpados, desde el extremo del salón. Mi padre me hizo levantarme y saludar.

—¡Ah!, ¿tenemos por aquí a don Sietelenguas? Ahora voy a cumplimentarlo.

—No vengas, que hay deliberación en serio. Bueno —prosiguió dirigiéndose a mí—, tú dirás lo que resuelves. ¡Mira si tenía yo razón, hace ahora más de un año! Cien veces te dije que tu lugar estaba al lado de tu padre.

—Ya sabes que mamá no merecía ni merece que la deje sola.

—Bien, bien, dejemos ese aspecto —dijo, escurriendo el bulto, como siempre que se aludía, entre nosotros, a mi madre—. Algo habrás decidido.

—Sí, quiero irme también de interno.

Permaneció un rato pensando, fruncido el entrecejo.

—Eso es darles una razón que no tienen esos malvados.

—Quizá la tengan, papá. Si se les obliga a vivir lejos de su madre por mi causa, es natural que me odien. Yo haré igual. Viviré lejos de ella y los odiaré también.

Se quedó otro largo rato en silencio, mirando, como hipnotizado, hacia el fuego del hornillo de la estufa, atizado por el tiro hasta zumbar con el fuerte noroeste que soplaba en la calle. El fuego se le miniaba en las pupilas poniendo en su apretado turquí grietas rojizas, mientras con los dedos de la mano derecha apretaba los garfios del tenedor hasta apiramidarlos. Luego me miró largamente, retorciendo, una y otra vez, las guías del bigote.

—¿Cuándo empieza el curso? —preguntó, con aire reconcentrado.

—Pero, papá, si ya estamos a mediados de noviembre. Ellos consiguieron un permiso para estudiar por libre unas cuantas asignaturas y quedarse hasta después de San Martín. Se irán uno de estos días. Pero yo quiero irme antes, para que no le escriban a mamá esas cartas que tanto daño le hacen, hablándole de nosotros.

—¿También hay eso? ¿Y cómo lo sabes tú?
—Yo sé todo lo que sucede en casa, aunque no me lo digan —afirmé con una desfachatez no exenta de orgullo.
—Hay que hablar con tu maestro, a ver qué aconseja —dijo, debatiéndose en la última trinchera.
—Cuando me dio punto este verano, le dijo a mamá que, salvo el latín, poco más podría ya enseñarme.
Alejo empezó a poner la comida, con aquella sonrisa de alcahuete que nunca se le caía de la boca.
—Ya veremos; por lo pronto te quedas conmigo. Ahí tienes tu comida. Métele diente, luego seguiremos hablando. La danza sale de la panza —sentenció, anudándome la servilleta en la nuca. Alejo había puesto sobre la mesa una gran tortilla de patatas y chorizos y dijo que luego me traería un flan y dulce de membrillo, si daba cuenta del plato.
Comía yo con el paladar halagado por el gusto de la vianda, distinto del casero, además de la excitación que me causaba el ambiente aquel de personas mayores, que resultaba más grato aún, con sus humos y tibiezas, en vista del tiempo insoportable que tenía aplastada a la ciudad desde hacía casi una semana. Mi padre me cortaba el pan en rebanadas y de tanto en tanto me acariciaba, pasándome la mano por el pelo o pellizcándome suavemente las mejillas.
—Ven más acá, hombre —me acercó hasta tener mi pierna pegada a su muslo, luego me sirvió una copa de vino tinto, sin agua.
—¿Vino solo, papá?
—Un día es un día... Hoy haces vida de casino, que, digan lo que digan los pazguatos, no es de las peores. Además, eres huésped de tu padre, que digan lo que digan, no es tan bárbaro como dicen.
Mientras terminaba el bocado para contestarle entró el Tarántula, nervioso, piafante, con su chalina alborotada, lleno de visajes, seguido hasta de media docena de tipos muy diversos,

aunque todos iguales en el bracear y en el gesticular. De la saleta del «monte», y de la biblioteca, vinieron en seguida otros muchos socios que los rodearon con subida expectación.

—¡Qué atrocidad! —exclamó don Narciso el Tarántula, con su voz de bajo—. ¡Increíble, verdaderamente increíble! —añadió sacudiéndose la capa, que traía perdida de lluvia.

—¡Es el colmo! ¡Oh! ¡Nada, nada, que hay que cortar por lo sano! —decían sus acompañantes, todos ellos con las ropas mojadas y algunos entregando sus paraguas al Alejo.

—¡Desembuchad de una vez! ¿Fuisteis o no a ver al obispo? —preguntó uno del corro.

—Claro que fuimos —respondió airado el ateo, con resentido acento—. ¡Tú, Alejo, tiéndeme esa capa por ahí, cerca de la estufa! Cuidado con las bandas, que son nuevas... Y tráeme un doble ojén.

—Bueno, ¿pero qué os dijo? —inquirió, con muy mala intención, un tal Hinestrosa, que era cronista de *El Eco,* diario de sacristía.

El Tarántula callaba, ceñudo. Le trajeron el aguardiente anisado y se sirvió él mismo, con mucha parsimonia, dejando desbordar el líquido en el platillo. Bebió un sorbo sin levantar la copa, a morro, y la llenó de nuevo con el residuo desbordado.

—¡No sé a qué viene ese sigilo! No hay que olvidarse de que ibais como delegados nuestros —intervino el presidente de la Liga de Amigos.

Don Narciso el Tarántula, más apremiado por los rumores que por las palabras, buscó con la mirada a sus acompañantes y no halló más que la del director de *El Vértigo.* Los otros habían ido desertando indecentemente hacia las mesas.

—Que os haga este la crónica —y señaló con el mentón al arriesgado periodista. El tal, que estaba deseando hablar:

—¡Menudo sofión nos echó Su Ilustrísima! —resumió, con la falta de matices característica de los levantinos, pues era de Castellón de la Plana y representaba en Auria, con igual dedicación, a una compañía de abonos químicos y a la Junta Federal Anarquista de Cataluña.

—Supongo que le habréis dado lo suyo —insistió solapadamente Hinestrosa, tras su altísimo cuello planchado, como asomado a una chimenea de porcelana.

—¡Ca, hombre! —prosiguió el de los abonos—. Este —y señaló al Tarántula—, que era el que tenía que hacer uso de la palabra, se desencajó todo en cuanto vio aparecer al obispo de pantalones. ¡Porque, hay que decir la verdad, la jugada fue maestra! Uno está acostumbrado a verlo de máscara, con sus colas y tal... Y lo que allí apareció fue un tiazo de pantalones y levita, fumando un puro, que entró sacando un reloj del bolsillo del chaleco y diciendo: «Caballeros, lo siento mucho, pero apenas tengo diez minutos para estar con ustedes». Y se sentó tras la gran mesa del despacho, dejándonos a todos en pie, como si fuera a examinarnos.

—¡Ji, ji, ji! —expidió Hinestrosa, al paño, frotándose las manos.

—Este —prosiguió el anarquista, señalando al Tarántula— empezó a decir: «Sí, sí, claro, claro...». Y hubo un momento en que estaba tan ido, que le llamó «Su Eminencia», a lo que respondió el «Torero»: «Todavía no; espero serlo con la próxima implantación de la República». Y así empezó la juerga, ¡conque figuraos lo que habrá sido el resto de la conversación! Los demás delegados, aunque iban de comparsas, se rajaron todos. Y ahí —y señaló otra vez al abrumado ateo— se escachifolló de arriba abajo, hasta quedar mudo.

—¿Pero no llevabais de refuerzo a Barbadas, el del Centro de Sociedades Obreras?

—¿Qué íbamos a hacer, qué queríais que hiciésemos, si este, que era el de la voz cantante, se nos entregó a las primeras de cambio?

—No mientas, tú —intervino al fin don Narciso—. Fue Barbadas quien se achantó, con el pretexto de que no podía complicar en un asunto religioso la responsabilidad sindical, como aclaró a la salida.

—¡Vamos, contra! ¡Solo a vosotros se os ocurre llevar ante el obispo a un carpintero vestido de panilla y sin cuello! —comentó el presidente de la Liga—. ¿Creías impresionarle con ese ejemplo de humildad, como a los papamoscas de los mítines?

—Jesús andaba descalzo —ahuecó el Tarántula, volviendo a sus andadas retóricas.

—¿Pero no ibais a llevar también a Remigio? ¡Más pico de oro que ese...! —repuso una nueva voz—. Además, conoce el paño, pues cuando colgó el manteo llevaba cinco años largos de seminario. Sabe casuística para regalar, además de su natural facundia de literato...

—Nos dijo ayer que iría, luego se azorró, como todos esos republicanos de cartón cuando llega la hora de la verdad, o sea la de la acción —dijo el levantino—. Además, es poeta, y con eso ya está dicho todo.

—No exageres, tú —aclaró Alanís, el del *Correo*—; mandó a decir ayer noche que le disimulásemos, pues estaba otra vez con el ataque de almorranas.

—Pero, bueno —terció mi padre—, ¿qué es lo que pasó? ¡Supongo que no os habrá pegado, ni que os habrá echado de allí empuñando una reliquia y amenazándoos con la excomunión!

—Pues usted verá —insistió el director de *El Vértigo*—. Como pegarnos, no; pero nos llamó demagogos provincianos y nos dijo que era una inocentada, que hablaba muy menguadamente de nuestro sentido político, el haber llevado el asunto del chiquillo a la prensa y a la tribuna, lo que no le había servido de nada al... al...

—Al Pedrito —sopló uno.

—... eso es, al Pedrito; y que, en cambio, se había puesto una vez más de manifiesto la inopia de nuestro estilo literario y oratorio, bastante inferior al de un alumno del segundo año de Humanidades del seminario.

—¡La hostia, casi nada! —comentó papá.

—Aquí —y señaló a don Narciso—, en un instante de lucidez acertó a decirle, yéndose por el atajo: «¿Acaso Su Ilustrísima aprueba la conducta de Eucodeia?» «No sea usted infeliz, hombre, con esa petición de principio —respondió el preboste—; lo que yo apruebo o dejo de aprobar en el terreno de la disciplina jerárquica, debe importarle a usted una higa, hablando mal y pronto. También yo fui periodista y no se me olvidó el oficio. Lo que ustedes vienen a buscar aquí es la expresión de mi solidaridad con el señor Penitenciario del Cabildo, para luego arrearnos a los dos en ese papelucho. ¿No es así? Frente al caso práctico, que es el que aquí interesa; les digo a ustedes que hubiera sido mucho más discreto, más humano y desde luego más útil, mandarle cincuenta duros al padre, o lo que sea, del pilluelo para que le echase un traje y unas botas y se quedase con el resto. El zapatero hubiese dado por muy bien empleada la zurra, que al fin no fue cosa del otro mundo, y aquí paz y después gloria». «Pero, le contesté yo —prosiguió el de Castellón—, ¿y la exhibición en la reja?» «Una estupidez mucho menos vejatoria que cuando quemáis a nuestro Santo Padre, en efigie, en vuestras inocentes carnavaladas... Ahora hay un proceso abierto que lo único que demostrará es que el chicuelo tenía el latrocinio en la masa de la sangre, e irá a parar a manos de un juez de menores, que es la peor calamidad que le puede ocurrir a un niño... Ninguna de las piadosas señoras que vieron el asunto querrá declarar nada contra el señor Penitenciario; por su parte, Eucodeia ya ha depuesto, diciendo que el pequeño se arañó a sí mismo cuando quisieron sujetarlo, al ser cogido *in fraganti*. En cuanto la tontería de haberlo atado a la reja, se lo atribuyen al bárbaro del pertiguero... ¡Ya ven qué claro está todo!» «El pincerna habló de órdenes superiores, lo oyó todo el pueblo» —argumentó Barbadas—. «Pues ahora dirá que no lo dijo», rearguyó el obispo. «¿Y qué juez va a dudar, en el peor de los casos, entre lo que afirma un pincerna y la segunda dignidad del Cabildo?»

—¿Hasta ese extremo llegó en sus provocaciones? —inquirió, con su doliente falsía, el clerical Hinestrosa.

—¡A ver si te callas, tú, chupacirios! —le contestó mi padre—. ¿O es que te supones que no nos damos cuenta de tus coñas baratas? ¡A lo mejor estás ganando el llevar de aquí la cabeza sepultada en el cuello!

El hipócrita calló como un difunto.

—¡Sigue, tú! —agrego papá dirigiéndose al de la perorata, con voz muy malhumorada.

—¿Qué más queréis que os diga? —contestó el levantino con su prosodia campanuda—. Este, completamente azarado, ya desde que vio al obispo vestido de hombre y fumando, y luego ante aquel torrente de lógica y de cinismo lanzados por un tío al que no habíamos oído más que frases miríficas y visto en gestos rituales... Luego, al advertir que Barbadas también aflojaba... Figúrese usted, ya no veíamos el momento de salir.

—¡El hombre es hijo de las circunstancias! —glosó, con su lúgubre vozarrón, el ateo.

El concurso había seguido la exposición de los hechos con gestos de aprobación o negativos, según los casos.

—Y tú, ¿qué dices a todo esto? —instó mi padre al Tarántula.

—Pues, francamente, que me desconcerté ante la insolencia desafiante de aquel chulo... ¡Aunque bueno soy yo para achicarme ante la chulería de nadie! Pero ante la de un obispo... Luego los razonamientos... Habló de la plebe novelera... Claro que dijo plebe y no pueblo; si hubiese dicho pueblo, yo hubiera saltado. Pero dijo plebe, que ya es harina de otro costal. Hay plebe en todas las clases. Aunque dice Nietzsche, sin ir más lejos, que cuando la plebe se hace consciente de su condición...

—Bueno, bueno —atajó mi padre—, eso nos lo cuentas luego. Volvamos ahora al grano.

—Estaba justificando que puede haber exageraciones por ambas partes en la apreciación de... Porque, bien mirado, el hecho delictuoso de un lado y las consecuencias éticas por otro...

—Te estás haciendo un lío —le observó uno.
—Quiero venir a que el rapaz pudo haberse crismado por su cuenta cuando quisieron echarle el guante...
—¡Mentira! —grité yo, con una irritación que había ido amontonando mientras escuchaba la falsa versión del obispo. Se volvieron todos hacia mí con un gesto sorprendido y curioso.
—Le pegaron todos. Don Ignacio, las señoras y el *tornacás*. Le pegaron con los puños y con las sillas, lo tiraron al suelo y le dieron puntapiés y pisotones. Luego le ataron las manos a la espalda con una cuerda que trajeron de dentro de la catedral.
—¿Qué estás diciendo, hombre? —alborotó mi padre, quitándome del medio del corro donde me había metido para hablar.
—Digo lo que vi.
—¿Estabas tú allá?
—Estaba en la torre, con Ramona la campanera.
—Pero desde las aspilleras no se ve el atrio.
—Desde donde yo estaba lo veía... Preguntadle a la campanera dónde estaba yo... Lo diré todo —añadí cada vez más excitado—; delante del obispo o de quien sea. ¡Que me lleven, lo diré todo!
—¡Así se habla, Sietelenguas! Si las cosas son como tú las cuentas ya es otro el cantar.

Quien esto decía era mi tío Modesto que, sin duda, había entrado hacía ya un rato y se había mantenido al margen del corro, oyendo. Traía las botas llenas de barro y el zamarrón hecho una sopa; seguramente acababa de llegar de la aldea, a caballo. Se quitó la pelliza y la colocó en una silla cerca de la estufa.

—¡Nos caímos! —dijo mi padre, palideciendo—. No sabía yo que estaba ese ahí.

Modesto se abrió paso hasta los medios del corrillo, que engrosó con el rumor de su llegada y con el adjunto del maragatería que, a causa de sus chamarileos comerciales, llegaba más tarde a tomar el café y se mantenía un poco alejado y tímido, como siempre que los señores discutían asuntos personales o locales. El tío, llegándose a mí, me palmeó la mejilla con su mano enorme.

—No niegas la sangre; así me gusta. No hay que negar nunca la sangre, aunque ande por ahí muy mezclada y rebajada —dijo con palabras un tanto misteriosas. Sacó del monedero de mallas de plata unas pesetas y me las dio. Era su manera de aprobar. Luego dijo, con frase que también me resultó poco comprensible y menos aún las risas con que fue subrayada.

—Te hartas bien de dulces, primero. Y si luego te sobra algo, compras unas docenas de huevos para estos, que andan muy débiles... —y señaló al Tarántula y al director. Los aludidos no levantaron los ojos del suelo—. Ahora habrá que insistir, con este inesperado y valioso testimonio —añadió, dirigiéndose a los amilanados.

—¡Que vaya Rita! —dijo el federal—. ¡Menudas pulgas se gasta el purpurado ese!

Don Narciso reaccionó por el lado de la pedantería.

—¿De dónde sacas tú que un obispo es un purpurado?

—¡De donde me da la gana...! ¡Ya me estás tú cargando con tanto saber! —replicó el aludido, lanzando sobre el otro la réplica que no se atrevía a enderezar hacia Modesto—. ¡Si la mitad de lo que berreas por ahí se lo hubieses papillado al obispo en las narices...! ¡Bueno nos va a poner mañana *El Eco*...!

—Ven acá, pequeño —dijo mi tío atrayéndome de nuevo—. Mañana vamos tú y yo a ver a ese diestro. ¿Te atreves?

—Claro que sí.

—Deja al chico —intervino papá llevándome a su vera—. No quiero que mi hijo ande en tales fregados.

—Pues yo estoy dispuesto a que el asunto no quede así.

—Y, a fin de cuentas, ¿qué te va ni qué te viene?

—Tengo mis razones.

—¡No sé qué clase de cencerrada piensas hacer!

Modesto asordinó la voz y añadió:

—Por lo pronto, darle una buena leña al bruto de Eucodeia y jugarle alguna mala pasada al obispo, que bien merecido se lo tiene. Y luego juntarle unos miles de reales al chico y mandarlo a unos frailes, que algunos hay buenos, para que lo compongan. Al César lo que es del César. Hay que sacar a ese crío de sus malas mañas... Uno no está exento de culpa... Conque no faltéis, esta noche, a eso de las once. Asistiréis, valientemente de lejos, a la tremolina. Para estas cosas de hombres no hay que contar con vosotros. Y ese guapo, berrendo en sotana, será duro de faenar, me consta. Una cosa es echar discursos y otra darle una tunda a un navarro. Y cuidado con la lengua.

—¿No hay moros en la costa? —dijo Alanís, mirando recelosamente a todos lados.

—No; ya me cercioré de que Hinestrosa se había ido. Y mis palabras no llegaron a esos —dijo señalando a los comerciantes, hipócritamente enfrascados en la lectura de los periódicos y no atreviéndose a comentar el caso—. Así que solo lo sabéis vosotros.

Prometieron todos ir sin falta, reanimados por la perspectiva del escándalo sin tener que intervenir ellos directamente. Yo me quedé mirando a mi tío con gran respeto. El concurso empezó a disolverse y fuéronse todos a sus jugatas, chismorreos y negocios.

—¡Muy bárbaro eres, Modesto...! —dijo mi padre, cuando nos sentamos los tres en torno a la mesa donde habíamos comido y donde todavía me esperaba el postre.

—No sé qué menos se puede hacer con ese forastero que viene aquí a moler a golpes a un hijo del pueblo.

—Allá sabrás en lo que te metes... Te verás luego en fandangos de justicia, que es el nunca acabar.

—No te preocupes. El juez Zubiri me debe quince mil reales de un boquillazo que dio en la subasta de un bacará, hace tres o cuatro Corpus. Y el presidente de la Audiencia, cuarenta onzas del lío que le arreglé con la hija de la Flora.

—¡No sé de dónde te viene esa furia filantrópica por el hijo del remendón!
—¿Qué? —el tío Modesto hizo una pausa. Dio una gran chupada al cigarro y exclamó en voz muy baja, como para evitar que yo pudiese oírlo—. No estoy seguro de que ese rapaz no sea mío. A veces ellas tienen razón. La Teodora... ¿No te acuerdas de la hija de «Mariscal», el sastre aquel de la Rabaza? Sí, hombre, sí; una rubia guapísima que tuvo que ver con el notario Acevedo... Yo la traté, ya un poco ajada, hará de esto unos diez o doce años. Tenía ya dos chicos del Simeón, aquel leonés albardero que luego puso un gran establecimiento en Vigo. Por ese entonces yo anduve mucho con ella y me tenía ley... Luego me enganché con Felipa, la monfortina... Por aquellos días tuvo Teodora ese hijo, y se cansó de jurar y perjurar por ahí que el chico era mío. ¡Vete a saber! Luego se casó con el remendón, hace unos cuatro o cinco años, ya hecha una lástima. ¡Uno comete esas canalladas!

Mi padre permaneció en silencio, mirándome de vez en cuando. Yo no conseguía hacer resbalar el flan por la garganta. Pensaba en Pedrito y le encontraba, de pronto, un parecido impresionante con el tío Modesto. ¡Sería gracioso que el pobre Cabezadebarco fuese mi primo carnal! Si llegaran a saberlo mis hermanos... Luego, volviéndose hacia mí, agregó el tío:

—Muy bien tú, migaja... Así se hace. Hay que decir siempre la verdad, aunque le escueza a los otros y a uno mismo... ¿No contestas? ¿Se te trabaron las siete lenguas?

—¿Me dejas que te dé un beso, tío?

—No me gustan esas maricondadas, pero venga, hoy lo mereces —agregó inclinando su corpachón y presentándome la mejilla.

Me abracé fuertemente a su cuello y sentí en los labios los ásperos canutos de su barba crecida.

Al poco rato se acercó a la mesa Reara, «el de los niños», como le llamaban, con sus ojos redondos, obsesos, y su rostro lampiño y colorado. Hablaba a borbotones, tal vez por su costumbre de no conversar nunca con nadie, recortando las palabras y mirando siempre hacia los lados como si temiese algo que no se sabía lo que era...

—Me han dicho que vas a zurrarle al Eucodeia.

—Te han dicho bien.

—¿Cuándo?

—Esta noche, si Dios quiere.

—¿Puedo ir?

—¡Si eso te hace gracia...!

—Es que tengo una cuenta pendiente con ese bestia...

—No compliques las cosas; en aquella cerdada tuya con el monaguillo tenía razón.

Reara de rojizo se tornó violáceo. Se veía que estaba haciendo un gran esfuerzo para no fijarse en mí.

—¿Dónde será la cosa?

—En el callejón de Santa María la Madre. Él baja por allí, a eso de las once, de vuelta de la casa de su querida.

—No exageres, tú —terció mi padre—; viene de la tertulia del gramático Arce.

—Yo sé lo que me digo. Lo de la tertulia es el tapujo. De allí sale a las diez, y se mete, luego de dar una vuelta, en la rúa de San Pedro, que es donde tiene la coima, una tal Castora... Todo se sabe...

—¡Todo se sabe! —murmullo Reara, como hablando con el vientre. Al irse me envolvió ávidamente en la mirada de sus ojos de pez.

Mi padre mandó recado a casa para que me enviasen mi capote y alguna otra ropa, pues pensaba retenerme unos días. Aquella tarde la pasé deliciosamente en la templada atmósfera del Casino, con su excitante olor a tabaco y la agridulce sensación que me causaba el oír hablar a aquellos señores mezclando a sus razonamientos, que se volvían iracundos al menor motivo, palabras sucias y blasfemias tan rebuscadas que causaban más risa que indignación y que soltaban sin darle la menor importancia, como elementos normales del coloquio. Mi padre acabó por emprender una interminable partida de tresillo. Me fui a curiosear por otras habitaciones en las que también se jugaba. En una muy larga había una gran mesa de forma vagamente parecida a una guitarra donde dos señores, ceñudos y callados, daban cartas, de un enorme montón, a otros sentados en torno, quienes ponían unos discos multicolores, manteniendo las cartas tapadas. Según los casos, los discos eran como raspados del tapete por unas palas largas, que se llevaban también las cartas, o acrecentados por los señores del centro, que tiraban otros frente al ganador, en graciosos revoleos del nácar. Todo resultaba muy sorprendente al verlo unos instantes, pero en seguida aburría, pues era siempre igual.

Rugía en los jardinillos un helado noroeste. Los plátanos de la Alameda del Concejo se doblaban como vencidos por una fuerza silenciosa, pues dentro de la sólida estructura de piedra del viejo palacio, en la que estaba instalado el Casino, apenas se oía el vendaval. Durante mucho rato estuve pegado a los vidrios de la galería viendo caer las ráfagas del agua oblicua, transparentadas por repentinos temblores de luz. Más allá del café de La Unión, las casas se perdían en borrosas siluetas, como evaporándose en grises esfumaturas. A eso de las cinco de la tarde, luego de haber cruzado por entre las grietas de la cerrazón unas extrañas luces hiperbóreas, de un verde licuoso y matices asalmonados, anocheció de pronto y la cellisca empezó a caer aún más rabiosa, acabando en una lluvia de apretados haces como si el cielo fuese a fundirse con la ciudad.

Mi padre, haciendo una tregua, vino a buscarme para que tomásemos chocolate. A mi lado estaba Enrique Goyanes, empleado del Ayuntamiento, mirando también el estropicio meteorológico.

—Me parece que hoy se le agua a mi hermano la función. ¡Este pueblo, en invierno, es un bacín!

—No te creas —dijo Goyanes—; estas noroestadas se van como vienen. Con un poco más de norte limpia todo en unos minutos. Mira —y señaló a un punto del horizonte donde, en medio de la sombra casi nocturna, acababa de abrirse una brecha luminosa, como la puerta de un horno de metales en fusión.

Los soportales de la calle del Cardenal Cisneros ofrecían un aspecto conspiratorio y un tanto teatral. Cada pilarón del soportal abrigaba en su sombra a unos cuantos caballeros de capa y de bimba; sombras ellos mismos en aquella oscuridad que hacía aún más maciza el farol de petróleo iluminando semicircularmente un trecho breve de la calle, que no alcanzaba, en todo su ruedo, a media docena de pasos. Soplaba el viento helado y, por momentos, las bruñidas losas de la calle relampagueaban con los lampos lunares que se metían por entre las nubes, delgadas y veloces. A cada tramo de las repentinas luces del cielo, los murmullos de los del soportal se interrumpían, como denunciados por aquella fosforescencia que todo lo encendía de vivísimo azulplata.

Mi tío estaba acompañado solamente por el Carano, su espolique de turno, frente a la entrada del callejón de Santa María. Era un pasadizo estrechísimo, en forma de gradería, de unos cuarenta escalones que bajaban hasta la plaza de la Verdura, flanqueado por el muro de Santa María la Mayor y por una casa también muy alta de unos carniceros llamados los Sordos. Ni el templo ni la casa tenían ventanas que diesen al callejón. Mi tío permanecía allí a pie firme, sin moverse, apenas resguardado del helado viento, que aguzaba sus filos en aquella esquina de un modo criminal. Yo me sentía muy protegido bajo mi capa de aguas y el vuelo de la de mi padre, que me tenía abrigado contra su cuerpo, protegiéndome las orejas con sus manos siempre ardiendo.

—¿Qué llevas ahí? —le había dicho, cuando cruzábamos la plaza del Trigo, el cirujano Corona, un hombre muy distinguido, de rostro noble y ajudiado.

Yo asomé la cabeza a la altura del talle de mi padre.

—¡Vaya mala ocurrencia la suya, traer al pequeño a estas zalagardas!

—No está de más; se crio entre sayas y hay que endurecerlo.

A las once y minutos, se vio aparecer a Eucodeia en el ruedo del farolón. Su alta y poderosa silueta ya resultaba visible a lo lejos, y el pisar firme de sus borceguíes resonaba en el silencio de la calle. En los altos se oyó el chirrido de algunas fallebas que se descorrían con precaución y hubo entre los del soportal un rumoreo de aviso. Los falsos conspiradores asomaron el ansioso perfil por las aristas de los poyos. Mi tío Modesto salió de donde estaba, tirando con fuerza la colilla del puro que levantó, al caer, un florón de chispas, y se plantó en medio de la rúa, frente a la entrada del pasadizo, con las manos metidas en los bolsillos de la zamarra y la gorra hundida hasta los ojos. Su respiración, denunciada por el humoso aliento que le salía en dos chorros de las narices, era profunda y tranquila.

Sin duda alguna Eucodeia había sido advertido, pues, un instante después de haber pasado bajo la luz del farolón, se vio a tres bultos, que venían tras él, quedarse pegados al muro de Santa María que daba a la calle del Cardenal Cisneros, quizás por si la agresión era múltiple; cosa totalmente desusada en Auria, donde las peleas eran siempre de hombre a hombre.

Eucodeia avanzaba solo, alto y firme, con una varonil prestancia en el paso, que no alteró su compás en ningún momento. Al pasar frente a mi tío este le detuvo por un hombro, con firmeza pero sin brusquedad. Apenas llegó a nosotros el rumor de unas palabras que cruzaron en voz baja. El canónigo las interrumpió separando a mi tío de un recio empujón en medio del pecho, e inmediatamente dejó caer en brazos de alguien, que había salido de las sombras del portal, y que resultó ser Hinojosa, el manteo y la teja, mientras mi tío hacía lo propio con su gorra y zamarrón en manos del Carano.

El cura peleaba prodigiosamente. Tenía agilidad y músculo de antiguo pelotari e infatigable empeño de fanático. Se acometieron una y otra vez con furia de animales. A mí me parecía que tendrían que caer muertos tras cada uno de aquellos golpazos que sonaban unas veces con la seca violencia de una estaca quebrada y otras con el bronco eco de un timbal. Mas parecían no sentirlos. Aquel forcejeo de valientes, inmunes, según se veía, a la reciedumbre de las embestidas, prestaba a la pelea la grandeza de un terrible y noble juego cuya prolongación se deseaba. Papá, muy excitado, gesticulaba siguiendo con sus brazos la adivinada trayectoria de los golpes de su hermano.

Mi tío quería sacar a su adversario de la calle y empujarlo hacia las gradas del pasadizo, pero su táctica era tan visible que el navarro siempre quedaba de frente al callejón. De cuando en cuando, desaparecían tras el ángulo de la última casa del soportal, en un trozo muy sombrío, y entonces se denunciaba la pelea por los golpes asordados, por las interjecciones y los entrecortados resuellos.

En uno de los regresos al círculo de luz pringosa, se vio al canónigo demudado y con los cantos de la boca y el mentón llenos de sangre. Por primera vez se le notaba a la defensiva y miró ansiosamente hacia los bultos rezagados en la sombra. Hizo un mal movimiento para cubrir la retirada, pero antes le dio a Modesto un puntapié en una tibia, que sonó como una caña rota. El Carano tiró la zamarra y se destacó, enarbolando un grueso palo de tojo. Las transgresiones a las tácitas leyes de la pelea autorizaban la intervención.

—¡Nadie se mueva! —gritó mi tío—. ¿Conque esas tenemos, criminal? ¿A patadas, como las mulas? —y se fue de nuevo hacia él con tal ímpetu que se les vio meterse en la boca del pasadizo, abrazados. De inmediato se oyó un grito y pudo percibirse claramente un cuerpo que rodaba por la lóbrega gradería. Y ya no se oyó más. Todos habíamos salido al medio de la calle. Mi tío surgió de las sombras del callejón con sangre en un pómulo y en la ceja del otro lado. El Carano no encontraba el zamarrón y pidió cerillas; la prenda fue hallada en lo oscuro, unos pasos más lejos, lo que provocó la extrañeza del golfante, que aseguraba haberla dejado en la grada del soportal, allí mismo. En lo alto de las casas volvió a oírse el suave correr de las fallebas. Luego todo quedó en silencio. Cuando empezábamos a dispersarnos, con la consigna de vernos de nuevo en el Casino, viose llegar, muy afanada, a una pareja de guardias municipales.

—¿Qué pasó aquí? —demandó, con voz que pretendía ser autoritaria, el más pequeñarro, uno que era casi enano, a quien llamaban el Milhombres.

—¿No lo veis? Una conspiración contra sus Graciosas Majestades —contestó alguien, sin detenerse siquiera.

Mi padre anduvo unos pasos con los demás y luego se fue quedando rezagado. Cuando estábamos algo distantes del grupo principal, donde iba Modesto, me dijo:

—No hay que dejar a ese hombre así. Yo no estoy ofuscado.

—Le acompañaban algunos.

—Sí, pero yo no dormiría tranquilo sin saber los resultados. ¡Vamos!

Cuando llegamos a los bajos del callejón deliberaban los sigilosos acompañantes del cura, frente al cuerpo exánime de este, que había rodado hasta quedar atravesado en las últimas gradas con la cabeza hacia abajo. En el punto donde el cuerpo se había detenido, las escaleras escurrían unos chorretones espesos que parecían negros a la luz de un farol que allí había. Uno de los embozados levantó la cabeza del canónigo y la apoyó en su rodilla. La cara aparecía irreconocible, tumefacta. Hinestrosa se la tapó con el manteo apenas llegamos. Mi padre separó la prenda y buscó el latido de la arteria en el cuello. En esto apareció Anastasio, especie de gnomo, entre mandadero y sastre, de la servidumbre del palacio episcopal que estaba allí contiguo, pared por medio con Santa María. Venía envuelto en una manta a cuadros y se adivinaba que estaba casi en ropas menores. Llamó, en un aparte, a Hinestrosa y le susurró un recado. Este pareció impresionarse mucho y miró repetidas veces hacia uno de los muros del casón episcopal, en cuyos altos aparecía una ventana iluminada, cosa insólita en tal sitio y a aquellas horas. Se fue hacia los otros y cuchichearon. Entre los cinco levantaron penosamente el corpachón del caído. Mi padre quiso ayudar y lo rehusaron de mal modo. Hicimos como que ascendíamos de nuevo a toda prisa. Pero mi padre se detuvo a medio andar, en la sombriza gradería. Desde allí vimos cómo se abría una puerta excusada del palacio y metían en él el cuerpo, tundido y desmayado, del señor Penitenciario del Cabildo Catedral, don Ignacio de Eucodeia y Zarzamendi.

Llegamos en seguida al Casino y mi padre encargó algo para cenar. Modesto se estaba lavando. Volvió con un pegote de tafetán sobre la ceja, no queriendo hacer caso del cirujano Corona que quería, a toda fuerza, examinarlo. Papá lo llamó aparte y le informó de lo que acabábamos de ver. Cuando hablábamos de esto, se armó un gran revuelo y se apagaron las luces de la timba. Salieron de allí todos pálidos como muertos, tratando de aparentar actitudes naturales en la sala de juegos de baza, donde nosotros estábamos; otros se fueron a la biblioteca o a los retretes. Fue algo tan teatral y exacto como si estuviese ensayado. Había corrido el rumor de que llegaba la policía; todos supusieron que por el juego, pues hacía muy poco que acababa de entrar en vigor un decreto prohibiéndolo. Casi con la noticia apareció el inspector acompañado por otros dos sujetos, que eran de la policía secreta, conocidísimos en todo el pueblo. Se dirigieron en línea recta hacia nosotros.

—Don Modesto —dijo el inspector, muy serio—, no tengo más remedio que interrogarle en mi despacho.

—Estoy a las órdenes de usted.

—Perdone estas formalidades tan penosas —y haciendo una seña hacia los agentes, estos se pusieron a cachear a mi tío Modesto, que apretó las mandíbulas como haciendo un esfuerzo para contenerse. Al meterle la mano en el bolsillo interior de la zamarra, uno de ellos hizo un gesto de sorpresa y extrajo de allí un raro artilugio que brilló siniestramente. Se oyó una exclamación en todo el gran corro de los socios que presenciaban la escena.

Se trataba de un arma canallesca conocida con el nombre de «llave inglesa»*: cuatro anillos de acero unidos entre sí, terminados en sendas protuberancias, como puntas de diamante, que se metían en los dedos y que formaban pieza con una especie de asa que se ocultaba en la palma de la mano. Era un arma cobarde y extremadamente prohibida. Mi padre y mi tío palidecieron horriblemente.

—¿Qué hace eso ahí? —pudo decir Modesto con voz ahogada.

—La cosa es clara; cuando el Carano tiró la zamarra alguien te metió eso en el bolsillo —aventuró el cirujano Corona—. ¿No recuerdas que apareció unos pasos más allá?

El tío, con una voz llena de pesar y al mismo tiempo de entereza, dijo hacia el inspector, señalando al numeroso grupo:

—Estos caballeros me conocen todos, algunos desde que nací. Apelo a su testimonio moral para que digan si me creen capaz de usar semejantes recursos.

Una exclamación unánime siguió a las palabras de mi tío y algunos se adelantaron y le palmearon en los hombros. El ambiente era de irreprimible indignación.

—Tampoco yo lo creo —declaró el inspector—. Desgraciadamente, en materia legal, las certezas hay que probarlas. Haga usted el favor de acompañarme.

Se lo llevaron, seguido de casi todos. A mi padre no le dejaron salir. Se dejó caer en un sillón, demudado, pronunciando una terrible y escueta blasfemia.

---

* Denominación local de la manopla o «puño de hierro».

¡Qué días de gran disgusto los que siguieron a estos lamentables sucesos! Mi tío, después de la declaración sumaria, no quiso permanecer detenido y prácticamente se fugó de la inspección de policía, abriéndose paso a puñada limpia. Agravó aún más su situación el hecho de haber recibido a tiros a la Guardia Civil, cuando fue a buscarle, dos días después, al Quintal de Doña Zoa, donde se había refugiado. No podía concebir aquel hombre, perteneciente a una antigua casta arbitraria y mandona, que oponía a cualquier forma de coerción la violencia de una desatada fuerza natural, que por defender lo que consideraba justo, hubiese que someterse a intervenciones que a él le parecían abstrusas y vejatorias, no tolerando que existiese otro código entre hombres de honor que su directa capacidad de lucha y aguante. En todo caso aquellas trapacerías e intromisiones de esbirros y jueces estaban bien para actuar entre la plebe campesina o cuando se trataba de la desvalida chusma de villas y ciudades.

Tuvieron que aquietar su resistencia por medios brutales y traerle a Auria fuertemente esposado. Luego se negó a recibir a su defensor y no quiso tampoco prestar declaración alguna, manifestando, apenas, ante el juez que «aquello había sido una pelea entre varones y que nada tenían que entender en el asunto las gentes de toga; pues así como Eucodeia había quedado hecho cisco, lo que demostraba que Dios le había negado la razón, otro tanto pudo haberle sucedido a él, sin que, en tal caso, se le hubiese ocurrido acudir a los interminables rasgueos de los rábulas para que dirimiesen; y, finalmente, que la justicia no era otra cosa que el refugio de los capones, de los intrigantes y de las mujerucas, y que a él no le salía de los redaños contestar nada». Y no hubo quien lo sacase de ahí. Por su parte el dignidad que, sin duda, era de la misma laya, cuando volvió del agónico soponcio, que le tuvo conmocionado dos largos días, con un pie en el camposanto, declaró más o menos lo mismo, salvo, claro está, la capciosa alusión de mi tío al juicio de Dios, pero afirmó que «no se prestaba a enjuagues y que tan buenos y bien puestos tenía él los pantalones como los del hidalgo; que ya se verían las caras en cuanto él rehiciese la suya y que todo el favor que podían hacerle era el desentraparlo pronto para que finiquitasen, entre ellos, el asunto». Y tampoco salió de ahí a pesar de los requerimientos de su letrado y de los recados, cada vez más enérgicos, de Su Ilustrísima que le mandaba dejar el embrollo en manos de la justicia secular para no darle más alas a la escandalera, que a fin de cuentas solo aprovechaba a liberales y masones. Y como el navarro se mantuviese irreductible, obtuvo un certificado del médico forense y mandó, sorpresivamente, a Eucodeia a que fuese a serenar su ánimo en la quinta episcopal de Esgos, con dos ensotanados guardias de vista, instruidos con órdenes muy severas, haciéndole representar en el sumario por letrados de la Curia, «a causa de su momentánea inutilidad física y de su evidente turbación moral».

A todo esto la ciudad estaba conmovida y agitada por tan principales acontecimientos. Mediara una tregua tácita mientras Eucodeia fluctuaba entre la vida y la muerte; mas apenas zafó del peligroso marasmo, la polémica se desencadenó como un turbión. Tal como ocurría con todas las cosas en que la opinión entraba en disparidad, el campo de la lucha quedó pronto escindido: de un lado, las clases populares y buena parte de las ilustradas; del otro, la alta sociedad aliada a los maragatos, como siempre que se trataba de cuestiones de iglesia o de política. Eran argumentos válidos para el pueblo y para los cultos, la forastería del sacerdote, la condición de nativo de mi tío y su campechanería, un poco bárbara, en la que el pueblo reconocía algo sustancialmente suyo; sus reacciones, siempre valerosas y señoriales, en favor del débil; su inagotable generosidad y, finalmente, la propia nobleza de la causa que defendía en la que diera la cara por un hijo del pueblo que, además —pues ya el asunto se había hecho público—, era su hijo natural. Por su parte, las clases altas y el maragaterío del comercio de paños adoptaran la causa del canónigo, en primer lugar porque era la del obispo; en segundo, porque era la de las fuerzas vivas reaccionarias, en realidad, las fuerzas muertas; en tercero, porque el origen de todo ello estribaba en un granujilla insignificante y, en resumen, por el antiguo odio, mezclado con el miedo, que unos y otros tenían al tío Modesto, ya que por un motivo o por otro, nadie se había librado de la ruda franqueza de sus comentarios.

Pero donde la polémica hizo verdaderos estragos fue en el seno del ilustre Orfeón Auriense, a causa de la hibridez política de sus elementos, y en la rebotica de Ardemira, donde tenían su reunión las celebridades locales, igualmente híbridas, unidas tan solo por el sutilísimo hilo de su alto saber especializado, y que integraban miembros de la Comisión Provincial de Monumentos, Paleografía y Numismática, de la Junta Céltica y Epigrafista Romana —cuyos miembros eran, en más de un aspecto, enemigos solapados de los anteriores— y de la Junta de Estudios Románicos, separada, en lo corporativo, de las otras dos por un desprecio recíproco que apenas se contenía bajo la capa de la buena educación indispensable en la secular convivencia. De todos estos fuertes y prestigiosos grupos, la primera chispa brotó en el Orfeón, que, por ser de gente más joven, tenía menos capacidad simuladora.

Se ensayaba, con grave empeño, el *Carnaval de Roma,* obra de dificultades casi insuperables, que estaba fijada como «de concurso» para el certamen regional de las Fiestas de Tuy. Como compensación de este tremendo bloque polifónico, preparábase, para la de «libre elección», el «grácil epigrama musical», como le llamaba el director, titulado: *¡Oh, Pepita!,* de facilidad más aparente pero en el cual la inagotable capacidad de matiz que imprimía a su masa el maestro Trépedas alcanzaba resultados pasmosos.

El primer incidente relacionado con la polémica que agitaba al burgo se había producido cuando se ensayaba el solo de Arlequín, que, en la obra, representaba cantarse frente al convento donde había profesado Colombina, y cuyo patetismo sonaba contra las armonías, a boca cerrada, que simbolizaban a los frailes del monasterio frontero, incitando al amador a entrar en la vida expiatoria.

Dos segundos tenores se habían hecho repetidas señas con el codo, mirando a uno de la cuerda de bajos, que era de la Adoración Nocturna, al parecer para comentar una falsa entrada del mismo. Las señas luego se convirtieron en miradas y en sonrisas propagándose a la cuerda de los segundos que pertenecía, casi totalmente, al Centro de Sociedades Obreras. Tal hostilidad ocular se fue extendiendo a los flancos de la cuerda de barítonos, que estaba acaparada por el gremio de ebanistas, y halló su pronta respuesta en la de bajos, en la que pululaban los reaccionarios de toda índole; con lo cual, al terminar el ensayo de la parte final de la ciclópea partitura, el observador menos experto se hubiese atrevido a afirmar que el ambiente se hallaba caldeado. De todas maneras continuó el repaso, con la tradicional disciplina que había hecho del Orfeón Auriense una entidad sin igual entre sus congéneres. Algo debió de pescar el Trépedas, con su oído de músico y su mirada de lince, porque no dio tregua alguna entre ambas piezas; y así, apenas acalladas las armonías sublimes de la obra ejemplar, en la que se debaten, con tan grandiosa elocuencia, lo sacro y lo profano, en el ámbito de la Ciudad Eterna, golpeó el diapasón contra el atril, lo acercó gravemente al oído y se fue a darle el *la* a los bajos, que eran quienes empezaban el galantísimo *scherzo* que daba entrada a la obra de libre elección.

—¡Vamos, señores! ¡Ejem! «Oh, Pepita», «Oh, Pepita» —cantó un instante, recitando las notas del comienzo. Y corriéndose a la cuerda de segundos, sin dejar de tararear, les dio su tercera armónica con un largo—: «¡Oooooh, Pepitaaaaa!» Y vosotros —cantó dirigiéndose a los barítonos—: «Oh, pepepepé; pepepepé...» ¡Vamos, a una! —y bajó la batuta.

A los pocos compases, el bajo reaccionario pifió de un modo lastimoso, y los dos tenores del Centro de Sociedades Obreras se dieron de nuevo al codo desfigurando su nota al sonreírse. El aludido con el juego de las señas, abruptamente desacatado, se salió del rígido redondel humano y se fue hacia ellos, mientras la masa musical se deshilachaba hasta quedar, aquí y allá, las voces ridículamente aisladas de algunos que, por estar metidos en el papel de la solfa, no se dieron cuenta, en el primer momento, de lo que allí se venía.

—¿Tengo monos en la cara? —prorrumpió el bajo, encarándose con los otros.

—Hombre, así en plural... no —contestó uno de los menestrales, con aquel rápido ingenio auriense, que le había valido a la ciudad el deprimente remoquete de «Andalucía occidental».

—¿Qué pasa ahí? —intervino el Trépedas, adusto.

—Este, que entró mal en el «oh», y porque le hemos mirado...

—¡Yo entro cuando me da la gana —exclamó el otro, airadísimo—, y no habéis de ser vosotros los que, en materia musical, me enseñéis dónde me aprieta el zapato!

—¿Ves cómo tú mismo declaras que cantas con los juanetes?

—¡Orden, orden! —gritaron algunos.

—¿Para qué coño estoy yo aquí? —alborotó el Trépedas, furioso, tirando la batuta al suelo—. ¿Quién os manda meteros en camisa de once varas? ¡Vamos, cada uno a su sitio! —ordenó con graves ceños en su cara de león de escudo, blandiendo el diapasón y tomando la batuta que alguien le devolvía. Pero los otros continuaban discutiendo. No se conocía un caso igual de indisciplina en la historia de la ilustre masa. En esto se oyó más alta la voz de uno de los ebanistas.

—A ver si te crees que es igual cantar que rezar...

—Eso es una provocación —gritó el adorador nocturno.

A medida que avanzaba el incidente, el coro perdía la colocación de sus seis cuerdas para adquirir la más simple de su ideología bilateral, donde todas se redujeron a dos bandos, con sus elementos vocales mezclados incultamente.

—¡Basta ya! —insistía Trépedas, predicando en desierto—. ¿Qué es lo que realmente importa en esta casa del arte?
—Es que yo no puedo pasar porque me digan que desafiné.
—Yo no te dije eso, sino que eres desafinado de nacimiento.
—De voz y de ideas —insistió otro.
—¡Señores, señores! —intervino finamente el vocal de turno, que había llegado desde el ambigú, donde estaba jugando al codillo—. ¿Cómo podemos consentir que resquebraje nuestra hermandad, artística y estética, la indecencia de la política? —concluyó, prodigando esdrújulos para imponerse por las vías de la superioridad intelectual.
—¡Indecente será usted!
—¡Orden, orden!
—El artículo tercero de nuestros reglamentos...
—¡Váyase usted a la porra...!
—Insisto en que es una provocación...
—Llámale hache...
—Ya me lo diréis al salir.
—Al salir, al entrar y dentro.
—¡Siiilencio! —rugió el Trépedas, haciendo vibrar tanto la batuta que se la veía como un abanico.
La masa coral quedó un instante aplastada por el grito. El director se coló por la rendija de aquella tregua e insistió en las grandes palabras.
—¿Nos hallamos aquí para reñir por futesas de la actualidad o para cumplir los eternos mandatos del arte? ¡Dejarse ya de pamplinas! Estamos a dos semanas del certamen. ¿Adónde irá a parar el crédito de nuestra culta población y de este coro, vencedor en cien lides...? ¿Qué digo en cien? ¡En cientos...! Cada uno a su sitio... —cogió al bajo amistosamente por la nuca, y lo incrustó, todavía muy enfurruñado, en su cuerda. Los ánimos se fueron aplacando y cada uno volvió a su lugar, mientras el maestro, atusándose una patilla, daba de nuevo el tono golpeando el diapasón contra el borde del atril.

—¡A ver esos bajos! Con mucha insinuación, ¿eh?, con muchísima insinuación. «Oh, Pepita; oh, Pepita...» Vosotros ahí: «¡Oh, Pepita, oh, Pepepepepiiiita!». Vamos, ¡a una! Y de nuevo las armonías, unificando las almas con su exquisita marea, dejaron el coro hecho una balsa de aceite.

Mas a la salida, los odios, artificialmente mitigados por la coordinación orfeónica, recuperaron su liberación, y hubo aquellas noches y otras muchas, discusiones y puñetazos en la plazuela del Trigo, con el funestísimo resultado de que la masa coral no pudo presentarse en el certamen de Tuy, llevándose el premio el orfeón de Lugo, ignatamente dirigido por el músico mayor de la banda del Regimiento.

En cuanto a la botica de Ardemira, las cosas fueron todavía, si cabe, más lamentables, por tratarse de personas de mayor entidad. Aquellos señores llevaban toda su vida metidos de hoz y coz en las tareas de la ilustración, y aun cuando muchos de ellos eran, declaradamente, de la cáscara amarga, no dejaban de coincidir en muchos aspectos de la vida local, al margen de sus ideologías. Sus pendencias, si algunas había, tenían más bien origen en los criterios que unos y otros sustentaban sobre la prioridad espiritual de las épocas históricas. Los medievalistas sostenían que el Renacimiento había sido un pandemónium de frivolidad y de paganía que desvió el destino de una Europa empapada de la idea de Cristo, y llamaban a los celtistas coleccionadores de *croios* y de *ferranchos,* o sea de pedruscos y hierros viejos, en el lenguaje regional. Por su parte, los humanistas murmuraban de los del medioevo, diciendo que eran frailes corruptos disfrazados de eruditos, y fanáticos llenos de citas del bajo latín; y los celtistas, a su vez, decían de unos y otros, con displicente orgullo, que no pasaban de ser una especie de memorialistas de la sabiduría, sin sentido histórico de ninguna especie, cuyas lucubraciones flotaban sobre lo fundamental como pajas en la superficie de un arroyo. Y así iban tirando.

Parte de unos y de otros se habían inclinado al bando de mi tío o al contrario, por razones invariablemente laterales, de política o de religión, que nada tenían que ver con el asunto en sí. Por su lado, *El Vértigo* arremetió contra todos ellos, «por su pasividad verdaderamente de intelectuales», en un crepitante artículo titulado, con dos generosas faltas en la ortografía francesa: «Je acuse», enrostrándoles el haberse negado a firmar un manifiesto contra la Curia eclesiástica.

El eco que en la culta rebotica halló la cuestión fue, como ya hemos dicho, por demás lamentable. Desde casi dos generaciones atrás, veníase discutiendo, como materia franca y comunal, en tan ilustre areópago, acerca de temas cuya actualidad languidecía o se reavivaba, según las estaciones. En el verano, cuando sacaban las sillas al espolón de la plaza, sobre cierta traducción local de la «Epístola a los Pisones», y sobre si eran o no poesía las «Odas a la imprenta y a la vacuna», de don Manuel Josef Quintana. En el invierno, cuando la tertulia era dentro, al lado del brasero, casi todo el consumo de temas giraba en torno a «las filosofías religiosas», como decía el señor de las Cabadiñas, con denominación que se le antojaba redundante al canónigo Brasa, quien proponía que se dijese «aspectos religiosos de la filosofía». En tales ocasiones, los diálogos eran edificantes y elevadísimos, aunque, de vez en cuando, se colasen otros motivos que los conducían hacia la pasión y el moderado enojo, como eran ciertos puntos de la política nacional o la tesis de si la espada que tenía, en su pazo de Alongos, el señor de las Cabadiñas, representaba un gótico harto primario o un románico muy tardío, pues todos desechaban la teoría visigótica de Vicente Alcor, arqueólogo e historiador de la nueva escuela, y la de Primitivo Montero, otro jovenzuelo geógrafo, poeta y ocultista, que decía, simple y osadamente, que se trataba de una falsificación hecha en Leipzig, y que él podría traer en seguida, por catálogo, cuantas hiciesen falta, a cincuenta duros desenmohecidas y a cincuenta y cinco con moho.

En cuanto al asunto de mi tío con Eucodeia —que tal vez no era otra cosa, decían los medievalistas ante la sonrisa desdeñosa de los otros, que «un regazo inconsciente del pleito secular entre el burgo y la Iglesia Mayor que regía toda la vida medieval de Auria»— apuntó desde los primeros comentarios como sumamente agresivo y peligroso, y se trató de contenerlo con inauditos esfuerzos por parte de todos los bandos del saber, confinándolo, poco a poco, en aquellos términos del *noli me tangere*, que eran el sumidero de las probables iracundias y el archivo de las posibles desavenencias y en cuyo tácito establecimiento todos se hallaban de acuerdo. Mas fue inútil. A medida que iba creciendo la marejada de la discordia popular, íbase acentuando, entre aquellos claros varones, un reconcomio divisionista, más visible en lo que se callaba que en lo que se decía, que tampoco auguraba nada bueno, pues había tomado el peligroso camino del lenguaje metafórico e indirecto.

Un día de aquellos, después del yantar, se adivinaba, a través de las idas y venidas, de las vueltas y revueltas del diálogo, que este iba a centrarse en el penoso motivo. Uno dijo, de pronto, sin venir a cuento, que «el código napoleónico era una antigualla para todo espíritu realmente progresista», y don Narciso el ateo se metió en unos laberintos dialécticos con el canónigo Brasa, para llegar a la sorprendente conclusión, que enfureció al dignidad, quien le llamó, lisa y llanamente, burro, de que «la escolástica y la teología moral eran la momificación del Evangelio». Otro sonó más allá, cerrando contra un coronel numismático y de muy malas pulgas, mientras citaba a gritos a Comte y a Descartes, oponiéndolos, nunca resultaron claros los fundamentos, a san Agustín y a Tertuliano; luego cantó un himno a ambos Reclus y otro a Pi y Margall, con pareja inconsecuencia. De cuando en cuando el maestro Villar, que era ordinariamente muy callado y circunspecto, movía lentamente su cabeza de estopa para expedir, con la inmovilidad labial de un ventrílocuo: «Dice Condorcet...». Don Argimiro el registrador, que representaba allí algo así como la corporización oficial del patriotismo, se sulfuraba con toda aquella «apestosa cultura de extranjis», a lo que replicaba el Tarántula, con ironía feroz, que «Ambrosio no era precisamente de Tamallancos y que tampoco tenía la menor noticia de que Atanasio, Jerónimo o Tomás, hubiesen nacido en la Saínza o en Rabodegalo», y que, «en cambio, eran de casa los Torquemada, los Arbués, los Loyola».

Cuando las cosas se agriaban demasiado, el boticario Ardemira llegaba desde el fondo del laboratorio, gesticulando con la caja de hacer sellos, para preguntar que «dónde le dejaban el sentido universal y civilizador del catolicismo», o para protestar de «las eternamente sofísticas afirmaciones del liberalismo», mientras agitaba unos meos espumosos en un tubo, mirándolos, de cuando en cuando, al trasluz.

Juan Bispo, el fiel «mancebo» que, desde treinta años atrás, venía moliendo genciana en el enorme mortero de cobre de la oficina de farmacia de Ardemira, estaba maravillado y afligido por aquel nunca visto desorden. Su certero instinto popular le hacía presumir que aquel andarse por las ramas no era otra cosa que el tránsito por los finales baluartes de la buena crianza para llegar a la lucha en campo abierto.

Los parroquianos que entraban a comprar harina de linaza, purgas o jarabes para los romadizos y «trancazos» de la estación, quedábanse atónitos viendo a aquellos graves caballeros gritando como verduleras, a ambos lados de la gran redoma de cristal tallado, lleno de hermosa agua azul sulfato de cobre, de pie, bajo el arco de ebanistería culminado por la estatua de Hipócrates. Todos demoraban unos instantes, luego de despachados, para asistir en silencio al verboso pugilato, menos la Garela, una aguadora muy popular y mal hablada, que entró a comprar pomada de cebadilla, por habérsele abierto a un hijo suyo la piojera, quien exclamó, saliendo:

—¡Anda, salero, que también llegó a estos momias la trapisonda del cura y el señorito...! ¡No sé qué nos dejan para nosotros...!

35

Los autos sumariales salieron de manos del inferior con la calificación de homicidio frustrado, por lo que las cosas tomaron aún peor cariz. Hubo pedreas contra casi todas las parroquias y un conato de incendio en las cocheras del obispo. El gobernador dio un bando amenazando con el estado de sitio y el alcalde un edicto apelando a la serenidad del pueblo.

Mamá, que no paraba en todo el día, visitando a unos y a otros, fue a verse con la esposa del presidente de la Audiencia, a la que conocía poco más que de vista, para hacerle ver que todo lo que estaba ocurriendo era un desatino y para informarle sobre el carácter de Modesto, a quien aquella causa podía aniquilar de desesperación; que hablase de ello a su marido a fin de que procurara darle un corte al asunto, antes del escándalo del juicio oral.

Se encontró la pobre mamá —que creía que estas cosas podrían arreglarse así— con una burguesita, renegrida y menuda, helada y formalista, mucho más insignificante y mucho más obstinada de lo que había supuesto, y que, como todos los castellanos, a pesar de su mucho tiempo de vecindad en Auria, continuaba impermeable al espíritu local. Oyó a mamá con ojos de escasa inteligencia, muy tiesa, en el sofá enfundado de una sala de visita que olía terriblemente al barniz con que alguien, que había dejado allí los trebejos, estaba tratando de reavivar el brillo de un viejo piano. El fervor de mamá se melló de inmediato contra la seca cortesía de aquella figurona. Cuando mediaba la entrevista, entró, muy excitado, su esposo con *El Miño* en la mano, en cuyos grandes titulares se leía: «Horroroso terremoto en Messina». Al ver a mi madre recompuso el gesto y la saludó con extrañeza.

—Usted dispense, me dijeron que estaba aquí sola Doloritas. ¿La señora de Torralba, si no me equivoco?

—Servidora de usted —contestó mamá.

—Beso a usted los pies —y se sentó, muy espetado, en una silla. Se mantuvieron unos segundos así.

—Precisamente —comenzó mamá, un poco aturdida— me he permitido visitar a su esposa de usted, a quien supongo mi amiga, luego de habernos visto muchas veces en casas de común relación, para ver de explicarle de algún modo el carácter de mi cuñado, a fin de que este enojoso asunto no pase a mayores.

El digno magistrado se levantó casi de un salto y la miró severamente.

—Yo le decía —interpuso la aludida, que no había abierto la boca—, le decía que...

—Perdona, Doloritas; estoy yo en el uso de la palabra —la mujercilla lo miró de una forma que se veía a las leguas que lo tenía dominado y que se callaba por guardar las apariencias. Y dirigiéndose a mamá continuó, luego de estirarse los puños—: No ha llegado todavía la instrucción a los estrados que me honro en presidir, porque de ser así no le oiría a usted ni una sola palabra, ¡ni una sola palabra...! Hay muchas formas de cohecho —meditó en voz media el faramallero curial—. ¿Sabe usted lo que es cohecho?

—Soy hija y nieta de letrados, señor presidente. No creo que sea de este caso usar tal palabra —dijo mamá sonriendo, a ver si podía desbravar aquella estúpida gravedad del mequetrefe jurídico—. Sencillamente, creía yo que explicando, con verdad y honradez, algunos aspectos del carácter de ese ser un poco elemental que es mi cuñado...

—¡Ni una palabra más, señora mía...! —agregó el capitoste de la justicia local—. Hay un tono de coacción moral en lo que usted dice. ¿Qué me va ni qué me viene a mí con el carácter bueno o malo de los acusados, de aquellos a quienes la vindicta pública arroja al banquillo? ¡La justicia tiene sus caminos inexorables!

—No lo niego, señor presidente, pero esos caminos están empedrados con seres humanos, no con losas. Creo que el conocer la intimidad, el temperamento de un acusado... Precisamente una paisana mía, Concepción Arenal...

—Esas sensiblerías de aficionados a la literatura nada tienen que ver con el cuerpo de las leyes.

Mamá, que era dura de roer, insistió:

—Con el cuerpo, tal vez no, pero con el alma, sin duda.

—Señora, esa polémica en mi casa...

—Es la casa de un funcionario público —agregó mamá, odiando a aquel fantasmón que ayudaba a mandar hombres a presidio como quien manda fardos a un depósito.

El presidente de la Audiencia se calmó de pronto y consideró a mamá con una larga mirada, tras la cual expresó:

—Me habían dicho, mi respetable señora, que era usted de armas tomar en cuanto al liberalismo de sus ideas de usted; mas no creí que alcanzasen tal punto de audacia.

—Las mujeres no tenemos ideas sino sentimientos —dijo mi madre, levantándose—; y ahora es usted quien parece olvidarse de que esta es su casa. No he venido aquí para que usted me juzgue, sino para que comprenda. Veo que no va más allá de la letra de los códigos.

—Todo eso, distinguida señora, es acracia pura, de la que está seriamente inficionada esta ciudad.

—¡No diga usted tonterías, caballero! —exclamó mamá, echándose por la calle del medio, como vulgarmente se dice. El faraón judicial palideció.

—¿Tonterías? ¿Sabe usted con quién está hablando?
—Ahora sí, lo sé. Con la venia de ustedes me retiro —dijo, saludando a ambos con una inclinación de cabeza.

El magistrado recuperó su avellanada sequedad, que parecía ser la forma de su corrección, y acompañó hasta la puerta a la visitante.

—Tolera usted mal el diálogo, señora de Torralba...

Mamá salió sin contestarle y sin volver la cabeza. Llegó a casa disgustadísima y me contó todo, para terminar diciendo:

—Ya no sé más a quién ver... Modesto está perdido. Parece que todo el mundo esperaba esta ocasión para echarse sobre nosotros.

—La gente del pueblo no es así.

—La gente del pueblo rompe cuatro faroles y se esconde valientemente en su casa en cuanto sale por ahí la Guardia Civil. ¡Ay, si yo fuera hombre!

Mamá pensaba, en esta ocasión, como todas las mujeres.

Arreció aún más la campaña de *El Vértigo* en una serie de escritos donde intervenían los editorialistas del grueso calibre doctrinario al lado de los francotiradores y guerrilleros de los sueltos y gacetillas. Por su parte, *El Eco* hablaba de «incitación ácrata al atentado personal colectivo», a lo que el Tarántula contestó en un artículo, valientemente firmado, con cosas como estas: «Se nos dice que preconizamos el atentado personal porque descendemos al ágora ciudadana —el ágora era el pestilente Campo de la Feria, en los arrabales de Auria, lleno de boñigas de los mercados ganaderos, que allí tenían lugar cada quince días, y que era donde se celebraban los mítines de "ideas avanzadas"— para defender los Derechos del Hombre y el derecho de un hombre, en cambio, no se llama atentado personal a fraguar la perdición de un dignísimo caballero en las lóbregas covachuelas donde el hollín de los sahumerios clericales macula el peplo augusto de Temis», párrafo, entre otros, que fue juzgado de excelente factura por los entendidos.

Las algaradas del populacho seguían cada noche más ardidas y numerosas, y el alcalde publicó un segundo edicto apelando a la «tradicional cultura del pueblo auriense» y diciendo que «toda la Península tenía puestos sus ojos en la ciudad». A todo esto el asunto de Pedrito Cabezadebarco había llegado al Parlamento, donde los diputados liberales lo aprovecharon para interpelar al ministro de Gracia y Justicia sobre un proyecto de ley relativo a los recursos de alzada, y al de Gobernación acerca de un acta por Huelva, que había llegado muy sucia. Únicamente el solitario diputado socialista trató de coger al toro por las astas e hizo un discurso documentado y sereno, de grandes alientos, donde insertó esta pregunta, que hizo estremecer de emoción a las facciones avanzadas de Auria: «¿Hasta cuándo la alianza de curas, ricos y autoridades va a prolongar la leyenda negra más allá de las fronteras de la patria?». Y había añadido, con trascendente afirmación, que «el caso de este niño martirizado es de los que claman justicia ya no nacional sino internacional». El ministro había contestado concisamente que todo ello era una maniobra con visos de demagogia electoral, y que los informes de las autoridades competentes, consultadas al efecto, aseguraban que tales hechos eran puras fantasías y que no existiera jamás en Auria niño alguno llamado Pedrito Cabezadebarco. El diputado socialista había recibido algunas felicitaciones por su brillante oración y luego continuaron todos con la ley sobre recursos de alzada y el acta de Huelva.

Mi padre andaba lleno de parches, arañazos y desolladuras, pues se peleaba a diario, a veces hasta con los del propio partido. Al Casino no se podía ir, pues se hablaba del asunto en términos que hacían incapaz el diálogo y hubo, además, sopapinas y escaramuzas, en que los antagonistas se arremetían en el jardín.

Ni que decir tiene que todo este penoso rebullicio culminó en la rebotica de Ardemira, donde aquellos varones sapientes, cancelando las garantías de su ilustración, se pusieron finalmente a pan pedir y se echaron unos a otros del establecimiento. La táctica de ambos grupos cruzó por una serie de operaciones previas, pues sabido es que la cultura evoluciona con más lentitud que la pasión. Comenzaron por leer los de cada grupo su periódico y comentar, con criterios dispares, claro está, las barbaridades cometidas por las turbas la noche anterior.

—Estoy seguro y lo juraría por los Evangelios, y no digo apócrifos por no agregar redundancias, que esta pedrea al convento de las Adoratrices es pura filfa. Se trata de una provocación de los neos para echarnos encima a los sicarios de la Guardia Civil —decía don Narciso el Tarántula, navegando, a sus anchas, por los meandros de su retórica espectacular y mirando hacia el lugar donde no estaban los destinatarios del réspice.

—¿Cómo puede alguien, sin ser un insensato, negar que los disparos que ayer se hicieron contra las Carmelitas proceden de armas mandadas de Barcelona y, por lo tanto, de origen anarquista? —exclamaba, mirando también hacia otro lado, don Argimiro, el coronel—. ¡Ahí está el dictamen balístico del armero mayor del Regimiento, en quien creo como en mi padre vivo! ¿Qué hijo del pueblo hubo nunca aquí que tuviese armas de fuego?

—Hace falta cinismo para negar que el alijo de fusiles, destinado a los monárquicos portugueses, salió de aquí, de las propias bodegas del obispo, donde hay toda clase de chafarotes, desde los rezagos de la guerra carlista, hasta los máuseres que mandan, de su fábrica clandestina, los jesuitas de Deusto. ¿O es que nos chupamos el dedo? —insistía, feroz, el Tarántula.

—¡Vaya majadería! —exclamaba, desde los varios codos de su escuálida estatura, el canónigo Brasa, volviéndose a medias.

—¡Señores, señores, que se para la gente en la puerta! —intervenía Ardemira malhumorado, saliendo a la luz de la calle para mirar, al trasluz, los tubos de la presunta albuminuria.

Y los ánimos volvían, por algunos momentos, a su nivel. Mas un día no volvieron.

Interesa, aun a riesgo de parecer demasiado prolijos, a la crónica de Auria decir lo que la tradición afirma que allí ocurrió. No es nada fácil, a causa del confusionismo que siempre oscurece el criterio histórico, aun en los relatos coetáneos. Los paseantes del espolón de la Plaza Mayor, al ser interrogados, después de la tremolina, por las gentes ávidas de información, incurrieron, desde los primeros momentos, en insalvables contradicciones, que incluso llegaron a salpicar de parcialidad los apuntes del cronista municipal de Auria. Pero manejando eclécticamente los confusos materiales, pudo llegarse a la siguiente síntesis: Sobre las notas finales de una fantasía de *El anillo de hierro,* pues, por ser aquel día jueves, la banda municipal daba un concierto vespertino en la gradería del Consistorio, oyose una gran voz, saliendo de la mencionada oficina de farmacia:

—¡Proclame usted que esa indirecta no me está destinada o nos veremos las caras...!

Y otra voz de no menor cuantía:

—¡Soy hombre para usted y para diez fanfarrones como usted!

—¡No dice su mujer otro tanto!

Esta última frase fue seguida de un breve y dramático silencio, y, casi de inmediato, oyose un horrísono fragor de cristales y cacharrería, tras el cual, y sin que se hubiese aún mitigado, viose aparecer al pedagogo Villar, con la rojiza barba chorreando algo que parecía ser jarabe de brea, siguiéndole un amasijo de hasta media docena de eruditos que salían zurrándose con increíble brío juvenil, del que sobresalía, por su altura, don Narciso el Tarántula, palidísimo, con el cuello arrancado, como enceguecido por la falta de los anteojos, y por la negrísima pelambrera que la caía engrudada de una materia viscosa, todos ellos, al parecer, perseguidos por el boticario Ardemira, que blandía la mano del mortero de pie como la propia maza de Hércules.

La gente se dedicaba a separar a los contendientes de tan terrible como lamentable combate que amenazaba con dejar a Auria sin la suma de su saber, pero la tarea resultó harto difícil por estar todos ellos impregnados de los más diversos y apestosos elementos de la farmacopea finisecular, tan rica en emulsiones, pociones y jarabes.

La tertulia, honra y prez de aquella ciudad quedó así disuelta hasta varios años después en que el venturoso hallazgo, casi simultáneo, de una citania celta en tierras de Lobios, de un templo mudéjar en las de la Manchica y de tres aras romanas en Ginzo de Limia —la *Civitas Limicorum* del Imperio—, vinieron de nuevo a nivelar aquellas altas mentes y limpios corazones en los planos inmaculados de las ciencias históricas.

A todo esto, mi tío continuaba en la cárcel, cada vez más ceñidamente apresado entre las finas mallas de la letra procesal.

SEGUNDA PARTE
Interludio

1

Estaba el colegio en tierras del antiguo señorío de Lemos, en medio de un valle alto, triste, batido de soles y de vientos, rodeado de colinas mondas y lejanas. Hallábase instalado en un antiguo convento que fuera de frailes benitos y que, perdida o desviada su espiritual misión y su austero prestigio de centro intelectual, después, no de la Desamortización, como suele decirse, que ya estaba todo envilecido, sino del período de aplebeyamiento que sigue al breve fulgor de algunas órdenes en el siglo XVIII, precisamente más acentuado en la benedictina, había venido a caer en manos de una de esas empresas de curas modernos, azacaneados y laboriosos explotadores de un sentido del progresismo práctico, mediante los trabajos forzados de la enseñanza; sabedores implacables de bachillerías menudas y ciencias aritméticas y comerciales, entendidísimos en las mil y una mañas, ramplonerías y ardides seculares para hacer que sus alumnos «colasen» en institutos y normales y hasta en las oposiciones a las carreras del Estado.

Aquellos entre los cuales fui a parar todo lo sabían, todo lo entendían y todo lo enseñaban con un aire de puntuales marisabidillas y con una inexorable exactitud. Eran de tal modo activos, pragmáticos y diligentes, que cuando uno los veía rezar u oficiar le parecía que debían de estar lamentando el tiempo perdido. Desde luego, yo jamás he visto nunca las misas despachadas en menos de veinte minutos como allí ocurría, sin faltarles, no obstante, punto ni coma. Hablaban un idioma pobre, recortado y ligeramente nasal, y cuando intentaban la elocuencia se llenaban de tales ripios y lugares comunes, que se podían adivinar todos los párrafos desde el comienzo. Daba pena ver los antiguos claustros con sus nobles bóvedas y arcadas románicas, sostenidas por la exquisita gracia de sus pares de columnas terminadas en los capiteles tiernamente labrados con el sereno aquietamiento del mundo natural; daba pena verlos, con sus muros de noble granito recubiertos, hasta un tercio de su altura, por azulejos y olambrillas industriales con los chafarrinones de su dibujo abarrocado y pobretón. Las venerables celdas de los antiguos frailes, y hasta las de los abades y priores, aparecían ocupadas por escritorios-ministro y sillas de rejilla, decoradas con fotografías acromadas, con vistas de Milán y retratos de eminencias, de la Congregación con caras taimadas y comerciales. Las antiguas puertas de roble y castaño habían sido arrasadas de tallas y molduras y pintadas luego con una horrenda pasta color sangre de buey. Desde los claustros se oían las descargas de los sifones en los inodoros recientemente instalados. Los árboles y plantas en los ajardinados patios interiores y sus armoniosas fuentes, nacidos al calor de la reconciliación con la vida que va saturando los monasterios desde la época renacentista hasta el crepúsculo barroco, habían sido devastados y cubierto su espacio con tristes superficies de Pórtland para que sirviesen de lugar de recreo a aquellas turbas que allí se solazaban, en la barbarie de los juegos, junto con los profesores más jóvenes que intervenían en ellos alzándose las sotanas con el cinto y dejando al aire tres cuartas de esos pantalones frailunos, tan tristes, tan inexpresivos, fabricados siempre en una tela amaderada y fea.

Tampoco la iglesia, de fábrica que abarcaba también varias épocas, y que extendía por sus tres naves la delicada confusión del plateresco, había salido indemne de las fechorías de aquella arrebatada comandita. Verdaderas constelaciones de santos, de las manufacturas salesianas de Olot, habían venido a sustituir con sus convencionales teatralerías a las antiguas imágenes vendidas por cuatro mendrugos a cualquier pirata de la Europa ladrona o de la América ricacha, de los que, por aquel entonces, comenzaban sus incursiones y correrías por el viejo solar, para ser luego traficadas entre aristócratas pedantes y altos chamarileros.

Todo cuanto había sido afinado, suavizado y dignificado por el esmeril de los años, fuera expulsado de allí por el ventarrón modernizante e higienista de aquellos aldeanos trocados en frailes, apenas atascados de un vago latín, de una filosofía formalista y cadavérica y de unas docenas de vacuas terminologías docentes, aprisa y corriendo, como quien rellena embutidos para lanzar al mercado.

Los candelabros y sagradas formas eran de metales estruendosos y de fundición grosera, someramente repasados de cincel, y las antiguas estaciones del Vía Crucis, indicadas antes por una limpia cruz labrada en los muros, habían desaparecido bajo horrorosos casetones de cartón piedra, conteniendo monifatos de molde, que intentaban simbolizar escenográficamente la pasión de Nuestro Señor Jesucristo. La sacristía, que pertenecía a una época intermedia entre el monasterio y la iglesia, con la gracia de sus columnas en torsión de palmera y sus ventanales calados en ricas ojivas del manuelino, era, en manos de aquellos traficantes, un yerto despacho estucado, donde, sobre un lavatorio de loza, se movía una imagen de Cristo tan declamatoria y llena de desolladuras que, en vez de piedad, inspiraba indignación o risa. Y para que el ultraje resultase aún más completo, con el pretexto de que el templo resultaba oscuro, habían mandado calear la bóveda y sustituir los suaves vitrales antiguos por unas escandalosas cristaleras que lanzaban hacia el interior una lechosa luz de casa de baños. Contaban, según luego me dijeron, con la modernización del templo para atraerse la clientela de casamientos, funerales y bautizos que detentaban las parroquias del cercano burgo de Lemos.

El régimen del colegio consistía en un desatentado dinamismo que se manifestaba en campanilleos, marcar el paso a lo mílite, andar siempre de prisa y no manifestarse nada meditativo, pues los frailes le ponían a todo el que se paraba a pensar o a soñar fama de simple, que, en su lenguaje relamido, equivalía a idiota. A todo este permanente zafarrancho, se unían los incesantes martillazos —pues siempre estaban de obra—, las voces de mando y la gritería en los patios de recreos; el estruendo de marretas, serrones, mazos y forjas, que llegaban desde las salas de los oficios a las que acudían los niños pobres; y, en el mejor de los casos, las desafinaciones de las clases de música y el abejorreo de las salas de estudio donde nos hacían aprender de memoria, en voz alta, las lecciones que se estudiaban por grupos, en una fatigosa algarabía de palabras sin sentido, que, de cuando en cuando, nos corregía el profesor con sus recortadas enmiendas de marisabidilla y sus tonos en falsete destilándosele desde los altos de la nariz.

Lo que restaba de verdaderamente hermoso en aquel lugar era el huerto enorme, mostrando, casi intacta, la pacienzuda maestría que tenían las antiguas órdenes para trocar los eriales en vergeles. Extendíase por detrás del monasterio, cercado de altísimo muro sillar, y daba, en su parte final, a un río lento y verde, con miradores del neoclásico afrancesado, también de cantería, tras boscajes de camelios, enracimadas las piedras de viejas lilas, y terminados en embarcaderos de gradas, cuyos peldaños finales brillaban bajo las capas de limo como terciopelos mojados. En una pequeña elevación de la orilla, fuera ya del muro, había una especie de cenador con ornamentación pagana, cuya fábrica de granito se desdibujaba bajo una fastuosa enredadera que florecía, de vez en cuando, con graciosa arbitrariedad y desentendida de las témporas, cubierta de grandes campánulas color carmín o azul de lápiz. Al otro lado del río había unas *caracochas* de viejísimos chopos, agarrados a los terrones con sus raíces descubiertas y retorcidas, como grandes tentáculos, y pendían hacia el cristal melancólico de las aguas los balancines de los cambones para los riegos estivales, cuyo manejo daba a aquellos terrícolas un vago aire de *fellahs*.

Nunca olvidaré el aspecto de aquel hortal ajardinado, en los días de mi llegada, en pleno invierno, con la desnudez de sus parrales recién podados y *arjonados,* con sus viejos muñones y varas maestras atadas por mimbres de un amarillo brillante, y el quieto ademán de los frutales sin hojas, muertos, en medio de la laca de los prados, que transparentaban un color verduzco, aun de noche, como iluminados por un resplandor subterráneo. Los almácigos apeñuscaban su primor de hojas enanas, y las coles perpetuas abrían la pompa rizada de su capitel, mecidas en su varal nudoso. En una depresión que hacía, en su media parte, el huerto, rodeada de una rosaleda, había una fuente de cantería, graciosamente tallada, en la que se mezclaban, con donaire renacentista, el santoral con las menciones míticas del agua. Salía esta por la boca de cuatro querubines mofletudos, alineados en un paramento; y, al desbordar de la pila, corría por un canalillo subterráneo a alimentar un surtidor formado por una sirena, con cara de aldeana, soplando en un caracol de roca; como los años habían ido ensanchando el pitorro del chafariz, salía el agua lánguidamente, sin fuerza para rizarse en el espacio, cayendo a lo largo de los limos como una lenta fluxión verdinegra.

Los escolares, que de todo hacían juguete, habían descubierto que, moviendo una de las losas de la pared que daba escuadra al paramento de los querubines, se entraba al túnel de la mina abastecedora del agua, tallada en terreno de asperón, como de la altura de un hombre, en cuya bóveda unas arañas, menudas y negrísimas, agrupadas por millares, formaban una acristalada superficie espolvoreada por las minúsculas gotas de la evaporación.

Berros, malvelas, helechos y digitales crecían viciosamente al borde del hilo de agua que, al desbordar del tazón de la sirena, bajaba a alimentar un estanque rodeado de limoneros, en cuyos cuatro ángulos hallábanse las estatuas de los evangelistas, irreconocibles en sus mutilaciones y todas pellizcadas por el impacto de los pedruscos que los chicos les arrojaban, con objeto de afinar la puntería. Bajo las solanas del monasterio había otro jardín con su primitiva ordenación desfigurada a causa de los años de abandono y por la perenne subversión de aquella naturaleza, tan abundante en sucesos vegetales. Y, en medio de todo aquel juego mágico de yacentes verdes, contrastando con la muerte escarchada de los frutales, chisporroteaba en el aire gris la lucería de las camelias, en cantidad estelar, con sus blancos claustrales, sus rojos profundos y sus jaspeados tan artificiosos como si fuesen obra humana.

Estas imágenes iniciales, perpetuadas por una reiteración de más de cuatro años, llegaron a constituir el recuerdo principal de aquella época, sin que las contingencias de lo vivido, entre los lampos y penumbras de tantos días, pudiesen borrarlos.

2

El desasimiento de mi vida anterior, tan insufrible, tan doloroso en los primeros tiempos, me fue luego sirviendo para mitigar aquel aniquilante dualismo que me hacía imposible la existencia en mi casa, condenándome a vivir la vida de los otros en mucho mayor grado que la mía. Por primera vez sentía que ya no era uno, forzadamente solidario con las cosas que me rodeaban, sino uno y distinto entre ellas. No hacía nada, aunque a veces me lo reprochase la conciencia, por hurgar en los recuerdos ni por establecer una voluntaria continuidad con ellos. Mi vida crecía en otra dimensión, y los problemas anteriores se iban cuajando en su verdadera responsabilidad; empezaba a sentirlos más como espectáculo que como propia naturaleza. Pareciera que, a medida que los iba ordenando en la mente, los fuese expulsando del corazón. Esta lenta configuración y predominio de la conciencia me iba, pues, centrando en mí mismo, separándome de aquella relación, involuntaria y fatigosa, que me había tenido como disuelto en lo ajeno; y la primera aventura de tal liberación, aunque ello parezca contradictorio, había estado ya como contenida en la inclusión, dentro de mi juego vital, de aquella primitiva ligazón que me había tenido como apresurado en la dura permanencia del templo, en su perpetuidad implacable, en su estabilidad. Pero aquella tétrica coyunda con la catedral y su imperio sin respuestas también tendría que ser cancelada, tanto en el poder de su presencia material cuanto en la sutileza de sus símbolos, que me habían ido envolviendo, penetrando, hasta inmovilizarme.

Mi vida en el internado, vista desde esta interpretación lejana, fue algo así como un período de disciplina de la voluntad, de germinal soberanía, y también de aquietamiento del contorno; el primer contacto con una forma del deber que, a pesar de su rigor, me daban la imagen, la cabal sensación de poder aceptarlo o rehuirlo. Por debajo de aquel pueril mecanismo de los quehaceres escolares yo sentía, no obstante, el trazado de una senda: un cauce por donde ir contra la porción fatal de la vida, una inicial entereza frente a los embates oscuros del odio y del amor. Más tarde, esto no ocurrió sin muy dolorosas experiencias.

Durante mis primeros meses del colegio, los asuntos de mi familia habían ido de mal en peor. Por lo pronto, me enteré que mediaba una orden rigurosa de que yo no volviese a Auria hasta que terminase el proceso de mi tío, ni siquiera en el período de vacaciones, lo que significaba el año largo que siempre suele mediar entre las primeras actuaciones y el juicio oral. Mamá había enfermado seriamente. Por consejo terminante de los médicos se había ido a pasar una temporada, sin determinación de plazo, a casa de la prima Dosinda, una soltera rica, de la rama de los Andrade, que vivía en una gran casa de labor, allá en las tierras de Larouco, en el paisaje austero y grandioso de la cuenca del Bibey, donde la soledad y la lejanía del mundo son casi perfectas. En la correspondencia que entablamos yo la animaba a quedarse el tiempo que fuese necesario y le pintaba mi vida con los colores más felices.

En cuanto a mi padre —no he conocido nunca a nadie para quien fuera más verdad el dicho: «lejos de la vista, lejos del corazón»—, en los primeros meses de mi confinamiento venía cada domingo y cada día de fiesta, y las despedidas eran tan tiernas que parecía no poder vivir sin mí. Después fue sustituyendo su presencia con regalos y cartas, en las que yo advertía, desolado, a medida de que mi ortografía se aseguraba, que la suya dejaba bastante que desear. Y finalmente con telegramas, tan insólitos en aquel sitio, que un día exclamó un alumno: «¡Pero, chico, a ti se te muere un pariente cada ocho días!».

En cuanto al proceso, ninguno de mis visitantes era muy explícito. Todos, incluso el parlanchín Carano, que me traía los regalos de mi padre, mantenían una ceñuda reserva cada vez que yo preguntaba qué le podía ocurrir a Modesto. La peor era la tía Pepita, con su necia puerilidad de siempre, entregada al juego de los misterios.

Cuando estaba cumpliéndose mi primer año de permanencia en el colegio, un domingo de aquellos estuve particularmente inquieto, como si presintiese que algo nuevo me iba a llegar con las visitas. Me tocó ayudar a misa y nada hice a derechas. A la comida no pude probar bocado esperando con gran ansiedad la aparición del lego a la puerta del refectorio anunciando, con gratísima frase, una de las pocas agradables que allí se oían: «¡A lavarse, para visitas!». Y, al fin, apareció.

Bajé corriendo la gran escalinata y me dirigí al salón de la planta baja, donde había algunos sofás rojos, sillas de rejilla y cuadros de santos y personajes de la orden, presididos por el del papa, sentado, echando la bendición. En medio de la sala había un gran brasero apagado, muy pulido, con campana calada. No bien crucé el umbral me quedé parado en seco. Mis tías, por primera vez juntas en una de aquellas visitas, componían el retablo de su gesto memo, las tres con iguales mantillas, con los mismos polvos de arroz, con la misma ojera papuda. Las tres llevaban una casaca igual, color canela, con pasamanería castaña y hombro militar. Las diferencias empezaban a la altura de las corvas, pues hasta allí alcanzaba el casacón. La cubiche llevaba una pollera escarolada, punzó, con muchas alforzas, *ton sur ton*, y bota baja de tafilete color vino; la gibosa una falda de lanilla color rata, escalonada en lorzones guarnecidos de raso morado, y botitas de cartera, de cuero barnizado, tirando hacia el amarillo limón, con interminable botonadura; en cuanto a la tía Pepita, lucía una saya ceñida, color castaño oscuro, con anchas listas de terciopelo de seda, formando juegos de ángulos agudos, y zapatos bajos de charol con tacones Luis XV.

No bien me echaron la vista encima, la cubana se convulsionó con toses de la falsía social y se enderezó los impertinentes de cristal de ventana, pues maldita la falta que le hacían y solo los llevaba como supervivencia del lucimiento colonial; la jorobeta, luego de un paripé de vuelta en sí, empezó a mover el abanico, aunque era invierno, con una velocidad de ala de mosca, y Pepita vino en mi busca, con largos pasos imperiales y sonrisa babiona, señalándome desde lejos con el regatón del paraguas, moviendo la cabeza al compás del tranco. Me dio un beso untado de cremas y casi en seguida caí en las babas de las otras.

—¿Y mamá?

—Bien, gracias.

—¿Cuándo vuelve?

—Resulta patente que es un viaje de Indias el regresar de aquellos destierros donde fue a esconder su dolor —adobó la cursi.

—Sin que yo sepa hasta hoy lo que ayí se le perdía. A eso, le yamaba mi finao política del avetrú —sentenció la ex-coronela.

Se sentaron en un sofá y yo permanecí de pie, ante ellas. Con todos aquellos colorines, remeneos y gallipavos, las cotorronas atraían la atención de mis compañeros cuyas mamás y parientes, más cautelosos en hablas e indumentos, las miraban dándose del codo, pues como no eran de Auria no estaban al tanto de aquel ceremonial que a mí mismo me tenía volado. El estilo de la sociedad de Auria consistía en un constante removerse, en una animación ociosa, infatigable y cuanto más inconsistente mejor, lo cual obligaba a tener almacenada gran cantidad de palabras y ademanes superfluos para servir a aquel hormiguillo y azogamiento de tantos gestos y vocablos inútiles. La tropicalera, que añadía a los dengues nativos los que trajera de las islas, destilaba incansablemente, sin ton ni son, su jarabe de pico, equivocando sistemáticamente el énfasis y confundiendo los refranes, que remataba siempre con finales que no les correspondían. La chepuda chirriaba sus insignificancias con un tono que sonaba siempre a insidioso, y la Pepita lanzaba contra las crujías del salón abovedado las pompas y filos de su voz.

—¡Jajá!
—¡Qué ocurrencia!
—De hoy más...
—Lo creí a mandíbula batiente.
—Cada uno ha de mirarse.
—Y Dios por todos.
—Ya lo desía er difuntito: er que mucho abarca mangaj verdej.

Y todo ello con un tintineo de dijes y cadenas, un enfilar de impertinentes y un exhalar de cosméticos y pachulis que hacían pasar a los frailes frente a nosotros, escorados y recelosos, sin pararse, saludando con la voz saliéndoles de los altos de la nariz.

Se consumía la hora de las visitas y el estólido aquelarre seguía barbullando a más y mejor sin dar de sí nueva alguna.

—¡Vaya, vaya!
—¿Percibiste?
—Ni por pienso...

Cuando faltaban unos minutos me planté de nuevo frente a ellas y las miré en silencio, una a una, mas no se crea que con aire alterado, sino más bien con gesto que una persona inteligente interpretaría como desdeñoso, casi burlón. Ellas se miraron entre sí con una sonrisa cómplice. Yo apreté los puños hundidos en los bolsillos y me puse a silbotear, como si tal cosa. Fue aquí donde Pepita, caída en la trampa de su juego, empezó a sofocarse con su propia impaciencia.

—Se aproxima la hora, ¿verdad, hijo? —exclamó, saliendo por alguna parte.

—Faltan unos minutos —dije muy tranquilo mirando el reloj que estaba frente por frente a ellas. Quedaron un rato así, a ver quién era el primero en soltar prenda. Yo no cejaba un punto en la impertinencia de mi mirada. La coronela, que era siempre la que menos podía contener la garla, dijo, de pronto y como hablando para sí:

—¡Crío desentrañao! Ni un po ahí te pudraj pa pregunta por su gente...

—Sus razones tendrá —terció la chepas.

—Tal como reza el adagio: quien pregunta lo que no debe oye lo que no quiere —yo continué con mi silbo y eché otra mirada hacia el reloj. La Pepita bizqueó hacia las manecillas de su saboneta y contrajo los labios.

—Bueno —dije con pausada cachaza—, ya es la hora. Creo que debéis iros si queréis encontrar coche que os lleve a la estación.

La cursi no dio más de sí y desencadenando su registro de leona enjaulada, aunque en sordina, para que no la oyese el resto de la concurrencia, rugió hacia mí:

—¡Eres el más ingrato de los nacidos! —y, pegando la vuelta, anduvo unos pasos como para irse. Como nadie, ni las hermanas, la seguía, volvió sobre ellos y se sentó. Yo estaba pasmado por todos aquellos movimientos tan arbitrarios, a pesar de conocerla tan bien. Sacó un pañuelo del manguito y se limpió no sé qué del borde de un párpado. Temiendo que fuese a darle un histérico me acerqué.

—Créeme, tía, que no entiendo nada de lo que dices ni de lo que haces —le observé de buen modo.

—¿Qué actitud es esa de estarnos mirando durante todo el tiempo con ese aire de inquirir con los ojos...? ¿Por qué no preguntas humildemente lo que quieres saber?

—No, nada, me llamó la atención el que vinieseis las tres juntas; creí que había ocurrido algo.

—¡Ahí está el quid! —resopló la jorobeta—. ¡Listo es como un rayo!

—¡Cállate tú! —intervino de nuevo la flatosa, cambiando el diapasón—. Las causas exceden quizá al discernimiento de la criatura.
—¿Po qué no lo ha de sabe? ¿Acaso no é machito? Ya va pa hombre, ¡qué embroma! —atizó la otra.
—¡Me crispan tus giros, Asunción!
—Y a mí me cargan tuj tapujoj... ¿Po qué no ha de sabe er chico que la do vese que vinijte sola te siguió tu trovado?
—Asunción, me llevas a la ira inútil, sabiendo el daño que luego me hace.
Las tres locas se enfrascaron en una discusión de cuchicheos. Yo estaba en el caos. El resultado de todas aquellas maniobras era el quedarme sin noticias de lo que me importaba. El lego bedel tocó un esquilón poniendo fin a las visitas. Las tías quebraron el cotilleo y yo las miré con repugnancia. La jorobeta y la coronela iniciaron el desfile con mucha ceremonia, ajustándose los arreos, tirando por las mantillas hacia la frente y acomodando el ruedo de las sayas, y se encaminaron hacia la puerta exterior, que era donde nos despedíamos. Ya me pesaba el haber entrado en el juego de sus disimulos y no haberlas interrogado francamente. Me quedé unos pasos atrás, al lado de Pepita que tosía en seco, buscando la desmandada voz como para decirme algo. Al fin dio con el tono bajo para murmurar, torciendo la boca hacia mí:
—No quise agobiarte con aciagas nuevas delante de esas, pero haberlas las hay.
—¿Mamá?
—De rechazo alcanzarán a la infeliz.
—Habla de una vez —dije con la voz entrecortada, achicando los pasos.
—Modesto sigue en la cárcel en un estado que fluctúa entre el estupor y la desesperación más negra. En todo Auria se dice abiertamente que hará alguna enormidad. Y tu padre, ídem de lienzo —añadió, con inesperado giro familiar. Hablábamos rápidamente para aprovechar el brevísimo plazo que nos quedaba luego de haber desperdiciado casi dos horas.

—El juicio oral, que será en estos días, acarreará más ciertos sinsabores. El pueblo está soliviantado, la Curia furiosa y Su Ilustrísima impertérrito, ¡así reviente! —concluyó, cayendo otra vez en el lenguaje villano. Y luego, como queriendo rehabilitarse, añadió—: ¡Oh, implacable destino!

—El destino es ese afán del tío Modesto y de papá de querer llevarlo todo por la tremenda.

—¡Somos hijos de las circunstancias!

—¿Vienes o no? —chilló la gibosa desde la puerta, con la voz llena de maldad, pues adivinaba la conversación entre mi madrina y yo, interpretándola como una infidelidad a aquella estúpida conjura del silencio.

—Adiós, hijo mío —me besó repetidas veces.

—Cuando le escribas a mamá dile que venga a verme, aunque tenga que hacer un sacrificio. También yo lo hago no escapándome de aquí.

Salieron las tres cloqueando, repulgándose las prendas con aire agallinado y cabeceando a un lado y a otro, como queriendo saludar a una multitud inexistente.

Cuando me volví desde la puerta estaba Julio el Callado, metido en la exageración de sus ropas, solo, en medio del salón ya desierto, esperándome, con su mirada noble y perruna.

—¿Puedes llegarte, de un salto, hasta la mina?

—Creo que sí.

—Toma, esconde esto—y le alargué un paquete lleno de las excepcionales golosinas que me mandaban las Fuchicas y que no quería compartir con nadie que no fuese aquel ángel triste.

—¿Era alguna de ellas tu mamá? —preguntó dulcemente, mientras sepultaba el envoltorio en los abismos de su indumentaria.

—No, eran tías.

—¿Tres tías? ¡Qué suerte!

—No creas... Anda, vete.

Desapareció como por ensalmo. Le vi un instante después brincar sobre la balaustrada del claustro, con agilidad increíble, metido en su fardamenta de tonto de circo, y desapareció en el huerto corriendo por la avenida de cipreses.

3

Los sucesos se precipitaron en pocos días, desatando su carga de fatalidad. Pude seguirlos a través de noticias casuales y fragmentadas, aunque muy precisas, que llegaban hasta mi destierro escolar desde los más diversos orígenes. Conversaciones de los frailes que hablaban a medias, entre sí, como hablan los mayores creyendo que los chicos son idiotas; algunos, de las clases de grandes, que me preguntaron, entre incrédulos y maravillados, «si realmente era mi tío aquel señor de Auria que se peleaba con los obispos». Uno de estos muchachos, hijo del notario de Lemos, fue el encargado de concretarme los sucesos mediante recortes de los periódicos que su padre recibía.

Al domingo siguiente de la visita de mis tías se apareció Joaquina. En todo aquel año había venido un par de veces la pobre, luchando con su falta de vista y con la decrepitud de su cuerpo, que apenas podían sostener los claudicantes zancos de sus piernas descarnadas. Envuelta en sus perpetuos lutos, estuvo todo el tiempo de la visita sentada a mi lado, casi sin mirarme, con mi mano entre las suyas, enfrascada en el relato de las cosas más próximas, más del día anterior, presentadas como si ya fueran espectros de sí mismas, en relatos desfigurados, antiquísimos, leyenda casi, todos mechados de «ojalases», «diosdirases» y otros ensalmos de su lenguaje ultratumbal, destinado a detener o a desviar, con sus distingos e imprecaciones, con sus confianzas dudosas en el hado disfrazado de divinidad, los zarpazos de aquel oculto terror aldeano, céltico, telúrico, de aquella difusa *moira* occidental, borrosa, animista, trasfundida en la esencia y raíz de los sucesos y los días, con implacable señorío sobre los vivientes y su medio, también cómplice, también implacable, sin pasividad. Los ojos cuajados de la anciana parecían andar siempre buceando en lo eterno, y toda vigencia de lo actual trocábasele en continuidad superior al tiempo. Su respuesta a estos solapados embates de lo real, que hacía de su habla una perpetua oración desconfiada, originábase en la condición expiatoria que ella atribuía a este inacabable y miserable paso por la vida, flanqueado por los males que mandaba un Dios, al que, tal vez, no fuese nada fácil amar, pero al que había que temer y que aplacar.

Por ella supe que el juicio oral tendría lugar en aquellos días y que «todo estaba en las manos del Señor». Se fue un poco antes del oscurecer y me concedieron permiso excepcional para acompañarla hasta la estación. Durante todo el trayecto fue llorando y diciendo que «su corazón estaba muy triste y que no veía más que desgracias en el futuro».

Cuando regresaba me vieron unos externos en la calle del Cardenal y me entregaron, con mucho misterio, una hoja de *El Vértigo* que tronaba por todas las bocas de cañón de su ingenua retórica. No tuve paciencia para esperar a leerlo en el colegio y me detuve frente a la luz de un escaparate. Entre las marañas de la divagación doctrinaria se leía lo siguiente: «El augusto equilibrio de la balanza justiciera amenaza sucumbir bajo el peso del oscurantismo más inquisitorial...», «Las tenebrosas fuerzas de los enemigos del Progreso, ocultas en sus teocráticos tobos, se agitan contra la acrisolada honradez y varonil coraje de nuestro convecino don Modesto de Torralba». (Ni mi padre ni mi tío se habían puesto jamás aquel ridículo *de*.) «El cieno amaga con alcanzar las gradas ecuánimes, o que debieran serlo; cubrir las sillas curules de la magistratura con su estercórea marea y ahogar a sus ocupantes con las emanaciones de las solfataras ultramontanas, que no de otro modo pueden calificarse los editoriales, es un decir, de *El Eco,* esa deshonra del periodismo local. El jurado popular —¿popular?, ¡ja, ja!— ante el que se verá la causa, que tiene suspensa y apasionada a toda la población y en cierto modo a toda la Nación, reúne en su conjunto a las mentes más ocluidas por el error fanático que pudieran hallarse en nuestra tan amada cuanto desdichada ciudad.»

»En los centros levíticos, los minúsculos torquemadas provincianos, mueven las fauces ávidas de escándalo, ya que no pueden reclamar sangre como sería su deseo. ¿Sangre, hemos escrito? Tal vez sea esta palabra una siniestra, aunque involuntaria, profecía. El pueblo se halla soliviantado y su ira es la de Dios; del Dios de la inmanente justicia, no del desfigurado sayón de sus perpetuos falsarios. ¡Pues bien, a estos les decimos, respaldados por el pueblo, que cumpliremos con nuestro deber, caiga el que caiga en la demanda! Si a esto se llegara, la población de esta benemérita ciudad viviría horribles horas de confusión y luto. ¡El lunes a la Audiencia! ¡Es una cita de honor!»

De toda aquella faramalla sacaba yo en consecuencia que el juicio oral tendría lugar una semana después. Tan distraído estuve en aquellos ocho días que me aplicaron más castigos y me pusieron más faltas que en todo el tiempo que allí permanecí. Por las noches, me acometían no solo pesadillas insoportables, sino alucinaciones durante el duermevela. Todo ello coincidía, además, con la más absoluta falta de noticias directas. El domingo anterior a la vista de la causa no vino nadie. El lunes amanecí con fiebre. Los frailes empezaron a alarmarse por mi falta de apetito y de interés en las cosas de la vida escolar; pero como estaban al tanto de todo, disimulaban en lo que era posible, aunque algunos de ellos no dejaban de dispararme alguna hipócrita ironía. El jueves siguiente, en la alta noche, estaba yo completamente despierto madurando un plan de fuga que le propondría a Julio el Callado, cuando se oyeron unos fuertes aldabonazos que resonaron en la parte baja del edificio y lo llenaron todo de ecos agrandados. De noche desataban la esquila de entrada para que los borrachos y los rapaces del pueblo no la hicieran sonar por chiste. Casi todos los de aquel dormitorio, que ocupábamos unos cuarenta muchachos, se despertaron, y oíanse, en la oscuridad, exclamaciones y conjeturas de cama a cama. Los más, hablaban de incendio y empezaron a levantarse precipitadamente. El recio aldabón seguía golpeando casi sin tregua. El lego Valentín, encargado del dormitorio, tan asustado como nosotros, no se atrevía a imponer silencio. Encendió un farolón y se cruzó en la puerta, esperando. A poco de comenzados cesaron los porrazos del aldabón, pero ya no había quien nos calmase hasta saber la causa. Unos minutos después apareció el padre Samuel, que era el subdirector, muy nervioso y demudado. Le acompañaba, portando un velón de cuatro mechas, el lego José, un joven aldeano que hacía de sereno. Cuchichearon con el encargado del dormitorio y se vinieron todos hacia mi cama.

—¿Tú eres Luis Torralba?

—Sí, padre.

—Ponte la ropa y acompáñanos.

Me puse el pantalón y me envolví en una manta. Salimos a los pasillos del claustro alto y pronto llegamos al rellano de la gran escalera, donde ya estaban los frailes, casi en su totalidad, muchos de ellos en ropas menores, cubiertos, como yo, con las mantas de la cama, alumbrándose con palmatorias. Cuando nos acercábamos, abrieron el corro y cesó el rumor que los tenía muy de cabezas juntas en torno al padre provincial que se hallaba de inspección en aquellos días. Las luces movedizas echaban las sombras, agitadas y conciliaras, contra las cales de techos y muros, metiéndose unas en otras como cuerpos de diferente densidad que no perdiesen su contorno con la mezcla.

Abajo, en el patio de la recepción, iban y venían otras sombras y otras luces, que al iluminar las caras de los clérigos les daban el extraño aspecto de cabezas flotantes. A llegar me consideraron un instante; luego dijo el padre director:
—Mi opinión es que debemos acceder.
—¿Y quién le conoce? —inquirió el provincial.
—Yo. No hay duda alguna que es él. Conozco bien a los dos hermanos, de cuando estuve en la Casa de Auria. Son unos bárbaros capaces de cualquier cosa. Hay que abrirle sin más.

El padre Rafael, con el susto pintado en su cara chata y andaluza, agregó:
—Cuando lo columbré por la mirilla, al levantar el farol, me pareció ver, en el arzón, la boca de un trabuco.
—Déjese de pamplinas —medió el padre González, que era el profesor de Física, nacido en la provincia de Lugo—. En nuestra tierra la gente de honra no usa esos aparatos que usan en la suya los bandidos.
—Dispénseme, padre, pero sé bien lo que digo.
—¿Y qué? También aquí aparecerán, si el caso llega —cortó el padre director—. Usted decidirá, ya que, por suerte, le tenemos aquí —el aludido, que era el padre provincial, se quedó breves instantes muy preocupado y mirando a unos y a otros. De pronto se oyeron nuevos y más fuertes porrazos que invadieron el monasterio como su galopada de ecos.
—Abran —ordenó el provincial—. Bajen algunos con usted, padre Rafael.

Cuando íbamos a iniciar el descenso, dispuso rápidamente:
—Ustedes aquí, por si acaso. Apaguen las velas; José y Valentín que traigan escopetas y que se aposten ahí, pero sin descorrerles el seguro. ¡Cuidado con hacer tonterías! ¡Vamos! Venga usted también —dijo al director.

En medio de la gran escalinata nos encontramos con otros frailes que subían.
—¿Se le abre?

—Sí. No pasará nada, pero quédense por ahí, arrimados a la baranda. Apaguen las luces.

Ya en el portal de entrada, el padre director se adelantó solo y habló por la mirilla hacia afuera. Tras unas breves palabras rechinó la llave y se abrió enteriza la gran hoja de la portalada. Las luces de los frailes se proyectaron hacia afuera y allí estaba mi padre, montado en un caballo de gran alzada, envuelto en un largo y antiguo *carrick* gris de dos esclavinas. Parecía un cuadro. Llevaba altas botas de montar y la cabeza tocada con un pasamontañas con visera de género y anchos barboquejos sueltos a lo largo de los carrillos. Más atrás estaba el Carano, tiritando bajo una manta con franjas de colores vivos, con otro caballo de la rienda. El grupo se recortaba contra un cielo cristalino, hirviente de limpios luceros invernales, y en el suelo escarchado como una alfombra de cuarzo.

—¡Ya era tiempo! Muy buenas noches, señores. ¿Dónde está mi hijo? —exclamó echando pie a tierra.

Me arranqué de las manos del lego para caer en sus brazos, en el momento preciso en que iba a estrellarme contra las losas, pues no había visto el escalón que moría en la acera. Nos abrazamos estrechamente y me besó en los labios. La parte alta del *carrick* estaba cubierta de escarcha, sus labios ardían. —Padre González —dijo adelantándose hacia el grupo—, sabía que estaba usted aquí y que daría la cara por su viejo amigo.

—Así fue, Torralba, y muy honrado con ello. Supongo que se comportará usted, como caballero que es, a la altura de nuestra confianza —respondió el aludido.

—Quiero pedirles ahora que me dejen un rato a solas con mi hijo. Me voy por mucho tiempo, ni yo mismo sé por cuánto.

—¿Por qué no esperó usted a que fuese de día? —preguntó el padre provincial, un tanto molesto por la prescindencia que de él se hacía—. Yo soy el provincial...

—Lo ignoraba, padre. Pero cuando se pide una cosa por gracia, no hay que andar con preguntas; se concede o no. Si yo ejerciese un derecho no me humillaría como lo hago. El provincial, que no las tenía todas consigo, sin duda impresionado por la entereza de aquella voz, hizo una seña para que todos se alejasen y añadió, con entonación más suave:

—Supongo que nada le ocurrirá al niño. No olvide usted que está bajo nuestra custodia. Sería un gran trastorno que usted intentase llevárselo.

—Comprometo mi palabra de honor.

—No se hable más. Pasen ustedes a la sala. Tienen media hora.

—Tú, Ciprián —dijo el director a otro lego—, enciende allá luces y trae a los señores algo de comer y de beber.

—Gracias, llevamos.

—¿No pasa su acompañante?

—Es un criado. Quedará al cuidado de las bestias. ¡Tú, Carano, métete al reparo y echa mano de una botella de ron que va ahí! Vuelvo en seguida.

—Queden con Dios.

—Hasta luego, padres, y muy agradecido.

Fuéronse los frailes, deslizándose sobre sus pantuflas, dejando un velón en el banco de entrada de la sala de visitas. Lo único que del grupo se oyó durante unos instantes fueron los zuecos claveteados del lego Ciprián mordiendo las losas, cada vez más lejanos. El lego Valentín encendió dos palmatorias, las puso en la repisa del gran retrato de san Francisco de Sales y se quedó allí a cierta distancia. Mi padre y yo nos sentamos en un sofá.

—¡Estás grande, hijo mío, da gusto verte! —empezó diciendo, mientras se quitaba el pasamontañas, enjugándose un repentino sudor que apareció en su frente palidísima.

—¿Pero qué ocurrió para que vengas así?

—Ya no tiene remedio, hijo; a lo hecho, pecho. Fue una burrada, como siempre, pero... —quedose un rato con la vista fija y añadió—: Uno no hace más que burradas. Créeme que al ver cómo te vas haciendo hombre me da vergüenza por ti, solo por ti. Antes las hacía y no me importaba nada de nadie. Pero ahora... Al cabo de media docena de años más habrá ahí un hombre hecho y derecho.

—Pero, papá, ¿para qué vienes así, de noche y como escapado?

—Es que esa es la verdad, escapado. Pero lo principal es que, dentro de lo factible —añadió como volviendo a un pensamiento fijo, que le hizo bajar la voz—, esos tuvieron lo suyo, sobre todo Eucodeia, por charrán y farsante. ¡Y que no fue tanto como debió haber sido! Pero te tengo a ti, y eso acobarda.

—Pero ¿qué pasó? —exigí cada vez más excitado—. ¡Supongo que no habrás hecho una muerte!

Continuó el soliloquio, desentendido de mi pregunta, mientras liaba un cigarrillo con las manos temblorosas.

—Se cebaron con Modesto, esa es la verdad. Eucodeia, que parecía un hombre, intrigó luego cuanto pudo para que el proceso resultase de consecuencias aún más mortificantes de lo que se esperaba. El obispo resultó un hipócrita de marca mayor; nos hizo carantoñas de imparcialidad hasta el último instante, y cuando faltaban dos días para la vista, se fue a su pueblo o a un rayo que lo parta... En cuanto al tribunal, el presidente, que ya lo tenía yo bien apretado, se enfermó de mentira, y el marrano de Cardoso se enfermó de verdad, ¡así muera!, con el miedo. Pusieron allí a unos testaferros que recusaron a nuestros jurados y metieron incondicionales. ¡En fin, una carnicería, una verdadera carnicería! Contábamos con el pueblo, pero en cuanto los civiles salieron a la calle no se vio alma viviente en ella. Todos igual, ¡un asco! Este es el resultado de un año y medio de trabajos y gestiones en los que me quemé la sangre viendo a uno de los míos en prisión. ¡Hasta a ti te olvidé, hijo mío! Acumularon todas las agravantes y dieron una sentencia inicua. ¡Total, ocho años de presidio!

—¿Que el tío va a estar ocho años preso? —exclamé aterrado.

—Cuando le leyeron la sentencia se puso como loco y de un brinco saltó hasta la mesa del tribunal, pero se le echó encima la pareja de los civiles y lo tumbaron allí, en los estrados, con la boca rota a culatazos. ¡Si llegan a tenerlo sin esposas...! Yo no estaba... afortunadamente. Los amigos lo impidieron y me presté a ello. ¿Qué podía uno hacer contra aquellos criados revestidos de jueces? ¡Pobre Modesto! ¡Ocho años al penal de Ceuta!

Este nombre sonaba trágicamente, sentimental y populachero, con su alusión a bandidos y caballistas, a asesinos de crimen pasional y a gitanos de la truhanería penibética, y no parecía tener nada que ver, ni aun en la linde de las mayores inconsecuencias, con las personas decentes de los burgos, que delinquían por sentimientos que no eran los primarios del hambre y del sexo, sino los muy respetables de la honra y la hombría.

Mi padre permanecía fumando en silencio, acodado en las rodillas. Yo adivinaba que algo mantenía en reserva, principalmente por las alusiones ya aventuradas, como al descuido, en su continuado monólogo, que no entraba en su manera de hablar habitual, y luego por su aspecto evidentemente fugitivo. Sabía yo, además, que aquellos hermanos de caracteres superficialmente distintos, estaban identificados por una raíz común en el modo de reaccionar y unidos por una ternura sin expresión pero bien trabada en la masa de la sangre.

—¿Y tú qué hiciste? ¿Te quedaste así? —pregunté con una especie de tono acusador, para que hablase de una vez.

—Primeramente, cuando ya resultó claro que el negocio estaba guisado y que mi hermano se iba a perder, fui de unos a otros pidiéndoles que recapacitasen, que la cosa no era como para destrozar a un hombre de bien, que había armado todo aquello, no por intereses personales, sino para defender a un crío de cuya filiación paterna ni estaba seguro... ¡Como si nada! ¡Pero no les arriendo la ganancia para cuando se vea libre! No es de los que olvidan... Por más que no creo que salga de allí. A ese hombre le arden las entrañas o le revienta el cerebro cuando se vea reducido a prisión por tanto tiempo. ¡Pero todavía no estoy muerto yo! —estas palabras las dijo poniéndose en pie y con un tal vozarrón que el lego Valentín dio un respingo. Yo me había ido quedando exangüe a medida que asimilaba las terribles noticias.

—¿Y tú qué hiciste, papá? —insistí con voz dura, deseando ya la brutalidad del relato que mi padre estaba esquivando, no sabía por qué.

—Nada, Luis, o casi nada... por desgracia. Uno se gobierna en los momentos que no debiera, en los momentos en que uno tendría que dejarse ir como un huracán. Y en vez de hacer las cosas en forma, hace burradas. ¡Si uno se dejara ir...! Pero no; uno se pone a hacer con la cabeza las cosas que debiera hacer con el corazón. Total, una burrada; más ruido que nueces... Me comprometí sin resultados definitivos. Ahora se estarán burlando...

—Papá, se nos acaba el tiempo y no me has dicho nada.

—El juicio duró tres días... Por las dos sesiones anteriores, por la declaración de los testigos de cargo y por la inocuidad de las deposiciones de los de descargo, se vio que la cosa estaba perdida. Los correligionarios se portaron como indecentes gallinas. El informe del defensor, que fue un alegato magnífico de Porras, apenas se oyó por los rumores y silbidos del beaterío. Luego la sentencia, después de las conclusiones del presidente de la Audiencia al jurado, que fueron de una perfidia y de una ilegalidad sin precedentes. El resto ya lo sabes. Me trajeron la noticia al Casino y me quedé como te podrás suponer.

La palabra de mi padre se iba acelerando, evitando matices y pormenores, como pasando de largo frente al hecho principal en lo que a él competía.

—Sin decir una palabra a nadie, me fui a casa de Modesto y luego a la fonda, a coger algún dinero y a disponer cosas... Después me dirigí a la catedral. Tuve que esperar dos horas mortales, por allí escondido. Cuando ya estaban todos rebuznando, salí de mi escondite y salté el barandal del coro con unas intenciones de hiena, te lo confieso. A pesar de la poca luz me reconocieron y hubo una espantada general de canónigos. Y eso que yo iba sin armas. ¡Qué animalada, qué estúpida imprevisión! El primero que me hizo frente fue el pobre Portocarrero, al que no tuve más remedio que tumbar de un golpe en el estómago. ¡Pobre don José, allí quedó sin menearse! Eucodeia, que era la pieza que yo iba a cobrar, saltó como un corzo del escaño, y quiso huir, mientras yo despachaba a Portocarrero; pues la verdad es que me tuvo trabado unos instantes, con su fuerza de gañán. Pero lo hizo tan mal Eucodeia que se fue de bruces. Se ve que su destino es ese. Cuando se levantó yo estaba ya a su lado. Me eché a él y le di cuantas pude, que no fue cuantas quise. Pero a mano limpia, que esa fue la tontería. En el momento hubiese dado lo que no tengo por un arma. ¿Qué se podía hacer a mano limpia contra semejante hastial? Rodamos por allí, con mucha ventaja de mi parte, zurrándonos de lo lindo. Los otros me tiraban encima cuanto tenían a mano. Pero así y todo lo hubiese dejado por muerto si, en uno de los vuelcos que dábamos, no se me hubiera venido encima el facistol que me abrió una brecha en los altos del cráneo, aflojándome los brazos y borrándome el sentido. Así y todo, cuando lograron quitarme de encima de la bestia, me hice cargo de que, desde hacía ya un buen rato, le estaba golpeando el testuz contra las losas, como quien maja en frío. Y debía estar ya ido, porque no hacía resistencia alguna. Y allí quedó, librándose de su puerca sangre otra vez.

—¡Eso es! —salté, como disparándome. Mi padre me miró con cierta sorpresa, como si no hubiese esperado aquella aprobación, y siguió, con acento casi divertido:

—Lo notable es que todo fue con música, pues el organista, yo no sé si por miedo o por acallar la zalagarda, echó a volar todos los fuelles del instrumento, que aquello era un trueno.

Yo me callé, imaginando la escena, saboreándola y añadiéndole pormenores. Veía a mi padre saltar la verja con la agilidad con que brincaba sobre los vallados campesinos, y penetrar a la carrera en el recinto litúrgico donde los dignidades alternaban sus antífonas entre las ricas tallas, en la suave penumbra; paladeé con deleite el susto de todos ante aquella irrupción, figurándome la soberbia canonical repentinamente aplebeyada por el revoleo de los puñetazos y el estruendo de los bofetones. Porque más que la tunda a Eucodeia, lo que estimulaba mi íntima alegría era la humillación inferida al templo mismo. Cada vez que su terrible autoridad sufría un desmedro de poder, en cada ocasión en que dejaba al descubierto un lado vulnerable, yo me sentía con algo de mí mismo recuperado, como si naciese un poco más. Era la certeza de que su dura mano helada no podía detener el valiente pulso de la vida. Deseaba ahora poder quedarme a solas, para volver, una y mil veces, con la imaginación sobre el caso y extraerle todos sus gratos zumos.

—¿Te hiciste mucho daño, papá?

—No sé, creo que no. Sin embargo, aunque en poca cantidad, vine perdiendo sangre todo el tiempo. Menos mal que cayó la helada.

—¿Y cómo has podido salir?

—Como era de suponer, me echaron encima todo el cuartelillo de la Guardia Civil y avisaron a las empresas de coches. El Carano consiguió buenos caballos en un alquilador. Nos echamos al monte, atajando por caminos de sierra y sendas de cabras hasta llegar a Sober, casi sin dejar el galope. Allí cenamos en un mesón y me restañaron con un emplasto hecho de azúcar moreno y telarañas de cuadra, que me libró del molestísimo hilo de sangre que venía manando sin tregua. ¡A ver qué encuentras tú ahí! Me empieza a tirar...

Alcé un velón y vi, entre su hermoso pelo dorado, una profunda desgarradura del cuero que le bajaba desde la coronilla hasta detrás de una oreja, con los bordes apenas cubiertos por el coágulo, apelmazado y rezumante, que formaba la sangre, el azúcar derretido en ella y el plastrón de las telarañas. Al cogerle la nuca para bajarle la cabeza, noté que estaba ardiendo de fiebre.

—Sí, debes curarte lo más pronto posible. ¿Quieres que diga algo aquí? Hay un padre muy buen enfermero.

—No, no... Sería alborotar las cosas. De estos no hay que fiarse. Lo mejor será que tome el portante en seguida. Son capaces de denunciarme.

—¿Y qué piensas hacer?

—Dejarte ya, hijo mío —dijo, levantándose de nuevo y encasquetándose penosamente el pasamontañas. En aquel momento sentí hacia él, renovada, toda mi antigua ternura y tuve ganas de abrazarle y de llorar—. Antes de que raye el alba tengo que estar en Quiroga, donde el párroco de San Martín es un viejo amigo y camarada de cazatas y viajes; con él estuve en Roma. Es un buen sujeto. Me dará caballos sin preguntarme nada. Tal vez descanse algo allí. Y ya veré cómo alcanzo la marca portuguesa, sin salir de las serranías... Por tierras de Sanabria, por el Invernadero, no sé, no sé... ¡Hijo mío, tengo que irme!

Se levantó y se acomodó el *carrick*, cuyo amplísimo ruedo le llegaba hasta los pies. Nos estrechamos en silencio y nos besamos en los labios. Los de mi padre ardían. Salimos hasta el portal precedidos de Valentín, que nos alumbraba con el velón en alto. Mi padre le alcanzó dos pesos de plata. «Nos está prohibido», dijo el lego. «Échalos en el cepo del santo de tu devoción. Y dile a los frailucos que disimulen, que ando apurado».

Al abrir el gran portón aparecieron los caballos que estaban con el morro metido en el fardel del pienso. Apoyado en uno de ellos estaba Carano, el maletero, que me sonrió, más que con la boca, con su único ojo, osado y maligno, mientras libraba a las cabalgaduras del taleguillo. De la nariz de las bestias brotaron chorros de vapor en los que se hacía como polvorienta la luz del velón. Brillaban con saña los luceros y caía de lo alto el blanco drama de la helada a destiempo, con su cándida furia destructora.

Unos instantes después los dos jinetes se perdían, sin borrarse bajo la sombra de los grandes negrillos decorados por el centelleo estelar.

Yo me sentí perdidamente triste, como abandonado. Por las mejillas empezaron a caerme lágrimas tan calientes como jamás supuse que hubiese nada tan caliente dentro del cuerpo. Valentín me cogió de una mano y cerró la puerta.

4

En medio del bloque de tedio y desazón en que viví los cuatro años que siguieron, quietos, transparentes, iguales, como enormes masas de cristal, asoman aquí y allá, como moviéndose con vida propia en la aplastante rutina de la vida escolar, unos cuantos sucesos y figuras luchando por sobrevivir en el recuerdo. El padre Galiano, por ejemplo, muy joven, pálido como la cera, con sus ojos negrísimos, cuyo hermoso mirar alternaba entre la violencia y el miedo, que permanecía largos ratos improvisando en el armonio del oratorio chico u observando, muy detenidamente, una flor o un insecto. Los otros frailes no le querían bien, a pesar de que era el mejor de ellos. Sus clases de historia natural parecían hermosos relatos poéticos, y sus ejecuciones en el armonio nos hacían rezar con verdadera unción. Pero los frailes no le querían. Le hablaban con una frialdad distante y no se permitían con él las chanzas, mamolas y arrimones que los más jóvenes cambiaban entre sí, con aquel casto exceso de fuerzas que andaba siempre rezumándole por los rosados cachetes y cosquilleándole en los músculos. El padre Galiano era el único que nos acariciaba las mejillas. A veces tenía desvanecimientos que nos asustaban mucho. Casi siempre le daban al estar tocando el órgano, en la iglesia. Se dejaba caer suavemente, con la frente apoyada en el tablero de los registros. Cuando estábamos allí los cantores, ensayando con él misas, motetes y villancicos, lo auxiliábamos en seguida sin dar cuenta a nadie, pues sus desmayos solían ser muy pasajeros, volviendo pronto en sí y mirándonos sonriente y dulce, como pidiéndonos perdón por haberse dormido. Mas alguna vez le sobrevenían en medio de la función religiosa; y desde el coro de la capilla o desde abajo, cuando tocaba solo, advertíamos el accidente por un acorde, prolongado más de la cuenta, que se iba extinguiendo hasta cesar, terminando en un par de notas desafinadas o en una sola, como una queja ridícula o como un balido. Cuando tal sucedía, un relámpago de ceños pasaba por la comunidad y el organista sustituto, un hombrón montañés, gran jugador de pelota, saltaba, como un mono, sobre teclado y empezaba a alborotar con una de aquellas melopeas amazurcadas, escritas para las comunidades industriales por otros clérigos igualmente horros de gusto y de fe. Luego veíamos cómo se llevaban al padre Galiano dos legos, algunas veces apoyado en ellos, por su pie, y otras en vilo, con los ojos cerrados y los brazos bamboleantes, como un herido mortal. Mas esto le sucedía muy pocas veces y estaba sobradamente compensado por las infinitas que nos hacía gozar, soñar y creer con sus serenas melodías.

También recuerdo al padre Manuel Lucena, un cordobés pardo, cenceño, con la cara como tallada en madera, y la sotana siempre llovida de caspa, como si el pelo gris se le pulverizase, siempre tomando rapé que extraía de una cajita de concha y que metía a grandes pulgaradas por las anchas ventanas de su nariz remangada y llena de pelos. Don Manuel era profesor de Religión y sumamente irritable, lo que hacía sus clases entretenidísimas, pues le enloquecíamos con tan monstruosas preguntas sobre misterios y dogmas que le tornaban verde la trigueña piel del rostro. En tales ocasiones perdía la escasa tolerancia que tenía para contestar a nuestras preguntas con las inocentes respuestas del Astete o metiéndose en las intrincadas razones de una escolástica de Seminario que nos hacía reír con sus extrañas palabras difíciles —transverberación, transustanciación, inmanencia— o se ponía a gritar, como un poseído, mechando el lenguaje sublime con sustituciones fonéticas de las palabrotas vulgares, tales como «carape», «riñones», «canastos» y «quoniam», que era la que más nos regocijaba. Cuando la carcajada se hacía general se le aplacaba súbitamente la furia y decía con voz y calma naturales:

—¿En qué íbamos?
—En el libre albedrío.
—Dejemos ese rebumbio, que no está hoy el horno para bollos, y retomemos la Resurrección de la Carne...

El padre director era un tal don Salvador de Santullán, leonés, nacido en alta casa. Tenía varias papadas, aunque no era muy grueso, y un extraño mirar entre tierno y dominante. Cuando hablaba en el púlpito lo hacía maravillosamente —era el único—, con una rica voz abaritonada, llena de plenitud viril y unos gestos de natural majestad y sobrio patetismo. A su lado, toda aquella clerecía daba la sensación de un místico proletariado, sin gracia ni humildad; y si allí no existían, al menos visibles, los conflictos y las hipócritas pugnas y resentimientos que hay en casi todas estas congregaciones, era debido a la neta diferencia que mediaba entre los padres y el director, cuyo trato con ellos era tan altivo y severo como si, en el fondo, los despreciase.

En los oficios de artesanía había algunos padres, catalanes y vascos en su mayoría, que eran los más simpáticos y campechanos. Resultaba muy curioso, a la par que agradable, verlos con el solideo puesto y unas sotanas raídas bajo el mandil obrero, moteadas de polvo o de aserrín, manejando trenchas, garlopas, marretas y gubiones o cazos de cola y bastidores de la encuadernación. Los de la imprenta, llevaban delantal enterizo, de tela de mahón, y los de la forja un mandil de cuero. Procedían todos, o casi todos, de las clases populares, y eran muy camaradas y tratables. Cuando iban de jira campestre con sus aprendices, se tocaban con boinas y barretinas, enseñando a los hijos de la región hermosos bailes y canciones en los que semejaban revivir el épico pasado y la armonía colectiva de los admirables pueblos de donde procedían. La vida en el colegio, como ya se ha dicho, se desenvolvía dentro de unas prácticas de aburrimiento, violencia y ordinariez que tenían mucho de castrense, pues ya es sabido cuánto se parecen entre sí cuarteles y conventos: la misma disciplina indiscriminada, idéntica rutina mortal y el proceso de jerarquización casi siempre ajeno a los méritos personales. Tendré toda mi vida en los oídos, los monótonos botes de las pelotas contra las paredes, improvisadas en frontones, los golpes de las gruesas billardas, el croqueo de los juegos de trompos, las exclamaciones del «a beber», saltando unos sobre el lomo de los otros, con sus disparates rítmicos:

> *A la una anda la mula,*
> *a las dos anda el reló,*
> *a las tres pariré,*
> ....
> *a las once pican al conde,*
> *a las doce le responde...*

las carreras, sofocones y risotadas del «marro», y, sobre todo ello, el chiflo de los padres que daba término a los recreos o que ponía orden en algún incidente, deteniendo la algazara, hasta que una nueva ola de forajidos venía a sustituir a los que regresaban a las aulas, con las caras congestionadas, discutiendo todavía sobre las alternativas de los juegos. Nuestra naturaleza, desatada y endurecida en aquel ambiente, se enternecía cada vez menos en las salas, a donde acudíamos lavados, peinados y sin el horroroso delantal gris, que nos daba aspecto de hospicianos, a recibir las visitas, en los primeros días tan anheladas, y las palabras y caricias de familiares y deudos. Después de aquel proceso de embrutecimiento, lo único que de las visitas nos importaba eran los regalos; y así, cuando tendíamos la mejilla para los besos iniciales, ya echábamos una mirada a los paquetes, calculando lo que nos traerían. Cuando el obsequio consistía en libros o ropas, nos poníamos de mal humor.

Allí, en una de aquellas salas llenas de rumores, de perfumes y de risas sofocadas, fue donde reparé, por vez primera, en el que luego había de ser mi tierno amigo de aquellos años. Julio el Callado acudía puntualmente y todas las veces, a la hora de visitas. Tomaba asiento en una banqueta, bajo un ventanal situado a mediana altura, que metía tanta luz en su caleado infundíbulo que, por contraste, apenas se veía a quien allí se sentaba; y allí se quedaba, solo y sonriente, hasta el final. Cuando pasaron cuatro domingos, desde que por primera vez reparé en él —quizá por sus ropas, risibles de tan cumplidas— me di cuenta de que nadie le visitaba. Era un niño silencioso, de sonrisa indescifrable y grandes ojos verdes, muy calmos, pero con un punto de fina ironía en ciertos momentos del mirar. Luego reparé que aparecía y desaparecía de las clases con intermitencias que a veces duraban varios días; los padres casi nunca le preguntaban las lecciones, y le trataban con desafecto, aunque sin rudeza. Yo aprendí a llamarle, como todos, hacían, el *Callado*, que lo era en grado sumo; y, además, porque nadie sabía su apellido. También le llamábamos, aunque con menos frecuencia, *Compostela*, pues provenía, según tradición del colegio, de la ilustre ciudad; pero él sonreía y permanecía en el silencio cada vez que le pedíamos aclaración sobre ello, que eran muy pocas, pues una de las formas de la felicidad en la infancia consiste en la despreocupación del ser social de las gentes. Llevaba siempre unas ropas holgadísimas, compradas, sin duda, con el propósito previsor de repentinos desarrollos o duraciones inacabables, pero enteramente sin amor al que había de usarlas. Cuando las prendas estaban a punto de caerse a pedazos, que era cuando ya iban coincidiendo con su estatura, y no podían soportar más los parches y corcusidos con que el piadoso lego Ciprián se las remediaba, solía recibir nuevos lotes que anticipaban en un par de años su volumen, con lo que venía a quedar otra vez vestido de mamarracho, subrayada, aún más, la desproporción, por lo nuevo de las prendas. Sus pantalones inmensos, con las culeras caídas, como de elefante o de payaso, y aquellas blusas, sobrándole por todas partes, como derritiéndose sus durísimas telas, acentuaban lastimosamente la finura, en verdad aristocrática, de su porte y la innata gravedad y elegancia de sus modales, que jamás descomponía.

Julio el Callado soportaba las chuflas de aquellos barbarotes sin contestar jamás. A veces hasta miraba tras de sí como si allí tuviese que estar el destinatario de las impertinencias, y de esta forma, el ímpetu cerril de los agresores solía retroceder ante aquella postración y aquel dolor tierno, como de cervatillo herido. Era mayor que yo en años, pero se ofrecía siempre en un tan dulce sometimiento hacia los demás, que me hacía sentirle más chico y excitaba mi afán protector, al par que mi cariño. Un día, cuando ya mis visitas se habían ido, le llamé aparte, le di de mis golosinas, sin hablar palabra, y vi en sus ojos una bondad y una belleza tan extrañas que sentí vergüenza de no haberle dado todo. Este trato mudo de la repartija duró varias semanas. Salíamos de la sala de recepción y en el primer tramo del claustro, que era oscuro, le entregaba las cosas que ya iba apartando para él a medida que me las daban. Encontraba yo un extraño placer en separar las mejores. Julio apenas decía «gracias» con los labios, todo lo demás lo decía con los ojos o con la sonrisa. Un episodio bastante triste fue el que acentuó definitivamente nuestra amistad.

A mediados del primer invierno que pasé allí, me quedé unos días en la cama, con anginas. Era un tiempo escarchado, de sabañones en nudillos y orejas y de nariz goteante en las cátedras de los padres más viejos. Cuando bajó la fiebre, se me ocurrió un día, a media tarde, dar una vuelta por el huerto, pues acababa de salir el sol a través de las nubes algodonosas que anunciaban nieve. En el claustro bajo, al pasar frente al despacho del padre director, vi a Julio, arrodillado dentro de una especie de medio cajón, que le servía de lavadero portátil, fregando las tablas del piso con jabón, un pequeño haz de carqueja y un paño de moletón, empapado. Solo de verle meter las manos en el agua, sentí frío en todo el cuerpo. Seguí de largo, repentinamente acometido por un sentimiento de vergüenza, mas, después de unos pasos, no pude continuar y me volví, entrando en el despacho.

—¿No hay nadie?
—No. El director se fue esta mañana, por dos días. Por eso me mandan fregar el piso a estas horas —estaba amoratado y tenía las manos rojas, casi negras; en el nudillo de un meñique asomaba su borde blancuzco un sabañón ulcerado, tras una tira de lienzo atada con un hilo de coser.

—¿Qué tienes ahí?
—Nada, un sabañón que reventó. Dentro de un mes tendré así todas las manos. Y a veces los pies.

—¿No los puedes evitar?
—Sí, antes de que revienten hay que untarlos con orinas, pero a mí me da asco —continuaba arrodillado en el cajón, sonriéndome, como si hablásemos de cosas agradables. Su pantalón inmenso, remangado, dejaba ver su piel blanquísima, jaspeada de moretones que le salían al menor golpe y de círculos acarminados del frío.

—¿Quién te castigó a hacer eso?
—No es castigo. Cuando se enferma alguno de los legos, tengo yo que hacer estas cosas. Lo peor es limpiar los excusados de los oficios. A veces vomito —dijo todo esto sin darle importancia, como disculpándose y sin levantarse del cajón. Parecía que estaba hablándome de rodillas.

—¿Por qué no te quejas?
Dejó de sonreír y me miró con estupor; una de las pocas veces que le vi mirar así, pues parecía estar siempre de vuelta de las cosas.

—¿A quién?

—No sé, al director, a tu familia... —no bien dije esto me puse colorado sin saber por qué. Julio se me quedó mirando un rato con una extraña impertinencia, y luego se puso a arañar vigorosamente las tablas con el hacillo de carqueja. Comprendí que había dicho una indiscreción, pero, como no dándome cuenta, insistí en el tono subversivo.

—¡Tienes que protestar!

—¿Y cómo...?

—Pues mira, así... —le di un puntapié al balde, que volcó por el suelo sus lavazas y el repugnante cuajo veteado del jabón marsellés.

Julio me miró maravillado, apoyando las manos en los bordes del cajón. Lo levanté casi en vilo y le sequé las manos con mi pañuelo limpio. Luego, incontenibemente, lo besé en la mejilla y me sentí tan emocionado que casi se me saltan las lágrimas.

—Vamos para fuera —me siguió, como arrastrado por una irrebatible fuerza, dejando en medio del despacho todo aquel estropicio.

—¿Y después?

—Deja el después.

Nos acomodamos al sol en un ángulo de los muros de la iglesia amparado del norte, de donde salía un troncón de hiedra que cubría la mitad del ábside. Yo llevaba, por costumbre, en los bolsillos una buena provisión de piñonates, turrones y almendras de pico. La imposibilidad de poder comer ninguno de ellos me había hecho elegir los menos adecuados para mi garganta enferma, como para gozarme en su vista. Julio el Callado devoraba los dulces con tanta fruición que, por veces, se le desmandaba la señoril armonía del rostro al desleírsele los dulces entre lengua y paladar. Satisfecha su gula, que dejaba tan al descubierto el intacto niño que bajo su gravedad había, aludió a las represalias que le esperaban por su acto de indisciplina, agravado por la escapatoria. Hablaba como alguien que ya se ha conformado con no querer ni temer nada con demasiada certeza. Se oyó a lo lejos la voz del lego Ciprián, llamándole. Al no responderle debió suponer que andaría por los fondos del huerto y se puso a tocar una esquila.

—Me voy... Me llaman —dijo levantándose. Yo lo hice sentar de nuevo.

—Deja que te llamen. Total, el lío ya está hecho y te castigarán lo mismo. Así que aprovéchate del sol.

—Me castigarán más. ¿Sabes cómo le dicen aquí a no ir cuando le llaman a uno?

—No sé, desobediencia...

—No, contumacia.

Me dio asco oír una nueva de aquellas relamidas palabras de los frailucos.

—¿Y qué pasa con la contumacia?

—Que el castigo es doble. A veces hasta pegan.

Cesó el esquilón. Se oyeron a lo lejos las voces del primer recreo de la tarde.

—Mejor es que me vaya. Se me acaba de ocurrir una disculpa muy buena.

—¿Cuál?

—Que me fui a hacer una necesidad y que alguien tiró el balde mientras yo no estaba.

—¡Vaya una necesidad...! Llevamos aquí más de una hora. ¿Y vas a seguir fregando el piso?

—No hay más remedio.

Quedamos otro rato silenciosos. Julio estaba impaciente y miraba al edificio.

—Tenemos que vernos más veces, pero solos, ¿sabes? ¿Puedes, a alguna hora?

—Sí, algunas veces puedo. Te dejaré un papel aquí, en esta grieta, diciéndote, cada vez, la hora y el sitio. ¿Sabes entrar tú solo en la mina?

—Sí, pero allí puede ir cualquiera de los que saben.

—A las horas que yo te diga será muy difícil. Tú mismo tendrás que buscar un pretexto.

—Bueno.

Al otro día comenzó a funcionar la estafeta. Supe que le habían castigado a quedarse sin desayuno toda la semana. Traté de cubrir la falta de aquella sucia borraja que nos daban, hecha con cascarilla de cacao, unas gotas de leche y mendrugos de pan, dejándole en el hueco de la pared un refuerzo diario de chocolate. Por aquel entonces empecé a sentir que no era lástima lo que me acercaba a Julio el Callado, sino un nuevo y ya vehemente cariño. Julio era la primera persona, fuera de las de mi familia, a la que amaba. Con este descubrimiento, sentí algo que se asemejaba a una prolongación inesperada del mundo.

Entre la clase de matemáticas, que era la final de la mañana, y la refección de las doce y media, iba yo, en una escapada, hasta la grieta convenida, en los sillares del ábside, tras el troncón de la hiedra, a recoger el mensaje diario de mi amigo. Nos veíamos en algunas clases, de lejos, sin hablarnos, como si entre nosotros se hubiese establecido una complicidad que hacía aún más intenso nuestro afecto. Coincidíamos en pocas y, sin nuestro cambio de mensajes, yo me hubiera desesperado. Más o menos, cuando había transcurrido una semana, el suyo decía así: «Te aguardo en la mina a las dos y cuarto. No tendréis clase de Religión, pues el padre Lucena está ronco y habrá estudio, en cambio, las dos horas siguientes; pero puedes faltar, pues está a cargo del padre Nocedal que no ve nada. Dile a alguno de confianza que conteste a la lista por ti. Tu amigo que te quiere, Julio». Siempre leía varias veces sus papeles por el deleite que las palabras de despedida me causaban.

En efecto, todo se ajustó a sus previsiones. Para hacer las cosas más cabalmente fui yo mismo a contestar a la lista. Luego me deslicé por el corredor de las letrinas y gané el huerto, saltando por una ventana baja.

La cueva del agua se percibía desde lejos a causa del vapor que salía por las grietas de la fuente. El pilón estaba helado y en el pico del surtidor se inmovilizaba un curvo y transparente carámbano, que arranqué y metí en la boca. La mina estaba llena de un vapor tibio y el agua había aumentado de caudal, represada por el hielo exterior, pero las franjas de tierra a ambos lados eran altas y anchas como de una vara, de modo que se podía transitar hasta la pequeña ensanchadura que había unos pasos más allá, en cuyo reborde solíamos sentarnos. Los grandes se aventuraban más adentro, alumbrándose con cabos de vela, lo cual les confería el derecho de contar luego las más absurdas fantasías, afirmando algunos que, siguiendo el curso del canalillo, se llegaba hasta las mazmorras del palacio de Lemos situado a media legua de allá, en la cima de un castro. Por los veriles del hilo de agua, hasta donde alcanzaba la claridad que entraba por los tragaluces de la fuente, se veían, arrastrándose con andar contoneado y antiguo aspecto de camafeos, las bruñidas salamandras. Julio aún no había llegado y a mí no me gustaba estar solo, pues siempre me parecía que algo tremendo iba a aparecerse en aquella negrura. Me asomé a un tragaluz para espiar. Los árboles mondos y acristalados dejaban caer lagrimones de luz a medida que el sol iba redondeando en gotas sus escarchas. El césped enderezaba sus briznas al paso del sol, amaneciendo minuciosamente, luego de su entumecida prisión nocturna. Oíase el río a lo lejos, acrecido por los primeros deshielos, rezongando contra los ribazos y muros o al chocar contra las viejas cañotas de los chopos.

Apareció Julio con mirada fugitiva y las mejillas acaloradas de sofocación. Le ayudé desde dentro a mover la losa, y se coló con la pasmosa agilidad de siempre, a pesar de los colgajos de su indumento. Nos encaminamos hasta la primera rotonda, donde llegaba muy cernida y verdosa la luz, y nos sentamos bajo la bóveda de rojizo sábrego, empelusada de arañejas, donde saboreamos, junto con las golosinas, el placer agridulce de la desobediencia.

—¿Tienes más ganas?

—No.
—¿Quieres que te dé un beso?
—Quiero... Pero ¿por qué me das besos si no me eres nada? —aquella pregunta, tan lógica, me dejó perplejo.
—Pues mira, no sé...
—¿No será porque te doy lástima?
—No, no, nada de eso.
—Yo también te quiero mucho. Y más ahora, que ya se me va pasando la desconfianza.
—¿Eres desconfiado?
—¡Como para no serlo...! Si supieras mi vida... —no contesté nada, temiendo que Julio el Callado retrocediese ante mi deseo, tan visible, de saber. Él quedó también, en silencio y se puso a luchar, metiéndose un dedo en la boca, contra un pedazo de mazapán que se le había apelmazado en el boquete de una muela cariada. Se chupó luego el dedo, y no añadió nada más. Me creí en el caso de insistir moderando mucho el tono, como no poniendo interés alguno en la cosa.
—Cuando tengas aún más confianza puedes contarme todo. También yo te contaré lo de mi casa.
—Algo me han dicho. Lo mío no es tan importante... para los demás. Pero para mí es mucho más triste —se levantó, y tomando agua en el cuenco de las manos se puso a enjuagar la boca, durante un rato, haciendo un ruido que me disgustó. Luego volvió a sentarse haciendo entrar el aire en el hueco de la muela con una especie de chistido que resultaba muy molesto de oír. Y sin transición alguna dijo:
—Pues verás... —con voz monocorde, sin resalte alguno, como recitando algo que le era indiferente, empezó a desgranar, sin mirarme, las circunstancias que habían dado con él en aquella leonera industrial y docente, donde no acababa de saber si era criado, si era un pobre de la clase de los de balde o interno de la clase distinguida, pues de todo ello participaba, sometido a un régimen caprichoso y discontinuo.

5

Historia folletinesca de Julio el Callado

He aquí lo que contó Julio el Callado, reconstruido ahora lo más fielmente posible:

Todos los años anteriores a su ingreso en el colegio, Julio recordaba haberlos vivido con una tal Rufina, a quien llamaban «la de las hostias», que, según ella misma le decía, le había criado a sus pechos y le tenía con ella desde que sus padres se fueran de la localidad, aunque jamás le detallara quiénes habían sido ni cuál era su paradero. Rufina era una mujer alta y grave, que pasaba días enteros sin decir palabra. Tenía una historia, nostálgica y vulgar, de novio perdido en la emigración y de hijo muerto a los pocos meses de nacer. Su padre había sido sacristán de monjas y de él quedárale el oficio de hostiera y aquella pequeña casucha terrena en el camino del Conxo, cerca de la urbe apostólica, con una pequeña huerta en torno, que ella misma labraba y donde criaba, para venderlos, un par de gorrinos cebotes, sacados adelante con las hortalizas y con las latas que traía penosamente, en equilibrio sobre la cabeza, desde las casas de la ciudad, llenas de desperdicios de mesa y cocina, que exhalaban, en el verano, un acre olor de residuos fermentados. Rufina era lenta y diligente, al mismo tiempo, y ponía cierta ensañada prolijidad en todo lo que hacía; jamás le había conocido parientes ni amigos y, de vez en cuando, al atardecer, se quedaba grandes ratos arrimada contra un peral que había frente a la casa, silenciosa, quieta, con los brazos cruzados y la mirada perdida. Como la vivienda estaba sola, un poco apartada de la carretera, lejos de los caseríos, no tenía siquiera la obligación de mantener relaciones de vecindario; no obstante, cuando alguien la requería para echar una mano en caso de desgracia, enfermedad o mal parto, acudía con prontitud y buena cara; y, dentro de su limpia pobreza, practicaba la caridad, tanto con los pordioseros de aquella comarca como con los peregrinos pobres, que pasaban, procurando alivio para el cuerpo o paz para el alma en procura de la tumba del Apóstol Santiago, amigo íntimo de Dios, que, hacía veinte siglos, había llegado desde las arenas a buscar también la serenidad y el sosiego en aquellas brumas florecidas, en el borde final del mundo pagano que él había transitado con ardiente ademán de lucha.

Durante los dos últimos años que Julio pasó con Rufina la hostiera, solía venir una señora guapísima, perfumada y vestida, inútilmente, de trapillo, que le traía ropas y golosinas y lo besaba, disimulándose para llorar. Venía «de parte de su madre», y le prometía, cada vez, que esta vendría también a verle «algún día», aunque a Julio no le importaba poco ni mucho que viniese o no. Durante el poquísimo tiempo que allí permanecía aquella dama, pues se veía a las leguas que lo era, y muy principal, a pesar de los disimulos del indumento, mostrábase muy inquieta, sobresaltándose y levantándose al menor ruido y exigiendo, a cada momento, que saliese Rufina a echar un vistazo a la carretera. Las entrevistas solían terminar cuando a la señora le daba una especie de «repente», que nada tenía que ver con ninguna exterior alarma, y se iba asustadísima, saliendo las más de las veces por la parte posterior de la casucha, enfangándose en la corraliza de los cerdos, cuando estaba de lluvia, y dando un penoso rodeo por sendas de labranza y anegadizas *corredoiras*, como para ponerse a salvo de espías y seguidores, al parecer, imaginarios. Julio recordaba el sonido de plata de los duros que la dama entregaba a Rufina en un breve aparte, a la salida, entre los últimos y agitados cuchicheos y recomendaciones de la despedida. Cuando se decidía a salir por la puerta del frente, Rufina emprendía antes una descubierta, por los treinta o cuarenta pasos que separaban la casa de la carretera; miraba, desde un ribazo, a un lado y a otro y canturreaba una copla de seña que sonaba rarísimamente, pues no cantaba jamás. La dama se embozaba en una especie de toquillón, que llevaba en todo tiempo, y salía apresurada, con paso menudo, moviendo, al pasar, las coles de tallo que avanzaban como inmensas flores monocromas sobre la veredilla.

Un atardecer, y cuando el plazo transcurrido desde la última visita no autorizaba a esperarla, apareciose la señora mucho más agitada que de ordinario. Le puso una mano en la cabeza y se quedó un largo rato mirándole con mucha preocupación. Luego se puso a hablar con Rufina refiriéndose, al parecer, a un largo viaje; esta la escuchaba sin dejar de trabajar en las hostias, pues se acercaba el precepto pascual y estaba agobiada de encargos. La señora no hacía más que levantarse y sentarse en el sillote bajo de enea, que estaba al lado de la puerta de la cocina. De pronto, le atrajo hacia sí y abrazándole estrechamente —cosa que anteriormente no había hecho nunca— le cubrió de besos y de lágrimas, haciendo movimientos negativos con la cabeza, como quien se ve obligado a tomar una penosa determinación. Rufina, ante aquellos transportes, carraspeó varias veces y la miró con mucha intención. De pronto se levantó, con repentina alarma, e hizo seña a Rufina, mientras le limpiaba a él la cara con un pañuelo perfumado. La hostiera recogiose el mandil espolvoreado de harina y fue a hacer su exploración. Cuando se quedaron a solas, dijo la dama:

—Estaré algún tiempo sin venir a verte, pero cuando regrese conocerás a tu madre.

Julio no supo qué contestar, pues estaba acostumbrado al silencio y a la falta de rapidez verbal de su ama, y se puso a pensar en que esta tardaba más tiempo que el habitual en dar su cantiga de seña. La dama miraba a un lado y a otro, no se sabía si asustada por lo mismo, pues su estado natural era siempre el miedo. De pronto, viose que Rufina se aparecía, por la parte de atrás, por el huerto, agachada, como ocultándose bajo las viejas cepas. Entró demudada y la barbilla le tembló cuando pudo hablar.

—¡Ay, doña Herminia, somos perdidas!

La señora se volvió con un movimiento rápido, como instintivo, y cubrió la cabeza de Julio con las manos abiertas, apretándolo contra el vientre.

—¿Qué?

—Hay dos caballeros, allí, bajo las acacias, preguntándole al cochero... Lo tienen cogido por los brazos y arrimado contra un árbol.

—¿Te vieron?

—Creo que no.

—Vámonos de aquí, pronto. Acompáñame hasta el camino de arriba.

La señora lo besó de nuevo llamándole «hijo mío» y se fueron por donde había venido Rufina en procura del camino de carro, que pasaba por los linderos de la pequeña heredad. Los tacones de la dama se hundían hasta desaparecer en los surcos blandos, donde las habas lobas asomaban ya la tierna sortija de sus primeros brotes. Apenas había dejado de verlas, Julio oyó voces sofocadas. Estaba entrando la noche, y un hinchado cielo bajo de invernía apoyaba sus odres en la caperuza del monte Pedrido. En la cocina brillaba el hornillo donde borbolleaba el cazo de la pasta ácima. Los rumores y sofocados quejidos fueron acercándose y aparecieron en la corraliza ambas mujeres fuertemente atenaceadas de los pulsos por dos caballeros jóvenes. El que parecía mayor tenía el rostro enmarcado por una barba corta, negrísima y puntiaguda, y el otro con bigote y cejas también muy negros, a ambos les brillaban los ojos, con un fulgor que no conseguía ser cruel, y tenían los dos un porte distinguido y una voz armoniosa y semejante. La señora trató de zafarse, y el de la barba, que era quien la traía, la sujetó de nuevo apresándole un manotón de ropa a la altura del seno. Ninguno de aquellos movimientos, tan rudos y desordenados, parecía condecir con la calidad de sus autores, que semejaban estar entregados a un juego impropio. En esta disposición entraron. El más joven traía sujeta a Rufina con blandura, pues esta no pensaba en debatirse contra su apresor y todo su afán venía reflejado en la inquietud de su rostro. Sin embargo, fue la primera en hablar, por cierto con voz que yo nunca le había oído tan entera y valerosa.

—Esta es mi casa. ¡Suéltame o grito!

—¡Cállate, alcahueta! —exclamó el caballero mayor. Luego, enderezando a la señora contra la pared sin soltarla y obligándole a levantar la cabeza, prosiguió—: ¡Confiesa o te mato!

—No tengo nada que confesar.

—¿Dónde está tu hijo?

—¿De qué hijo hablas, insensato?

Julio apenas había tenido tiempo, al verlos llegar, de acurrucarse entre la alacena y la artesa, mas no tanto que su pelo de mazorca no devolviese, en resplandor dorado, el reflejo del hornillo. El más joven de los caballeros lo descubrió y soltando a Rufina, pidiéndole que trajese luz, cogió al chico por un hombro y lo puso en presencia del señor barbado. La dama se desprendió de un tirón y se abrazó a Julio sollozando, arrodillada en el suelo. Rufina había vuelto con un candil encendido.

—¿Para qué más? —dijo el hombre aquel, con un tono repentinamente suavizado, casi doloroso. Y luego, separándolos bruscamente, alzó la cara de Julio, tomándola por el mentón, y lo miró largamente, paseándole el candil por las facciones.

—No tengas miedo, no te va a pasar nada. ¿Cuántos años tienes?

—Siete.
—¿Cómo te llamas?
—Julio.
Se volvió hacia la señora, que se había dejado caer en el sillote con la cabeza entre las manos.
—¡Hasta la audacia de haberle puesto el mismo nombre! ¡Pécora! —y retornando al chico, insistió—: ¿Julio, qué?
—Julio... nada más.
—Tienes razón —dijo en este punto la señora—. ¿A qué seguir negando? Haz de mí lo que quieras. Solo te pido, en nombre de nuestra religión, que tengas piedad de esta criatura.
—¡Cállate, víbora! Demasiado sabes que tengo mejores entrañas que tú.
Quedose un rato como sumido en hondas reflexiones, y luego exclamó, dirigiéndose al otro:
—Ya ves, hermano, como era todo verdad... —y agregó hablando hacia Rufina, con voz perentoria—: Y usted, si es que realmente quiere al muchacho, ni una palabra de todo esto. Hágase cargo de mi situación... Desde antes de mi casamiento se me advirtió de la existencia de este niño. ¡Esta infeliz fue una cobarde y yo un ciego! Por otra parte, mis hijos... En fin, excuse nuestra violencia y quede todo entre nosotros...
Hablaron unos momentos aparte los dos caballeros, luego volviose contra la luz el mayor y sacó una cartera del bolsillo, de donde extrajo unos papeles que dio a Rufina enrollados.
—Tome usted. Ahí van diez mil reales. ¿Tiene usted parientes?
—Una hermana viuda, en tierras de Iria Flavia.
—Váyase usted un tiempo con ella, dos o tres meses, para evitar averiguaciones. Tiene usted que irse en seguida, mañana mismo. Hágalo por el bien de todos. Cuando usted vuelva ya se le compensará con mayor suma. Y no olvide que una indiscreción puede perdernos y dar en la ruina moral con dos familias antiguas y honradas —miró un momento a la señora y agregó—: Honradas hasta hoy...

Su voz había adquirido de nuevo un tono triste, pesaroso.

—Vete a buscar el coche. Y si crees que el viejo Manuel puede irse de la lengua... —dijo hacia el otro.

—¿Cómo se te ocurre pensar eso cuando él nos enteró de todo?

—Llevas razón; uno está ofuscado. Acercad el coche sin encender los faroles y despide al de esta.

Rufina apenas podía disimular su turbación. Durante los anteriores diálogos se había ido, como si las cosas no fuesen con ella, a extender la pasta de las hostias sobre la loseta pulida y apenas se había vuelto para recibir el dinero y para prestar aquiescencia con un movimiento de la cabeza, cada vez que el señor la aludía. Pero los movimientos de sus manos, de ordinario tan exactos y seguros, se le desgobernaban, vacilando, indecisas, sobre la rutina del quehacer. Permanecimos todos en silencio, oyendo gemir a la señora. Al poco tiempo nos llegó el tintineo de las colleras.

—¿Os vais a llevar al niño? —inquirió con voz temblona y sin alzar la cabeza.

—No hay otro remedio.

La señora sollozó con más fuerza, como conteniendo una desesperación que pugnaba por liberarse en alaridos. Rufina abrió la tapa del arca y envolvió la ropa del chico en un limpio pañolón remendado.

—No, no —dijo el caballero reparando en ella—. Nada de impedimenta. Ya se le comprará otra.

Cuando estuvo de vuelta el que había ido a buscar el coche, Julio, abrazándose a su ama, comenzó a dar gritos y puntapiés negándose a salir de allí. Los cerdos gruñeron en su cubil y las gallinas alborotaron agitadas. Rufina trató de calmarlo, diciéndole que pronto volverían a verse, que había que resignarse... pero su voz estaba llena de ira y sus ojos estrenaban unas despaciosas lágrimas que no influían en su acento, rodando por sus mejillas, lentas, como sudadas, y sus brazos le estrechaban con una rudeza casi dolorosa que las palabras de resignación no conseguían aflojar, como si quisiera contradecir con ellos lo que sus labios hablaban. La dama tenía un rostro tan alterado que no parecía la misma; era un semblante hocicudo, rojizo, como repentinamente animalizado. En un arranque se precipitó sobre Julio y lo abrazó y este correspondió al abrazo, sorprendiéndose de la emoción que le sobrevino, asaltándolo de lágrimas, cuando menos las esperaba. Lo que había sido en brazos de Rufina protesta y rebelión, contra la ceñuda voluntad de aquellos intrusos, era ahora un blando fluir del llanto que resultaba casi placentero en los de aquella mujer, tan suave y dolorida. Ellos, después de cruzar una mirada, salieron hacia la corraliza.

—¿Qué va a ser de ti, hijo mío? Pero donde quiera que te lleven yo te encontraré. ¿Le quieres al niño? —exclamó poniéndose en pie, sin soltarlo, dirigiéndose a Rufina.

—No tengo otro hijo.

—Hay que averiguar que intentan hacer con él. No repararé en ningún sacrificio.

—Piense en que tiene otros...

—Aquellos ya cuentan con protección. ¿Me ayudarás?

—Debe ser mucho el poder de este caballero.

—¿Cuento contigo?

—¡Dios nos ilumine!

Entró de nuevo el señor barbado y ordenó, con voz más calma y precavida:

—Hay que darse prisa, podría llamar la atención el coche ahí parado y sin luces.

La señora dijo con acento humilde:

—¿No tengo derecho a saber qué piensas hacer con él?

—No tienes más derechos que a mi piedad. Te debes a tu casa y a tus dos hijos legítimos. Tienes mi palabra de que nada le faltará y de que será educado de acuerdo a su rango. Ya veremos lo que se hace en el futuro. ¡Vamos!

A los pocos minutos de rodar el coche por la carretera empezaron a verse los faroles de los arrabales de la santa ciudad. Julio nunca había estado de noche en ella y le pareció deslumbradora. Detuviéronse frente a la puerta cochera de un caserón de piedra, donde descendió la dama sin dejar de llorar. Lo besó de nuevo y fuese con los puños apretados contra las mejillas en un gesto de gran desesperación.

—Yo me quedo con ella para evitar cualquier desatino —dijo el señor de la barba—. Espéranos en tu casa, estaré allí dentro de un par de horas, pues saldremos esta misma noche y debo disponer algunas cosas. Además, quiero que el cardenal me dé una carta de su puño y letra.

—¿Y qué le dirás?

—La verdad cruda y desnuda. ¿A quién mejor que a él? Tiene inteligencia y caridad para entenderla. Además, es un buen amigo nuestro.

El coche rodó unos minutos más y se detuvo frente a la puerta de otra gran casa, que debía ser el palacio patrimonial de ambos hermanos, con una gran piedra de armas en el dintel. Entraron, cruzando un patio largo y húmedo, y subieron por una escalera de piedra, hasta llegar a un rellano y luego a un ancho pasillo alfombrado que los condujo a una habitación de techo altísimo, de maderas talladas, donde había grandes estanterías colmadas de libros y una estufa de carbón ardiendo en un ángulo. Daba la habitación a una galería, cuyas paredes y techo veíanse invadidos por una enredadera de hojas grandes y duras, como de cera, por la que anduvieron unos pasos para alcanzar una especie de antecámara tapizada de rojo y llena de enormes muebles, donde lucía su fuego de troncos una chimenea coronada por un bello cuadro de santos. Por la puerta abierta de este aposento veíanse otras salas grandes y tristes llenas de enseres ricos y aparatosos. Del techo de la inmediata pendía una gran lámpara de cristales donde se reflejaba el fuego de la chimenea con aéreas chispas rojizas. Tampoco allí se detuvieron. El señor joven le hizo entrar en otra estancia sin luces donde su voz resonaba extrañamente, mientras le decía, encendiendo una lámpara de mesa:

—Quédate un momento aquí y no te muevas hasta que yo vuelva. Siéntate.

Julio se hundió en una butaca tan blanda que parecía ir a dar con las posaderas en el suelo, y allí se mantuvo, con las piernas colgando. El señor salió y oyose una campanilla en la habitación próxima. Al poco rato, le llegaron las siguientes palabras del caballero, dichas a otra persona:

—Que preparen, en seguida, una canasta con comida fiambre para tres personas y para un día y medio.

—¿Vinos también?

—Sí, y una botella de coñac. ¿Qué hay de cena?

La otra voz recitó, monótona:

—Sopa de arroz con rojones, vieiras y pierna de cordero al horno. Como verdura, fondos de alcachofas gratinados y ensalada de morrones asados. Como postre, compotas y pastas de dulcería.

—Trae platos dobles de todo, tengo un invitado. Despliega esa mesa de ajedrez, pues comeremos aquí. No debe entrar nadie; así que deja todo junto en esa otra mesa, al calor de la chimenea. Yo serviré.

Su voz era escueta sin dejar de ser amable. La otra persona se retiró luego de decir, también someramente:

—Está bien, señor.

Julio oyó, después de un plazo larguísimo, las voces de otras dos personas y el tintineo de platos y cubiertos. Al pasar otros largos minutos volvió el caballero muy peinado, con la cara más fresca, envuelto en una especie de ropón morado del que pendían dos borlas, y que le daba un vago aspecto sacerdotal.

—Vamos, Julio —le ordenó, al mismo tiempo que le acariciaba la mejilla con unos dedos muy blancos y ligeramente perfumados. En el paso de la habitación al gabinete de la chimenea, lo llevó suavemente cogido por la nuca. Cuando iban a sentarse en una pequeña mesa cubierta con mantel blanquísimo, con un candelabro de cuatro bujías en medio, se desvió a la mitad del trayecto y le hizo entrar en una sala de baños maravillosa, que era la primera que Julio veía en su vida, donde el caballero le hizo lavarse bien las manos en un lavabo al que caía el agua humeante, dando una vuelta a unos grifos de metal pulido que representaban animales indescifrables. Luego secose en una toalla cuyo roce apenas se sentía. El caballero le peinó con sus propias manos y volvieron al gabinete donde comió abundantemente, y más a sus anchas cuando advirtió que el otro no le miraba nunca, después de haberle servido el plato. Lo único que le llamó la atención fue que le mezclase el vino con mucha agua, pues en casa de Rufina lo bebía siempre puro. Finalizada la cena, le hizo quitarse las botinas, que eran las nuevas y le mandó que se acostase en un sofá, tan blando que le parecía haber quedado suspendido en el aire. Luego le tapó el cuerpo con una manta que abrigaba sin pesar más que una sábana; después encendió un habano y se fue. Julio pensó que de buena gana se quedaría, de por vida, en aquella casa, un poco temible, en verdad, con todas aquellas pinturas y con aquellos espacios inmensos, llenos de cosas fantásticas y gigantescas, si contase con la compañía de aquel señor cuyas manos transmitían cariño y cuyos ojos resplandecían de seguridad y comunicaban serena y fuerte confianza. Cuando había entrado en un silencio sin calma, que contradecía la estabilidad y el extraño sosiego de aquella mansión sin voces ni ruidos, el señor le despertó tocándole apenas un hombro. Estaba otra vez allí el hermano, con un aspecto mucho más abatido que antes, y ambos vestían trajes distintos a los anteriores. El de la barba abrió un maletín y sacó de él una capa de paño azul muy cumplida y una gorra de visera de un género velloso.

—Ponte eso.

Julio obedeció, y sintiose repentinamente protegido por la tibieza de aquellas ricas prendas, que había visto llevar a los señoritos. Luego el caballero menor le arrolló al cuello una bufanda de lana espesísima al mismo tiempo que decía: «¡Pobre criatura! ¡Qué guapo y qué discreto es!». Cuando oyó aquello Julio casi se emocionó y tuvo ganas de besar aquellas manos de dorso cubierto de pelos negros, pero se contuvo.

Subieron los tres a un faetón tan grande como una diligencia, con asientos y respaldos muy mullidos, y pesados caloríferos de hierro para los pies. El correspondiente a Julio estaba levantado sobre una especie de cajón envuelto en una manta, atención que agradeció en silencio como había agradecido las otras. Pronto el coche estuvo fuera de la urbe, subiendo y bajando cuestas, tirado por cuatro caballos, rodando en la oscuridad, hasta que empezó a amanecer en medio de unas montañas altísimas y pardas en cuyas cimas iban encendiéndose lentamente una especie de quietas y grandiosas hogueras rosadas. Cuando el día aclaró un poco más, Julio pudo ver, desde aquella altura vertiginosa, la carretera que bajaba en curvas repetidas y muy pendientes, hasta un valle cuyas aldeas apenas se percibían como pequeños montones de piedra. Le pareció que los frenos tendrían que arder y saltar en pedazos y que el coche rodaría, desbarrancándose sin remedio por tales precipicios. Después de aquel viaje recordado entre los jirones del sueño y el sabor de las viandas que le hacían comer con reiteración casi molesta y medio dormido, llegaron a un parador solitario, en medio de una tierra hosca, azotada por un viento constante y retaceada de nieve, donde comieron de lo que llevaban y algo caliente que allí había. Apenas terminaran cuando apareció una diligencia de ocho caballos con gran estruendo de campanillas. Mientras cambiaban los animales, trasladaron al nuevo vehículo los efectos y despidieron al cochero con palabras familiares. Pronto partió al galope el galerón, cuya berlina ellos ocupaban exclusivamente, y durante lo que restaba del día pasaron por pueblos llenos de gentío y por parajes extraordinarios. Lo que más asombraba a Julio eran los abismos que de pronto se abrían bajo su ventanilla o el paso de los grandes puentes tendidos de una montaña a otra sobre la profunda vena plateada de los ríos.

Cenaron en otro mesón, en las afueras de un pueblo de casas muy nuevas, de piedra blanca y de tejados rojos. Mientras comían, en el primer piso, se oía abajo el trajín del cambio del ganado, operación que era acompañada por pintorescas expresiones de los mayorales y cascabeleos de colleras. Al mediodía de la siguiente jornada, la operación y la comida se repitieron en otro pueblo de gente muy alegre y expresiva, como si estuviesen de fiesta, en el empalme de tres carreteras. Cuando salían del yantar ocurrió un suceso extrañísimo. Oyéronse unos estampidos a la altura de las primeras casas del lugar y en seguida apareció un vehículo sin caballos que avanzaba, dejando tras de sí una espesa nube de humo y polvo. Detúvose el extravagante carricoche a la puerta del mesón, entre las gentes asustadas que lo miraban desde cierta distancia. El zagal de la diligencia dijo, con aire enterado, que era «un coche de fuego y que él ya tenía visto muchos». Descendieron una señora, con la cabeza envuelta en espesa gasa, y un jovencito con unos anteojos enormes alzados sobre la visera. En lo que semejaba ser el pescante iba otro señor blanco y pecoso, con bigotes rubios, también con gafas, envuelto en un amplio gabán de piel clara que le daba aspecto de oso polar. El mismo zagal añadió: «Es un francés. Los franceses son casi los únicos que saben manejar el coche de fuego. Yo pienso aprender; pues los condes de Cela tienen a un portugués, y lo que hace un portugués también lo podemos hacer nosotros». Los dos caballeros, llevando a Julio de la mano, dieron una vuelta en torno al raro artilugio que expedía un olor penetrante a algo dulzarrón y aceitoso. El caballero mayor dijo, retorciéndose el bigote:

—¡Valiente disparate! ¿Qué te parece?

—Que no se impondrá.

A eso de media hora de haberse puesto la diligencia nuevamente en marcha, se oyeron de nuevo los estampidos y viose venir por la carretera el vehículo aquel, que acompañaba ahora su marcha con unos agudos toques de clarín. El mayoral sofrenó el tiro con un diestro golpe, mas, así y todo, al pasar el «coche de fuego», los caballos se alborotaron en una espantada que por poco da con el vehículo en la cuneta.

—¡Así vos parta un rayo! —gritó el mayoral, y quedó luego murmurando una retahíla de palabrotas que hicieron exclamar a un clérigo que iba en la diligencia:

—¡Cállate, Serafín, ya está bien!

—¿Qué quiere usted, don Santiago? ¿Vamos a consentir que estos aparatos del carallo nos echen de las carreteras?

Unas leguas más abajo volvieran a encontrarse con el extraño vehículo, pero esta vez tiraba de él una pareja de bueyes guiados por un aldeano viejo que cruzó con el mayoral un guiño cazurro.

Por la noche dieron vista, desde un alto, a una ciudad, al parecer muy grande, sobre la que semejaba haber caído una lluvia de estrellas que titilaban como cosa de magia.

—¡En verdad, es sorprendente el alumbrado eléctrico! —exclamó el caballero mayor, sacando la cabeza por la ventanilla.

—Sí que lo es, y de una gran comodidad —terció un viajero que parecía ser de la ciudad aquella.

—Aunque peligroso, según dicen —planteó el menor de los acompañantes de Julio.

—No hay atajo sin trabajo —repuso el otro, con acento ligeramente picado.

—¿Cuándo lo tendremos nosotros, en Santiago? —preguntó el cura.

—Los liberales lo prometieron para cuando sean gobierno —dijo el caballero de la barba.

—Entonces podemos esperarlo sentados —sentenció el clérigo con una fina sonrisa que los otros glosaron con una mirada de aprobación.

A la mañana siguiente llegaron al colegio. Por la forma en que los padres los recibieron, se vio que estaban advertidos.

Desde lo que queda dicho habían transcurrido cuatro años, y Julio el Callado no había vuelto a saber nada de la dama, de los caballeros ni, lo que es todavía más increíble, de la propia Rufina.

6

Quedamos un buen rato en silencio. Yo estaba muy impresionado, no tanto por lo que aquella historia tenía de eso, de historia, de pasado, cuanto por lo que suponía de futuro para aquel muchacho bueno, secreto y cariñoso, tan brutalmente entregado a un enigma capaz de hundir en la desesperación a otro que no estuviese hecho de su temple.

—¿Por qué no te escapas?
—¿Para qué? ¿Y a dónde?

Julio se sonrió con aquella manera tan suya de entreabrir los labios en un gesto casi doloroso. No supe qué contestarle, y agregué:

—¿Te tienen aquí de balde?
—No; eso creí durante mucho tiempo, pero no es así. El viejo Ciprián me dijo que, una o dos veces por año, llega el dinero de mis mesadas y un petate con ropa. ¡Ya ves qué ropa! —y despegó de su cuerpo la holgura de aquellas telas sin forma.

—Así que estás como preso.
—Igual. No me dejan salir al pueblo ni por las fiestas de las Ánimas, que salen hasta los castigados.

Me quedé pensando un rato y luego le dije, con una extraña falta de convicción, casi con un sentimiento de caridad rutinaria sabiendo que no sería posible:

—Ya te sacaremos de aquí. ¡Lástima que mi tío Modesto...!
—Sí, pero ¿a dónde iré?
—Te vienes a mi casa.
—¿No tienes hermanos?
—Es como si no los tuviera...
—Yo, igual.
—No, no, es otra cosa.
Callamos de nuevo. Yo pensaba en cuánto me gustaría tener un hermano como Julio. Nos levantamos a mirar por las grietas. Un sol desganado caía en oblicuas luces frías sobre el jardín, haciendo más entumidas las zonas de sombra blanqueadas por la escarcha, que permanecía sin derretirse días enteros.
—No se oye nada. ¿Qué hora será? Deben de estar merendando. ¡Lo que es hoy nos crisman!
—Contigo no se atreverán, pero a mí...
—Yo te defenderé. Cuando sepan que me tienes de amigo, se andarán con más cuidado.
—¿De veras eres mi amigo, Luis? —hizo esta pregunta con una voz llena de humildad, cercana a la duda. Luego agregó—: Dentro de poco vendrán los nuevos. A lo mejor te haces más amigo de otro... Siempre me pasa eso...
Me quedé un rato mirándole, luego le abracé y le besé en la mejilla. Julio bajó la cabeza metiendo ruidosamente el aire en el pecho.
Oímos, de pronto, crujir las gruesas arenas de uno de los senderos del jardín, bajo un pisar fuerte, de zapatones.
—¡Nos caímos! Nos andan buscando —dijo Julio, asustado.
—¿Qué hacemos?
—Saldremos por detrás del arrayán. Por aquí resuenan mucho las pisadas y nos descubrirían. Claro que nos podemos caer en la poza del riego, pero no hay otra manera... Nos haremos ver algo más lejos. No quiero que se descubra este sitio por causa mía. Los grandes me matarían a palizas.
Salimos arrastrándonos por el boquete de otro canalillo que daba a un estanque de riego, cuyo cauce habían ahondado los

escolares para que cupiesen los cuerpos. Rodeamos los bordes resbalosos de la poza y nos fuimos deslizando ocultos tras el seto de arrayán, que terminaba en la glorieta, a unos veinte pasos de allí. El lego Ciprián —¡menos mal que era él el encargado de la pesquisa!— nos dio un grito al descubrirnos, y nosotros nos volvimos con falso susto. Luego alzó el hábito y se vino corriendo hacia nosotros, con una cara que pretendía ser adusta, sin resultado alguno.

—¡Buena la armasteis! ¿Qué andabais haciendo?

—Contábamos las hierbas; no falta ninguna —contesté yo con desparpajo.

—¡Ya os darán hierbas! Está el padre director que trina —y sin decir más palabras, trincándonos por las orejas, muy suavemente por cierto, nos condujo hacia el monasterio esforzándose en poner una cara importante, que no le salía por nada. Yo iba contentísimo por el suceso que, al menos, ponía una pizca de emoción en la desesperante monotonía de aquella vida. En cuanto a mi amigo, había vuelto a ser Julio el Callado, con su resignación de animal bondadoso y triste.

7

Los «calabozos de rigor» estaban en un desván, a media altura de los tejavanes. En vez de camas había unas yacijas de pelote tiradas en el suelo, sin sábanas y cubiertas con delgadas mantas de maletón. Las necesidades no había más remedio que hacerlas en un caldero algo apartado, dentro de un cajón con un agujero, que los legos vaciaban dos veces al día. Estos calabozos de rigor fueron improvisados en los altos del monasterio y no había allí ningún género de servicios. Como el desván era todo un solo espacio, las separaciones en que estábamos confinados, a razón de cuatro yacijas, de dos y aun de una por «celda», según la severidad del castigo, formábanlas unos tabiques de tablas que no llegaban al techo. El encargado de nuestra vigilancia era un sujeto raro, brutazo y borrachín a quien llamaban el «padre» Servainza, que era el nombre de su pueblo, siendo el suyo propio el de Verísimo, pero no lo usaba porque los chicos se le reían de él. Excepcionalmente en aquella casa, donde todos eran sacerdotes, este no alcanzara las órdenes completas, y era notorio que le tenían ocupado en aquellas funciones subalternas para no echarlo. El Servainza, a quien fuimos entregados, nos metió de un empellón a cada uno en su habitáculo, muy alejados, como era de práctica tratándose de «cómplices», diciéndonos que quedábamos severamente vigilados; que allí las paredes no solo tenían oídos sino también ojos, que cuando menos lo pensásemos saltaría la liebre y otras vulgaridades por el estilo, que enunció con aire monótono. Me fastidió el ver que se llevaban a Julio muchas celdas más allá y el comprobar que en la mía no había más que un camastro.

—¿Voy a quedarme aquí, solo?
—Desgraciadamente siempre hay más pícaros que lugar. Tal vez el consejo de disciplina te mande pronto con quien te entretengas. Está esto colmado. Cada día sois más de la piel del diablo. ¡Salvajes, más que salvajes!
—¿Y al Compostela adonde lo llevan?
—A la sección de los de balde, un poco más allá. ¡Y, hala, a parlotear menos y a trabajar más! Desde ahora a la cena, aritmética; por la mañana levantarse al alba y duro que te pego con las declinaciones, hasta las diez y sin desayuno, claro está. Ahí tienes con que entretenerte —dijo, dándome los papelorios de los ejercicios y problemas—. Mañana ya se te instruirá.

En cuanto salió el frailazo, con su inocente sadismo profesional satisfecho, lo primero que hice fue encaramarme al tragaluz y echar una mirada al exterior. Correspondía aquella abertura a un sistema de ventilación formado por gran número de buhardas idénticas que recorrían el tejado en sus cuatro aguas, por su parte media, formando un gracioso motivo arquitectónico vistas desde abajo, en su justa perspectiva.

Saqué medio cuerpo afuera; cuatro ventanas más allá estaba Julio el Callado que me hacía señas.

—Ya suponía que te ibas a asomar —dijo, haciendo tornavoz con la mano—. Quería saber si te habían dejado ahí. ¿Estás solo?

—Sí, pero creo que pronto me van a mandar compañía.
—No lo creas, la primera vez lo dejan a uno solo para que se asuste de noche.
—Conmigo se van a equivocar.
—¿Tienes algo contigo, dulces o alguna cosa?

—Tengo algún dinero, almendras y unos cuantos lápices —contesté, extrañado por aquel brote de interés en Julio, que jamás pedía nada.

—Dentro de una hora voy para ahí. Ahora te traerán la cena y luego el Servainza se va a dormir la mona. Hasta luego —y se metió de nuevo en la buharda.

Efectivamente, todo ocurrió con la seguridad a que se ajustaban siempre los datos suministrados por mi amigo, a causa de su conocimiento de las cosas del colegio. No bien comenzó a oscurecer, me trajeron comida, vieja y fría, en una fiambrera, una botella de agua y un vaso. Servainza, luego de indicarme dónde estaba el enorme bacín, miró hacia el pupitre, hecho con unas tablas.

—¿Cómo? ¿Aún no has empezado tu trabajo?

—No, padre; estuve llorando, así que no veía nada. Además, no tengo luz.

—Bueno, no hay que tomarlo tan a pecho. Aquí no hay luz, desde que unos galanes, antecesores tuyos, quemaron una noche los tabiques. Me quedaré aquí, alumbrándote mientras cenas, luego te acuestas, y mañana Dios dirá —exclamó, apestando a vino.

—¿Pero van a dejarme aquí solo y sin luz? —inquirí con falsía de miedo.

—¿Y qué te pensabas, galopín? Así sabrás lo que es faltar a la obediencia. ¡Ya verás lo que es bueno! Alguno hubo que amaneció privado del habla y otros quedaron tartamudos durante días y días... —agregó otras vaciedades de sus aprendidos terrores mientras yo engullía la escasa bazofia; luego se fue, cerrando por fuera con llave. Me asomé de nuevo. Estaba totalmente oscuro. A los pocos minutos apareció Julio, que venía gateando por los hilos de las tejas. Me dio vértigo verle avanzar apresuradamente; un paso en falso o un resbalón y rodaría para estrellarse allá abajo. Pero avanzaba, metido en un fardamenta, con una segura agilidad de tonto de circo. Llegó en un santiamén y lo recibí en mis brazos.

—Chico, me tuviste sin aliento; menos mal que ya estás aquí.
—Pero tengo que volver.
—¿Tan pronto?
—Ahora mismo.
—No valía la pena que te arriesgaras para tan poco tiempo —dije, poniéndome triste, pues me había prometido unas horas de feliz libertad en su compañía. La idea de que íbamos a vernos mucho durante nuestro castigo mitigaba, y casi hacía gratas, todas sus incomodidades. Mi cariño hacia Julio iba adquiriendo la forma de una impaciencia apasionada, más encendida aún frente a la calma de su genio y a la ironía de su carácter tan precozmente maduro. Poder estar con él horas y horas, charlando sin prisas ni testigos, poder reñir por fruslerías, sabiendo que luego tendríamos tiempo sobrado para amigarnos de nuevo sin la angustia de las horas intermedias entre el estimulante enojo y la reconciliación...
—¡No entiendes, hombre! Tengo que volver para llevarles cosas a mis compañeros. Estoy con otros tres. Solo así me dejarán venir sin denunciarme a Servainza. También ellos le compran vino para que los deje trasnochar. Es un trato que hay aquí. El que quiere irse de noche con otros compañeros, tiene que darle algo a los que se quedan.
—¡Ah!
—¿Por qué crees que te pregunté si habías traído algo? ¿Para mí? —inquirió con pena en la voz.
—Sí, creí eso.
—¡Gracias, Luis...! —me acerqué a él y lo besé en la mejilla. Luego vacié en el pupitre los bolsillos de mi pantalón. Total, dos reales en monedas de cobre, tres medios lápices, uno de ellos de dos colores, y unas veinte peladillas.
—Con esto habrá bastante —dijo Julio cogiendo dos monedas de diez céntimos, el lápiz más pequeño y unas pocas almendras—. Vuelvo en seguida. No te asomes; me pondría nervioso el saber que me estás mirando sin poder yo verte.

Se encaramó como un mono vestido, y pronto se perdieron sus harapos en la boca del ventano.

Fue una noche tan maravillosa la que pasamos que durante mucho tiempo me pareció cosa soñada; y aunque luego repetimos los motivos para ser castigados y estar juntos, ya nunca volvió a ser igual. Nos acostamos en la yacija, abrazados y riéndonos por lo bajo, royendo almendras y contándonos cosas del colegio. Como si fuese asunto convenido, solo nos referíamos a lo que podía causarnos diversión. Al lado había unos mayores que debían de estar fumando, pues a través de las tablas se oía el raspar de las cerillas y se filtraba el picante olor de los «mataquintos». Desde luego, tenían luz. Julio lamentó no haber comprado un cabo de vela que le ofrecieran por una goma de borrar muy usada, o a cambio de dos estampillas de las cajas de fósforos representando toreros. Yo le dije que estábamos mejor así, juntos en aquella oscuridad que resultaría horrible si me hubiese quedado solo, pero que en su compañía era mejor que estar con luz. Cuando había pasado una hora, más o menos, y empezábamos a quedarnos dormidos, oímos que hablaban fuerte en la habitación contigua. Nos despertamos un tanto asustados.

—¿Qué será?

—Se ve que han llegado otros y están jugando a las cartas. Son de la clase de grandes.

El cuartucho estaba tenuemente iluminado por el resplandor de las estrellas, que se colaba a través del cristal del tragaluz. Nuestros ojos, afinados por las tinieblas, habían ido adquiriendo una sensibilidad nictálope, de forma que nos veíamos como a través de un vaho plateado, y con toda claridad cuando nos acercábamos mucho.

—Vamos a ver qué hacen —dijo—. Tápate con esto.

Nos levantamos formando una especie de tienda ambulante con el cobertor del camastro. Julio no tenía camisón y dormía en camiseta y calzoncillos. Y así, muy pegados, pues hacía un frío terrible, nos acercamos al tabique. Mientras estuvimos pensando en si levantarnos o no, las voces habían ido bajando de tono. Julio ensanchó una pequeña hendidura de la madera con un cortaplumas. Después de unos minutos, en los que trabajó con infinitas precauciones para no ser oído, la grieta dejó pasar un hilo de luz. Los de al lado habían quedado en profundo silencio. Por un momento pensé que se habían ido de allí.

—Déjame ver, ya se puede —no bien apliqué el ojo a la ranura, retrocedí y me quedé mirando a Julio, asustado.

—¿Qué hay? —murmuró este, sonriendo, y se inclinó a su vez para espiar.

—¡No, no! —dije, más con el gesto que con la voz, deteniéndole por un brazo. Se enderezó en seguida y me miró fijamente. Al otro lado del tabique se oían, crecientes, unas agitadas respiraciones, casi quejas, y un rítmico golpeteo como de algo batido. Me separé de allí seguido de Julio y nos acostamos de nuevo sin hablar. Luego de una larga pausa, exclamó:

—¿De eso te asustas? ¡Si supieras otras cosas que hacen los grandes...! *Eso* lo hacen también los chicos.

—¿Y tú?

—Yo también... Si quieres te enseño.

—No, no. Vamos a dormir.

Me arrebujé lo mejor que pude en las escasas ropas, separándome de Julio todo cuanto daba de sí el jergón. Un rato después cesaron aquellos lamentos y oyose de nuevo, al otro lado del tabique, los raspados de las cerillas, los carraspeos y las risas sofocadas. Julio se había quedado tendido, con las manos bajo la nuca y los ojos muy abiertos, mirando hacia las vigas del tejaván.

—Te vas a helar. ¿Por qué no te tapas?

—Me es igual —contestó, sin la menor inflexión en la voz.

El reloj de la iglesia del monasterio dio las tres. Sus redondos badajazos parecían llegar hasta nosotros con la voz mellada por los filos de la escarcha.

TERCERA PARTE
La muerte, el amor, la vida

1

Habían pasado cuatro interminables años desde el encarcelamiento del tío Modesto y la huida de mi padre, cuando mamá determinó que me quedase en Auria para continuar, en el instituto, mis estudios. Mi destierro había perdido mucho de su aspereza desde que mamá reanudara sus visitas acompañada de la criada Blandina, que se había ido convirtiendo en una joven saludable, muy guapa y de buenos modales, a pesar de los rezagos de su carácter, un tanto montaraz. También solía venir Obdulia, la manceba de mi tío. Fue suficiente que la desgracia entrase en su vida, para que mamá la elevase al rango de persona de su relación, casi de su amistad, con la consiguiente protesta de sus hermanas. Por su parte Obdulia, que había empezado por transigir con el concubinato, llevada de la avaricia, como suelen aquellas aldeanas, había terminado por tomarle ley a su señor, y los acontecimientos que dieran con mi tío en la prisión dejaron en su alma y en su rostro profundas huellas. Cada tantos meses, hacía un largo viaje hasta el penal para verle. Él, por su parte, correspondiendo a tanta lealtad, le había otorgado poder para que corriese con todo, y solo así pudo salvar buena parte del patrimonio, tan roído por los letrados en las dos apelaciones inútiles a la Audiencia Territorial y al Supremo. Mi padre seguía tan campante instalado en Lisboa, como si hubiese nacido allí, con casa puesta, en la que, según se afirmaba, no vivía solo; con abono en el San Carlos y temporadas de cacería en el Algarve, en las posesiones de un noble portugués de quien se había hecho amigo íntimo. Para sostenerlo en aquel rango me enteré, con gran disgusto, de que mamá había caído de nuevo en las garras del tío Manolo y que nos estábamos quedando en la ruina más absoluta.

Cuando estuve en mi casa, en las segundas vacaciones, pues las primeras, como ya se dijo, las pasé en el colegio, negándome a volver a Auria para no tener que soportar a mis hermanos, me encontré con estos, más insoportables que nunca lo habían estado. Les acordé una somera cortesía, sin ningún género de hostilidad, como si fuesen huéspedes desagradables. No los odiaba, pero les había perdido todo el afecto y me eran mucho más indiferentes que todas las otras personas de mi trato, aun las más lejanas y subalternas. Juzgados con frialdad, como si nada tuviese que ver con ellos, resultaban igualmente odiosos con sus aislamientos y hablillas, sus apartes y besuqueos, su amistad sobona y exagerada y su repelente admiración recíproca, que iba desde lo físico y lo mental hasta los vestidos. Eduardo, que era de una sequedad solemne, no podía abrir la boca para decir alguna de sus pedanterías de estudiante aventajado, sin que María Lucila dejase de subrayarla con aspavientos. Su molesta intimidad alcanzaba tan raros frutos, que cuando uno de ellos se iba de la ciudad recibía carta diaria del otro. Tal estado de nuestras relaciones se prolongó ya hasta el final, inesperado y dramático, que nos alejó para siempre.

Lágrimas de sangre me costó la separación definitiva de Julio el Callado cuando fue dispuesto mi alejamiento del colegio. En las primeras vacaciones que pasé en mi casa había hecho todo cuanto me fuera posible para que los frailes le dejasen venir conmigo a Auria, pero se negaron con una terquedad tan inexorable como si aquel pobre rapaz, condenado a colegio perpetuo y a ser víctima de todas las vejaciones, fuese un príncipe heredero entregado a su custodia. Llevaron su inexplicable rigidez hasta no permitir que yo le enviase ropas. La intervención de mi madre, ofreciendo todas las garantías, fue recibida con una negativa irónica por el director. Le prometí ir a verle cuantas veces me fuese posible, pero él y yo sabíamos que nuestra amistad, que la hondura de nuestro cariño, no podría alimentarse de aquellas entrevistas fugaces y colectivas en la sala de visitas, lejos de nuestras complicidades, de nuestros escondites, que habíamos ido llenando de una tierna tradición que solo a nosotros competía.

Quedé, pues, de nuevo instalado en mi casa. Habían pasado cuatro largos años. Mi sensibilidad anterior ante las cosas de mi familia y de la ciudad se había mitigado grandemente. La confrontación con los anteriores estímulos me devolvía una imagen del ser más dominada y segura. Llegué a añorar aquel estado de perenne vibración que me hacía uno con las cosas. Ahora resbalaba frente a ellas, casi indiferente. Sin duda alguna aquellos años de separación me habían endurecido, de otro modo no hubiera podido sobrevivir. Por otra parte, mi amistad con Julio el Callado, y mis afectos, aunque de menor significación, con otros compañeros, me había enseñado que era posible amar y sufrir por gentes que no estaban ligadas a uno por la dependencia de la sangre o de la obligación. Aquella libertad electiva me había hecho madurar rápidamente, concretando una experiencia que había anticipado el paso del tiempo.

También la ciudad había ido cambiando en aquellos años decisivos, aunque el fondo de su espíritu continuaba siendo el de antes, pues la generación criada —educada sería mucho decir— en los nuevos usos, que en aquel quinquenio sufrieran una visible modificación, no tenía aún directa injerencia en la vida del burgo, ni siquiera en su propia vida. En el aspecto material la transformación era más evidente. Las diligencias iban siendo sustituidas por líneas de autobuses, los trenes eran más frecuentes; la luz eléctrica era ya un patrimonio público y privado, con lo que la ciudad había perdido aquel íntimo misterio nocturno que la hacía retroceder, llegada la oscuridad, a siglos pretéritos, con sus callejas lóbregas y estrechas y las antiguas arquitecturas llenas de prestigio fantasmal. La instalación de las dos Escuelas Normales había atraído sobre Auria una irrupción abundante y alegre de muchachos y muchachas de la provincia. Las conquistas de la clase obrera, al limitar las horas de la jornada, lanzaban más gente a las calles, prestándoles una animación de que antes carecían. Con la luz nueva, los escaparates abrieron tramos de claridad en la pétrea edificación y lanzaban sus brillos sobre las rúas. El reflujo de los indianos iba urbanizando las afueras, que antes metían sus huertos casi hasta las calles de la ciudad, poblándolas de casas, «villas» y chalets, continuando la presencia del burgo a lo largo de las carreteras. La artesanía de ambos sexos había terminado por apoderarse del «paseo del medio» de la Alameda, antes reservado para la gente de calidad, durante los conciertos estivales de la banda municipal. A su vez, las clases pudientes —señoritos de casta y burguesía comercial— aparecían más confundidos entre sí, tendiendo a la nivelación que iba estableciendo la ruina de los unos y la prosperidad de los otros.

En aquel Auria que iba surgiendo, mis tías parecían seres de otro mundo, con la excepción de Pepita, que decididamente se inclinaba a lo nuevo. Las otras dos, incapaces de adaptarse a los recientes usos, se debatían en un resentimiento crítico lleno de «en nuestros tiempos», «hoy en día», «como ahora se estila», etcétera. Pepita hizo esfuerzos heroicos de cosmética, costura y talle, pero no se movió de la primera línea. Osó salir sin compañía, entre las primeras, desdeñando, incluso, el pretexto de los paquetitos bien visibles, con las letras de algún comercio muy conocido, que era la forma anterior de lanzarse a aquella insólita aventura; aunque solía volver de tales paseos experimentales alborotada de sofoquinas y sacudida por los regüeldos del flato nervioso.

—¡Qué horror! ¡Es el vacío! Parece que una va de una pared a otra...

En cambio, mamá parecía haber estado, desde siempre, esperando aquellas mudanzas y se encontraba como el pez en el agua, saliendo sola cada vez que le hacía falta o que le venía en gana, sin el ceremonial de criadas acompañantes ni la complicación de peinados y traperío que antes se usaban para un «salir», que muchas veces se reducía a andar medio centenar de pasos hasta el comercio de la esquina o la visita «de cumplido», unas cuantas casas más allá de la nuestra.

La invasión de lo que allí se llamó «estilo inglés» y que no eran más que las oleadas tardías, en versión provinciana, del *art nouveau*, trajo consigo irreparables destrozos y ocasionó la venta malbaratada de piezas riquísimas del mobiliario o la destrucción y abandono de enseres de la ornamentación, que fueron a languidecer en los desvanes o a amontonarse en los chamariles. La ventolera del mal gusto no logró penetrar en nuestra casa, no porque nadie le opusiera un criterio más tradicional, sino porque empezaba a faltar el dinero como para dejarnos contagiar por aquel prurito del cambio de los interiores que trajo la dispersión de los bargueños próceres, de las cómodas, sillerías y camas portuguesas, de las vajillas de Sargadelos y del Buen Retiro, de las lámparas de antiguo cristal francés, del *bric à brac* reunido por abuelos inteligentes, con sus marfiles, esmaltes, miniaturas y chinerías, y hasta de las alfombras de auténtica procedencia; pues todo ello fue barrido por aquel tifón de la cursilería que venía a equiparar los salones de las antiguas casas con los *halls* de los hoteles, surgidos a las orillas del naciente turismo burgués.

En el deslinde de aquellas dos épocas, el Estado, siempre en considerable retraso frente a las otras actividades humanas, perpetraba de vez en cuando, en forma de supervivencias increíbles, algunas de las más crueles manifestaciones del atraso del país, casi todas ellas provenientes de una estructura y de un ejercicio de las leyes y de las obligaciones para con el ciudadano, que nada condecían con los tiempos: las cuerdas de presos por las carreteras; el sistema carcelario, con sus mazmorras y su horrenda promiscuidad; el cuartelero, con sus soldados hambrientos y piojosos; el hospitalario con sus sedes en antiguos conventos, con sus santos Roques y Lázaros patronales exhibiendo sus pústulas esculpidas a la entrada de las salas; con su punzante olor a cochambre mezclado con el del ácido fénico, sus «practicantes» de fama sanguinaria, sus médicos desganados y sus monjas rutinarias y lejanas asistiendo a partos y operaciones con sus mandiles sucios y sus uñas negras...

De aquellos días conservo una de estas imágenes. La Audiencia provincial, a cuyas vistas de procesos criminales asistíamos los de Auria como a un espectáculo que por tan habitual ya había dejado de ser excitante, dio un fallo de sentencia de muerte que conmovió a la población. El drama que lo originó había tenido todos los caracteres de una pasión morbosa y sombría que privaba de caridad a su ejecutor. Vivían los protagonistas en unas tierras altas, entre los pinares del camino a la Manchica. Según se describía al autor del crimen, un tal Reinoso, a mí me resultaba difícil situarlo en aquellas soledades de míseros labrantíos, donde las gentes hacían una vida casi primitiva. Porque, según las cuentas y lo que luego he visto con mis propios ojos, no era el tal Reinoso un labriego común, embrutecido por la miseria de aquella gleba, sino un hombre instruido, con tipo de señor pobre de la ciudad. Por otra parte, el hecho de haber mandado a su hija única a educarse en las Carmelitas de Auria, desde los siete años, es decir, desde que quedara viudo, hasta los catorce que tenía cuando de nuevo la llevó a vivir con él, no encajaba en las costumbres comunes a los campesinos. Además, se supo que Reinoso utilizaba a jornaleros para labrar aquellas duras tierras. Según los testimonios que llegaron a los estrados, aunque de trato suave y buen pagador, no gozaba de ninguna estimación entre las gentes de la comarca, en primer lugar porque no era de allí; en segundo, porque advertían que no era de su clase, y en tercero porque había adquirido aquellas tierras en una subasta judicial que expulsara de ellas a la mujer e hijos de un emigrante perdido en América, que nunca pudo pagar las gabelas. Por otra parte, la muerte de su mujer había sido misteriosa y repentina.

Desde que la hija había vuelto a vivir con él, la indiferencia frente a aquel forastero se había ido trocando en hostilidad, y andaban ambos en boca de los vecinos de aquellas perdidas aldeas, en vista de que la muchacha no salía ni para ir a misa, y cuando algún jornalero lograba verla, ella huía como espantada. El padre no la dejaba a sol ni a sombra, y las escasas veces que bajaban a la ciudad lo hacían juntos, sin separarse ni un momento.

Cuando desaparecieron de la casa, sin despedirse ni dar cuenta a nadie, algún vecino confió a los otros haberle oído decir a Reinoso que preparaba un viaje para el Brasil, donde ya residiera. Al otro día de la repentina partida, que nadie presenció, había aparecido el perro conejero de Reinoso malherido de una perdigonada que le atravesaba los vacíos, arrastrándose frente a la choza de uno de los jornaleros, bastante lejos de allí. Cuando estuvo curado, el animal volvía, una y otra vez, a la casa de sus anteriores amos, y aullaba lastimeramente, tratando de saltar el alto vallado de pedruscos y arañando la cancela. Una de aquellas mañanas, luego de una temporada de lluvias, el peatón semanal de correos venía sintiendo, desde lejos, agrietando de podre la limpidez del aire montañés, unas ráfagas pestilenciales que atribuyó a alguna carniza de animal por allí tirada. Pero al pasar cerca de la solitaria casa de Reinoso, le llamó la atención el aullar desesperado del perro, aún más furioso a medida que él se acercaba. Como sabía que los habitantes de la melancólica heredad se habían ido, dio la vuelta al vallado y se fue orientando por la hediondez, que se acentuaba, de modo insoportable, en los fondos del huerto. De un golpe de hombro hizo ceder la puerta trasera, y el perro se lanzó como una exhalación a escarbar en una parte en que la tierra estaba más esponjosa, como recién removida, entre unos surcos sembrados. Los aullidos con que el animal acompañaba su tarea se hicieron tan extremados que acudieron unos carreteros de las canteras cercanas, que pasaban, con sus cargas de bloques de granito, camino de la ciudad. No tardaron, a nada de excavar, en hallarse en presencia de unos restos humanos allí soterrados. Tal como era de uso, no quisieron avanzar en la averiguación y fuéronse a avisar al juez, el cual hizo levantar el cadáver que resultó ser el de la muchacha que se suponía ausente. La autopsia comprobó que estaba encinta, de cuatro meses y que había muerto envenenada; y un registro minucioso de la vivienda dio por resultado el hallazgo de unas cartas donde resultaba patente que no era hija de Reinoso ni de su desaparecida mujer, sino de un remoto amigo americano, de Manaos, que se la había confiado al morir, junto con la custodia y administración de una cantidad bastante apreciable de dinero.

Reinoso fue detenido en tierras de Verín, donde estaba esperando una documentación que le permitiera entrar en Portugal y pasar desde allí nuevamente a América. Acorralado por los testimonios y las conjeturas, no tardó en confesar su crimen, anegado en llanto y diciendo «que nadie entendería nunca la fuerza del amor que le había llevado a cometerlo».

Quienes recordaban haber visto a Reinoso un poco antes de los hechos no querían dar crédito a sus ojos al contemplarlo, meses después, en el banquillo de los acusados. Aquel señor de ojos jóvenes, rostro trigueño, enmarcado por unas patillas largas y meladas, era ahora un anciano encorvado, de pelo y barba blanquísimos.

No tuvo a nadie en su favor. El discurso desganado del defensor de oficio redujo la vista de la causa a unos pocos papeles leídos, sin dar lugar a las brillantes intervenciones de los fiscales y abogados que eran, junto con la torpeza o la zorrería de los testigos, los motivos que atraían el populacho a la Audiencia.

No obstante, la sentencia a garrote vil conmovió a la ciudad, que se sintió deshonrada porque en su recinto se alzase un patíbulo. No había memoria de que allí hubiese funcionado jamás una horca. Algún reo, incluso, había llegado a estar en capilla, pero jamás llegó a consumarse, en Auria, esa bárbara forma de aniquilamiento de un ser humano. Fueron y vinieron telegramas de las entidades piadosas y filantrópicas al Consejo de Ministros, al joven monarca y también al cardenal de Santiago y al primado de Toledo. Pero la sentencia se mantuvo firme. A mamá le hizo una impresión tan extraña que tuvo que acostarse varios días, acometida de una de aquellas flojeras del corazón que en los últimos tiempos la menudeaban por cualquier motivo.

Se alzó, pues, el cadalso, allá en las afueras del pueblo, donde la ejecución sería pública dos días después, por la mañana. La ciudad amaneció con un aire de siniestra preocupación. Todo el mundo estaba agitado. Los talleres y obradores no pudieron funcionar, pues no se había presentado el personal; en cuanto al comercio, permaneció cerrado en señal de protesta por el agravio inferido a la población. No se hablaba de otra cosa y todo lo relacionado con la sentencia venía siendo comentado apasionadamente. La víspera llegó el verdugo de la capital, y tuvo que pernoctar y comer en el cuartelillo de la Guardia Civil, pues nadie quiso darle alojamiento, y las propias mujeres de los guardias salieron de allí y se desparramaron por el vecindario arrastrando a sus hijos, sublevadas contra la autoridad marital. También se supieron minuto a minuto todas las horas del reo en capilla: lo que había dicho, lo que había comido... Los chicos del pueblo anduvieron incansablemente, excitadísimos, entre la ciudad y el campo del Polvorín, que era un paraje triste y pelado, como lunar, trayendo noticias fantásticas sobre la construcción del siniestro armadijo que los carpinteros agremiados del burgo se habían negado a levantar y que fuera encomendado a unos aserradores portugueses. Por su parte, las lavanderas del riacho que cruzaba el campo del Polvorín habían levantado sus tendales trasladándose a la cercana represa de la Sila. En la esquina de mi calle hubo una discusión entre el padre del Peste y un aldeano, que había servido al Rey en Ceuta, sobre si el fleje del garrote tenía dientes o no. El aldeano sostenía que «en Ceuta el ver ahorcar era como nada», y que no necesitaba haber venido a «aquel corral de vacas que era Auria» para entender de ajusticiados. La disputa desembocó en una pelea a mojicones sin haber dado de sí ninguna luz documental.

La víspera de la ejecución la gente anduvo hasta altas horas de la noche por las inmediaciones de la cárcel, y en las casas devotas se rezó un triple rosario por el alma del reo. Esa misma noche, en un rápido aparte, Blandina, que se mostraba muy servicial y cariñosa conmigo desde que yo regresara del colegio, me dijo que ella pensaba ir «a ver aquello, de paso que hacía el mercado», y que «si quería acompañarla». Acepté y pasé la noche sin dormir.

2

Blandina entró muy temprano a traerme el desayuno, con aquella cara reluciente, y aquel pelo estirado y húmedo hasta formar una sola superficie dorada y brillante, recogido en dos rodetes de trenzas, que dejaban al aire las orejas bien modeladas y la nuca blanquísima, tibia y levemente avellocinada. Se inclinó para poner sobre mis rodillas la bandeja y, al igual que otras veces, sentí un aceleramiento de la respiración al ver la rampa inicial de sus senos briosos, apretados bajo la chambra como dos palomos. Ella se puso colorada al advertir la dirección de mis ojos, esta vez más insistente y voluntaria que otras. El contacto con los usos de la ciudad no le había hecho perder del todo su recia planta de montañesa, sino que le había ido superponiendo unos ademanes que ella adaptaba a la condición de su raza, refinando el parecer sin renunciar a lo esencial. Había ido creciendo de zagala a moza cumplida sin perder nada de la sanidad del cuerpo ni del alma, sino dulcificándose de ambos, siendo más suaves sus hablas, más armonioso el compás de su andar, más gobernados y vivos sus gestos, más directa su mirada azul... La anterior risada montaraz viniera a sonrisa en sus labios gordezuelos y pálidos; y los colores, antes refugiados en lo alto de los cachetes, en preciso redondel, como de carmín pintado, habíanse ido extendiendo y suavizando como diluidos en la blancura mate del rostro. Además, desde la creciente invalidez de Joaquina, que obligaba a la anciana a irse desprendiendo, lenta y forzosamente, del trabajo, como quien se escurre de la propia vida, dos asistentas, una de cocina y otra de limpieza, venían diariamente a ayudar a la joven en los trabajos de la casa, con lo cual el cuerpo y las manos de la joven se beneficiaban al serles evitadas las tareas inferiores.

—Entonces te espero a la vuelta del Jardín del Posío, en la Fuente del Picho. No tardes —le dije.

—No, allí es demasiado lejos y podemos perdernos con tanta gente como irá.

—¿Qué hora es?

—Las seis.

—¿Por qué no salimos juntos?

—Hay que andar con cuidado, pues me parece que tus tías Lola y Asunción también van a ver la muerte, desde el mirador de la finca de los Eire.

—¿Y la madrina?

—¡Dios nos libre, ella viendo esas cosas...! Además, llega hoy, en el tren de las nueve, el catalán, y no le vendrá mal quedarse sola.

—¿Qué catalán?

Blandina se puso a carraspear, confundida, recogiendo los enseres.

—¿Qué catalán? —insistí, deteniéndole las manos.

—¿De cierto no sabes nada?

—No.

—Bueno, después te contaré. Date prisa. Te espero en la Fuente Nueva —y dejó allí el capacho de la compra, en la panadería de la Maica.

Un río interminable de gente se encaminaba hacia el campo del Polvorín. Mucho antes de llegar ya tuvimos que acortar el paso, y terminamos por meternos a través de unas viñas y por vadear un arroyo descalzos. Blandina concebía estas operaciones con rapidez y decisión de montañesa, cruzando los surcos sin dañar las sementeras y saltando ágilmente las paredes que se oponían a nuestro camino de atajo. Mas tampoco así pudimos entrar ya en el campo de la ejecución. Retrocedimos, para coger el camino de la Sila, entre altos paredones que cercaban las viñas, y gateamos por las junturas de las piedras de uno de ellos hasta encaramarnos a una heredad. Pegaba ya duro el sol a aquellas horas, y a nuestro paso por los senderos del huerto huían las lagartijas y las graciosas «margaritiñas», como movedizas gotas de lacre. Cuando llegamos a la parte frontera, nos encontramos frente a otro paredón bastante alto, tras el cual se oía un espeso rumor de muchedumbre. El muro era de cantos rodados, nivelados con argamasa. Blandina midió con la mirada su altura e hizo un gesto de vacilación. Los gritos y algazara de la gente atizaban aún más nuestra impaciencia. De pronto oímos redobladas las exclamaciones, seguidas, a poco, de un silencio terrible. Sin duda acababa de llegar el volquete con el reo, y cruzaba entre la multitud. Miró Blandina hacia un lado y otro, y tomándome de la mano, sin decir nada, emprendió una carrera a lo largo del paredón. Unos cincuenta pasos más allá ascendía el terreno hasta hacer el obstáculo fácilmente escalable. Así lo hicimos, teniendo antes que cruzar un matorral de zarzamoras donde nos abrasamos a pinchazos, pero logramos encaramarnos hasta quedar yo a horcajadas del muro y ella sentada con las piernas hacia dentro.

El espectáculo era imponente, sobrecogedor. Nunca en mi vida había visto yo semejante gentío, y aunque luego, en mis andanzas por el mundo, me encontré con aglomeraciones mucho más numerosas, aquella sensación de infinita humanidad no volvió a repetirse. Parecía estar allí toda la gente del planeta. En torno al patíbulo, custodiado por la Guardia Civil, se apeñuscaban los hombres y los muchachos, y luego por todo el campo y coronando las bardas de las huertas, o subidos a los escasos árboles que bordeaban el río. Entre la parda multitud lucían los vestidos claros de algunas mujeres del pueblo y los brillantes pañuelos de seda de las aldeanas, que habían llegado ataviadas como para una romería. En lo alto del campo acolinado, un poco hacia un extremo, veíanse las ruinas del polvorín, especie de enorme garita de piedra sillar, volada a medias por una antigua explosión. En sus dos tercios estaba el campo rodeado, como por un foso, por el riacho de las lavanderas, tan bajo de caudal que, en caso de apuro, podía pasarse a pie sin hundir más de media pantorrilla en sus claras y rápidas aguas. El cadalso estaba en los medios del desolado lugar, proclamando su horrible desnudez con el escándalo de sus tablas nuevas, que lucían al sol de abril como el tinglado de una cucaña festera. En medio del tabladillo había un artilugio vertical de aspecto siniestro, del que salía un estrechísimo banco, en escuadra, en donde el reo habría de sentarse como montado, dando espaldas al listón vertical, que era propiamente el garrote vil. Este consistía en una horquilla de metal que se ceñiría al cuello del desdichado. El verdugo haría girar una manivela que, al reducir el metálico corbatín, lo iría estrangulando.

 Cuando acabábamos de subir al muro, la multitud aparecía como hendida por una proa, para dejar paso al grupo que formaban el reo y el padre Abelleira, con una mano en alto, mostrándole un crucifijo, metidos ambos en un volquete arenero cuyas cuadernas apenas les llegaban a las corvas, pues iban de pie. Parecían flotar sobre las cabezas de la gente, como los pasos de Semana Santa. De entre el gentío surgían, a los lados del carro, las relucientes bayonetas de la Guardia Civil. Pasaron muy cerca de nosotros. Reinoso iba esposado, y la brisa mañanera jugaba con su melena y su barba blanquísimas y largas. El padre Abelleira apoyaba su mano izquierda en el hombro del desgraciado, con un gesto de emocionante fraternidad; llevaba al descubierto la cabeza, con la tonsura recién afeitada, y le centelleaban los ojos bajo la frente dura, cortada a bisel, cuando miraba —¡con qué inmenso desprecio!— a la muchedumbre, con el crucifijo de metal en alto, brillando al sol, como para el contrito encandilamiento del reo. En este preciso instante corrió un rumor entre la gente y las miradas se desviaron del volquete atraídas hacia el patíbulo, cuya terrible soledad acababa de poblarse con la presencia del verdugo y de unos funcionarios que inspeccionaron el aparato y volvieron luego a los bajos de la escalerilla. El ejecutor era un hombre de unos cincuenta años, de aspecto saludable y simpático, que se quedó allí y se puso, a su vez, a examinar el instrumento mortal, sin cuidarse de la rechifla con que la enorme masa había acogido su presencia. Blandina, al verlo, se puso muy pálida y empezó a sudar. Yo tuve ganas de bajarme del paredón, pero me dio vergüenza al verla a ella tan resuelta e interesada, a pesar de su notoria emoción. Le hice una especie de cofia, con mi pañuelo anudado en las cuatro puntas, por si era del sol su malestar, pero ella jamás quiso ponérselo y me obligó a que yo me cubriese con él.

Cuando llegó el volquete a su destino, aquellos funcionarios subieron de nuevo, leyeron algo, que debían de ser las últimas formalidades, y Reinoso fue entregado a dos de los del tricornio. Al empezar a subir la escalera, no se supo si por debilidad o por casual tropiezo, cayó de rodillas y los civiles le ayudaron a levantarse. El silencio era tan compacto que pesaba sobre la respiración. Detrás del grupo iba el padre Abelleira, quien, ya en los altos del tablado, le pidió al reo perdón para su verdugo. Luego se separó, con los brazos recogidos a la altura del pecho, sosteniendo el crucifijo, y se quedó en un ángulo arrodillado, sumido en la oración.

El ejecutor cogió suavemente a Reinoso de un brazo y lo sentó de espaldas al listón, atándolo contra él y ajustándole luego el fleje de acero contra el cuello. Hizo después una seña al padre Abelleira, que tuvo que repetir, tan ensimismado se hallaba en su rezo. Parte de la multitud empezó a moverse y a rumorear, pero fue acallada por los chistidos que salían de todas partes. Se había corrido por el pueblo que lo más emocionante era oír el credo final del reo. Mas en este punto se produjo una novedad que desató nuevos rumores, esta vez de desencanto: el verdugo acababa de enfundar la cabeza de Reinoso en una especie de capirote de tela negra. Luego sus movimientos se hicieron mucho más vivos y seguros. A una nueva señal, el cura, puesto en pie, empezó a recitar, con voz alta y clara, espaciando las frases, como si fueran versos: «Creo en Dios Padre... todopoderoso...» Por la forma en que inclinaba la cabeza se advertía que la voz del condenado, repitiendo la oración, debía de ser muy débil, mitigada aún más por el fúnebre capuz.

Blandina sudaba a hilo y se había puesto tan demudada que metía miedo. Contribuía a darle un tono más enfermizo el color verde de los labios, pues había estado comiendo nerviosamente hojas de acedera, que nacían en las junturas de la pared en pequeños ramilletes. Desde que viera llegar al trágico grupo, habíase quedado como hipnotizada, con los iris dilatadísimos, fijos en la escena, mientras hincaba los dientes en un atadijo de medallas piadosas, de metal barato, que llevaba colgado entre los pechos.

Hubo un instante en que el silencio fue de nuevo tan sobrecogedor que llegaron a oírse el cascabeleo del riacho arañándose contra los cantos del lecho, y no solo las frases de demanda de la oración del cura, sino la sofocada respuesta bajo el capuchón. Al llegar al punto del credo en que dice: «padeció bajo el poder...» el sacerdote cayó de rodillas y el verdugo dio un par de vueltas rapidísimas a la manivela, mientras el cuerpo de Reinoso, como asaeteado por todas partes, se debatió contra las ligaduras, en breves movimientos de inesperada agilidad, para ir luego aflojándose en una creciente laxitud que daba la imagen cabal de la muerte.

El campo del Polvorín se estremeció con un inmenso alarido, y las mujeres empezaron a correr a través del riacho, levantándose las faldas. Todo ello duró pocos segundos. Sentí a mi lado un estertor; y, al volver la cara, vi a Blandina, con los ojos entornados, que perdía el equilibrio y caía desvanecida en medio de la maleza de zarzamoras. Me lancé a ayudarla por entre aquellas compactas varas, llenas de espinas, que me desgarraban la carne por todas partes. Había caído en el sitio peor y no sabía cómo hacer para sacarla de allí. Dar voces pidiendo auxilio hubiera sido inútil, pues nadie me habría oído dentro del hortal, si alguien había en él, con la gritería que llegaba del otro lado del muro. Quedó tendida boca arriba, con las enaguas arrezagadas dejando ver, sobre las medias negras, el comienzo de los muslos llenos y firmes. Logré acercarme a ella. La llamé y la sacudí por un brazo, para ver de traerla a conciencia. Una de las veces que le palmeé suavemente la cara, perdió el aire beatífico y púsose ceñuda, como el durmiente tranquilo a quien se trata de hacer acordar. Pero casi de inmediato volvió a su gesto bobalicón y feliz. En vista de lo cual me fui en busca de agua para salpicarle la cara, que era todo lo que yo sabía hacer en casos tales. Anduve unos pasos sintiendo el sudor que me entraba en las heridas, escociéndomelas. Subí a una pequeña elevación del terreno y por el color del césped supuse que allá, a unas treinta varas, bajo un grupo de higueras debía de haber alguna fuente o poza de riego. Efectivamente, había una pila donde estaba una viejecita lavando ropas de niño. Tuve que decirle a gritos lo que ocurría, pues era sorda como un colchón.

—Esto vos pasa por metervos en sitios ajenos sin permiso... ¡Y todo para ver esas canalladas que hacen unos hombres con otros! ¿Qué gusto sacáis de ver ajusticiar a un cristiano? ¿Dónde está esa pillabana? —esto lo decía ya andando hacia el lugar a donde yo la conducía, llevando una jarra de hierro con agua. Yo pensaba en mi casa, no por mí sino por la pobre Blandina, víctima de aquellas terribles reacciones, que, desde hacía un tiempo, acometían a mamá, que le daban por martirizar a las muchachas y que eran mucho más vivas desde que yo sacaba la cara por ella.

La vieja se detuvo en la parte de afuera de la maraña y me dio instrucciones.

—Entra tú, desabróchale la chambra y óyele en el costado del corazón. Si está parado no hay que hacerle; muchos mueren de accidentes. Si le anda, échale, a modo, el agua en la cara y en el pecho. ¡No ha de ser más que el susto, si Dios quiere!

Sintiendo de nuevo la piel abierta por millares de sitios, me llegué a Blandina y le desabroché la blusa, dejándole al aire la tabla del pecho. Luego puse el oído. Estaba muy fría.

—No se oye nada —dije hacia la vieja, con voz asustadísima.

—¡Qué has de oír ahí, hom...! Desabotónala más y tira del justillo para los lados —ordenaba la vieja, con un extraño dejo malicioso en las hablas.

Hice lo que me decía y, no bien acababa de desagujetar los altos del justillo, cuando saltaron al aire los pechos blancos, tersos, surcados de finísimas venas azules, con su pequeño y erecto botón, en medio de una aureola rosa pálido, ligeramente rociada de sudor. Aparté las manos e hice un movimiento para alejarme, asustado.

—Pon el oído ahí, del lado izquierdo —insistió la condenada de la vieja, con voz casi gozosa. Traté de inclinar el cuerpo de Blandina un poco hacia la derecha y con este movimiento debió de sentir nuevos pinchazos, pues volviendo repentinamente en sí, exhaló un ¡ay! dolorido y casi en seguida trató de incorporarse mientras decía con voz llena, recobrada, cubriéndose los pechos con las manos:

—¿Qué pasa? ¿Quién me destapó?

La vieja le habló en el lenguaje regional, tranquilizándola, mientras me instaba a que le rociase la cara con el agua fresca y que le metiese en ella los pulsos. Pero ya Blandina había recuperado el uso del sentido, y estaba incorporada, agujetándose el justillo como si tal cosa...

3

No recuerdo haber tenido, anteriormente, un disgusto mayor con mi madre, ni jamás pensé que semejantes palabras pudieran haberse cruzado entre nosotros con un motivo de tan remota importancia como era la falta o la travesura de un sirviente. La verdad es que ambos habíamos cambiado mucho. Mi carácter se iba perfilando entre los extremos de una parsimonia irónica y unas descargas de agresividad verbal que, ciertamente, no desmentían mi casta paterna. Por su parte ella tendía a no vivir, a postrarse, a renunciar a toda especie de interés por las cosas y por las personas. Se dejaba ir a remolque de los acontecimientos, escasa de palabras y poseída de un creciente humor acedo. Este proceso la iba haciendo centrarse en la exageración de los que habían sido los mejores rasgos de su carácter que, al desproporcionarse, trocábanse de virtudes en defectos. Su valentía se había hecho cinismo y su parquedad se iba pareciendo a la hurañez. En suma, podría decirse que se había masculinizado. Por otra parte, no era lícito oponérsele, pues ello le traía consecuencias que se reflejaban en su salud cada vez más quebrantada. Esto sucedió aquel día en su reprimenda a Blandina. Yo me metí de por medio quitándole de las manos a la criada, que lloraba a desbautizarse, al verse sacudida e increpada. Mamá se quedó sin saber qué decir ante aquella audacia y yo remaché la cuestión advirtiéndole:

—Si continúas con ese genio y, lo que es peor, con esas palabrotas, me iré de casa.
—¿Te atreves a soltar amenazas? —dijo, temblando de ira.
—Ya sabes que yo no amenazo; hago, sencillamente.
—¡Eres bien hijo de tu padre! Bravatas y más bravatas... Haz lo que te dé la gana, yo no pienso cambiar. ¿O es que ni me dejáis el derecho a ser como soy? Aun para sufrir tengo que hacerlo a vuestro gusto...

Empezó a flaquearle la voz, y yo, temiendo que le diese una crisis de llanto, bajé, sin añadir nada, al piso de las tías. Ni aún ahora, que lloraba por cualquier motivo, podía acostumbrarme a sus lágrimas, que, además, ya no eran el blando fluir silencioso de antes sino las compañeras lamentables de sus gritos y de sus descompuestos ademanes. A pesar de que nuestra separación se iba haciendo cada vez más honda, tenía verdaderos raptos de ternura hacia ella, pero se frustraban, apenas nacidos, contra su frialdad y su tono amargo. Era evidente que no había podido superar las injusticias de su vida sin perder el gobierno de sí, cediendo, al fin, al desmoronamiento de su integridad. Por ello también su belleza, que más que perfección física había sido emanación graciosa de su equilibrio interior, se iba desdibujando día a día. Adelgazó extremadamente y se cargó un poco de hombros; sus ojos habían perdido aquella honda opacidad, que los hacía tan dulces, para tornarse inquisitivos, hirientes. No quería ver a nadie de su clase, y su vieja manía de tratar con gentes moralmente proscritas e irregulares había dejado de ser un simbólico desquite contra la gazmoñería ambiente, para caer en un hábito maniático y molesto, pues a toda hora venían a casa comadres que le traían cuentos, y mujeres obreras de mirar directo, casi desvergonzado, que tomaban parte activa en algaradas y huelgas y que llevaban las banderas de los gremios en las manifestaciones del Primero de Mayo, por lo cual eran motejadas de ácratas por la gente fina y de pendangas y machorras por la plebe. Solo en estas cosas podía hallar mi madre, si no la calma, al menos la distracción, y en el estarse, horas y horas, sentada al lado del lecho donde la pobre Joaquina, casi por completo tullida, iba dando su lento adiós a este mundo.

Mis dos tías, como ya dije, relegadas a la inactualidad y al desuso luego de la relativa actividad y el pacato uso que de sus vidas hicieran, iban cayendo en una languidez que las hacía más humanas y comprensivas para las flaquezas de los otros, como si quisieran nivelar con ello la poca indulgencia que tuvieran para con las propias o con la remota posibilidad de haber cedido a ellas. También habían envejecido repentinamente. Tan solo Pepita reñía la batalla por los tiempos y la iba ganando. En los debates que tuvo con sus dos hermanas sobre modos y modas, estas parecieron consumir sus finales energías y mi madrina cobrar nuevos arrestos. También era verdad que los nuevos tiempos habían dilatado la vigencia de las edades; y así, los jóvenes, lo eran durante un plazo mayor y la madurez había alejado sus límites; con lo cual la tía Pepita había decretado que sus cuarenta y tantos —los tantos seguían discretamente embozados en el misterio— no eran como para echarse una papalina o un manto por la cabeza y para empezar el merodeo de un santo que asegurase la salvación eterna. Contribuían también a levantar su espíritu y a esponjar sus carnes las nuevas lecturas, que nada tenían que ver con aquellas resmas de prosa por entregas que habían constituido el inadecuado alimento sentimental de su cálido temple de morena, apenas contenido por los convencionalismos. Con todo ello y con la nueva costumbre de dar largos paseos, a pie, por las afueras, su salud había mejorado grandemente; y algunos días, digámoslo con apropiada frase literaria, su otoño valía más que muchos estíos y que no pocas primaveras...

Aunque yo no quería enterarme de nada, no ignoraba que las finanzas de mi familia se habían ido resintiendo hasta una extrema gravedad, a causa de las demandas de mi padre, que seguía viviendo su vida absurda, y de la acumulación de deudas e intereses que ya hacía tiempo devoraban, con exceso, todo cuanto la renta producía, desgajando en ventas de apuro, farfulladas por el tío Manolo, lo mejor del capital. Tuve un grave disgusto cuando supe que las tías cosían, bajo cuerda, para las mejores familias de Auria, a fin de ayudarse. Yo me sentía incapaz de reaccionar, y lo único que hice fue dejar, de la noche a la mañana, los estudios y entregarme a solitarios paseos por las montañas y bosques cercanos.

Mi hermana María Lucila se había convertido, a la vuelta de unos meses, en una mujer hermosísima, con el casco espeso de su pelo castaño, sus ojos verdes y osados y su tez blanca y mate. La hacían aún más atrayente su desdén por las cosas que preocupaban a las muchachas de su edad, su distinción e independencia y su aire de tranquila formalidad, como quien ya se halla de regreso de las experiencias del mundo. Caminaba y se movía con altivez y gracia, como modelada, a cada paso, por las manos del aire. Cuando hablaba lo hacía con seguridad y riesgo, sin detenerla tema alguno, por vidrioso que fuese, y se oía resonar en sus palabras la audacia y, por veces, la autoritaria pedantería de las réplicas de su hermano.

Eduardo permanecía en Madrid, estudiando la carrera de Ciencias y viviendo por sus propios medios. Desempeñaba un cargo demasiado importante para su edad —andaba en los dieciocho años— en la oficina de unos ingenieros belgas, contratistas de grandes obras, a causa de su versación en los más difíciles cálculos matemáticos. De vez en cuando hacía una escapada a pasarse unos días en Auria. Mientras estaba su hermano, María Lucila parecía revivir con una alegría tan inmediata que, a pesar de poner todos sus esfuerzos en disimularla, no dejábamos de advertirla y de sorprendernos. Parecía otra, con sus ojos enternecidos y sumisos, y la acentuación repentina de todos sus afeites y modos de vestir. Desde que Eduardo llegaba apenas permanecían en casa; todo se les volvía visitas o paseos por las montañas y a lo largo de los ríos, pues según él afirmaba, venía siempre ávido del paisaje natal. Un día, en la mesa, María

Lucila afirmó que «en los últimos cinco años solo lo había visto en total unos ocho meses», lo cual era cierto; pero no por ello dejó de extrañarme cuenta tan cuidadosa y, además, el acento de amargura con que lo dijo, y el aire de excusa con que él la miró.

Del tío Modesto llegaban muy malas noticias. Después de un tiempo de violencias e indisciplina, que le habían hecho pasar casi dos años en las celdas de castigo, había caído en una especie de insensibilidad imbeciloide que tenía muy preocupada a Obdulia. Además, su antiguo mal de orina se había agravado hasta dar en una incontinencia poco menos que perpetua. Cada vez que la barragana aludía al envejecimiento de su hombre se echaba a llorar y afirmaba «que más valdría que nunca le volviésemos a ver». A mí tales noticias me producían pena, pero formaba parte de mi propio embrutecimiento el no hallar un momento para escribirle —al fin yo era el único descendiente legítimo de su casta— dándole ánimos para sobreponerse a su abatimiento.

A raíz de una pulmonía que le tuvo casi en las últimas, Obdulia determinó confiar las heredades de Modesto a manos honradas y seguras e irse a vivir a Ceuta, para estar cerca de él. Y así lo hizo. Apenas venía en las épocas de las faenas principales a ordenar las sementeras, vender el vino y los animales, y cobrar foros y rentas.

Eucodeia, sin más méritos que su pésimo latín y sus barbaridades desde el púlpito, había cazado la mitra de Londoñedo, merced a los oficios de su hermano, profesor de los infantes y hombre de gran metimiento en la Corte.

Don José de Portocarrero no salía de su casa, fulminado por un ataque que le dejó sin movimiento todo el lado derecho, casi sin vista y con la lengua de trapo. Muchas veces tuve ganas de ir a verle, pero tampoco pude reunir la voluntad necesaria, aunque me culpaba, con íntimos reproches, de mi ingratitud.

Mi existencia de parásito se reducía a dar largos paseos por las afueras y a devorar, uno tras otro, sin discernimiento alguno, los estantes de la Biblioteca Municipal fundada por mi abuelo. Los absurdos libracos que habían nutrido su noble espíritu fue lo primero que empecé a leer; mas al poco tiempo retrocedí desencantado ante aquella jerga universalera, seudocientífica e inocua; aquella materia pueril, ambiciosa y contradictoria, entre la que no tenía lugar la literatura de invención, ni la gracia del mundo lírico.

Por aquel entonces empecé a frecuentar el núcleo de los nuevos intelectuales, tan distintos de la candorosa condición de los Tarántula, y de aquellos progresistas decimonónicos, blasfematorios de casino y sabios de rebotica, llenos de generosa y artificiosa pasión por la Escuela y por la Higiene, creyentes del mito de la Electricidad, oficiantes en el ara de la Locomotora:

> *Velahí ven, velahí ven, tan*
> *houpada tan milagrosiña, con*
> *paso tan meigo, que parece unha*
> *Nosa Señora,*
> *unha Nosa*
> *Señora de ferro.*
>
> *Tras dela non veñen*
> *abades nin cregos;*
> *mais vén a fartura*
> *¡i a Luz i o*
> *progreso!*
>
> *... que a máquina é o Cristo*
> *dos tempos modernos.* *

* Vedla llegar, vedla llegar, tan erguida / tan milagrosita, con paso tan ledo / que semeja una Nuestra Señora, / una Nuestra / Señora de hierro. / Tras ella no vienen / abades ni clérigos; / mas llega la hartura. / ¡la Luz y el / progreso! ... que la máquina es el Cristo / de los tiempos nuevos» *

* «En la llegada a... de la primera locomotora» M. Curros Enríquez. Aires da miña terra.

4

Desde hacía unos años, en las planas de los periódicos y en carteles multicolores fijados a los vetustos muros de Auria, comenzaran a aparecer los anuncios de las compañías de navegación. Destacábanse en ellos, con su gracioso exotismo, los nombres de las ciudades de América, que, de este modo, dejaban de ser simples menciones geográficas o motivos fabulosos de la exageración indiana, para trocarse en realidades, casi al alcance de la mano: «Viajes directos a Veracruz y Tampico», «Línea de navegación a Pará y Manaos», «Líneas directas a Río de Janeiro, Santos, Montevideo y Buenos Aires».

En tales carteles la tentación se plastificaba, además, en unos gallardos buques de varias chimeneas, empenachadas de humo y orgullosamente inclinadas hacia atrás como por el ímpetu de la marcha; con las proas afiladas, partiendo en dos las ondas de un mar muy azul, navegando cerca de una costa luminosa en la que un jinete agitaba un gran sombrero de paja desde un boscaje de palmeras. Había otros con buques negros, de una sola chimenea, aunque de aspecto muy poderoso, recalados en puertos que tenían por fondo ciudades enormes y blanquísimas. Con todas estas incitaciones y la apertura de las agencias de embarques, que daban a los viajes de ultramar, rescatados de la apariencia de su riesgo legendario, el aspecto de una fácil excursión, muchos emprendían lo que resultaba luego durísima aventura, estibados en siniestras calas, comiendo bazofia extranjera y cayendo en manos de traficantes de hombres, al margen de toda aquella protección que prometían las lindas y patéticas declaraciones constitucionales de las repúblicas del Nuevo Mundo.

Aunque todo esto se sabía, veíamos en ello una esperanza, sobre todo los que teníamos por delante un destino incierto, los que no queríamos caer en los mataderos de la guerra africana o dejar los pulmones en los nuevos talleres y fábricas que, dimisores de la antigua artesanía patriarcal, venían a ofrecer al trabajador las brutales formas del desgaste y de la extinción en manos de recientes técnicos, con alma y procedimientos de cabos de vara, que iban convirtiendo al oficial en proletario y al maestro en capataz, trocando la anterior resignación, casi gozosa, del trabajo, admitido sin protesta en razón de su propia fatalidad, en algo abstracto y desalmado; los salarios insuficientes respecto a las nuevas condiciones de la vida; los campesinos estrujados por un ciego sistema impositivo, elaborado en la Corte por mentes esquemáticas que no tenían la menor idea de la realidad económica regional; el desvalimiento de las manufacturas tradicionales que iban siendo abandonadas antes de que se creasen los medios para adquirir los productos ofrecidos por la industria masiva y mecánica nacida en torno a las urbes de reciente creación o ensanche... Todo ello, junto al mal ejemplo de los nuevos indianos, que volvían con sus relucientes centenes de oro y su aire despreocupado y juerguista, lograron que «la sangría emigratoria del pasado siglo se convirtiese en irrestañable hemorragia», como decía un periódico local, y que adquiriese proporciones de catástrofe. Sobre un fondo de costumbres casi atávicas que consideraban el paso a Indias como una solución cuando todas las demás fallaban, las nuevas incitaciones, ayudadas por una época de transición que el mundo imponía a un país retrasado en relación con la marcha del continente, eran motivos más que bastantes para que algunos viesen, al margen de su interpretación milagrera, la evasión emigratoria como la única salida de tanto callejón murado. A ello se añadía, para encandilar aún más las imaginaciones, la invitación a la vida libre, considerada proverbial en América, y la nivelación de las posibilidades, tan difícil en aquella ciudad rutinaria.

El aspecto religioso de la vida en Auria había pasado a términos muy secundarios, y la lucha, tan denodada en años anteriores, había ido cediendo. Ya no se interpretaba como una escandalosa alusión el ser de los de «la cáscara amarga», y, por el contrario, se juzgaba de mal gusto, entre los jóvenes, tanto el mostrarse belicosamente beatos como el militar entre los tragafrailes, demagogos y pintorescos herejes provincianos. Los que habíamos sido educados en las prácticas religiosas cumplíamos con sus preceptos, aunque sin ningún género de especial fervor ni mucho menos derivando de ello consecuencias políticas. Y en mi caso particular, ni aun eso, pues mis asistencias al templo, más que originadas en la militancia de la fe, obedecían a las fluctuaciones de mi humor. Tenía rachas devotas y períodos de total abandono; pero sin dramatismo, sin alternativas de acción y reacción, en la misma línea de discontinuidad que me acercaba y me separaba de tantas otras cosas, de mi madre incluso. Por otra parte, mis aficiones arqueológicas y mis estudios, un poco a la buena de Dios, sobre las épocas resumidas en la varia arquitectura del templo, habían ido reduciendo la esfinge catedralicia a las razonables proporciones del conocimiento; aunque, a decir verdad, en el fondo de mi ser, sofocada, mas no acallada, seguía estando viva aquella tendencia a responsabilizarla por todo cuanto de injusto, insólito o negativo sobrevenía, sobre la indefensión de mi vida. Comprendía que aquella atribución supersticiosa, animista, no era más que una infantil reminiscencia, pero no podía —aunque mejor sería decir, profundamente hablando, *no quería*— desprenderme de ella; habría sido como tener que encararme con una responsabilidad tan brutal que hubiese terminado lanzándome a la nada. Con todo, mi uso espiritual del templo, sustituido ahora, en cierto modo, por su estético disfrute, era más calmo, más regido por la voluntad.

De estos sentimientos confusos participaba también el tono de mi religiosidad. En mi creciente y lúcido contacto con los espíritus informados, admitía, con cierta irónica tolerancia, todas las paradojas y salidas de cauce que constituían las formas de discusión y diálogo entre los inteligentes de aquella época; mas cuando el agresivo galimatías entraba en el terreno hondo de la fe, me callaba, celando mis convicciones o su borroso espectro, del mismo modo que en años anteriores escondía el secreto de mi relación íntima con el cuerpo de la catedral.

No obstante, esta dramática fluctuación entre la excitación y el tedio, entre lo afirmativo y lo inseguro, de mi vida interior me privaba de toda actividad externa y no me dejaba mirar, cara a cara, hacia el futuro inmediato cargado de sombras. Había días en que la angustia me hubiera hecho gritar por las calles y en cambio otros me los pasaba como mecido en una arrulladora estupefacción hasta la que me llegaba un eco asordado de reproches. Mis estados de ánimo tenían mucho que ver con el girar de las témporas: las primaveras con su repentina suntuosidad, los veranos con las vacaciones en la aldea; el otoño, lento, tibio, con su final subitáneo, al bajarse el telón de las lluvias de octubre, y el invierno, con sus días de diez horas de claridad plomiza, sus campanas de larguísimo son, como perpetuamente de difuntos...

Al irrumpir en mí esta trabajosa adolescencia, me encontré, de pronto, situado entre el desenfreno de las cosas y de los seres, ya mucho más que como espectador, como protagonista. Me sentí más desarraigado de la introspectiva soberbia, para sumarme, para sumergirme, como en una danza sagrada, en un ritmo más general de ansias y repulsas.

Al comienzo de los gozosos paseos nocturnos en la Alameda, que duraban todo el buen tiempo, descubrí, un día, de pronto, las miradas de otras vidas flotando en el aire, llenas de sentido, de comunicación. Las descubrí también en mí mismo. Me sentí en poder de una expectación que ya no nacía de mí, sino que me poseía, que me venía de todo: de los seres y de las otras presencias del mundo que se me mostraban con repentina solidaridad.

¡Qué dulce e inextinguible gozo aquel estrenarse del alma en cada cosa, transformada en posible fuente de amor; en la transmutación de los seres y de los objetos, desde una relación rutinaria o fatal a la libérrima decisión que me permitía crear mundos interiores con aquellos fragmentos! El hallazgo y adopción del ámbito eran una gloria para el alma y para los sentidos, con la condición, casi divina, de ser yo mismo el punto concéntrico, el posible proyecto, la incitación, la ordenación de aquel caos suave en cuya abundancia podía hundirme con solo desearlo para absorberlo, para reconstruirlo sin descanso, como en esos sueños semiconscientes donde la fantasía puede disponer, dirigir. Eran todas las formas, sonidos y colores ofreciéndoseme, en lentas apariciones, en descubrimientos morosos para que mi voracidad se lanzase sobre ellos, flecha yo mismo, ansiosa, insaciable, acudiendo a cada instante de la temblorosa solicitación... El lento cabeceo de los árboles, el gran río con sus escamas de brisa, la nevazón amarilla de las acacias, el sesgar de las golondrinas por el aire renacido a fruición y luz, el tibio olor a lilas al volver de una calle, desbordadas de un muro; las perspectivas desencantadas, la primera luna de mayo con su andar procesional, su tristeza sacra, su fuego azul entre los pinares, eran cosas que me llevaban hasta el llanto, hasta un contento que parecía entrarme por los límites del cuerpo, empapándolo de una embriaguez desconocida. Faltaba que todo aquello se argumentase en torno a otro espíritu con quien compartirlo, con quien sufrirlo y gozarlo...

De estos días viene mi amistad con Amadeo, que era otro deslumbrado, aunque entre lo que constituía en él su verdadero y limpio ser y la suntuosidad declarada de su espíritu, se interpusiese una especie de ángel aduanero, pertrechado con las más eficaces armas de la versación y también del cinismo. Cuando le conocí estaba aún en la incitante categoría de forastero. Un forastero era siempre para nosotros la posibilidad de confrontarnos con un alma distinta, oreada, sorprendente.

Era Amadeo uno de esos muchachos de patria administrativa, nacidos al azar de traslados y permutas. Tenía hermanos extremeños, vascos y marroquíes. La patria chica de todos ellos la había determinado el escalafón de la Tabacalera, en la que su padre, nacido en Auria, de la excelente y vieja familia de los Hervás, había venido a desempeñar un cargo de importancia. Luego de haber paseado su inadaptación por media península, cumplió con ello el acariciado anhelo de toda su vida burocrática.

Amadeo era alto, armonioso, triunfal. Tenía el pelo tan rizado y brillante como el de un mulato presumido y ojos audaces de muy oscuro azul. Su andar era lento, acompasados los ademanes, y su vestir cuidadoso, casi afectado. Nos conocimos de lejos, en el café, y durante muchos días nos miramos, allí y en las calles. Andaba siempre solo, con un libro en la mano, y alguna vez me crucé con él en una carretera o en la vereda de un monte, donde casi nos saludábamos con los ojos, pero sin hablarnos. Yo sentía grandes deseos de ser su amigo y confiaba en que la casualidad, que en Auria revestía formas casi matemáticas, nos pondría algún día en contacto. Sin duda, era también de los irregulares y rebeldes, pues no le veía estudiar en ningún centro y además trasnochaba sin objeto, como yo, como otros, tal vez por el mismo deseo de sentir en la libertad la plenitud del propio gobierno, sin la autoridad o la curiosidad de las gentes sobre nuestros pasos, sobre la indeterminación tan grata de esos mismos pasos... Una de aquellas noches me lo encontré, acodado en el pretil del alto puente de Trajano, con la vista fija en un punto del firmamento. Era un lugar bastante oscuro, y, más que verlo, lo adiviné por el alboroto de su pelo ensortijado y la dignidad de su perfil, que se destacaba contra el resplandor de las lejanas ampollas eléctricas, a la entrada del puente. Pasé una y otra vez, para cerciorarme, y también un poco intrigado por lo que allí estaría haciendo.

—¡Hola! —me dijo, con toda espontaneidad, al pasar por tercera vez y cuando iba dispuesto a seguir mi camino. Su voz era cálida, rica de intimidad, muy suave, sin dejar de ser varonil, tal vez demasiado grave. Yo me acerqué.

—Estaba tratando de ver quién era el otro extravagante que se queda de noche mirando a las estrellas. Me alegro de que sea usted.

—Pero nada de romanticismo, pura curiosidad científica —su acento denotaba la forastería y podía ser clasificado entre lo que entendíamos en Auria como habla madrileña.

—¿Curiosidad científica, en Auria? ¿Y trato directo con sus cosas, aquí?

—Un cometa no elige sus puntos de observación, afortunadamente para los pobres de este bajo mundo. Apenas si nos van dejando las diversiones estelares —hablaba con sorprendente fluidez y manejaba un lenguaje rico, dócil y tan bien armado que parecía escrito—. Pero dime la verdad —añadió con espontáneo tuteo—; te paraste aquí sabiendo que era yo, para hablarme, ¿no es así? —inquirió, ofreciéndome un cigarrillo.

—Sí, es verdad. Hace tiempo que tengo ganas de tratarte, ya lo habrás notado; pero en este indecente poblacho no existe el hábito cortés de las presentaciones. (Era una de nuestras estratagemas, para congraciarnos con los forasteros, el hablarles mal de la ciudad donde los suponíamos mortalmente aburridos.)

—Yo también me fijaba en ti. Tienes una cara y un «allanamiento» muy particulares... Pareces uno de esos muchachos muy elaborados, muy atormentados, muy «hechos», que se encuentran en las grandes ciudades. ¿No eres poeta, por casualidad?

—No, no, de ningún modo.

—¡Hay cosas peores!

—Por las muestras que aquí tenemos deben de ser muy pocas. —nos echamos a reír de buena gana.

—Bueno, pues a ser amigos —me tendió la mano con un gesto simple y afectuoso.
—¡Cuando las cosas están de Dios! —nos reímos de nuevo de aquella expresión del beaterío local—. ¿Seguimos o te quedas?
—Vamos a sellar esta amistad a varios millones de kilómetros... Mira hacia allá —nos acodamos en el pretil y señaló un punto del firmamento, hacia el oeste—. ¿No ves allí... como una nubecilla luminosa, como una pluma...?
—No veo nada.
—Sí, hombre —me cogió la cabeza y me la hizo girar suavemente en la dirección de su índice. En medio del fresco de la noche sentí el calor de su cuerpo saliéndole por la manga que rozaba mi oreja.
—Allí, allí, como un alfanje mal hecho, como derritiéndose, entre aquellas tres estrellas grandes.
—¡Ah, sí! ¡Qué hermoso! Yo creí que había pasado aquella noche de jolgorio en que la gente esperaba el fin del mundo en las tabernas. Es muy pequeño...
—Figúrate, la distancia. Además ya está un poco bajo; deben de ser las once. Mañana, a eso de las diez, lo verás mucho mejor; hay norte y estará el cielo como un cristal.
—Volveré y me explicarás...
—Sí, a uno no le queda mal retroceder de vez en cuando hacia la instrucción primaria... Todos los déficits de nuestra cultura nos vienen de la falta de instrucción primaria. Te propongo que lo veamos desde los altos del Montealegre: de paso oiremos los primeros ruiseñores, que deben de estar llegando, si no están aquí ya —efectivamente, era una costumbre de Auria el ir a esperar los primeros ruiseñores a mediados de aquel mes, por la noche, a las afueras.
—¿Cómo sabes tanto de este pueblo?
—¡Oh, llevo aquí años de años, ciclos, edades...! Mi padre es un enamorado de su ciudad natal y he crecido en su adoración, regándome con su dulce nombre... Desde que nací. Yo

soy africano, de Tánger, que es una forma muy llevadera de serlo... —Mi infancia es la protesta de mi padre contra aquellos solazos, contra aquellas tolvaneras, en defensa de estas brumas y musgos. Además es poeta, por añadidura. Sería como para haberle aborrecido si no pusiese tanta alma en su morriña. Por otra parte, la comprobación no resulta del todo negativa. Ya veremos la gente; el inconveniente de todos los edenes son los bichos... —daba gusto oírle hablar con frases tan rápidas, tan inesperadas, tan de libro. Yo jamás había oído cosa semejante y no me atrevía a contestarle—. Mi padre es «el» Hervás, como decís aquí, administrador de la Tabacalera. Un día, paseando con él, te vi. Ya sé que te llamas Luis y que eres de la familia de los Torralba.

—De los «locos Torralba», te habrán dicho.

—Mi padre, no. A pesar de ser poeta, nació dotado de una seriedad completamente administrativa, que refluye tristemente sobre sus sonetos y décimas, claro es. Pero otros sí me lo han dicho. De los «locos Torralba» —repitió sin énfasis, sin darle ninguna importancia a aquella filiación deprimente.

—¡Buena información y rápida! —comenté.

—¡Hombre! Aquí pegas el oído a una piedra y te cuenta la historia de la ciudad, desde que fue extrema oficina y punto termal de romanos aburridos hasta los próximos cien años.

—¡Imagínate cómo será la gente!

—Peor que las piedras, pues la gente añade...

¡Cómo hablaba! Se veía que llegaba del mundo. Sin embargo, pronto pude comprobar que su implacable inteligencia no ofendía ni restaba nada a su cordialidad, a su contagiosa simpatía. No obstante, sería algo difícil quererle, defendido como se mostraba con aquella brillante armadura mental. Su corazón no estaba, se veía, librado a ningún descuido, supuesto que le acordase a la metafórica víscera la importancia de quienes vivíamos en aquellas brumas, insumidos en nuestra propia sustancia. Mas, a pesar de todo, su espléndida sonrisa no lograba borrar una cierta tristeza, o tal vez desconfianza, de sus ojos, que la noche hacía ligeramente morados. En contraste con mi nerviosidad y mi aturdimiento, su mirar largo, apenas sin parpadeos, su dominio y la gracia, un poco gatuna, de sus ademanes, le daban una prestancia de lejanía, de superioridad, de autoridad y quizás de una sombría y trabajosa ternura. Aquella noche tuvo momentos de pasmosa turbulencia verbal, unidos a la más natural y angélica poesía. En la adolescencia se descubre a gente así... Luego parece esconderse para siempre en los harapos de la vulgaridad. Esa debe de ser una de las causas de la tristeza de la vida. Uno se va cansando de buscar y de no hallar; y cuando ya no se busca es que se está maduro para la renunciación y el tedio; es decir, para la muerte.

5

Fuimos las noches siguientes a ver el cometa de Halley, desde los altos del Montealegre. Aparecía sobre los pinares, fosfóreo, curvo, como agorero. Hablábamos incansablemente pero en tono bajo, a pesar de aquellas soledades, como si nuestras voces quisieran establecer una complicidad que no existía en las palabras. En las noches sucesivas, el visitante celeste fue haciéndose más débil, más transparente, como fundiéndose en la masa estelar.

—La próxima luna lo barrerá del todo.

—Y cuando ya no se vea, ¿adónde iremos?

—Siempre habrá un pretexto para acostarse a las tres —y añadió con voz curiosamente transformada en murmullo confidencial—: Tiempo llegará en que no necesitaremos ir a ninguna parte para estar juntos en todas —no me gustó aquel tono que parecía contener una remota amenaza o una promesa llena de peligros.

La noche estaba plagada de rumores inconcretos, regidos por el bordoneo de los pinos, a cuyas agujas llegaba a cardarse el ventalle de la brisa que se rasgaba en ellas, como un cendal finísimo.

—¿Qué miras? —inquirió Amadeo, sonriendo, casi sin voz, recostado en las manos.

—No sé —dije, al mismo tiempo que me percataba de que hacía una largo rato que tenía mis ojos detenidos en la extraña luz morada de los suyos—. Curiosidad científica, tal vez, como tú dices cuando no encuentras otra disculpa. Tienes un resplandor extraño en los ojos.

—Sí, a fuerza de trasnochar acaban adquiriendo el color nocturno. Así son los ojos de los diablos, de los viciosos de la carne y de los gariteros —comentó, con falso acento tremebundo.

Empezose a oír a lo lejos una nota larga, metálica, como una queja. Amadeo se incorporó lentamente. La queja se resolvió en tres golpes de risa, secos, precisos, propagándose en anchos ecos por el aire.

—Ahí lo tienes —dije yo—. Es el primero del año. ¡Brava puntualidad!

—¡Calla! —ordenó secamente. De nuevo la voz poética, elegante, sufriente, se extendió por la noche, apenas declamando lo que parecía su pesar con una contención exquisita. De lejos respondió otro canto. No se interrumpían uno al otro nunca. No se mezclaban. Era de una gran dignidad aquel permitirse el recitado entero de la estrofa.

—¡Qué altivez, qué soledad perfecta!

—¿Nunca oíste ruiseñores?

—Naturalmente, pero al lado de estos eran como mirlos. Parecían trabajar para los observadores, como las hormigas de Twain. Los ruiseñores del sur están anunciados en las guías de turismo y parecen prestarse a tanta vileza. Estos son más sobrios, más orgullosos, menos divos. Cantan para sí; ruiseñores del arte por el arte —no me gustó aquella injerencia de las paradojas en un ínterin de belleza tan cierta, tan inocente, casi cruel.

—Hay momentos en que también tú hablas como si tuvieras espectadores.

—Naturalmente, naturalmente. Aunque no haya nadie. Yo soy siempre mi mejor público; pero no creas, nada fácil, nada tolerante.

Se oyó un *crescendo* de lamentos que iba abriéndose en espiral, prolongando las notas, como abarcando toda la cúpula nocturna.
—¡Ese animal va a morir! No se canta de esa forma si no es para morir.
—A veces caen muertos.
Después de una queja final, en la cima de la prodigiosa tesitura, el canto se rompió en seco, como acuchillado. Amadeo se quedó un rato en silencio, positivamente emocionado.
—¡Qué belleza, Luis! —exclamó tomándome una mano. Por primera vez le veía inferior a las cosas, como buscando ayuda—. No sé cómo podéis vivir entre todo esto, sin disolveros. Es peligrosa esta tierra.
—Ciertamente; vive tanto que no deja vivir —se volvió hacia mí, sorprendido.
—Resulta muy inteligente eso que has dicho.
—No me hagas caso. Son cosas que se me escapan. Muchas veces tengo que volver sobre ellas para entender lo que quise decir. Es como si me las «soplasen» al oído.
—Y a lo mejor es así.

Eran las dos de la madrugada. Bajamos del Montealegre, cogidos de la mano, en silencio. Comprendíamos, sin decirnos nada, que la menor palabra podría resultar inoportuna o excesiva. A la puerta de mi casa quedamos un rato mirándonos en silencio.
—Hoy me cuesta trabajo separarme de ti —dijo Amadeo, con la voz incomprensiblemente velada.
—¡No será por mi amenidad! Yo sí que podría decirlo. ¡Me enseñas tantas cosas!
—¡Amenidad, enseñanza! Horrendas palabras que me permiten despertar... Has hecho bien en decirlas, así puedo despegarme más fácilmente. Hasta mañana, a las tres, en el café.
Y dio la vuelta sin esperar mi respuesta y sin estrecharme la mano. Era la primera vez que se iba sin hacerlo.

Subí preocupado. Casi siempre, al despedirnos, Amadeo dejaba temblando en mis oídos conclusiones misteriosas; parecían mensajes de una interior desazón que yo no lograba esclarecer. Era como si me acusase indirectamente de algo.

En el cuarto de mamá había luz, circunstancia que ya me había extrañado otras veces, al llegar de mis nocturnas correrías, pero no entré para no exponerme a sus reproches. ¿Qué haría levantada a tales horas?

Me acosté y tardé mucho en dormirme. Repiqueteaban en mi cabeza las frases de Amadeo, sobre todo las más elusivas, las lejanas, las de menos sentido. Se oían los chorros de la Fuente Nueva tamborileando sobre el parche del pilón. Oí los primeros pregones matinales, que habían ido perdiendo su antiguo candor para trocarse en utilitarias melopeas...

Al día siguiente en el café, en los grupos de gentes letradas, —«los intelectuales», como empezaba a llamárseles— reinaba una visible excitación. Estaban constituidos por una mezcla de escritores, periodistas, profesores nuevos del instituto y de la Normal y por todo género de lectores y de aficionados a las artes y a las letras, pertenecientes a la burocracia del Estado. Los poetas y escritores eran inéditos en su gran mayoría, y la base de su crédito era puramente referencial. De muchos de ellos, nadie había leído nada y todos los síntomas de su presunto genio se quedaban en chalinas y melenas, por lo cual les llamábamos «poetas bajo palabra de honor».

También asistían algunos de los viejos profesores y literatos que iban allí para no querer enterarse de nada nuevo y para refunfuñar de todo.

El motivo de la nerviosidad excepcional que aquel día los agitaba era el concierto que a la noche siguiente —anticipándose en varias fechas a la anunciada, por circunstancias imprevistas en su gira— habría de ofrecer, en el Teatro Principal, la Orquesta Filarmónica de la Corte. Por vez primera iba a ocurrir en Auria un acaecimiento de esta naturaleza.

Los que habían asistido a esta clase de espectáculos, en la Capital, impugnaban ardorosamente el programa, motejándolo de «ramplón y provinciano». Pero los que nunca se habían visto frente a cosa semejante —yo entre ellos— hallábanse llenos de expectativa, y solo el amor propio literario les impedía dar suelta a las preguntas que se les agitaban en el buche; pues el programa discutido por los que ya estaban «al cabo de la calle» incluía a los grandes dioses sobre los cuales, nosotros, los ignaros, apenas teníamos referencias biográficas: Mozart, Beethoven, Wagner... (Algunos de los «enterados» pronunciaban *Guañer*).

Amadeo, que era un oyente muy versado y sensible (¡qué no sabría aquel!), defendió el programa con tan agobiantes argumentos que, en contados minutos, puso punto final a la discusión. Luego me habló, con abundancia y entusiasmo, de las obras que íbamos a oír. Su descripción del viaje de Sigfrido persistió más fecundamente en mi espíritu que la música misma, y la *Séptima sinfonía* tuvo en él a un glosador poético y documentado.

Confieso que al entrar, la noche siguiente, en el teatro, me hallaba en un estado de desasosiego tan anómalo, que parecía miedo. Acostumbrado a la música con un *destino*, lógica en su servidumbre, destinada al canto o a la danza, que desde niño había oído en templos, teatros de zarzuela o a la banda municipal, cuyas ejecuciones no iban más allá de las tandas de valses, pasodobles y selecciones de música de escenario, me desconcertó, al comienzo, la aparente arbitrariedad y albedrío de aquellas sobrecogedoras sumas de sonidos, con sus reiteraciones infinitas, sus minucias instrumentales, su fuerza y delicadeza increíbles, sin secundaria relación con nada, sin más objeto que el ser en sí mismas. Mas no tardé en caer en una especie de plenitud interior —en cuanto dejé de «querer entender»—, cuyo más acentuado deleite me venía, no tanto de las obras en sí, cuya unidad de relato renuncié a perseguir por imposible, sino de aquellos movimientos del conjunto, de aquella abundancia y matización del sonido, de aquella afinación que no parecía cosa de este mundo, especialmente el canto de las cuerdas tan perfecto, tan compacto y unido cual si se oyese un solo instrumento de infinito caudal, y la autoridad, sin estridencia, de los instrumentos de viento que semejaban gargantas humanas y que, anteriormente, en bandas y capillas, me habían parecido siempre un poco ridículos o intrusos.

—Me parece que es la primera vez en mi vida que oigo la música —dije, en un intervalo, a Amadeo.

—Claro que es... Entre aquel ruido de que hablaba Napoleón, que tenía tímpanos de timbal de caballería, hasta esto, hay una serie de fragores intermedios que no son todavía la música, aunque mucha gente crea que sí. Sin duda, el oír es un aprendizaje como otro cualquiera. ¡Lástima que aquí tengas tan pocas ocasiones! Pero es ya de buen augurio ese color que se te ha puesto. No a todo el mundo se le cambia el ritmo respiratorio en su primer contacto con ese ser angélico que es Mozart.

—Sin embargo no lo entendí.

—Lo entendieron tus vísceras, tus células. De ahí pasan las cosas, muy lentamente, a la conciencia, luego de una serie de destilaciones intermedias. Y si no pasan, tanto mejor para un poeta. Es mucho más poesía el indescifrable estado poético que los versos. Yo no escribo por eso: por precaución.

—Pero, ¿de dónde sacas tú que yo soy poeta?

—De ti.

Al comenzar el *poco sostenuto* de la sinfonía, Amadeo buscó mi mano y la mantuvo apretada en la suya. Antes del *allegreto* habló, muy divertido, de la pedantería local que aplaudiera dos veces donde no debía. Entre los equivocados, que se quedaron luego corridísimos, estaban dos de los que habían impugnado el programa en el café.

—Hay gente a la que el haber estado en Madrid cinco o seis

meses, atiborrándose de chotis, de aranceles aduaneros o de geografía postal, deja irreconocibles para siempre.

Al terminar la sinfonía, Amadeo tenía la cara verdosa y la frente cubierta de sudor. Salimos al pasillo del «gallinero» y fumamos un largo rato sin decir nada.

—Ahora viene Wagner. No te preocupes por entenderlo, pues él mismo lo dice todo... y algo más. ¡Qué gran coleccionista de superficies! Sin embargo, no olvides lo que te expliqué sobre la muerte de Isolda. El amor vuelve a los hombres hacia adentro. De no haber existido las ancas de la Wesendouck nos hubiéramos quedado sin esta estupenda pregunta al sentimiento. En el arte romántico siempre asoma la nariz de alguien, o las ancas... Es igual.

Volvimos cuando estaban ya afinando. Me asombré de que hubiera en Auria tanta gente que supiese de música como para intervenir con tanto ardor en las discusiones, arriesgándose en tantas réplicas, loas o distingos. Lo tomaban tan a pecho y trataban del caso con tan confianzuda proximidad como si aquellos hombres augustos, separados de nosotros por siglos o decenios, fuesen sus amados padres vivientes o sus cotidianos enemigos.

Gozaba yo observando a mi tía Pepita, invitada por los Cardoso a su palco, con su aire de no entender nada ni importarle nada, en el que la acompañaban, con perfecta solidaridad, las otras, revirándose todas, agitando abanicos y perendengues en los intervalos y sosteniendo, durante los ardores wagnerianos, el mismo aire pensativo, lánguido como de retrato, que habían adoptado para todo el programa. Los Cardoso mantenían su aspecto de familia real enlutada y se consultaban con los ojos para terminar los aplausos exactamente con el mismo número de palmadas.

Mis hermanos se hallaban en las primeras filas de butacas, tan cogidos del brazo y prendidos del mirar que me dio vergüenza. No se movieron durante todo el concierto, no miraron a nadie; Eduardo no salió en ningún momento. Estaba en Auria desde hacía tres días, en una de sus «escapadas», como él decía con intención graciosa que casaba muy mal con su aire adusto y reservón. Cada vez que volvía de la Corte venía más vestido de persona mayor y hablaba con voz más hueca. Debía de ganar un gran sueldo, pero en casa no se notaba. Al contrario, de vez en cuando se llevaba alguna «chuchería», como él las llamaba para restarle importancia: una miniatura, un reloj antiguo o un grabado «para tener contentos a los jefes». Una vez que le encontré tomando las medidas al bargueño de mamá, le miré de tal modo que no volvió a posar los ojos en él.

Salimos del concierto deseosos de aislamiento y soledad. Yo advertía que acababa de cruzar el umbral de algo que iba a tener radical importancia en mi vida. Sentía una grata levedad corporal y estaba excitadísimo, con muchas ganas de decir algo, pero no sabía qué.

—¿Qué te pareció? —dijo Amadeo, cuando llegábamos al café de la Unión.

—¡Sublime! —me quedé pensando en aquella ramplonería, pero no me fue posible dar con otra palabra. Tomamos chocolate, salimos de allí cerca de la una y caminamos al azar, dejando andar los pies a su antojo. Hacía calor. Cruzamos el barrio de las fuentes termales, llamadas las Burgas, envuelto en un vapor gris con olor ligeramente sulfuroso. Al final de la calleja, en el gran lavadero, más de medio centenar de mujeres, como transfundidas en aquella bruma caliente, armaban la cháchara y el canturreo, golpeando la ropa y moviéndose como fantasmas a la luz pitañosa de las escasas ampollas eléctricas metidas en rejillas de alambre, llenas de telarañas. Cruzamos por el puente del río Barbaña y ascendimos por la colina frontera. Nos detuvimos en lo alto, bajo un soto de robles. Asomaba tras la montaña la luna como un lento balón pulido, dejando en sombra el lugar donde estábamos, y lanzando sus haces sobre el panorama de la ciudad. Me di cuenta, por vez primera, que desde allí debían de tomarse aquellas vistas que luego se vendían en postales dobles: «Auria: Vista general». Brillaba la ciudad con sus cubos pétreos embadurnados de plata agrisada.

Amadeo se soltó a hablar como tomando la conversación por el medio. Devolvía la música en palabras perfectas. Yo le escuchaba recostado en su voz, tibia, envolvente. ¡Qué pasión, qué ímpetu ponía en cuanto iba diciendo! Sin duda, aquella era su verdadera vida. Comprendí, de pronto, aquel aire de despertado con que acogía mis preguntas respecto a las cosas del diario azacaneo: a su familia, a su «porvenir». ¿Qué tenían que ver con él aquellas cosas?

Su voz poseía la sabiduría innata de los tonos, la ciencia de la penetración, de la intención al margen de las palabras.

Frente a aquella réplica de estaño con que la ciudad reflejaba el entusiasmo de la luna, la catedral se esfumaba en el conjunto, aplastada por el mando uniforme del color. Hubo un momento en que quise contarle a Amadeo mis viejos terrores y conflictos. Él los entendería como nadie, mejor que yo mismo. Mas ¿para qué iba a enajenarlos, a vaciarme de aquellos recuerdos que eran lo más mío, lo único mío de mi infancia? Eso era exactamente lo que más temía de Amadeo. Tenía sobre mí tanto poder que nada le costaría dejarme sin mí en cuanto lo desease. Pero ahora no era un poder mágico ni una misteriosa tiranía. Allí estaba a mi lado, recostado en el césped, fuerte y vital, como esas estatuas yacentes que están desmintiendo con su vida al sepultado bajo ellas. Estaba a mi lado, con los tibios palpos de su voz; con la fulguración de su espíritu que iluminaba sin deslumbrar; con aquella vida que dejaba vivir, que ayudaba a vivir.

Envuelto en la secreta fuerza del sitio y de la hora, me sentía como perdido en un placer que no sabía ya si era del alma o de los sentidos. Ni me di cuenta de que Amadeo también había callado.

—¿Y tú qué piensas hacer? —exclamó, bruscamente.

—¿Cuándo, ahora?

—No, no; en la vida; en eso que llama mi noble padre, con frase terrible, «las obligaciones de la vida».

—Ah, no sé. ¿Y tú? —inquirí a mi vez, un poco asombrado por la injerencia de tales cosas, tan fuera de su costumbre en nuestros coloquios.

—Pues mira, tampoco lo sé. Mi honrado padre quiere que me prepare para unas oposiciones a las Carreras Especiales del Estado, ¡ese horror! Figúrate tú, yo de telegrafista en Tenerife, discutiendo con mis camaradas sobre las leyes de Canalejas o sobre el puterío local.

—Algo habrá que hacer.

—¿Crees de veras que vale la pena proyectar grandes tramos de vida?

No contesté, porque, en realidad, no había pensado nunca, al menos de una manera precisa, en ello.

—¿Tu familia conserva su fortuna? —insistió.

—Algo debe de haber, muy poca cosa. El tarambana de mi padre acabará por dejarnos sin nada.

—Mejor.

Dirigí mi mirada hacia su voz, un poco aturdido por aquella conclusión.

—¿Mejor, qué?

—Empezarlo todo de nuevo. ¡Es un asco ser hijo! Un caballero con bigote y una señora que llora por los rincones, metiéndose en la vida de uno... Luego los hermanitos, esa gusanera. Los hijos de los funcionarios parecen más gusanos que los demás. ¿No te has dado cuenta?

Permanecí callado. Nunca me había atrevido a pensar en aquella osadía. Quedamos un rato así. Su respiración se había hecho fatigosa, como después de un ejercicio violento.

—¡Luis! —dijo, de pronto, incorporándose, desde muy cerca, casi tocándome.

—Sí, dime... —no contestó nada; y, después de mirarme un rato, volvió a su anterior posición, tendido, con las manos cruzadas sobre el pecho. No sé por qué, pero me pareció arriesgado insistir en mi respuesta. Tenía de pronto Amadeo esas zambullidas en el silencio en las que me daba miedo acompañarle. Sin duda, deseaba que le siguiese por una escala de preguntas, por propia iniciativa, pero yo siempre me detenía al comienzo de aquella rampa temida y, en el fondo, deseada. Mi nombre me sonó como al otro lado de una barrera tras la cual había quedado temblando una voz desesperada, habían quedado sin decir unas palabras que, a poco que yo insistiese, se convertirían en irremediables.

El silencio fue roto por un coro de gallos, más dilatado cada vez. Por los altos del Montealegre se iba corriendo una franja de verde acuoso que empezó a destacar, en negro, la pétrea cruz sobre el dolmen. Luchaban en las fronteras del aire las sombras y las luces, y la contienda se resolvía, lenta, en una zona de plata acarminada, translúcida, inconsistente. Nuestras caras iban saliendo de la negrura y empezábamos a ser más que voz y tacto.

Amadeo se desperezó y dijo, con una entonación tan vulgar que no parecía suya:

—¡Otra noche perdida!

Nos miramos como avergonzados y rencorosos, y emprendimos, en silencio, el regreso a la ciudad. Hubiéramos preferido hacerlo a solas, cada uno por su lado.

6

Extinguiose la criada Joaquina en el claro amanecer de un domingo de junio, cuando las campanas del alba la llamaban, inútilmente, para *su* misa. Su muerte, como la de las otras santas, fue resignada y feliz. Mamá, que había refugiado en la anciana su última ternura, estaba peinándola, después de haberle cambiado la ropa interior, pues la pobre ya no podía valerse. Se mantenía encorvada como si se le hubiese ablandado el esqueleto, y no contestaba a las chanzas de mamá, que le hablaba como a una niña y la lavaba con agua de olor. Aspó los brazos, de pronto, abriendo la boca como si quisiera meter por ella todo el aire del mundo. Mamá salió al pasillo llamándonos a gritos. Cuando acudimos, estaba caída sobre la almohada sacudida por los estertores. Y así hasta el final. Nos costó mucho trabajo abrirle la mano que se le había contraído, como una garra, sobre el seno izquierdo. Sus ojos, ribeteados y abiertos, parecían vivos, luego se le fueron vidriando y subiendo hacia la frente, como mirando hacia arriba, hasta que mamá se los cerró, apretándole los párpados.

Al mediar la mañana ya estaba la casa llena de dueleras, rezanderas y gentes sin arte ni parte, pues era muy querida en la ciudad, y allí montaron guardia hasta que se la llevaron. Cayeron también, por la tarde, unos presuntos parientes, de la aldea, que jamás le habíamos oído mencionar. Venían, sin duda, al olor de las onzas, que, según luego supe, ya se habían ido quemando en la hoguera del desastre familiar, junto con sus ahorros de tantísimos años. No hubo más remedio que darles alojamiento, con lo que toda la casa —pues eran cinco— se llenó de un vago olor a corambre. Joaquina, vestida por mamá, con un traje suyo antiguo, de gro negro, su pelo blanco y la serenidad sonriente de su rostro, estaba hermosa.

A la noche llegó Amadeo y entramos un instante a verla.

—Parece una reina vieja —me susurró con aquella certeza verbal de todas sus descripciones—. ¿La querías mucho?

—Sí.

—Lo dices sin convicción.

—La quería con mi manera de querer de chico. Ahora esta palabra tiene para mí otro sentido, otro sentido más... más raro, más confuso.

—Nada raro. Ya se te irá aclarando todo. Estás en una época de dos vertientes —continuó, ya en voz alta, en el pasillo, con aquella seguridad, como de enviado que transmite un mensaje, que le era frecuente y que tanto me maravillaba—. Estás en el deslinde entre los afectos impuestos y los que se eligen. Y reaccionas contra los primeros para ganar tu libertad de manejarte entre los segundos. Yo pasé por ello.

—¡Parece que tuvieras cien años!

—Ya lo creo... Y mil y cien mil. Cuando nace un hombre, la especie traza una raya y suma millones. Y cuando se muere, algunos añaden fragmentos infinitesimales. Pero la mayoría, resta.

—Pues no tienes más que dieciocho, por mucho que inventes.

—Sí, pero muy... muy prensados.

Blandina andaba con los ojos enrojecidos por las lágrimas y el sueño, sirviendo chocolate, café y copas de anís. No daba abasto, corriendo con todos aquellos líquidos que desaparecían en las fauces de los labradores como en el cogollo de un incendio. Mis hermanos pasaron un par de veces por entre ellos con aire principesco y ofendido. A eso de las once, se fueron a dormir. Mamá, vestida de negro, muy pálida, quedó toda la noche, sin moverse de al lado del féretro, la mayor parte del tiempo arrodillada, dirigiendo, desde la primera hora, rosarios y rezos de difuntos, lo cual me pareció una exageración. A eso de la una nos mandó a todos a la cama con aire perentorio.

Amadeo me acompañó hasta mi cuarto donde nos lavamos las manos y refrescamos la cara en el aguamanil, luego encendimos cigarrillos y nos asomamos. Era una noche limpia y honda. Cada uno de sus instantes parecía una pausa abierta entre una continuidad solemne, como grandes silencios musicales. Nuestros sentidos estaban aguzados por las muchas copas que habíamos bebido, casi sin intención, sencillamente porque pasaban con las bandejas. Pero, indudablemente, habíamos bebido demasiado.

—¿Te has dado cuenta de que casi siempre nos vemos de noche? —dijo.

—Es verdad. Creo que de día nos entendemos menos. Únicamente cuando estamos solos, lejos de la gente, porque entonces es como si fuera de noche.

Amadeo se quedó mirándome con aquel gesto especial que tenía para subrayar mis intuiciones, entre asombrado y complacido. Evidentemente, me tenía muy por bajo de mí mismo; lo advertía por la sorpresa que le causaban mis salidas «inteligentes», como él las calificaba, no sin cierto retintín. En el fondo, todo ello era la pretendida superioridad del que ha viajado sobre el provinciano inmóvil. Cuando descubrí esta explicación, Amadeo se me inferiorizó un poco y casi me dio lástima. Se lo dije aquella noche, y se defendió con ardimiento de tal atribución de vulgaridad.

—No veo las diferencias.

—No sé... Los provincianos, «los quietos», como tú dices, ahondamos en unas cuantas direcciones, y a veces en una sola. Los que venís del mundo estáis más desparramados sobre las cosas; les sois constantemente infieles, sois como adúlteros mentales.

Me llené de rubor al soltar la frase final, tan calcada sobre su propia manera de construirlas, pero que, dicha por mí, me pareció insegura y pedante.

—¡Bravo! Vas dejando las andaderas... ¿Y en qué dirección ahondas tú ahora?

Sentí que mi cabeza temblaba y dije sin pensarlo.

—¡En el amor!

Amadeo se retiró del alféizar y me miró, ceñudo.

—¿En el amor a las mujeres?

—No sé. Sí, también. Pero no de un modo especial. Forman parte de mi desbordamiento sobre las cosas, como el paisaje, los libros, la arqueología, la amistad. ¡Qué sé yo! Es como un enajenarse en el que las cosas fueran suplantándole a uno. Yo creo que es un círculo que acabará por cerrarse en torno mío.

—Así es, y en ese punto el hombre se integra... a condición de no desproporcionar los elementos; pues de otra manera lo resultante será no una integración si no una parcialidad: el erótico, el místico, el especialista..., modos fragmentarios por donde el ser queda en parecer y el amor en manía...

—O en pasión...

—¡Que es la acentuación sentimental de la manía!

No había forma de descubrirle un flanco indefenso.

Frente a nosotros estaba el David, sin relieve, como laminado contra el resplandor de las vidrieras encendidas de luna. Contra las luminosas estalactitas pasó el vuelo callado de una lechuza.

Continuamos un largo rato metidos en aquella conversación laberíntica. Desde hacía un tiempo, los coloquios con Amadeo me sobreexcitaban cada vez más. Ya no eran solo sus palabras y su voz, sino su cercanía corporal. Él sonreía con una seguridad monstruosa cada vez que mi turbación se hacía notoria. También solía ocurrir que, perdiendo de pronto toda su habitual contención, procediese conmigo como otro muchacho cualquiera de mi edad. Eran, no obstante, sus momentos más seductores; aunque, sin saber por qué, también los encontraba peligrosos. Me cogía las manos y me las apretaba hasta hacerme gritar, o, pasándome el brazo por la nuca y acercándose a mí, me susurraba al oído falsos secretos, con balbuceo aniñado, haciendo aletear el aliento contra el pabellón de mi oreja. Otras veces, en los cerrados boscajes que formaban las riberas del Sila, donde íbamos muchas tardes a nadar, me perseguía con cortos aullidos, como de salvaje, y cuando lograba alcanzarme caíamos en el césped, luchando: es decir, yo defendiéndome apenas, pues no solo la alteración que todo ello me producía menguaba mis fuerzas, nada extraordinarias por cierto, sino que Amadeo era mucho más fuerte que yo. El contacto extenso con la piel de su cuerpo me producía una sensación de repentino cansancio, y mis músculos se relajaban y cedían, casi sin oposición, entre aquellas fuertes tenazas de brazos y piernas. Pero no era esto lo peor, sino que, cuando me daba por vencido, continuaba él unos instantes sin soltarme, aflojándose suavemente de mí, hasta que el apresamiento se trocaba en abrazo; entonces sonreía, con su cara tan cerca de la mía que veía perfectamente las estrías grises de sus pupilas azules y sentía su aliento sobre el sudor de mi piel. Un día, en una de aquellas caídas me mordió tan brutalmente en un hombro, que me levanté enfadado y no hice sino mirarle, pero en forma tal que sobraron las palabras. Comprendió su exceso y se mantuvo serio, como pesaroso, todo el resto de la tarde.

En general, cuando terminaban estas bromas y juegos, como si le hubiesen servido para descargarse de un impulso secreto, volvía a su condición natural, a su reposo, a la ordenación de sus ademanes y a la hermosa calidad de su voz. Y entonces suscitaba en mí más recelos, pues de aquello no había modo de defenderse.

Como los cuartos de huéspedes estaban ocupados por la invasión de los aldeanos, Blandina vino a avisarme para que le cediese el mío a la barragana de Modesto, que se hallaba en una de sus permanencias periódicas en el *pazo*, y había bajado de la aldea, en cuanto le llegó la noticia. Dentro de la tristeza de la ocasión se le notaba muy contenta. Luego supe que don Narciso el Tarántula, a su regreso de Madrid, por aquellos días, le había dicho que las gestiones para el indulto del «señor», como ella continuaba llamándole, iban bien encaminadas, y que podía tenerlo por seguro si los liberales «eran Poder» en las próximas elecciones.

La tía jorobetas, que revivía en cuanto se le daba ocasión para organizar, resolver y mangonear, era la única que conservaba un poco de disposición en tal desconcierto. Mamá estaba como atontada, y la tía Asunción había terminado por encerrarse en sus habitaciones diciendo, con plebeyez ingrata y lamentable, que «loj muertoj ajenoj jieden». En cuanto a Pepita, después de haber recibido las primeras visitas en su saleta, con breves reverencias equinas y diplomáticas, se había ido a casa de los primos Salgado, escandalizada de la irrupción de los labriegos y de la gente del pueblo, que aumentaba de hora en hora, y diciendo, con frase someramente ingeniosa, sin duda oída a su galán Pepín Pérez, que también anduvo por allí curioseando y libando, «que aquella casa se había convertido en algo bíblico, entre el Éxodo y la Adoración de los Pastores».

Se oyeron en el reloj de la catedral los lentos badajazos de las doce, precedidos por el tono saltarín de la campana de los cuartos.

—Tengo sueño. Mañana habrá trajín y madrugón con el entierro. Me voy a la cama, si no dispones otra cosa.

—Me quedo contigo hasta que te duermas. No quiero malacostumbrar a mi honrado padre volviendo tan temprano. Fumaremos el calumet de la paz; el cigarro es el sahumerio natural del sueño imaginativo. «Incensaré tus párpados», etc., etc.

—Te advierto que hoy tengo que dormir en el cuchitril de Blandina.

—No creo que me asuste profanando el habitáculo de tu caderuda sierva —agregó, con aquel prosear enfático y novelero, que usaba para la broma, recogido en los personajes paródicos de Eça de Queiroz, a quien leíamos hasta la consunción.

Raspé una cerilla y encendí el velón del cuarto de Blandina. Todavía se consideraba como lujo superfluo el llevar la luz eléctrica al cuarto de las criadas. Era una amplia habitación en el ante desván, con una ventana aguardillada. Los muebles eran desiguales, pero de muy buena factura, pues habían ido a parar allí, desde otras habitaciones de la casa, llevados por el reflujo de circunstancias y modas. Lo más sorprendente de la habitación era la cama monumental en que dormía Blandina: un armatoste *régence,* de interpretación portuguesa, con la laca del testero chamuscada, y quemada en otras partes. Provenía de un incendio en casa de mis abuelos, del que yo había oído hablar cuando chico. También estaba allí un gran retrato de mi abuela paterna, de muy buen pincel. Aparecía en él un tanto excesiva de carnes, con un mirar provocativo, de mujer de rompe y rasga, y mucho abultamiento de senos asomados al escote; razones por las cuales, sin duda, había ido a parar al desván de donde lo rescató Blandina para ornato de su habitación, junto con aquel monstruoso barómetro de bronce, coronado por una Fama trompetaria, de varios kilos de peso, procedente de una Exposición de París, y un álbum enorme de fotografías europeas, del mismo origen, forrado en peluche verde, con cantoneras de nácar calado, que, cuando se abría, dejaba oír una tanda de valses. Contrastando con aquellos lujosos enseres, la pared de al lado de la cama aparecía cubierta de cromos devotos: Sagrados Corazones, Purísimas y Vírgenes de toda denominación, presididas por Nuestra Señora del Perpetuo Socorro, llena de brinquillos, como un icono, y una gran cantidad de papelería, fijada con engrudo, conteniendo bulas de Cruzada y de Abstinencia y rescriptos de san Antonio de Padua, con su tipografía entrecruzada y misteriosa, como documentos cabalísticos. Las ropas de la cama no correspondían a aquella especie de palestra matrimonial y quedaban cortas, por la cual se veía, debajo de ella, un solemne bacín, como para servicios episcopales, inmensísimo, con algunas desportilladuras en su decoración aguirnaldada de rosas de gamas vivas. Colgada sobre la cabecera había una pila de agua bendita con lamparilla de mariposa, encendida, y una rama de olivo, también bendita, metida en el líquido.

Al otro extremo de la habitación, estaba el camastro que habían armado para mí: un antiguo catre de viaje sobre el que echaron dos grandes colchones que derretían su exceso colgando a ambos lados. Frente a él, impúdico, lucía su loza blanca un pequeño orinal, de niño.

Amadeo se tendió sobre la cama grande, que crujió con restallidos de barco, sólidos y espaciados.

—Veamos cómo descansa tu tetuda doncella.

—No me gusta que hables así, Amadeo; no te queda bien.

—Es una adecuación del estilo; al pecho de las aldeanas no se le puede llamar seno —dijo encendiendo un cigarrillo y dándomelo de sus labios, costumbre embarazosa que había adquirido en los últimos tiempos—. No se entendería nada —continuó, con una veladura rencorosa en la voz, que no estaba justificada por nada—. Ese es uno de los motivos de la perenne ridiculez de las novelas pastoriles. ¿Has leído alguna?

—Sí.

—¿Qué te parecen?

—Nunca me detuve a pensarlo... Son como libros de hadas, escritos en un estilo increíble con la intención de que sea creído.

Me miró de un modo muy particular, y quedó en silencio, fumando a grandes bocanadas.

—Échate aquí, a mi lado; veamos lo que ocupaban de esta carabela dos de aquellos acompasados cónyuges antiguos —la cama crujió de nuevo, con mayor reconcomio, al hundirme yo en su maternal anchura. Quedaba lugar para otros cuatro.

—Realmente se está bien. ¿Por qué le darían tanta importancia al dormir aquellas gentes? —observé.

—¡Al dormir, no, al no dormir! Se instalaban cómodamente en estas blanduras, para dar origen, sin prisa pero sin pausa, a las grandes familias, de las que luego tú y yo seríamos involuntarias víctimas.

Quedamos otro rato metidos en un silencio lleno de tensión. Amadeo estaba en uno de aquellos momentos suyos en que hablaba aturdidamente como para liberarse de algo que no osaba decir.

—Levanta un poco la cabeza —hice lo que me pedía, de mala gana; me pasó un brazo bajo la nuca y continuó con voz trémula, casi secreta—: Así se está mejor —y añadió, lejano—: Si ahora se apagara ese velón veríamos recortarse el perfil de ese tragaluz, con la luna en el suelo, y todo se volvería fantasmas; nosotros también.

—No sé para qué quieres que seamos fantasmas...

—Hay cosas que pueden suceder como si no ocurrieran, siendo y no siendo. Y esto solo se da en la condición fantasmal.

Me sobrecogió el dramatismo de aquella voz, que ya no le era posible mantener en el tono ligero y cordial de sus paradojas. Estaba, otra vez, más allá de aquel límite en que me era posible entenderlo; en un punto hacia donde una mezcla de miedo sofocado y de ansiedad angustiosa me impedía seguirlo. Transcurrió otro gran rato. Me violentaba que me tuviese así, con la nuca sobre su brazo, pero no me aventuraba a decírselo.

—¡Luis! —su voz sonó otra vez como tras una puerta. Su brazo se iba quedando yerto y temblaba, como sacudido por reflejos nerviosos. Noté, en aquel momento, que se desprendía de la almohada un olor ligeramente cáustico, a pelo y carne de mujer.

—¡Luis! —susurró la voz de mi amigo, desde la vertiginosa distancia de aquella cercanía, casi en mi oído. Yo buscaba mi voz extinta para responderle... Yo quería responder...

Sonaron golpes de nudillos en la puerta. Amadeo se levantó de un salto, pálido, y miró entorno, extrañamente.

—¡Entra! —grité, incorporándome y alisando el pelo con las uñas.

Amadeo salió sin decir palabra, vacilante, casi tambaleándose.

Blandina me pidió permiso para apagar la luz del velón mientras se desnudaba. Yo me había tendido en el camastro, vuelto hacia la pared, pensando en Amadeo con una intensidad dolorosa...

Me di cuenta de que aquello que acababa de caer, con un golpe seco, era el justillo aballenado, librando el tronco de su apretujón. Oí que la muchacha se rascaba los flancos. Me volví sin intención ni precaución alguna, más bien por casualidad. La ropa estaba como agrillada a sus pies y, a la luz tenue de la mariposa, se le transparentaban las piernas bajo la fina camisa, que sin duda era una de mamá o de las tías. Cuando se encaramó para cerrar las contras, el golpe de luna, que daba muy de frente, dibujó al contraluz su cuerpo firme. Luego se arrodilló a rezar, con bisbiseo exagerado y mecánico. Blandina obraba como si estuviese sola. Me volví de nuevo hacia la pared. No lograba sosegarme. Mi cabeza hallábase en el más completo e indeterminado alboroto. Sentía en la totalidad de mi cuerpo un estorbo de ropas como si me despertara después de haber estado muchas horas durmiendo vestido. Blandina encendió de nuevo el velón y lo puso en su mesilla.

—¡Apaga eso! —grité. Blandina obedeció, diciendo:

—¿Te vas a quedar así toda la noche?

No contesté. Al poco rato comprendí que me era imposible conciliar el sueño. Me quité el pantalón a oscuras. Después de un rato, me levanté, encendí de nuevo el velón y cogí un folleto de entre el bibliográfico amasijo devoto de la criada, donde se confundían devocionarios, novenas... Era la *Vida de santa Marina de Aguas Santas*. Estaba escrita en una prosa de cura, sin gracia, sin devoción y sin ingenuidad. La desavenencia entre el padre pagano y la hija cristiana aparecía, en cambio, contada con una fruición de oblicuo incesto, y cada vez que el escriba hablaba del cuerpo de la mártir, decía suciamente: «sus carnes». Tiré el engendro y miré hacia Blandina, que estaba con el embozo muy subido, aunque tapada solamente con la sábana, bajo la cual se perfilaban, casi imprudentes, los senos. Pensé en la cruda palabra de Amadeo y no me pareció nada injusta. Sí, aquella fortaleza no podría nombrarse con ningún eufemismo.

—¡Pobre Joaquina! —dejé escapar sin venir a cuento y como interponiendo algo grave entre aquellas presencias y yo.

—¡A todos nos ha de llegar la hora! —contestó, con rutinarismo labriego.

—Pero el que tenga que llegar no quiere decir que se la acepte con satisfacción.

—¡Buen caso hacías de ella! ¡Buen caso haces de todas nosotras...! Entras y sales de esta casa como un ajeno, como un loco... —exclamó, con un tono dolido.

—¿Qué te importa a ti? ¡Duerme, que buena falta te hace! —y apagué la luz. Me puse a pensar en la intención que podría haber en aquella sorprendente queja. Ciertamente la estimaba y sentía hacia ella unos derechos que excedían a la simple relación de amo y criada. Me complacía que mis amigos, al verla pasar, elogiasen su bien plantada figura y su seriedad un poco adusta, y me preocupaba de espantarle los galanes de la puerta. Pero esto había sido desde siempre y formaba parte del sentimiento de exclusividad que yo tenía sobre todas las personas de mi casa. Recordaba bien que, hacía ya mucho tiempo, precisamente el día que habíamos ido al ajusticiamiento de Reinoso, casi me peleo con unos bigardos que la piropearon torpemente, al pasar frente a una taberna. Me pareció que manoseaban algo de mi heredad.

Pasé otro gran rato en estos recuerdos. El reloj de la catedral exprimió dos espesos goterones, precedidos por el agrio rocío de los cuartos, que oí casi desde el umbral del sueño.

—Blandina... Blandina...

—¡Qué! —respondió con voz quejumbrosa, adormilada.

—No me dejas dormir... Roncas...
—Yo no ronco.
—Roncas o gruñes o algo parecido que no me deja dormir.
—Sí, a veces se me cae la cabeza de la almohada.

Otra vez desvelado, asfixiado casi por aquella sólida atmósfera del desván, que acumulaba tantas horas de sol, me levanté y abrí, de golpe, la ventana. Al dejarme caer, de mal modo, sobre el camastro, este se hundió con estrépito. Blandina se incorporó asustada. Mis ojos tropezaron con sus senos, osados, casi mirones. Se le había aflojado la jareta del cabezón de la camisa y estaba aquello allí, con su fuerte nombre escrito en su fuerte curva, bajo la luz que resbalaba del lampadario beato.

—¿Y ahora?

—No importa, me acuesto ahí, contigo —y sin esperar respuesta, sin tener siquiera conciencia de lo que hacía, salté de los despojos de mi yacija, y la abracé furiosamente por la cintura, mientras hundía toda mi cara en el frescor de sus pechos, como un sediento. Sentí contra mi vientre la camisa arrugada... Di un tirón hacia arriba...

—¿Qué haces? ¡Ay, Jesús, qué desgracia! —permanecía con el rostro apartado. Oí, como de lejos, su voz llena de imprecaciones aldeanas...

Cuando cedió aquel terco obstáculo, Blandina dio un pequeño grito y yo sentí que me hundía en algo tibio, blando, viscoso, de dulcísima posesión. Al otro lado de sus gemidos, de su carne y de aquel suave abismo, adonde rodaban abiertas las esclusas de mi ser, oía apartada, agónica, otra voz:

—¡Luis...!

¿Cuántas veces repetí la terrible conmoción, con su final resonancia casi dolorosa? Aquel cuerpo firme, valiente, inagotable, luego de haberse ido abandonando entre súplicas, terminó respondiendo al frenesí para, finalmente, caer en algo que, más que entrega, era fatiga, agotamiento.

Me desperté con una opresión en la nuca. Blandina ya no estaba. Era día alto. Llegaba del primer piso un clamoreo algo asordado. Me levanté y me vestí rápidamente, temiendo lo peor. Antes de bajar, entré en mi cuarto para arreglarme. Me asomé. En la calle estaba ya dispuesta la gente para el entierro. Sin duda el clamor no sería otra cosa que los aldeanos comenzando a desatar su «planto», que resultaría grotesco en la ciudad. En efecto, a los pocos instantes se oyó una desgarrada voz profesional de muchacha, proclamando las excelencias de repertorio aplicadas a la pobre Joaquina, alternando con otra voz más grave y hombruna. A veces intercalaban en el recuento cosas impropias. El desgañitamiento de la sochantre trajo por los aires este dislate: «¡Rosa del alba, flor de las carnes, agua de mayo!», que sin duda correspondía a un «planto» doncel... A cada revoleo de la antífona de las lloronas, seguía un mascullamiento arenoso de los demás, que a su vez iban alzando el gallo. Yo estaba indignadísimo. Me asomé de nuevo y vi que los hojalateros y los vecinos empezaban a asomarse con cara burlona. Una tal María «de los accidentes», que vivía de acarrear agua de las Burgas y que era muy lenguaraz, posó el ánfora de barro en los medios de la rúa, y poniendo las manos en las caderas, gritó hacia arriba, con voz más escandalosa de intención que de texto:

—¡Ey, vosotras...! ¡A ver si vos creéis que estáis en vuestra puerca aldea y no en la capital de la provincia...! ¡Callarse, bodocas, condenadas...!

—¡Ay, ay, ay, ay...! —espeluznaba la voz de la muchacha, flotando sobre la tremebundez de la otra.

—¡Ay, ay!

—¡Ja, ja, ja! —alborotaba abajo la «de los accidentes»—. ¡Hay coña, con las tiples que vienen a despedir a la pobre Joaquina! —y cambiando de tono se dirigió a los pasmarotes que ya le habían armado corro.

—¡Subir arriba, lambones, y echar de allí a esas! ¿No vos da vergüenza esas cosas del tiempo de Maricastaña en nuestro pueblo?

La Pepita entró en mi dormitorio como una exhalación. En los momentos dramáticos retrocedía lamentablemente hacia sus anteriores retóricas. Se paró a una cuarta de mi cara y dijo señalando el suelo con el dedo que aspiraba a perforarlo todo hasta dos pisos más abajo:

—¿Y bien?

—Ya ves, muy mal.

—¡Cínico, más que cínico! De un tiempo a esta parte no se te puede decir nada.

—¿A qué vienes?

—A que pongas orden en esta casa, donde ya no se puede enterrar a una criada sin hacer genialidades. Tus hermanos se fueron ayer, no sé adónde ni me importa. Eres el único hombre que hay en la casa —sobre la palabra «hombre» puso un énfasis particular.

—¡Eso es lo que tú sientes, no serlo!

—¡Oh! —no dijo más. Viró en redondo y se fue escarolada en las espumas de su peinador de nansú.

Yo estaba realmente furioso. Me planté abajo casi rodando las escaleras y entré en la saleta del velatorio. Me vi en el espejo, pálido y con los labios contraídos. La imagen me sirvió para acicatear mis escasas dotes de mando.

—¡Ay, ay, ay! —espeluznaba la zagala llorona, clavándome la voz y el reojo.

—¡Basta ya! —grité—. El que quiera llorar que llore para sí. ¡Aquí no hay más alboroto!

La más vieja de las del «planto» moqueó en un pañolón y dijo, con rápida conformidad, recuperando la voz sumisa:

—Está bien, sí, señor.

Pregunté por mamá y me dijeron que le había dado «un ataque» al amanecer. ¿Al amanecer? Y eran casi las diez. Estaba en su cuarto, asistida por don Pepito Nogueira y por un médico joven, de la última hornada, llamado Rolán.

—¿Por qué no me avisaron? —Blandina se encogió de hombros, con aire de inculpación.

—Otras veces te han avisado y no viniste.
—Eran desvanecimientos sin importancia.
—Sí, para ti todo es sin importancia... Ya le dio tres veces hoy...
Mamá estaba sin sentido, muy blanca, con los labios amoratados.
—No es nada —dijo don Pepito—; uno de esos desmayos que tiene de un tiempo a esta parte.
—No me confiaría yo tanto —repuso el médico joven—; estas lipotimias insistentes, con un corazón bajísimo... Mire esto —y le cedió el pulso—. ¡Con tal de que no tengamos una claudicación...! No parece responder a la medicación alcanforada...
Hablaba el joven con una decisión objetiva muy hospitalera y desagradable.
—¡Ustedes siempre exageran! —refunfuñó don Pepito—. Traed más botellas de agua caliente...
Besé a mamá y volví a la saleta del duelo, aterrado, temblándome las piernas. Acababa de llegar Amadeo afectadamente vestido, como para un entierro principal. Me estrechó la mano tan ceremoniosamente que tuve ganas de darle un bofetón. El cura de la Trinidad, revestido de negro y amarillo, daba vueltas al féretro hisopándolo y masculando los latines de un responso.
Los aldeanos estaban todos de rodillas y se desprendía de ellos un olor maduro, como de granero. Yo me acerqué al ataúd y Joaquina me pareció un gran hueso tallado. Disfrutaba de la muerte con un rostro tan feliz como nunca le había visto en vida. Me incliné a besarla, y desde antes del contacto ya sentí el frío irradiando de su frente como un aura helada. Murmuré una oración. Cuando me volví, estaba un hombre esperando, con la tapa del féretro enarbolada. En el momento de ir a cubrirlo se vio que alguien llegaba, abriéndose paso a trompicones. Era Ramona la campanera, retirada desde hacía unos años de su gozoso menester por un mal que la obligaba a andar doblada,

casi en ángulo. Volvió hacia mí la cabeza suplicante, como si virase sobre un eje horizontal.

—No me consintieron salir ayer aquellas perras —debía de referirse a las monjas del hospital—. Dejáimela ver, pobriña —dijo con voz llorosa. Arrimé una silla y alcé a Ramona como si fuese una criatura, que menos que una criatura pesaba. La presencia de la muerta casi la enderezó, y se puso a gritar y a sollozar:

—¡Corenta años de vernos, día a día, y agora te me vas! ¡Ojalá que te pueda ver pronto y para siempre enjamás! ¡Mirai si no es mejor verse como tú te ves, que no muerta en vida, como esta disgraciada!

Sentí que las lágrimas se me desataban ante aquel dolor tan elemental, tan puro. Hice seña al hombre y me llevé a Ramona en vilo, sacudida por el llanto, como una criatura. Cuando la sentaba en el sofá del gabinete se oyeron los martillazos clavando el ataúd.

Momentos después se repetía en la calle asoleada la estampa medieval de los entierros pobres, con sus curas negros, sus pendones negros, sus responsos cantados en alto y a coro. Detrás del féretro, llevado a hombros por cuatro «agarrantes» con hopas negras, iba un señor vestido de negro tocando un fagot.

7

Al final de aquel verano, una huelga de fundidores trajo grandes turbulencias e inquietudes al pueblo. La Guardia Civil disparó sobre los obreros e hirió gravemente a un hijo de la Chona, viuda pobrísima con nueve hijos pequeños, de todos los cuales era sostén aquel rapaz flaco, que alguna vez veíamos pasar con su cara tiznada y su rencoroso aire de tísico. Con tal motivo se celebró un gran mitin, en el que hablaron ya los nuevos intelectuales; la manifestación que luego se formó fue también disuelta a tiros.

En medio de las voces habituales de la prensa liberal, advirtiose la intervención, nada pacata por cierto, de un indiano, llamado Victorino Valeiras, que mandaba «suplicadas» a los periódicos. Era un ricacho que vivía en la Argentina —por lo que le llamaban el «che»— y que llegaba, de tanto en tanto, a pasar temporadas en la ciudad. No era propiamente de Auria sino de una aldea cercana; y a lo que se veía, paliaba su viejo afán de llegar a formar parte, algún día, del señorío pueblero —o de lo que su imaginación de rapaz pobre le hizo concebir como tal— viviendo en la capital de la provincia, como si de veras fuese una «capital» más allá del remoquete administrativo. Cuando el ajusticiamiento de Reinoso, que coincidiera con una de sus visitas al terruño, ya había mandado a *El Miño* una serie de «cartas abiertas», bajo el título de: «¿Estamos en el siglo XX, o qué?», que enfurecieron al ultramontanismo local y que le valieron una denuncia del Cabildo a la Fiscalía. Una de aquellas cartas, que subtitulara: «La barbarie monárquica» y que se veía claramente era el refrito de algún plumeo ultramarino con miras republicanas, irritó al gobernador, quien le mandó un recado, con vistas a obtener una rectificación. La respuesta de Valeiras, formulada con desgaire criollo al alguacil que vino a notificarle, se hizo famosa: «Dígale usted a Su Excelencia que se deje de joder». La utilización de aquel verbo tan procaz, para quienes no conocíamos el significado de casi inofensiva chanza que tenía en el lenguaje corriente de aquel país, pasó como una gallardía adecuada a su destinatario, el conde de Alta Esperanza, que era un animal. Las maniobras del criado gubernativo dieron con Valeiras en el barco, de regreso, mucho antes de consumírsele el plazo destinado a restañar su periódica morriña; pero su nombre adquirió un relieve de originalidad y simpatía que le destacó de entre la turba de sus congéneres: de aquellos pobres ricos que habían regresado de la aventura emigratoria con un aire de memez o con aspecto vencido de jubilados.

En esta ocasión de la bárbara represalia contra los huelguistas, no dejó de sorprender a los elementos «avanzados» de Auria la resuelta actitud, al lado de los obreros, de aquel hombre, económicamente tan considerable, en contraste con el reaccionarismo de los otros indianos y de las clases adineradas del burgo, que hablaban de él como de un traidor o de un apóstata.

Aquel extraño desertor de la clase pudiente contaba, pues, con todas nuestras simpatías, al principio un poco burlonas, como era de uso en Auria con todo el que se singularizaba, pero mucho más decididas y resueltas cuando se vio que Valeiras no era un mero exhibicionista, sino que iba en serio, y que muchas veces comprometía su tranquilidad, su libertad y su dinero en favor de las clases populares.

Además de ser un acendrado liberal, nos pagaba excelentes meriendas en tabernas y mesones. Uno de sus aspectos respetables, aunque, a veces, lo expresase de una manera impropia, era su adoración por la tierra, por el paisaje. «Cuando se sale de aquí, de meterle, 'duro y parejo', a los terrones, uno no ve nada. Desde allá empieza uno a ver con los ojos del alma». Al decir estas cosas, la voz se le hacía un poco declamatoria, pero sin perder el acento de la sinceridad. A veces, cuando andábamos con él por las montañas, se detenía, en medio de sus relatos bonaerenses, que eran interminables y llenos de subproductos narrativos, y se quedaba mirando hacia el valle desde una curva abalconada del sendero; entonces pasaba por sus ojos un resplandor de emoción completamente respetable que nos contagiaba, pero que duraba exactamente hasta que decía, tras un suspiro hondísimo, con modismos criollos:

—¡La gran siete! ¡Linda tierra, che! ¡Pucha digo...!

Pero evidentemente le queríamos y, tal vez a pesar nuestro, le respetábamos. Los españoles de aquel tiempo empezábamos a aprender, quizá un poco tarde, que la conducta es algo mucho más valioso que las palabras. A raíz de sus «cartas abiertas» y «suplicadas» sobre la represión de la huelga de los fundidores, Amadeo y yo determinamos ir a verlo. La visita tuvo lugar en la habitación de la pulquérrima fonda de doña Generosa, en la que paraba «no por no gastar», sino porque allí «se comía al uso *nostro*, y no en esa porquería de los nuevos hoteles». La entrevista tenía un fin concreto: expresarle nuestra solidaridad en razón de que la directiva del Casino, a la que le tocaba ser conservadora, por la alternancia de los partidos turnantes, le había retirado su condición de socio transeúnte.

Hablamos del asunto y le restó importancia.

—Conozco bien a la canalla patronal. Veinticinco años luché contra ellos, antes de «independizarme», allá donde los gremios son más numerosos que toda la población de esta provincia y su capital —y hacía un gesto semicircular y brazilargo, abarcando la plazuela de Fuente del Hierro, como si Auria fuese Londres—. ¡Que se queden con sus casinos y que me den a mí carreteras

y *congostras* o algún robledal a la orilla de un río! ¿No es así, poeta?
—Yo miré hacia atrás y luego a Amadeo.
—¿Poeta, yo?
—Tiene usted una cara de coplero que no puede con ella. ¿Verdad? —miré de nuevo a Amadeo. Este asintió a medias, con aquella ceremoniosa condescendencia que usaba conmigo desde hacía un tiempo. ¡Poeta! Me quedé rumiando la palabra, con sentimiento agridulce, expurgándola del dejo ofensivo con que allí la usábamos. Comprendía que también podía significar un supremo elogio, aunque tan distante de mis figuraciones, situada en una ambición remota, difícil, casi imposible, que, cuando mucho, estaba simbolizada en aquel mi infatigable escribir y callar, escribir y romper, escribir y ocultar...

Resultaba clarísimo que Valeiras no podía empalmar aquel día su conversación de gran aliento, que siempre empezaba como para un larguísimo viaje. Aquella vez su charla era intermitente, llena de lagunas y descuidos en la ilación. Nos sirvió sendas copas de jerez y nos dijo que no iría al café aquella tarde. Luego cayó en un largo silencio, que también podía ser interpretado como fin de la visita. Amadeo y yo nos entendimos con la mirada.

—Parece que prefiere usted estar solo hoy... —dijo mi amigo con su tono tan seguro y mundano.

—No, no, nada de eso, señores. ¡No faltaría más! Al contrario, me hacen un bien quedándose... Estoy por dar un paso serio. Acabo de recibir carta de «mi señora» —jamás decía mi mujer—; no hay manera de traerlos, no hay quien los convenza de que vengan a conocer mi tierra, y eso me pone de muy mal humor. Hace más de diez años que andamos en esta polémica, y ya me van hartando. Quiero que vengan, para ver si mis hijos, que ya son grandes, se aclimatan aquí... ¡Qué felicidad sería, qué felicidad! No quiero ni pensarlo... Lo malo es que mi señora es criolla, criolla hija de italianos... Muy buena, buenísima, una santa, ¡pobre Mafalda! —aquel nombre espectacular nos hizo sonreír—, pero no hay quien la arranque de allá. ¡No sé qué satisfacciones me da a mí el dinero! Un poco más de comida, un poco más de ropa, una casa un poco más grande. ¿Y qué? ¡La tierra, la tierra! Yo hice la plata para eso, para disfrutar de mi tierra, con los ojos, con la boca, con las manos, con las narices... Y luego caer dentro de ella para siempre. ¡Hasta me parece que no debe pesar! —y añadió como hablando a sus adentros—: ¡Gente más egoísta..., más desamorada...!

No teníamos la menor idea del conflicto familiar de Valeiras, a cuya hondura acababa de asomarnos.

—¿Son muchos sus hijos?

—Dos, aquí están —sacó de un cajón una fotografía muy grande y lujosa—. Este es Saúl, a quien llamamos el Poroto, y esta es Ruth, que le decimos la Ñata —eran dos adolescentes de una belleza y de una distinción sorprendentes.

—¡Dos criaturas perfectas! —observó Amadeo con expresión un poco relamida. Comprendí que estaba observando detalladamente al muchacho.

—¿Qué edad tiene? —inquirió, con hablar un tanto atropellado.

—¿Quién? ¿La Ñata?

—No, él.

—¡Ah! ¿El Poroto? Va para diecisiete. La nena anda en los dieciocho, se llevan poco más de un año.

—Lo que no comprendo —agregó Amadeo recuperando su dominio— es como estos seres maravillosos llevan nombres judíos y motes de perros: Saúl, Ruth, Ñata, Poroto...

—Y... Los usos de cada país.

—¿Así que vendrán dentro de poco?

—La nena termina ahora, en noviembre, el profesorado de piano. ¡Pero quién sabe...! No creo que vengan... ¡Me engañarán una vez más!

Estábamos a fin de septiembre.

Amadeo se metió en una profecía literaria y artificiosa acerca del carácter de los chicos, deducido de su imagen. Se detuvo casi el doble del tiempo en la interpretación de la de Saúl, que tenía algo de indirecto interrogatorio, formulado con una habilidad y una falsía diabólicas.

Todas aquellas simulaciones y dobleces de su conducta me lo presentaban bajo una nueva faz decepcionante. Era listo como la luz, y el cambio que tuvo su trato conmigo me dejaba entrever que se daba cuenta de todo lo ocurrido entre nosotros; de que yo había dado un salto irremediable que me situaba más allá de su mundo. Yo continuaba ligado a él por lazos todavía solidísimos, pero más racionales. De todas maneras, nuestra amistad había doblado ya el codo de su anterior condición oscura, y era hacia aquel terreno más abierto, más luminoso, adonde Amadeo no quería dejarse atraer, atrincherado en un resentimiento sordo, como dolorido. Ya no me sentía yo tan atraído hacia su personalidad total, mas permanecía como encandilado por el brillo de su espíritu que iluminaba con su claridad tantos fragmentos del mundo.

Me sacó de estas cavilaciones la voz de Valeiras, de la que había quedado aislado momentáneamente, que contaba a Amadeo las proezas pedagógicas de su vástago y las artísticas de su niña, con la más convicta y suramericana exageración.

Le prometimos volver, y nos ofrecimos por si se confirmaba el arribo de su familia, para todo lo que fuese necesario, incluso ayudarle a buscar casa... Precisamente en la Travesía estaban terminando unas con cuarto de baño... El cuarto de baño formaba parte principal de las obsesiones ultramarinas del buen Valeiras.

Al llegar a la puerta, Amadeo se hizo aparatosamente a un lado, invitándome, con una reverencia, a pasar. Me vinieron ganas de darle un puñetazo.

8

Más que en los diagnósticos, que en las mal disimuladas alarmas de los médicos y que en las voces que se encogían a mi paso, sentía yo la gravedad de mi madre en medio del pecho, en esa anchura sensible donde baten los presentimientos. Entraba una y otra vez en su cuarto, como queriendo compensarla de tanto abandono, y Dios me castigaba con su estupor continuado, con su indiferencia para todo lo que a su alrededor sucedía. Era una especie de modorra que se prolongaba por los meses; un dormir y dormir, para despertarse en medio de ahogos que parecían la muerte, y quedarse de nuevo traspuesta, hundida en aquel sopor irritante.

Uno de aquellos días, luego de una crisis muy prolongada, a la que siguió un período más llevadero, tuve la certeza de que su salud tenía mucho más que ver con el reposo absoluto que recomendaba don Pepito, que con la abrumadora farmacopea con que el médico nuevo quería justificar atropelladamente sus recientes estudios. De todas maneras, hubo un rayo de esperanza en aquella cerrazón que me permitió reflexionar y cargarme de proyectos, de rectificaciones, de duros propósitos de enmienda...

Era la hora de la siesta cuando entré en la catedral. Extrañamente, en aquella visita resonaban otras anteriores angustias, que ya parecían expulsadas del recuerdo. Me poseía otra vez una emoción arcana, pueril. En aquellos momentos en que tan inválidos parecían los medios humanos, regresaba yo por los anteriores caminos, tal vez a someterme de nuevo a aquella potencia oscura o a pretender dominarla; de todas maneras, sintiendo, otra vez, mi pie en el abismo...

Al arrodillarme frente al Santísimo Cristo de Auria advertí, tal el vicioso que vuelve a su vaso o a su droga, que la imagen, al menos en aquel trance, mantenía sobre mí su dominio casi absoluto. Y doblegué mi orgullosa debilidad, ofreciéndola como prenda de contrición, mas también como una terrible amenaza no formulada, sentida como un acto sin palabras, ni siquiera interiores. Iba a plantear un denodado juego de trueque. Entre Dios y yo daba comienzo un combate sin cuartel cuyas capitulaciones eran de términos muy claros. Entraban en ellas la dádiva entera, profunda, de mi fe, de todo mi ser y mi sentir, por los caminos más humillantes, pero asimismo una dramática reserva que Él solo sería el encargado de descubrir, de desarmar y de juzgar. Por entre las palabras de mi oración sin tregua, brotaba el propósito compulsivo, estorbando la humilde desnudez del rezo.

Había que empezar por descubrir la imagen, sin ninguna vacilación, como ejerciendo los derechos de un pacto. Y así lo hice. Por no sé qué asuntos de la liturgia, tenía aquel día un corto faldellín de raso blanco, cuajado de pedrerías, en contraste casi frívolo con la imponencia de su altor, de su inmisericorde adustez, de su flacura aterradora, de su renegrida piel cubierta de pústulas escoriadas, como de podredumbre. Solo su pobre cabeza abatida ofrecía una distante promesa de amistad, como esperando ayudas más humanas que divinas. «Padre mío, ¿por qué me has abandonado?» Nada había conmovido tanto mi niñez como aquella estampa de mi escuela en la que san Francisco abraza a Dios por la cintura, como aliviándole del peso de su propio cuerpo. Claro que aquel era un cuerpo tierno, vivo, como el de un adolescente crucificado. ¿Por qué este desplazaba de sí aquella hosquedad sin trato posible?

Todo lo ofrecí, hasta el retorno a las prácticas (¡tan rutinarias, tan vacías!); el enderezamiento de mi conducta hacia el decoro y la disciplina de mi vida personal y familiar; una actitud militante, hondamente cristiana (¡no iba a poder ser, por los otros!) en defensa de los aspectos seculares de la fe; un inmediato desasimiento (¡también esto, también esto!) de lo que, desde hacía unos meses, halagaba mi hombría, afirmaba mis sentidos (¡qué horrible, qué hipócrita palabra aquella de *concupiscencia* con que me alejaban del confesionario!) y me cargaba el alma de un sentimiento responsable... No tenía más que ofrecer...

Entró la luz por una vidriera, y su carne apodreció con mayor saña en el ruedo de un lampo amarillo. Me levanté y eché a andar. Le dejé descubierto. Todavía me volví y le rogué, con una mirada, desde lejos. Comprendió todo su sentido, estoy seguro. No se diga, pues, que fui yo el culpable.

9

La noticia corrió como en las alas del diablo, restableciéndose en el burgo, desde años atrás invadido por caras nuevas, desconocidas, su unidad de extensa familia, su solidaridad de los grandes momentos. Hasta los forasteros radicados en reciente data, y ajenos a la jerarquización de los nombres de Auria y a la composición y problemas de las viejas familias, hallaron alguna forma simbólica e indirecta para hacernos llegar palabras de confortación y simpatía. En una de esas nivelaciones misteriosas de la conducta colectiva, parecía que alguien hubiese dado la voz de orden a fin de que el doloroso escándalo se deslizase por los días con la menor suma de resonancia; y si alguna voz, atizada por el hábito o la malquerencia, pretendió ensañarse en la murmuración o exhibir ese regocijo que en alguna gente despierta el daño ajeno, fue luego sofocada por los demás y sometida al nivel de la común sordina. Las gentes principales, hasta las que no habían vuelto a visitarnos desde la separación de mis padres o desde el proceso de mi tío, o simplemente alejadas por el derrumbe espiritual de mi madre, encontraron manera de llegar hasta su lecho de enferma y contemplarla un instante con sincera amistad, sin que ella apenas se diera cuenta, perdida como estaba en su estupor, tras el cual parecía haberse agotado toda su capacidad sensible. Las únicas que vinieron en son de haber acusado el golpe fueron las Fuchicas, que pidieron quedarse a solas con ella. Y aunque advertidas de que era estricta orden de los médicos el no dejarla hablar, como insistieron tanto, y dada su índole sonsacona y corrillera, supusimos que algo querrían decirle en relación con el drama que nos tenía agobiados.

Entraron arrebujadas en sus mantos, muy decididas, pero yo me quedé con el oído pegado al cortinón que separaba la alcoba del gabinete. Durante un rato oí apenas el cuchicheo y alternancia de aquellas voces tan desiguales entre sí, pero emparejadas en el resentimiento y la maldad. Aquel refunfuñar ensañado iba creciendo hasta que pude entender que hablaban del asunto, con aire agraviado, como acusador. De pronto, oí que mamá lanzaba un sollozo sofocado y me precipité en la alcoba. Las dos brujas estaban en una actitud teatral, a ambos lados de la cama, como los demonios en las viejas estampas del tránsito. La abacial parecía estar requiriéndole algo y la flaca besuqueaba un medallón devoto, con succión ruidosa. Al verme entrar quedáronse un instante detenidas en el gesto, como figuras de retablo. Los ojos de mamá, suplicantes, dominaron mi impulso y me concreté a decir, con la voz más tranquila que pude:

—Salgan inmediatamente de aquí —y el par de brujas, con agilidad atizada por el miedo, abandonaron el aposento a reculones, haciendo la señal de la cruz. Las acompañé, en silencio, por el corredor hasta la escalera, muy oscurecida por el atardecer. Bajamos hasta el descanso final, que distaba unos diez escalones del zaguán. Allí me dio un pronto imposible de dominar, y disparando ambas manos contra la espalda de la sumida le di un bárbaro empellón. Tropezó con la otra que iba delante y rodaron hechas un ovillo de faldamentas y mantos hasta dar en los fondos de la grada. Se levantaron sin una queja, sin haber proferido la menor exclamación, y solo se oyó la voz resentida de la gorda inquiriendo con jerga fronteriza:

—¿Te mancaste?
—No. ¿Y tú?

—Tampoco.

Al salir gritó la escuálida, con voz sañuda:

—¡Sangre de los Torralba! ¡Sangre de los infiernos!

Volví, casi pesaroso, escaleras arriba, y entré de nuevo en la alcoba. No habíamos hablado palabra durante aquellas horas que, para su mal, le habían traído un poco de lucidez. Nos mirábamos como anonadados los pocos momentos en que ella abría los ojos, para tomar contacto, cada vez más dolorido, con la vida. Blandina estaba ahora ahuecándole las almohadas. Flotaba en la habitación un sucio olor a valeriana entre el más blando de la digital. Yo tenía la garganta llena de llanto. ¡La cara de mi madre, Dios mío, en aquella penumbra y en aquella profundidad de sí misma donde iba hundiéndose lentamente!

Me senté al borde de la cama, con cuidado. Ella permanecía, como siempre, incorporada para no ahogarse.

—¿Cómo estás, Carmeliña? —(¡Cuántos años que no la llamaba así!).

—Mal, hijo, mal —y de pronto, como reanimada y sacudida por el sonido de sus propias palabras, dijo con voz entera, grito casi:

—¿Quién tiene la culpa?, decídmelo, ¿quién?

—Todos, mamá, todos.

—¿Cómo Dios puede consentir esas cosas?

—Dios también, Carmeliña, Dios también... ¡Vamos, descansa, descansa!

Y, abrazándola por los hombros lloramos, lloré como tampoco había vuelto a llorar desde niño.

—Solo me quedas tú. ¡Ojalá que nunca vuelva a perderte!

—Nunca me has perdido, Carmeliña... Descansa, descansa...

Su respiración fue haciéndose más suave. Se quedó después como dormida, con la mejilla en mi pecho. Blandina entraba y salía con su dolor silencioso en los ojos perdidos, como ensangrentados. Una de las veces que vino a darle una medicina, apreté su mano por detrás de la cabeza de mi madre como ennobleciendo nuestro secreto, como ungiéndolo del instante grave. Su alma ingenua me entendió cabalmente y se apaciguó un poco la crispación de su rostro. Yo no me movía. Estaba dispuesto a quedarme así toda la noche. Las tías se turnaban en silencio y a veces se quedaban dos de ellas. Cada vez que entraban le daban un beso y le acariciaban las mejillas como a una criatura, o le arreglaban el pelo y las ropas; luego se iban a un rincón a llorar.

A eso de las diez entró Lola, muy agitada. Desde la oscuridad torció el gesto, como pidiéndome un aparte. Dejé suavemente a mamá sobre la almohada y salí al gabinete.

—¡Está abajo el tío Manolo!

—¿Quién? —exclamé, incrédulo.

—El tío Manolo —dijo Lola atragantándose—. Abajo, en el primer piso.

Bajé al despacho de mi padre y monté un revólver. El tío Manolo —¡aquel asco!— estaba sentado en el recibimiento bajo la exigua claridad de unas tulipas color carmín que dejaban filtrar apenas la luz de las bombillas. Estaba allí el hombrachón aquel, pardiblancuzco de piel, como un viejo árabe, con su abundante pelo blanco, encrespado, su gran bigote tendido y aquel corvino perfil de judío convencional, el viejo usurero ante el que temblaba todo Auria, por sus procedimientos implacables y su energía diabólica... De todo aquel atuendo y solemnidad salió una pequeña voz mujeril, pero taraceada de fría soberbia y de hábitos de mando. Se levantó cuan largo era, y, echando atrás las bandas de la capa, dijo secamente:

—¿Tengo que hacer antesalas para ver a mi sobrina? Y más cuando vengo a su casa en ocasión tan infame...

Increíblemente sereno me fui acercando a él, muy despacio, hasta que le vi demudarse.

—¡Fuera de aquí!

Se quedó estupefacto, pero pronto se rehízo, para exclamar con una voz de fría altivez:

—¿Quién eres tú, advenedizo?

Le puse el revólver en un vacío. El cañón chocó secamente contra la tapa del reloj.

—¡Largo de aquí, ladrón!

Sin recoger el sombrero, salió temblando como un árbol enorme. Guardé el revólver, le tiré el sombrero desde el balcón y me sacudí las manos.

En el cuarto de mamá me encontré a don Pepito Nogueira, ceñudo, con el oído pegado al odioso aparato aquel, de madera de boj, que tenía la vaga forma de un reloj de arena y que ponía siempre sobre el pecho de la enferma. Parecía un aparato para escuchar la muerte. Levantó la cara, sacando mucho el belfo, y vi una gran tristeza en sus ojos. Habló algo con las tías y se fue. A eso de las once, vinieron a decirme que estaba Amadeo. No le recibí. Me senté de nuevo en la cama de mamá, casi acostado, y puse su cabeza en mi hombro. Respiraba con una gran tranquilidad. Pasada la medianoche llegó un telegrama donde se nos decía que, practicado el arqueo, resultaba que mi hermanastro Eduardo Maceira había desfalcado diez mil duros en la empresa donde trabajaba. La noticia resultaba insignificante al lado de lo demás que ya sabíamos.

A eso de la una hubo que echar un balde de agua sobre unos borrachos que se habían puesto a cantar bajo nuestros balcones.

A las tres me desperté y sentí la cabeza de ella como un peso anormal sobre mi pecho, que casi no me dejaba respirar. Mamá estaba muerta.

Estos fueron los acontecimientos más importantes que siguieron a la fuga de mis hermanastros, Eduardo y María Lucila Maceira, descubierta veinticuatro horas antes. El telegrama que llegó después, de la policía de Lisboa, diciendo que se habían embarcado en el *Clyde*, con falsos nombres y documentos conyugales, ya no me importó nada. Ya no me quedaba en el corazón ningún asco que consumir. Todo lo demás era dolor.

10

Tan rápidamente se llenó de gente el cuarto como si una multitud hubiese estado esperando tras las puertas. También pudo ocurrir que yo haya estado fuera del tiempo todo el que la tuve abrazada, sin soltarla, sin querer soltarla. Recuerdo muy bien la voz de don Pepito y su palmada en la mejilla; y luego aparecí sentado en el gabinete, en el sillón de costura de mamá, donde Lola me hacía beber algo fuerte y me frotaba el pecho a la altura del corazón. La sensación de frío, y la camisa abierta, restablecieron una rápida continuidad con todo lo anterior. Entré en la alcoba. Estaba todo bastante cambiado. El párroco de Santa Eufemia leía en un libro en voz alta. Tuve que admitir la ridícula probabilidad de haber perdido el conocimiento durante un largo rato. El sacerdote decía las oraciones con voz entera y grave dignidad. Salí de nuevo al gabinete y me encontré con Pepita, que llegaba trayendo un pequeño crucifijo de plata. Nos abrazamos en silencio y volví a llorar. Pero esta vez noté que el llanto me aliviaba.

Miré el reloj; eran las cuatro. Desde aquel momento yo vivía no con el sentimiento, ni con los ojos, ni con nada; vivía con los oídos. Era todo oídos. La gente debió de haberse asombrado de aquel repentino dominarme, que hubiese parecido indiferencia de no haber estado desmentido por mi desasosiego, por mis paseos aturdidos, de una habitación a otra. Y es que yo vivía solo con los oídos. Al fin me llegaron las badajadas del toque de alba. ¡La campana mayor de la catedral! Sí, todo oídos, todo yo un oído, vibrando atento, sobre el mundo. ¡Sí, el toque de alba! Salí, crucé la calle, doblé la esquina —me di cuenta de que iba en mangas de camisa— y entré en el templo. El día no era allí ni siquiera una insinuación de luz lejana. No era más que el toque de alba. A pasos rápidos, crucé las naves sin cerciorarme de si me veían o no. Entré en la capilla del Cristo, descorrí la cortina y encendí el escandaloso reflector eléctrico que el Cabildo había mandado instalar en la pasada novena. La luz dio de lleno en la imagen revelándola horriblemente. Salté la baranda, cogí un candelabro del altar, lo balanceé un instante tanteando la dirección y se lo tiré a la cara. Se oyó un ruido seco, apergaminado, y me pareció que la cabeza se había levantado un instante, con el impacto. Algo se desprendió de su mejilla y quedó en su lugar un socavón oscuro al que asomaba algo grisáceo, sólido, vagamente puntiagudo. Subí de nuevo las gradas laterales para apagar la luz. Miré más de cerca y quedé sin aliento. Lo que allí asomaba era un hueso, un pómulo.

¡El milagroso Santo Cristo de Auria era una momia humana!

El pueblo se conmovió como nunca. No se habló de otra cosa en el velatorio de mi madre. El obispo dispuso el cierre del templo para que fuera nuevamente consagrado, y el Cabildo se mantuvo en un silencio dolorido y sincero. La prensa liberal guardó un tono mesurado y apenas *El Miño* se permitió exhibir un artículo de un antiguo colaborador, arqueólogo y ateo, que había afirmado, allá por los comienzos del siglo, que «aquel Cristo no era una imagen de la humana industria, al menos en el sentido normal del vocablo». La prensa católica, en un paroxismo de furia, casi sofocada por aquella saturación de razón, como si quisiera desquitarse de no haberla tenido tantas otras veces, arribaba a consecuencias desviadísimas, extravagantes, como eran sus algaras contra la Instrucción Pública y contra «las libertinas ideologías reinantes». Antes de que el templo quedase de nuevo librado a los servicios, llegó un misterioso extranjero, que no hablaba palabra de español. Se hospedó en el palacio episcopal, y partió una semana después, dejando la imagen tan cabal como antes. Todo aquello me tuvo deprimido, avergonzado; pero el dolor de la pérdida de mi madre convertía todo a mi alrededor en meras insignificancias.

Antes de terminar la semana de duelo, recibí un mensaje urgente de don José de Portocarrero, para que fuese, lo más pronto posible, a estar con él, en su casa; un pequeño hortal, con vivienda, en la carretera de Trives. Me mandaba, al mismo tiempo, expresiones de condolencia y me decía que de no haberlo impedido su baldadura, hubiese «estado al lado de la pobre María del Carmen en sus momentos finales». La carta estaba escrita con letra muy vulgar; sin duda, había sido dictada.

No esperé a que terminase el plazo, y un día, después de comer, me fui a casa del canónigo fabriquero, un poco intrigado por su urgencia, sin decir nada a nadie.

El pálido sol de octubre y la melancolía de los viñedos, con sus oros declinantes, ponían el paisaje a tono con mi desánimo. Conservaba yo desde mi niñez un afectuoso respeto por aquel buen amigo nuestro, e iba ahora lamentando mi abandono y mi falta de atenciones para con él, como para con tantos otros. Pensé en que quizá pronto los necesitaría a todos, y rechacé esta idea con repugnancia. Era uno de los pocos canónigos que de aquel entonces quedaban. Unos habían ido muriendo y otros saltaron a más altas dignidades, a las mitras, a las grasas capellanías aristocráticas o de presentación. Hasta don Emilio Velazco, que era un mediocre, acababa de ser llevado, por unos nobles, a la Corte, como predicador de su capilla, después de haberle conseguido el obispado *nullius* de Patmos.

Una criada vieja me introdujo en el recibimiento, que exhibía esa helada pulcritud de las casas sacerdotales, y pronto se apareció, con su envaramiento, su ceño, su fealdad y sus siete sayas, aquella doña Blasa, ama y ecónoma, sobre la que no pasaba un día, como si ya hubiera nacido vieja, que me acogió con displicencia, contestándome apenas al saludo. Ella fue la que me llevó al cuarto del anciano. Don José, hecho una ruina en su sillón de ruedas, la despidió con el gesto. Allí estaba hundido, hacía cinco años, por la progresiva petrificación de sus arterias. Con un movimiento de cabeza me indicó una silla. Era muy severa su expresión y ello me dio que pensar. La luz que venía del hortal, colada en verde por los frutales, iluminaba aquel rostro, que había sido tan noble, con el lado izquierdo deformado por la torsión de la hemiplejía, con un extremo de la boca alzado como para una media sonrisa; del mismo lado le lagrimeaba incesantemente un ojo. Me habló con lengua de trapo, como si solo emitiese las vocales.

Por algo que pude entenderle comprendí que se refería a mi madre. Luego cambió de tono y su voz se tiñó de mayor gravedad. Los sucesivos esfuerzos que hizo para que me llegasen sus palabras le causaron una mayor excitación que las tornó todavía más incomprensibles. De pronto me llamó con un gesto de la mano útil, y cuando estuve cerca de él se enderezó penosamente, evitando mi ayuda, que rechazó con un borbotón de sonidos guturales. Se quedó en pie vacilante y amenazador. Me cogió la cara por el mentón dándome vuelta hasta que la luz me dio de lleno en los ojos. Su rostro se contrajo, temblándole la mejilla, como tironeada por estremecimientos rítmicos. Del ojo inyectado fluía, con más prisa, la lágrima perpetua, que no se ocupaba de enjugar y que rodaba libre sobre un surco ya señalado y descolorido de la piel. Yo no sabía a qué atenerme y estaba muy asustado. Creí entender algo en medio de su entrapada verba. Fue la palabra *Cristo*. Repentinamente todo se me reveló con terrible claridad. Con mi vista clavada en la suya, exclamé resueltamente, casi en un sollozo:

—¡No, don José, no!

Soltó mi brazo izquierdo del atenazamiento de sus dedos y, sin cejar en su actitud, me indicó el piso.

—De *otilas*, de *otilas* —ordenaba, con palabras dichas casi con la garganta, como aullando. Desde el instante en que me había dado cuenta de lo que pensaba, lo entendía con mayor claridad. Vacilé un momento, pero su mano cayó, como una maza, sobre mi hombro y me hizo arrodillar. Mentí. Mentí, seguro de que con ello le salvaba la vida.

—¡*Júa*!

Alcé los ojos hacia la enloquecida turbación de su rostro, mirándolo con impavidez, casi con insolencia:

—¡*Júa*!

—¡Juro que no fui yo!

Me ayudó a levantarme y me besó en la frente con su media boca húmeda, babeante.

11

Mi padre, a quien nadie había avisado, se presentó unos quince días después del entierro. No era el mismo; estaba muy gordo y avejentado, y exhibía una ordinariez de ademanes que le hacía aún más irreconocible. Además, estaba mal vestido.
—Vine atropellando todo género de dificultades y con toda la prisa que pude.
No era verdad; sin duda se demoró para evitar todos los inconvenientes y molestias inherentes a lo ocurrido.
—¡No sé qué pasará con mi proceso en rebeldía! ¿Crees tú que me echarán el guante? ¿No contestáis? —miró hacia mis tías, que bajaron la cabeza.
—Estaba pensando que muy bien pudiste haberte quedado —respondí.
—¿Qué manera es esa de hablar?
—Haz el favor de no levantar la voz... En esta casa ya no se grita desde hace tiempo.
—¿Eh? —estábamos en la habitación que había sido su despacho. Dejó la silla y se vino hacia mí con un gesto que él suponía severo y que me resultaba tristemente ridículo. La pretina del pantalón, forzada, apenas podía contener el vientre—. ¿Qué modo es ese de hablarle a tu padre?
—No te hablo, te contesto.

—¡Te repito, otra vez, que si esta es manera de hablarle a tu padre...!

Estaba tan cerca de mí que sentía su aliento en mi cara, impregnado de tabaco fuerte. Retrocedí y dije con amargura:

—¡Mi padre...!

—Tienes razón —dijo recogiendo velas y sentándose de nuevo—. Siempre creí que entre tú y yo había poco de común. Puede más tu otra sangre, sangre de familia de muchas mujeres; es la misma que llevan en sus venas los otros, los que se escaparon.

Avancé hasta tocar el escritorio, en cuyo sillón se había vuelto a sentar, y, sin ninguna modulación en la voz, dije:

—Que sea la última vez que, de cerca o de lejos, aludes a mamá.

—¿Me lo vas a prohibir tú? —contestó, con cierto sarcasmo.

—Esa es la palabra, te lo prohíbo.

Salió de tras el escritorio y se plantó otra vez a un palmo de mi cara.

—¿Sabes con quién estás hablando?

—Perfectamente, con mi padre.

Las tías, enlutadísimas, se levantaron juntas del sofá como movidas por el mismo resorte. Apareció una de las asistentas que ayudaban a Blandina.

—Señorito Luis, don Camilo, el Cirallas, pide venia para entrar.

Era el viejo procurador. En la terminología social del pueblo, los motes tenían un valor expresivo inevitable; y así don Camilo de Lourenzán y Couñago venía a quedar en el Cirallas. Mi padre, con aquel brusco claroscuro de su antiguo humor, dijo:

—¡Que entre el Cirallas! —Y añadió, dirigiéndose a mí—: Contigo ya arreglaré después cuentas.

Yo tomé la expresión en un sentido de malicioso equívoco y repliqué:

—Tus cuentas con nosotros ya están arregladas para siempre. Ahora te lo dirá el albacea —y arrojé, con gesto despectivo, la plegadera de hueso, que fue a golpear contra una pequeña torre Eiffel de hierro colado que había sobre la mesa. Me dirigí hacia la puerta a pasos lentos.

—¿Adónde vas? Tenemos que oír juntos a ese hombre; hay que saber cómo quedaron las cosas de tu madre.

—Lo único que de ella me importaba ya no está aquí —contesté, armando la frase sobre los dichos rutinarios de aquellos días. Mis tías terminaron de conmoverse y me cercaron con sus seis brazos; y yo, en medio de aquel doliente pulpo sentimental, volví a emocionarme. Entró don Camilo, con sibilantes ruidos asmáticos:

—¡Demonio de escalera!

Me iba quedando cada vez más solo. Estuvo a punto de separarme definitivamente de Amadeo un suceso que, en sí, carecía de significación, pero al que él concedió una importancia exagerada. Toda mi actividad, en lo físico, se descargaba en largos paseos por los alrededores de Auria en los que él era —y a veces Valeiras— mi infatigable acompañante. Le había tomado fastidio a la ciudad.

Temía las explicaciones o, lo que era peor, las condolencias y disimulos por lo de *aquellos*. Sentía gran añoranza hacia la peña del café de la Unión, donde unos cuantos muchachos íbamos esbozando, bajo la guía de algunos jóvenes profesores de la Normal y del instituto, que dictaban allí su mejor cátedra, la configuración, todavía lejana, de lo que habría de constituir nuestro esquema del mundo. En tales reuniones, fragorosas y desbordantes de ingenio, y, ¿por qué no decirlo?, de afán de verdad, se producía la contienda de lindes entre la caprichosidad subjetiva, apasionada, de los últimos rezagos del romanticismo, de un romanticismo contumaz que allí duró, al menos en la actitud existencial, hasta muy entrado el siglo, y un escepticismo irónico, atizado por la inseguridad en que nos sumergía el humorismo vernáculo, y por la carencia, o parcial conocimiento, de los dechados raciales, que, en la creación y en la conducta histórica, nos ofreciesen términos y ejemplos de referencia aleccionadora; pues los de otros pueblos de un pasado heterogéneo, al que se llamaba, con violenta unificación, español, no los sentíamos como tal unidad, en el terreno del espíritu. España, así concebida, era para nosotros un vértice más cercano de la historia universal, mas no una plenitud, ni una exclusividad, ni mucho menos una autenticidad profunda. Nuestras averiguaciones nos llevaron pronto a establecer netas diferencias entre «lo español» y nosotros.

Con todo ello, pronto se nos hizo clara y exigente una actitud polémica y reivindicatoria que nos situó contra la admisión automática del pasado oficial, y, por contrafigura, dentro de unas posibilidades raciales, históricas y dinámicas, en cuya anterior frustración se había desviado nuestro auténtico sino y se habían cegado las vías de nuestra expresión cabal y verdadera. Las conclusiones, vistas por el lado de la acción que había de practicarlas, eran bizarras y daban aliento a la burla; pero a pesar de su inicial y aparente pintoresquismo, permanecieron luego irrebatibles y trocáronse aún en más profundas y entrañables cuando nuestro afán de esclarecimiento les prestó el sostén del dato comprobatorio y cuando el pueblo empezó a vibrar con todo lo que la ciencia oficial, las deformadas costumbres y el interesado simplismo de los políticos habían decretado como finiquitado pretérito comarcal o como extravagancias de eruditos regionalistas. Allí se decían cosas como estas: «Toda nuestra historia universal es nuestro paisaje». «Somos unas leguas de costa, unos valles y una raza en torno a un sepulcro. Pero el mar, el Atlántico, será el *mare nostrum* de las futuras proezas de la civilización y de la cultura; en los valles vive una raza intacta, no contaminada por la historia política de España, y en el sepulcro no está el andariego Apóstol judío sino un obispo discrepante, el primero que conmovió al mundo cristiano occidental con el implícito *non possumus* de su ardorosa dialéctica y el primer hombre en quien las manos de la Iglesia tuvieron que mancharse de sangre; lo que no impidió que su voz quedase suspendida sobre los siglos y que aún se oiga, a mil seiscientos años de distancia, en nuestros valles, riberas, bosques y montañas».*

Claro está que, al irse perfilando sobre estas exageraciones el balbuceo de un módulo espiritual con resonancias políticas, que luego habría de articularse en un lenguaje más preciso, no faltaron los caricatos, dentro de nuestras propias filas, a los que no arredraba ninguna sandez. El humorismo, nuestra más honda raíz, nuestra respuesta a la incomprensión y a la injusticia de España, y al mismo tiempo el bridal más corrosivo y derrotista de cuantos nos tenían maniatados, no tardó en hacer de las suyas. Y así, cuando alguno de nosotros tenía que irse a Madrid, preguntábamos «dónde estaba el consulado de los Reyes Católicos para visar los pasaportes». Otras veces enviábamos fantásticos telegramas a los congresos de los pueblos célticos, que se reunían, en algún lado de Europa, con cualquier motivo vagamente poético, lingüístico o sentimental, y lo que es más extraño, en muchas ocasiones recibíamos sesudas o ardorosas respuestas de felicitación, consejo y estímulo. Cuánto le debemos algunos a aquel areópago cafeteril donde, envueltos en el estruendo de las fichas del dominó, golpeadas por los funcionarios civiles y militares contra las mesas de mármol y por entre los berridos de las «canzonetistas a gran voz» y las discusiones políticas y tauromáquicas, nos agrupábamos, fervorosos, en torno al quehacer espiritual, como a lo más auténtico de nuestras vidas, a la primera autenticidad que en ellas se anunciaba...

Amadeo Hervás, «esteticista profesional y vocacional», como él se decía, con sus corbatas estridentes, sus trajes desconcertantes, sus camisas multicolores y sus manos pulidas, empuñando bastones como batutas, se movía entre todas aquellas sutilezas

* Prisciliano.

con una seguridad y una elegancia de gran bailarín intelectual, manejando las palabras, las ideas y, sobre todo, las paradojas, con una soltura y una abundancia que no nos dejaban reposar; armonizándolas, como él afirmaba, proseando a lo decadente, con sus «pañuelos teóricos», con «el color y la temperatura del momento» o con «los días de barba de su momentáneo contendor». Repentizaba, al menos eso decía él, unas traducciones maravillosas, y de pronto dejaba el libro de Kant, «ese huesudo filisteo prusiano», o el de Baudelaire, «melancólico a destajo», sobre la mesa, para exponernos una teoría acerca de la conversión del *foot-ball,* que acababa de invadirnos con la frecuentación de los barcos de la *home fleet* a nuestras costas, «en un ballet para la educación de las masas populares»; o afirmaba, muy serio, que la liturgia católica debía ser revisada por los nuevos sinfonistas, modistos, coreógrafos y pintores o prepararse a morir «entre la vulgaridad irritante de su coetánea clientela».

Amadeo vivía en pleno delirio intelectual, como queriendo defenderse de una íntima, de una entrañable frustración muy lejana del intelecto.

En cuanto se quedaba a solas conmigo me llamaba, con tristeza postiza, «mi grande y memorable escarmiento» o «contradicción viviente de muy sopesadas y graves teorías». A veces se ponía un tanto molesto con sus ínfulas de superioridad, pero estas solían desembocar en sarcasmos de una tal elaboración del ingenio que casi resultaba un privilegio, y era, desde luego, un placer el poder provocarlos. Un día me soltó de buenas a primeras:

—Tu revelación instintiva puede desviarte de tu auténtico camino. ¡Cuidado! Espero que solo se trate de un rodeo del que volverás luego de algunos años, lamentando el tiempo perdido.

Esta conversación tenía lugar bajo los cipreses del convento de Ervedelo. Frente a nosotros se extendían, en húmedo y verde declive, los huertos y los prados.

—¡Fíjate qué belleza ese nabal florido! De una imagen así nació el mito de Danae. Yo creo que el oro de ese mito no es de origen solar sino floral. Lo que llovió sobre la diosa no fue luz sino pétalos. Es un mito rústico —continué atropelladamente para no afrontar el tema que me proponía y que me resultaba tan penoso.

Amadeo cayó en la trampa, como siempre que se le atraía desde el terreno de lo real a la divagación intelectual. Y se lanzó sobre mi teoría, ávido.

—Si hubiera sido romano, quizá. Pero Danae y su copulador, llovido en oro, son griegos, no lo olvides. Allí hasta el Dionisios de la elementabilidad sensorial halló manera de ser etéreo: la tierra espiritualizada en la embriaguez, en la danza, que es otra embriaguez, que es como querer volar... ¡Qué distancia del graso Baco oficial del Imperio, patrón de cebas y de acaparadores de vino! Sí, luz y mar: Grecia. Pero mar de superficies, espejo del aire, pretexto solar y perspectiva para periplos. Una raza proyectada en un plano. Recuerda los seres añorantes de su unidad, en el diálogo platónico, girando en mitades sobre sí mismos. Todo lo que ocurre en el plano lo advertían con pupila milagrosa.

—Eso sería cierto sin su filosofía y, más determinadamente, sin su ética.

—La ética era para ellos —añadió Amadeo con un tono incómodo, como si le estorbasen— no una obligación coercitiva ni mucho menos una codificación ritual, sino un maravilloso juego de palabras; y cuando más, un deseo de orden, de armonía, casi una estética... O tal vez, como en Sócrates, un deseo borroso de defender al hombre de los dioses, haciendo de la moral una matemática de la conducta, un canon... y estamos de nuevo en lo estético. De todas formas, el mayor griego expresado, síntesis, en vez de antinomia, de Apolo y Dionisos, el griego arquetípico, casi diría lo griego, es, para nosotros, para nuestro tiempo, Platón. Nada nos acerca tanto a la intuición de lo heleno. Y, no obstante, ¡quién es capaz de expresar la unidad de lo platónico...! Y, además, ¿qué sabemos nosotros de los griegos, más allá de ese «no saber» que la erudición nos propone? A mí me parece que esta incesante curiosidad que sentimos por su saber y, más acentuadamente, por su sentir, continúa vigente solo para que cada época pueda comprobar la índole de los suyos. Lo griego es una piedra de toque...

Se calló de pronto y permaneció ensimismado, como persiguiendo algo de expresión difícil.

Mientras hablaba, tenía por costumbre cachearse incesantemente los bolsillos, como si allí tuviera sus archivos ideológicos. Extraía de ellos, para entretener las manos, pues no le gustaba gesticular —«esos movimientos con que los españoles quieren evitar, y lo consiguen, el ser reflexivos»— toda suerte de objetos: lápices, cartas, el reloj, la cigarrera... Tenía ahora entre los dedos inquietos una pequeña cartera de tafilete rojo. En el entusiasmo de la discusión no se dio cuenta cuando yo se la quité de las manos. La abrí mientras él peroraba, embriagado. Era un documento de su colegio de adolescencia, en Montpellier. Allí estaba Amadeo con un horrible cuello alto, duro, y un rostro entre vicioso y sabihondo. ¡Qué feo era! La fecha indicaba unos seis años atrás. Distraídamente pasé la vista por su texto y leí: «M. *Amadís* Hervás». Muy sorprendido, le pregunté, con grandes altibajos en la voz:

—¿Pero de veras te llamas *Amadís?*—estirando malévolamente la *i* del extravagante nombre. Perdió la serenidad y me arrebató de mal modo la cartera. No sé qué contestó, pero recuerdo que mi carcajada retumbó por el valle. Acababa de recuperar mi risa, pero de jugarme y quizás de perder su amistad, pues se levantó airadísimo y se fue a grandes pasos, desarmonizando el señorío de su andar, por el sendero central del huerto de los frailes.

12

El examen de aquellos confusos paquetes de papelorios, de los que don Camilo el procurador se hiciera cargo, con el consentimiento de todos (sin consultar a mi padre, pues no le dábamos cuenta de nada), que habíamos encontrado en el bargueño de mamá y en los cajones de otros muebles, sin orden alguno, atados con hilos y cintas, además de las informaciones que ya el honrado procurador nos había anticipado, nos dieron la certeza de que estábamos arruinados, y que ni la casa en que vivíamos se había librado de las hipotecas leoninas extendidas a nombre de testaferros, pero que, en realidad, pertenecían al tío Manolo. Aparte los desatinos administrativos de la pobre mamá, llegamos a descubrir que entre el usurero y mi padre existía un acuerdo para el envío de las mesadas suplementarias con que fue consumiendo lo suyo y lo ajeno, en su vida de disipación, en Portugal. Durante el informe de don Camilo mis tías no denotaron la menor sorpresa, por lo cual caí en la cuenta de que estaban, desde tiempo atrás, enteradas de todo. Supe también —revelado por Blandina— que no solo las tías sino mi propia madre, desde hacía ya mucho tiempo, habían venido cosiendo, en el mayor secreto, para las familias principales de Auria; lo que me hizo explicables aquellas veladas a cerrojo echado, que yo sorprendiera tantas veces al regresar, en la alta noche, del café o de mis correrías de holgazán. Por su parte, Obdulia había dado orden de que nos bajasen de las tierras del «señor» todo lo que nos hiciese falta. Yo me sentí humillado e invadido por el más violento odio hacia mi padre, aquel inverosímil tarambana, del que no quedaba más que su fachenda orgullosa y sus gestos vacíos. Después de terminada la abrumante relación, y cuando bajaba a acompañar a don Camilo hasta el zaguán, sacó de bajo la capa un rollo de papeles, diciéndome:

—Esto te pertenece, hijo mío —dijo el buen caballero—. Lo he pensado mucho antes de dártelos, pero ya eres un hombre y solo a ti te corresponde juzgar a tu madre —y sin añadir más, se fue.

Me encaramé hasta el cuarto de Blandina, que había pasado a ser para mí el lugar más íntimo de la casa, y me encerré por dentro. Allí estaban las cartas de mi padre, insolentes, rastreras, amenazadoras, suplicantes, o capciosamente sentimentales, exigiendo cada vez más dinero. Me sonrojaron sus faltas de ortografía y su redacción descuidada e inconexa de señorito ignorante. ¿Y aquel fantoche, lleno de gritos, era el ser en quien yo había amado la suma de la humana perfección?

Asimismo había en el legajo unas libretas, casi todas escritas a lápiz, donde mamá había ido asentando, con sus fechas, los resúmenes y, a veces, copias literales, de su correspondencia con él. Figuraban también allí otras anotaciones, muy distanciadas en sus fechas, que no llegaban a constituir un «diario». Aparecían muy claras en aquella lectura las etapas de la desintegración espiritual de aquella mujer, nacida para el más noble destino y arrastrada a la nulidad por un amor que aún halló manera de perdonar, cuando ya renunció a comprender, hasta el último instante. Resultaba de todo aquello que mi padre le había sido desleal desde los primeros momentos y que ella había tratado inútilmente de atraerlo sin perdonarse ninguna humillación. También aparecía allí su episodio con la tía Pepita, desposeído de su barniz romántico. Resultaba clarísimo que mi padre la había requerido de amores y ella, la babiona, si bien resistió en lo verdaderamente importante, concibió por él una pasión de loca y unos celos ridículos de mamá. Allí estaban, también, las hojas arrancadas al diario de Pepita, porque aquel sí lo era, con todas sus frenéticas consecuencias. Lo que yo había leído en tiempos remotos, hurtado en los cajones de mi madrina y que había entendido muy vagamente, no era nada en comparación con estos increíbles desvaríos. Dentro de las altisonantes vacuidades, arrancadas a los novelorios, tales páginas descubrían al lado de una pasión verdadera, el fondo turbulento y sensual de aquel espíritu cuya superficie no daba de sí más que inocuidad y tontería. He aquí algunas de las anotaciones. Una de mayo de 19... Decía: «Debo soportar las exigencias de mi pasión (¿de quién depende más que de mí el mitigarla?) bajo espesas capas de disimulo, como esos volcanes que ocultan (¡mas, ay, sin enfriarlo!) su fuego bajo la nieve». Otra de junio de 19..., precisamente del día de mi primera comunión: «Concentro sobre el hijo el amor que el hado me impidió volcar sobre...» «Ya que no hijo de mis carnes séalo de mi alma». Esta frase me llenó de tal vergüenza que rasgué el papel. A continuación llamaba a mamá «la intrusa» y «la barrera de mi destino». Otras había aún más ridículas. «No, no, no; ¡una y mil veces no! Le he rechazado. El apacible paseo viose turbado por sus anhelos abusivos. ¿Quién iba a decirme que la sombrilla de su regalo iba a ser el arma defensora de mi virtud? ¿Virtud, he dicho? ¿No sería acaso mejor decir cobardía? Mi alma lo llama, mi cuerpo lo repele. ¿Es eso verdad? ¿Lo rechaza? ¡Quién sabrá nunca aclarar el misterio del amor! ¡Oh pasión, viviré para ti hasta mi muerte, que ya auguro próxima! Agosto de 19...»

¡Qué horribles tragicomedias se habían desarrollado ante mis ojos sin que yo las advirtiese en toda su extensión y gravedad! Quedaba ahora esta secuencia de muerte y catástrofe, esta desesperación frente a lo trunco, a lo irreparable; esta carga de vida vivida anticipadamente por los demás, por las vidas ajenas, y, sin embargo, tan contiguas, tan llenas de directas consecuencias. Lo enajenado, lo involuntario de mi vida resultaba, así, lo más importante de ella...

Para liberarme de lo muerto, de lo ido, tendría que recuperar la fuerza y la iniciativa en el gobierno de mi futuro; había que empezar por romper con todo aquello —propósito que ya en mi niñez había estado a punto de desembocar en lo irremediable—: y buscar salida a nuevos rumbos, a un ámbito donde no quedasen ni siquiera las sombras de tanta frustración.

Terminada la lectura bajé al piso de las tías. Lola y Asunción estaban en el cuarto de roperos como entregadas a una de aquellas falsas y repentinas explosiones de actividad ambulatoria, que en ellas eran signos de su desajuste con el ambiente. Pero esta vez la simbología de la huida era tristemente verdad; el abrir y cerrar cajones, armarios y cómodas, el sacudir las ropas y el doblarlas, mostrábase con una lentitud justificada y seria.

La jorobetas, que estaba de rodillas frente a un baúl enorme estibando sábanas —en aquella casa todo el mundo, hasta la pobre Joaquina, tenía sábanas para varias generaciones—, se levantó de un brinco al verme entrar, y vino a abrazarme, manteniendo la precaución —¡pobrecilla!— en la que era muy hábil, de no clavarme su jiba en el pecho; por lo cual sus abrazos, al ser solo de cuello, aparentaban como cosa desanimada e incompleta. Lloró una vez más a desbautizarse.

—¡Estamos perdidos, Luis, estamos perdidos...! Y tú sin oficio ni beneficio...

Asunción, que en aquellos momentos estaba cepillando una guerrera «der difuntito», sentose en el sillón de mimbre, con su antigua flojera isleña, acrecentada hasta cerca de la invalidez por las desgracias, y repitió con la mirada acariciando los rútilos entorchados:

—¡Etamos perdidaj!

Sin desprenderme de Lola, cuyo esqueleto amuñecado, como de barrotes, sentía en la palma de mi mano y a lo largo del brazo, me acerqué a Asunción, que se echó sobre mi pecho, sacudida por el llanto. Las besé, y traté de inspirarles calma y confianza. Después de hipar un poco, sin descomponer el grupo, cruzaron una mirada, por encima de los pañuelos, y la cubiche se fue a revolver en el cajón de una cómoda vieja. Retornó con un atadijo; se sentó en el canapé de mimbre y lo deslió en el regazo. Eran unos pocos billetes de banco, monedas de oro y de plata y algunas joyas.

—Eto es todo lo que tenemoj. Entre la alhajaj y er dinero, unos trenta mil realej. Tómalo, hijo, y prové pa ti. Nosotraj viviremo de la cotura, que no é ninguna deshonra.

Me costó Dios y ayuda el convencerlas de que guardasen sus ochavos y de que la situación no resultaba tan desesperada. Les dije, y era verdad, que don Camilo me había insinuado la posibilidad de salvar la renta de los molinos de azufre de la Arnoya —cuando mi padre quitase las manos definitivamente de todo— y que yo se la pasaría íntegra. Y que también quedaba la esperanza de que se pudiese reactivar el expediente de viudedad de la coronela, que llevaba ya tres lustros rodando por los ministerios, descuidado en las épocas de dispendios y abundancia, y además porque la muerte del milite, según se susurraba, había distado mucho de ser heroica, lo que dificultaba una resolución favorable en cuanto a la pensión.

—¿Y tú, hijo mío? —imploró la Lola.

—Yo... ya veremos. Todavía no es tiempo de pensar en mí. ¡Dejad ahí todo eso, me pone muy triste! ¿A dónde vais a ir? Ya veremos..., ya veremos... Todo se irá arreglando.

—Sí, hijo, sí.

Pepita estaba un tanto al margen de todo aquello, lo que me dio que pensar. La encontré sentada a su bufete, escribiendo. Me acerqué sin hacer ruido y dejé caer por encima de su hombro las hojas donde había ido acumulando, años tras año, su sensiblería, en cierto modo respetable, pues nadie tiene la culpa de ser como es.

—Toma; supongo que era eso lo que buscabas estos días, con

tanto empeño, en los cajones de mamá —y me encaminé hacia la salida. Con mucha presencia de ánimo y sin desgarrones en la voz —en esto andaba muy moderada—, aunque sin desprenderse del todo de su estilo, que era su verdadera naturaleza verbal, detuvo mis pasos con un tono implorante pero firme:

—No me condenes sin oírme. ¡Tu perdón me es necesario!

—Que te perdone tu conciencia.

—Mi conciencia eres tú y mi juez, por lo tanto. ¡No pequé!

—De hecho.

—Ni de intención; pongo a Dios por testigo.

—No tiene remedio ya, tía. Respeta al menos el pasado, ponlo a salvo de tus cursilerías; es lo único que te pido.

—Todo ha terminado hace ya mucho tiempo. Y si quieres un testimonio, mira.

Y me alargó un retrato, con pie de fotógrafo barcelonés, donde aparecía un hombre robusto, madurón, de mirada tan violenta que resultaba cómica, con cejas como bigotes y mostachos espesísimos. Sin embargo, de toda aquella ferocidad se desprendía un aire seguro y honrado. Su cara ordinaria y comercial me recordaba a alguien conocido.

—Es Jordi —Pepita se limpió una espumilla de la comisura y agregó con voz recatada—: Precisamente ahora le escribía, contándole todo.

—¿Y quién es Jordi?

—Jorge Belón y Capdepont. Uno que vino de orador, con la Belén Sárraga, hace tres años.

Recordaba yo muy bien el sonado mitin anarquista, con su oratoria ruidosa y el susto de curas y beatas. ¡Una mujer en la tribuna haciendo mofa de Dios y hablando mal de los bienes terrenales! Efectivamente, allí estaba aquel Belón y Capdepont de la voz mazorral y de los latiguillos campanudos, que tanto había consternado a los entendidos, pues esperaban uno de aquellos amplios y finos espíritus del anarquismo catalán...

Había vuelto después varias veces a Auria, colocando suscripciones de obras «científicas» a plazos, y tomos de *La España moderna*. Mamá le había comprado para mí una *Geografía universal*, de Reclus, que nunca leí y que regalé a la Escuela Laica, cuando organizó su biblioteca. Pepita, con los ojos bajos, exhibía rubor virginal. Yo no sabía qué decirle.

—¿Es viajante, no?

—No, no; es coindustrial y propagandista.

—Copropietario, querrás decir.

—Nosotros no admitimos la propiedad. La propiedad es un robo.

—¿Cómo, «nosotros»? ¿Qué quieres decir?

—Yo también soy anarquista; me hizo anarquista Jordi.

Y se limpió otra espumilla, enrojeciendo hasta el escote.

—¡Pero, tía...! —exclamé, no sabiendo cómo dar salida a tanto asombro—. ¡Tú no te privas de nada!

—Hay que evolucionar; renovarse o morir, como dice Jordi. (Estaba toda empapada de Jordi.) El mes que viene uniremos nuestros destinos, en Barcelona... Pensaba decíroslo antes, pero...

Yo reflexioné un momento.

—¿Por qué no os casáis aquí? ¿Entiendes...? El qué dirán...

—No me importa nada el qué dirán. Basta con nuestra voluntad de unirnos. El casamiento vulgar es un convencionalismo religioso y una exigencia intolerable del Estado —continuó, repitiendo como un papagayo las fórmulas aprendidas.

—¡Pues sí que te has renovado!

—Espero que esta decisión no ha de privarme de tu cariño. A mis hermanas ya sé que las pierdo...

—No, madrina, no. Tu decisión no solo me parece admirable, sino que me alienta, me da ánimos.

—¡Oh!

—Te lo digo muy en serio. Quizás nunca te hablé tan seriamente en mi vida. Que te hayas salvado de tantas cosas y, ¡perdóname!, que te hayas salvado de ti misma, me parece admirable, admirable. Me hace creer en la vida, nada menos... ¡Ojalá que eso que llamamos suerte esté a la altura de tu coraje!

La tía se ruborizó de nuevo e insinuó con acento vacilante:

—Tal vez podrías venirte con nosotros... Una gran ciudad, ya sabes...

—No, tía, no. Yo soy un miedoso. Y tengo que curarme radicalmente. Eso se hace solo. O me dejo ir lentamente a la deriva, en la abulia provinciana, al sumidero final, o haré una cosa definitiva. Solo los miedosos las hacemos.

—¿Qué quieres decir?

—Ni yo mismo lo sé, como siempre; pero lo siento, que es mucho mejor.

Quedamos un momento en silencio.

—¿Puedo romper esto? —dijo, echando una mirada a los papeles.

—Claro, tía, son tuyos.

Los rompió en menudos pedazos y los fue dejando sobre el vade. Después, arrojándolos todos junto a una papelera, dijo con el tono de sus mejores tiempos:

—¡He ahí mi pasado! —luego cogió el retrato de Capdepont y lo miró largamente, moviendo la cabeza hacia los lados.

—¡Es un ángel! —exclamó.

—¡No exageres, Pepita! —yo pensaba en cómo podría hacerse un ángel de aquella jeta peluda y de aquella pesadez comercial.

—¡No sabes cómo son estos libertarios por dentro!

—¡Ah, por dentro...! ¡Por dentro todos somos las cosas más inesperadas!

¡Pobre Pepita!

13

Efectivamente, el 23 de enero salió en *La Gaceta* el nombre del tío Modesto, incluido en un decreto de indulto con motivo del onomástico real. Por una vez los políticos habían cumplido su palabra y don Narciso el Tarántula había resultado útil.

Llegó Modesto una semana después hecho una tal piltrafa que, con ser muy lamentable en lo físico, estaba excedida por su desaliño y catástrofe espiritual. En lugar de aquel hombrón violento, y noble dentro de la arbitrariedad de su carácter, el presidio nos devolvía un anciano vencido, destrozado. Tenía razón la honrada barragana; hubiera sido mejor no haberlo visto... Como si él mismo quisiera subrayarla, no ponía nada en disimular toda la miseria de su cuerpo y de su alma. De no acompañarle Obdulia, no le hubiéramos conocido al aparecérsenos en la ventanilla, con su gran cara brutal e inmóvil de máscara antigua, enmarcada en largo pelo amarillo.

Al poner pie en el andén reparó en todos con una mirada huidiza, y se palpó la bragueta acomodando un objeto que le abultaba allí grotescamente. Luego supe que llevaba suspendido, en una faja interior, un recipiente de vidrio a causa de su viejo mal de orina que, según sabíamos ya, se le había agravado en la prisión. Saludó luego a mis tías equivocando los nombres, y a mí, después que Obdulia le hizo reparar, diciéndole quién era yo. Me tocó la mejilla y exclamó sin ninguna acentuación:

—¡Pobre Carmela! —a su hermano le dijo simplemente, como si lo hubiese visto la víspera—: ¿Qué hay, tú? —y no se acercó a él para nada.

Mi padre tuvo que luchar para que no se fuese aquel mismo día a la aldea; era muy tarde, venía fatigadísimo de las cuarenta y ocho horas de tren y además le instaba a que consultase a los médicos.

—¡Qué médicos ni qué médicos! ¿Qué saben esos? ¡Solo Dios gobierna!

A continuación dijo que quería acostarse. No hacía caso de nadie, salvo de Obdulia, en quien parecían haberse refugiado los restos de su trato con el mundo. En efecto, su antigua sierva le gobernaba con un cuidado maternal y sumiso, y sonreía mirándolo, embobada, como si estuviese en presencia de un ser maravilloso en la plenitud de su fuerza.

Al día siguiente, mientras me desayunaba con las tías, pregunté desganadamente por él y me contestaron que se había ido, casi al amanecer, a la catedral a confesarse y a comulgar, y allí le había dejado Obdulia, oyendo misas desde entonces. También me enteraron que durante la noche, la había despertado dos veces y le dieron media docena de vueltas al rosario.

—Más valía que se hubiese muerto.

—Vamos, Luis, no seas hereje. La religión es un consuelo —dijo Lola.

—Sí, cuando no hay otros.

—Y a veces, no los hay.

—Porque se renuncia a ellos; es más cómodo.

—Cállate con eso.

—Me callaré.

Por la tarde le vieron los médicos y se habló de una operación en dos plazos, con una larga temporada en la cama. El tío se negó resueltamente, casi con la energía de su vida anterior,

diciendo que le dejasen tranquilo «con su expiación». Comió poco y bebió agua. Luego rezó con una fruición casi golosa, con entera prescindencia de todos nosotros, como si estuviese solo. Después del almuerzo pasamos a la saleta, donde se sentó en el sofá, teniendo a Obdulia a su lado. Después de un rato en silencio, le dijo, con seca voz de mando:
—Arréglame esto, tú —Obdulia nos miró, avergonzada—. ¿Qué? ¿No has oído?
La barragana tornó a mirarnos, suplicante. Nos hicimos los desentendidos y la pobre se estuvo un rato allí, con una rodilla en tierra, acomodándole la versátil potra de vidrio. Él le pasó la mano por la cabeza y exclamó:
—Solo tú eres verdad en este mundo —la frase resultaba casi poética en medio de todo aquel desbarajuste y ordinariez. Y luego, como reanudando un relato, dijo, con voz de soliloquio—: Pues sí; me caso con esta el domingo, si Dios quiere. Creo que don Ramón —era el nombre del abad de sus tierras— me dispensará de las proclamas en honor a mi estado. ¡También puedo morir de aquí a allá! —y luego, paseando por nosotros una mirada que parecía una fulminación, agregó—: Y si alguien se hacía ilusiones de heredarme, puede despedirse de ellas —detuvo la vista en mí con particular insistencia. Yo no pude contenerme y repliqué:
—¡Que vivas para comerlo, tío! Hasta la última migaja... Y si no te llega el día te levantas de noche; aparte de que aún puedes tener tiempo para gastarlo en botica que, a veces, la vida es muy terca —y con la misma, me levanté y encendí un pitillo. Las tías carraspearon, disimulando el susto. Modesto dulcificó su mirada maligna y bajó los ojos.
—No quise ofender, y si te doliste, perdóname; te lo pido con toda humildad —aquel retroceso me hizo sentir un mayor asco. Obdulia, consternada y no sabiendo qué hacer, le compuso la bufanda. El silencio se espesó en torno a aquella turbia contrición y fue quebrado de nuevo por su voz balbuciente, como infantil.

—¿No perdonas?
—Sí, tío, no digas bobadas.
—Si es tu voluntad me ocuparé de tus estudios. Pero mis bienes son de mi hijo y de esta.
—Gracias, no quiero estudiar.

Con aquellas últimas palabras de Modesto, caí en la cuenta de la prosperidad del remendón y de su mujer, que, desde hacía bastante tiempo, vivían sin trabajar, en una casa de la carretera nueva; y pensé también en Pedrito Cabezadebarco, que se había marchado, por aquel entonces, a los Salesianos de Mataró. Modesto volvió a la carga.

—Tienes que reconciliarte con Dios.
—Yo no tengo con él desavenencias graves, tío. —Estuve por añadir: «No le rompí la crisma a ninguno de sus representantes en la tierra», pero me contuve.
—¿Pero crees en Dios y en su misericordia sacratísima?
—¡Ni que decir tiene!

Me ahogaba allí, en aquella atmósfera, frente a aquella obsesión. Sentía deseos de aire libre, de inmediato contacto con la vida, con el esplendor de las cosas del mundo. Sentía mis músculos, uno a uno, en toda su pujanza, y me vinieron ganas de echarme a correr por los campos, de ir en busca de Amadeo, de hundirme en su apasionada voz para reanudar inmediatamente, en el minuto próximo, la continuidad de mi existencia en sus dos solicitaciones, para mi alma las más vigorosas en aquellos tiempos: el paisaje y la vida del espíritu, y luego retornar, una y otra vez, a la certeza vital del cuerpo de la aldeana, del que me separaban, pareciéndose a años, aquellos días de espectros, de dudas, de retrocesos, vividos en un vórtice de enajenación. Me dirigí hacia la puerta sintiendo ya la alegría de aquella fuga, cuando se alzó de nuevo la voz de Modesto.

—¿No te quedas?
—¿Tienes algo importante que mandarme? Me iba un rato al café.

—¿Al café? —inquirió, con extrañeza, como identificando una palabra poco conocida.

—Sí, al café. Pero si me necesitas...

—Sí, te necesito. Quédate a rezar el rosario con nosotros.

Miré consternado hacia las tías, que desviaron los ojos. Y antes de que me hubiese repuesto de aquel sentimiento de irrealidad que de pronto me invadiera, paralizándome con su propia sorpresa, ya el tío estaba de rodillas en el piso, con el rosario en una mano, mientras con la otra acomodaba a la nueva posición el frasco de los orines, murmurando: «En el nombre del Padre, del Hijo...».

Y lo más extraño es que, en medio de aquella situación, yo no me encontré mal del todo, durante las dos horas que estuvimos sahumando, con las más bellas e insistentes palabras, a la Reina de los Cielos.

Mi padre, con una de aquellas rápidas soluciones suyas, que eran como fugas y que constituían su manera inmediata de responder a la adversidad, se fue para la aldea con Modesto; según las apariencias, a vivir definitivamente allá, pues se había llevado sus enseres. Todos estos preparativos los hizo esquivándome; pero yo, cuando vi que el momento se aproximaba, tuve con él una conversación en la que le dije, con toda tranquilidad y decisión, que diese por concluidos nuestros vínculos para siempre y que hiciese el favor de no preocuparse para nada de mi vida ni de mi futuro.

Cuando me preguntó, en un pronto melodramático, si «le odiaba», y le contesté, sin alterarme, que «me parecía tan inexistente que ni siquiera le despreciaba», se vino a mí y me dio un bofetón. Yo lo soporté sin mover ni una pestaña e insistí en que quedase bien sentado lo que le había dicho. Prestó su conformidad con palabras altivas, pero, en el fondo, lleno de alivio, y partió de inmediato.

Los meses pasaron sin que tuviese de ellos más que vagas e indirectas noticias. Modesto no dejaba moverse de su lado a Obdulia, así que quedaron cortadas nuestras fuentes de información, de lo cual yo estaba muy satisfecho. Todo aquel derrumbe, aquella estúpida obstinación del loco y la sumisión de los otros dos, me resultaban repulsivos. Supe que mi padre había apadrinado aquel matrimonio monstruoso —y mucho más monstruoso para su antiguo orgullo de casta— y que se quedó allá haciendo el parásito, sometido a la maniática tacañería de su hermano, que apenas le daba para cigarros, arbitrándose los medios suplementarios con sus viejas artes de garitero, en interminables partidas de tresillo con ricos labradores y curas de las parroquias vecinas.

Belón y Capdepont, haciendo honor a su palabra catalana, vino a buscar a la tía Pepita. Ocho días antes, esta reveló todo a sus hermanas, que lloraron a mares, pero que, como estaba previsto, no influyeron poco ni mucho en la decisión de la manumisa. Acabaron por perdonarle, condicionando su forzada transigencia, con que, en vez de hacerlo todo echándose por la calle del medio, dijese, antes de irse, en algunas casas de Auria, entre ellas en la de las Fuchicas, como prenda de la más rápida difusión, que se iba a Barcelona empleada como dama de compañía de una vieja condesa.

Con minuciosidad y maestría realmente aurienses, y aun excediéndolas, se fraguó una carta, en la que yo intervine, escrita en un estilo elevado, tal como la gente se empeña en suponer que escriben las condesas, para que Pepita la mostrase, en garantía de su propósito. Las Fuchicas, archijuristas del distingo y protoescribanas de la malicia, preguntaron, como quien no dice nada, por el sobre, a lo que Pepita contestó con voz celeste:

—Pues mirad, ¡lo olvidé! —mas al día siguiente volvió a casa de las dulceras, a regalarles «algunas quisicosas que se iban apareciendo en el fondo de los cajones», y llevó uno de los infinitos sobres que, con matasellos del correo de Barcelona, había recibido de su ángel federal y coindustrial. Al revolver en el bolso, buscando una de las esquivas «quisicosas» que se ocultaba entre polveras y otros trebejos del afeite, lo encontró sorprendidísima:

—¡Mirad el diablo del sobre de la condesa dónde vino a parar! ¡Ya lo decía yo! —y lo exhibió en el ápice de sus cuidados dedos, como un mensaje de paz en el pico de una paloma. La abacial se caló unos lentes con cerca de alambre, lleno de improntas enharinadas, y mosqueó, luego de echarle un vistazo, con la flaca espiando sobre su barranca pectoral.

—Semeja letra de hombre.

—Yo lo diría, sin más —remachó la otra.

—Naturalmente, los sobres de estas grandes damas los escriben siempre los secretarios —repuso Pepita, rápida de ingenio, dándose un toque de colorete.

Se vieron, muy de tapadillo, en nuestra propia casa, los pocos días que estuvo Belón y Capdemont en Auria, y se fueron un lunes, en un horrendo tren mixto, que pasaba a las cuatro de la mañana, en el que no viajaban más que tratantes y mercancías. La consigna era de no hablarse hasta el empalme de Venta de Baños, «por si había moros en la costa», que distaba cuarenta leguas de allí.

La tía mostraba un aire aliviado y feliz, y había retrocedido visiblemente en los años. En uno de aquellos momentos se lo dije y contestó: «Tienes razón, me siento con una *souplesse* de mariposa». Ya en la estación, donde el tren paraba una larga hora, afirmó:

—Solo me duele que no se entere de la verdad todo el pueblo. ¡Que conste —dijo a sus hermanas— que solo por vosotras traiciono mis convicciones!

—¡No seas chiflada, Pepita —ralló la gibosa—, no nos hagas pensar!

—De pensalo, é como pa tirarse a laj ruedaj de ete mijmo tren —añadió la cubana.

Unas ventanillas más atrás, Belón y Capdepont, el bigote tapándole la boca, miraba con aire muy mal disimulado hacia las lejanas estrellas. El tren, después de maniobrar con tanta parsimonia y lentitud como si los maquinistas fuesen niños usando un juguete, enganchó unos vagones de ganado vacuno y los puso en la fila del convoy. Hubo aún unos lentos pitos y campanas y al fin la locomotora resopló sus óxidos y vapores con olor a despedida. Cuando el tren empezó a moverse, la tía —¡genio y figura...!— apoyó la frente en la mano y esta en el marco de la ventanilla; cerró los ojos obstinadamente áridos, y sacó de los adentros aquel ferino rugido de las grandes ocasiones, que resonó en toda la estación como un lamento de ultratumba:

—¡Aaaaayyyy de mí!

—¡*Vai perdida!*—dijo una mujeruca aldeana en la ventanilla de al lado.

Sobre el tremolado sollozo de la tía pasaron los mugidos de las reses, amontonadas en los vagones. Pasaron también los ojos de Belón y Capdepont infundiéndonos una seguridad totalmente comercial y barcelonesa. Y, por lo que luego supimos, cumplió. Los hombres invadidos por los pelos y por las ideologías románticas, son, en la mayoría de los casos, gentes de honor.

15

La familia de Valeiras no había comparecido en noviembre, ni en diciembre, ni en enero..., por lo cual el indiano se daba a las nativas blasfemias, y a los modismos coprolálicos de su patria de adopción, y sudaba pez. Durante los últimos meses del invierno había estado en brazos de la más negra neurastenia, que le había traído ceñudo, quejándose de palpitaciones, asendereado por aquellos montes y campiñas y resoplando como el fuelle de una fragua. La pachorra criollaza de las cartas de su mujer, lejos de calmarle, le ponía fuera de sí.

—¡Si no puede ser, hombre, no puede ser...! ¡Con tanto mate en la sangre! ¡Allí, lo que hay que hacer es emprender una campaña para que desteten a los chicos de un par de generaciones con aguardiente! —no se le podía uno acercar.

Conmigo, sin embargo, se portó como no se portaron mis camaradas de largos años, ni los amigos de mi familia. Un día, en el tiempo en que más le arreciaba el mal humor, me pescó, como al vuelo, en un camino de montaña, por el que yo andaba también en soledad, descargándome de las mías, que eran muy tristes y sin remedio, y me dijo, poniéndome una mano en el hombro:

—No fui a esos «velorios», porque no me gustan, pero le mandé recados por Hervás.

—Gracias, Valeiras, los recibí.
—Ya sabe dónde me tiene, ¿eh? Absolutamente, para todo lo que haga falta. Y cuando digo *para todo* no es hablando como estos de aquí, de la trompa para fuera, sino como hablamos allá, «derecho viejo...»
—Gracias, Valeiras, gracias... ¿Pero qué le pasa a usted? Parece que nos rehúye —dije, para cortar aquellas efusiones.

El indiano varió el tono hacia la hosquedad.

—¡Ah, sobre eso no quiero hablar ni palabra! Son rachas. Ando muy reconcentrado de la voluntad y no quiero ver a nadie. Cada uno sabe lo suyo. ¡Mi familia es un castigo! —aquí se le nublaron los ojos—. ¡Pero —añadió excitado— o salgo con la mía o van a ver aquellos quien soy yo...! ¡No faltaría más! ¡Manga de desagradecidos...!

El ensañamiento de la prosodia criolla, que le venía muy excedido cuando se enfadaba, me hizo sonreír; pero había tanta sinceridad y tanto dolor en su preocupación que me sentía más ligado aún a aquel hombre simpático, bueno, de un fondo austero y noble. Era un tipo muy frecuente entre los aldeanos del país, quienes, en la emigración, se liberaban de sus cazurrerías lugareñas y retornaban, de su contacto con la tierra grande y dura de América, sólidamente centrados en sí, mucho más de lo que lo estábamos nosotros. Sin desfigurarse de su ser, racialmente profundo, muchos emigrantes traían consigo un aire amplio, un ancho ademán social, por veces hasta heroico, que tendía al desinterés, a lo impersonal, a las formas de la acción aparentemente superfluas —la política en sus riesgos más avanzados, la filantropía cultural o docente— que nos emocionaban por encima de las veniales diferencias de hablas y costumbres. Claro es que existían entre los indianos las contrafiguras del vanidoso, del mentecato, del «suficiente», del comparador, de aquellos que, por haberse quedado a horcajadas entre dos mundos morales, no eran de un lado ni del otro; y que, además, nos humillaban con su fachendosa presencia, con sus palabras, con su «plata» y con las camelancias, grandezas y solemnidades del «por allá», y que se hacían odiosos a causa de las reacciones de su propia disconformidad; pues no dejaban de sentir vagamente que eran almas mostrencas, flotantes, ni de aquí ni de allí, cuya fundamental incultura no les dejaba libre ni el refugio de la humildad o de la ironía.

Valeiras era de otra condición; utilizaba el aprendizaje de un tono convivencial que, para la conducta, le había ido dando la tierra nueva y la vida en una gran ciudad, que le habían retemplado, pero sin dejar que entrase la dispersión en lo esencial de su carácter, al que articulara la experiencia americana, no para destruirse, sino para complementarse, para integrarse, en cierto modo.

—¿No estará usted un poco encaprichado en este asunto? ¡Déjelos, que se queden! Al fin es su tierra —exclamé, por decir algo.

—¡También esta es la mía, qué embromar! Pero dígame, Torralba, ¿vivimos aquí en la bosta? ¿No es esta tierra tan linda y tan civilizada como la que más? ¿No somos gente digna de que se viva entre nosotros?

—Sí, evidentemente. Pero usted sabe que aquellos son países absorbentes, patrias nuevas, orgullosas de sí, ricas de proyecto, de destino y, por lo tanto, necesitadas de humanidad. Y ya no tanto de humanidad importada, sino de la suya propia, de la nacida de su ser geográfico, cultural, político. El americano siente este deber de fidelidad, casi sagrada, hacia su tierra. Por eso el patriotismo es allí cosa que se parece a la actitud religiosa. Aquí no lo entendemos ya de ese modo, o al menos no lo proclamamos, porque en nosotros ya no es voluntad, ni exigencia, ni consciente quehacer, sino módulo, forma, instinto. Para ellos, la patria es una tarea de cada instante; una incitación de contenido físico y espiritual a la vez. Yo recuerdo que Pepe Salgado, el marido de mi prima Consuelo, en los primeros años que pasó aquí, usaba la palabra *nuestro*, referida a la Argentina —«nuestra

Pampa», «nuestros Andes», «nuestro Paraná»—, cual si llevase la patria en la boca, saboreándola, como una tierna golosina.
¡Y eso que sus padres eran de Freás de Eiras!
—Sí, pero Salgado, a pesar de ser argentino, se quedó aquí a vivir.
—Pero está tan inmune como el día que llegó, hace ahora quince años. Y lo curioso es que, en esa familia, la terquedad funciona al revés; son sus hijos y su mujer, aquí nacidos, los que quieren vivir allá, aunque él sigue diciendo lo nuestro y quedándose aquí. En todas partes cuecen habas. Se trata de países cuya estructura primaria...
Valeiras, que era muy listo, viendo volver de nuevo el chubasco de la interpretación intelectualera, paró el golpe con una vuelta a la realidad.
—¡Dígame si esto es para escribírselo a un hombre que nació aquí...! —y desplegó, con manos nerviosas, una carta: «¿Qué quieres que hagan los nenes ahí, entre animales y gente que ni habla la castilla, teniéndose que bañar en los arroyos, el médico sabe Dios dónde, sin profesora de piano para la Ñata ni nada?».
No quise leer más. Aquella visión idílica, desgraciadamente inexacta, sin duda propagada por alguna criada montañesa, más que indignarme me hizo reír.
—¡Qué disparates! Pero la cosa tiene gracia...
—¿Cómo gracia? ¡Pucha digo, con la gracia!
—Hombre, eso se arregla mandándole unas postales con vistas de estas ciudades.
Me cortó la palabra, indignado.
—¡No faltaría más! O me cree por lo que yo le digo o que reviente... Lo que pasa es que «mi señora» es una burra y una comodona... Eso es lo que pasa. ¡Pero yo la enderezaré, porque de esta vez no me voy aunque me caiga muerto aquí, en estas mismas montañas!
Se quedó un rato mascullando palabrotas, donde se mezclaban los repertorios de la patria adoptiva y de la natural. Luego

cambió de tono hasta hacerlo íntimo. Sus ojos brillaron, enternecidos:

—En cambio, míreme esto... —y me dio otro papel con una letra perfilada, a través de cuya nivelación monjil se advertía un carácter muy personal y distinguido: «Querido papito mío: Te pongo estas dos letras a escondidas. Te extrañamos muchísimo. Saúl y yo queremos irnos. Yo no duermo noches enteras pensando en ese viaje... y en vos. Las de Dávila me dicen que todo eso es hermosísimo, y el tío Juan Carlos me trajo unos libros que se refieren a tu tierra. Estoy segura de que gozaríamos mucho. Insiste con mamá. Además, papito querido, yo no puedo pasar más tiempo sin verte...» Yo leía a media voz, embebecido, más que en las palabras, en aquella contención apasionada que fluía de la letra. Alcé los ojos del papel y vi al rudo Valeiras moqueando lágrimas en el pañuelo. Al sentirse observado, resopló la fluxión apresando la nariz con una crueldad que parecía querer echarle la culpa de todo. Y, arrebatándome la carta de las manos, se metió por una *corredoira* lateral, a cuyas paredes asomaba la maraña de las zarzamoras floridas, inclinadas hacia el veril del camino ennoblecido de lirios silvestres. Lo único que le oí decir fue:

—¡Discúlpeme, che, discúlpeme!

—¿Por qué no te entregas alguna vez al disfrute simple de las cosas con sencillez, dejando la cabeza tranquila?

—Aquí tenemos de nuevo —respondió Amadeo— la incompatibilidad, el «maniqueísmo» romántico: la cabeza y el corazón, a pesar de que nadie pensó tanto con el corazón ni amó tanto con la cabeza como nuestros abuelos románticos. Lo que ocurre, amigo Luis, es que buscas caminos desviados para eludirme. Tú ves que, en cierto modo, te suplanto. Yo soy tu mejor imagen. Pienso lo que tú no puedes o no quieres; pienso por ti, y eso siempre humilla un poco.

—No tienes ninguna razón; nadie te admira más que yo...

—Ahí está el asunto. Ya se dijo, a través de todas las edades y en todos los idiomas, que la admiración es incómoda; es una anulación, como todas las entregas.

Paseábamos por la Alameda del Concejo. En los jardinillos y en los paseos centrales bullía y bailaba el populacho esperando los grandes fuegos artificiales de las vísperas del Corpus. Los árboles estaban moteados de farolillos multicolores y la brisa llevaba a lo lejos los globos de papel de seda. Por entre las copas de los grandes plátanos vestidos de junio veíamos estallar los ramilletes de la cohetería.

—No tienes razón... Tengo más fe en ti que tú mismo.

—¡Pues sí que es un término de referencia...! ¿Crees que yo espero de mí más de lo que Severino —era el nombre del cohetero local— espera de sus pirotecnias, al verlas arder en el aire frente al pasmo de los romeros?

—¡No te suponía tan ambicioso! Estoy seguro de que cuando Severino pone la mecha a sus ruedas de fuego, a sus «cubos» y «castillos», le tiemblan las manos, como a Dante cuando puso el verso final a su *Comedia*...

—*L'amor che move il sol e l'altre stelle* —recitó Amadeo con gravedad, y luego, volviendo a su tono voluntariamente frívolo, agregó—: Elegiste mal. Las manos literarias empiezan a temblar en el romanticismo. ¿Por qué no dijiste las de Hugo, cuando dio fin al *Hernani?*

—¡Hombre, a Hugo le temblaría la barba!

—Te advierto que por entonces no debía de tenerla; creo que es precisamente de ese tiempo el dibujo lampiño de Deveria...

—¡No hay manera de pescarte en descubierto! ¡Eres fatigoso, como todas las perfecciones!

—Pero, querido Luis, la erudición se tiene o no. Hay que saberse también las barbas... Tienen su significación... ¿Cómo no han de tenerla? El otro día he visto un retrato de Brahms que me dejó asombrado. El obeso y nefrítico Brahms fue un barbilindo hermoso; mucho más que Liszt o Massenet. Habría que comprobar lo que escribía por aquel entonces; probablemente sus *lieders* primarios, oliendo a bosque municipal... Una de las cosas más fáciles que hay es no ser pedante, pero cuando uno se mete a serlo hay que llegar a las últimas consecuencias..., como yo. Pero ¿qué has querido decir con eso de la sencillez, de entregarse al goce simple del vivir...?

—Me gustaría que estuvieses menos alerta, menos sobre ti, más en las cosas, en su amor. Te lo digo en serio. Piensas tanto las cosas, que no tienes tiempo ni lugar para amarlas.

—¡Pero si yo las amo...! ¿Quién te dice que no las amo? Pero con aquel *amor intellectualis* de «nuestro» Spinoza. Lo que ocurre es que yo no puedo ver un recental con los mismos ojos que un carnicero o que un poeta bucólico, pongamos por casos extremos de desafecto hacia la naturaleza.

—No eras así cuando empezamos a tratarnos...

—¡Ah!, porque en aquellos tiernos días no era yo; es decir, entonces yo era tú.

—¿Cómo?

—Me configuraba a tu imagen y semejanza, tal como se lee en tu soneto:

> *Tan convencido espejo fuiste*
> *mío que al fin, en su cristal, nací de cierto.*

—¡Calla con eso! —interrumpí, molesto. Nada me fastidiaba más que oír mis propios versos, que, por otra parte, solo él conocía.

—... y el origen de todos los fracasos en materia afectiva o amorosa, llamémosle así, en forma inequívocamente socrática, es que nunca, más allá de lo convencional, nos acomodamos a la imagen previa que se tiene de nosotros.

—Según eso, en ti hay dos...

—¿Cómo, dos? ¡Todas las posibilidades humanas, divinas y demoníacas! No valía la pena que la especie hubiese adoptado la marcha erguida y desarrollado el lóbulo frontal para continuar siendo uno; es decir, menos aún: uno en una innumerable familia de mamíferos.

—De todas maneras me quedo con tu personalidad inicial...

—¿Con la de Cromagnon?

—¡Déjame hablar! Con la primera que te he conocido, con la confiada, con la auténtica.

Amadeo abandonó el tono coruscante y paradojal y dijo, poniéndose serio:

—La auténtica es, con toda exactitud, la que has rehuido... Aparte de que también en los grandes planos del carácter, en los que parecen más elementales, existen facetas múltiples. ¿Quién habla de planos? Estamos compuestos de poliedros psíquicos... Ese es nuestro drama o nuestra comedia... —su voz estaba velada de emoción. Por debajo de sus palabras latía una vehemencia apenas contenida.

—Así me gustaría oírte hablar siempre... Pero abusas del artificio, de la inteligencia; y le das a todo un rango intelectual insoportable, una nivelación en la que el asunto es lo de menos... Ni cuando tendrías que hablar simplemente de cosas del alma...

—Pero Luis, ¿cómo quieres que hable *simplemente* de cosas del alma, ni aun de la pobre ánima animal? —dijo, recuperándose.

—¡Eres imposible!

—¿Qué pretendes, que ponga los ojos en blanco mirando al riente arroyuelo, a la recatada pastora o a la argéntea luna?

Mon Dieu, mon Dieu, la vie est là simple et tranquille...

—... o a un cometa borroso, oyendo cantar a los ruiseñores.

—Aparte de que tenemos tres años más, no te olvides que yo me formé o, si quieres, me deformé, entre las varias gentes del mundo; que además soy, por naturaleza, un ser disperso, «desparramado», como tú dices... Claro está, tú metido en este recinto de piedra, o en este paisaje disolvente, no te queda otra evasión que caerte hacia algo, vivir en otro, *ser* en otro...

—¿Y por qué no en mí?

—Es igual, son dos formas de huida de lo abstracto, dos respuestas a una sola pregunta. Pero esa es tu misión. Tú eres un poeta, un hombre del sentimiento, de la credulidad, de la intuición; yo soy un dialéctico, un racionalista, un intelectual; es decir, un inseguro. Si no dispusiese del juego de mi espíritu caería en la desesperación —concluyó exaltándose.

—¡Un racionalista! Eres el sentimental más doloroso de cuantos he tratado o leído.

—¡Vaya un secreto! ¿Qué otra cosa es el raciocinio más que una defensa? ¡Figúrate...! Un sentimental sin esa puerta de escape caería en su primera experiencia. El día que hozaste en tu criada, yo tendría que haberme aniquilado. ¿No? El juego puro de los sentimientos puros no da para más.

Dio una larga chupada al cigarrillo. Yo me sonrojé hasta las orejas.

—Eso es de un cinismo... —me quedé buscando el adjetivo—... de un cinismo sucio.

—¿Cómo, sucio? El cinismo, cuando no es una profesión, es la cosa más limpia que existe.

—Diógenes revolcándose en la mugre...

—Por eso hice la salvedad del cinismo profesional. Además, no falsifiques: se puede vivir en la mugre material y ser un ángel.

—¡Yo no he visto a nadie —grité, furioso de impotencia ante aquel sopapeo polémico— que diga las cosas con mayor arbitrariedad y con sofismas más indecentes!

—¡Ah, pues si no eres capaz de eso renuncia a la carrera literaria! Estas cosas, y otras por el estilo, puestas en marcha, o las mismas dichas al revés, son la literatura. Y si me apuras, también la filosofía. En el fondo, palabras..., palabras... Ahora bien, hay que empezar por saberse gobernar entre ellas.

Nuestro paseo se había ido prolongando hasta el monte del Couto. Veíamos, de arriba abajo, el folión, como en una perspectiva impresionista, revelado por las pinceladas de las luces y de los fuegos artificiales, al otro lado del río. Amadeo se quedó callado y triste.

—Vámonos —dije después de un rato, levantándome del peñasco en que nos habíamos sentado a descansar—. La noche te altera; quiere hacer de ti un amigo diurno.

—Como las gallinas...

—No, como los gallos. ¡Vámonos! Me ahogo aquí, contigo. Quiero meterme en el folión; bailar la polka con las criadas, sentir su olor y beber vino en las tabernas con los aldeanos.

—¿Cómo quieres que nos vayamos, amado poeta —exclamó parodiando, de pie en el peñasco y lanzando su declamación hacia las sombras—, en este instante en que Orión, como una mesa de billar con sus tres bolas y el resplandor galáctico y el manso arroyuelo...?

—¡Vamos, idiota!

—Estoy cantando a la naturaleza —dijo con voz natural, para añadir otra vez con tono escénico—: ¡En este momento en que las rústicas parejas, llenas de geórgica pringue y de bucólicos hedores...!

Me puse de mal humor porque, además, en su parodia, imitaba mi voz y mis gestos.

—¡Cállate..., *Amadís!*—dije, echándome a andar.

Se detuvo y se quedó serio. Me alcanzó y caminamos unos pasos sin decirnos nada. De pronto me echó un brazo sobre el hombro y, con una voz que quería ser íntima sin lograrlo, fue diciéndome:

—En el fondo eres un buen amigo... Has guardado el secreto en esta ciudad donde se habla hasta dormido. Te auguro que llegarás a hacer tan buenos versos como los hay en los sonetos domésticos de Boscán. Y en honor a esta buena amistad y a esa discreción de no haber echado a las fieras este nombre que debo a un honrado padre, funcionario lírico de la Arrendataria de Tabacos, paisano tuyo y, por lo tanto, poeta; y en premio a que te hayas reservado para tus adorables desquites, como el de hace un momento, ese nombre que, al llegar a mis cabales, me vi obligado a disfrazar fonéticamente, sustituyéndolo por el de un rey dimitente, que dejó en los españoles un buen recuerdo y una forma nueva del peinado masculino; en vista de que... ¿En qué íbamos? Ah, sí, en premio a tu discreción te preparo una sorpresa para el día de tu santo; otro rey, el dignísimo Luis de los francos, aunque me hubiese gustado más que fuese el dulce palomo de Gonzaga, no solo porque te pareces a él como un santo a otro santo, sino porque cae más cerca la fecha. ¡He dicho! Pero cuenta con mi promesa. Todo esto lo había murmurado, casi a mi oído, en un tono entre cariñoso y amenazador. No supe, ni me paré a pensarlo, qué habría querido decir ni qué sorpresa me preparaba...

Al llegar de nuevo a la Alameda, no quiso entrar al paseo y me despidió con un adiós seco, sin darme la mano. Yo me fui a ver los fuegos artificiales y no bailé la polka con las criadas porque me acordé de mi luto reciente, no porque me faltasen las ganas. Pero, en cambio, bebí vino en las tabernas, confundido con los paisanos romeros. Bebí tanto, que, por vez primera en muchos meses, sentí que la vida era grata y el mundo no tan difícil.

Un arranque de generosidad, de delicada generosidad, del indiano Valeiras acabó de hacernos amigos. En cuanto supo la situación de mi casa, que le expuse, a su requerimiento, durante uno de nuestros paseos montañeses, omitiendo muchas cosas, claro está, exclamó:

—Déjeme tener el gusto de ayudarle, Torralba; ¡no sea orgulloso ni porfiado! En América la gente se ayuda, sin que ello signifique vergüenza para nadie. Primero esas mujeres. ¿Cómo es el asunto?

—La renta de los molinos de azufre se salvó, pero no alcanza. Yo no quiero, por nada del mundo, que vivan de la costura. Usted comprenderá... Nuestra familia..., porque aquí eso de las familias...

—¡Al grano, al grano!

—Yo veo que don Camilo, el albacea, pone de su dinero. Mi abuelo le ayudó mucho, nos quiere bien; sin embargo... De la aldea viene algo... Pero la casa tenemos que dejarla inmediatamente, se vence la hipoteca. Mi tío Manolo, ¡ese usurero!, es el que tira la piedra y esconde la mano.

—Bueno, bueno; soluciones, soluciones. Aquí lo que hacen falta son soluciones. ¿Qué se le ocurre?

—¡Si pudiera resolverse lo de la viudedad de la tía Asunción...! Ya le conté eso.

—¿De quién depende?
—Del rey.
—¡La pucha! No es cosa de ir a untarle la mano a Su Majestad con treinta o cuarenta duros para que saque adelante el expediente. Aunque, quién sabe...
—Habría que mover el asunto en Madrid con los diputados de la provincia.
Se quedó un rato caviloso.
—¡Muy bien! Me iré a ver a Paco Cobián, que me debe todos los votos de mi aldea. Pocos, unos dieciséis, contando muertos y ausentes. Pero ganó por once... Mañana me planto en Madrid.
—Pero, Valeiras...
—Lo dicho, mañana me largo a Madrid. Casi se lo agradezco, así me distraigo. ¿No quiere venir?
—No, no.
—¿Por qué?
—Pues, ya sabe..., el luto.
—¿No da billetes el ferrocarril a la gente vestida de negro?
—No quiero dejar solas a las tías.
—Esa es mejor disculpa para negarse a que yo le pague el viaje. ¡Estos señoritos! En fin, como usted quiera. ¿Y va a seguir estudios o no?
—No, ya lo he pensado. Mejor dicho, no puedo, no debo. Aquí el seguir una carrera es una categoría. Aquí todo son categorías... No quiero seguir haciendo el señorito pobre. Además no me seduce nada el llegar a ser médico, abogado o ingeniero. No creo que sirviese para gran cosa. En fin, ya veremos...

Valeiras movió la cabeza y de pronto se volvió hacia mí, mirándome ojiabierto, como hendido por una revelación:

—¿Sabe usted contabilidad?

Me quedé de una pieza, luego me dieron ganas de reír. Me parece que fue la primera vez que oí palabra semejante.

—¿Contabilidad? ¿Y de dónde quiere que saque yo la contabilidad? Ni siquiera tengo una idea clara de lo que pueda ser.

Valeiras se apretó una mano con la otra y echó ambas, en haz, a volar sobre su cabeza, gritando bíblicamente:
—¡Qué país, Señor, qué país!

Volvió el indiano en menos de una semana, y vino a verme apenas bajó del tren.
—Ya está la cosa, viejo. Una miseria, veinticinco duros al mes, pero menos da un cantazo. ¡En España los héroes son baratísimos! Claro que era coronel de cuchara; además no murió en acción sino de unas fiebres cuartanas... Y dejó allí unos asuntitos administrativos... Pero en fin, aquí está la pensión —concluyó, entregándome unos papeles.

Nos mudamos un mes después. Tuvimos que dejar la casa grande donde habían nacido tantas generaciones de los nuestros. Nos trasladamos a un pequeño piso de la carretera de Trives que se iba haciendo calle, como casi todas las otras, por la lenta expansión de Auria rebasando los antiguos extramuros. Yo no quise estar cuando se llevaron las cosas sobrantes, malvendidas. ¿Pero a dónde íbamos a ir con todo aquello? Una de las circunstancias que más me hirió en aquella despedida fue el asomarme, por última vez, a la ventana de mi cuarto, por la que mi niñez tantas veces se había asomado al trasmundo de la catedral. Allí estaba el David —demasiado sabía yo ahora que era una estatua de transición, del siglo XIII— con su vida inmóvil, la cabeza inclinada, como oyendo el cordaje del arpa que, para ser más entrañable, no era monumental sino pequeña como una cítara, apoyada en su regazo, ceñida contra el pecho, como si necesitase ser uno con la vibración del escondido cántico que le llevaba a la comprensión de Dios:

> Cuando me cercaron las ondas de muerte y arroyos de iniquidad me asombraron... Tú ensanchaste mis pasos debajo de mí para que no titubeasen mis rodillas.

Nuestras miradas se cruzaron, tristes. Yo permanecería en su ser y viviría cuanto él viviese. Ya no volvería a verle más que desde la común perspectiva de la calle, que lo hacía insignificante, perdido allá, en lo alto, una nota más en el rítmico frenesí de la fachada, y él moriría también un poco al no tener sobre su postración beata la ansiedad de aquel alma infantil que vibraba desde lejos como otro delicado instrumento. Ahora iba a ser tan mío como de todos y renunciaba a él para no compartirlo. Acostumbrado a su trato, por aquel silencioso y limpio puente de luces sobre el gárrulo bracear de los humanos, jamás levantaría de entre dos la cabeza para verle desde el hondón de la calle de las Tiendas, que, como todas las calles, tenía algo de cloaca. No; allí quedaba, perpetuo y maravilloso... Todos los soles, todas las lunas, todas las lluvias, todas las escarchas, todos los luceros sobre él, salvado en mi alma de su quieta misión ornamental, donde sigue viviendo una vida tan fuerte como la de los otros seres que han gastado su sangre a mi alrededor y que aún perduran girando en las canales donde también la mía rueda y se destroza.

¡Adiós, David, hasta el cielo, al que no valdría la pena de ir si no fuesen con nosotros algunas de las pocas cosas unánimes que dieron anticipado sentido celestial a nuestras vidas!

Aunque rodeado de los más acendrados afectos y atenciones por parte de mis tías —¡qué inextinguibles hontanares de amor tiene el alma de la mujer cuando no se ve obligada a compartir su objeto!—, mi situación se me presentaba cada vez como más falsa. A su angustia inmediata se añadía la indecisión de mi porvenir. Un día sobrevino mi padre, con aquel aire esquivo, como de conspirador o contrabandista, que tenían ahora sus visitas a la ciudad. Me propuso ir a vivir con ellos.

—La sopa boba no te ha de faltar y algunos trapos con que cubrirte. Las otras alegrías las brinda la naturaleza... ayudada con un poco de ron.

¡Qué destrozo, qué dolor! Amadeo se apareció por allí cuando se le pasó la ventolera, a proponerme insólitamente que nos preparásemos para alguna de las carreras especiales del Estado: Correos, Hacienda, Aduanas... No le hice caso, naturalmente. A los pocos días me pidió perdón. Lo había hecho en un momento confuso, abrumado por una terrible discusión con su padre en la que se vio motejado de «zángano, intelectual y gorrón».

Aumentaba aún más mis preocupaciones Blandina, que se había ido trasformando en una señorita pueblera y a quien mis tías —que habían apreciado su fidelidad tan generosa, pues se negó a cobrar su mesada mientras las cosas no tuviesen mejor arreglo— vestían y cuidaban como a una hija. Por mi parte, yo le enseñaba todo lo que me era posible en materia escolar, poniendo ella la mejor voluntad en aprenderlo. Pero lo malo de todo esto es que, con unas cosas y con otras, parecía ir adquiriendo ciertos derechos, no confesados, aunque sí expresados indirectamente, sobre mí. Y eso me traía mohíno y fastidiado. No me ocultaba sus quejas y celos y me los echaba en cara cuando estábamos solos, con palabras nada suaves. Yo pensaba en la influencia que las concubinas habían tenido sobre la vida de los hombres de mi familia, a los que llegaran a gobernar, de cerca o de lejos, lo que venía a ser igual. Además, para que las cosas se presentasen aún más graves, mediaba entre Blandina y yo el terrible secreto que, entre tapujos y precauciones —además de diez duros— había deshecho, unos meses atrás, la Cachelos, con sus artes de bruja, echadora de cartas y partera, sobre todo con las de esta última condición.

Pero era incapaz de reaccionar. Solo sentía tan oscuro afán de fuga —bien cabalmente heredado de mi padre— que pusiese tierra por medio entre todo aquello y yo. Tenía frente a mí una vida tapiada, sin esperanza de salida. Ni medios económicos, ni estudios útiles, ni parientes poderosos... Yo me dejaba ir, pasivamente, aunque de ningún modo conforme, esperando no sabía qué y confiando en que la lógica final que preside los actos de la vida llevase las cosas a un natural desenlace.

Una noche que estábamos en el barracón donde Pinacho hacía funcionar su cinematógrafo, aguantando, por cuarta vez, *La dama de las camelias,* entró el repartidor del telégrafo. El portero le acompañó hasta donde solía sentarse Valeiras, en una silla de la «Preferencia», al lado de la puerta, donde tomaba siempre varias localidades para invitados. Salimos con nuestro amigo, temblábale en la mano el alarmante papel azul, pues estábamos todavía en una época en que el telégrafo no solía traer más que alarmantes noticias. No bien pasó Valeiras los ojos por sus líneas, soltó una sucia palabrota, aunque dulcificada por el acento criollo, y tirando el sombrero al suelo se puso a bailar sobre él. Aquel regocijo montañés, que cancelaba treinta años de metrópolis americana, nos dejó asombrados.

—¡Muchachos, vamos a «mamarnos»,* hasta caer, la gran puta!
—¿A qué?
—¡Mira, hombre, mira! —me dijo con repentino tuteo, poniéndome el papel tan cerca de los ojos que no había manera de leerlo. Decía así:

«Llegamos el 15 en el *Avón,* de la Mala Real. Va también el Pocho.», otro nombre de perro, pensé, «Cariños. Mafalda».

Le abrazamos con sincera alegría y echamos a andar, en demanda de una tasca de buen nombre. No quiso que fuésemos al Casino por nada de este mundo.

—¿Y eso del Pocho, qué?
—Mi cuñado Juan Carlos. ¡Es doctor!
—Lo traerán creyendo que aquí no hay médicos.
—No, no. Es abogado.
—¡Ah!

* Emborracharse, en el lenguaje popular de Buenos Aires.

Juergueamos hasta las tantas y las cuantas y fuimos a parar a lugares poco consecuentes, por parte de Valeiras, para celebrar un contento de tipo conyugal. Por cierto, en una de aquellas casas, la Costilleta —ya vejancona y muy flaca, pero a quien su fama de limpia otorgaba títulos para ejercer inmortalmente su profesión— se arrimó al Valeiras para quejarse, con voz amaricada.

—¡Ay, se me va el mejor parroquiano!

—No te aflijas, hay para todas —respondió el «che», muy rufo.

Al día siguiente llegó al café hablando pestes de Portugal —en realidad echando las pullas para el lado del relojero Barbosa, que era de aquel origen, y que estaba en la mesa contigua jugando al dominó—. Argüía el indiano que eso le pasaba a España, «por no haber querido mandar sus tropas, un día de aquellos, a darse un paseíto hasta la desembocadura del Tajo» y por seguir consintiendo, «pegados allí, a aquellos primos pobres».

Todo ello provenía de que el vicecónsul portugués, que era otro relojero, finchado y acre, llamado Menino, no quería darle pasaporte en vista de que «*o Paiva Couceiro, ao que a Hespanha consente conspirar, ten-nos metidos en outra revolução*». Lo de *revolução* lo dijo Valeiras con fuerte burla, mirando hacia Barbosa, que no se dio por enterado, pensando, como estaba en tal momento, en salvar el seis doble en aquel ruinoso «cierre», que le iba a importar unos nueve reales.

—Sí, no queda sino invadirlos por la cuenca del Támega. El Tajo es demasiado retórico para una acción de policía. Un día, que no tengamos qué hacer, iremos por allí unos cuantos —dijo Amadeo, como distraído, puliéndose las uñas contra el pantalón—, y paseando, paseando, llegaremos a Estoril...

—Si no me dan ese papel para ir a Lisboa a esperar a los míos, forzaré la frontera con mis jornaleros, y, por lo menos, con Valença y Chaves, me quedo —añadió Valeiras entrando en la chanza.

—¡Cautela, señores, cautela! —terció el respetadísimo profesor de Historia, don Desiderio Veiras, que, como de la vieja escuela, lo tomaba todo muy a pecho y que era, además, un gran lusitanista—. Esas memeces son las que impiden una franca inteligencia con el hermano Portugal, que buena falta nos hace. ¿Qué es eso de parientes pobres el país de Camões y Sa de Miranda, el de don Enrique el nauta y Gil Vicente, el de Albuquerque y Magallanes? Parientes pobres somos nosotros...

—¡No diga usted tonterías, doctor! —exclamó Valeiras que, como todos los indianos, era «español cien por cien» y también, como todos ellos, doctoraba con la mayor facilidad a las gentes.

—¡Doctor será usted y tonterías las dirá usted! —disparó, con soberbia, el viejo maestro, parapetado tras su cara de mariscal.

—No quise ofenderle.

—Naturalmente. ¡No faltaría más! ¡Qué va usted a ofenderme a mí...! —hubo una pausa molesta en la peña.

—No tiene usted razón, don Desiderio —terció Amadeo—; los escritores portugueses nos zurran cuanto pueden y, en general, no nos quieren bien, y un pequeño desquite, aunque sea en los modestos términos de una divagación de café, no está de más; afirma los principios. El Portugal de la monarquía era un país caído.

—No sé qué dirá usted, jovenzuelo, de la España de Cánovas y de la de ahora mismo.

—Lo mismo que del Portugal de doña Amelia —repuso Amadeo, no sabiendo por dónde salir, como siempre que discutía de cosas concretas.

—Pero Portugal acabó redimiéndose de la podre monárquica y nosotros no. ¿O es que no lee usted los periódicos?

—No; soy historiador —concluyó Amadeo impecablemente serio, echándose aliento en las uñas.

—Usted lo que es, es tonto.

—También, don Desiderio, también; no son cosas incompatibles...

El mariscal acarició el puño de su bastón —que era un perro de lanas tallado en marfil, sentado sobre las patas traseras— y le relampaguearon los ojos. Amadeo hizo espejar las cuatro uñas juntas contra la palma de la mano y el asunto no pasó de ahí.

Valeiras se agitó día y noche durante el mes que tardaron en llegar los suyos, en poder de la excitación y del insomnio. Cacheamos todos los pisos de las casas nuevas de Auria. Su interés previo se centraba en el cuarto de baño. Se ponía tan fastidioso con esto que, un día en que andábamos asendereados en tales pesquisas, Amadeo le preguntó:

—Pero dígame, Valeiras, ¿acaso su familia piensa recibir en el excusado?

—Déjeme a mí, que yo sé bien con qué bueyes aro... Quiero evitar a tiempo las discusiones. Los de allá viajan comparando, y hay que ponerse a cubierto.

Cuando el piso estuvo apalabrado vino la historia de su amueblamiento, que también tuvo sus perendengues. Al fin se le encargaron a unos ebanistas de nota, que llenaron todo aquello con los endebles barrotillos, espejuelos y baldosas embutidas del *art nouveau,* que allí seguía con toda su pujanza. De Barcelona llegó, locamente facturado a gran velocidad, lo que costó un sentido, un magnífico Érard, de cola, que era una gloria verlo. Cuando estuvo instalado, Amadeo me soltó, al socaire:

—Me parece demasiado mueble para los valsecillos y cancioncicas con que nos abrumará la niña...

El día 14 estábamos todos en Vigo. Al siguiente entró el hermoso paquebote negro, con su orgullosa chimenea amarilla echada hacia atrás. Valeiras estaba tan impresionado como si asistiese, no a la llegada del barco, sino a su salvamento. Como ya sabíamos que el navío no iba a atracar al muelle, alquiló una lujosísima motora, capaz para medio centenar de personas, con seis marineros vestidos de blanco. Amadeo y yo le convencimos de que el primer contacto con su familia debía ser a solas, y nos quedamos en el muelle esperándoles.

Era un día soleado y tibio, y la espléndida rada bruñía las aldeas de sus costas como miniaturas fuertemente coloridas.

Empenachadas de luz recortábanse las altas montañas contra el cielo azul-oro: la península del Morrazo, el Castro, Monteferro, en el horizonte; al fondo de la rada, la capilla de la Guía, como un cubo de sal, en el ápice de su colina perfecta; a lo lejos las islas Cíes, como de jade oscuro...

    Regresó la chalupa con sus seis marineros en pie, como para un desembarco real. Valeiras venía sentado a popa con una muchacha abrazada por la cintura y al lado de ellos una señora aún de buen ver, pintadísima y metida en un gran abrigo de pieles grises. A proa, de pie, un muchacho de magnífica estampa, muy bien vestido, del brazo de un caballero de unos cuarenta años, con gafas pinzadas en los altos de la nariz, cuello de pajarita, traje negro de corte afectado, sombrero también negro, muy ancho de ala, y un bastón de cayado de una madera muy clara. Aquel tipo, metido en tan lúgubre y literario atuendo y con aquel aspecto frío y reservón —no había más que verlo—, contradecía nuestro concepto del hombre americano. En realidad, todos ellos desembarcaban como para una recepción o una velada de ópera, menos la muchacha, que vestía un sencillo abrigo de tela escocesa, largo hasta las corvas, y se tocaba con una especie de gorro montañés de lana cardada, blanco como un gran copo de nieve.

    El hijo de Valeiras miraba hacia todo con ojos simples y claros, con un afecto curioso y lleno de entrega; y el tío, pues tal era el de los lentes, el doctor Pocho, se fijaba en todo con un severo aspecto de inventariador, de hombre que no va a tolerar ningún género de irrupciones sorpresivas en su bien informado espíritu.

    Cuando subieron la escalera del muelle, yo me quedé lo que se dice boquiabierto, no solo ante la belleza, realmente dinástica, de la hija de Valeiras, sino ante su natural distinción y la soltura de sus ademanes, que, sin exceder la gracia juvenil, eran de una elegancia y de una seguridad que parecían destilados a través de diez generaciones de la más alta convivencia social. Se lo dije a Amadeo en un aparte, y me contestó:

—Todo lo que le resta de su antigua taumaturgia a la Iglesia, son las monjas de los colegios costosos. Hacen estos milagros...

Era rubia, más bien castaña clara; su piel, de finura increíble, ligeramente oreada por el aire del mar, y los ojos, muy grandes, claros, casi amarillos, de una repentina cordialidad, mucho más expresivos que cuanto decía —parecía que hablaba con ellos—; el cuerpo, esbelto y un tanto aniñado. En la presentación, a la que reaccionaron con cierta lentitud, la señora y los chicos se quedaron parados frente a nosotros, como iniciando una tertulia sobre el muelle, mientras el doctor Juan Carlos Brunelli, que así, con título y todo, nos fue presentado por su hermana el fúnebre sujeto, luego de habernos estrechado la mano con una sonrisa glacial como si fuéramos a pedirle un empleo, se alejó por allí como buscando algo. Volvió de su breve alejamiento para decir a su cuñado, con voz tan afelpada que producía un poco de aprensión y que en lugar de preguntar por los maleteros parecía inquirir por la princesa de Asturias:

—¿Dónde andan los «changadores», che? ¿No hay en Galicia «changadores»?

Con su imprudencia de siempre, Amadeo se le fue encima, doblándole en exquisitez prosódica:

—¿Cómo no ha de haber en Galicia maleteros? Aquí hay de todo, hasta doctores...

El tontainas aquel, que ya Amadeo y yo habíamos declarado odioso en un cruce de miradas, no pescó el venablo y dijo calmosamente:

—No lo dudo, no lo dudo, señor... ¿Señor? —y tendió la oreja sin mirar.

—Doctor Hervás; doctor Amadeo Hervás de Regueirofozado y Ginzo de Limia —soltó, sin inmutarse.

Un par de maleteros, que traje yo de por allí, la emprendieron con el equipaje de mano. Cuando iban a llevarse un pequeño maletín, el doctor los arredró con el cayado del bastón, enganchándole a uno de ellos un brazo. Yo supuse que se trataba del maletín de las joyas.

—No, eso no; aquí vienen las cosas del mate; de esto no me separo.

El faquín dijo al otro, mientras se echaba al hombro las maletas:

—¡Hace mucho tiempo que no tengo visto un «che» tan «che»!

Uno de ellos, entre las idas y las vueltas del acarreo y con el afán de aquellas gentes por ser amables, le preguntó:

—¿Y cómo quedan por allá los *peisanos*?

—¡Yo soy criollo, amigo! —contestó el doctor, picado.

—¿Y eso qué le hace? ¡También yo *le* soy de Santa Eugenia de Riveira... y más no digo nada! —y se echó al hombro un racimo de maletas con la volatinera levedad de quien se enrolla al cuello una bufanda.

Durante el viaje de ciento veinte kilómetros hasta Auria, en un departamento del exprés que Valeiras había tomado para todos, redescubrimos aquel pedazo de la belleza de nuestra tierra a través de la admiración de aquellos muchachos sensibles y limpios de alma, que corrieron de una ventanilla a otra todo el tiempo que duró, cambiando, en voz alta, sus asombros y comentarios.

—¡Y eso que veis mi tierra en invierno! —dijo Valeiras, reventando de satisfacción, pero sin poder con aquella voz de convaleciente que se le había puesto desde que desembarcaran los suyos.

Cuando el tren, dos horas después, desembocó en el valle del Ribeiro, los jóvenes sosegaron sus corridas y se quedaron quietos, asomados a una ventanilla, con la madre en medio. Al poco rato de contemplación, Saúl se volvió hacia su padre, con los ojos muy abiertos y, atrayéndolo hacia el grupo, le dijo:

—¡Cuánta razón tenías, papá! ¡Es lindísimo!

—Ya ves —dijo sobriamente Valeiras, con la voz hecha cisco, sepultada en el esternón. La chica le besó en la mejilla y luego nos miró a nosotros, como haciéndonos responsables de aquella belleza epifánica, suave, revelada en los más puros matices del paisaje invernal. La augusta madre, sin descomponer el gesto matronil y un poco ausente, gozaba también a través de la alegría de sus retoños.

Nosotros, hay que decir la verdad, estábamos impresionados y amando ya a aquellas criaturas, como a cada una de las gotas de nuestra sangre. Y fue en este punto de íntima y equilibrada sentimentalidad, en la que no faltaba ni la tregua silenciosa, cuando el del cuello de pajarita, quitándose el tenebroso y haldudo sombrero, pues había permanecido con él encasquetado hasta aquel instante, y dejando al aire, por primera vez, su melena de mártir aséptico, interpuso:

—Sí, todo esto está muy bien, che. Pero ¿qué pueden valer aquí las cosechas, con la tierra tan dividida?

Amadeo, implacable con la estupidez, como era su costumbre, se volvió hacia él, que estaba de pie en medio del departamento, no asomándose nunca resueltamente para no comprometer su admiración, y le dijo, tomándole muy finamente de un brazo, y casi copiándole el acento:

—Aquí no hay cosechas, doctor.

—¿Cómo que no hay cosechas?

—No, doctor; aquí somos muy bien educados...

El jurisconsulto ultramarino debió de pensar, por primera vez, aunque luego tuvo ocasión de pensarlo otras muchas, que había caído en una tierra de locos.

18

Al fin llegaron las piezas de granito para la construcción del sepulcro de mamá, labradas por un imaginero de Compostela, que empleó largos meses en hacerlo. En sus días finales, tan aislada de todo, mi madre había, no obstante, confiado a sus hermanas que no quería ser enterrada en el viejo mausoleo de la familia sino aparte. «Hacedme una buena sepultura, pero en la tierra», les había dicho una y otra vez. Como en aquellos días andaba yo tan perdido de mí, no me dijeron nada, pero separaron las alhajas de su hermana, las pocas que se habían salvado del desastre, por si el caso llegaba, destinarlas a cumplir su voluntad. Se compró la tierra a perpetuidad y se cimentó el sepulcro sobre ella. Era sobrio sin dejar de ser valioso, esculpido en piedra gris por el buen criterio tradicional de aquellos canteros de cuya antigua casta salieran los que han labrado las magnas torres y los pórticos inmortales.

Yo no dije a nadie nada, ni a Amadeo, que se perdía en cábalas sobre aquellas escapatorias, y pasé muchos de los días finales de aquella primavera siguiendo de cerca el parsimonioso trabajo de los picapedreros y asentadores. En uno de los preparativos fue forzoso extraer el sarcófago y dejarlo al descubierto allí sobre los terrones, al sol, durante unas horas, lo que me impresionó duramente.

Apuraba yo al capataz, hora a hora, acuciado por el deseo de que el sepulcro quedase listo para el Carmen, que era el santo de mamá. Y así fue, exactamente; aquel mismo día nos lo entregaron. Las tías, Blandina y yo fuimos muy de mañana y rezamos un rosario arrodillados en la tierra cubierta de hierba fresca. A eso de las ocho, quise quedarme un rato a solas y convine con las tías en que me encontraría con ellas en casa, para desayunar, y en que luego iríamos a la catedral a oír una misa, aunque yo me negué a que fuese en la capilla del Santo Cristo.

Macías el enterrador, que andaba por allí, cantando entre las tumbas, vino una vez más, con su perpetua alegría de viejo fauno, a decirme que el sepulcro, «salvo mejor opinión», no le gustaba, y que, «como usted me enseña», razones habrían mediado, de mucha entidad, para haberlo mandado labrar en la misma piedra con que, «con su licencia», se hacen los perpiaños de las casas y los poyos de las viñas. Macías estaba acostumbrado a los mármoles declamatorios con sus deidades llorosas, sus ángeles judiciarios y sus estatuas teatrales, por lo que me pareció muy lógico que no le contentase la parquedad de aquellas líneas de estilización románica y que, en vez de la piedra, le hubiese gustado, tal como yo le dije, «el mármol con que se hacen las escaleras y los cuartos de baño». Macías se rascó la coronilla y se echó luego al raposo desquite, como es normal en aquellos paisanos.

—¡Ya ve usted, señorito Luis, lo que es tener familia amorosa que vele por los restos de uno! Su mamá tan bien enterrada, como le cumplía, como lo que era, como una hidalga... En cambio Joaquina, con toda aquella patulea de parientes que bajó de las montañas para atracarse en su velatorio, ahí está, sin siquiera un «por ahí te pudras» que la recuerde.

Yo no me atreví a levantar la cabeza. Era verdad; no solo la patulea que había venido al olor de las onzas, sino también nosotros la habíamos olvidado. ¡Pobre Joaquina!

—Llévame allá, Macías.

Efectivamente, allí estaba la sepultura de Joaquina, en el ensanche del cementerio nuevo, donde yo no había vuelto desde que la enterráramos. Era un montículo de tierra invadido por los hierbajos. El reventón de la primavera, que allí todo lo infestaba, había puesto sobre el terrón un rocío de margaritas. La tablilla, en forma de cuña y pintada de negro, no tenía otra mención que una cifra trazada con albayalde.

Hice rápidamente un plan.

—Vas a decirle al Catapiro que me vea en mi casa, hoy mismo, a las dos.

Catapiro era un herrero que batía hermosas verjas del arte popular.

—Por aquí andaba hace poco.

Le encontramos en la parte vieja del camposanto, asentando una cruz. Era muy ladino y había que entretenerse con él en interminables regateos, como si las cruces y las verjas empezasen siendo de oro. En el primer envite me pidió cuarenta duros. Al cuarto de hora estábamos en dieciocho y comprendí que nada le haría ceder más. Había llegado a su límite. Ofrecía cosas inferiores, vulgares, y yo le pedía una cosa digna y sólida. Yo no subía ni un céntimo de los dieciséis. Cansados ambos del forcejeo, me preguntó el ferranchín:

—Pero dígame, señorito, ¿qué le hacen a usted cuarenta reales de más o de menos? —Seguían creyéndonos ricos, y añadió la nota del soborno sentimental—: ¡Eso y muchos más les merecía la buena de Joaquina!

—Nada, Catapiro, ni un real más. Tengo mis razones. Te doy dieciséis duros y además te los pago en una sola moneda.

—¡Vaya, esa sí que es buena! ¿Y de dónde va a sacar una moneda que valga trescientos veinte reales?

—Te pagaré con una onza de oro. Puedes ir a buscarla hoy mismo, anticipada.

—Siendo así, trato hecho —exclamó, cerrando repentinamente el ajuste y alejándose de inmediato.

Cuando nos encaminábamos hacia la salida, Macías dejó caer raposamente, como hablando para el aire:

—¡¡No, por eso..., con permiso de usted las gentes que andan en el estudio nunca saben bastante!! Usted, tan leído como dicen que es, y ese pillabán lo engañó.

—¿Cómo, me engañó? ¿No va a hacer la verja y la cruz, como yo se las he pedido y en el precio tratado?

—¡Ay, don Luisiño! ¿Pero cómo no sabe usted, que todo lo sabe, que las onzas viejas, como usted me enseña, tienen más de un tercio de premio en el cambio y que ese bribón resultó cobrándole veinte o veintidós duros por lo que le ofrecía en dieciocho?

Salí del alegre cementerio de Auria pensando en aquella pobre generosidad mía, que se reducía a devolverle a Joaquina la pesada moneda con que me llenara la mano de oro el día de mi primera comunión, y que, desde hacía tantos años, había estado olvidada en el fondo de mi baúl de colegial; allí sepultada, con otros tantos sucesos...

Se me había hecho tarde y me fui directamente a la catedral. Al entrar por la puerta del reloj me encontré con el sastre Varela —un sastre literario— que salía y que me miró de una manera especial, como sorprendido; cosa sin ningún fundamento, pues en Auria nos veíamos todos unas diez o veinte veces al día. Al contestarle al saludo me llamó y me dijo bisbiseando:

—Lo felicito; son hermosos, hermosos. Estamos todos muy conmovidos. ¡Será usted una gloria para Auria!

—No le entiendo palabra, Varela —contesté con igual cuchicheo.

—¡Vamos, vamos! Está bien la modestia, pero cuando se hacen las cosas de esa manera, con esa construcción y ese sentimiento, si usted no quiere mostrarse orgulloso, déjenos que lo estemos sus amigos.

El diálogo ocurría, casi sin voz, junto a la pila del agua bendita. Lo tomé de un brazo y lo llevé afuera.

—¿De qué demonios me está hablando? Déjese de misterios y aclare de una vez —exclamé con mi voz entera. Varela se quedó un instante callado, con los ojos sobre mí, sinceramente confundido.

—Pero, ¿es que no sabía usted...? —y sin más, sacó del bolsillo de la chaqueta *El Miño*, de aquel mismo día, que insertaba en su primera página y bajo un fervoroso acápite, un poema mío que databa de un año atrás. Amadeo había cumplido su amenaza, aunque algún tiempo después de la fecha prometida. Me hundí en el periódico, lleno de estupor y de vergüenza, al ver mis versos allí, tan desairados, tan insolentemente separados del texto común por los claros de casi una columna, con que los habían aislado, como lanzándolos al medio de una plaza, desnudos. Y mi nombre entero debajo, con letras grandes, como si yo también estuviera allí mismo, tirado, aplastado, por la carga de mis estrofas —¡cuántas eran, Dios mío!— pesándome, como bloques, sobre el corazón... Vi, sin mirar, que el sastre Varela se alejaba casi en puntillas, como si no quisiera despertarme... El acápite de presentación estaba escrito con respeto, conocimiento y sobriedad. Era bien visible la mano de Amadeo.

La misa desfiló ante mí como una retahíla de palabras y una serie de movimientos sin sentido. Pero pensé mucho en mamá, casi rezándole. La imagen de Santa María la Mayor me recordaba siempre su cara de joven. Me volvieron sus palabras de queja y burla, con el tono exacto de su voz, tantas veces oídas mientras crecía «de zagal a mozo endrino».

—¡Cómo andas, hijo mío! ¡Mira qué manos, qué ropa, qué pelos...! ¡Ay, santo Dios, ni que fueras poeta!...

Los versos decían así:

LA MADRE

*Adviene por las cumbres encendidas,
señales y portentos le abren paso,
se rasga en dos el velo de la altura
para su muerte.*

*Sobrecogidos pasmos forestales,
arrodillados montes, quietos ríos,
y mudez repentina de los pájaros,
para su muerte.*

*Anunciada en arcángeles y signos
—se vieron en lo azul corona y palma—
hizo pie en la ribera del martirio,
para su muerte.*

*Nadie de más belleza sufridora,
ni voz así, de mágica y ardiente,
ni manos de tan altas bendiciones
para su muerte.*

*Certero fue el destino de su carne
de tránsito y dolor todos sus días
bendita era en su vientre y en su llanto,
para su muerte.*

*Sin otras flores del vivir gozoso,
he aquí que apenas fuimos sus pisadas
en la sangrienta roca de este mundo
para su muerte.*

*Después todo pasó, la cruz y el vuelo,
la incontenible ausencia decretada,
el zarpazo del tiempo con su presa,
para su muerte.*

*No hubo siquiera pausas, no hubo adioses;
portento era el quedarse, no la ruta
volada, transitada sin descenso
para su muerte.*

*Y ahora aquí, esta piedra encadenada,
esta callada entraña abierta al buitre
esta furia del hombre y su blasfemia,
para su muerte.*

*Este rostro de tierra, estos gemidos,
estas hierbas que nacen de mi boca,
estos pútridos ojos sin imagen
para su muerte.*

*—Dadme el acento, sepa la palabra
o argüidme un rostro que ella reconozca
desde sus ángeles, desde sus alburas,
para mi muerte.*

*¿Qué miserable cieno expiatorio
o flor podrida o limos estancados
pueden formar el nombre requerido?
Para mi muerte.*

*Pido a mi sangre el eco de su paso,
palpo en mi carne el sitio de sus alas,
busco en mi voz la concertada suya,
para mi muerte.*

*Nada, nada, ni espectro ni memoria,
ni su hueco en el aire que la tuvo,
ni el resonar del tiempo así rasgado,
para mi muerte.*

*He aquí la soledad que nunca pude,
el declarado gesto de lo estéril,
el mundo en sí, vacío de respuestas,
para mi muerte.*

*(¡Oh, si la oculta huella, si aquel tránsito
que iba de Dios a Dios, por donde andabas
dejado hubiera el cauce de tu huida,
para mi muerte!)*

*¡Dame señal, soberbia de tus ángeles,
impasible, de Dios contaminada,
irreparable afán que así me niegas,
o dame un punto donde me desande
desde este amor sin ti, desde esta nada,
hasta el nacer desde otro fiel comienzo,
para mi muerte.*

19

Viví todos aquellos días gocisufriendo el primer paladeo de la notoriedad. Auria era un pueblo de gran amor propio y celebraba mucho estas apariciones locales de artistas y escritores nuevos. Las gentes letradas de la antigua escuela tuvieron aquellos versos por «nuncios nada agraces de una inspiración notable, aunque ligeramente desmejorados por la audacia de algunas imágenes demasiado *modernistas*», como me dijo un ilustre orador sagrado y profesor de Literatura del instituto. Mis camaradas me felicitaron con palabras francas y animosas.

Pero yo, que conocía muy bien a mi pueblo, me andaba muy cauteloso procurando ver con claridad en todo ello. Sí; conocía sobradamente a mi pueblo y sabía que era capaz de establecerse entre todos sus habitantes una tácita complicidad destinada a la burla. No sería yo el primero a quien habían enloquecido con las alabanzas fraguadas.

Por si acaso, situé espías y confidentes donde me fue posible. Amadeo se indignaba y me decía: «No puedes negar que eres como ellos». En el café se analizaron los versos, hasta en sus comas, y acabaron por darle el visto bueno, «como una feliz promesa».

La consecuencia más venturosa que se derivó de todo ello fue un mayor predicamento y concurrencia a la casa de los Valeiras.

Por disposición de la señora, en los últimos tiempos, se habían cerrado un poco a la banda, y había que andarse con cierta prosopopeya para visitarlos; de lo que Valeiras se excusaba diciendo que eran «pamemas criollas», que no hiciéramos caso y que fuésemos por allí cada vez que se nos ocurriera. Pero lo cierto es que las dos veces que fuimos sin anunciarnos, se nos recibió —no estaba Valeiras— en el vestíbulo; tuvimos que soportar más de media hora al doctor, que estaba insólitamente en pijama a las cinco de la tarde, chupando, muy serio, algo verde por un tubito de metal metido en un calabacín, y finalmente se había aparecido doña Mafalda tan cumplidamente vestida que creímos que iba a salir.

Al otro día de publicado el poema me invitaron a cenar, a mí solo. Yo me libré bien de decirle nada a Amadeo para no darle un disgusto. Me recibieron vestidos de punta en blanco, con todas las luces encendidas y las criadas de uniforme. Yo estaba volado, con mi traje de bastante uso y mis tacones torcidos. Ni siquiera iba bien afeitado. Valeiras me recibió al entrar con un gran abrazo.

—Yo no entiendo mucho, amigo; uno es un burro cargado de plata, un analfabeto que sabe leer por casualidad. ¡Pero donde hay sentimiento lo hay, qué embromar! ¡Y vaya si lo hay! ¿Verdad? —dijo volviéndose hacia sus hijos—. Estos estudiaron esas cosas y las saben razonar.

Se hizo a un lado para dejar paso a doña Mafalda, quien se acercó, con un aire sonriente y vacuo, no exento de distinción, para decirme:

—¡Lo felicito, lo felicito! ¡Qué buen hijo debió de haber sido usted!

Y de repente, por en medio de todo aquel artificio, se le saltaron las lágrimas, abundantes, como lo era todo en aquella casa, implacables, como exprimidas. Acudió Valeiras a «su señora» y la sacó de allí. Los chicos no hicieron ningún caso, por lo que deduje que la excelente dama, al revés de mi tía Pepita, tenía el llanto frecuente y a su entera disposición, lo que es una gran

ventaja. Ruth, dándome la mano, me dijo, breve y misteriosamente, mientras sus ojos hablaban a borbotones:
—¡Gracias!
Toda esta escena era en el vestíbulo.
—¡Ya está el aperitivo! —exclamó, reapareciendo, el doctor, que se había mantenido al margen de aquellas expansiones y que, de momento, no se refirió para nada al origen de las mismas, como ignorándolo o restándole importancia. Solo cuando ya llevábamos media hora en el saloncillo, bebiendo la pócima que el tío aquel estuviera perpetrando, me dijo, con una voz ligeramente inocua:
—¡Así que *había* sido usted medio poeta...!
Yo pensé en lo que le habría contestado Amadeo, y por decir algo:
—Sí, se hace lo que se puede —le respondí, fijándome en su cuello altísimo, que lo oprimía como un ceremonioso dogal.
—¡También yo he *macaneado* mis buenos tiempos! Y algo queda, che, algo queda... Un día de estos le haré ver algunas de mis composisiones —y me sirvió otra copa de aquel brebaje con olor a medicamento.
Yo estaba sentado al lado de Ruth. Volvió su hermano, luego de haberse ido un instante a averiguar por la madre, y se sentó también, dejándome en el medio. Me apretó el brazo y me dijo casi al oído.
—No le hagas caso a mi tío. Es un figurón.
Ruth aprobó con las pupilas. Me sentí consolado y apuré la copa del filtro, esta vez casi sin percatarme de su sabor.
—Muy buenos tus versos, Luis, muy buenos —añadió en voz alta Saúl—. Con Ruth leemos mucha poesía. ¿No te gusta que te llame por el nombre? —dijo un poco sin venir a cuento, quizás al verme quedar preocupado.
—Yo creo que de vosotros me gustaría hasta que me pegaseis, hasta que me llamaseis «medio poeta» —dije reaccionando tarde, como siempre.

—¿No conoces a nuestros escritores?
—Sí, a algunos.
—Ya te daremos libros. ¿Verdad, Ñata?
—Por Dios, no le llames de esa manera a tu hermana, al menos mientras yo esté aquí.
—¿Por qué? —preguntó extrañado.
—No tiene nada que ver con ella ese mote, no suena a ella. ¿Cómo se arregla usted —dije volviéndome hacia la estupenda criatura— para saber que es usted a quien llaman con ese apodo tan... absurdo, llamándose usted Ruth? ¡Ruth!

... porque donde quiera que tú fueres iré yo y donde quiera que vivieres viviré yo. Tu pueblo será mi pueblo y tu Dios será mi Dios,

recité, un poco achispado por la droga del jurisconsulto.
Ella siguió mis palabras con una sonrisa en los ojos y un leve movimiento de los labios, como repitiéndolas mentalmente, y agregó:

... entonces bajando los ojos a tierra díjole: ¿Por qué he hallado gracia en tus ojos para que tú me reconozcas siendo extranjera?

Yo me quedé pasmado y no acerté más que a decir:
—Pero, ¿cómo sabe usted eso, criatura?
—¿Cómo quiere que no sepa de memoria el libro de mi nombre, el Libro de Ruth? Un día le recité unos trozos a sor Avelina, la profesora de Música de las Siervas, y casi me echan del colegio.
Se rieron los dos, y el doctor, que no se le escapaba nada, me miró con un gesto de «chúpate esa».
—En fin —añadí—, ¿qué quiere decir exactamente «ñata»?
Ruth se aplastó la naricilla con la punta del dedo, sonriendo. Estaba maravillosa con aquel vestido de gasa color salmón, con la falda hasta cerca de los pies.

—¿Chata? ¡Llamarle a usted chata con esa nariz de Atenea adolescente! —dije, ya en el delirio del bebedizo aquel que no me dejaba tiempo para sopesar las frases. Se rio otra vez echando la cabeza hacia atrás, dejando al aire los dientes perfectos, mientras la luz revelaba la pulpa pálida, temblorosa, virginal, de su lengua.
—Es el primer piropo que oigo en España.
—No le extrañe; aquí la verdadera belleza nos deja mudos. Los piropos más expresivos se malgastan en costureras. La verdadera belleza nos intimida, nos deja callados y un poco rencorosos. A lo sumo miramos en silencio o mugimos: dos actitudes entre la melancolía y el deseo. Cuando usted pase y alguien haga: ¡muuu!, esté usted segura de que le están tributando el mejor homenaje.

El doctor enseñó por un lado los colmillos, con risa aconejada. Durante nuestra conversación se quedaba, a veces, siempre sin mirar, inmóvil, suspendiendo la chupada al cigarrillo o el escanciado de su farmacopea, hasta que yo terminaba la frase. Cuando sonreía lo hacía con la cara baja o vuelta a medias, como si estuviese enfrascado en lo que hacía; mas lo cierto es que no perdía nada de cuanto charlábamos o hacíamos, y más acentuadamente desde que Valeiras se había ido con «su señora», tan poética y abruptamente conmocionada.

No tardaron estos en volver, la señora ya descargada de su noble histérico y recién restaurada de afeites. Venía, aprovechando la «convalecencia», luciendo una pelerina de armiños, justificada por unos escalofríos que, según afirmó, aún le duraban. En todo lo que he escrito después, jamás he vuelto a tener un éxito tan fulminante y pertinaz.

—¡Discúlpeme, señor Torralba! ¿Qué dirá usted? —No apeaba el «señor» por nada del mundo.
—Yo digo que es usted encantadora.
—¡Qué comportamiento para una vieja, habrá usted pensado!
Efectivamente, lo había pensado. Pero me levanté e inclinándome ante ella le besé la mano —¿qué filtro nos había

dado a beber el doctor?— y le dije, jamás supe si en serio o en broma:
—Ningún premio tan suntuoso para esa pobre cosa que sus lágrimas, nobilísima señora...
—¡Ejem! —hizo Valeiras, un poco escamado.

La comida fue magnífica y muy alegre. Los efectos de la sorprendente pócima se prolongaron hasta mucho más allá del asado y aún recibieron ayuda en los excelentes vinos que allí se sirvieron. El doctor comía como un homérida, sin descomponer jamás sus gestos. Yo hablé por los codos. Los demás se quedaron demorados en una especie de contención del buen gusto, dejándome a mí, en todos los sentidos, el lugar del huésped; privilegio que aproveché, con flagrante ingratitud, para desbarrar a mis anchas. Daban la sensación, especialmente los chicos, de que podían ir mucho más allá en el diálogo; pero llegados a un punto, se detenían con una discreción que no se sabía si era natural pudor o educación impuesta, pues muchas veces, antes de aventurarse en la réplica, miraban hacia la madre; pero su silencio no era nunca desprevención ni falta de ingenio. Hablando con ellos a solas daban mucho más de sí, además de aquel encanto y mesura que jamás les abandonaban. El doctor, aunque era tan pestilencialmente afectado que parecía vivir en una desconfianza perpetua de sí y de los demás, dijo aquella noche cosas de cierto interés, pero muy enfáticas e inferiorizadas por su aire sentencioso, como si se las estuviera dictando a un escultor para que las grabase en la más persistente materia. Yo nunca había oído a nadie hablar así el idioma, deteniéndose en cada palabra, como en las cuentas de un rosario, para obtener un resultado las más de las veces confuso o insignificante. Parecía un fatigoso regodeo que le hacía escamotear la ilación tras las sílabas largas, como cantadas («este hombre habla con calderones», había dicho Amadeo, con su chispa de siempre). Claro está, con aquel deslizarse a través de los sonidos, se advertía que tenía cancelado de antemano el compromiso de hacer llegar a sus oyentes conceptos lúcidos, conclusiones arriesgadas, personales, valederas. Yo me impacientaba y me resultaba muy difícil discriminar el punto de juntura entre las palabras y su final destino, que deseábamos, ya que no inteligente, por lo menos inteligible.

Valeiras, en cambio, estaba aquella noche hecho un verdadero espectáculo humano, a veces demasiado humano, como en un instante en que, sin venir a cuento, se volvió hacia su mujer, y palmeándola con fuerza en la espalda, exclamó:

—¡Esta criollaza linda! ¡Pura uva, che, pura uva! —concluyó, mirándome, como si me brindase aquellas nacaradas abundancias.

Yo creí que ella iba a molestarse, desde la altura imperial de sus joyas y pieles, mas, contrariamente, le tiró por una guía del bigote, envolviéndole en una mirada de ternura.

Aunque, como ya dije, los jóvenes no me acompañaban en mis exabruptos, los sentía llenos de ecos. Ruth me hablaba, hasta aturdirme, con el silencio de sus ojos color topacio, y Saúl no daba tregua en llenarme la copa, como entregándome su amistad en aquella silenciosa alegría. Al final de la comida era tanta mi felicidad que quise compartirla con alguien. Insinué el nombre de Amadeo, y Valeiras acudió en seguida con su comprensiva generosidad.

—No crea que me olvidé del amigo Hervás; pero esta noche era solo para usted, pues en esta casa se le quiere sin *riquilorios* ni pamplinas. ¿Verdad, vieja? ¿Qué digo yo de Torralba, muchachos? Amadeo es un poco *zafao* y habla siempre de cosas que es muy difícil entenderle. Yo nunca sé bien cuándo me está tomando el pelo, o cuándo no. A estos le gusta más usted. ¿No es así, Saúl?

—No hay comparación —dijo el muchacho con franqueza.

—¿No es así, Ñata?

Ruth se «distrajo» con una tenacilla suspendida sobre mi taza de café, inquiriéndome, muy concentrada, sobre el número de terrones.

—¡No te hagas la *otaria,* che! —dijo el padre, no perdonándole la respuesta y con la vista fija en ella mientras encendía el puro—. Porque ha de saber usted, amigo Luis, que aquí la jovencita...

—¡Papá, no vayas a soltar una de las tuyas!

—Estos criollos le llaman «una de las mías» cuando digo la verdad; eso si estoy yo delante; cuando creen que no los oigo, dicen «que me salió la gallegada» —Ruth se ruborizó—. Pero a mí no me duelen prendas... *Esta fiestita* y la idea de la invitación fue cosa de ella. ¿Por qué no se lo dices, eh?

—¿Qué tiene de particular, papá, que haya pensado en quien tú llamas «mi mejor amigo» para invitarlo a tu mesa?

—¿*Su* mesa? —dije yo.

—Bueno, *nuestra* mesa —añadió Ruth, con un tartamudeo de impaciencia.

Salimos Saúl y yo a buscar a Amadeo. Desde la puerta nos volvimos a procurar con qué taparnos, pues estaba cayendo un chaparrón tormentoso. Me envolvió en un impermeable livianísimo, con olor a nuevo, que era un placer sentir sobre los hombros. Aquella gente usaba unas ropas de las que yo no tenía la menor idea. No es mucho decir, puesto que yo era uno de los seres peor vestidos de Auria. Nunca me dio por ahí, ni cuando teníamos dinero. Todo en ellos, las comidas, los perfumes, la ropa blanca, denotaba una preocupación narcisista por lo corporal. Comprendí, al tratarlos, las infatigables correrías de Valeiras en procura del «cuarto de baño instalado», cuando buscábamos piso para su familia, pues él se había adaptado perfectamente al baño de tina de la fonda de doña Generosa.

Encontramos a Amadeo —fuimos a tiro hecho— en un ángulo del café de La Unión, enfrascado en *Las confesiones,* de Rousseau, que era una de sus lecturas maníacas, comiendo con lentísimo deleite una de sus pulidas uñas, que tal era el destino final de todas ellas, aunque muy economizado. Algunas veces, cuando, en pleno café, sacaba la gamuza del bolsillo y la emprendía con el repaso del lustrado, mientras desgranada sus paradojas, decía alguien: «¡Qué! ¿Te estás preparando el postre?».

Nos recibió enfurruñado y dijo queriendo, infructuosamente, disimular su irritación:

—¿Conque de juerga familiar, festejando al poeta? ¡Cría cuervos...!

—... y te vendrán a buscar a la hora de los licores, mal agradecido.

—Creí que habías levantado el vuelo abandonando al empresario —dijo cambiando el tono y echándose el libro al bolsillo, con una precipitación que trató de enmendar en seguida:

—¿No os sentáis un poco?

—Están esperándonos con una copa de champaña —dijo Saúl

—¡Al fin dejó usted de ser esquivo! Ser amigo suyo es un oficio; un oficio difícil, como el de tallista o el de glíptico —añadió con cierto reconcomio—. ¡Las veces que he ido a buscarle a usted...!

—Estamos siempre tan juntos con mi familia... —se disculpó Saúl, un tanto incómodo.

—¿Cómo supiste que yo estaba hoy allí? —le pregunté cuando nos encaminábamos hacia la puerta.

—¡Hombre, que me haga esa pregunta un natural y vecino de este obispado y provincia...! ¿Quieres el menú? Ahí va: *Mortadella* de envase italiano, jamón del país y salchichón catalán; sopa de *crème d'oignon;* luego langosta a la americana, por cierto comprada en el puesto de la Eudoxia: once pesetas; un solomillo al horno adquirido en la carnicería del Sordo por la módica suma de...

Saúl soltó una carcajada, francamente divertido. Llovía a cántaros. Le hicimos un hueco abriendo cada uno un ala de nuestro impermeable. Amadeo nos tomó por la cintura y nos echamos a correr bajo el chubasco, alegres como chicos. Ya cerca de la casa, Amadeo citó a san Juan de la Cruz:

Apártate, que voy de vuelo.

—¡Vuelo de cuervos! ¿No?
—No, ahora de ángeles, con el propio Lucifer en medio.
—Siempre te quedas con la mejor parte.
—Al menos con la más arriesgada. Pero esta vez se trata de ángeles compatibles.

Habíamos alcanzado el zaguán y sacudíamos las prendas, con brillante restallido de la goma.

—¡Bonito título para un poema!: «Los ángeles compatibles».
—¿Lo vas a escribir? —preguntó Amadeo con voz anhelante.
—No, prefiero vivirlo. Es tu fórmula, aprendida en Nuestro Señor don José María Eça de Queiroz —hicimos una gran reverencia—: «Se vive o se escribe».

Saúl Valeiras estaba verdaderamente encantado.

―¿Por qué no te llevas para allá un colchón y unos cuantos libros? ―me había dicho Amadeo, un día de aquellos, con muy mala intención. Pero la verdad es que yo vivía en la casa de los Valeiras mucho más que en la mía. A mi amigo, después de unas cuantas veces, dejaron de invitarle resueltamente, sin ninguna clase de explicaciones. El indiano las rehuía. Yo me había propuesto, con la mejor buena fe, terminar con aquella repentina repulsa, que muy bien pudo haber tenido origen en alguna ligereza verbal de mi amigo. Amadeo creía estar siempre hablando para intelectuales y esto le acarreaba muchos disgustos. Además tenía el peligroso hábito del monólogo, y seguía monologando a través de todas las respuestas y observaciones. Y, claro está, el soliloquio, aunque no implique forzosamente ninguna agresividad directa, indirectamente resulta siempre cruel, sobre todo cuando es inteligente.

Pero no, no era por ahí la cosa. Al contrario, siempre que se referían a él, lo hacían todos los de la familia en términos tan admirativos que parecían aislarlo tras una empalizada; defendíanse de él proclamando sus virtudes, que es un método como otro cualquiera de desentenderse de alguien. Un día, paseando a solas con Saúl, que se había contagiado del vicio del paisaje y de las excursiones a metas ilustres, y que escuchaba mis parvas explicaciones arqueológicas con embelesado respeto, hice una viva defensa de mi amigo. El muchacho argentino, que en ciertas cosas parecía un hombre hecho y derecho, se mantuvo reservado cuidando mucho sus réplicas. Algo aventuró, muy de lejos... Yo no quise insistir y dejé el asunto envuelto en aquella bruma. En realidad no quería pensar... Se lo conté todo a Amadeo, como era mi deber, y respondió con vaguedades, pero sin extraviarse, muy dueño de sí y como pesaroso.

Muchas personas de Auria empezaron a cambiar visitas con los Valeiras, entre ellas mis tías, que encontraron muy simpáticas y guapas a las mujeres, aunque «un poco exageradas». Los jóvenes, tal como habíamos previsto, tuvieron un éxito sin precedentes en cuanto abarcaba la historia de la forastería y, de haber accedido a todas las invitaciones, no hubieran parado una hora seguida en su casa.

El matrimonio era recibido con algunas prevenciones (en realidad doña Mafalda, a quien le habían puesto de mote «Doña Berenguela», asustaba a las otras damas con el despliegue imperial de su guardarropa), pero eran estimados los dos por sus excelentes condiciones de carácter y su buen corazón. Al doctor casi nunca le insistían para que volviese. Ciertamente era un pelmazo de marca mayor que ni respondía al castigo cuando le tomaban el pelo, convirtiendo las ironías en incienso a través de su sonrisa entre cínica y bienaventurada. Se comentaba, con asombro, que Ruth durante todas las misas a que acudió en lo que restara del invierno y en lo que iba de primavera, como asimismo en los bailes y reuniones, apenas había llevado dos veces el mismo vestido. Cada tantas semanas íbanse a viajar unos días, sin salir de la Península. Durante estas ausencias yo me ponía de un humor siniestro y volvía a mis paseos solitarios —pues Amadeo me achicharraba con sus sarcasmos—, no sabiendo qué hacer de mis horas. Además, me tenía sin sosiego el anuncio de un gran viaje que harían por Europa todo el próximo verano y parte del otoño, tal vez para pasar el invierno en París.

La intervención de Ruth en una fiesta benéfica, tocando las *Variaciones* de Brahms sobre un tema de Paganini, causó estupefacción. Pepe Bailén, que además de empleado de Hacienda y muy mala lengua, era bajo de ópera, y su mujer una buena pianista, por lo cual sus juicios se tenían en Auria por inapelables, dijeron que no habían oído en su vida una gracia musical tan innata. «Esta niña —fueron sus palabras— interpreta como respira». Efectivamente, era una delicia escucharla. Al tocar se transfiguraba, no restando en la intérprete el menor residuo de coquetería. Su sencilla gravedad, su ausencia, sobrecogían, y semejaba no volver en sí hasta que se levantaba, muy lentamente, para saludar. La verdad es que tenía una gran pasión —que a mí me parecía un poco maniática— por el piano, y se pasaba estudiando horas y horas. Cuando la oímos por primera vez —nunca quiso tocar para nosotros en su casa— el día del concierto, comentamos el caso Amadeo y yo. Él, que era muy entendido y que desbordaba siempre de generosidad para el verdadero talento, la encontraba musicalmente admirable «aunque un poco verde» respecto a la técnica, detalle al que no le concedió demasiada importancia. «La música —había dicho— tiene su cronología, o, si quieres, su cronografía, aparte. No hay casos mozartianos en la literatura ni en la plástica. Sin duda la música es más obra de la gracia que todas las otras artes, además del esfuerzo, naturalmente, pero que aquí es secundario e indispensable a la vez, ya que por sí solo no demuestra nada; en cambio puede, en las otras artes, inducir a confusión. En música no hay modo de confundir arte con artesanía, ni en su creación ni en su ejecución».

De esa misma índole intuitiva debía de ser el arte de Ruth para el recitado de los versos. Aseguraba que nadie le había enseñado y, afortunadamente para todos, parecía ser verdad. Una noche, muy en lo íntimo, dijo, de modo estupendo, poemas que no merecían, en su mayor parte, como he podido luego comprobarlo al leerlos, aquel honor; pero que a través de su voz y de su arte, tan natural y directo, resultaban transfigurados... Se había reído de mis aspavientos, llamándoles «exageraciones españolas», y continuó superándose en nuevas interpretaciones, pues, además, tenía una memoria que resultaba otro asombro. De pronto, dijo, como dando punto final a aquel concierto de palabras:

—Y ahora, la última... para usted.

La cosa me pareció un tanto organizada, pues, en este momento, el doctor Brunelli —no estábamos más que los chicos, él y yo— bajó en dos puntos la luz de la araña del salón, dejándonos casi a oscuras.

—No, doctor, no —exclamé—. No sé lo que opinará Ruth, pero no hace ninguna falta la penumbra. Creo que fue san Jerónimo quien dijo que no hay que bajar los ojos en el instante de alzar; y que las cosas de Dios, por más cegadoras que sean, hay que mirarlas cara a cara. No hay duda que Ruth puede emanar su luz propia, pero...

—Si continúa usted disparatando me callo —y dirigiéndose a su tío, agregó—: No hace falta eso. ¿Para qué?

Por lo que me di cuenta que aquella cursilería de la media luz era de la inventiva del letrado, comprobación que me causó un sincero alivio. Luego, contrariamente a como lo había hecho antes, se sentó en el taburete del piano para recitar. Se había puesto pálida. Los versos empezaron a salir de sus labios sin declamación ni artificio alguno, como confiándolo todo a su voz y a sus ojos; las manos cruzadas, apoyadas en las rodillas, la vista hacia el aire, como hacia un destino invisible, como orando:

> *Adviene por las cumbres encendidas, señales*
> *y portentos le abren paso,*
> *se rasga en dos el velo de la altura...*

Hundí la cabeza entre las manos... Comprendí que estaba enamorado de aquella imposibilidad hasta la perdición y el aniquilamiento...

La misma noche en que tuvo lugar el improvisado recital entró Blandina, demacradísima, en mi cuarto. Eran como las tres de la mañana y estaba en traje de salir. Hacía más de cuatro meses que yo no iba a su habitación. Tenía mis ojos, mi alma y mi carne llenos de Ruth. Me impresionó verla con un vestido hecho de uno de los de mamá. Me dijo que se marchaba al amanecer, que «ya no podía más» y que «todo lo comprendía perfectamente». Hasta ella, sin duda, había llegado el rumor de mi entusiasmo por Ruth, que constituía la comidilla de la ciudad. Esto era lo que la había ido encerrando en un silencio lleno de altivez, que yo había aprovechado, con oportunismo cobarde, para ir separándome de ella, ahorrando piadosas mentiras y largas explicaciones.

—¿Por qué has de irte? ¿No estás bien aquí... con las tías?
—No fue a las tías a quien di mi honra.

Me quedé callado, deseando que aquella situación, que encontraba más ridícula que penosa, terminase lo más pronto posible. Blandina no dijo más y se fue. Seguramente esperó verme aparecer en su cuarto cada minuto en todo lo que restaba de la noche. No lo hice. Estaba embrutecido de amor. Supe luego que se había ido a la mañana, a primera hora, y que la decisión fue tan repentina e inapelable, que las tías —que lo habían sabido, por ella, la noche anterior— no habían tenido ni tiempo de recuperarse. Después nos enteramos que una buena familia de Auria se la había llevado a Bayona para cuidar de los niños durante el veraneo. Lola y Asunción lloraron a moco tendido por «aquella ingratona». Durante un tiempo me remordió la conciencia, pero, al final, todo terminó quemándose en la misma hoguera.

No podía yo acostumbrarme a una mezcla tal de refinamiento y de lo que me parecía ser un residuo de barbarie americana. Desde que los Valeiras me habían admitido en su plena confianza, muchas veces los encontré entregados a la liturgia de tomar el mate que a mí me parecía una ordinariez. En los otros indianos, la extravagante operación no me parecía bien ni mal, y, pasada la primera sorpresa, un poco cómica, no me importaba gran cosa ver el lujoso calabacín —las criadas vernáculas le llamaban «el biberón»— ir de unos a otros, como una pipa colectiva de indios de novela. Sin embargo, cuando el doctor me presentó un día, con ademán de sacerdotal ofrenda, el calabacín, casi pego un salto, al mismo tiempo que me amagaba una punzada en el estómago.

Pero en Ruth me enfurecía, sencillamente. Se lo traían, por lo general, mientras estudiaba, al piano. Le daba una importancia excesiva y declaraba siempre la misma complacida sorpresa porque una de las sirvientas indígenas se había mostrado muy diestra en echar el agua por el orificio del calabacín, lo que a mí no me parecía cosa tan del otro mundo; pero no debía de ser así y, sin duda, se trataba de un rito lleno de misterios que requerían una larga iniciación; ellos mismos se referían al mate como a un verdadero culto.

Ruth trabajaba duramente todos aquellos días en la preparación de un concierto que le había pedido la marquesa de Velle para una de sus trapacerías benéficas. Yo ya estaba furioso de antemano; se presentaría otra vez ante los lechuguinos de la sociedad auriense, que la elogiarían, la aplaudirían, hablarían de ella, la invitarían a nuevas casas; tal vez alguno de aquellos pisaverdes, todos mucho más apuestos que yo, todos con dinero...

Bach, *Fantasía cromática y fuga*; Beethoven, *op. 57*; luego unos estudios de Chopin, y para las «propinas» algunas de aquellas cosas intrincadas de un francés que andaba haciendo ruido en los últimos tiempos: Debussy, y que a nadie le gustaba pero que a Ruth la enloquecía y se lo metía a todo dios por los ojos, es decir, por los oídos.

Yo no hallaba manera de establecer una relación, por muy desviada e ilógica que fuese, entre su admirable comprensión de aquellas almas luminosas, sufrientes, gozadoras, saturadas de vida y de muerte, frutos maravillosos de una multisecular convi-vencia civilizada, y aquel bebedizo desértico, primario, que no lograban reducir a términos urbanos ni el calabacín con virola de oro ni la «bombilla» con sus trabajados arrequives de las fórmulas barrocas coloniales. Además, la reiteración de las tomas me lo hacía aún más insufrible. ¿En razón de qué, aquella celeste criatura, producto refinadísimo, ejemplar, de dos viejas razas transidas de cultura, tendría que estar chupando agua caliente durante media hora, mientras recorría, con la punta del dedo, el pentagrama para posar luego la mano derecha, cargada de compases, en el teclado, en tanto que con la izquierda sostenía aquella ridiculez, dando pequeños sorbitos que la propia distracción de la lectura musical hacía que no resultasen siempre silenciosos?

Había ido yo conquistando, poco a poco, el privilegio de quedarme a solas con ella durante sus horas de estudio. Me estaba allí, mirándola, o con la cabeza metida en un libro, o asomándome al balcón cuando las dificultades la malhumoraban, para no ser testigo de ellas. Después de varias acometidas teóricas contra el artilugio, que Ruth defendía con obstinación graciosa y un poco provocativa, mezclando a ello menciones de la patria, me dijo en una ocasión:

—Pero, ¿hay algo más primitivo, más ridículo, más *indio* que el fumar o el bailar?

Otro día —yo andaba sin sombra, pues la fecha del anunciado viaje europeo se acercaba con una inexorabilidad planetaria— estaba con la nariz pegada a un vidrio del balcón aguardando que diese fin la odiosa tregua del mate, cuando oí la voz de Ruth cerca de mi nuca.

—Tome...

Me volví y estaba casi tocando mi espalda, enarbolando el calabacín en una mano y con una especie de pequeña tetera de plata en la otra.

—Tome...

—¡Está usted loca!

—Hoy es un día muy importante en mi país y tiene usted que «matear» conmigo. Hoy no se me escapa.

Me pareció gracioso el término «matear», pero solo la palabra, sonaba a cosa íntima, campechana.

—¡Vamos, vamos, que se enfría! Hoy es 9 de julio* y me he propuesto convertirle a usted.

—¿Pero qué tiene que ver que sea 9 de julio con que tenga yo que atragantarme?

—El mate —dijo con una entonación divertida, de maestra de escuela— tiene allí un sentido tradicional y amistoso. Los gauchos se ofendían cuando no se le aceptaba. ¿Entiende? ¡Tome!

—¡Pero si usted no es gaucha! —dije retrocediendo.

—No tiene usted idea hasta qué punto; con espuelas y todo... —Ruth me perseguía implacable con el calabacín—. ¿Toma o no?

—No.

—Pues entonces no se queda a cenar esta noche. Cena patriótica —dijo con gracia infantil, enumerando—: Churrasco..., carbonada...

—Pero Ruth...

—Elija —repitió, tendiendo nuevamente el calabacín hasta que me hizo sentir su tibieza en los labios—, o el mate o no se queda.

—Pues bien, no me quedaré. Otro día será.

Cambió de táctica y dijo con falsía quejosa:

—¡Así que es usted capaz de dejar a sus amigos solos, el primer día patrio que pasan lejos de su tierra! ¿Y esa es la hidalguía española?

—¡Pero Ruth, si yo no soy hidalgo, ni patriota, ni apenas español! Además, ¿qué tienen que ver esas grandes palabras con un poco de agua caliente mixturada con ese horrible barro verdoso? ¿Por qué no me lo cuela, al menos? —exclamé mirando

---

* Fecha de la Independencia argentina.

al fondo del calabacín, casi haciendo pucheros, como un chico. Ruth soltó una carcajada.

—¡Vamos, ármese de valor, que también yo lo tuve el otro día para comer aquel espantoso pulpo que usted trajo! ¡Tome...!

Me quedé un momento indeciso.

—¿No se anima? —hice un signo negativo con la cabeza—. Bueno, le ayudaré yo —y dio un par de pequeños sorbos, frunciendo deliciosamente los labios sobre la «bombilla» y mirándome con los ojos llenos de malicia; luego me tendió otra vez el siniestro aparato.

—¿Y ahora?

—¡Ahora, aunque fuese arsénico y solimán vivo! —y cogiendo el calabacín chupé con tal denuedo que se me llenó la boca de hierbajos. Saqué la lengua con aquellas briznas en la punta, desolado, y Ruth, en medio de una risa como nunca le había oído, cogió con gesto rápido de la bandeja, donde habían traído los trebejos, una servilleta y me la limpió, mientras me decía, con un tono entre maternal y burlesco:

—¡Así me gustan los chicos bien mandados! ¡Pero no hay que chupar tan fuerte...! De todas maneras, vencí; tal como dice nuestro himno:

a mis *plantas rendido un león**

Tomó luego ella, y me volvió a servir. Y así varias veces hasta que se acabó el agua. Yo la dejaba hacer con cara de embelesado o de idiota, que no se diferencian mucho. Por otra parte la infusión no resultó tan desagradable como yo temía.

—Bueno, y ahora seriedad —exclamó poniéndose repentinamente grave—. Me ha hecho perder diez minutos. ¡Porfiado!

Cuando iba a sentarse en el taburete, exclamé:

—Ruth... Una palabra y no vuelvo a interrumpirla.

---

* «A tus plantas rendido un león». Verso del himno nacional argentino.

Se puso más seria aún, casi adusta, y se quedó inmóvil, pálida, mirándome muy fijamente, apoyada en el piano.
—Dígame —contestó con una voz fría, sin pestañear.
—¿Por qué tenía usted tanto interés en que yo bebiese eso?
Ruth respiró hondo, como aflojándose de una gran tensión. Luego dijo, a media voz, desgranando las palabras:
—Dicen en mi tierra que el que toma mate no regresa.
—Pero yo aún no me he ido, ni siquiera he pensado en ello.
—Puede pensarlo algún día —y concluyó repentinamente—: ¡déjeme trabajar, odioso! —Se sentó de golpe y hundió, casi con furia, los dedos en los densos compases iniciales de la sonata. Yo me fui a pasos lentos hacia el balcón. Lo abrí con manos torpes. Caía mi mirada sobre la calle. Todo estaba en su sitio: los almacenes de San Román, los carros parados enfrente; a lo lejos, el Campo de San Lázaro. Sí, todo se veía con claridad desde aquel quinto piso; la luz estival no dejaba ningún rincón indemne donde pudiera refugiarse lo increíble... Pero de lo que estaba perfectamente seguro era de que si en aquel momento se hundiese el balcón yo quedaría flotando en el aire.

21

Habían emprendido una carrera con el tiempo. El viaje por Europa, ya dos veces diferido por alifafes de Doña Berenguela, lo preparaban ahora haciendo los equipajes con una prisa de incendio. Yo andaba hecho una sombra. Contaba los días con los dedos y me sentía morir. Por otra parte, disponía aún de la lucidez suficiente como para analizar, con funestos resultados, mi situación. Jamás daría un solo paso para intentar convertir en otra cosa aquella dulcísima amistad mía con Ruth, que era, además de Ruth, la heredera cuantiosa de Valeiras. ¿Qué derecho tenía yo a cosa semejante? Y además, ¿cómo iba a poner a una carta tan dudosa mi situación de privilegiada amistad con aquella familia, que tanto consuelo me había traído y que había llegado a ser, en verdad, y en mayor significación —¡Dios me perdone!— más que la casa de mis tías, el verdadero eje de mi existencia? Y, por otra parte, ¿qué pasaría en aquel viaje? ¿Y aquel invierno, instalados en París? ¿Qué iba a suceder en aquella ciudad de cazadores de dotes, de aristócratas tronados, de arbitristas expertos en la industria matrimonial?

Ruth maduraba como un fruto suntuoso. Nuestras lecturas en común, nuestra música y nuestras conversaciones, con su consiguiente incitación al pensar resuelto y seguro, iban acercándola a un punto de riesgo intelectual que la singularizaba y enriquecía, dándole una personalidad en la cual la belleza, en vez de dispersarse por la vertiente de la coquetería, venía a ser un factor más de su prestancia, de su encanto. También, y cada vez más, su arte perfecto aparecía sometido a aquella totalidad armoniosa, clásica; era un elemento más de su ser. Tendría éxito en todas partes, pues su recato, lleno de seguridad interior, la haría resaltar aún más, donde quiera que fuese, entre las que únicamente poseen las monótonas artes de la seducción... Nadie ponía menos esfuerzo que ella en agradar. Se estaba ahí, como una flor, como un fruto, pero era imposible no verla. Y viéndola...

Ruth, perdida en el zafarrancho de los equipajes, corría todo el tiempo de aquí para allá, mirándome al pasar y haciéndome infantiles visajes, en los que se traslucía una mezcla de mofa y ternura. Cuando faltaba muy poco para la partida, Valeiras se me quedó un día, estando solos en su casa, plantado delante de mí, con aquel aspecto suyo de las rápidas decisiones, y me dijo:

—¿Cómo anda usted de ropa?

—No sé, no me preocupo; pero, casi seguramente, muy mal —yo estaba bastante avergonzado, pues aquella gente me había ido contagiando de un sentido del vestir que antes no tenía—. Usted comprenderá —proseguí—, aquí, en este pueblo, tenemos establecida una especie de tregua entre el significado de la ropa y...

—¡Bueno, bueno, no se meta usted en laberintos! Conteste a derechas. ¿Tiene usted o no tiene ropa de invierno?

Entreví la intención y me puse serio.

—¿A dónde quiere usted ir a parar, Valeiras?

—Ya sabe que no soy hombre de requisitos. Al pan, pan, y al vino, vino. Anda usted con el alma hecha cisco, no hay más que verle, perdiendo una libra a cada paso que da. ¿O cree usted que, porque no soy poeta, me chupo el dedo? Haga su petate y véngase con nosotros... Y si algo le falta, avise. ¡Aire, demonio; sáquese la polilla de este pueblo! ¡Aire, aire!

Sentí que se me llenaban los ojos de lágrimas y que me temblaban las piernas. Tuve que sentarme. Valeiras posó su mano en mi cabeza.

—Ya sabe que le tenemos ley —añadió emocionado—. Los chicos le quieren como a un hermano. Saltarán de contentos. ¡Deles usted esa alegría! —y de pronto, para jerarquizar la invitación, cuya generosidad no tenía excusa posible, añadió—: Además se encargará usted de explicarles todo aquello... ¡El que no sabe es como el que no ve! ¿Pero no se da cuenta de que todavía nos hace un favor? ¡Con sus conocimientos, con esa manera de hablar...! Desde aquel día que estuve con usted en la catedral, me parece otra; sí, señor, parece que me habla... ¡La *pucha*, menos mal que no lo pescaron otros antes! ¿O es que no se enteró de las indirectas que le echaron los Santamaría para llevárselo? Bien claro lo dijo don Carlos cuando usted les explicaba el convento de San Francisco: «Si encontrásemos uno así en cada ciudad de Europa...» y hay gente que hasta cobra buen sueldo por eso...

Alcé hacia él los ojos enrojecidos. La simpatía de aquel hombre se me entraba en el corazón, y me aflojaba allí no sé qué resortes del orgullo...

—No puede ser, Valeiras, no puede ser. Demasiado sabe usted que no puede ser.

—¿Ahora con esas? ¡Yo creí que iba usted a pegar brincos hasta el techo como las codornices enjauladas, y me sale con remilgos! ¿Qué es lo que le impide venir, qué? ¿Sus grandes negocios, sus complicados estudios? No me sea pavero y vaya a buscar sus documentos, que hay muchos papeles que sacar. ¡Hala!

Me levanté sin contestarle, secándome los lagrimones con el dorso de la mano, y descolgué mi sombrero de la percha del recibimiento.

—¡Hábleme claro, rediós! Yo soy de aquí, pero no soy de aquí, y hay cosas que no las entiendo. ¿Es por el dinero? ¿Cree que su viaje me va arruinar? Donde viajan cuatro ¿no viajan cinco, eh? —se quedó esperando mi respuesta. Yo leía y releía el medallón estampado en el tafilete de mi sombrero: «Sombrerería Ralleira. Tiendas 3. Auria... Sombrerería Ralleira. Tiendas 3. Auria...», mientras las ideas descoordinadas, veloces, parecían rebotar contra las paredes de mi cráneo.

—Lo que le pasa a usted, amigo Torralba —dijo sacudiéndome por un hombro— es que le roe la soberbia del señorío... Pues sepa usted que a mí no me pareció nunca cosa tan señorial el darle esa importancia al dinero...

—Al dinero ajeno.

—¡A ninguno! —gritó enfadado—. ¿Qué es la «plata»? La plata es un poco de mierda, con perdón sea dicho. ¡Discúlpeme, che! Pero es la verdad. También yo creía antes que el dinero era como un dios... ¡Ay, si no fuese tan imposible recoger los años pasados como el agua de un lebrillo derramada en la tierra! —comentó con un repentino quiebro en la voz—. En fin, allá usted con sus prejuicios y *macanas*. Yo se lo ofrezco de corazón.

Decía todo esto paseándose muy agitado. De pronto se detuvo y vino hacia mí con el rostro serio, casi demudado. Me miró un instante en silencio y exclamó.

—¿O es que cree usted que ando buscando un *apellido* para mi hija? ¡Pues ya tiene cuatro, y tan honrados como el que más!

—¡Valeiras, por Dios...! —grité todo cuanto pude. Se asustó del grito, pero no dio su brazo a torcer:

—Hablaba de mi hija, a lo que tengo derecho, supongo...

—No sé hasta qué punto...

Alzó las cejas, asombrado. Yo continué, con voz más calma:

—¡La sola idea de que su hija pueda verse envuelta en una habladuría tal...! Ruth está por encima de todos nosotros —dije, sin reparar en la imprudencia de mis palabras. Y luego, ya en voz baja, como meditando—: ¡Y usted, me dice eso, usted, que conoce la historia de mi familia! ¡Parece mentira, Valeiras! ¡Un apellido! ¡Vaya un apellido!

Medió una pausa. Me dirigí hacia la puerta.

—Adiós, Valeiras.
—Un momento... —vino hacia mí con su más ancha sonrisa—. Usted, que es siempre tan bien educado, no debe olvidarse de ciertos detalles —y me tendió la mano. Yo abandoné la mía flojamente.
—Adiós, Valeiras.
—Hasta pronto... y piénselo —dijo estrechándome la mano hasta lastimarme.
Me fui a la catedral y anduve por allí una hora. Cuando salí mi decisión estaba tomada.

Faltaban dos días para que los Valeiras emprendieran el viaje y ya estaban viviendo en su casa como en un camarote. Amadeo, que no lograba nunca esconder su verdadero fondo sentimental bajo los cascotes de sus erudiciones y paradojas, tuvo piedad de mi estado, tan visiblemente calamitoso, y consiguió, después de varias intentonas, cortar aquella racha soledosa que de nuevo me había acometido y que me traía por *corredoiras* y cimas montañesas, como un loco, pensando sandeces y sufriendo como una bestia alanceada.

Tal vai o meu amado, madre, con meu amor,
como cervo ferido, por monteiro maior,

me decía, con palabras de hace seis siglos.
—Vente al café, y déjate de hacer el Cardenio, que te queda muy mal —impuso un día.
Accedí, pero me mantenía en un borde de la mesa, metido en un libraco. En la «peña», esa era la forma simbólica de pedir que le dejasen a uno en paz.
Cuando llegamos al café, un día de aquellos, que era el de Santa Marta, o sea el 29 de julio —yo jamás había vivido tan pendiente del calendario— nos encontramos con un ambiente

agitado de discusiones frenéticas que, cancelando el modo habitual de la ironía o del diálogo sosegado, tenía a todos los contertulios gritando a voz en cuello, lanzándose los argumentos, si así podía llamársele a aquel barullo, como pedradas. Si acaso en medio del apasionamiento dialéctico sobrevenía el aparte humorístico, no era con los filos intencionalmente mellados en la forma cazurra, mansurrona en que solían, sino como impactos desnudos que iban desde el sarcasmo tal hasta la más declarada crueldad. Yo nunca había oído, para no citar más que un caso, en Auria, al menos entre aquella gente, cosa semejante a la que disparó Ramón Meiriño contra un tal Serantes, que tenía un estrabismo tan pronunciado que daba pena:

—¿Cómo va usted a entender lo que le digo si ve el mundo desde una perspectiva oblicua?

—Eso es una grosería y una salida de pie de banco —dijo, furioso, el estrábico.

—Nada, nada... Ciencia pura. Una gran parte del mundo se recibe por los ojos y usted lo recibe atravesado. Es como comer por una oreja. ¡Qué le vamos a hacer! Vaya usted a que le operen y vuelva.

¡Empezaba en aquel instante una disputa que había de durar cuatro largos años y que había de destruir tantas y tan sólidas amistades! Yo, entre tanto, devoraba el suplemento extraordinario de *El Miño*, que acababa de salir. Habían asesinado a unos príncipes en un lejano país, y era inminente la guerra europea. Desde unos años antes, los periódicos aludían, de cuando en cuando, a la guerra europea, como a algo maligno y catastrófico, de consecuencias imprevisibles. Tuve la sensación de una cosa nueva en el horizonte, de algo ingobernable y brutal como una calamidad antigua. Alguien vino a anunciarnos que en los pizarrones de *La Voz Popular* había nuevas noticias sensacionales. Era allí, muy cerca. Nos fuimos en masa. Se notaba una agitación inusitada a aquella hora, que era la de la siesta. Las gentes se inquirían en voz alta, al pasar. Los telegramas eran espeluznantes.

Alemania movilizaba, Inglaterra enviaba a Austria-Hungría un ultimátum, los franceses se echaban a la calle tras el vuelo de *La marsellesa*, Bélgica miraba ansiosa hacia la frontera...

Amadeo, que todo lo sabía, nos dio allí mismo una transparente explicación de las posiciones políticas europeas, que apagó por un momento las controversias, pues todos estaban deseosos de enterarse. En esto vimos que llegaba, a grandes pasos, Valeiras, con una cara impresionante, enloquecida. Supuse que venía en procura de noticias, por eso me sorprendió cuando, tomándome de un brazo, me dijo:

—¡Venga, Luis! —anduvimos en silencio unos metros y añadió—: ¡Lo necesito! Acompáñeme a Vigo en el rápido de esta tarde —su voz era como una orden—. Mi cuñado y yo estamos ofuscados y necesitamos ayuda. Usted es hombre de cabeza clara. ¿Viene?

—¿Pero qué ocurre?

—Queremos reservar pasajes para el primer barco, que sale el 5 de agosto. Nuestros intereses están seriamente comprometidos. Todos nuestros contratos son con Inglaterra. Pronto empezará el lío en el mar... así que figúrese... ¡Y yo con mi gente aquí! ¡Qué mala pata, la gran perra...!

—Me tiene usted a sus órdenes.

En su casa había un ambiente de gran inquietud, pero, en contraste con Valeiras, la reacción era más serena y valerosa. Al doctor se le había desmoronado un tanto la muralla de su bobería y se mostraba más a pecho descubierto, más hombre.

Mientras Valeiras redactaba unos telegramas para la Argentina, Ruth me dijo, seria, en un instante en que nos quedamos solos:

—¡Ya se cumplió su maleficio!

—¿Cuál?

—El de que no se hiciese nuestro viaje por Europa.

—Tiene usted razón. Yo soy un hombre tremendo, no hay más que verme para convencerse de que manejo los grandes poderes infernales.

—Pues deshaga el pacto. Satanás no le juega limpio. ¡Ya ve, nos vamos a América, de donde es más difícil volver!
—¡Por favor, Ruth, téngame piedad! ¿No ve cómo estoy?
—¿Cree usted que yo estoy en un lecho de rosas?
En esto entraron Valeiras y Saúl.
—Atiende a tu madre; está la pobre que le salta la cabeza. Busca los sellos de piramidón. ¿Dónde andarán, santo Dios? ¿Están ahí los pasaportes?
—Ahí, en la cartera de mano.
—¿Usted tiene cédula, Luis?
—Sí, pero en mi casa.
—Hay que llevar los documentos encima. Y, de paso, avise a sus tías. ¿Qué edad tiene usted exactamente?
—Dentro de un mes, diecinueve años —se quedó un momento pensativo, mirándome.
—¿Quiere venir con nosotros?
—Ya le he dicho que sí.
—No, no; a América, a Buenos Aires.
A Ruth, que estaba allí cacheando en un mueble, se le cayó algo de las manos con estruendo. Era una caja de lata. Los sellos de piramidón rodaron por el suelo como monedas. Estaba colorada como si hubiese corrido. Valeiras se acercó a ella y la besó en la frente.
—¡Vamos, hija! Hay que sujetar esos nervios... ¡Estuviste tan tranquila hasta ahora...!
—¿No se les hace tarde para el tren, papá?
Valeiras miró el reloj y luego dijo, encarándose conmigo de nuevo:
—¿Se viene usted o no? Nos queda muy poco plazo para arreglar sus cosas. Tiene que embarcar, «por la alta», pues está comprendido en el servicio militar... —se quedaron todos mirándome. Ruth seguía de espaldas, buscando algo en los cajones. Valeiras continuó, con voz grave—: Ahora no es un viaje de placer lo que le ofrezco, sino peligros, tristezas, trabajos... y tal vez un porvenir...

—¿Pero qué voy a hacer allá, Valeiras? No sirvo para nada...
—América inventa hombres. ¡Ya verá usted cómo sirve! Además, queda el recurso de volverse si aquello no le gusta. No creo que esta guerra dure de aquí al fin del mundo.
Saúl me abrazó hasta tocarme con su cara la mejilla.
—Vente, Luis; si papá te lo dice... ¡No conoces a papá!
—Claro que lo conozco, tan bien como tú.
Ruth se volvió; estaba tan congestionada que me dio miedo. Tenía los ojos muy abiertos, pero vagos, desdibujados como si el soliloquio que siempre los animaba hubiese quedado mudo.
—Disponga usted de mí, Valeiras. ¡Ojalá pueda serle útil! Aunque no lo creo. Yo soy un bicho raro, un fin de raza...
—Déjese de gaitas y de poesía... Ya verá cómo, sin salirse de su condición, no le faltará allí en qué romperse el alma. ¡Andando, que son las cuatro!
Ruth había desaparecido sin que yo lo advirtiese. Entraron Valeiras y su cuñado en las habitaciones de la señora, a despedirse. Yo me quedé en el corredor. Casi en seguida oí que doña Mafalda me llamaba —era la primera vez— por mi nombre de pila. Entré. Hallábase reclinada en la cama, envuelta en un chal de seda y tenía compresas sobre la frente. Ruth también estaba allí.
—Nos da usted una gran alegría, Luis. Le queremos como a un hijo más —yo me encontraba vacío de palabras, alelado, y no acertaba más que a sonreír. Saúl tenía los ojos húmedos. Valeiras, haciéndose cargo de la situación, me sacó del aposento.

Los trámites de mi embarco fueron prolijos y costosísimos. Algunas veces pensé que mi viaje iba a fracasar sin remedio. Pero Valeiras era de los que se crecen frente a los obstáculos. Imploró, amenazó, discutió, regó las oficinas con dinero. Mató a mi padre, resucitó a mi madre y me encajó media docena de hermanos en los documentos, para que pudiese zafarme como hijo de viuda y sostén de unos infelices huerfanitos... A los dos días estábamos de vuelta en Auria, con todo arreglado.

Las tías lloraron cuanto hay que llorar y ya no volvieron a conciliar el sueño, planchando, repasando ropa día y noche, besándome como quien besa a un moribundo. Me llenaron un baúl —que, por cierto, dejé en casa de Amadeo— de frutas, quesos y cecinas, como si fuese a partir para América en una carabela; me colgaron estampas, escapularios, medallas... que me ponían bajo el patronato de cuanto santo hay en la Corte celestial.
No intenté la menor protesta cuando me dijeron, la víspera de la partida, que haríamos una confesión y comunión en la catedral. Aquella vez transigí con que la comunión fuese en la capilla del Santo Cristo.

Cuando salimos del templo, quise ir a despedirme de don José de Portocarrero, a quien ya había anunciado mi visita.

Estaba postrado en la cama, rígido como un cadáver petrificado. Volvió hacia mí los ojos y comprendí que estaba ciego. Cancelando todas las distancias me acerqué a él y le pasé la mano por la frente. Movió los labios emitiendo sonidos borrosos.

—¡Grítele, no oye casi nada! —me indicó doña Blasa con su frialdad, por lo visto, incurable.

—¡Soy yo, Luis Torralba, que vengo a despedirme! ¡Me marcho para América!

Su signo de asentimiento no pasó de un esbozo. Me arrodillé al lado de la cama y le besé la mano. Hizo ademán de incorporarse y el ama acudió en su auxilio, levantándolo un poco, tieso, como si no tuviese articulaciones. Luego, comprendiendo su idea, le ayudó a alzar el brazo derecho, lo poco que se podía, y ella misma guio la bendición. Su mano estuvo un momento posada sobre mi cabeza. Cuando me levanté, tenía en los labios algo que bien podía ser una sonrisa.

Amadeo estuvo todas aquellas horas sin separarse de mí ni un momento. Hablaba a borbotones y fumaba sin tregua.

—¡Chico, a fin de cuentas, uno es una bestia sentimental! Me quedo sin ti y además se me queda esta ciudad sin argumento... ¡Ten cuidado con aquellas tentaciones...! No falsifiques tu espíritu. ¿Qué vale más, todo el dinero de América o media docena de hombres de la historia? Ten el valor de mandar en tu miseria cuando el precio de la hartura sea tu desfiguración... Hablo de tu figura espiritual. De la otra, de la social, no digo nada; es categoría y espejo de los badulaques... Chico, ¿pues no tengo ganas de llorar? ¡Qué incorrección incalificable! No hay duda, uno es una bestezuela sentimental; hay que estar siempre alerta...

El día de la partida vino, muy de mañana, a mi casa, a mi cuarto. Estaba muy demacrado. Me abrazó largamente, en silencio, y se fue. No le vi más...

Cuando el tren iniciaba la bajada del Ribeiriño, último punto desde el cual se ve la ciudad en su conjunto, me fui al pasillo del tren. Los chicos quisieron seguirme y oí que la madre les decía, sofocando la voz:

—Déjenlo solo, ahora...

A medida que el valle iba hundiéndose tras las colinas, me fue venciendo una tristeza tan pesada que semejaba quererme asfixiar. Sabía muy bien que, tras la curva de la farola, sería el final. El llanto empezó a desatárseme con un fluir lento, caliente... Yo no hacía el menor esfuerzo por contenerlo ni sentía el menor pudor de que me viesen llorar.

Lo último que iba quedando en el horizonte era la torre grande de la catedral, enhiesta, poderosa, feudal casi. Pero también ella iba hundiéndose, borrándose. Al final brillaron en la atmósfera los hierros de su cruz como un pectoral puesto sobre el pecho del cielo.

—¡Dame tu fortaleza, dame tu impasibilidad! —murmuré.

Y luego, todo desapareció tras una espesa cortina de pinares. Pero yo me quedé con la frente pegada a los vidrios.

—¡Luis!

Era la voz de Ruth, a mi lado, casi en mi nuca.

No contesté. Sentí que su mano me tomaba la cabeza y me la volvía hacia la dirección de la marcha del tren. Sonreía con una plenitud que me hizo avergonzarme.

—Los hombres no miran hacia atrás, sino hacia adelante...

Ruth me contaminó de su sonrisa.

«Los gallegos no protestan, emigran.»
CASTELAO

Desde LIBROS DEL ASTEROIDE queremos agradecerle el tiempo
que ha dedicado a la lectura de *La catedral y el niño*.
Esperamos que el libro le haya gustado y le animamos
a que, si así ha sido, lo recomiende a otro lector.

Al final de este volumen nos permitimos proponerle
otros títulos de nuestra colección.

Queremos animarle también a que nos visite
en www.librosdelasteroide.com y en www.facebook.com/librosdelasteroide,
donde encontrará información completa y detallada sobre todas nuestras
publicaciones y podrá ponerse en contacto con nosotros
para hacernos llegar sus opiniones y sugerencias.
Le esperamos.

Otros títulos publicados por Libros del Asteroide:

89 Canción de Rachel, **Miguel Barnet**
90 Levadura de malícia, **Robertson Davies**
91 Tallo de hierro, **William Kennedy**
92 Trifulca a la vista, **Nancy Mitford**
93 Rescate, **David Malouf**
94 Alí y Nino, **Kurban Said**
95 Todo, **Kevin Canty**
96 Un mundo aparte, **Gustaw Herling-Grudziński**
97 Al oeste con la noche, **Beryl Markham**
98 Algún día este dolor te será útil, **Peter Cameron**
99 La vuelta a Europa en avión. Un pequeño burgués en la Rusia roja, **Manuel Chaves Nogales**
100 Una mezcla de flaquezas, **Robertson Davies**
101 Ratas en el jardín, **Valentí Puig**
102 Mátalos suavemente, **George V. Higgins**
103 Pasando el rato en un país cálido, **Jose Dalisay**
104 1948, **Yoram Kaniuk**
105 El rapto de Britney Spears, **Jean Rolin**
106 A propósito de Abbott, **Chris Bachelder**
107 Jóvenes talentos, **Nikolai Grozni**
108 La jugada maestra de Billy Phelan, **William Kennedy**
109 El desbarajuste, **Ferran Planes**
110 Verano en English Creek, **Ivan Doig**
111 La estratagema, **Léa Cohen**
112 Bajo una estrella cruel, **Heda Margolius Kovály**
113 Un paraíso inalcanzable, **John Mortimer**
114 El pequeño guardia rojo, **Wenguang Huang**
115 El fiel Ruslán, **Gueorgui Vladímov**
116 Todo lo que una tarde murió con las bicicletas, **Llucia Ramis**
117 El prestamista, **Edward Lewis Wallant**
118 Coral Glynn, **Peter Cameron**
119 La rata en llamas, **George V. Higgins**
120 El rey de los tejones, **Philip Hensher**
121 El complot mongol, **Rafael Bernal**
122 Diario de una dama de provincias, **E. M. Delafield**
123 El estandarte, **Alexander Lernet-Holenia**
124 Espíritu festivo, **Robertson Davies**
125 El regreso de Titmuss, **John Mortimer**
126 De París a Monastir, **Gaziel**
127 ¡Melisande! ¿Qué son los sueños?, **Hillel Halkin**
128 Qué fue de Sophie Wilder, **Christopher R. Beha**
129 Vamos a calentar el sol, **José Mauro de Vasconcelos**
130 Familia, **Ba Jin**
131 La dama de provincias prospera, **E.M. Delafield**
132 Monasterio, **Eduardo Halfon**
133 Nobles y rebeldes, **Jessica Mitford**
134 El expreso de Tokio, **Seicho Matsumoto**
135 Canciones de amor a quemarropa, **Nickolas Butler**
136 K. L. Reich, **Joaquim Amat-Piniella**
137 Las dos señoras Grenville, **Dominick Dunne**
138 Big Time: la gran vida de Perico Vidal, **Marcos Ordóñez**

139 La quinta esquina, **Izraíl Métter**
140 Trilogía Las grandes familias, **Maurice Druon**
141 El libro de Jonah, **Joshua Max Feldman**
142 Cuando yunque, yunque. Cuando martillo, martillo, **Augusto Assía**
143 El padre infiel, **Antonio Scurati**
144 Una mujer de recursos, **Elizabeth Forsythe Hailey**
145 Vente a casa, **Jordi Nopca**
146 Memoria por correspondencia, **Emma Reyes**
147 Alguien, **Alice McDermott**
148 Comedia con fantasmas, **Marcos Ordóñez**
149 Tantos días felices, **Laurie Colwin**
150 Aquella tarde dorada, **Peter Cameron**
151 Signor Hoffman, **Eduardo Halfon**
152 Montecristo, **Martin Suter**
153 Asesinato y ánimas en pena, **Robertson Davies**
154 Pequeño fracaso, **Gary Shteyngart**
155 Sheila Levine está muerta y vive en Nueva York, **Gail Parent**
156 Adiós en azul, **John D. MacDonald**
157 La vuelta del torno, **Henry James**
158 Juegos reunidos, **Marcos Ordóñez**
159 El hermano del famoso Jack, **Barbara Trapido**
160 Viaje a la aldea del crimen, **Ramón J. Sender**
161 Departamento de especulaciones, **Jenny Offill**
162 Yo sé por qué canta el pájaro enjaulado, **Maya Angelou**
163 Qué pequeño es el mundo, **Martin Suter**
164 Muerte de un hombre feliz, **Giorgio Fontana**
165 Un hombre astuto, **Robertson Davies**
166 Cómo se hizo La guerra de los zombis, **Aleksandar Hemon**
167 Un amor que destruye ciudades, **Eileen Chang**
168 De noche, bajo el puente de piedra, **Leo Perutz**
169 Asamblea ordinaria, **Julio Fajardo Herrero**
170 A contraluz, **Rachel Cusk**
171 Años salvajes, **William Finnegan**
172 Pesadilla en rosa, **John D. MacDonald**
173 Morir en primavera, **Ralf Rothmann**
174 Una temporada en el purgatorio, **Dominick Dunne**
175 Felicidad familiar, **Laurie Colwin**
176 La uruguaya, **Pedro Mairal**
177 Yugoslavia, mi tierra, **Goran Vojnović**
178 Tiene que ser aquí, **Maggie O'Farrell**
179 El maestro del juicio final, **Leo Perutz**
180 Detrás del hielo, **Marcos Ordóñez**
181 El meteorólogo, **Olivier Rolin**
182 La chica de Kyushu, **Seicho Matsumoto**
183 La acusación, **Bandi**
184 El gran salto, **Jonathan Lee**
185 Duelo, **Eduardo Halfon**
186 Sylvia, **Leonard Michaels**
187 El corazón de los hombres, **Nickolas Butler**
188 Tres periodistas en la revolución de Asturias, **Manuel Chaves Nogales, José Díaz Fernández, Josep Pla**
189 Tránsito, **Rachel Cusk**
190 Al caer la luz, **Jay McInerney**
191 Por ley superior, **Giorgio Fontana**
192 Un debut en la vida, **Anita Brookner**
193 El tiempo regalado, **Andrea Köhler**
194 La señora Fletcher, **Tom Perrotta**